차이에서 배워라

차이에서 배워라

해나 개즈비의 코미디 여정

해나 개즈비 지음
노지양 옮김

창비
Changbi Publishers

차례

일러두기

1. 넷플릭스 스페셜 *Nanette*(2018)는 국내에서 '해나 개즈비: 나의 이야기'라는 제목으로 공개되었지만, 이 책에서는 원제를 살려 「나네트」로 표기했다.
2. 본문의 각주는 모두 원주이며, 옮긴이 주는 〔—옮긴이〕로 표시했다.

옮긴이의 말

해나 개즈비의 이야기가 나의 이야기인 이유

넷플릭스에는 매주 스탠드업 코미디가 몇편씩 업데이트된다. 앨리 웡, 트레버 노아, 로니 쳉처럼 트위터에서 얼마간 화제가 된 코미디언들의 공연도 있지만 데이브 셔펠, 완다 사이크스, 존 멀레이니, 리키 저베이스 등 우리에게는 낯선 이름이 대부분인데, 꾸준히 챙겨 보는 한줌의 팬이 있는 한 이들 공연은 계속 번역되어 소개될 것이다. 그러니까 평일 낮에 나만을 위한 점심 한상을 차려놓고 TV 앞에 앉아 지난번에 봤던 스탠드업 코미디를 이어 보는 나 같은 사람이 없진 않아서 다행이라 생각하고 있다.

미국 스탠드업 코미디의 기원은 1840년대 백인들이 흑인 분장을 하고 나왔던 민스트럴 쇼나 보드빌 쇼로 알려져 있다. 20세기 후반에는 리처드 프라이어의 전통을 이은 에디 머피, 크리스 록 같은 유명 스타들이 배출되며 스탠드업이 대중문화의 꽃으로 자리 잡았다. 어느 책에서 읽은 바에 따르면 유럽에 비해 문화적 토양이 척박했던 미국 초기 정착민들은 오락의 도구가 '언어'뿐이었기에 서로를 바라보며 말을 갖고 놀 수밖에 없었다고 하는데,

구하기 힘든 고가의 티켓을 산 뒤 옷장에서 가장 멋진 옷을 꺼내 입고 초대형 공연장에 가 누군가의 입담 하나에 자지러지듯 웃는 미국인들을 볼 때면 과연 스탠드업이 우리 문화에 정착할 수 있을까 싶은 생각도 든다. 하지만 언어유희와 촌철살인, 사회 풍자가 얼마나 오락적일 수 있는지 보여주기엔 이만한 장르가 없는 것 같다.

해나 개즈비는 최고라는 자부심을 갖고 있던 미국 코미디 업계에 일대 파란을 일으킨 오스트레일리아 출신 스탠드업 코미디언이다. 장르를 거스르고 기존 문법을 깬 '코미디 같지 않은 코미디' 「나네트」로 코미디의 역사를 바꾸었다는 평을 듣던 그녀는 2018년 에미상 버라이어티 스페셜 부문 최우수상을 수상하며 세계적으로 이름을 떨치기 시작했다. 사실 해나 개즈비는 2006년 '멜버른 국제 코미디 페스티벌'(1987년 처음 개최되어 30년 넘는 전통을 갖고 있는 오스트레일리아 최대의 문화 이벤트) 대상을 수상하며 데뷔해 10년 넘게 오스트레일리아와 영국 코미디 페스티벌의 대세로 자리 잡았고 예능과 드라마에서도 활발한 활동을 해온 스타였다. 하지만 「나네트」 이전까지는 멜버른 코미디 페스티벌의 존재조차 잘 몰랐던 사람이 대부분이었을 것이다. 미국의 어느 토크쇼에서 해나 개즈비를 초대해 '하루아침에 유명해지니 어떤 기분이냐'는 다소 난처한 질문을 한 것도 그 때문이리라.

독특한 개성과 진실한 고백, 묵직한 감동이 있는 작품으로 전 세계인의 눈을 번쩍 뜨이게 해준 해나 개즈비는 이 책에서도 일반적인 미국식 회고록과는 완전히 다른 스타일로 특별한 독서 경험을 선사한다. 넷플릭스에서 그녀의 쇼를 보고 팬이 된 이들이여, 기대를 한껏 높여주시기를.

이 책을 이야기할 때 해나 개즈비의 모국 오스트레일리아를 빼놓고는 생각할 수가 없다. 언뜻 워킹 홀리데이나 환상적인 해변으로 친숙한 이미지를 풍기는 곳이지만 과연 우리는 오스트레일리아 사회에 대해 얼마나 알고 있는 걸까? 개즈비는 1997년까지 동성애가 범죄였던 태즈메이니아에서 퀴어 어린이 혹은 청소년으로 사는 것이 어떤 경험이었는지를 생생하게 전해준다. 특유의 씁쓸한 유머와 풍자 속에서 동성애자 인권 운동가들의 지난한 싸움과 황당하고 잔인한 에이즈 광고, 동성혼 합법화를 둘러싼 국민투표 같은 사건들을 접하다보면, 그동안 우리가 서구권 몇몇 국가를 제외한 지역의 정치와 문화에 얼마나 무지했는지를 자연스레 깨닫게 된다. 나 또한 번역 작업 내내 오스트레일리아의 대량 총기 사고 대책 등 이슈를 검색해가며 오스트레일리아의 경우 미국에 비해 자료가 턱없이 부족하다는 것을 알게 되는 한편, 오스트레일리아라는 나라를 새로이 발견하고 더 넓은 시야를 얻을 수 있어 저자에게 고마운 마음이 들었다.

한편 해나 개즈비의 '비전형적atypical 두뇌'가 들려주는 이야기 방식은 독특하면서도 마음을 끄는 힘이 있다. 그녀가 회상하는 어린 시절 추억이나 온갖 사건과 일화는 그 흐름도 묘사도 엉뚱하고 신선해서 과연 앞으로 이야기가 어떻게 흘러갈지, 결론이 어떻게 이어질지 도무지 짐작할 수가 없다. 우스운 상황을 어떻게 하면 잘 살릴 수 있을까 하는 고민이 역력하다가도 어느샌가 뼈아픈 고백을 하고 있으니, 그야말로 두뇌 안에서 오케스트라의 다양한 악기가 한꺼번에 연주되는 것 같기도 하고 따듯한 물에 있다가 갑자기 찬물 한바가지를 맞는 기분이 들기도 한다. 하지만 다 듣고 나면 이건 한편의 완벽한 '이야기'라는 생각을 하게 된다. 과거의 상처마저도 반전과 펀치라인을 이용해 잘 짜인 내러티브로 구성하는 능력은 스탠드업 코미디언으로서 갈고닦은 기술이기도 하겠지만, 그에 앞서 해나 개즈비라는 사람이 기본적으로 예리한 관찰력과 진실함, 솔직함을 갖춘 사람이기에 매력적인 이야기꾼이 될 수 있었던 것 아닌가 싶다.

더불어 이 책에는 굉장히 풍부하고 다양한 주제가 담겨 있어 분명 도움을 얻을 독자들이 있으리란 생각이 든다. 복잡한 모녀관계, 커밍아웃, 트라우마, 우울증, 성인 ADHD와 자폐 진단, 작품 창작 과정 등에 대한 경험이 섬세한 묘사로 펼쳐질 때면 비슷한 정신과적 질병을 지닌 사람, 성소수자, 창작자는 물론 그저 인생에서 한번 이상 실패해본 사람, 자기 자신과 쉽게 화해하지 못하는 사람이라면 누구나 공감하며 접어두고 싶은 페이지를 발견하게 될 것이라 믿는다.

마지막으로 이 이야기를 해도 될까. 일단 웃깁니다. 많이 웃깁니다! 특히 다섯 남매의 어린 시절 이야기와 다단계 판매 직원이 된 에피소드, '블랙 새틴 맨' 사건은 언제라도 다시 펼쳐 읽고 싶은 부분입니다.

이십대 때부터 유명하다는 영미권 드라마와 시트콤, 리얼리티 쇼를 대부분 섭렵해왔고 소셜미디어에 추천 글과 감상평도 올리곤 하다보니, 방송인이나 코미디언의 책을 한권쯤은 우리말로 옮길 기회가 올 거라고 생각했다. 해나 개즈비의 공연은 당연히 감동적으로 본 터라 이 책 번역 의뢰가 들어왔을 때 크게 환호했다. 그러다 최종 원고 입고가 자꾸만 미뤄지면서 작업 시작일이 늦춰졌는데, 문제는 번역가 또한 저자와 한 몸이 되었는지 번역 원고를 자꾸만 미루는 사태가 발생해버렸다는 점이다. 사흘쯤 고민한 흔적이 묻어나는 조심스러운 말투로 진행 상황을 묻던 담당 편집자님과 출간 소문을 듣고 책을 기다려온 독자님들께 죄송한 마음뿐이다.

예상보다 많은 시간이 소요되고 때론 한계에 부딪힌다는 느낌도 들었던 작업이지만 글을 읽고 다듬을 때만큼은 괴롭거나 지루한 적이 단 한번도 없었다. 아마도 한 인간을 깊이 알아가고 이해하는 일이 나에게는 여전히 가장 흥미롭기 때문인 것 같다. 500면이 훌쩍 넘는 이 책 속에는, 어쩌다 이 모양으로 태어나 이해할 수 없는 사회에 내던져져 감당하기 벅찬 생 앞에서 어쩔 줄 몰라 하는 연약한 인간이 있다. 고통 한가운데서도 어떻게든 죽지 않고 버텨가며 '나는 어떤 사람인지, 어떻게 행동해야 하는지' 고민하고, 어제보다는 나아지려 몸부림치는 사람. 이걸 생존 본능이라 해야 할지 자기 자신에 대한 사랑이라고 불러야 할지는 모르겠지만 실은 우리 대부분이 이렇게 살고 있는 것 같다. 우울과 자책의 구렁텅이에서도 매일 눈을 뜨고, 커튼을 걷고, 내 일을 하고, 사랑을 주고받기 위해 노력하고, 병원에 갔다가 울며 돌아와서는 또 다른 병원에 가고. 그러다보면 세상이 잠깐씩 환해져 행복해지기도 하고 한뼘씩 걷다 어느 순간 멀리 걸어왔음을 느끼기도 한다. 해나 개즈비가 출연한 토크쇼 유튜브 영상에 "해나 개즈비, 당신 같은 사람이 있어주어 고맙다"는 댓글이 달렸는데 나도 같은 마음이다.

서문에 잠깐 등장한 제니퍼 애니스턴의 일화처럼, 해나 개즈비의 스탠드업 쇼는 직접 보지 않고 입소문만 들어서는 진가를 알 수가 없다. 책도 마찬가지다. 해나 개즈비 특유의 표정과 말투가 주는 즐거움이 있듯, 여유를 갖고 이 책을 읽어내려가야 개즈비표 유머의 참맛을 느낄 수 있을 터이며 전혀 예상치 못한 순간 "가슴팍에 한방"을 맞는 듯한 충격을 받게 될지도 모른다.

개즈비가 데뷔할 때만 해도 코미디언은 '청바지를 입은 백인 남자'라는 편견이 있었다고 하는데, 오늘날 넷플릭스에서 볼 수 있는 코미디언들의 성별, 인종, 국적은 무척 다양해졌다. 최근 재미있게 본 넷플릭스 스페셜은 레즈비언인 포천 핌스터와 멕시코계 이민자인 크리스텔라 알론소의 쇼이며, 「코미디 라인업」「내일은 대세」「지금 웃기러 갑니다」에서는 흑인, 동양인, 퀴어 등 다양한 출신 배경을 가진 여러 코미디언의 거침없는 입담을 엿볼 수 있다. 개즈비 또한 최근 넷플릭스와 계약해 여섯명의 신인 코미디언을 소개하고 본인이 직접 호스트로 참여하는 쇼를 준비 중이라고 한다. 이 책을 번역하면서 「나네트」는 이미 여러번 봤으니 「나의 더글러스」Douglas(2020)를 다시 한번 보면서(2023년 1월 3일

해나 개즈비는 소셜미디어를 통해 반려견 더글러스가 세상을 떠났다는 소식을 전했다), 이번에도 시드니 오페라하우스에서 녹화하고 넷플릭스에서 공개될 해나 개즈비의 차기작 「보디 오브 워크」Body of Work(2023)를 기다리면 될 것 같다.

자신의 이야기를 세상에 풀어놓는 것만큼 짜릿하면서 위험한 일이 또 있을까. 나도 내 이야기로 창작을 하고 세간에서 '솔직하다'는 평도 듣지만 사실 나는 그리 솔직하지 못한 사람이다. 그간 블랙코미디라는 이름으로 포장해 온전히 전하지 못한 나의 트라우마가 얼마나 많은지 그 누구도 모를 것이다. 하지만 2018년 넷플릭스에 공개된 「나네트」를 보고 난 뒤, 솔직하지 못했던 나의 세상은 완전히 뒤집어졌다. 온갖 감정을 꾹꾹 눌러 담아 '내 이야기를 짊어지는 걸 도와달라'고 말하는 그 낮은 목소리를 들으며 내 분노와 슬픔의 근원을 찾는 노력을 절대 멈추지 않기로 다짐했다. 부서진 자신의 조각들을 삶과 시간이라는 풀로 이어붙이며 여전히 슬픔의 감옥 속에 있는 많은 사람이 이 책을 꼭 읽었으면 좋겠다. 이 책을 읽는 우리는 혼자가 아니다.
이랑(작가, 음악가)

해나 개즈비의 쇼는 그저 놀랍고 감동적이다. 유머, 자아와 겸양, 분노의 용법에 대해 생각하게 한다. 완벽하다. 록산 게이(『헝거』 저자)

해나는 프로메테우스 같은 힘과 혁명적인 재능을 지녔다. 이 놀랍고 감동적이며 때로는 비극적인 책은 그를 불타오르게 한 모든 것에 대해 말한다. 에마 톰슨(배우)

「나네트」는 정말 대단하다! 해나 개즈비에게 완전 감동 먹었다!
엘리엇 페이지(배우)

개즈비의 쇼는 정말 충격적이었다. 그동안 우리 코미디언들이 진실을 외면하고 얼마나 쉬운 웃음을 선택했는지 깨달았다.
트레버 노아(코미디언)

해나 개즈비의 쇼는 고전이 되어 모든 세대의 코미디언들에게 영향을 미칠 것이다.
제니 양(코미디언)

미투 시대에 절묘하게 도래한 전세계적 현상이자 수년간 가장 많이 회자되고, 언급되고, 공유된 코미디. 『뉴욕타임즈』

깊은 분노를 일으키는 만큼 웃긴 안티 코미디. 『뉴요커』

대중문화부터 정신 건강, 자폐까지
폭넓은 주제를 아우르는 농담을
펼친다. 『가디언』

해나 개즈비는 모든 농담 뒤에
존재하는 진실을 완벽하게 표현하는
사람이다. 『라방가르디아』

체계적으로 연출된 개즈비의
전복적인 쇼에서는 자기확신과
다름을 존중받을 권리에 대한
외침이 훌륭한 조화를 이룬다.
『르몽드』

개즈비는 코미디라는 예술뿐
아니라 가부장제, 남성 중심의
예술사 그리고 우리가 이해한다고
착각하고 있는 모든 것을 뒤집는다.
『리베라시옹』

웃음과 분노를 활용해 대중의
마음을 하나로 모으는 것은 해나
개즈비의 장기다. 『슈피겔』

레즈비언, 정신장애인, 예술가, 또는
세상에서 소외된 사람뿐만 아니라
두숟갈의 인류애를 가진 사람이라면
누구에게나 중요한 책. A+
아마존 독자 리뷰

가난 속에서 자란 논바이너리이자
자폐가 있는 ADHD인으로서,
나는 해나가 말하는 삶에 깊이
공감할 수밖에 없었다. 이처럼 크게
울려퍼지는 자폐인의 목소리를
듣는 것은, 우리 커뮤니티가 언제나
소망하던 일이었다.
아마존 독자 리뷰

해나 개즈비는 이 책에서 자신이
강간과 폭력, 호모포비아의
트라우마에서 비롯된 수치심을
거부하는 법을 어떻게 배웠는지
말한다. 나는 좀처럼 사과하지 않는,
분노에 찬 그의 글쓰기에 찬사를
보낸다. 아마존 독자 리뷰

트라우마와 수치심을 유머러스한
통찰로 바꾼 놀라운 책.
굿리즈 독자 리뷰

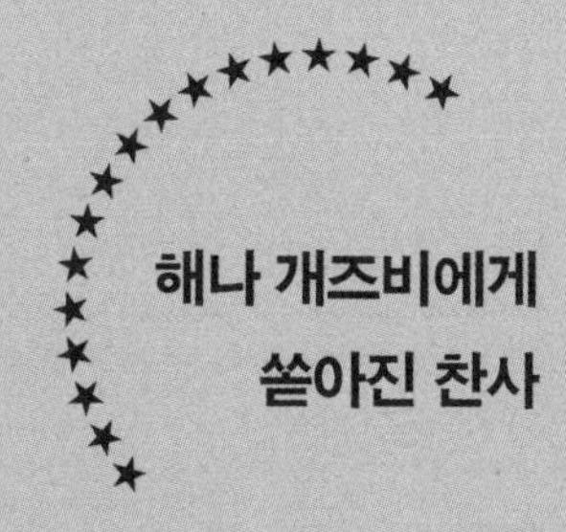

엄마와 아빠에게

예술은 복원이다. 예술은 삶이 가한 고통과 상처를 수선해주고,
공포와 두려움 때문에 해체되었던 무언가를 온전한 것으로 만들어낸다.
—루이즈 부르주아

들어가며

엄밀히 말해 이 책은 나의 두번째 책이다. 하지만 굳이 나의 첫 책을 찾아보려고 하진 않았다. 1쇄로 한부밖에 출판하지 않았고 이미 오래전 분실했으니 말이다. 문학계의 막대한 손실은 아닐 것이다. 아주 형편없는 책이었으니까. 그렇긴 해도 나 자신에게 박하게 굴어선 안 되는 것이, 고작 일곱살짜리가 쓴 책치고는 군데군데 재미있는 구석도 있기 때문이다. 물론 작품성 자체만 놓고 평가하자면 최악이다. 제목부터 망조 느낌이 풀풀 난다.

시핀 소폰은 어떻게 용과 친구가 되었나: 1부

제목에 떡 하니 스포일러를 달아놓다니. 바보 아닌가 싶다. 온갖 우여곡절이 일어나고 반전을 거듭하면 뭐 하나. 결국엔 시핀 소폰과 용이 사이좋게 잘 지낸다는 걸 이미 알 텐데, 누가 구태여 책을 읽고 싶겠는가.

제목에 '1부'라고 명시한 걸 보면 장편 대서사시를 염두에 두었던 모양이지만, 안타깝게도 2부 집필엔 영영 착수하지 못했다. 그래도 작가가 2부에 대한 여지를 남겨뒀으니 1부 결말에서 긴장감을 고조시키거나 기대감을 안겨주겠거니 하고 예상하는 분도 있을 수 있겠다. 그런 일은 없다. 1부는 시핀 소폰과 그의 새 친구인 용이 '여름휴가섬'의 한적한 해안에서 행복한 표정으로 손을 흔들며 끝난다. 속편을 쓰지 못한 건 당연할 일 같다. 섬 이름도 짓기 귀찮아서, 이 섬을 고안해낸 유일한 목적을 이름에 갖다붙이다니. 아이디어 고갈에 시달렸음이 틀림없다.

주인공 시핀 소폰이 어떤 캐릭터인지 궁금해 책을 펼치고 싶은 분도 있을지 모르겠다. 이 지점에서 또 한번 작가의 필력 부족을 확인하게 되는데, 나는 주인공 캐릭터 묘사가 소설 작법에 꼭 필요하진 않다고 여겼나보다. 내가 곁들인 드로잉이 캐릭터 파악에 도움이 될 수도 있었겠지만 실제로는 오히려 독자에게 모호함만 가중시킨다. 시핀 소폰은 비록 어린아이의 유치한 솜씨로 빚어지긴 했으나, 상당히 정성스럽게 그려진 작고 붉은 염소로 이 대서사시의 첫발을 내딛는다. 하지만 용과 친해질 무렵엔 아무렇게나 꼬불꼬불 그어진 주황색 타래에 불과하다. 아마도 그리는 게 지겨워진데다 도중에 빨간색 연필마저 없어졌기 때문이리라. 다행히 이 문제에 관해서는 내부자 정보가 좀 있다. 그러니까 시핀 소폰은 붉은 염소도 주황색 낙서도 아니고 내 오빠 해미시의 상상 속 친구라 할 수 있는데, 해미시는 시핀 소폰이 단짝 친구 키너윈과 함께 화장실에 사는 꼬마 축구 선수라고 설명했다.

세상에 딱 한부밖에 없는 이 형편없는 책이 최근 어찌어찌 내 손으로 다시 돌아왔다. 그러자 나에게 있는 줄도 몰랐던 수많은 기억이 우수수 쏟아졌다. 억압된 기억을 말하는 게 아니다. 가슴 철렁하는 충격을 주었던 기억도 아니다. 그런데 이 기억들은 마치 한번도 떠난 적 없다는 듯 조용히 다시 들어와 내 생각의 맨 앞줄을 차지해버렸다.

책 표지는 빨간색 카드보드지 두장을 마스킹테이프로 붙인 것으로 세월의 때를 타서 너덜너덜해지고 희미해졌지만, 허술한 짜임새의 제목 부분은 어제 막 대충 만든 것처럼 보인다. 이 책을 들고 있자니 남은 여섯 단어를 쓸 칸이 없음을 깨달은 순간 일곱살의 내가 얼마나 화가 났는지 생각났고, 그간의 35년이란 시간이 없었던 것처럼 당시와 똑같이 '망했다'는 느낌이 그대로 밀려왔다. 끝까지 넘겨 펴보니, 커다란 펜을 감싸고 있는 칭찬 스티커(핑크 팬더 스티커) 옆에 교감 선생님이 적은 칭찬 한줄이 눈에 들어왔다. "참 잘했어요!" 얼마나 뿌듯하게 그 스티커를 어루만지며 가슴 벅차했던지 기억이 났다. 또 한편으로는 겨우 교감 선생님이어서 화가 났던 기억, 교장 선생님 관심을 얻으려면 뭘 해야 하는지 미치도록 궁금했던 기억도 되살아났다. 담임 선생님은 내가 너무 어려 '펜 라이선스'pen licence〔오스트레일리아에서 초등학교 4학년까지는 펜이 아닌 연필만 쓸 수 있다—옮긴이〕가 없으니 본인이 대신 정서를 해주겠다고 하고는, 나에게 우리 반 애들 앞에서 그 이야기를 소리 내어 읽으라고 했다. 반 전체가 나와 내 책을 대놓고 싫어했다. 그 애들 탓은 아니다. 어쨌거나 아주 형편없는 책이었으니까.

나의 데뷔작을 다시 손에 넣은 뒤 그 책 자체를 넘어선 여러 기억이 쏟아졌고, 그 시절 어떤 감정의 격변을 겪었길래 펜을 들어 종이에 뭔가를 써보고자 하는 강한 욕구가 생겨났는지도 떠올랐다. 모든 게 해미시의 상상 속 친구들을 향한 집착에서 시작된 일이었다. 당시 나는 그들마저 나와 친구가 되고 싶어 하지 않는다는 느낌에 속상해서 미칠 것 같았다. 나는 '상상'이라는 단어 뜻을 몰랐다. 그래서 해미시에겐 근사한 친구들이 많은데, 다들 나하고는 놀기 싫어하는 줄 알고 화장실에 앉아 훌쩍훌쩍 울먹이곤 했던 것이다. 마침내 해미시가 자기가 말하는 그 친구들은 제 머릿속에 살고 있는 친구들이라고 설명해주었다. 이에 그럼 나도 시핀 소폰을 상상해도 되느냐고 물었다. 해미시는 안 된다고 했고, 내가 눈물을 쏟으니 안쓰러웠는지 나로서는 절대 타협할 수 없는 제안을 했다. 시핀 소폰은 안 되지만 대신 키너윈을 넘겨주겠다는 거였다. 받아들이지 않았다. 내가 원한 건 오직 시핀 소폰이었다. 내 상상 속에서 작고 붉은 염소였던 시핀 소폰. 가끔 그 염소가 땅을 파면서 내는 따가닥따가닥 발소리가 들려오는 것만 같았다. 키너윈 따위는 신경도 쓰지 않았다. 그 여자애에 관해서라면 아는 바가 거의 없었고, 어떻게 생겼는지도 몰랐다.

언젠가부터 나도 나만의 상상 속 친구를 불러낼 수 있게 되었다. 나의 말 친구 '서전트'를 타고 전속력으로 달리기도 했고, 절친한 친구인 '미스터 도그'와 다정하게 속닥이기도 했는데 이 개 이름에도 '여름휴가섬'과 동일한 작명법을 적용한 것으로 보인다. 그럼 이제 내 상상 속 친구들과 잘 먹고 잘 살았느냐 하면 그건 아니다. 이후 내가 얼마나 바보인지 뼈저리게 느끼고 말았으니, 내 친구들이 진짜가 아니라는 걸 알게 된데다, 설상가상으로 내가 이들을 엄청나게 덩치 큰 녀석들로 상상했기 때문에 화장실에 데려가 속닥거릴 친구는 여전히 없었던 것이다. 그다음에 어떤 행동을 취해야 할지도 몰랐다. 존재하지 않는 존재를 죽인다는 게 가능한 일이겠는가. 그냥 그다음부터 나는 '서전트'와 '미스터 도그'를 최선을 다해, 안간힘을 쓰며 모른 척했다. 당시엔 이쯤이 그나마 인간적인 행동이라 느껴졌지만 속으로는 그애들이 제발 사라져주길 바랐다. 그래야 시핀 소폰과 다시 잘해볼 수 있을 터였다.

불필요하기 그지없는 상상 속 말과 개 희생 의식이 끝난 뒤 해미시는 너무 늦었다고 말했다. 상상 속 친구들이 모두 떠났다는 거였다. 내가 어디 갔느냐고 캐묻자, 해미시는 사뭇 침울한 얼굴로 '친구들이 죽어 천국에서 하느님을 보필하고 있다'고 말했다. 나는 어린 시절 내내 또 어른이 된 뒤에도 오빠를 숭배했는데, 그래서 더 뼈아프지만 오빠가 일부러 나에게 군림하고 싶어 자기 권력을 남용한다는 느낌이 들곤 했다. 하지만 이런 일화를 떠올리노라니 그럴 리는 없었을 것 같다. 그 시절 오빠도 하느님한테 꼬마 축구 선수들이 필요할 거라 생각한 어린 소년이었다. 얼마나 사무치게 외로웠으면, 화장실에서 응가하며 말벗을 만들어내야 했을까. 오빠도 분명 오빠만의 문제가 있었으리라.

나의 첫 책을 둘러싼 모든 기억이 이토록 선명하게 다시 돌아오긴 했으나, 이야기 줄거리 자체는 난생 처음 본 듯 낯설었다. 실은 결말이 너무 의외라서 이미 제목에 스포일러를 달아놓았음에도 놀라운 반전처럼 다가왔다. 내가 쓴 기억이 없는 이 형편없는 책의 또 하나 충격적인 요소는, 꽤 높은 수위의 폭력과 피에 대한 굶주림 그리고 죽음을 담고 있을 뿐만 아니라 일곱살짜리 아이로서는 굉장히 덤덤하게 잔혹한 고어 장면을 묘사하고 있다는 사실이다. 나는 핑크 팬더 스티커가 아니라 심리 상담을 받았어야 했나보다.

그러나 교수형과 고문과 피바다가 난무하는 낯선 줄거리임에도 여전히 친숙한 구석이 있었으니, 1부는 기본적으로 얇은 베일에 가린 자서전처럼 읽히는 까닭이다. 시핀 소폰은 드레스를 싫어하고 개가 되는 꿈을 꾸며 먹는 걸 무척 좋아한다. 하지만 이 형편없는 책과 관련해 무엇보다 놀라운 건 이 책이 내 미래의 청사진 혹은 지도처럼 읽힌다는 점이다. 어른이 된 해나가 어떻게 저 이상하고 유치한 작가에게서 나왔는지를 알려주는지도 말이다. 시핀 소폰의 여정은 내 삶과 마찬가지로 사건, 고립, 탈출로 정의되며, 그가 아무나 신뢰하고 우울한 환경을 수동적으로 수용하다가 위기를 겪기도, 간신히 살아남기도 한다는 점이 나와 매우 흡사하다.

그런 면에서 독자께서 지금 읽고 계신 이 책은 한참이나 늦게 태어난 2부라고도 할 수 있을 것이나 일반적인 자서전에 가깝긴 하다. 나의 출생으로 시작되어 출판사의 독촉에 의해 끝난다는 면에서 그렇다. 이 책은 크게 보아 두가지 이야기를 하고 있는데, 하나는 다소 특이한 초년 인생이고 두번째는 코미디 업계로 진출하기까지의 다소 특이한 결정이다. 되도록 솔직하게 쓰려 했으나 약간의 판타지도 따라온다는 점을 이야기해두고 싶다. 장소에는 판타지를 가미했는데, 내 이야기란 것이 온전히 나의 이야기가 아닐 수 있어 등장인물 이름을 바꾸고 사람과 시간과 장소를 약간씩 섞었다. 다른 사람 삶에 긁어 부스럼을 만들 권리는 없다. 하지만 여러분에게 부탁드리고 싶은 한가지. 선불리 '진실 탐지기'가 되고자 하는 유혹에 빠지지는 않길 바란다. 내 삶의 대부분은 내 머릿속에 들어 있고, 여러분이 '미스터 도그'나 '서전트'가 아니라면 이 안에 들어와 살아본 적은 없을 것이다. 그러니 내가 말한 대로 믿고 따라와주시면 감사하겠다.

무슨 이야기를 할 때 웃기려는 욕심이 남달리 강한 편이긴 하나, 나에게는 공포스러운 일들이 일어났었고 그 이야기를 읽다가 속이 메스껍고 괴로울 수도 있다. 나는 그랬다.● 하지만 여러분을 조마조마하게 하고 싶지 않기에 먼저 스포일러를 하고, 1장부터 천천히 같이 갔으면 한다. 이제 이야기의 결말을 말씀드리겠다. 이 글을 쓰고 있는 지금 나는 이 용과 상당히 사이좋게 지내고 있으며, 내 주변엔 맛있는 음식이 아주아주 많다.

● 지금 진지하게 트리거 워닝(트라우마 자극이나 심적 불안을 야기할 수 있다는 경고—옮긴이)을 하고 있는 중이다. 여러분이 폭력, 성추행, 성폭행, 부상, 자살 충동, 신체 이미지 기타 등등 여러 정신적 질병에 민감하다면 책을 읽기 전에 미리 주의하면 좋겠다. 읽기로 결정했다면 더더욱. 나는 여러분을 보고 있고, 지지한다. 친구들, 크게 숨을 들이마시고 내쉬길.

1장

에필로그

나의 쇼, 「나네트」

이것들이 진짜 잔디인지 아닌지 알아야만 했다. 그럼 같은 수영장 주변 드넓은 공간에 심어진 푸른 잔디는 유기물이라고 하기엔 너무도 완벽해 보였고 사람을 불안 초조하게 하는 획일성을 갖고 있었다. 풀 하나하나의 길이가 정확히 똑같고 서 있는 각도가 일정해서 인조 잔디인가보다 했다. 하지만 아무리 생각해봐도 아닐 것 같았다. 모름지기 인조 잔디란 그럴싸한 집은 있지만 지갑 사정과 시간적 여유는 그럴싸하지 않은 사람들이 까는 것으로 알고 있다.• 초호화 주택에 상주 정원사까지 고용할 여력이 되는 슈퍼 부자들이 자랑스러운 자기 집 마당에 인조 잔디를 깔 리가 없다. 나는 사람들 사이를 벗어나 조용히 길 가장자리까지 걸어가 일부러 냅킨을 떨어뜨렸고, 허리를 굽혀 냅킨을 주우면서 이 정체불명의 잔디를 손으로 살짝 쓰다듬어보았다. 제기랄, 진짜 맞네. 다시 파티장으로 돌아가려는데 내 머릿속은 새로운 미스터리

• 모든 인조 식물은 생태계의 증오 범죄다.

때문에 집중이 되질 않았다. 천연 잔디를 강박적으로 관리해 인조 잔디처럼 보이게 하려는 이유가 도대체 무엇일까?●

내가 비정상적으로 행동하고 있다는 것은 알았다. 여기서 '비정상'이라는 건 내가 유명 인사들과 할리우드 거물들 틈에 자연스럽게 섞이지 못했다는 말이 아니다. 나는 이 사람들과 에바 롱고리아의 어리둥절할 정도로 근사한 정원에 있었고 개인적으로 이렇게 이상한 환경에서는 비정상인 것이 정상이라 생각한다. 나만 청바지와 티셔츠를 입고 있고 다른 모두가 눈부신 드레스로 감싸고 있다는 데 주눅 든 것도 아니었다. 할리우드 외부자가 이 세계에서 통용되는 드레스 코드의 코드란 실제로 풀어야 하는 암호(코드)라는 걸 몰랐다는 사실이 그렇게까지 비정상은 아니지 않을까. 이 행사 초대장에는 '브런치 의상'이라 적혀 있었고 당연히 브런치는 정식 식사가 아니기에 나는 그 말을 있는 그대로, 즉 편하게 입어도 된다는 뜻으로 받아들였다. 그래서 여신 미모를 뽐내는 저넬 모네이와 상대가 안 된다고 느끼는 건 지극히 정상이었다. 진짜 비정상인 건 이상한 모양의 잔디를 만져보고 싶은 강한 충동을 억제하지 못해 저넬 모네이와의 대화를 급작스럽게 중단하고 따로 떨어져 나온 것이라 할 수 있다.

내가 유명 연예인들이 깔려 있는 곳에서 내 발밑에 깔린 물체에 정신이 팔린 건 이번이 처음도 아니다. 몇달 전 참석했던 넷플릭스 에미상 파티에서는 흰색 카펫 말고는 다른 아무것도 생각할

● 정답: 정원 다양성 불안증.

수 없었다. 아니, 어떤 미친 인간이 야외 행사에 깔 카펫 색깔을 새하얀색으로 정한 걸까?● 야외란 아무리 근사하고 깨끗해도 카펫의 안전한 서식지라고는 할 수 없다. 흰색이고 뭐고 그냥 카펫을 깔면 안 된다. 이 문제가 나를 너무 끈질기게 따라다니며 괴롭히는 바람에 누가 봐도 꿈같은 상황 안에 내가 들어와 있다는 걸 실감하지도 못했다.

존 스타모스(1987~95년 미국 ABC 방영 시트콤 「풀 하우스」에 출연했던 베테랑 미남 배우—옮긴이)가 내게 자기소개를 한 다음 내 쇼에 대해 칭찬의 말을 연달아 했는데, 나는 그 사람 입술 움직임만 멍하니 바라보며 내 마음이 콩밭에 가 있다는 사실을 들키지 않기만 바랐다. 무엇보다 발아래 물건에 대해서 말하고 싶어 미칠 지경이었다. 저 내일 이 카펫 어떻게 될 것 같으세요? 이 행사 끝난 다음에도 한번 더 쓸 수 있을까요? 얘한테 다음 생이 있을까요? 스타모스 선생님이라고 하셨죠? 시간이 지난 후에야, 솔직히 몇달 뒤에야 제시 삼촌(존 스타모스가 「풀 하우스」에서 연기한 캐릭터—옮긴이)이 나를 알고 내 쇼를 좋아한다고 말하고 싶어서 일부러 다가와 인사를 청했다는 걸 알았다. 물론 이 일련의 사실에 이성적이거나 논리적인 부분은 하나도 없다.

조디 포스터가 같이 사진을 찍자고 했을 때도 그 영광스러운 제안에 어울리는 감격스러운 표정을 짓지 못했는데 카펫 밑에 깔려 납작해질 불쌍한 잔디가 걱정 되어서였다. 「퀴어 아이」(다섯명

● 테드 서랜도스(넷플릭스 공동 CEO—옮긴이)겠지.

의 게이 진행자가 진행하는 리얼리티 프로그램으로, 이들 진행자는 '멋쟁이 5인방'으로 불린다—옮긴이) 사회자 셋이 다가와서 소개할 때는 다른 두 사람은 어디 가고 셋뿐인지 궁금해하지도 않았다. 오로지 나는 마시고 떠드는 북적북적 파티에서 어떻게 흰 카펫이 몇시간이고 변함없이 흰색을 유지하는지 알고 싶을 뿐이었다.●

또한 이것이 단 한장으로 된 카펫이라는 사실도 받아들일 수가 없었다. 넓은 장소에다 야외이니 실내처럼 직각으로 떨어지지도 않는데 카펫에는 이음새도 없었다. 그 자리에서 무릎을 꿇고 손으로 카펫을 만져보는 게 적절치 않은 행동이라는 건 알았기에 또다시 가장자리까지 걸어가 해답을 찾으려 했다. 바로 이때 노먼 리어(100편 이상의 영화 및 TV 프로그램을 제작한 미국의 프로듀서—옮긴이)와 부딪쳤다. 그는 돌아서서 나에게 정중히 사과했다. 착한 분이네, 생각하며 웃어 보였더니 그분도 자기소개를 했지만 앞서와 마찬가지로 당최 누구신지 알 길이 없었다. 나중에 구글로 찾아봐야겠다고 생각하며 인사하고 헤어졌는데, 나중에야 내가 TV 시트콤 제왕의 아이디어를 훔쳐올 기회를 간발의 차로 놓쳤다는 사실을 깨달았다.

카펫 시추에이션에 대한 집착은 어느 자그마한 여성이 내 어깨를 툭툭 치면서 드디어 깨졌다.

"해나 개즈비 씨죠?"

고개를 끄덕이면서 이번에도 상대가 먼저 정체를 밝혀주길 바

● 마녀사냥이나 백인우월주의 때문일 것이다—알고리즘이 정답을 알려줄 것이다.

랐다. 누구인지 전혀 몰랐기 때문이다. 하지만 그 여성은 고개를 한번 끄덕이더니 말했다. "제니퍼 애니스턴이 만나고 싶어 해요." 나는 당연히 내가 서 있는 이 자리에서 소개가 이루어지는 줄 알았는데, 이 작은 여성은 자기를 따라오라더니 휙 돌아서서 사람들 사이로 사라지는 것이었다. 신기하네? 이건 초대가 아니고 호출이잖아. 호기심이 일어 그 여성 뒤를 졸졸 쫓아갔고 그때부터 하얀색 카펫은 까맣게 잊었다.

제니퍼 애니스턴은 한발짝도 움직이지 않고서 말 상대를 불러낸 사람치고는 너무도 따스하고 열렬하게 나를 맞아주어 또다시 어안이 벙벙해졌다. 나였다면 이때다 싶어 상대를 놀렸을 것이다.•

제니퍼 애니스턴은 나를 만나 몹시 기쁘다고 말했고 나 역시 기쁘다고 대답했다. 물론 예의를 차린 말이었지 솔직히 신나진 않았다. 겁이 났다. 나는 자폐인이고 십년지기와 만나도 일상적인 대화를 나누는 데 곤란함을 겪는데,•• 오랜 세월 전세계인의 사랑을 듬뿍 받아온 유명 배우 앞에서 내가 긴장을 풀 수 있을 리 없었다. 이런 사람은 서민들에게 어느 수준의 찬사를 기대할까? 아부라는 비유와 상징을 적절히 활용해 정체성과 지위를 확인해줘야 하는 걸까? 실은 「프렌즈」를 보지 않았다는 걸 말해줘야 하나? 이 점에서 걱정할 필요는 없었다. 제니퍼 애니스턴은 내 쇼를 보지 않았다는 정보를 먼저 알려주었다. 아차, 한발 늦었다.

• 해나 개즈비, 혹시 그거 아세요? 그거 알려드리려고요. 당신 술래! (도망간다.)

•• 다행히 나의 십년지기는 더글러스라는 개다.

말투나 분위기로 보면 얼핏 칭찬처럼 들리긴 했는데 그건 그냥 사실일 뿐이었다. 그 사실이 내게는 살짝 모욕이 될 수도 있었지만 희한하게도 애니스턴은 그걸 진심 어린 칭찬이나 인정처럼 들리게 만들었다. 그럼에도 그 말을 듣는 순간 깜짝 놀라긴 했고, 잠깐 정신을 놨는지 나도 불쑥 말해버렸다. "그런데 그걸 왜 말하는 거예요?" 내 질문을 받자 애니스턴은 잠시 멈칫했고, 그 몇 초 동안 나는 내 존재 전체를 후회하기 시작했다. "글쎄요. 저도 모르겠네요." 애니스턴은 웃었다. 그래서 나도 웃었다. 그렇게 해야 될 것 같았다. 애니스턴이 말했다. "아니, 얼마 전 촬영 중에 주변 사람이 전부 「나네트」를 봤다고, 꼭 봐야 한다고 하더라고요. 아직 기회가 없어서 못 봤는데 해나가 여기 와 있다고 하기에 그냥……." 애니스턴은 말꼬리를 흐렸고 부끄러워하는 듯도 했으나 나는 이제야 종반전end game이 어찌 될지 모르는 사람이 나뿐만이 아니라는 사실에 안도했다. 애니스턴은 자기뿐만 아니라 나에게도 약속하듯이 내 두 손을 붙잡고 말했다. "꼭 볼게요! 분명 좋아할 거예요." 이렇게 이 배우는 어색함에서 자연스럽게 빠져나갈 길을 제공해주었지만 나는 그 길을 택하지 않았다. "안 좋아하실 수도 있잖아요. 재미없을 수도 있는데?" 제니퍼는 내 손을 토닥거리더니 대답했다. "아이, 그러면 말 안 하면 되죠." 전형적인 로스앤젤레스 스타일.

내가 참석한 최초의 (그리고 유일한) 에미상 행사였고 적어도 나 자신을 어릿광대로 만들지는 않았다고 자부한다. 브런치 의상은 재앙이었지만 드레스 암호를 조금은 해석할 뻔하기도 했다.

바로 전에 샤워를 했으니 말이다. 그래도 누더기를 입어 내 존재의 차별성을 알릴 수는 있었다. 이날의 행사를 위해 특별히 준비한 새 드레스를 입지는 않았으며, 신던 신발을 신고 갔다. 물론 내가 새 드레스건 헌 드레스건 드레스를 입었을 리는 없고 단벌 정장을 입고 갔다. 무슨 말 하려는지 여러분도 알 것이다. 그날 유일하게 후회되는 건 내가 생각보다 파티장에서 일찍 나와 화장실에 가볼 기회를 놓친 것이었다. 이 연예계 사람들이 씻는 장소의 바닥에는 얼마나 괴상한 상황이 펼쳐져 있을지 두 눈으로 확인하고 싶었는데 말이다.

제니퍼 애니스턴이 보지 않았다는 그 쇼는 나의 스탠드업 코미디 스페셜 「나네트」다. 이 쇼가 2018년 6월 19일 처음 넷플릭스에 공개되고 몇달 만에 폭발적인 조회수를 기록하면서 나는 그 즉시 장안의 화제로 떠올랐다. 내가 '장안'이라고 말할 때는 로스엔젤레스라는 특정 도시를 뜻한다. 이전에는 경유 때문에 오면가면 잠깐 들른 적밖에 없는 도시였기에, 내가 이곳에 처음 도착했을 때 광고판이나 버스 정류장에 나의 거대한 얼굴이 도배되어 있는 걸 보면서 남부끄러웠던 기억이 있다.● 나는 이 도시 여기저기로 끌려다녔고 사람들은 내 어깨를 만지고 내 동료들이라면 만사 제쳐두고 달려올 만남이 성사되기도 했다.

「나네트」 공개 후 몇달 동안은 내 인생의 가장 이상하고도 불안정한 시기였다. 나는 단기간에 비교적 무명인에서 얼굴이 가

● 너무나 괴상하고 비현실적이라 오히려 정신적 충격이 없었다.

장 많이 팔린 사람이 되었고 매일 영혼에 회초리 세례를 맞는 기분이었다. 얄궂게도 나의 '벼락 성공' 이후의 야단법석이 나의 쇼 자체보다 훨씬 웃겼다. 「나네트」가 누가 뭐래도 코미디 역사상 가장 의도적으로, 처절하게, 웃기지 않는 한시간짜리 무대였기에 놀랄 일도 아니다.

참고로, 아직까지 제니퍼 애니스턴이 「나네트」를 재미있게 봤다는 말을 전해주지 않았으니 내 쇼를 싫어했다는 뜻으로 받아들여도 될 것 같다. 물론 너무 바빠서 나와 대화를 나눈 것조차 기억하지 못할 가능성이 훨씬 더 높다. 하지만 언젠가 누군가 내 어깨를 톡톡 두드리고, 내가 돌아봤을 때 자그마한 여성이 이렇게 말하는 그날이 왔으면 좋겠다. 제니퍼 애니스턴이 그러는데 「나네트」가 왜 그렇게까지 유명한지 잘 모르겠다고 하네요. 상상만 해도 웃긴다.

어쩌면 나는 쇼 비즈니스 업계의 꿈을 살고 있었는지도 모른다. 하지만 가슴에 손을 얹고 말하는데 남들이 말하는 이 꿈은 절대 내 꿈은 아니었다. 물론 냉소적인 사람들에게는 내가 겸손 떠는 위선자로 보일 수도 있지만, 그래도 내 분야에서는 꿈과 야망을 가졌고 마음껏 펼칠 수도 있었다.● 하지만 나의 작은 성공이 나를 '라라랜드'로 인도하려 했을 때 두번 생각하지 않고 도망쳐나온 이유는 단순히 실용주의 때문이었다. 막상 몸으로 부딪쳐보면 어마어마한 시간과 에너지 낭비일 뿐일 그 환상에 발을 들여놓고

● 나는야 '거어얼'(girrl) 보스이기 때문이다.

싶지 않았다. 나 같은 사람이 할리우드 성공을 좇을 때 주어지는 것은 딱 그 정도밖에 안 된다는 사실을 알고 있다. 그러니까 오스트레일리아 출신에 자폐인에 경제적 취약 계층에 젠더퀴어에 질 소유자로 살아온, 참새 같은 골격을 한번도 가져본 적 없는 사람에게 주어질 역할은 그다지 많지 않다는 얘기다.• 나에게도 이 세계에서 도전해볼 '장기'가 두어가지는 있겠지만 종합선물세트처럼 골고루 갖추지는 못했다. 이미 케이트 블란쳇이 우울한 레즈비언 역할로 이 마을을 휘어잡고 있는데 내가 들어설 자리가 어디 있겠는가? 그러나 아주 솔직히 말하면 할리우드 입성의 가장 큰 방해물은 나의 게으름 같다.

예상치 못한 여러 조건이 동시에 맞아떨어져 이뤄진 극적인 행운이 겹치면서 나는 이 강철도시 할리우드에 떠밀려왔고 이곳을 흔드는 유력자들의 주변 시야에도 포착되었다. 이 기회를 잘만 활용한다면 인생을 바꾸는 실험이 될 수도 있었으나 딱 한가지 문제가 있었다. 홍보할 만한 작품이나 아이디어가 없었던 거다. 전략적으로 대비해둔 섹스 동영상이라도 유출된다면 모를까 운 좋게 찾아온 반짝 인기를 굳혀줄 소재가 없었다. 내가 제공할 만한 것이 없었다는 얘기가 아니라, 그즈음에는 나를 하루아침에 스타로 만든 이 작품에 내 모든 것을 남김없이 쏟아부었다는 말이 더 적절할 것이다. 「나네트」는 나를 모조리 빨아들였고, 나는 빈껍데기만 남은 인간 형태의 빈 통인 채로 돌아다니고 있었으며

• 나는 지금은 경제적으로 안정되었다. 생전 처음이긴 하지만 그렇다. 그리고 나는 백인이며, 이는 내가 인정하건 안 하건 차별적이고도 확고한 장점이다.

마치 이 거대하고 드문 성공의 기회를 허공에 날리고 있는 듯한 기분이었다. 희망 없이, 기운도 없이 휘청거리면서 이번 놀라운 순간에서 다음 놀라운 순간으로 넘어갈 기력밖에 없었고 회복 불가능한 실수를 저지르지 않기만을 바랄 뿐이었다. 그래도 그 와중에 책 계약은 하나 따냈으니 다행이라 해야 할까?

「나네트」의 성공은 당사자인 나조차도 충격적인 일대 사건이었으나 그뒤에 따라올 역풍은 충분히 예상된 바였다.• 결국 나는 이 세계가 아는 한 가장 예민한 두 인구 집단의 심기를 거슬렀다. 백인 이성애자 시스 남성 그리고 자기만 옳은 줄 아는 코미디언. 모든 게 내 탓이로소이다.••

우리의 농담에서 무엇을 저격해야 하는지 아세요? 평판에 대한 집착입니다. 명성이요. 지금 사람들이 가장 높게 평가하는 가치 아닙니까? 인간성이 아니죠. 평판이죠. 이 평판이라는 근시안적인 과찬을 누가 차지하는지 아시나요? 연예인들입니다. 코미디언들도 마찬가집니다. 「나네트」 56:42

엘런 디제너러스는 자신의 넷플릭스 스페셜 「공감 능력자」Relatable 공개 후 『뉴욕타임즈』와의 인터뷰에서 「나네트」에 대해 어떻게

• 그래도 이 정도 스케일은 아니었다.

•• 이것은 피해자 책임전가를 겨냥한 농담이다. 그러다보니 안 웃긴다.

생각하느냐는 질문을 받았고 이에 "재미있게 봤다"고 답했다. 그러나 그 말을 어쩌면 취소하는 듯한 발언도 했는데, 「나네트」를 스탠드업 코미디라고 생각하지 않는다는 점을 확실히 밝힌 것이다. 그녀는 「나네트」를 '1인 쇼'라고 불렀다. 그 인터뷰를 읽으면서 '1인'이라는 단어에 꽂히고 말았다. 스탠드업 코미디는 원래 거의 1인 공연이다(엘런도 마찬가지다). 그러니 어떻게 이게 차별점이 될까? '1인'이라는 말이 내가 여러 작가와 협업하지는 않았다는 걸 뜻할 수도 있다. 그렇다고 한다면, 나와 반대로 엘런의 스페셜은 1인 쇼가 아니지 않을까.•

「나네트」를 주먹으로 살짝살짝 때린 코미디언이 엘런 한 사람만은 아니다. 하지만 나는 엘런만 언급할 텐데, 엘런은 '우리 쪽 사람'이고 당분간은 서운함도 우리 쪽 사람에게만 표현해야 안전할 것 같아서다.•• 나는 많은 코미디언이 나와 내 작품을 미워할 것임을 인지하고 있었고, 반가운 시나리오는 아니었지만 그들이 화가 났다 해도 비난할 수는 없다. 나도 어떤 면에서는 동의하기도 하는바 교만할 정도로 재미없는 코미디 쇼가 '코미디 업계의 기대주'라는 왕관을 쓸 자격은 없는 것 같다. 하지만 내가 왕관을 가져다 내 머리에 올린 것도 아닌데 어쩌란 말입니까?

궁극적으로 「나네트」를 코미디라고 주장할 필요도 못 느끼는데, 하나 마나 한 공방만 오가게 될 것이기 때문이다. 그래도 이 책을 읽고 있을 미국인이 있다면 이것 한가지만은 직접 말하고

• 뭐라고? 지금 최대한 친절하게 구는 중이다.

•• 언젠가 교차성(intersectionality)에 대한 공적이고 어른스러운 논의가 오가길 기대하고 있다.

넘어가고 싶다. 미국 코미디 신神이 나의 신은 아니다. 나 또한 여러분의 「새터데이 나이트 라이브」(SNL)에 대해 익히 알고 있고 역역스yuk-yuks라는 코미디 클럽의 신전에 올라간 코미디의 신들을 인정한다. 하지만 나에게는 아무 의미도 없다. SNL은 내가 생각하는 한 짐스런 동료 정도다. 그 모든 농담들, 나를 이 난리판으로 끌어들인 농담들은 그렇다 치고 내가 강조하고 싶은 부분은 오스트레일리아의 코미디 신scene은 미국 모델과는 아주 많이 다르다는 점이다. 내 작품은 개인으로서 나를 반영하는 작품이 아니라 내 기술을 연마하는 문화와 환경이라는 토양에서 성장한 산물이다.

나는 '페스티벌 코미디언'festival comic이라 할 수 있으며 내가 하는 건 스토리텔링형의 긴 콘텐츠 코미디다. 나는 농담 위에 농담을 쌓아 조립하는 게 아니라, 관련이 있는 소재들을 모아 주제가 있는 한시간짜리 쇼를 구성해 관객을 나의 주제로 안내한다. 이러한 코미디 형식이 더 우월하다고 말하려는 게 아니다. 그냥 다르다는 거다. 내가 이 장르를 개척한 사람도 아니고 내가 특출한 것도 아니다. 오스트레일리아와 영국의 코미디 페스티벌 기간에는 매년 훌륭한 코미디 기술을 연마한 코미디언들이 몇시간 동안 놀라운 공연을 펼친다. 이 방면에 재능이 뛰어난 인재가 워낙 많기 때문에, 동시대 미국인 코미디언들이 무엇을 어떻게 말하고 있는지 보고 듣고 배워야 할 필요를 느끼지 못했다. 나의 창의적 호기심을 충족시켜줄 사람과 작품이 내 주변에도 넘쳐났으니까. 물론 미국 코미디 스타들 이름은 익히 들어 알고 있었다. 당연히 그랬겠지, 왜 안 그랬겠나. 문화제국주의의 공격적인 침략 전술을 당해낼 순 없다. 하지만 내가 벤치마킹하고 싶은 부분을 찾을 정도로 거기에서 영감을 받진 못했다.

2018년「나네트」가 공전의 히트를 기록하기 전에도 내 작품 목록에는 한시간짜리 스탠드업 코미디가 여덟편 있었고 그중 네편은 코미디가 가미된 미술사 강의였기에, '캐럴라인스 온 브로드웨이'〔맨해튼의 코미디 클럽—옮긴이〕에서 공연을 못 했다는 점이 내 경력을 크게 깎아내리지는 않았을 것 같다. 그리고 미국인들은 '코미디 아워'로 충분히 단련되어 있으니 내가 60분간의 불쌍하고 비참한 이야기를 나름대로 감동적이고 성공적인 작품으로 바꿔놓았다는 점이 그렇게까지 놀라운 일도 아니어야 한다. 여러분, 나에게도 갈고닦아온 기술이 있어요. 내가 뭘 하는지는 정확히 알고 있답니다. 싫어하는 거야 자유지만요.

남자들이 코미디 하다가 화를 내면 다들 괜찮다고 생각하죠. 남자들이 그 장르의 왕이죠. 내가 화를 내면? 불행한 레즈비언입니다. 재미와 농담을 망쳐버리는 사람이 되죠. 「나네트」 58:09

일부 코미디언이 내가 이 모든 농담 같지 않은 농담으로 너무 멀리 갔기 때문에 코미디언 자격을 빼앗아야 한다며 분노하는 걸 보면 당황스럽다. 조지 칼린〔미국 코미디 업계의 대부—옮긴이〕은 코미

디언의 역할이란 선線을 찾아내서 그 선을 넘는 것이라고 말한 바 있다. 내가 한 일이 그 일 아닐까. 내가 찾은 선은 코미디의 정의 자체였고, 많은 사람의 신경을 거슬렀으니 그 점에서 나는 훌륭한 코미디언이었다고도 할 수 있을 것이다. 그런데 아니다. 나는 나 자신을 코미디언으로 여기지도 않는다. 나는 스탠드업 공연예술가다. 앤디 카우프먼이라면 노래하고 춤추는 사람song-and-dance man(미국의 희극인 카우프먼은 생전에 자신은 코미디언이 아니라 노래하고 춤추는 사람이라고 했다—옮긴이)이라고 했을 것이다.

물론 확실한 것은 코미디가 지금 이 순간 곤경에 빠져 있다는 점이다. 불평하고 징징거리는 사람들이 쓸데없는 걱정을 하고 있는 건 아니다. 다만 두려움과 비난을 쓸데없는 곳으로 돌리고 있다는 점이 문제다. 나는 문제가 아니다. 그들이 사냥해야 할 마녀는 맥락이다.• 이제 농담은, 농담이 들린 그 방에만 살아 있지 않다. 옳건 그르건 누군가 무대에서, 혹은 어디에서든 말한 모든 것이 맥락에서 떨어져나올 가능성이 잠재해 있고 그러다보니 곤란한 일 없이 풍자가 수행되는 일이 불가능해져버렸다. 코미디는 더이상 베이거스가 아니다('베이거스에서의 일은 베이거스에 남는다'라는 유명한 문구를 활용한 비유—옮긴이). 이 땅의 모든 코미디언은 자기가 했던 못된 농담이 카탈로그 어딘가에 숨어 있다가 자신을 덮친 경험이 한번 이상 있을 것이다. 곧 내 순서도 올 것이다. 특히 내가 세상 밖으로 내놓은 소재를 생각하면 상당히 지저분한 공격이

• 맥락이란 강에 던져버린다 해도 언제나 둥둥 떠오르게 되어 있다. 나처럼.

있으리라는 것은 쉽게 예상할 수가 있다. 나 또한 여느 사람과 마찬가지로 결국 무지하게 태어나 편견이라는 양동이에 발을 담그고 있는 사람이다.•

그러나 내가 다른 코미디언들보다 이 부분에서 약간의 이점을 갖고 있다고 생각하는 이유는, 나의 핵심 지지층 절대 다수가 레즈비언이라는 점 때문이다. 레즈비언 관객이 당신 코미디를 좋아하지 않는다? 당신 입을 바로 닥치게 해버릴 것이다. 레즈비언들은 인터넷이라는 안전한 공간으로 후퇴할 필요도 없기 때문에 그냥 바로 그 자리에 당신의 멱살을 잡고 추궁할 것이다. 큰 소리로 야유한다거나 중얼거린다는 것이 아니다. 그보다 훨씬 강력한 제재가 들어온다. 객석이 얼음장처럼 차가워지는 것이다.

어떤 유의 코미디언이 레즈비언도 잘 못 웃길까요? 지구상의 모든 코미디언! 하하하. 레즈비언은 유머를 모르거든요! 「나네트」 15:40

• 내가 먼저 변명하자면 이렇다. 「나네트」 안에서 나는 계속 '이성애자 백인 남성'이라는 용어를 쓰고 있다. 사실은 '이성애자 백인 시스 남성'이라고 했어야 한다. 또한 '녀석들'과 '남자들'을 섞어 쓰기도 했는데 이는 그리 세련되지 못한데다 '여성'들의 경험을 무신경하게 일반화한 것이기도 하다. 인종, 젠더, 성적 지향의 교차성에 대해 조금 더 명확하게 가시화하지 않은 점도 후회한다. (이것은 백인이라는 나의 특권 때문이기도 하다.) 일관적으로 주의 깊게 논바이너리와 트랜스들을 포용하는 언어를 사용하지도 않았다. 또한 정신과적 질병에 대해서도 아슬아슬한 단어를 사용했다. 내가 가했을지 모를 상처와 여러분이 입었을 피해에 진심으로 사과드린다. 그러니 지금 이 자리에서 앞으로 90년 동안 아카데미 시상식 사회자는 맡지 않겠다고 선언한다.

레즈비언은 당신이 무대에 있을 때 그들만의 즉석 출장 위원회를 소집해 한 팀으로 똘똘 뭉쳐 손가락질 몇개만으로 당신을 묵사발 만들 수 있다. 레즈비언은 가장 중요한 펀치라인을 던지기 바로 전에 끊어버리기도 한다. 의도의 중심을 잘라내버리고 애써 모은 소재들이 살아서 돌아다니기도 전에 사살해버릴 수 있다. 당신으로선 들어본 적도 없고 꺼낼 의향도 없던 트리거 목록을 이 관객들이 나열하면, 당신이 그동안 열심히 준비한 작품이 당신 앞에서 피를 철철 흘리며 죽어가는 모습을 지켜볼 수밖에 없다. 신참 갈구기에 관한 농담으로 이 상황을 더 풀어보고 싶지만 그러지 않아야 한다는 걸 알기에 참는다. 레즈비언 특유의 피드백 콤플렉스에 감시당하는 건 짜증 나는 일이지만 지금은 감사하게 여기고 있다. 덕분에 내 최악의 아이디어를 싹부터 잘라냈기에 내 경력에 해를 입히지 않을 수 있었고…… 나 말고 다른 많은 분에게도 해가 안 되었을 거라 믿는다.

「나네트」를 쓰기 전 나는 웃음이라는 미명 아래 편견과 비방을 거리낌 없이 전시하고 옹호하면서 말초신경을 자극하는 코미디언들에게 지쳐 있었다. 코미디의 유일한 목적이 사람들을 웃기는 것이라는 주장이 코미디의 논리처럼 보이긴 하지만 이제 우리에게는 인터넷이 있으며, 생각 없는 웃음을 주는 시장은 인터넷으로 위기에 처했다. 생각 없이 웃고 싶으면 인터넷을 켜면 된다. 공짜에다 무한정이고, 집에서 한발짝도 안 나가도 된다. 왜 굳이 차려입고 집을 나가 코미디 클럽에 가서 CK 루이스가 매우 슬퍼하며 자기가 십대 파시스트처럼• 자위한다고 이야기하는 걸 지켜보는 위험을 감수해야 할까? 개인적으로, 말의 의미보다 말의 효과에 더 신경 쓰는 사람들은 무모한 마키아벨리적 세계관을 갖고 있다고 말하고 싶다. 웃음은 상냥하거나 유순하지 못하며 대체로 악의적이다. 누가 저 혼자 자기 농담이 '순수'하다고 생각하는 건 중요치 않고, '관객들이 그 순수한 의도를 알아줄 거야'라고 여기는 사람이 있다면 한마디로 멍청이다. 사람들은 누군가의 '무해한' 유머를 받아서 그들 나름대로 악의적인 이유를 갖다붙여 웃는다. 나라면 절대 웃지 않을 텐데, 재미없는 코미디에 웃음을 실어주어 그걸 살려내고 싶진 않기 때문이다.

「나네트」가 사상 최초의 코미디 해체 쇼라고 주장하는 분이 있다면 넓은 마음으로 용서해드리려고 한다. 물론 틀린 말이지만 그래도 용서하려고 하는 이유는 사람들이 「나네트」를 코미디의 해체로 생각하게 하고 싶었기 때문이다. 코미디 해체에 대한 모든 수다는 그저 바람잡이일 뿐이다. 맥거핀이라고 말해도 되겠다. 나는 '천재'라는 환상을 파괴하고, 서양예술사를 지배한 권력 남용의 긴 역사에 관심을 모으길 바랐다. 신비롭게 포장된 예술가들의 자아를 꺾고 싶었다. 그럴 때 스탠드업 코미디보다 더 나은 매개 수단은 없었다……. 특히 이곳은 수많은 미성숙한 남자가 사람들이 전혀 신경 쓰지 않는 분야에서 최고가 되려고 경쟁하는 업계이기 때문에 더욱 그렇다.

내 쇼를 굳이 분류해야 한다면 '스탠드업 카타르시스'라 부르

● 이 말은 곧 과도함만 있지 인간미라고는 전혀 없다는 뜻이다.

고 싶다. 트라우마 변환 실험이라고 할 수도 있겠다. 나는 관객들에게 내 트라우마를 이야기하는 데 그치지 않았고, 그 방에 있는 사람들이 트라우마 비슷한 감정을 느끼도록 하고 싶었다. 낯선 사람들이 가득한 방에서 공통의 공감 경험을 자아낼 수 있는지 보고 싶었다. 비단 나 자신만을 위해서가 아니라, 코미디 쇼에 갔다가 어떤 이들의 마이크를 통과해 전세계로 쏟아지는 강간 찬양과 폭력, 여성혐오, 동성애 혐오, 트랜스 혐오 등의 막말을 듣고 상처받는 이들을 위해서였다.•

'엄밀히 말해' 「나네트」가 코미디 쇼가 아니라는 사실은 나도 누구보다 잘 이해한다. 그러나 반전이 있으니, 「나네트」가 코미디가 아니라는 것은 프랑켄슈타인의 괴물이 인간이 아니라는 것과 같은 이치로 보아야 한다. 내가 연설문을 쓴 다음에 그걸 코미디라 불러달라고 한 건 아니다. 나는 코미디에 대해 내가 아는 모든 것을 흡수한 다음 그것을 낱낱이 해체하여 사지를 이어붙여 괴물을 만들었다. 「나네트」가 마치 불청객처럼 코미디 무대에 쳐들어가는 쇼였다면 효과가 없었을 것이다. 사람들은 차이를 안다. 내 무대와 말투는 스탠드업을 할 때와 동일하다.•• 공연이 진행되는 공간에 제4의 벽(무대와 관객 사이를 떼어놓은 보이지 않는 수직면—옮긴이)은 없었고, 야유도 허용되었고, 항의 퇴장도 인정되었고, 감독

• 나의 안티코미디에 상처를 받았다면, 당신만의 슬픔의 감옥으로부터 탈출하기 위해 나의 본보기를 얼마든지 빌려가도 좋다.

•• 뒷부분의 절규하는 대목에서는 다르다. 이 스타일은 '전형적인 화난 남성이 하는 독백'으로 알려져 있는데, 많이들 '순수 코미디'라 부르는 장르다.

도 극작가도 없었다. 나뿐이었다.

「나네트」 안에 웃기는 농담이 없지 않았다는 점도 지적하고 싶다. 전반부는 상당히 웃기는 펀치라인으로 가득하다. 이 쇼를 공연할 때 객석에서 웃음이 터지지 않은 적은 단 한번도 없었다. 이 점이 중요한데 물론 자랑하고 싶은 마음도 있지만, 이게 신뢰를 쌓는 방식이었다는 말을 전하고 싶은 거다. 관객들이 나를 신뢰해주는 것, 안전하다고 느끼는 것이 꼭 필요했다. 내가 관객들의 안전망을 빼앗은 다음 되돌려주지 않을 수 있으려면 우선 그들 자신이 안전하다고 느껴야만 했다. 왜 그럴까? 그것이 바로 트라우마의 모습이기 때문이다.

내가 하는 일이 뭘까요? 긴장을 조성했다가 여러분을 웃기죠. 그러면 여러분은 안도해요. 여러분은 고맙다고 말하죠! 웃고 싶었는데 잘됐네. 하지만 나는 여러분을 긴장하게 했어요! 학대 관계나 마찬가지 아닙니까? 왜 나하고 같이 있나요? 보이세요? 나는 방금 가정폭력으로 여러분을 웃게 했는데요. 코미디란 끔찍한 겁니다. 「나네트」 30:36

「나네트」는 #미투 운동이 한창이던 시대 한가운데에 투척되었는데, 아마 #미투 시대였기에 10분 동안 가부장제를 비웃는 장광설 후에 폭행에 대한 고백이 포함되는 코미디 쇼가 발표될 수 있었을 것이다. 하지만 바로 이 지점에서 내가 위대한 코미디언인

건 아닐까? 왜냐하면 결국 코미디에서 제일 중요한 건 타이밍이기 때문이다. 이 쇼가 웃기진 않을지언정 나에게 분위기 파악 못했다며 손가락질할 사람은 없을 것 같다. 처음부터 넷플릭스 스페셜을 염두에 두고 「나네트」를 만들지는 않았다. 영상 녹화를 할 때만 해도 넷플릭스와 계약되어 있지 않았다. 「나네트」가 넷플릭스 현상이 된 이유는 「나네트」가 이미 무심코 그 자체로 하나의 현상이 되었기 때문일 것이다.

예술가는 시대정신을 창조하지 않습니다. 시대정신에 응답하죠. 「나네트」 45:03

「나네트」의 원래 목적은 절대로 내가 코미디 업계의 뜨거운 감자가 되는 것이 아니었고 오히려 그 반대였다. 나는 내 관중 '개체 수를 제한'하고 싶었다. 비록 한줌밖에 안 된다 해도 진정한 팬을 찾는다면 다수 관객의 평안을 걱정하지 않으면서도 무대에서 내가 원하는 나다운 사람이 될 수 있을 터였다. 하지만 처음 「나네트」를 공연할 때부터 관객들은 내가 자신들을 밀어내지 못하게 했고, 나의 고통을 이해하며 마음을 쓴다는 사실을 확실하게 보여주었다. 그리하여 내 인생과 내 작품을 아무도 관심 없는 장소에 효과적으로 봉인할 수 있겠다는 생각에서 만든 작품이 나 자

신보다 훨씬 커졌으며, 세계적인 문화현상 비슷한 것이 되어 코미디 세계를 흔들었을 뿐만 아니라 내 존재를 나조차도 알아볼 수 없게 만들고 말았다.

코미디를 그만둬야겠어요. 진지하게 말예요. 그렇다고 무슨 포럼에 나가 중대 발표를 해야 하는 건 아니잖아요? 코미디 쇼 안에서 해야죠.

「나네트」 16:53

「나네트」에서 가장 화제가 되었던 부분은 초반의 코미디 중단 선언이다. 이 말을 문자 그대로 받아들이는 사람들 때문에 답답하기도 하지만, 그간 그만두고 싶었던 때가 없었던 건 아니다. 무대에서 공연한다는 건 스트레스와 부담이 어마어마한 일이라 제정신인 사람이라면 당장 그만두어야 하는 직업인지도 모른다. 하지만 진지하게 은퇴를 고려한 적은 없다는 사실, 확실히 말씀드리고 싶다.

내 이력서는 축 늘어진 남자 똘똘이와 다를 게 없거든요. 「나네트」 31:53

내 인생은 스탠드업 코미디에 빚지고 있다. 스탠드업 코미디

는 나에게 플랫폼과 목적을 주었으며, 그 덕에 내 이야기를 즐겁게 풀어낼 수 있었고, 어리고 쉽게 상처받던 내가 겪은 미성숙하고도 때로는 해로운 인생의 사건들을 무대에서 이야기로 만들어낼 수 있었다. 코미디가 없었다면 내 인생은 여기까지 올 수 없었을 테고 감히 '그만둔다' 말할 자신감과 용기를 키울 기회도 없었을 것이다. 나는 스탠드업—코미디가 포함되건 안 되건—이 이 세상에 나와 있는 가장 훌륭한 공연예술의 하나라고 믿는다. 스탠드업을 통해서라면 나만의 생각을 나의 목소리로 감싸 전달할 수 있다. 나만의 역량과 기술을 적용해 정교하게 다듬어, 그 공간에 가득한 낯선 사람들로 하여금 달리 느끼고 생각하게 만들 수도 있다. 가끔은 그때 그 순간뿐이라 해도 말이다. 스탠드업은 놀랍기 그지없고 늘 겸허한 마음을 갖게 해주는 일이다. 내가 이 멋진 일을 왜 그만두고 싶겠는가?

나의 커밍아웃을 가지고 코미디를 하면서 가장 중요한 성장기의 아픈 경험을 상처로 남기고 농담으로 매듭지어버렸습니다. 내 이야기가 소재가 되고 루틴이 되고 여러번 반복되다보니 이 버전이 내 실제 기억을 흐려버렸어요. 그 농담 버전 또한 내가 현실에서 받았던 상처를 치유할 만큼 정교하진 못했습니다. 여러분은 여러분 자신이 집중해서 하는 이야기를 통해 스스로도 뭔가를 배우죠. 그렇기 때문에 나는 내 이야기를 제대로 전할 의무가 있어요. 「나네트」 40:26

마지막 「나네트」 공연은 몬트리올 코미디 페스티벌에서 열렸고 특별하게 긴장되는 경험이었다. 넷플릭스 스페셜이 공개된 이후였고, 무대 위로 걸어 올라가는 순간 무언가 극적으로 변해버렸다는 사실을 실감했다. 이전과는 완전히 다른 차원의 환호와 응원이 쏟아졌으며 이렇게 내 쇼를 열렬히 원하는 관중이 있으니 앞으로도 영원히 이 「나네트」 하나로만 월드투어를 다닐 수도 있을 것 같았다. 그러나 쇼의 명성이 이 쇼 자체를 넘어버렸을 때 「나네트」는 더이상 감동을 줄 수가 없다. 그게 바로 「나네트」의 아리송한 면이다. 「나네트」는 코미디가 아닐 때에도 코미디 없이는 존재하지 못한다. 사람들이 나의 무대에 박수를 보내주고 나의 펀치라인에 함께해줄 때는 관중 대다수가 그들만의 생각에 너무 편안해져버렸다는 게 확실해졌다. 그때 나는 이 쇼가 끝났음을 알았다. 열화와 같은 박수 소리와 함께 무대에서 내려왔을 때 이제 이 쇼를 보내주어야 할 때가 되었음을 깨달았다.

「나네트」는 이제 내가 아니라 이 세상에 속한다.

2장

탄생 신화

개가 되고 싶은 아이

태초에

최초로 무대에 올라가 마이크 앞에서 농담을 할 때만 해도 평생 해왔던 농담하기 습관이 내 직업이자 인생이 될 거라 기대하지 않았다. 그 시점까지 내가 무대 체질이라든가 공연가가 될 조짐을 보인 적은 한번도 없었으니. 자랄 때 예술이나 방송 계통에 노출된 적도 없었고 관계자를 스친 적도 없었다. 가뭄에 콩 나듯 앞에 나가 말할 기회가 생겨도 누구 하나 나를 주목하거나 반기지 않았다. 처음 스탠드업을 시도했을 때가 이십대 후반인데 사실 스탠드업 코미디언이라는 직업은 젊은 사람 특유의 행동, 그러니까 밤늦게 쏘다니기, 나란 사람에 대해 끝도 없이 말하기, 가짜 자신감으로 낮은 자존감 숨기기 따위 행동이 요구되는 일이다. 그러기엔 당시 나는 나이가 많았다고 할 수 있으나 워낙에 한 발씩 늦는 대기만성형 인간이기에 어렵지 않게 적응했다.

우리 부모님은 자식들이 꿈과 장래희망을 말하면 적극 응원해주는 편이었다. 그래도 시골 마을에 사는 형편 빠듯한 어른들이다보니 당연히 안정적인 직업을 선호했다. 아니, 적어도 이 세상에 존재는 하는 직업이어야 했을 것이다. 따라서 내가 여덟살 때 나는 이다음에 커서 개가 되고 싶다고 선언하자 엄마가 좌절감을 심어준 것도 그리 놀라운 일은 아니다. 엄마는 더 현실적인 직업을 찾아보는 편이 좋겠다고, 다시 말해 바보 천치 같은 소리는 집어치우라고 말했다.

평범한 옆집 멍멍이가 되고 싶은 것이 절대 아니라고, 영국 S.A.S 최정예 특수 부대의 낙하산병으로 일하는 독일 셰퍼드가 되고 싶은 거라고 설득하려 하자 엄마는 매우 차분하고 이성적으로 대답했다. "군에서 입대를 안 시켜줄 거야. 너 평발이잖아."

내가 어떤 꿈을 말하자마자 잘 듣지도 않고 가차없이 짓밟아버릴 때에도 엄마의 '해도 안 된다' 태도의 뿌리에는 부정할 수 없는 진실이 담겨 있긴 했다. 열두살엔가 내가 작가가 되고 싶다는 야심을 피력했을 때도 엄마는 평소의 날카로운 관찰력을 과시하며 간단하게 제압해버렸다.

"그런데 말이야. 너는 할 이야기가 없잖아. 작가가 되려면 재밌어야 해. 알겠니?"

내 이야기를 책으로 쓰기 시작할 무렵 엄마에게 연락해서 어렸을 적 나는 어떤 아이였는지 말해달라고 해보았다. 그러나 우리 사이에 이 주제가 나올 때마다 엄마는 '네가 누군지는 네가 상관할 바 아니라 생각한다'는 의사를 확실히 전달했다. "그걸 네가 왜 알려고 하는 건데?" 엄마는 쏘아붙이듯 말했다. 마치 내가 엄마에게 완경 후에 자위는 어떻게 하고 계시냐는 질문이라도 한 것처럼 충격받은 얼굴로. 그나마 겨우 얻어낼 수 있었던 정보는 내 남매들의 특징이었다. 저스틴은 정말 귀여웠고, 제시카는 리더십이 남달랐다. 벤은 영리한 아이였고, 제일 웃긴 건 해미시였다고 했다. 그냥 다른 형제자매들에게 관심 좀 갖고 살라는 뜻이었을까? 아니, 아무리 봐도 엄마가 나에게는 적용할 수 없는 장점을 열거한 거라는 생각이 든다.

자식들을 겸손한 인간으로 키우겠다는 엄마의 육아 철학은 실제로 큰 효과를 거뒀다. 내가 봐도 우리 남매들 모두 태도가 공손하며 엄마의 주입식 교육에 따라 자기비하가 심한데, 안 그래야 할 때도 그러는 경향이 있다. 엄마의 목표 달성은 우리가 착한 행동을 했을 때 칭찬과 격려를 하는 방식으로만 이루어진 것이 아니다. 가끔은 그보다 강경한 전략, 즉 실패의 은유를 통해 성취를 기리는 방식 덕을 톡톡히 보았다고 생각한다. 예컨대 내가 초등학교 때 글짓기 상을 받아오자 엄마는 내가 아직 친구를 한명도 못 사귀었다는 사실을 상기시키며 자칫 들뜰 수 있는 마음을 가라앉혀주었다.

마지막으로 내가 예술가로서의 야망을 표출한 때는 우울한 사춘기인 열다섯살 무렵으로, 엄마에게 예술가가 되고 싶다고 하자 엄마는 도대체 왜 주정뱅이가 되고 싶으냐며 이렇게 말했다. "겨울이면 주머니에 구멍 뚫린 코트 입고 다니다가 그 구멍으로 술병 빠뜨려 깨뜨리려고?"

오늘날까지도 예상 밖으로 흘러가는 엄마의 경고성 시나리오 때문에 깜짝깜짝 놀라곤 한다.

스물일곱살에 스탠드업 코미디언이 되겠다고 말했을 때 엄마는 반대를 하기보다 진심으로 의아해했다. "코미디언? 네가 왜? 엄마가 너보다 더 웃기잖아!"

이러한 억제되지 않은 응원은 아마도 안도감의 발로일 것이다. 가까스로 주정뱅이 예술가가 되는 건 피할 수 있었지만 여전히 정처없고 위태로운 상태였다. 스물일곱살이었지만 실업자에 떠돌이에 집도 절도 없었고 철저하게 혼자였다. 친구나 가족은 당시 내 상태가 얼마나 암울했는지까지는 몰랐을 듯한데 솔직히 말하면 나도 몰랐다. 지금에 와서야 그때 내가 얼마나 험난한 하루살이 인생을 살고 있었는지 깨닫고 있다. 물론 목숨은 부지하고 있었으나 그게 전부였다. 꿈은커녕 마음 기댈 곳 하나 없었다.

만약 엄마가 다른 '평범한' 부모들처럼 나를 응원해주었다면 지금쯤 직업군인이 되어 위장 보호구를 끼고 개처럼 짖고 있었을지 모르겠다. 하지만 내가 작가가 될 정도로 충분히 재미있고 할 이야기가 많은 사람인지는 나도 의심스러웠다. 게다가 엄마가 긍정의 화신처럼 용기와 희망을 불어넣어주었다 해도 나는 여전히 성인기를 힘겹고 느리게 시작했을 거라는 생각에는 변함이 없다. 일단 나의 두뇌와 그 두뇌 기능 중심에 새겨진 아주 거대하고 오래된 특징들 때문이다. 그래서 어찌 됐든 늦게 빛을 볼 수밖에 없는 운명이었을 거라 생각한다.

옛날 옛적에

내가 태어난 날이 어땠는지 세세하게 기억나는데 물론 100퍼센트 조작일 가능성이 상당히 높긴 하다. 이 기억 속에서 엄마는 병원 침대 머리맡에 받쳐놓은 베개 셋에 등을 기대고 인스턴트커피 한잔을 마신 다음, 다섯째 출산 기념 담배를 피우면서 사랑스러운 갓난아기가 뿜어내는 광채를 느끼고 있다. 휴식을 취한 후 엄마는 전복 껍데기로 만든 상자에 담배를 넣고 침대 옆 수화기를 들어 아빠에게 나의 탄생 소식을 알린다.

이제 막 태어난 아기가 이런 장면을 목격했다는 건 말도 안 되지만 그래도 억지로 믿으려 한다면 믿을 수도 있다. 그러나 다음 이야기는 더 믿기 어렵다. 내 기억 속에 환하게 웃는 우리 아빠가 보인다. 아빠는 언니·오빠들 방에 들어가 아이들을 조용히 깨운 후 여동생이 태어났으니 함께 그린 코디얼과 감자칩으로 축하 파티를 열자고 한다. 정확할 리 없는 내 기억이 만에 하나 정확하다면 나는 같은 시각 다른 두 장소에 있어야 하고, 아빠와 함께 동생의 탄생을 축하한 아이들은 두명이 아니라 네명이어야 하며 나의 친오빠·친언니처럼 생겼어야 하는데 이상하게 그렇지가 않다. 그들은 『머나먼 나무 나라』*The Magic Faraway Tree*(에니드 블라이턴이 1943년 출간한 동화책으로, 커다란 나무 안으로 모험을 떠나는 세 남매의 이야기를 그렸다—옮긴이)에 나오는 딕과 패니처럼 생겼다.

기억의 진실성 여부는 일단 넘어가자. 내가 태어난 건 거짓이 아니다. 물리적으로 존재했음은 물론, 나의 탄생을 증명하는 출생증명서도 갖고 있는데 여기에는 “1978년 태즈메이니아 버니”라고 적혀 있다. 그밖에 또다른 주요 정보는 엄마에게 얻은 것으로, 버니병원을 지나칠 때마다 엄마는 기린 그림이 붙은 창문을 가리키면서 내가 저기서 태어났다고 했다. 내가 기린을 좋아하긴 하지만 그 사실이 엄마 말을 확인시켜줄 근거는 되지 못할 것이다.

엄마는 한번 길게 이어진 소화불량 빼고는 임신 기간이 순조로웠으며 나를 매우 쉽게 낳았다고 말했다. 나는 다섯째 아이이니 엄마 말을 믿을 수 있다. 아마 미꾸라지처럼 쑤욱 빠져나왔을 것이다.

엄마 말에 따르면 나는 처음 공기를 가득 들이마시자마자 간호사의 가슴 정중앙을 정확히 조준해 오줌을 쌌다고 한다. 그러자 의사가 농담을 시도했단다. “허허, 우리 간호사 키가 두뼘만 작았으면 큰일 날 뻔했네.” 이 말인즉 내가 그 간호사 얼굴에 오줌을 갈길 수도 있었다는 뜻이겠다. 엄마는 이 이야기를 사랑하여 자주 해줬고 그때마다 의사의 유머와 재치를 높이 샀다. 하지만 나는 그 의사의 농담이 못마땅하다. 사람들은 보통 아기를 안을 때 본능적으로 가슴에 안지 않나? 그러니 그 간호사 키가 30센티미터 작았다 해도 나를 자기 얼굴 앞으로 안았을 리는 없다. 아무튼 농담은 농담이고 내 인생을 거친 목욕재계로 시작했다는 건 확고부동한 사실이라 피하지 못하고 있다.

아주 오래전에

최초의 진짜 기억은 아마 두살 때쯤 기억일 것이다. 왜냐하면 내가 두살 때 수두를 앓았다고 엄마가 말해줘서다. 물론 사실과 관련해 엄마가 신뢰할 만한 출처는 아니지만, 내가 땅에 매우 가깝게 붙어 있던 기억은 나므로 그 정도면 두살이었을 것 같다. 오빠인 해미시는 그 기억 속 유일한 출연자인데 내가 두살이었다면 오빠는 네살이었을 테고, 우리 둘의 온몸은 간지럽고 울퉁불퉁한 빨간색 수포로 뒤덮여 있었다.

이 기억에서 식탁 바닥은 굉장히 중요한 공간적 배경이 되어준다. 바로 추함과 더러움의 증거로서. 식탁 밑엔 여러 색감의 갈색 동그라미 무늬가 그려진 카펫이 깔려 있는데, 매우 두꺼운 덕분에 어마어마한 찌꺼기와 잔해를 숨겨둘 수가 있다. 얼룩덜룩한데다 문가에 닿은 가장자리는 너덜거린다. 조금 자라서부터는 그 카펫을 마음 깊이 증오했으니, 내 기억 속 그 나이에는 세상이 뭔지 익힌다는 건 통째로 전부 받아들이는 거였기 때문이다.

이 소소한 기억에서 오빠와 나는 털 초콜릿 바다 한가운데 앉아 있다. 그렇다. 해미시는 어쨌든 앉을 자리를 찾았고 나는 물에서 나온 구피처럼 펄떡거리고 있다. 그때 나는 정신 팔 만한 놀 거리가 생겨 잠깐의 안정을 찾았다. 우리 앞에 커다란 도화지 두장과 맛있어 보이는 색깔의 크레용이 놓인 것이다. 몸을 긁고 싶은 욕망을 잠시 잠재우고, 나는 울타리 옆에 서 있는 말 한마리를 그리기 시작했다(내가 말을 그렸다는 건 짐작인데, 어린 시절 내내 반복해서 찾았던 모티프가 바로 말이기 때문이다).

나의 가상한 노력에 만족하려는 찰나, 해미시 오빠의 그림을 보았다. 명작이었다. 머리가 달린 진짜 인간이 한명 있었다. 심지어 웃고 있고 주근깨도 그려져 있고 연필처럼 가는 목과 곱슬머리까지 있다. 질투심으로 가득한 마음을 내 말과 울타리가 달래주기를 바라며 나의 그림을 내려다봤다. 하지만 내 눈에 들어온 건 알아볼 수 없는 낙서와 선이었고 나는 내 열등함을 인식한 나머지 눈물을 터뜨리고 말았다. 그때부터 갑자기 온몸이 미친 듯이 가렵기 시작했다. 이윽고 누군가 나를 카펫에서 들어올렸고 나는 몸을 벅벅 긁으며 숨차게 울어재꼈다. 거기서 나의 최초의 기억이 끊긴다.

옛날에 어린아이가 있었다

내가 가족 장면에 등장했을 때 우리 가족은 이미 완성되어 있었다. 해미시 오빠는 막내로 불리고 있었기에 나는 해미시와 한데 묶여 '작은애들'로 통칭되었다. 그위로 저스틴, 제시카, 벤저민은 '큰애들' 집단에 속했다. 이 시점에서 나는 우리 다섯 남매가 모두 9년 새 태어났으며, 손위 형제들은 큰애들로 승격됐을 때에도 여전히 작은 애들이었다는 사실을 지적하고 싶다. 해미시 오빠와 나는 이제 사십대지만 요즘도 '막내들'로 불리고 있다.

작은애들인 해미시 오빠와 나는 둘이 함께 어마어마한 시간을 보냈다. 우리는 항상 게임을 하고 있었는데, 이 게임의 종류는 대체로 승자가 있는 것이었으니 당연히 패자도 있었고 나는 언제나 패자를 담당했다. 해미시와 내가 두살 터울이라는 건 상당히 오랫동안 내 인생의 실존적 고통이었다. 지금이야 두살 터울 따위 아무것도 아님을 알지만 그때는 두살 터울이란 말 그대로 천지 차이, 한 생애 차이였다. 내가 경쟁심이 약해서 해미시에게 번번이 졌다는 말이 아니다. 우리의 게임은 언제나 격한 싸움을 동반했다. 그래도 내가 승리의 트로피를 높이 들고 집으로 향한 적은 거의 없었다. 참고로 트로피란 해미시가 나무토막 하나에 또다른 나무토막을 본드로 붙여 만든 나무 블록을 말한다.

만약 해미시가 자기식대로 했다면 해미시도 벤 오빠와의 지속적인 경쟁 관계에 놓여 있었을 것이다. 다만 오빠들 사이의 세살 터울이 해미시에게 안긴 실존적 고통은 우리 사이 두살 터울이 나에게 안긴 고통보다 더 잔인했다. 그래도 가끔 가다 벤이 남동생과 놀 의향이 생겼을 때 해미시는 그 즉시 나를 버리고 형에게 달려갔으며 나는 장난감들과 함께 남겨졌다. 그런 일이 일어나도 크게 거부당한 기분은 아니었는데 나는 누가 뭐래도 혼자 놀기의 달인이었기 때문이다. 혼자 놀기는 내가 해미시보다 잘하는 유일한 분야였다.

양동이에 무언가를 채운다. 비운다. 다시 채운다. 이것만으로 몇시간을 재미있게 놀 수 있다. 날씨 때문에 실내에서 놀아야 할 때도 할 일은 무수히 많았다. 울타리 옆에 있는 말을 그리고 또 그리거나 방의 내 구역을 정리하는 것만으로도 오후를 보낼 수 있었다. 집에는 방대한 레고 콜렉션이 있었으므로 레고를 쌓은 다음 분리하기도 했다. 내가 장시간 레고를 갖고 놀면서 무엇을 만들었는지 알면 여러분은 아마 깜짝 놀랄 것이다. 나는 벽 한쪽을 완성했다. 가끔은 꺾인 벽을 시도해보기도 했지만 자주 있는 일은 아니었고 나의 레고 집에 지붕을 덮으려는 시도는 한 적이 없다. 목적의식을 고취해줄 경쟁심이라든지 오빠가 없을 때 내게 주어진 활동의 결과에는 무심했다. 내가 아는 한 무언가를 하는 이유는 다시 하기 위해서였다. 하고 난 다음에 또 해야지. 이것을 무한 반복한다.

무적의 다섯 남매

그래도 내 꼬꼬마 시절 기억 속에서 가장 행복했던 시간이 있으니 바로 큰애들 소속인 언니·오빠들이 작은애들인 우리와 연합해 다섯명이 한 팀이 되어 놀았을 때였다. 보통은 크리켓 게임을 했으나 아주 가끔 뒷마당을 마을로 만들고 그 동네의 기둥이 되는 시민을 연기하는 역할놀이를 했다. 어린 시절 '마을놀이'에서 우리가 택한 직업은 다섯 남매의 미래를 예견하는 청사진이라 할 수 있다. 해미시는 항상 가게를 열어 모노폴리 보드게임용 종이돈을 받고 집에 굴러다니던 잡동사니를 팔았는데, 지금은 청과물 마트를 운영하며 진짜 돈을 받고 과일과 채소를 팔고 있다. 큰 오빠 저스틴은 언제나 마을의 버스 기사를 담당했는데 현재도 버스 기사이며 평생 다른 직업을 생각해본 적이 없다고 한다. 우리 집안에서 나와 완벽한 반대 캐릭터가 있다면 바로 저스틴 오빠다. 아무리 찾아봐도 우리가 공유하는 건 단 하나, 우리 부모님뿐이다. 저스틴은 밝고 명랑하고 긍정적이고 사람을 좋아하고 적극적이고 자신감과 활력이 넘치고 사교적이고 배려심 많고 친절하다. 어린 시절 이 상상 마을놀이에 언제나 최선을 다해 몰입하는 건 저스틴이었다.

언젠가 저스틴은 해미시와 벤에게 버스 정류장 게임을 하자고 했다. 이 게임은 각자 자전거를 타고 신문 배달 코스를 돌면서 소포를 배달하는 척하는 놀이였다. 저스틴은 이 게임에 너무나 진지하게 몰입한 나머지 자신이 영입한 배달 기사들이 게임 규칙에 대한 설명을 전혀 듣지 않고 있음을 눈치채지 못했다. 동생들은 손을 무전기처럼 사용하며 말을 거는 형을 비웃고 있었다. 저스틴은 말끝마다 입을 손에 대고 잡음을 불어넣었다. "(쉬이이이이) 두 기사님 모두 배달 물건이 다섯개입니다, 오버. (쉬쉬이이이) 소포를 빠짐없이 배달 완료하세요, 오버. (위시시)"

저스틴이 게임 설명을 마친 후 배달 기사들에게 물품을 싣기 전 마지막으로 무전기 소리를 냈다. 그때 해미시와 벤의 눈이 마주쳤고 둘은 그대로 자전거를 내려놓고 집으로 들어가 크리켓 경기를 보았다. 세시간 뒤에 전화벨이 울렸다. 저스틴이었다. 벤은 전화를 끊자마자 배꼽을 잡고 웃는 바람에 무슨 사정인지 우리한테 전해주지 못할 정도였다. 방금 저스틴이 차에 치였는데도 상상 속 무전기로 대화하듯 의사소통을 하고 있었던 것이다. 저스틴은 진입로에서 빠져나오는 차에 치였지만 기적적으로 한군데도 다치지 않았다. 아마도 자기 자전거를 버스로 열심히 상상하며 진심으로 상상을 믿는 바람에 물리학의 법칙도 그 믿음을 따르기 시작한 게 아닌가 싶다.

저스틴을 치어 자전거 혹은 버스에서 떨어지게 한 그 불쌍한 차 주인을 생각하면 할수록 삐져나오는 웃음을 참을 수가 없었다. 처음에 얼마나 기겁했을 것이며 우리 부모님 반응에 또 얼마나 당황했을까. 하지만 우리가 즐거워한 가장 큰 이유는 그 차 주인 아저씨의 충격, 그러니까 방금 차에 치인 아이가 상상 속 버스 터미널에 전화를 걸어 제 손을 무전기 삼아 사고를 알리는 광경을 봤을 때의 충격을 그려보았기 때문이었다.

마을놀이를 할 때 제시카 언니는 언제나 자원해서 학교 선생님을 맡았다. 훗날 언니는 교사가 되진 않았지만 프로젝트 관리자가 되었고, 프로젝트 관리자는 우리 놀이에서 언니가 맡아 효율적으로 수행한 역할이었다. 리더 기질을 타고난 제시카 언니는 다섯 남매의 대장을 자임했다. 오빠들이 언니가 자기 자신에게 부여한 권위를 어떻게 느꼈을진 모르겠지만 나로서는 언니의 지시를 따르는 일이 신나기만 했다. 나는 앞에 나서고 싶은 욕망은 티끌만큼도 없었던데다 혼자 살아남을 수 있는 기술도 갖고 있지 못했으니까.

마을놀이를 할 때마다 나는 언제나 같은 직종을 요청했다. “언니, 난 개 할래. 강아지 시켜줘.”

“안 돼, 해나. 개는 안 된다고 했잖아!” 제시카는 이미 그때부터 미래의 프로젝트 관리자답게 유능하고 현실적이었다. “내가 몇 번이나 말했니? 의사나 간호사 해야 돼. 마을에 병원 있어야 한단 말이야.” 별 저항 없이 언니의 임명을 순종적인 개처럼 받아들이긴 했지만 개가 되고 싶다는 꿈을 이루지 못해 실망하지 않은 적은 단 한번도 없었다.

어렸을 때 꿈이 개였다니 황당하다며 비웃을 수도 있겠으나, 나는 현재 매우 성공적인 개로 성장했음을 밝히고 싶다. 나는 사람을 매우 잘 믿고 요구사항이 적으며 착하다는 칭찬을 들으면 꼬리를 흔들 듯 좋아하고 소음에 취약하며 산책을 하면 항상 기분이 나아지고 누가 먹을 것을 준다면서 꼬드기면 바로 넘어간다.

셋째인 벤 오빠는 마을놀이 할 때 골랐던 직업과는 가장 동떨어진 직업을 택했다. 애초에 경찰은 우리 남매 가운데 가장 말수가 적고 상냥한 오빠 성품과는 맞지 않았다. 벤은 법학을 전공한 후 교사가 되었고 최근에는 자폐 아동 특수교사로 일하며 기쁨과 보람을 찾고 있다. 돌이켜보면 마을놀이를 할 때도 벤의 소질은 이미 드러나고 있었는데, 벤은 내가 ‘마을 개’ 역할을 지원했다가 거부당해 시무룩해 있으면 한쪽으로 데려가 다정한 목소리로 내 기분을 달래주곤 했다. 벤은 내가 정말 개가 되고 싶다면 얼마든지 개가 될 수도 있다고 했다. 넌 개 의사 하면 되잖아,라고.

분필과 치즈

우리 부모님의 결혼생활은 성격이 완전히 딴판인 두 사람이 만나 고통스러운 과정을 참고 견디며 관계를 유지한다면 종국에는 바람직한 결과를 맞을 수도 있다는 사실을 증명한 실례라 할 수 있다. 어린 시절에는 내가 100퍼센트 아빠를 빼닮은, 아빠 딸로 살 운명이라 생각했다. 아빠의 외적·신체적 특징, 이를테면 보기 좋은 좌우 대칭형 얼굴이라든가 평발, 가는 발목, 국가대표 느림보 몸에 사는 국가대표 운동선수 심박수를 그대로 물려받았기 때문이다. 그러나 슬프게도 다른 많은 여성과 마찬가지로 중년기에 접어들수록 누가 봐도 엄마 닮은꼴로 변해가고 있는 중이다.

한번은 엄마에게 내가 아빠와 엄마 둘 중 누구를 더 많이 닮았느냐고 묻는 실수를 범했다. 엄마는 거의 들리지 않을 만큼 작고 애처로운 목소리로 대답했다. “너 말이냐. 너는 엄마랑 아빠의 세상 쓸모없는 부분만 골라서 물려받았지.” 눈물이 앞을 가리지만 틀린 말도 아니다. 물론 우리 부모님처럼 정반대인 두 사람을 섞어 흔든 다음 정확하게 반으로 나눈다고 해서 반드시 나처럼 안쓰러운 결과가 나오는 건 아니다. 나는 사방치기 하다가 던질 게 없어서 급하게 던진 맛있는 과자 정도는 될 수도 있었다. 그러나 어찌 된 일인지 나는 끄떡하면 넘어지면서도 덩치는 커서 출입구를 막는 사람이 되었다. 아빠의 소극적이고 내성적이고 남 일에 참견하고 싶어 하지 않는 성격을 물려받았으나 내 안에는 가만있지 못하고 뭐든 긁어 부스럼을 만드는 엄마 유전자도 있어 계속 나의 평화를 깨고 있다.

엄마는 미용사였지만 10년 새 다섯 아이가 태어나면서 머리를 전문적으로 만지는 일을 하지 않게 되었다. 그래서 학교에서 나오는 가정환경조사서의 직업란에 엄마는 "교도소 근무"를 한다고 적었다. 하지만 그것 말고도 엄마는 동네 골프 클럽에서 청소일까지 했다.

엄마는 우리 집안 보스였고 그 직함에 맞게 모든 고함을 담당했다. 우리 형제자매가 지금까지 똘똘 뭉치는 이유는 어렸을 때 공공의 적이 있었기 때문이다. 우리는 싸울 때마다 서로 애원했다. "제발 엄마한테 이르지 마!" 해미시 오빠가 내 목을 크리켓 위킷(세개의 나무 기둥으로 된 문으로 끝이 뾰족하다—옮긴이)으로 찔렀을 때였다. 그 무기는 경기에 쓰는 정식 위킷은 아니었고 아빠가 정원 말뚝으로 사용하기 위해 끝을 뾰족하게 깎아놓은 나무 막대였다. 당시 해미시와 나는 하루 24시간 대부분을 그걸 갖겠다며 싸우곤 했다. 오빠는 볼링 연습할 때 쓸 만해서 갖고 싶다고 했고 나는 오빠가 갖고 있어서 갖고 싶었다. 오랫동안 훔치고 도망가기의 길고 긴 반복이 이어졌는데 그러다 우리 둘이 막대 끝을 붙잡았고 그 즉시 싸움은 줄다리기로 변했다. 하지만 게임은 갑자기 끝나버렸다. 내가 막대를 내 쪽으로 세게 잡아당기고 있을 때 해미시가 일부러 힘을 빼고 막대를 손에서 놓아버린 것이다. 해미시는 그저 내가 균형을 잃고 땅에 넘어질 것이라 생각했지 이 막대가 날아와 내 목에 꽂힐 거라곤 예상치 못했을 것이다. 목에 꽂힌 막대를 느낀 순간 나는 죽을 거라 확신했으나, 지금 죽느냐 사느냐는 중요한 문제가 아니었다. “있잖아, 있잖아.” 해미시가 조심스럽게 제안했다. “너 그거 가져. 엄마한테 이르지만 마. 알았지?”

이건 윈윈 시추에이션이 아닌가. 나는 어쩐지 만족스러운 ‘퐁’ 하는 소리를 들으며 그 막대를 목에서 빼냈다. 그날부터 몇주 동안은 스키비(목 위까지 올라오는 니트—옮긴이) 폴라를 입어 흉터와 딱지를 가려야 했다. 나는 세상에서 스키비를 제일 싫어했다. 그래도 엄마에게 말을 꺼냈다가 나도 같이 혼나는 것보다는 100배 나았다.

엄마는 짜증이 머리끝까지 날 때면 가족을 버리고 도망가겠다고 협박하곤 했다. 진심으로 하는 말이라고는 생각지 않았지만, 언젠가 제시카 언니가 회의를 소집하여 엄마와 아빠가 곧 이혼할지도 모르니 그전에 우리 모두 단체로 가출해 부모님께 쓴맛을 보여줘야 한다고 했다. 무적의 다섯 남매 페이머스 파이브(에니드 블라이턴이 쓴 모험 소설 시리즈의 주인공들로, 두 소년과 두 소녀 그리고 강아지로 이뤄져 있다—옮긴이)가 되는 것이다. 내가 강아지 티미 역을 맡을 수도 있다는 기대가 부풀었지만 마음 깊은 곳에서는 내 존재 양식에 가중될 혼란이 걱정이었다. 하지만 평소처럼 제시카 언니를 절대적으로 신뢰했고 언니가 우리를 부모님 방으로 데리고 들어가 계획을 말했을 때도 100퍼센트 따를 생각이었다. 다만 엄마 아빠는 본인들의 파탄 소식이 금시초문인 듯했다. 제시카의 5인조 가출 계획을 듣고 난 아빠는 그렇다면 이혼하는 것도 괜찮을 것 같다고 말했다.

아빠는 주중에는 고등학교 수학 선생님이고 주말에는 론볼(잔디에서 하는 볼링과 비슷한 게임—옮긴이)을 하는 사람이었다. 이 두가지 정보만으로도 우리 아빠가 불꽃같은 심장을 가진 모험가는 아니라는 것쯤은 짐작할 것이다. 그나마 아빠가 가장 열정을 바친 취미활동이 있다면 남들 눈엔 전혀 문제로 안 보이는 것을 문제 삼아 해결책을 찾아내는 일이었다. "당근을 깎을 때는 꼭 뚱뚱한 쪽부터 깎아야 한다." 나는 지금도 아빠의 혁명적인 당근 깎기 기술에 관한 당부 말씀 내지는 잔소리를 단 한 글자도 빼놓지 않고 똑같이 따라할 수 있다. 이 문제 같지도 않은 문제를 정복한 뒤로 아빠는 누군가 자기 옆에서 당근을 손에 들고 있을 때마다 옆에 가서 이 해결책을 전수하지 않고는 못 배기게 됐기 때문이다. "당근을 반 정도 깎으면 말이다. 안 깎은 부분을 깎기 위해 반대로 돌려 잡고 있게 되잖니? 그 부분은 미끄러워요. 왜냐면 방금 깎았으니까. 뾰족한 부분부터 먼저 깎고 나서 굵은 부분을 깎으려고 뾰족한 부분을 잡겠지? 그러면 어떠니? 미끄럽지. 가늘고 미끄러우니까 손에서 놓칠 수도 있어. 그러니까 당근은 언제나 굵은 부분부터 깎아야 한다."

아빠가 자신의 기술을 너무나 자주 전수하는 바람에 나는 이 안에 아빠만 아는 심오한 삶의 진리가 숨어 있다고 믿고 싶었다. 영화 「베스트 키드」The Karate Kid의 "왁스 온, 왁스 오프"(영화 속 할아버지가 주인공 학생에게 오른손으로는 왁스를 시계 방향으로, 왼손으로는 반시계 방향으로 닦는 연습을 하라고 시키면서 건네는 말로, 반복 연습의 중요함을 강조하는 명언이 되었다—옮긴이) 같은 명언처럼 인생의 교훈이 담겨 있지 않을까? 하지만 아니었다. 아빠는 진심으로 이 세상 그 어떤 사람도 당근을 깎다 손이 미끄러지는 실수를 범하지 않기를 바라고 있을 뿐이었다. 아빠는 그저 누군가 당근을 잘못 깎는 모습을 보면, 아니 이렇게 중요한 문제를 문제로 보지 못하는 사람들을 보면 눈살이 찌푸려지는 사람이었다.●

아빠가 사랑하는 또 하나의 취미는 고장 수리였다. 하지만 임시변통이라는 게 문제였다. 뚝딱뚝딱 대충 막아놓기는 잘했으나 일시적일 줄 알았던 상태는 영구적인 상태로 남아 있곤 했다. 예를 들어 TV 채널을 돌리는 다이얼이 떨어지자 아빠는 반드시 고쳐놓겠다고 약속했다. 하지만 그뒤로 우리 집 TV에 다시는 온전한 채널 다이얼이 달리지 않았고 TV를 사용하는 마지막 그날까지 TV 옆에 놓인 펜치로 채널을 바꿔야 했다. 펜치의 플라스틱 손잡이가 떨어지려고 하면 아빠는 빨간색 개퍼 테이프를 붙였다.

빨간색 개퍼 테이프는 아빠의 임시 수리 박스에서 가장 사랑받는 도구였다. 동네 신문 가판대에서 세일을 할 때마다 몇롤씩 집어왔는데, 그때가 아빠에게는 얼마나 중요한 날이었을까? 아빠는 이 만능 테이프를 손에 넣자마자 우리 집 개성과 미감을 과시하

● 몇년 전 나는 물에 넣으면 기포가 생기는 어린이용 비타민을 물에 떨어뜨리면 물을 평소보다 많이 마실 수 있음을 발견했고, 수분 보충을 돕는 노벨상감 아이디어라고 생각했다. 하지만 그 발포 비타민 정보를 개 산책 공원에서 처음 만난 사람에게 누설하는 내 꼴이 "당근은 뚱뚱한 쪽부터 깎아야 한다"와 너무나 동일해 깜짝 놀라고 말았다. 소름이 끼쳤지만 그동안 이미 너무 많은 사람에게 말해왔고, 내가 아빠 짓을 하고 있었다는 걸 알아도 어쩔 수가 없었다. 지금 이 글을 쓰면서도 민망한데, 여전히 나는 그냥 냉수만 마시는 사람을 볼 때마다 이 쓸데없는 생활의 지혜 아닌 지혜를 전수해주고 싶어 안달이 난다. 사람들은 그게 왜 문제인지도 모를까. 진심으로 화가 난다.

는 주재료로 만들 작정인 듯했다. 끼익하던 문소리가 잠잠해졌고, 헐거웠던 주전자 손잡이는 고정되었고, 길이가 다른 의자 다리는 동일해졌다. 모두 빨간 테이프로 이루어낸 기적이었다. 우리 집은 실제로 이 테이프로 얼기설기 이어붙어 있었으며 정말 꼴불견이었다. 특히 그 빨간색 테이프와 우리 집 갈색 카펫의 색깔 궁합은 최악이었다.

아빠는 명랑하고 활기찬 사람은 아니었다. 느리고 신중했다. 어떤 폭풍우 속에서도 아빠 옆에 있으면 차분해질 수 있고 어떤 험한 날씨에도 잠들 수 있었다. 대체로 우리 집에서 아빠는 착한 경찰, 엄마는 나쁜 경찰을 맡았다. "너희는 왜 맨날 아빠 편만 드니?" 엄마는 인내심의 한계에 도달할 때 이렇게 소리 지르곤 했다. 엄마의 분노를 깎아내리고 싶지는 않지만, 그건 단연코 진실은 아니다. 우리가 엄마 편을 안 들고 아빠 편을 든 적은 없었는데 그건 그럴 수 없어서였다. 왜냐하면 아빠에겐 편이란 게 없기 때문이다. 엄마는 어떤 주제에 관해서건 5분 안에 강한 의견을 펼칠 수 있었던 반면에 아빠는 과연 살면서 자기만의 관점을 표출해본 경험이 있는지조차 의심스러운 사람이었다. 딱 한번 아빠가 벌새는 굉장히 예쁘고 깜찍한 새라고 강력하게 주장한 적이 있지만 그밖에는 언제나 정치에서 비켜나 있었다.

생사가 달린 위기만이 아빠의 확신에 찬 행동을 유도할 수 있었고 이때 아빠는 최고의 활약상을 나타내곤 했다. 갑자기 신속·정확하게 행동했으며, 불안하지도 않은지 농담까지 던지는 여유를 과시하는 것이었다. 한번은 오빠가 도끼를 갖고 놀다 엄지손가락을 잘렸는데, 아빠가 말했다. “아무래도 아빠 차로 병원에 가야겠네. 넌 히치하이킹은 어려울 거 아니냐.” 반면 엄마는 충격과 공포를 온몸으로 표출하며, 엄지가 없는 벤 오빠의 삶에 대한 기대치를 한껏 낮추는 다음과 같은 발언을 했다. “어떡해. 앞으로 병따개도 사용 못 할 거 아니야.”

엄마가 개즈비 가족의 개성을 대변한다는 건 부정할 수 없는 사실이지만 우리의 삶이 엄마에 의해서만 이루어진 것은 아니다. 궁극적으로 우리 가족의 성격과 상호 관계의 특징은 치즈 한덩이와 분필 한조각을 억지로 섞으려 할 때 불가피하게 나타나는 서사적 긴장에서 형성되었다고 할 수 있다.

미운 덕강 ‘UGLY DUCK’

오스트레일리아에서 멀어질수록 내가 나고 자란 고향의 지역적 특성에 대해 추가 설명을 해야 할 일이 많아진다. 나는 오스트레일리아 남부 해안에 있는 작은 섬 출신이라는 점 정도만 말하고 넘어가고 싶은데, 가끔 어떤 이들에게는 태즈메이니아란 하나의 독립국가가 아니라 오스트레일리아에 속한 주라는 사실을 밝혀야 할 때가 있다. 때로는 뉴질랜드가 태즈메이니아가 아닌 이유는 뉴질랜드가 뉴질랜드이기 때문이라는 점을 덧붙여야 하고, 한번은 다 큰 어른에게 태즈메이니아가 오스트리아의 지방 도시가 아니라는 소식을 직접 전달해야 하는 상황이 생겨 자못 흥미로웠다.

대부분의 사람들이 내 출신지를 모른다는 사실에 기분이 나쁜 건 아니다. 사람들에게 내 고향 이야기를 곧잘 하는 이유는 사람들이 얼마나 무지한지 알려주고 싶어서라기보다는 내가 자란 곳이 듣도 보도 못한 시골 촌구석이라는 인상을 전하고 싶어서다. 또 그 지방에서 자란 어린 시절의 기묘한 고립이 내 복잡다단한 정체성을 구성하는 중요한 요소라 믿고 있어서이기도 하다.

나는 감자 산지이자 숨 멎을 듯 아름다운 태즈메이니아 서부 해안의 숨 멎을 듯 지루한 스미스턴이라는 곳에서 성장했다. 스미스턴은 이 지역 주요 산업인 임업·광업·어업·농업의 기반이 된다는 목적말고는 다른 존재 이유가 없는 지방 도시이고, 따라서 그 마을 자체의 매력으로 소문날 일은 전혀 없는 곳이다. 이곳은 현실적인 사람들이 살고 있는 현실적인 지역이다. 인구는 3000명이 겨우 넘는데, 스미스턴은 적은 인구보다는 고립성이 더 큰 문제였다.

태즈메이니아의 다른 군구처럼 스미스턴 또한 18세기 후반 백인 식민지 개척자들이 건너와 '정착'한 곳이다. 더 정확하게 말하자면 울창했던 원시림이 목재가 된 후 배에 실려 더 살 만한 곳의 더 살 만한 마을 주민들에게 배달되고 나서, 남겨진 황무지에 터를 잡았다고 해야 할 것이다.

스미스턴 자체는 덕Duck강 제방 옆에 있으니 왠지 풍경은 기대해볼 만할 것 같지만, 덕강은 감조하천이라 주기적으로 강물이 마르는데다 배들은 진흙 위에 박혀 있기에 마을에 대체로 젖은 방구 냄새가 날 때가 많다. 한때 번창했던 '덕강 버터 공장'은 내가 이 세상에 올 즈음에는 거대한 회색 아스팔트 덩어리에 불과했다. 그래도 내 어린 시절의 스미스턴에서는 제재소 여럿과 도축장 하나가 성황리에 운영 중이었고 가끔은 마이티덕mighty duck〔레임덕과 반대되는 말로, 물이 들어온 덕강을 나타낸 말장난—옮긴이〕이 되는 양쪽 강가에 큰 공장도 하나씩 있었다.

한쪽에 있는 건 생선 공장으로, 강과 강어귀에서 잡은 신선하고 맛 좋은 해산물이 가공되어 다른 곳으로 팔리기 전에 거치는 곳이다. 강 다른 쪽 끝에 위치한 매케인 냉동 음식 공장은 주변의 비옥한 농장에서 자라는 신선한 채소가 급속 냉동되어 (예상했겠지만) 다른 곳으로 팔리기 전에 거치는 곳이다.

이 공장의 대표 상품은 냉동 감자칩인데, 냉동 감자의 제작 과정에는 껍질을 벗기고 채 써는 절차뿐만 아니라 튀기는 과정도 포함되기에 스미스턴에서 가끔은 고소한 냄새가 퍼질 때가 있었다. 하지만 바람 방향이 잘못되고, 강물이 말라 진흙이 방귀를 뀌기 시작할 때면 감자튀김 냄새가 맨땅 위에 굴러다니는 생선 내장 냄새와 만나면서 스미스턴에는 그야말로 지옥 같은 악취가 풍긴다. 지옥에서 온 지옥 같은 숙취의 느낌이라 할 수 있다.

나는 스미스턴에서 나고 자랐지만 현지인local이라고는 할 수 없었다. 현지인이 되려면 적어도 4세대 전부터 대대로 살아온 가족이어야 하는데 이것이 바로 스미스턴이라는 마을을 단적으로 나타내는 특징이라 할 수 있다. 아빠의 가족은 북서부 해안 출신이었지만 그것만으로는 우리 가족이 현지인이 되기엔 역부족이었고 엄마는 남부 미들랜드 출신이라 화성인 정도로 취급받았다. 우리 집 큰애들은 모두 태즈메이니아 남동부 끝에 있는 주도 호바트에서 태어났으므로 이들은 따질 것도 없이 스미스턴과는 관련 없는 타지인들이라고 할 수 있었다.

우리 가족이 이 서북부로 이사 온 이유는 아빠가 스미스턴 고등학교 수학 교사 자리를 제안받아서였다. 태즈메이니아주 교육청은 교사들을 시골 학교로 전근시키기 위해 '이사를 올 경우 사택을 제공한다'는 조건을 내걸었다. 부모님은 그 제안에 솔깃해 비막이 판자 외벽에 뒷마당이 있는 넓직한 단층 주택으로 이사했고 넓은 뒷마당은 아빠가 텃밭으로 가꾸었다. 어린 시절 집의 가장 큰 특징은 두 블록 정도 길이에 풍성한 덤불이 있어 우리 집과 고등학교 사이 울타리 역할을 한 것이었다. 이 장소가 유화 작품을 그리기에 적합한 풍경은 아니었지만 학교와 가까워서 편하다는 장점이 있었다. 아빠는 퇴근시간이 4시라 해도 3시 30분엔 집에 있을 수도 있었다.

스미스턴은 정신 똑바로 차리지 않으면 꼼짝없이 갇혀버릴 수 있는 장소이고 우리 부모님은 정신을 똑바로 차리지 않았다. 외딴섬의 가장 외딴 구석에 있는 스미스턴은 사람들이 실수나 우연으로라도 지나쳐가는 장소가 아니었으며 제정신이라면 관광을 하러 일부러 찾아올 장소는 더더욱 아니었다. 서부 해안의 훼손되지 않은 장관 말고 외부인들의 흥미를 끌 만한 매력을 가진 유일한 관광지가 있다면 우리 집보다는 나머지 태즈메이니아와 20분 정도 가까운 스탠리였다.

나는 언제나 스미스턴이 아니라 스탠리에 살았으면 얼마나 좋았을지 생각하곤 했다. 날씨는 비슷하게 변덕스러웠지만 스탠리는 훨씬 더 고즈넉한 분위기가 있었다. 작고 고요한 어촌으로 어디서나 '더 넛'이라는 독특한 화산 지형을 볼 수 있다. 스탠리는 영화 「피아노」The Piano 촬영지라 해도 믿을 만한 곳이고, 스미스턴은 잘해봐야 영화 「서바이벌 게임」Deliverance 리메이크작의 제작지 후보가 될 마을이라 보면 된다.

서로 달라서 좋은

어린 시절 향수는 경마 중계를 들을 때마다 몽글몽글 차오르곤 한다. 특히 라디오에 잡음이 섞여나오면 더욱 그렇다. 이 소리는 나의 어릴 적 주말을 너무나 일관적으로 정의하고 있어, 내가 딱히 생각해본 적은 없으나 알고 보면 나에게는 경마 문화가 깊이 아로새겨져 있는 게 아닐까 싶다. 어린 시절 자기 집 전화번호를 아직까지 외는 사람들도 있지만 나는 아니다. 내 기억 속 창고에는 아빠의 전화 경마 비밀번호가 가장 앞에 있다. 나는 경마장 이름을 강 이름보다 많이 댈 수 있고, 한때 내 테디베어 인형에 '퀴넬라'(복승식 레이스—옮긴이)라는 이름을 붙인 적도 있다. 경마에 대한 달콤한 향수가 왜 이렇게 견고하게 뿌리를 내렸는고 하니, 우리 부모님이 경마로 돈을 따면 저녁으로 피시앤칩스를 테이크아웃해 먹을 수 있다는 기대가 있었기 때문이었다.

대부분은 아빠가 정원에서 경마 중계를 들었기 때문에 우리와는 상관없는 일이었다. 그러다 아빠가 판돈을 건 말이 1등으로 달리고 있어 이름이 여러번 호명되고, 들뜨기 시작한 아빠가 하던 일을 멈추고는 거실로 들어와 우리 집 리모컨인 '펜치'를 든 채 TV 채널을 경마 중계로 돌린 다음 의자에 털썩 앉아 우리에게 조금만 조용히 해달라고 할 때가 있었다. 우리는 형제자매가 주변에 있으면 신나서 모여들었지만 아빠의 **조용조용**을 방해하지 않기 위해 아빠 의자 옆에 천천히 조심스레 앉았다. 「옥수수 밭의 아이들」Children of the Corn〔스티븐 킹 원작의 공포영화—옮긴이〕에 나오는 아이들이 집 안에서 할 만한 취미를 찾기로 했다면 이렇게 행동했을 것이다.

아빠는 판돈을 건 말이 점점 뒤로 밀려나도 화가 나는 것 같지 않았다. 하지만 다시 순위권에 들면 별안간 허벅지를 치면서 거친 숨소리를 냈다. 아빠의 말이 1등으로 들어온다면 우리는 매우 희귀하고 근사한 광경을 목격할 수 있었다. 그러니까 아빠의 기쁨 표출 말이다. 과묵한 남자답게 긍정적인 감정도 과묵하게 처리하곤 했던 아빠는 이때만큼은 두 손을 비벼댔고, 그 행복감이 눈에 훤히 보였다. 아빠의 거칠고 강도 높은 손 비비기를 보는 순간 나도 이 짜릿한 속보에 기뻐하며 집 안을 몇바퀴 빙글빙글 돌면서 뛰어다니곤 했다. 나의 어린 시절 이 순간만큼 환희라는 감정을 간명하게 표현한 적은 그뒤로 한번도 없었다.

안타깝지만 아빠는 경마에 이렇게까지 열광했어도 유능한 도박사는 아니었다. 아빠의 배팅 방식은 소심할 정도로 조심스러워서 가끔 이긴다 해도 돈을 넉넉하게 따기는커녕 저녁 식탁의 변신을 도모하기에도 간당간당한 수준이었다. 하지만 순익과 흥분 강도가 비례하는 것은 아니었기에 우리는 아빠의 공돈 취득 여부를 전혀 알아채지 못했다. 아빠가 마음속으로만 말에 판돈을 걸었을 때에도 이론적인 배팅의 이론적인 승리에 도취되는 정도는 실제로 돈을 땄을 때와 동일했다. 따라서 아빠의 승리가 자동적으로 외식을 보증하는 건 아니었으니 우리 중 한명은 동일한 모습으로 흥분한 아빠에게 매번 이렇게 물을 수밖에 없었다. "그럼 우리 오늘 저녁에 피시앤칩스 먹는 거예요?"

체계적이고 신중한 아빠와 달리 엄마는 실제 도박하듯 경마에 접근했다. 보통 엄마는 말 이름이 마음에 들면 그 말을 응원하기로 했다. 엄마가 찍은 말이 승리의 기미가 보일 때(물론 끝까지 1등으로 들어오는 일은 거의 없지만), 누군가 엄마와 아빠가 동시에 손뼉치고 거칠게 숨 쉬는 장면을 보게 된다면 분필과 치즈가 하나로 섞일 수도 있다고, 이 세상이 얼마든지 더 아름다워질 수도 있다고 기대할 법하다. 우리 집안을 사랑이 넘치게 만드는 건 무엇보다 노랗게 튀긴 흰 음식이 올라온 식탁이었다.

나의 어린 시절 동네에는 공장의 튀김 냄새가 진동하긴 했지만 전통적인 노란색 튀김 음식은 언제나 가장 좋아하는 외식 메뉴였다. 사실 스미스턴에 다른 종류의 테이크아웃 메뉴가 별로 없기도 했다. 피자집이 하나 있었으나 엄마가 이탈리아 음식을 싫어하는 바람에 십대 중반까지 그런 곳이 있는지도 몰랐다. 엄마는 저탄수화물 식단이 유행하기도 전에 저탄수화물 식단 신봉자였으니 참으로 앞서간 양반이었다. 당연히 우리 동네에도 '제이드 드래곤'이라는 중국집이 하나 있었고 아주 가끔이지만 배달을 시켜 먹기도 했다. 하지만 그 중국집에 가서 외식을 해본 적은 한번도 없는데, 소문에 따르면 중국집의 레이지수전(식탁 중앙에 접시들을 올려놓고 돌리게 되어 있는 회전판—옮긴이)이 트랙터 뒷바퀴만큼 크다고 했다. 나 또한 오스트레일리아 시골 출신 아이답게 달콤새콤한 돼지고기는 무조건 이국적인 음식이고 튀긴 아이스크림은 악마의 음식이라고 믿으면서 자랐다.

스미스턴에는 피시앤칩스를 포장해올 수 있는 식당이 총 여덟 군데나 있었다. 경쟁을 감당하기 어려운 이 지역 총 소비인구를 감안하면 과잉공급 업종이라고 할 수 있다. 또다른 이 동네 과잉공급 업종은 미용실과 종교시설이었다. 개즈비 아이들은 엄마가 머리를 잘라주었기 때문에 미용실에 갈 필요가 없었고, 무신론자 집안이라 교회도 다니지 않았다. 우리만의 행사는 피시앤칩스가 있는 금요일뿐이었고 보통은 우리 손으로 직접 만들어 먹었다.

지금도 피시앤칩스를 집에서 제작하는 것이 기술적으로 가능하다고 생각하진 않지만 수년간 아빠는 금요일엔 꼭 피시앤칩스를 먹어야 한다고 설득했다. 하지만 집에서 이른바 빠르고 간편한 집밥을 만들어보려는 시도를 해본 사람은 알 것이다. 이는 어마어마하게 많은 시간과 노력이 들고 인내심을 고갈시키는 일이며, 그 과정에서 사람들은 빠르고 간편한 집밥 한끼를 만들고 있지 않다는 사실을 깨닫게 된다. 우리 모두 그 점을 존중해 빠르고 간편한 '집밥'에 다른 이름을 붙여줘야 하지 않을까. 아무튼 홈메이드 피시앤칩스는 손이 너무 많이 가기 때문에 이 메뉴의 조리 과정은 점차 먹고픈 음식을 만드는 일이라기보다는 귀찮은 노동이 돼버렸다. 텃밭에서 감자를 캐낸다. 씻는다. 껍질을 벗긴다. 가늘고 길게 채 썬다. 이때 생선은 달걀과 빵가루에 묻혀야 한다. 우리 가족은 공장식 생산 라인에 서서 맡은 일을 해냈고 어느 한 식구도 일손을 보태지 않으면 안 되었다. 핑계는 용납되지 않았다.

그래도 대놓고 귀찮다고 불평하지도 않았는데 우리 가족 식탁을 지배한 한덩이 고기와 세가지 채소보다는 맛있었기 때문이다. 그러나 만드는 과정의 난리법석에 비해 식사 만족도는 최상급이 아니었고 이런 이유로 우리 가족은 주문 포장을 선호했다. 달팽이 기어가는 속도로 만드는 홈메이드 버전보다 식당에서 산 피시앤칩스에 열광하는 건 당연한 일이었다.

테이블에 올라와 있는 포장 용기를 열면 노란색 튀김이 찬란한 정체를 드러낸다. 우리는 먹귀들이 사냥감을 공략하듯 제 몫을 차지하기 위해 덤벼든다.

물론 먹보 대장이 한두명 포진한 게 아니어서 경쟁이 쉽지는 않았다. 해미시 오빠는 손이 빠른 편이었고, 맏이인 저스틴 오빠 또한 재빨리 자기 몫을 챙길 줄 알았다. 하지만 가장 실속 있는 사람은 둘째 오빠 벤이었다. 벤은 한마디로 기계였다. 딱 한번 흔들리는 모습을 보인 적이 있긴 하지만, 오히려 나는 그 사건 이후 더욱 벤을 존경하게 되었다. 사건은 칵테일 새비로이(순대) 그릇을 맹공할 때 일어났다. 처음부터 상석에 자리 잡고 있던 벤은 마지막 소시지를 잡아채서 입에 반 정도 넣었으나, 그 순간 몸을 숙이

더니 먹던 것을 뱉어내고 말았다. 토사물은 전혀 토사물처럼 보이지 않아 경이로울 뿐이었다. 솔직히 인간 몸속에 들어갔다 나온 물체라고는 전혀 믿기지 않을 만큼 그 작고 빨간 소시지는 완벽히 보존된 원 상태 그대로였다. 그걸 먹어도 되겠다고 생각한 사람이 나뿐만은 아니었으리라 믿고 싶다.

피시앤칩스 포장 음식이 펼쳐질 때 야만성이 드러나기는 했으나 우리 집에는 신성불가침의 원칙이 있었다. '생선은 성스러운 것이다.' 다른 사람 입에 든 감자튀김을 훔칠 수는 있어도 생선튀김에 손댈 수는 없어서, 생선이 각자의 안전한 접시에 배분된 뒤에야 마음 놓고 감자튀김을 정신없이 삼킬 수가 있었다. 하지만 그날은 특별히 아빠가 경마로 돈을 넉넉히 딴 날인 것 같았다. 뜨거운 감자튀김 바다 사이에 또 하나의 노란색 튀김 음식이 있어 우리의 숨을 멎게 했고 나의 숨은 영원히 멎을 뻔했다.

"오다리들에게 주는 오징어튀김이다." 아빠가 그전부터 '아이들'kids을 '오다리들'squiddly-dids로 부르긴 했지만 나는 아빠가 우리와 조금도 닮지 않은 작은 황금색 동그라미 튀김에 우릴 비교하고 있는 줄은 몰랐다. "아빠 이게 뭐예요?" 해미시가 물었다. "오징어튀김이야." 아빠는 자랑스럽게 말했다. "각자 두개씩 먹고 입맛에 안 맞으면 엄마 드려라." 엄마는 이미 하나를 입에 넣은 채 오물거리고 있었는데 그 행복감에 가득한 얼굴은 이 오징어튀김이 얼마나 대단한 음식인지 증명하고 있었다. 우리는 각자에게 할당된 튀김을 가져와 생선 옆에 놓았다.

식사는 평범하게 진행되고 있었고, 나는 별다른 생각 없이 감자튀김이 완전히 사라지기 전에 오징어를 시식해보기로 결정했다. 사실 내 입맛에 맞지 않을 가능성도 있었기에 마음에 안 들면 생선과 거래할 수도 있을 거라 생각했던 거다. 첫맛은 좋았다. 오징어는 맛있었다. 그런데 좀 놀랍게도 내 이빨이 고무처럼 질긴 오징어 링을 끊을 수가 없어서 손을 입으로 가져가 링을 밖으로 꺼내야 했다. 그새 튀김옷은 완전히 벗겨져 손에 남은 건 해산물로 만든 미스터리 서클뿐이었다. 빨리 먹어치우고 다시 감자튀김을 공략하고 싶었기에 고무 같은 오징어 밴드를 이빨 사이에 끼우고 손으로 잡아당겨 끊어보려 했다. 하지만 오징어는 아무리 늘여도 끊어지지 않고 늘어나기만 했으며 나는 순간적으로 겁에 질려 손을 놓아버렸다. 손에서 놓치자마자 고무 오징어는 내 목구멍 안쪽 작은 구멍을 찾아 쏙 들어가고 말았는데, 그 순간에야 내가 방금 기술적으로 커다란 실수를 저질렀음을 알았다.

호흡 곤란의 파문을 아직 이해하고 있지 못했기에 처음에는 시간이 느려지는 느낌에 매혹되기까지 했다. 실은 얼른 손으로 감자튀김을 집어먹으려 하기 전까지는 내가 켁켁거리고 있는 줄도 몰랐다. 그제야 본능이 제 기능을 했다. 나는 일어나 내 얼굴 앞에 대고 손을 세차게 흔들며 우리 가족의 눈과 손을 감자튀김에서 떨어뜨리고자 애타게 시도했다. 생각보다 오래 걸렸지만 놀랄 일은 아니었다.

엄마가 신을 찾으며 나에게 숨 쉬어보라고 소리소리를 지르는 동안, 식구들은 돌아가면서 내 등을 한대씩 후려쳤다. 혼나지 않고도 누군가를 때릴 수 있는 절호의 기회였다. 엄마 목소리가 잦아들기 시작하는 순간 나는 죽음에 대해 생각했다. 내 지난 인생이 파노라마처럼 눈앞에 스쳐갔다. 죽기엔 너무 어린 나이였다. 마지막으로 먹지 못한 생선튀김 조각이 머리 위에 둥둥 떠올랐고, 그밖의 다른 것들이 희미해지기 시작했다.

잠시 의식을 잃은 내가 정신을 차렸을 때 아빠가 내 옆에 서 있었다. 아빠는 한 손으로 내 입을 벌리고 다른 손 손가락을 목에 넣어 오징어 링을 잡아뺀 영웅이었다. 아빠가 그 공포의 음식을 꺼내서 공중에 흔들 때에야 비로소 나는 아빠가 우리 집 리모컨인 펜치를 내 입에 넣어 오징어튀김을 꺼냈음을 알게 됐다. 죽지는 않았으니 다행이라 할 수 있지만 후폭풍이 없었던 건 아니었다. 일시적으로 식욕 부진과 삼킴 장애에 시달렸고 내 몫의 소중한 생선이 다른 사람 접시로 옮겨지는 광경을 힘없이 지켜보아야 했으며 그에 대해서 어떤 보상도 받지 못했다.

옥수수 밭의 아이들

처음 학교에 입학했을 때 친구를 사귀어야 한다는 점에 대해서는 이해가 안 가는 구석이 있었다. 막연히 같은 학교에 다니는 해미시 오빠와 놀면 된다고 생각했던 거다. 그러나 두 학년 차이는 우리를 입학 첫날부터 갈라놓았다. 해미시는 나를 대체하고도 남을 만큼의 친구를 사귀었다. 운동장 바깥에 가만히 서 있는다는 조건으로 가끔 나를 크리켓 게임 구경꾼에 끼워주기도 했으나,

환영받는다는 느낌은 아니었기에 나 또한 점점 애걸하진 않게 되었다. 나는 또래 친구와는 놀아본 경험이 전무해서 어떻게 말을 붙여야 할지도 몰랐다. 내가 관찰한 바에 따르면 계층 상승을 위해 반드시 필요한 건 말솜씨였고, 이 말은 곧 나의 제한된 대화 능력으로는 학교에서 높은 지위를 획득할 수 없다는 걸 의미했다.

그렇다고 학교 다니는 걸 싫어했다는 얘기는 아니다. 오히려 아주 좋아했다. 학교라는 조직은 나에게 안성맞춤이었다. 매일 가야 할 장소와 해야 할 일을 정확히 알았고 그렇지 않을 경우에도 조만간 누군가 일러주리라는 믿음이 있어 안심했다. 나처럼 자주성이나 진취성이 결여된 어린이에게 학교는 천국이었다. 문제는 쉬는 시간에 뭘 해야 할지 모르겠다는 것이었다. 그루터기 정원은 잘나가는 아이들의 집합소였다. 가끔은 그 집단에 끼고 싶어 근처를 어슬렁거려도 보았지만 그때마다 불청객 취급을 받는 느낌이었고 그 상황을 어떻게 바로잡아야 하는지도 몰랐다. 점심시간에 운동장 구석에서 해미시와 그 친구들의 크리켓 경기를 구경하는 일도 그만둔 다음에는 그냥 목적 없이 배회하거나 담임 선생님이던 미시즈 스미스가 운동장 감독을 할 때 붙어 있곤 했다. 선생님을 졸졸 쫓아다니며 말을 붙인 건 아니었다. 선생님 반경 몇미터 안에 어정쩡하게 서서 세상 돌아가는 걸 관찰하고 있었다.

처음에는 친구 한명 영입하지 못하는 무능력한 나 자신에게 화도 났지만 인기란 대체로 운명처럼 정해진다는 사실을 이해하고 나자 마음을 내려놓을 수 있었다. 입학 후 처음 몇주가 흐르자 대략 세 그룹이 형성되었다. 최상위 그룹은 인기 많은 애들이다. 이 그룹은 입학 전부터 서로를 알고 있고 피부가 고우며, 비정상적으로 큰 머리를 소유한 아동은 없다는 점이 특징이다. 위계의 최하위 그룹에는 불우한 아이들이 있다. 이 애들은 코가 막혔는지 입으로 숨을 쉬고 이러저러하게 누추한 교복을 입고 머리가 뻗쳐 있는 경우가 많다. 대부분의 불우한 아이들은 해럴드 강둑 옆 동네인 힐드빌 근처의 가난한 동네 출신임을 알 수 있었는데, 그 동네에서는 두명 중 한명의 성이 '힐드'거나 족벌 사회의 특징인 선명한 빨간 머리를 갖고 있다.

세번째 그룹은 이 사이 어딘가에 놓인 그룹으로, 수가 가장 많고 특징도 다양하다. 나는 이곳에 속했다. 내가 아는 한 가장 안전한 장소는 가운데 중의 한가운데다. 이 안에서도 최하위 그룹 쪽으로 바짝 붙어 있는 애들이 있었고 그애들로서는 현 위치를 유지해야 한다는 스트레스가 상당했을 것이다. 계층 하락에는 여러 이유가 작용하지만 가장 일반적인 경우는 학교가 정해준 양식의 옷차림에서 멀어지는 것으로, 그건 곧 가난하다는 뜻이었다. 스미스 선생님은 모니카가 자기 아빠의 당뇨 양말을 신고 학교에 온 그날부로 돌아올 수 없는 강을 건넜다는 사실을 알았어야 했다. 물론 그 양말은 종아리를 안전하게 감싸주었겠지만 차라리 혈액순환장애가 왔다면 회복되기 쉬웠을 것이다. 흰색 발목 양말만이 가득한 학교에서 모니카가 신은 갈색과 검은색 아가일 무늬 아빠 양말은 곧바로 놀림의 표식으로 기능했다.

계층 상승은 가능하기는 하지만 계층 하락처럼 영구적이진 않았다. 누가 왜 하위 그룹인지는 모두가 알고 있는 듯했으나, 상위 그룹 내부에서의 상승과 하락은 완전히 임의적이고 예측 불가능한 과정처럼 보였다. 예쁜 팔찌를 하고 오면 바로 인기가 급상승할 수 있지만 언니의 목걸이를 잘못 걸고 왔다가 그걸로 목을 매달고 싶어질 수도 있다. 인기 그룹과 어울리는 일의 위험을 알면서도 우리는 거기에 들어가고 싶어 했다. 하지만 나는 한번도 강력한 후보는 아니었고 시도하지 않는 편이 안전하다고 판단했다. 꿈꾸지 않았다는 말은 아니다. 나는 잘나가는 애들에게 매혹되어 있었다. 집착했다. 하지만 내가 그들 중 하나가 되는 모습을 상상할 수는 없었다.

학교에 입학하기 전에 가장 좋아하던 두가지 취미 생활은 게임하기와 먹기였다. 나는 이 두가지 분야에 타고난 재능과 악바리 같은 경쟁심을 겸비하고 있었다. 하지만 정규 교육과정이 시작되면서 이 일상의 작은 기쁨을 빼앗기고 말았다. 원흉은 체육관이었다. 스미스턴초등학교에서 가장 대형 건물인 체육관은 물결 모양의 녹색 깡통 같은 건물로 검은색 아스팔트 해자에 둘러싸여 있는 무시무시한 요새였으며, 이 무생물은 모든 시설 중앙에 위협적으로 자리 잡고 있었다.

체육관은 대략 수없이 많은 운동 종목을 위한 코트로 사용되고 있었기에 아스팔트 바닥에는 온갖 선이 복잡하게 얽혀 있었다. 체육 시간만 되면 내가 밟은 이 선이 핸드볼 선인지, 배드민턴 선인지, 네트볼 선인지, 농구 선인지 도무지 구분할 수가 없고 정신이 가출할 것만 같았다. 자신감이 실시간으로 깎여나가는 이 지옥 같은 상황이 더 괴로웠던 건 내가 아무래도 공중을 떠다니는 발사체를 끌어당기는 자석일지도 모른다는 의심이 들었기 때문이다. 체육 시간은 언제나 혼란의 도가니였기에 내 머리로 가로챈 공이 누가 던진 공인지 알아낼 수도 없었고, 그게 누군가의 의도인지 밝혀내는 것도 불가능했다. 더군다나 아스팔트 바닥에서 메아리가 심하게 울리는 바람에 체육관 안의 모든 웃음소리는 악당 웃음소리로 들렸다.

체육관은 사실상 식당 기능도 하고 있어 전교생이 항상 같은 시간에, 선생님들 감시 아래 체육관 강당에서 점심 도시락을 먹었다. 그중 미스터 K 선생님은 천천히 걸어다니며 아이들과 눈을 맞추면서 애들이 먹고 있는지 철저히 확인하는 것으로 유명했다. K 선생님은 위압적인 키와 비율의 독일인이었는데, 소문에 따르면 히틀러와 친분이 두터우며 총을 소유하고 있다고 했다. 그 소문이 진실이건 아니건, K 선생님은 학생들의 점심 도시락 방치를 개인적인 공격으로 받아들이는 게 분명해 보였다. 급식을 안 먹고 숨기거나 깨작거리며 먹는 학생을 발견하면 체육관이 쩌렁쩌렁 울리도록 이렇게 소리를 질렀기 때문이다. “음식 남기는 사람! 선생님이 안 놓친다!” 지금도 체육관에서의 급식 검사가, 이미 팽팽했던 학교 운동장의 정치적 긴장을 더욱 증폭했다고 믿는다.

처음에는 급식 검사라는 말 자체가 어이없다고 생각했다. 먹을 기회가 있는데 자발적으로 음식을 먹지 않겠다는 것은 당시의 나로서는 이해 불가였기 때문이다. 하지만 2년 동안 평균 수준 이하의 샌드위치와 존재하지 않는 간식을 싸서 갖고 다니면서 나조차도 내 도시락에 기대를 품지 않게 되었다. 학교에 다니기 전까지는 식량 공급량이 부족하다고 느낀 적이 없었다. 하지만 다른 친구가 마치 바닥이 없는 것 같은 도시락 통에서 감자칩, 비스킷, 초콜릿을 끝없이 꺼내는 걸 목격한 후에는 내가 우리 집에서 홀대받는 자식이 아닌가 싶어졌다.

나의 주식 샌드위치는 베지마이트 샌드위치였다. 집에 먹거리가 넉넉한 날에는 양상추를 크림치즈하고 같이 싸주지만 아빠 월급날이 가까워지면 상태가 안 좋은 빵에 베지마이트만 발라져 있었다. 내가 가장 좋아한 샌드위치는 '똥shit 샌드위치'였다. 여기서 '똥'이란 가공된 런천 미트를 말하고 나는 '벨지움'belgium〔동그란 가공 햄으로 오스트레일리아 일부 지역에서 '벨지움'으로 불린다—옮긴이〕으로 알고 있었다. 하지만 왜 아빠가 그걸 '똥 샌드위치'라 불렀는지 이해가 안 될 정도로 상당히 맛있었고, 그게 내 도시락 통에 들어있으면 미니 점심시간• 전까지 살아남지 못했다. 진짜 '똥 샌드위치'는 땅콩버터 샌드위치였다. 집에서는 땅콩버터 샌드위치를 좋아했지만 아침 내내 빵 안에서 건조가 일어나면 이건 열등한 상품으로 전락하고 말았다. 또 문제가 된 샌드위치 속재료는 오이나 토마토였다. 이것 역시 만든 직후에 먹으면 신선하고 맛있지만 랩에 몇시간 싸여 있다 풀려나면 입에 넣고 싶지 않을 정도로 눅눅해진다. 이 샌드위치 식감 문제에 학교 운동장 정치의 스트레스가 더해지면서 내 식욕은 억압되었고, 입학한 지 얼마 지나지 않아 점심을 습관처럼 거르기 시작했다. 나는 먹는 척만 하고

• 미국인들은 이 시간을 '쉬는 시간'이라 부르는 것으로 알고 있다.

안 들키는 데 자신이 있었던 나는 집에 오자마자 날 열받게 한 샌드위치를 옷장 속에 던져버리고 말았으며, 그것은 아주 서서히 변질되어 곰팡이 핀 초록색 먼지로 변했다.

학교가 끝나면 내 허기는 복수심과 함께 돌아왔고 집에 오자마자 거른 점심을 보충해줄 음식을 맹수처럼 찾아다녔다. 하지만 우리 부엌 찬장에서 시간, 허락, 요리 과정 없이 바로 먹을 수 있는 음식이 발견된 적은 별로 없었기에 나의 오후 간식 타임은 매우 울적하거나 제한적이었다. 우리 집 맞은편에 살고 있던 자비로운 노부부 낸과 팝의 베풂이 없었다면 더욱 그랬을 것이다.

내가 학교라는 곳을 다니기 시작한 직후부터 나의 옆집 방문은 항상 똑같은 방식으로 이루어졌다. 집에 오면 교복을 벗어 편한 옷으로 갈아입고 먹지 않은 샌드위치를 폐기 처리한 다음 옆집 뒷문을 두드린다. 간단히 인사하고 바깥으로 나가 빗물 통에서 물을 받아온다. 주전자에 물을 부은 다음엔 정원 일을 하고 있던 팝을 부르고 낸은 차를 끓이면서 비스킷을 접시에 놓는다. 팝이 손을 씻고 선룸 테이블을 세팅하면 우리 셋이 앉아 애프터눈티 시간을 즐긴다. 차를 마시는 동안 나는 이 한참 연상인 친구들에게 학교에서 벌어진 재미난 에피소드를 들려주었다. 사실 내 이야기는 주로 안전거리에서 관찰한 내용이었으나 재연할 때는 사건의 한복판에 나 자신을 끼워넣곤 했다.

내가 그분들에게 한 이야기와 마찬가지로 낸과 팝과 나의 관계도 사실 나의 소망이 담긴 창작동화일지 모른다. 이분들은 나의 친할머니나 친할아버지가 아니었고 옆집에 사는 이웃 어르신들인데 워낙에 따스하고 너그러운 분들이라 거의 매일 찾아오는 옆집 꼬마를 반겨준 것이었다. 우리 집안에 내려오는 전설에 따르면 역시 이 집에 종종 놀러오던 언니와 오빠들은 엄마가 산부인과에서 퇴원하고 나를 데려온 바로 그날, 옆집 할머니와 할아버지에게 이 신상품 여동생을 소개하러 갔다고 한다. 팝은 틈만 나면 그 이야기를 하면서 내가 그때 팝의 품에서 얼마나 곤히 잠들었는지 모른다며, 마치 그것이 우리 우정은 운명임을 말해주는 사인이라도 되는 양 말하곤 했다. 신생아들이란 종일 잠을 자는 편이고 대체로 그 시절엔 어딜 가나 어느 품에 안기거나 잠을 자게 되어 있다는 사실을 팝이 모르는 것 아닐까 싶긴 했다. 물론 시간이 흐르면서 그분들과 내가 유독 특별한 유대감이 생긴 건 맞지만 내가 그 집에 꾸준히 건너간 이유는 역시 비스킷과 함께 이 집 안 특유의 차분한 분위기 때문이었다.

팝 할아버지의 모든 면을 사랑하긴 했으나 더 가깝고 친밀하다고 느낀 사람은 역시 낸 할머니였다. 낸은 이 세상 그 어떤 사람보다 내 응석을 잘 받아주었다. 내가 유일하게 편안하게 눈을 맞출 수 있는 사람도 낸이었다. 할머니의 눈은 너무나 고요하고 다정한데다 뭔가 다 안다는 듯 반짝이고 있어 내가 이해할 수 없는 이유로 할머니가 킥킥 웃을 때도 나는 언제나 편안했다. 낸에게는 모든 걸 말할 수 있을 것만 같았고 곧잘 그렇게 했다. 낸 또한 언제나 내 생각에 귀 기울여주고 고개를 끄덕이며 내 이야기를 들어주었다. 하지만 우리 관계의 가장 좋은 점은 몇시간 동안 아무 말 없이도 함께 앉아 있을 수 있다는 점이었다.

냈과 팝이 사는 세상에는 변화라곤 없었다. 정말이지 아무것도 변하지 않았다. 그들의 집과 그 집 안의 리듬도 언제나 같았다. 그들은 언제나 같은 날에 쇼핑하고 같은 식료품을 샀으며, 늘 같은 레퍼토리의 이야기를 같은 방식으로, 문장의 순서와 멈추는 위치까지 똑같이 말했다. 서머타임 때문에 시간을 바꾸기는 했지만 부엌에 있는 시계는 언제나 5분이 빨랐고 선룸에 있는 시계는 5분이 느렸다. 항상 그랬다.

내가 특정 하루 동안 냈과 팝의 집에 몇시간이나 있었는지 말하기는 어렵다. 그 집엔 모든 것이 정렬되어 있어서 시간이 왜곡되거나 그대로 멈춘 듯했다. 지금에 와 돌아보니 나의 기억대로, 항상 내가 일관적이고 장기적으로 환영받았는지는 다시 생각해볼 문제인 것 같다. 나는 언제나 우리 관계가 상호 이익이 될 거라 짐작해왔는데, 이분들의 외동딸은 멀리 살고 친손주들과는 내가 조부모님을 자주 못 보는 것만큼이나 자주 만나는 편이 아니었기 때문이다. 내 입장에서 그분들은 심심해 보였고 나는 입이 심심한데다 조용한 시간이 절실했다.

나의 친조부모님 이야기를 하자면, 우리 가족은 거리상으로나 감정적으로나 친가 쪽 조부모님과 더 가까웠다. 우리는 그분들을 '투덜이 할머니·할아버지'라는 별명으로 불러 엄마의 부모님인 '웃기는 할머니·할아버지'와 구별했다. 사실 '투덜이'라는 명칭에 걸맞은 사람은 친할아버지뿐이었다. 할아버지는 퉁명스럽고 성격 급하고 마치 누군가 수저로 파낸 감자처럼 찡그린 얼굴을 하고 있었다. 하지만 투덜이 할아버지가 얼굴로 말하지는 않았어도 속으로는 나를 무척 귀여워했다는 걸 알고 있다.

투덜이 할머니는 전혀 투덜거리지 않았다. 사실 굉장히 훌륭한 인간상이었다고 할 수 있다. 할머니는 마치 마술 부리듯 식탁을 집에서 만든 케이크와 디저트로 가득 채웠고, 나는 굉장히 짧은 시간 만에 할머니와 사랑에 빠지고 말았으며, 한접시 더 먹으라는 권유를 받았을 때 나의 사랑은 곱절로 커졌다. 하지만 친할머니에 대한 나의 사랑이 지속된 이유는 맛있는 음식을 계속 줘서라기보다는 나에게 인생에서 가장 중요한 기술을 가르쳐주었기 때문이다. 소젓 짜는 법, 정원 가꾸는 법, 카드놀이 할 때 속임수를 쓸 줄 알면서도 우아하게 지는 법 등등.

외할아버지인 웃기는 할아버지는 이름에 걸맞은 분이었다고 하지만 이 할아버지에 관해서는 건너들은 정보밖에 없다. 내가 인간을 기억하는 기술을 연마하기 이전에 돌아가셔서다. 어렴풋이 남아 있는 기억 하나는 외할아버지가 나를 계속 '거트루드'라고 불러서 내가 뿔이 났다는 것이다. 웃기는 할머니와는 특별히 친하지는 않은 편이었다. 거리의 압박 때문만이 아니라 외할머니의 성격이 독특해 우리 가족과 잘 맞지 않았기 때문이다. 외할아버지가 '편하게 웃기는' 사람이었다면 외할머니는 '이상하게 웃기는' 편이었고 그 말은 하나도 안 웃긴다는 뜻이었다. 웃기는 할머니는 나를 대번에 좋아하진 않았던 유일한 노인이었다. 하지만 그 때문에 내가 조부모님들 중에서 외할머니에게 가장 낮은 점수를 주는 건 아니다. 나는 무엇보다 할머니 특유의 큼큼한 냄새가 싫었다.

진한 냄새는 언제나 무언가에 대한 나의 감정을 형성하곤 한다. 학교 점심시간의 불안을 점점 더 키우게 된 결정적 이유 또한 축축한 빵 증후군에 있다고 믿고 있다. 주말에 깜빡 잊고 도시락 통에 남아 있던 몇개의 빵 조각을 버리지 않으면 그 썩은 냄새가 1년 내내 갔다. 도시락 통을 세제로 박박 문질러 닦아서 뜨거운 태양 아래 최대한 오래 바짝 말린다 해도 비닐봉지 냄새가 스민 미지근하고 퀴퀴한 빵의 유령은 절대 달아나지 않고 도시락 통 뚜껑을 열 때마다 나를 맞이했다. 이 냄새 문제는 양철 지붕 아래서 300명의 아이들이 일제히 도시락 통을 열고 눅눅한 샌드위치의 유령을 풀어주었을 때 극적으로 증폭될 수밖에 없다. 나는 점심시간의 긴장과 불안이 전적으로 이 냄새 탓이라 믿고 싶다. 이건 마치 어떤 일에서 책임을 떠넘길 누군가를 열심히 찾는 것과 매한가지라 할 수 있는데, 우리는 집단 전염병에서도 개인의 희생양이 될 개인을 색출하려 들지 않느냔 말이다.

그래도 대체로 나는 점심 도시락 때문에 애들에게 놀림당한 적은 별로 없었다. 딱 한번 카레 에그 샌드위치를 싸오는 실수를 했는데, 강황 향이 은은하게 퍼진 점심시간이 끝나자 모두가 나를 방귀쟁이라 불렀다. 이 사건은 내 평생의 치욕으로 남을 뻔했건만 그날 오후 배넌 선생님이 한 학생에게 상상 초월의 잔인한 체벌을 가하는 바람에 나는 가볍게 잊힐 수 있었다. 그 선생님은 멜로디 헤이스팅스가 수업 시간에 자꾸 몸을 흔들고 꼼지락거린다면서 테이프 한롤을 끝까지 써서 이 아이를 의자에 꽁꽁 묶어버렸다. 일종의 학습 장애가 있던 멜로디는 평소에도 놀림감이 되곤 했고, 성격도 순해서 아이들이 못된 짓을 해도 이르지 않았다. 나 또한 다른 애들과 마찬가지로 멜로디에게 친절한 적 없었다는 사실을 인정하려니 마음이 아프다. 그러나 선생이라는 사람이 앞장서서 이토록 잔인하게 학생을 괴롭힐 때는 어떤 아이도 그 이상의 나쁜 짓은 하지 못하게 되어 있다.

체육관에서의 점심시간에 조롱당할 위험 요인은 이상한 음식 냄새뿐만은 아니었다. 평범함에서 벗어나면 뭐든지 놀림의 대상이 되었고 전교생의 일거수일투족이 시시각각 노출되었다. 누가 누구랑 앉는지, 어떤 종류의 도시락 통을 가져오는지, 샌드위치는 어떻게 잘라오는지를 놓고도 아이들은 수군거렸다. 어디에도 숨을 곳이라고는 없는 초압박 상황이었다. 초등학교 2학년의 마지막 2주간은 체육관을 너무도 두려워한 나머지 식감이 좋은 샌드위치조차 먹을 수가 없었는데, 그건 내 점심 도시락을 싼 포장지에 더러운 비밀이 숨겨져 있어서이기도 했다.

처음에는 내 도시락 포장지가 문제인지도 몰랐다. 아빠와 내가 쓰레기장에 갔다가 제일 커다란 쓰레기 더미 가장자리에 가지런히 놓여 있던 상자들을 발견했을 때는 가슴이 두근두근하기도 했다. 호기심 넘쳤던 우리 부녀는 같이 상자를 열어보았고 안에는 이후 우리 가족의 일부가 될 물건이 들어 있었다. 바로 매케인 공장에서 나온 미사용 냉동 옥수수자루 봉지 수천장이었는데, 대략 책 크기의 흰 비닐봉지로 앞면엔 먹음직스러운 옥수수 사진이 박혀 있었다.

사실 쓰레기장의 황금시대였기에 일어날 수 있는 일이었다. 그 무렵 시청에서는 주민들에게 이웃이 버린 쓰레기 더미에서 보물을 찾을 것을 적극 권장하고 있었다. 나는 역한 쓰레기장 냄새에도 아빠와 보물찾기 미션에 나가고 싶다며 가장 먼저 손 들곤 했다. 매의 눈을 하고 쓰레기 무덤을 뒤지다가 아직 멀쩡한 잡동사니를 건지기도 하고 아빠가 탐색하던 튼튼한 목재 조각을 찾아주기도 하는 일이 나에게는 평범한 주말의 모험 그 이상도 이하도 아니었던 것이다. 또 한편으로는 내가 당시 수집하고 있던 망가진 주방 도구나 그릇 콜렉션에 추가할 수 있는 보물을 찾아 떠날 절호의 기회라고 보기도 했다.

아빠는 우리의 밸리언트 자동차 뒷좌석에 옥수수 포장 비닐이 가득한 상자 세개를 실으며 흥분을 감추지 못했다. "다른 사람들도 쓰라고 남겨주자!" 아빠는 아직 싣지 않은 상자를 보면서 아쉬운 듯 말했다. 그 순간, 이 세상 그 어떤 사람도 지금의 아빠와 동일한 강도로 환희와 감동을 경험할 수는 없을 것만 같았다. 물론 그때는 아빠가 이 방대한 양의 비닐봉지로 대체 무엇을 할 건지 전혀 감을 잡지 못했다. 하지만 이내 아빠가 이 옥수수 포장지로 세상에 존재하는 모든 일을 하는 모습을 목격할 수 있었다. 먼저 아빠는 자기가 소질 있던 즉석 임시 수리 분야에 이 봉지를 적극 활용했고, 한장은 세면용품 가방으로도 썼으며, 우리 집 부엌 커틀러리 서랍 밑에 깔기도 하고 새를 쫓아내기 위한 용도로 과실나무에 묶어놓기도 했다(실제로 새들은 옥수수를 좋아하지 않는 듯했다). 또한 비가 오거나 땅이 질척질척할 때 그 비닐봉지들을 신발에 씌운 다음 '일회용 고무장화'라며 신고 나가라고 하기도 했다.

아빠가 옥수수 포장지를 오만군데에 쓰건 말건 나야 큰 불만은 없었다. 다만 도시락까지 그것으로 싸주려고 할 때는 기겁할 수밖에 없었다. 더도 아니고 전교생 중 딱 한명만이라도 이 노랗고 하얀 비닐봉지를 알아본다면 애들 눈에 띄지 않으려던 나의 1년 동안의 모든 노력이 허사가 되어버릴 것이 분명했다. 나는 보통은 관심을 끌지 않는 데에는 자신 있는 편이었으나 이번에는 확실히 해두려고 도시락 가방을 학교 가방에 넣어놓은 채 안에서 샌드위치만 꺼내 한입씩 먹었다. 성공적인 계략이었고 학년 말의 학교 소풍만 아니었다면 나의 이 더러운 비밀은 끝까지 밝혀지지 않았을 것이다.

소풍 장소는 '크레이피시 크릭'(가재 시내)으로, 가보니 시냇물만 있고 가재는 없어서 크게 실망했다. 하지만 드넓은 공터가 있고 타이어 그네도 있고 물에 누군가를 빠뜨릴 기회도 많은, 학교 소풍으로는 충분히 완벽한 장소였다.

점심시간이 되어 혼자 있을 곳을 찾아 어슬렁거리다가 운동장 가장자리 나무들 사이에 있는 그루터기 하나에 자리를 잡고 도시락을 꺼내려던 참이었다. 마침 그때 제이슨 파이크와 히스 마셜이 다가오는 소리가 들렸다. 이 남자애들은 딱히 못되지도 않고 본인들의 인기나 평판에는 신경 안 쓰는 것 같았으나, 관심을 원하지도 필요로 하지도 않는 애들에게 관심이 쏠리게끔 하는 일에서 매우 큰 즐거움을 찾고 있었다. 이 둘은 평소에도 프리랜서 일진들처럼 돌아다니며 건수를 찾아다녔으니 이들 눈에 나는 먹음

직스러운 목표물처럼 보일 터였다. 소풍인데 혼자 그루터기에 앉아서 옥수수 비닐에 든 축축한 샌드위치를 먹고 있다고? 안 된다. 본능을 믿고 도시락을 가방에 쑤셔넣은 나는 이들의 눈을 피하기 위해 가까운 나무로 기어올라갔다. 내 계획은 일부 성공했다. 다만 대부분의 어린이나 아기 고양이와 마찬가지로 나 또한 나무에 올라가는 건 잘해도 내려오는 덴 소질이 없다는 사실을 미처 알지 못했을 뿐이었다.

부러진 뼈만큼 사람의 신경을 집중시키는 건 없을 것이다. 아드레날린이 용솟음친다. 몸이 퉁퉁 붓기 시작한다. 정신이 혼미해진다. 그리고 몸 어딘가에서 나는 이상한 소리가 몸 전체에 울려퍼진다. 이 낯선 감각과 퉁퉁 붓고 있는 팔에만 집중한 나머지 집에 거의 다 와서야 내가 느낀 감각이 육체적 고통임을 인식할 수 있었고 그때부터 극심한 스트레스를 받았다. 멜로디를 테이프로 묶어버렸던 배넌 선생님이 차를 운전하는 것도 도움이 되지 않았는데 그나마도 통증 때문에 멜로디처럼 꼼지락거릴 수조차 없었다.

엄마는 언제나 상대편 주장과 반대되는 진단을 내리길 좋아했다. 만약 배넌 선생님이 나의 오른손을 잡고 우리 집 현관까지 걸어와 내 팔이 골절된 것 같다고 했다면 엄마는 '그냥 접질린 것' 혹은 '아무것도 아님'이란 진단으로 맞섰을 것이다. 엄마는 '가벼운' 부상 부위에 빅스 베이퍼럽 연고를 바르고 말았을 것이고 저녁 먹기 전에 마당에서 당근이나 캐오라며 나를 내보냈을 것이다. 다행히 배넌 선생님은 그냥 접질린 것 같다고 강하게 주장했고 그 말에 엄마는 생각보다 심각한 부상이라 결론 내렸다. "자기가 의사야 뭐야? 알긴 뭘 알아?" 엄마가 문을 쾅 닫으면서 말했다.

병원에서 생목골절greenstick fracture〔작은 가지가 부러질 때처럼 부분적으로 부러지는 것—옮긴이〕이라는 진단명을 들었을 때 깁스를 할 정도로 심각한 골절은 아니라는 뜻으로 받아들였다. 내 마음속에서는 깁스를 하는 부상만이 엄마가 심각하게 받아들일 수 있는 부상 같았는데, 몇년 전 해미시 오빠가 '뇌성마비성 발경직'spastic foot(이건 실제 의학 용어라고 확신한다)을 치료하기 위해 병원에서 수술을 받고 아름다운 흰색의 깁스를 자랑하며 퇴원해 집으로 돌아온 적이 있었다. 그때 오빠가 누렸던 각종 왕자 대접—집안일 제외됨, 음식 많이 먹어도 됨, 엄마가 쓰다듬어줌—을 목격한 후에 나도 꼭 한번 깁스를 해보고 싶었던 거다.

깁스를 벗은 이후 오빠는 그 깁스를 자기 옷장에 넣어두었고 나는 방 청소를 할 때마다 그걸 아련한 눈빛으로 바라보곤 했다. 발을 꺼내기 위해 앞부분만 잘린 채로 보관된 깁스에는 색색 볼펜으로 "어서 낫길" 같은 친구들의 따스한 응원 문구가 적혀 있었다. 그래서 로즈 의사 선생님이 붕대를 물에 적시고 축축한 석고를 발라줄 때 나는 마냥 신이 났다.

내 깁스를 오빠 것보다 훨씬 더 예쁘고 화려하게 꾸미기로 작정했기에 집에 오자마자 펜을 들어서 울타리 옆의 말을 그리려고 해보았다. 하지만 충격과 공포의 현장이 되어버렸으니, 펜이 아직 덜 마른 석고에 스며들면서 내 말도 커다란 파란색 잉크 방울로 뭉개지고 말았던 것이다. 내가 울상을 짓자 엄마가 말했다. "엄마가 말 했니, 안 했니. 마를 때까지 기다려야 한댔잖아."

이 모든 골절 사건은 나의 상상대로 흘러가지 않았다. 깁스 예술은 완전히 망해버렸다. 이상하게 그날따라 배도 고프지 않았다. 내 팔은 무서울 정도로 정확하게 심박수에 맞춰 욱신욱신거렸다. 그날 밤 훌쩍훌쩍 울면서 잤다. 아파서 울기도 했지만 표현할 수 없는 이상한 감정 때문에 울었는데, 나는 지금도 이것이 향수병이라 생각한다. 내가 늘 자던 방의 똑같은 침대로 들어가 잤지만 어쩐지 고향이 그리운 느낌, 아픈 뼈 때문에 슬픈 느낌이 들었다. 다시는 학교로 돌아가고 싶지도 않았다.

며칠 지나면서 상황은 급속도로 개선되었다. 우리 다섯 남매 중 그림을 가장 잘 그리는 벤 오빠가 나의 망친 말 그림을 두꺼운 줄기의 꽃을 들고 있는 웃는 사람으로 바꾸어 그려주었다. 통증이 잦아들면서 깁스한 사람만이 누릴 수 있는 특권을 맘껏 누리기 시작했다. 아이스크림, 엄마의 따뜻한 포옹도 있었고 생활 전반에 특별대우가 따라왔다. 뜻밖의 장점은 깁스가 젖으면 안 되기 때문에 목욕에서 제외된다는 점이었다. 사고 이후 며칠 동안은 부모님이 세면대에서 세수만 하라고 말해줬지만 당연히 세수도 안 했다. 그러다 강제로 샤워의 세계로 귀환할 수밖에 없었는데 아빠가 깁스가 젖지 않게 할 완벽한 해법을 찾아 내 앞에 나타났기 때문이다. 그 해법이란 먼저 옥수수 비닐 포장지로 내 팔을 감싼 다음 빨간색 개퍼 테이프로 봉하는 것이었다.

원래는 일주일 결석한 후 등교를 하기로 했으나 굳이 그래야 할 이유가 없어 보였다. 어차피 크리스마스 방학까지 일주일밖에 남지 않았고 이대로 집에서 혼자 노는 편이 여러모로 낫다는 결론에 도달했다. 실은 매우 만족스러운 생활을 영위하고 있었다. 아침의 정신없는 등교 준비에서 일단 나만 제외되었다. 편안한 자세로 앉아서 형제들의 우당탕탕 난리 법석을 느긋하게 바라보다가 모두 학교로 가면 엄마 직장인 골프 클럽에 따라가 '엄마 청소를 도우면서' 엄마와 끊임없이 수다를 떨었다. 평소 같으면 엄마 청소를 도와주는 건 기피했을 거다. 실제로 내가 해야 할 일은 팔과 다리를 움직여 노동하는 것이었기 때문이다. 그러나 팔이 하나 부러지고 나니 빗자루나 걸레를 들고 자유자재로 움직이는 건 불가능했기에 내가 할 수 있는 일이라곤 오로지 대야의 물을 버리거나 소변기 탈취제를 꺼내는 것뿐이었다. 나는 소변기 탈취제가 좋았다. 왜 이렇게 쓸데없는 정보까지 제공하고 있는지는 모르겠지만 그냥 나 혼자 중요하게 느껴져서 말하고 있다.

가장 좋았던 점은 엄마와 알찬 시간을 보낼 수 있다는 점이었다. 다섯 남매의 막내로 자라면서 엄마와 일대일로 대화를 나눌 시간은 언제나 부족한 편이었다. 평소에 엄마의 관심을 독차지할 기회가 있다면 엄마가 욕조 목욕을 할 때뿐이었다. 이때는 엄마가 뭐든지 느긋하게 받아주는 편이었다. 목욕 시간만큼은 아이들과 사소한 일로 말씨름하고 싶지 않았던 것 같고, 내가 맹하고 느린 아이라는 사실이 엄마를 귀찮게 하거나 짜증 나게 하지도 않았다. 나는 욕실에 들어가서 변기 위에 앉아 엄마의 말벗이 되어주곤 했으며, 엄마는 가슴이나 이마에 수건을 두르고 머리를 뒤로 기댄 다음 나에게 모든 관심을 주었다. 또한 나는 발가락으로 수도꼭지를 틀었다 잠그는 엄마의 신묘한 기술에 매혹되어 있었다. 엄마는 과연 요술쟁이인가. 하지만 평소 엄마와 단둘이 하는 욕실 수다는 드문 경우였는데 엄마의 목욕 횟수란 정해져 있을 수밖에 없고, 우리 다섯 남매 모두 그때가 엄마와 놀 수 있는 황금 시간대라는 걸 알고 있었기 때문이다. 따라서 다들 학교에 가고 집에 나만 있으니 엄마를 장시간 독차지할 수 있어서 좋았다.

일요일 밤에만 해도 방학 때까지 학교를 안 가기로 했었는데, 내가 한 팔로 크리켓을 하며 노는 모습을 그만 들키고야 말았다. "너 그거 할 수 있으면 학교에 가고도 남겠다." 엄마가 말했다.

"아니야. 크리켓 할 때만 왼손잡이란 말예요. 학교에서는 오른손잡이라서 안 돼." 나는 깁스를 가리키며 최대한 아프고 불쌍한 얼굴로 통사정해보았지만 엄마는 넘어가지 않고 바로 샤워 명령을 내렸다. 못마땅한 얼굴로 아빠에게 나의 팔을 맡기자 아빠는 책임감 있게 내 깁스를 옥수수 포장지로 밀봉해주었다.

학교에 가기 싫은 가장 큰 이유는 내 낙상 사고가 다른 아이들에게 어떤 방식으로 알려져 있는지 아직 몰라서였다. 해미시는 자기 여동생이 나무에서 '뇌성마비 원숭이'(이것은 해미시의 경우와 달리 의학 용어가 아니다)처럼 떨어졌다는 소문이 돌고 있다는 슬픈 소식을 알려왔다. 그래서 나는 찌질이 그룹으로 격하되어 졸업식 날까지 놀림감이 될 것이고 아마도 힐드빌로 이사가야 할 것이라고 확신했다.

그러나 내 걱정은 기우였음이 밝혀졌다. 등교하자마자 나라를 구하고 온 영웅 대접을 받았기 때문이다. 아이들은 나를 붙잡고 질문을 쏟아내기 시작했다. “얼마나 아팠어?” “떨어질 때 무서웠어?” “근데 너 죽었었다며? 정말이야? 와, 얼마나 오랫동안?” 진심으로 몸 둘 바를 몰랐던 건 애들이 앞다투어 내 깁스에 자기 이름을 남기고 싶어 했고 회복 기원 문구를 써주면서 내 깁스에 채색된 명랑 소년/말 그림에 칭찬을 아끼지 않았다는 점 때문이었다. 수업 종이 울리지만 않았다면 내 깁스의 모든 여백은 오늘부로 나의 절친한 친구가 된 아이들이 써준 회복 기원 메시지로 가득 찼을 것이다.

수업 시간에도 내게 꽂히는 애들의 시선을 느낄 수 있었다. 내가 그 방향으로 고개를 돌리면 애들이 눈을 피할 줄 알았는데 눈이 마주칠 때마다 활짝 웃어주는 것이었다. 내 평생 이처럼 호감어린 시선을 받아본 적이 없었다. 수업 중에 짝을 지어서 하는 활동이 있었는데 나의 인기가 얼마나 대단했던지 교실 저쪽에서 애들이 나와 짝이 되려고 싸우는 바람에 의자가 뒤집어지는 사태까지 벌어졌다. 하지만 나는 이미 첫번째로 신청한 친구를 받아들였기 때문에 그애들에게까지 기회가 가지 않았다. 이전까지는 친구 신청을 또 받으리란 보장이 없었기에 무조건 첫번째 신청을 받아들였기 때문이다.

쉬는 시간인 미니 점심시간이 되자 평소처럼 다들 교실 밖으로 나갔다. 나는 어디로 가야 할지 알 수 없어 스미스 선생님이 어디 있나 하고 두리번거렸다. 선생님은 내 팔이 부러지기 전에도 나를 좋아했으니 아마 지금은 나를 완전히 사랑할 거라는, 나름대로 합당하고 논리적인 분석을 하기도 했던 것이다. 하지만 스미스 선생님의 나를 향한 감정이 어떻게 변했는지 알아낼 순 없었다. 잘나가는 친구들이 나를 무려 그루터기 정원에 초대해 같이 놀았기 때문이었다. 이보다 완벽한 하루는 없을 거라 생각할 무렵 애들이 자기 점심 도시락에서 맛있는 것들을 꺼내주기 시작했다. 꿈에서만 만나왔던 간식들인 초콜릿 비스킷, 치즈 스틱, 설타나〔씨 없는 흰 건포도—옮긴이〕 한 상자가 있었고 영광 영광 할렐루야, 감자칩도 있었다. 다시 교실로 갈 무렵 나는 정신을 못 차릴 정도로 행복했고 이제 잘나가는 상위 계층으로 진급했다고 확신했다.

그 학년 마지막 주는 아마도 내 모든 정규 교육과정을 통틀어 가장 황홀한 학창 시절이었을 것이다. 매일 어디서든 환영받으리라는 사실을 알고 학교에 갔다. 우리 학교에서 가장 인기 많은 브렛이 나에게 청혼을 하기에 나도 승낙해주었다. 그 아이는 매일 자기 팔을 내 깁스에 둘렀고 우리는 같이 점심을 먹으러 갔다. 하지만 이 세상의 모든 아름다운 일이 그렇듯 끝이 있기 마련이었다. 그리고 내 인생의 모든 엔딩과 마찬가지로 끝이 났다는 건 내가 맨 마지막에 알았다.

그 학기 마지막 날에는 분위기가 완전히 달라져 있었다. 여전히 나에게 꽃길이 펼쳐져 있을 거라 여기며 교실에 들어가서 두리번거렸으나 나의 잘나가는 새 친구들은 등을 돌리고 있었다. 어느 누구도 고개를 들어 나와 눈을 마주치지 않았으며, 내가 애들에게 가까이 다가가자 다들 나를 못 본 척했다. 나를 거부한다는 것을 더 확실히 알리기 위해 모두 나에게서 살짝 멀어지기까지 했다. 그제야 나의 짧았던 황금기가 종료되었음을 이해했고 현실에 저항하려들지도 않았다. 나는 위엄있게 돌아섰고, 멜로디 옆자리가 비었기에 거기 앉아 오늘도 역시 몸을 쉴 새 없이 움직이고 꼼지락거리는 멜로디 옆에서 익숙한 편안함을 느꼈다.

속담 속 유리의 집

대개의 사람들은 치명적인 위험 앞에서 두가지 방식으로 대처한다고들 한다. 싸우거나(투쟁), 도망가거나(도주 반응). 이 두가지엔 각각 나름대로 장점이 있을 것이다. 하지만 위험 앞에서의 나의 본능은 조금 다르게 움직이는 편이다. 싸우지도 도망가지도 않으며 그냥 그 자리에 앉아서 꼬리에 꼬리를 무는 생각을 하는 것이다. 이것이 나의 생존 전략임은 아홉살 생일 전날 자전거를 타다 유리 온실의 모서리에 자전거를 박았을 때 알게 되었다. 그 사고가 어떻게 일어났는지 기억은 안 나고, 어느 순간 토마토 냄새가 쏟아지듯 났다는 것만 생각난다. 나는 소리를 지르지도, 겁에 질리지도, 울지도 않았다. 충격에는 빠졌던 것 같다. 상황 파악이 안 된 것도 확실한데 무엇보다 내가 지금 왜 자전거를 타고 있지 않은지 이해하지 못하고 있었기 때문이다. 나는 나에게 일어난 사건의 순서를 파악하려 애쓰는 대신 판유리 밑에서 다리를 꺼냈다. 그 다음에는 일어나 절뚝거리며 잔해에서 빠져나왔고, 아직 내 다리에 유리가 박혀 있음을 발견한 후 다시 그 자리에 앉아서 생각에 빠져들었다.

내 무릎의 상처는 신경이 많이 쓰이는 수준이었다. 어느 누구도 자신의 슬개골을 직접 보아서는 안 된다. 벤 오빠가 언젠가 로르샤흐 테스트가 무엇인지 설명해줬는데 잉크 얼룩에서 나비나 박쥐가 아니라 뭔가 기이한 형태를 보면 정신이상이 온 것이라고 했다. 나는 최선을 다해 내 무릎의 콸콸 흐르는 피 안에서 나비 형상을 보려고 했으나 흰 슬개골이 나를 혼돈 상태로 데려갔고 마침내 내 정신 상태가 정상이 아니라는 결론을 냈다. 이제 관심을 내 허벅지에 박힌 커다란 유리 조각으로 돌려보려고 했지만 더 메스껍고 머리가 핑핑 돌았다. 그 순간 내가 택한 최선의 행동은 엄마가 날 죽이기 전에 먼저 죽길 바라며 잔디밭에 마냥 누워 있는 것이었다.

그 사고가 일어나기 전까지는, 내가 아주 작디작은 배를 갖게 되면 내 몸속으로 들어가 신비로운 내부를 유유히 떠다닐 수도 있을 거라고 100퍼센트 확신했다. 나를 구성하는 뼈와 장기들 사이에는 충분한 공간이 있을 거라고, '뼈 랜드'라는 육지에 오르기 전에 닻을 내릴 작은 만도 있을 거라고, 타잔처럼 줄을 이용해 정맥에서 동맥까지 날아갈 거라고, 그렇게 해서 나의 내장들이 사는 성인 배 나라에 가게 될 거라고 믿었다. 그리고 이 배 나라에서 즐거운 시간을 보내다가 싫증이 나면 다시 작은 돛단배를 타고 내 뇌까지 가고, 뇌에 있는 왕국의 가장 편안한 침대에 누울 것이라고 생각했다.

하지만 내 슬개골과 허벅지 안을 직접 만나보니 이 상상 또한 재고할 수밖에 없었다. 내가 강제로 받아들여야만 하는 이 진실이 싫었다. 절대적으로 싫었다. 나의 외피 밑에는 그저 고통의 강이 흐르고 있었고 밖으로 터져나오려 하는 흉측한 것들이 있었다. 고작 피와 내장이 규율 없이 뛰놀고 있는 도축장이 나란 말인가. 이 피부라는 옷은 또 얼마나 뚫기 쉬운 것인가.

정말 해괴망측하고 눈물이 앞을 가리는 사건이 아닐 수 없었다. 그날이 얼마나 찬란하게 시작되었는지를 생각하면 더욱 그렇다. 날은 화창하고 따스했으며 다음날 내 생일에 맞춰 해적을 주제로 한 테마 파티 준비가 착착 진행되던 중이었다. 제시카 언니는 오렌지와 젤리로 해적선을 만들었고 나는 언니가 냉장고 안 포일 밑에 보물상자 스펀지케이크를 숨겨놓았다는 사실도 알고 있었다. 무엇보다 최고 중의 최고는 엄마가 그날은 나를 위한 날이므로 코밑에 수염을 그려도 된다고 허락해준 것이었다. 하지만 그날은 내 생일이 아니었다고 해도 특별했을 터였다. 그날 아침 드디어 깁스를 풀었고, 이 말은 곧 내 새 자전거를 타고 한바퀴 돌아도 되는 날이었다는 뜻이다.

사실 몇주 전에 크리스마스트리 밑에 있던 핑크색 여아용 자전거를 보고 적잖이 실망하긴 했었다. 내가 아는 한 나는 꽃무늬 바구니나 치마를 입고도 탈 수 있는 자전거 페달이 필요하지 않았다. 나에겐 해미시와 같이 타도 절대 뒤처지지 않을 모터사이클 자전거 BMX가 필요했다. 하지만 그렇다고 불평 한마디라도 했다가는 엄마가 자전거를 바로 빼앗아 TV에 나오는 기아 아동 구호단체에 보내리라는 걸 알았다. 아무튼 그건 내가 물건에 대해서 불평할 때마다 엄마가 쓰는 협박이었다. 나는 그렇게 빈곤 아동을 위한다면 협박하지 말고 그냥 지원하면 될 것이라 생각하기도 했고, 호강에 겨워한다는 엄마 말도 듣기 싫었다. 하지만 엄마는 우리 집 대장이니 나는 일종의 정략결혼에 순응하듯 나의 새로운 자전거를 사랑하는 법을 배워야 했다.

그래도 '핑크'에게는 마음에 쏙 드는 점이 하나 있었으니, 바로 벨이었다. 참, 핑크란 내가 이 바퀴 두개짜리 말에 붙인 이름으로 나의 상상력 넘치는 작명 센스는 언제나 놀랍다. 이전에는 벨소리가 멀쩡한 자전거가 없었다. 내 옛날 자전거에 붙어 있던 녹슨 벨이 그나마 소리가 나긴 했는데 거기에선 종소리라기보단 폐기종에 걸린 로봇이 죽어가는 소리가 났다. 하지만 핑크의 벨에서는 맑고 청아한 디링디링 디리리링 소리가 났고, 이는 인생의 기쁨을 노래하는 축제 한마당과도 같았다. 지난 크리스마스 이후 3주 동안 내 팔은 깁스한 상태였으므로 이 새 자전거로 해볼 수 있는 일이라곤 오로지 옆에 서서 벨을 울리는 것뿐이었다. 마지막 몇주 동안은 특별히 아프지도 않았기에, 나의 조그마한 뇌로 판단하기로는 자전거에 올라타도 큰 문제가 없을 것 같았다. 그러나 엄마의 완강한 반대에 부딪혔고 깁스를 풀 때까지 영겁의 세월을 기다려야 했다. 이 기다림의 시간은 고문에 가까워 디링디링 디리리링 소리마저도 시간을 빨리 가게 해주지는 못했다. 하지만 결국 그날은 다가와 생일 전날인 화창한 어느날, 나는 병원에서 깁스를 풀고 집으로 오자마자 해미시와 둘이 자전거에 올라타, 우리가 무모한 경찰과 악랄한 도주범이라 믿으며 우리 집

옆 고등학교 운동장을 미친 듯한 속도로 내달렸다.

얼마 뒤 해미시가 나를 발견하자마자 매우 신속하고 간단명료하게 이 상황을 요약했다. "좆 됐다." 또다시 말했다. "좆 됐어! 좆 됐어! 좆 됐어!" 오빠는 엉덩이에 손을 올린 채 현장을 점검한 후 입술을 잘근잘근 씹다가 우리 둘 다 가장 듣고 싶어 하지 않는 비보를 전했다. "엄마한테 말해야겠다." 나는 오빠를 올려다보며 고개를 끄덕였다. 좆 된 거 맞네.

해미시가 나를 일으켜주려 했을 때 다리가 그렇게까진 아프지 않고 일어설 수도 있다는 게 놀라울 지경이었다. 영원히 앉아 있고 싶다는 생각이 들긴 했다. 화가 난 건 아니었다. 눈물도 흐르지 않았다. 몸의 내부를 직접 눈으로 확인한 데서 온 스트레스만 제외한다면 당시 나는 상당히 의연했다고도 할 수 있다. 하지만 자리에서 일어나 오빠의 어깨 너머로 핑크를 보자마자 이제껏 나의 의연함은 온데간데없이 사라졌다. 핑크는 10미터 정도 떨어진 곳에, 마치 주인 없이 혼자 질주를 한 것처럼 널브러져 있었다. 핑크가 얼마나 심각한 대형 사고를 당했는지 파악하기까지 상당히 오랜 시간이 걸렸다. 앞바퀴는 흉측한 모양으로 찌그러지고 안장은 날아가 있었으며 벨의 뚜껑도 사라지고 쇰쇠가 달린 속만 훤히 드러난 채 서 있었다.

나는 히스테리를 부리는 성격은 아니다. 하지만 그 순간 내 머릿속 빨간불이 켜졌고 나는 해미시에게 내가 아닌 자전거부터 일으켜주어야 한다고 설득했다. "난 냅둬!" 나는 소리소리 질렀다. "핑크 좀 어떻게 해봐. 제바아아아아알! 핑크야!!!" 그로부터 오랜 세월이 흘러 우선순위를 이해하는 어른이 되었음에도, 여전히 내 안의 일부는 나를 희생하고 자전거부터 구해야 한다는 말을 들어주지 않았던 오빠에게 화가 난다.

내가 얼마나 큰 사고를 저지른 건지, 내 다리 부상이 빅스 베이퍼럽 연고만 바르면 낫는 정도인지는 알 수 없었고, 그 둘 중 무엇이 더 최악인지도 판단하지 못한 채 걱정과 불안에 휩싸인 상태로 집까지 돌아왔다. 해미시가 나를 질질 끌다시피 하며 부엌으로 들어가자, 엄마는 의자에서 바느질을 하다 벌떡 일어나더니 우리 앞길을 막았다. "여긴 들어오지 마! 카펫 버려!" 절뚝거리면서 집에 올 때 머릿속으로 시뮬레이션한 엄마 반응의 최악 버전과는 거리가 멀었으나 내가 이 못난이 카펫보다도 덜 중요한 존재라는 사실은 약간 충격이었다.

우리는 가다가 도중에 멈추고 부엌에 서서 기다렸고, 엄마는 우리를 휙 밀치고 지나가 부엌에서 타파웨어 그릇을 하나 꺼내더니 나한테 발을 안에 넣으라고 했다. 엄마가 다시 일어났을 때 얼굴에 떠오른 표정으로 판단하건대 엄마 또한 진짜 지혈대 대신 사용한 이 응급 처치 도구에 당황한 듯했다. 다음에는 구급상자에 있는 무언가를 사용하기도 했지만 효과가 없는 건 마찬가지였다. 엄마가 반창고를 하나 붙이자마자 그건 내 다리를 타고 미끄러져내려갔다. 엄마는 단념하지 않고 반창고를 하나 더 붙였고, 또 붙였고, 또 붙였다. 나는 그 광경을 넋을 잃고 바라보았다. 반창고들은 모두 무릎을 타고 내려가 내 피로 차오르고 있는 그릇에 떨어졌다.

우리는 그날 두번째로 병원에 갔다. 엄마는 엄마만의 감정 롤러코스터를 타고 있었고 나는 그냥 앉아 있었다. 수건으로 약간 세게 감아놓은 다리는 욱신거렸으며 유리가 점점 더 깊이 박혀가는 것을 느낄 수 있었다. 그러나 우는 소리 할 때가 아니었다. 엄마는 내 생일 파티 때문에 스트레스를 받고 있었고 아직은 자전거 상태에 대해서도 몰랐다. 그래서 나는 잠자코 앉아 꼬리에 꼬리를 무는 생각을 했다.

로즈 선생님은 몇년 동안 우리 가족 주치의였는데 자상하고 명랑한 남자 의사 선생님이었다. 엄마는 이분을 무척 좋아해서 이분이 병원을 바꾼 뒤에도 다른 의사를 찾지 않았다. 나도 로즈 선생님이 좋았다. 딱 하나 문제는 손길이 조심스럽진 않다는 점이었다. 안이 훤히 보일 정도로 갈라지고 피가 철철 흐르는 상처에서 유리를 제거해야 하는 경우라면 우리는 자연스럽게 조심스러운 의사 선생님을 선호하게 된다. 크고 뭉툭한 소시지 같은 손가락으로, 부젓가락 같은 것을 휘두르면서 바늘로 쿡쿡 쑤시는 건 원치 않을 것이다.

바늘이 찌를 때마다 바늘 끝이 느껴졌다. 나는 제거되는 모든 유리를 느낄 수 있었으며, 로즈 선생님의 그리 온화하지 않은 손끝이 닿는 순간을 느꼈고, 마치 선생님이 농담이라도 하듯 킬킬거릴 때마다 움찔움찔했다. 이 모든 과정은 들리는 것만큼이나 고통스럽고 끔찍했다. 그래도 나는 입을 꾹 다문 채 눈물을 흘리지 않으려 애를 썼고, 로즈 선생님은 여전히 내 상처 주변을 더듬거리며 쑤셔댔다. 하지만 결국 감당 불가능한 단계까지 가자 나의 극강의 정신력도 무너졌다. 나는 걷잡을 수 없이 울기 시작했지만 로즈 선생님은 눈치채지 못했다. 하지만 엄마는 눈치챘다. 엄마가 울음을 갑자기 멈추더니 가까이 다가와서 내 뒤에 서는 것이었다. 나한테 호통이라도 칠 줄 알았는데, 엄마는 나에게 몸을 숙이고 부드럽게 말했다. “괜찮아. 우리 막내. 엄마 여기 있잖아. 금방 끝날 거야. 괜찮아.”

절대 울고 싶지 않아서 눈물을 안 흘리려고 꾹 참았건만 도저히 그럴 수가 없었다. 그날 하루 보지 말아야 할 것을 너무 많이 봤다. 내 무릎의 슬개골을 보았고, 생전 처음으로 엄마가 내 주변의 세상을 전혀 통제하지 못하는 모습을 보았다. 엄마도 그 사실을 알고 스스로 놀란 것 같았으며 나 역시 놀랐다. 엄마는 마지막 시도로 나에게 몸을 밀착하고는 자기 눈을 내 눈 바로 앞에 대더니 양손으로 내 얼굴을 감싸 바깥 세상을 가리고 우리 둘만 존재하게 했다. 그러곤 속삭였다. “엄마 눈에 빨간 핏줄 몇개니?”

눈을 질끈 감았다. 엄마의 눈을 그렇게까지 가까운 거리에서 보고 싶지 않았고 엄마의 흰자위를 가득 채운 그 붉은 선들도 징그러웠다. 하지만 나는 볼 필요가 없었고 충혈된 선이 몇개인지 대답할 필요도 없었다. 엄마가 고치 같은 보호막으로 날 안정시켜준 것이었다. 다섯 남매의 막내로 자라면서, 나는 스스로가 언제든 대체될 수 있는 존재라고, 잘해봐야 예비 자식 정도라고, 우리 집 못난이 카펫보다도 안 중요한 존재라고 생각했다. 그러나 엄마가 날 가까이서 이렇게 끌어당겨 꼭 안아줄 때마다 그 생각은 스르르 사라지곤 했다. 나는 사랑받고 있다는, 반박할 수 없는 증거가 보였던 것이다. 적어도 지구상에 단 한 사람의 시뻘겋게 충혈된 눈 안에서, 나는 지극히 소중하고 귀한 존재였다.

이 이야기의 교훈

딸의 장래 모습은 그 엄마를 보면 알 수 있다고들 한다. 피부 면에서 내 미래는 매우 암울하다 할 수 있다. 해미시 출산 후 엄마 얼굴엔 거의 종기 수준의 뾰루지가 창궐하여 파인 자국과 흉터가 남았기 때문이다. 이 이야기를 들으면 동정심이 생겨야 할 것 같지만 우리 가족 내에서는 농담 소재에 불과하다. 한번은 스무고개를 하던 도중 아빠에게 힌트 하나만 달라고 했는데, 질문은 기억 안 나도 아빠의 힌트만큼은 절대 잊을 수가 없다. "너희 엄마 얼굴." 정답은 '달'이었다. 아빠는 해미시를 도와줄 때도 똑같은 힌트를 사용했고 그때의 정답은 '흑사병'이었다.

나는 어린 시절 숱한 시간 동안 나만을 위한 이상적인 엄마를 상상했다. 내 상상 속 엄마는 언제나 흰머리 염색에 조금 더 신경 쓰고, 치아는 새하얗고 고르며, 늘 향수를 뿌려 은은한 향기가 난다. 그 엄마의 얼굴에는 여전히 구멍이 있긴 하지만 꼭 있어야 할 구멍만 있다. 이를테면 귓구멍이라든가 콧구멍 말이다. 입이 꼭 필요한지는 모르겠다.

어렸을 때는 아빠가 불쌍해 보였고 아빠에게 공감했다. 아마 우리 남매가 모두 그랬을 것이다. 엄마 또한 이 사실을 알았고 어쩌면 그래서 속으로는 눈물을 흘렸을지도 모르겠다. 아빠의 중립적이고 관망적인 태도는 엄마에겐 짜증의 원천이었다. 그때는 엄마가 왜 그렇게 아빠를 달달 볶는지 이해하지 못했지만 어른이 되고 보니 엄마 어깨 위의 짐이 얼마나 무거웠을지 짐작이 가고도 남는다. 감정노동과 가정 내 크고 작은 일에 맞닥뜨리며 엄마는 기본적으로 여섯 자식(다섯 아이와 어른 남자 한명)의 싱글맘으로서 막중한 역할을 감당하며 살았다고 할 수 있다. 하지만 우리 집에서 뭔가 일이 잘못될 때마다, 물론 그런 일이야 셀 수도 없었는데 엄마는 애초에 도와주지도 않을 사람에 의해 엄마의 실수를 분석당하는 형편이 되었다.

솔직히 코미디를 하면서 아빠보다 엄마를 농담의 소재로 이용한 적이 몇배나 많아 부끄럽고 죄송한 마음이 있다. 이는 두분 모두에게 공정하지 않다. 우리 집에서 아빠는 잔잔한 바다고 엄마는 폭풍우였기에 내가 끌고 다니는 정신적인 문제의 책임은 엄마에게만 있다고 믿게 되기가 무척 쉽다. 지금에서야, 그러니까 꽤 많은 인생의 시간이 지난 후에야 엄마는 언제나 올바른 먹잇감이 아니었으며 그저 쉬운 먹잇감이었음을 인정하게 되었다. 그래서 혹시라도 독자 여러분이 우리 엄마를 판단하고 싶어진다면, 이것 하나만 기억하길 바란다. 나는 게으른 사냥꾼이고 아빠는 언제나 잘 빠져나가는 부모계의 가젤이다.

사실을 말하자면 엄마는 아빠나 나보다 훨씬 더 강인한 인간형이다. 엄마는 불만과 속상함을 혼자 간직하는 사람은 아니었고 특히 아빠와 관련해서 그랬지만, 그래도 우리에게 '아빠 같은 사람이 우리 아빠라 얼마나 운이 좋은 것인지'를 거듭 상기해주곤 했다. 그 말은 옳았다. 아빠는 자상하고 한결같았고 오로지 가족밖에 모르는 사람이었다. 아빠는 엄마를 숭배했으며 대체로 엄마를 우리 가족의 리더로 여기고 존중했다.

엄마는 내가 아는 한 세상에서 가장 웃기는 사람이다. 엄마는 의리있고 솔직하며 따스하다. 엄마는 자기 앞에 놓인 그 모든 역경에도 언제나 자기 인생의 크고 작은 그림 안에 숨겨진 기쁨을 악착같이 찾아낼 수 있는 사람이다. 언제나 진심이라 그만큼 상처도 쉽게 받고 그런 만큼 상처도 잘 준다. 하지만 엄마는 한번도, 단 한번도 몰인정하지 않았다. 지구상의 모든 인간 중에서 나를 가장 격하게 사랑하는 이가 엄마다. 이는 조건 없는 사랑이고 언제나 조건 없는 사랑이었다.● 하지만 내가 십대 때 엄마는 나에게 이렇게 말하는 걸 좋아했다. "엄마는 무슨 일이 있어도 너를 사랑할 거야. 하지만 너를 꼭 좋아하지는 않아도 되잖니?"

이 책에서 나는 엄마의 완전한 초상화를 그리지는 못했고 그럴 수도 없다. 엄마의 이야기는 엄마만의 것이고, 엄마는 나보다 훨씬 품위있는 인간이라 사람들 앞에서 자기 이야기를 떠벌리지도 않을 것이다. 이 책에서 말하고자 하는 건 우리 모녀 관계 초상의 한 단면으로, 다른 부모 자식 관계처럼 우리의 관계 또한 말로 다 할 수 없이 복잡하고 계속해서 진화하며 어느 한쪽 말이 일방적

● 지구상 모든 인간 가운데 엄마를 가장 격하게 사랑한다. 나의 배우자가 읽으면 서운할 수도 있겠지만 나는 배우자에게 '당신은 2인자이고 우리 엄마는 78세이며, 당신이 엄마의 다음 계승자'라고 이야기해주곤 한다.

으로 옳은 것은 아니다. 그래서 엄마가 이 책에서 본인을 묘사하도록 허락해준 건 매우 큰 신뢰가 바탕에 있으며 그것 자체가 우리 관계를 대변한다고 생각한다. 그만큼의 신뢰로, 독자들 또한 내가 우리 엄마를 흠모하며 엄마도 나를 사랑한다고, 가끔은 서로를 좋아하지 않는 것 같아 보일 때가 있어도 실상은 다르다고 믿어주면 좋겠다.

우리 부모님은 능력자들이었음이 틀림없다. 자랄 때 우리 집이 특별히 가난하다고 느끼진 않았다는 점에서 더욱 그렇다. 아빠와 엄마의 월급날이 가까워질 즈음이면 허리띠를 졸라매야 한다는 걸 눈치로 알아봤지만 절약과 검소가 우리와 세계의 관계를 반영한다는 생각은 한번도 들지 않았다. 난 우리 집 정도면 풍족하게 잘사는 집이라고까지 생각했는데, 운 좋게 다들 구강구조와 치아가 잘 맞아 교정이 필요 없어서였을지도 모르겠다. 현실적으로 수입과 지출을 맞추는 것이 끝없는 고행일 때 형성되는 스트레스를 알아보기엔 내가 너무 어리숙하기도 했다. 우리 부모님은 아이들을 현실에서 보호해주었으니, 기본적인 의식주와 필요한 것을 채워주었을 뿐 아니라 '이보다 더 원할 권리는 없다'는 걸 가르쳐줌으로써 자식들로 하여금 집에서 만든 옷을 입고 망가진 차를 타고 재활용 쓰레기에서 물건을 건지며 살아야 한다고 믿게 했다. 그게 우리 부모님이 삶을 살아가고 싶어 하는 방식이었지만 사실 쉽진 않았을 것이다. 엄마랑 아빠는 스트레스로부터 우리를 막아주기로 선택하면서, 한편으론 우리의 분노가 향하는 표적이 되어버리기도 했으니 말이다.

내 판단으로는 부모님의 전략은 보상을 받았다. 어린 시절의 모든 기억의 조각들을 꿰맞추다보면 내가 안전하고, 어딘가에 속해 있고, 존재할 권리가 있다고 믿으면서 자랐다는 사실에 감사한 마음이 든다. 삶이 나를 세상 속으로 더 깊이 끌고 들어가면서부터 어린 시절의 기억들은 나를 쓰러지지 않게 하는 기둥이 되어주었다. 알고 보니 내가 들어가야 했던 더 넓고 큰 세상은 나 혼자서는 안전함과 소속감을 쟁취해낼 수 없는 곳이었다.

3장

성장기

벽장에 갇힌 시골 레즈비언

이제까지의 내용만으로도 독자들이 1980년대 태즈메이니아가 지구 끄트머리에 있는 매우 고립된 지역이라는 인상을 충분히 받았기를 바란다. 하지만 내 경험이란 한정될 수밖에 없고 어린이의 시야 또한 좁으니 이해를 돕기 위해 시대적 맥락을 보충하고자 한다.

먼저 알아둬야 할 점은, 태즈메이니아는 식민지 죄수 유배지였던 시드니가 나름대로 명예를 지키려고 죄질 나쁜 죄수들만 보내기 위해 특별히 지정한 유배지였다는 사실이다. 또한 이곳은 조직적인 인간사냥이라고밖에 볼 수 없을 정도로 잔혹한 대규모 토착민 학살이 자행된 폭력적인 정착지였다. 나는 이 버림받은 섬에서 이 악물고 새로운 인생을 시작해보려던 백인 정착민과 유형수들의 직계 후손이다.

이 점도 알아두면 좋은데, 어린 시절 태즈메이니아는 오스트레일리아의 나머지 지역에서 조롱거리였다. 오스트레일리아 본토인들에게 태즈메이니아 사람들은 무식하고 근친혼을 많이 하며 동성애 혐오적인 범죄자 및 야만인의 후손이었다. 오늘날까지도 태즈메이니아 55만 인구의 거의 절반이 읽고 쓰는 일을 제대로 하지 못하는 기능적 문맹자다. 어린이 다섯명 가운데 한명은 학습 지연 상태로 학교생활을 하고, 고등학교 학력도 전국 평균에 못 미치며, 네명 가운데 한명은 정규교육을 마치지 못한다. 태즈메이니아 인구의 대략 4분의 1이 빈곤층에 해당하며 그중 3분의 1은 주요 가계 소득이 정부의 생활수당인 생활보호대상자다. 인구의 40퍼센트가 일용직 노동자이며 태즈메이니아의 노동인구 연령대는 전국에서 가장 높다. 다시 말하면 가난한 청년이 꿈을 펼치기에 이상적인 지역은 아니라는 뜻이다.

여타 식민지 국가와 마찬가지로 오스트레일리아에도 팽창 정책이 낳은 여러 산적한 문제가 있었고 태즈메이니아 주민들의 정체성은 양극단으로 심각하게 분열되어 있었다. 어린 시절 내내 분열된 집단들은 서로를 노골적으로 적대했다. 환경주의자들은 벌목업자 및 광산 업계와 충돌했고, 동성애자 인권 활동가들은 법률 개정을 위해 투쟁했고, 토착민들은 토지 권리를 되찾기 위해 싸웠다(물론 대부분의 태즈메이니아인들은 토착민들이 존재할 권리조차 인정하지 않으려 했으며, 그 권리를 지금까지도 위협받고 있다. 이는 태즈메이니아만의 문제도 아니긴 하다). 토착민 신생아의 사망률은 비非토착민의 두배다. 오스트레일리아 전역에서 애버리지니(오스트레일리아 토착민) 남성의 45퍼센트와 여성의 34퍼센트는 45세 이전에 사망하며 70퍼센트는 65세를 넘기지 못한다. 당신이 통계로 사회 현상을 설명하는 데 능하지 않다면 쉬운 말로 해보자. 이들의 인생이 빌어먹게 힘들다는 뜻이다.

또 하나 알아두자. 태즈메이니아에서는 10년간의 격렬한 사회운동과 투쟁 끝에 동성애가 비범죄화된 1997년까지 동성애가 범죄였다. 마지막으로 태즈메이니아가 숨이 멎을 정도로 아름다운 천혜의 자연이 살아 있는 섬이라는 점을 알려주고 싶다. 이건 믿어도 좋다.

내가 어린이일 때 태즈메이니아를 이렇게 묘사했을 리는 없다. 어린 나는 이런 갈등과 역사를 특별히 인식하고 있지 않았고 이런 일들은 내가 지극히 정상적이고 평범한 어린 시절이라고 생각한 배경에서 일어나고 있었다. 아마 지금도 전세계에서 갈등과 전쟁이 여전히 일어나고 있으니 어린이들에게는 그 또한 정상인 줄 알며 살아가는 삶이 정상일 것이다. 슬프지만 사실이다.

여러면에서 나는 믿을 수 없을 정도로 행복하게 인생을 시작했다고도 할 수 있다. 그 시절 나의 세계는 일관성으로 정의되었다. 새로운 것들, 새로운 사람들, 새로운 개념들로 방해받는 일이 거의 없이 축복이라 할 수 있는 무지 상태에서 성장할 수 있었다. 하지만 청소년기에 바깥세상이 나를 무참하게 침범해 들어오면서 모든 것이 달라졌다. 이 변화는 나의 안전한 버블을 한순간에 터뜨리기보다는 나의 존재라는 여리고 얇은 막에 느릿느릿 은밀하게 독을 퍼뜨리는 방식으로 진행되었다.

1988년

1988년은 내게 매우 중요한 해다. 먼저 극장에서 「크로커다일 던디 2」Crocodile Dundee 2를 보았다. 그 영화는 완전히 내 머릿속을 지배해버렸는데, 내가 전에 영화를 한번도 못 봐서가 아니라 이 영화에 나오는 다채로운 모자와 칼에 푹 빠졌기 때문이었다. 또 1988년은 밀리 바닐리가 결성된 해이기도 하다. 한편 내가 열살이 된 그해에 오스트레일리아는 국가 탄생 200주년, 즉 1788년 유럽이 침략한 지 200년 된 해를 성대하게 기념하는 중이었다. 그해 처음으로 '200년'을 가리키는 단어가 하나 더 있음(바이센터니얼)을 배우기도 했다. 또 하나 매우 중요하지만 향후 10년 이내에는 나에게 영향을 미치지 못할 뉴스가 있었으니 바로 프로작의 출시와 유통이다. 말하지 않았나. 정말이지 다사다난한 한해였다고.

나의 축하 행사는 조국의 요란하고 벅적지근한 축하 행사보다는 수수했다. 언니가 수영장 케이크를 만들어주었는데, 그 테마에 맞추기 위해 실제 수영장에 수영을 하러 갔다. 내 생각에 오스트레일리아는 순전히 과시를 목적으로 (그리고 무식하면 용감하다고) 1788년 '퍼스트 플릿'〔영국 첫 함대가 도착한 역사 — 옮긴이〕이라는 행사 제목 아래 시드니 항구에 초대받지도 않은 함대가 들어오는 장면을 재현했다. 물론 이번에는 범죄자들과 괴혈병과 집단 학살 시도는 쏙 빠졌다. 그해 1년 내내 불꽃놀이 행사가 열렸고 국가 제작 기념물이 끊임없이 제공되었는데, 한번은 오스트레일리아의 모든 학생에게 200주기 기념주화를 나눠주기도 했다.

나는 이른바 이 '선물'이라는 것에 매우 회의적이었다. 초콜릿 그리고/혹은 초콜릿으로 교환할 수 없는 동전에서 어떤 필요와 의미도 찾지 못했다. 이 주화가 현재는 이베이에서 20달러라는 거금에 거래되고 있으니 나의 치기 어린 냉소주의에 보복당하는 기분이 들긴 한다. 당시 나는 가상화폐에 열광하는 '천재'(라고 쓰고 '노예'라고 읽는다) 투자자 일론 머스크가 아니었기 때문에 200주년 기념주화의 가치에 깊은 의심을 품었다. 내가 그럴 수밖에 없었던 이유는 그전에 정부가 주도한 흥미 유도 책략, 이름하여 우표 탐험대에 한번 크게 덴 적이 있어서였다.

1980년대는 각종 수집 유행으로 정의되던 시대였다. 오스트레일리아 우편국은 시대 분위기만 잘 타면 어린이들에게 우표에 대한 열정을 불러일으킬 수 있으리라 생각했을 것이다. 지금 돌아보면 양배추 인형이나 슬랩 팔찌(길쭉한 자 모양으로 손목에 내려치면 팔에 휘감기는 팔찌 —옮긴이)도 아니고 우표 그림처럼 따분하고 칙칙한 무언가로 애들을 꼬드기는 것이 가능할 거라는 발상 자체가 신기할 뿐이다. 하지만 누군가 아이디어를 냈고 생각 없는 사람들이 고개를 끄덕였을 것이다. 원래 쓰레기 아이디어는 그런 방식으로 현실화되는 법이다.

아침 조회 시간에 우표 탐험대가 베일을 벗자마자 즉시 파닥파닥 낚이고 말았다. 낚이지 않는 게 더 이상했다. 수집용 바인더, 월간 우표 신문, 바인더에 넣을 공짜 우표를 주는데다 이 모든 게 우편으로 집까지 배달된다고 했으니까. 우리가 할 일은 신청서를 작성하고 우체국 소인이 찍힌 봉투에 집 주소를 써서 보내는 게 다였다. 굉장히 자기참조적이라 할 수 있다.

해미시도 우표 탐험대를 신청했고 우리 둘은 하교 버스 안에서 입이 아플 정도로 그 이야기만 했다. 우리가 흥분한 이유는 딱 하나 때문이었다(당연히 우표 수집이 아니었다). 그건 바로 편지가 온다는 사실이었다. 내 앞으로 내 이름과 주소가 적힌 편지가 오고 그 편지를 내가 직접 열어볼 수 있다니! 기대감에 잔뜩 부푼 우리는 신청한 바로 그날, 집에 가자마자 떨리는 마음을 안고 우체통으로 직행해 우리의 첫번째 우표 탐험대 소포가 도착했는지 확인했다. 우리는 밀레니얼의 시대가 도래하기 전에 이미 밀레니얼이었기 때문에 아직 우체국의 배달 원리를 이해하지 못하고 있었다.

벤은 나와 해미시의 순진한 열의를 눈치채고 동생들 놀려먹기로 취미를 바꾸었다. 벤은 자기가 어떻게든 먼저 우체통을 확인해 우편물을 손에 넣은 후 학교가 끝나자마자 집으로 달려오는 우리를 맞았다. 벤은 가능한 한 오래 우리의 기대를 연장하며 우편물 더미들을 천천히 뒤적거리고 하나씩 들어올려 각각의 편지봉투를 과장된 집중력으로 검토하고 지나갔다. “어? 아니네. 이것도 아니야.” 오빠는 손을 허공에 휘저으면서 고개를 흔들곤 했다. “이를 어쩌나. 오늘도 안 왔네!” 일주일이 이렇게 흘러갔고 고통스러운 기다림 끝에 어느날이었다. 이 의식을 치르던 도중, 벤이 본인 또한 충격을 감추기 어려웠는지 봉투 하나를 위로 번쩍 들며 외쳤다. “왔다!”

봉투를 뜯자마자 해미시가 자기 우편물임을 확인했다. 나는 아직 벤의 손에 들려 있던 다른 봉투에서 눈을 떼지 못했다. 해미시는 그 봉투를 가까이서, 지나치게 오래 확인했다. 내가 손으로 봉투를 잡으려고 하자 해미시는 내가 잡지 못하게 더 높이 들어올렸다.

"네 거 아냐!" 믿을 수가 없었다. 참담했다. 세상이 나한테 어떻게 이럴 수가 있지? "내 거 맞잖아." 내 느낌보다 일부러 더 강하게 말했다. "미안해. 해나 개즈비 양." 벤이 놀리듯 말했다. "네 이름으로 온 우편물은 없어." 가슴이 쿵 하고 내려앉았다. "그런데 이 편지는 있다. '미즈 해놔 가즐레이' 앞으로 온 편지."

내 어린애 글씨가 엉망이라 철자도 틀리게 쓴 거라고 말하고 싶지만 이 신청서는 전자 기입 방식이었고 문서에는 알파벳이 나열되어 있었으며 내 이름 철자에 해당하는 동그라미에 색칠을 하기만 하면 되는 것이었다. 분명 나는 알파벳에서 내 철자 찾기가 지겨웠거나 헷갈렸거나 그랬을 것이고 몇줄은 그냥 아무거나 색칠한 모양이었다. 엄마는 언니 오빠들이 놀려도 무관심으로 대처하라고 일러주었지만 그럴 수 없었고 새로운 별명이 따라붙은 건 오직 내 탓이라고밖에 할 수가 없었다. 이 별명은 오래오래 살아남아 오늘날까지도 우리 집안에서 나는 '가즐레이' 또는 '갓즈'로 불리고 있다.

더 창피스러웠던 건 우표 탐험대가 이보다 재미없을 수 없을 정도로 재미라곤 없는 활동이었다는 점이다. 자폐 스펙트럼에 있는 어린이마저 물건 수집과 정리를 지루하다 느끼게 할 만한 활동이라면 말 다했다. 그 어려운 일을 우표 탐험대가 해낸 것이다. 설상가상으로 우표 탐험대는 스포츠센터 회원권만큼이나 취소가 불가능했기에 나는 '미즈 해나 가즐레이' 앞으로 오는 실망스러운 월간 뉴스레터를 200주년 행사 이후 3년 동안 강제로 받아볼 수밖에 없었다.

1988년도까지는 특별히 자랑스러운 오스트레일리아인이라고 생각해본 적이 없었다. 경험이 없으니 비교 대상도 없어서였다. 그러나 건국 200주년을 기념하는 해의 중반이 지나가자 나 또한 '위대한 우리 오스트레일리아' 열병을 일부 흡수하기 시작했다. 어떻게 안 그럴 수 있었겠는가? 88올림픽에서 여자 하키 금메달을 딴 나라인데! 그리고 인상적인 공익광고가 하나 있었으니, 바로 200주년 기념 광고였다. 이 광고는 오스트레일리아 국민이라면 당연히 '애국'을 해야 한다고 직접적으로 말했다. 나는 그 광고를 무척 좋아했다. 아주 단순한 콘셉트의 광고였는데, 거기선 오스트레일리아 연예인 여러명이 울루루 사막 앞에 서서 일반인들과 팔짱을 끼고 있었다. 이 일반 오스트레일리아 국민들은 놀랍게도 전부 백인은 아니었고 장애인도 있었으며, 다 같이 목청 높여 오스트레일리아가 얼마나 위대한지 노래 부르며 나한테 여기 합류하라고 말하고 있었다. 어떻게 그러지 않을 수 있었겠는가?

나는 이 '다문화'라는 개념이 마음에 쏙 들었으며 근사하고 논리적인 생각 같았다. 그때도 집에서나 학교에서나 소속감 문제로 힘들어하고 있었기에 모두가 환영받는 기분을 느끼면 좋겠다고 생각했다. 이 논리대로라면 나도 환영받아 마땅하다. 누가 이기적인 사람은 인권 운동가가 되지 못한다고 했나?

이는 내가 오스트레일리아 역사의 중심에 있는 비참한 인종차별을 이해하기 몇년 전이었다. 그리고 식민지 개척이란 공격이고 침략이며, 학교에서 배운 대로 옛날 옛적에 오래된 배를 타고 착한 백인 아저씨들이 지구 곳곳에 세련된 개념을 전달하는 이야기가 아니라는 사실을 이해하기 훨씬 전의 일이기도 했다. 당시 나는 토착민 지도자들이 중심이 된 저항운동이 한창 진행 중이라는 사실에 완전히 무지했다. 하지만 지금은 알고 있고, 나의 무지가 어디로 향했는지도 이해한다. 변명하고자 하는 것이 아니라 나 또한 이 문제의 일부임을 인정하려는 것이다.

물론 나는 비판적 사고 능력이 결여된 열살짜리 머리로 1988년을 이해하고 있었다. 모든 사람이 조화와 화평 속에 살고 있다고 믿기가 쉬웠던 이유는 내 피부 색깔 때문이었다. 나는 백인이고, 이 말은 그때나 지금이나 같은 의미를 갖는다. 나는 거기에 관해 두번 생각할 필요가 없다. 생각을 하기라도 하면 다행이다.

1988년 내가 가장 애청하는 TV 프로그램이 광고들이었다는 점도 무지에서 깨어나는 데 도움은 안 됐던 것 같다. 1980년대의 거의 모든 오스트레일리아 광고에서는 털이 부숭부숭한 남자들이 맥주를 마시고 스포츠에 대해 떠들었으니, 다른 인간도 인간이라는 사실을 이해하지 못한 나를 용서해주길 바란다. 지금까지도 어린 시절에 보고 듣던 광고 음악을 흥얼거릴 수 있고 광고 문구를 글자 그대로 외울 수 있다. 어쩌면 아주 일찍부터 맥락에 상관없이 광고 문구를 잘만 활용하면 사람들을 웃기면서도 곤란한 질문을 피할 수 있다는 사실을 알았기 때문인 듯하다.

"해나 너 어쩌다 그렇게 살쪘니?"

"액체가 분필에 스며들 듯 자연스럽게?"●

혹은 이런 적도 있다.

"해나, 지금 몇시야?"

"몇시!"

나는 200주년 기념 광고 같은 공익광고를 특히 좋아하기도 했다. 다른 광고보다 더 기발하다거나 입에 착착 붙는 광고송이 있어서가 아니라 정부 지원이기 때문에 TV를 틀기만 하면 나와서였다. 물론 그 점이 머릿속에 그 광고가 박히는 데 도움이 될 수도 있었겠지만, 아마도 내가 이 공익광고를 선호한 더 큰 이유는 공익광고가 선전하는 것만큼은 나도 따라 해볼 수가 있었기 때문일 것이다. 트랜스포머 장난감이나 나이키 운동화 한켤레는 꿈도 못

● 1976년부터 1991년까지 콜게이트사는 '플루오리가드' 광고를 진행했는데 자상한 학교 선생님 '미시즈 마시'가 파란 물이 담긴 컵에 분필을 담갔다 꺼내 반으로 가른 다음, 학생들에게 이 액체가 분필의 단면에 얼마나 잘 스며드는지 보여주었다. 콜게이트사의 치약이 치아 에나멜질에 스며들어 충치를 예방한다는 것을 보여주는 깔끔한 비유였다.

꾸지만 '착한 일 하는 아이'가 되어 다른 사람들이 버린 쓰레기를 주워 쓰레기통에 버릴 수는 있었다.

그중에서도 내가 가장 사랑한 광고는 오스트레일리아인들에게 자외선 방지를 적극 권하는 광고였다. 인간의 말을 누구보다 잘 하는 갈매기가 경쾌한 멜로디에 맞춰 이렇게 노래 부른다. "셔츠를 입어요. 선크림 발라요. 모자는 쓰세요." 그때에는 햇살을 만만하게 봤다가는 흑색종이라는 무시무시한 피부암에 걸려 사망을 앞당길 수 있다는 사실을 전혀 몰랐고, 그냥 그 광고 노래가 재미있어서 갈매기의 지시를 충실히 따랐다. 어릴 적 대부분의 공익 광고는 선의와 흥겨운 노래로 사람들에게 긍정적인 행동을 유도했다. 하지만 그러던 어느날 지옥의 사신 광고가 우리에게 도착하고야 말았다.

아홉살짜리 오스트레일리아 어린이가 가족과 둘러앉아서 TV 퀴즈 프로그램「세일 오브 더 센추리」$ale of the Century를 보고 있는데 갑자기 중간에 이런 광고가 나온다고 상상해보자.

시꺼먼 망토를 입고 낫을 든 지옥의 사자가 안개 자욱한 들판에 서 있다. 넝마 같은 망토가 해골 같은 얼굴 주변에 펄럭이고, 음산한 배경과 잘 어울리는 불길하고 음울한 음악이 깔린다. 무섭지? 옳지, 잘됐다. 공포 분위기가 조성되었을 때 무거운 목소리로 읽어주는 끔찍한 통계 자료가 나온다. 나는 아직 너무 어려 무슨 말인지, 왜 저러는지도 모른다. 어쨌든 무서운 건 확실하다. 화면에는 보이지 않는, 침통하고 엄숙한 목소리가 선명한 죽음의 이미지와 겹쳐지면 무서울 수밖에 없다.

안개가 걷히고 나자 지옥의 사자가 지옥에나 있을 법한 볼링장에 서 있다. 곧이어 공중에서 인간들이 내려와 레인 위 열개의 볼링핀이 된다. 이 사람들은 우리 가족이나 옆집 아저씨, 아줌마 같은 사람들이다. 남자들은 셔츠를 단정하게 양복바지 안에 넣어 입고 여자들은 모두 긴 머리를 휘날리고 아이들은 하나같이 금발이다. 이 사람들은 우리가 흔히 '평범한' 오스트레일리아 시민이라고 알고 있는 사람들과 정확히 일치한다. 200주년 기념 광고에서 목소리 높여 노래하던 다양한 인종 집단과는 다르다.

예상했던 대로 지옥의 사자는 첫번째 볼링공을 던져 공포에 질린 볼링핀 인간들을 스트라이크로 흐트러뜨리고 이들은 각각 고랑에 빠져 죽음의 무덤으로 향한다. 여기서 멈추지 않고 카메라는 안개 사이를 헤치고 나가 쓰러져 있는 시체들의 무덤을 슬쩍 보여준다. 이곳은 평범한 반려동물 묘지다. 하지만 인간을 위한 묘지다.

또 한번 겁에 질린 백인 볼링핀 인간들이 정렬된다. 지옥의 사자는 이번에도 살의에 부들거리며 거대한 볼링공을 잡아서 힘껏 굴린다. 안타깝게도 이번에는 텐 스트라이크를 올리지 못하고 가장자리 쪽 아기를 안고 있는 엄마를 놓친다. (그렇다. 역시 금발이다.) 이들이 핀 하나를 대표하는지 두개를 대표하는지는 모르겠지만 어쨌거나 지옥의 사자는 다음 공으로 이 둘을 처치하는데, 이 과정에서 아기는 엄마의 팔에서 떨어져나가 공중으로 날아간다. 사자가 스페어 처리에 성공한 것이다. 광고의 마지막 장면으로 향하면 카메라가 멀리 빠지면서 지옥의 볼링장 전체 숏을 비추고, 열명의 지옥의 사자들이 '평범한' 오스트레일리아 사람들을 한번에 열명씩 처리하고 있다.

지옥의 사자(그림 리퍼) 광고는 1987년 처음 오스트레일리아 TV 광고 시간에 방송되었다. 그전에 내가 주워들은 정보라곤 HIV나 에이즈가 어른들에게는 매우 두려운 병일 수는 있겠지만 나와는 상관없다는 것뿐이었다. 하지만 이 광고를 본 이후 나는 너무나 심란해 밤잠이 오지 않았고 무서워 죽을 것만 같았다. 이 광고는 나에게 확실하고 강력한 인상을 남겼다. 내가 만약 친구의 친구의 사촌이 에이즈에 걸린 사람을 안다고 들은 사람과 3마일 반경에 있게 됐는데 내 손이 베인다면 나 또한 에이즈에 걸릴 거라는 식이었다. 아무래도 사실인 것 같았다.•

어떤 사람들, 특히 이 광고 아이디어를 낸 사람은 '지옥의 사자' 광고가 참으로 천재적인 TV 광고 업계의 혁명이었다고 말할지도 모른다. 나는 이 자리에서 밝히고 싶다. 이 광고는 역사상 가장 엿 같은 광고 아이디어이고 지금까지도 최악의 자리를 지키고 있다고. 끝까지 볼 것도 없이 이 광고의 첫줄만 봐도 내 말을 이해할 것이다.

"처음에는 오로지 게이와 정맥주사 투약자들만이 에이즈로 사망했습니다."

나는 '오로지'라는 단어 때문에 열이 받는다. "오로지 게이와 정맥주사 투약자만이"라는 말은 '오로지' 중요하지 않은 사람들만 걸

• 허위 정보란 개념을 인터넷이 발명한 건 아니다.

렸다, 고통받는 건 '오로지' 그 사람들이기에 우리가 걱정할 일이 아니다라는 뜻이다. 정말 비열하고 한심하다. 그래도 이 광고를 변호하려는 사람들은 '오로지'가 에이즈라는 전염병에 영향을 받은 사람을 판별하기 위해서 쓴 부사일 뿐이지 게이에 대한 가치판단은 아니라고 할 것이다. 그 말에는 이렇게 답하고 싶다. 그렇게 대중을 향한 메시지의 천재라면 '오로지'라는 단어 뒤에 열거된 사람들을 어떻게든 속박할 방법을 궁리하는 사람들의 머릿속에서 그 단어가 어떻게 작용할지 미리 인지해야 하지 않겠나? 코로나19 팬데믹 초기에는 이 전염병을 어떻게 틀 지웠나 보자. 처음에는 '오로지' 노인들에게만 영향을 미치는 병이라 했고, 이건 정말 잘못된 단어 선택이었음이 분명하다.

지옥의 사자 광고는 그후 더 짧아지기는 했다. 아이들이 이 광고를 보고 악몽을 꾸게 되어서라나 뭐라나. 아이디어 회의를 할 때 이 뻔한 결과를 아무도 예상하지 못했다니 그저 어이가 없을 뿐이다. 이 광고는 몇달만 송출되고 끝나긴 했지만, 장기간 반복 방송되어 뇌리에 박힌 광고들과는 다른 이유로 머리에 깊이 각인되어버렸다. 이전의 공익광고와 달리 이 광고는 긍정적이든 그렇지 않든 어떤 행동을 유발하지는 않는다. 그저 에이즈에 대한 사람들의 경각심을 높이기 위해 기획되었고, 그 방식은 공포 심어주기였다. 「세일 오브 더 센추리」Sale of the Century 같은 예능에서 일확천금을 따는 즐거운 사람들을 보여주고 바로 B급 공포영화를 틀어주면 그 효과를 거두기가 무척 쉽다.

지옥의 사자 광고가 성적으로 활발한 성인이 모두 콘돔을 빼먹지 않고 착용하도록 동기부여를 해주긴 했을 것이다. 하지만 그 전달 방식이 반드시 공포여야 할 필요가 있을까? 공포는 충격을 줄 수는 있어도 건강하거나 풍부한 대화의 문을 열어주는 비법으로 알려져 있지는 않다. 당시에 어떤 어른과도 에이즈에 관해 이야기를 나눠본 기억은 없으나 다른 애들이 어른들에게 들은 이야기가 그들만의 필터를 거쳐 내 귀에도 들어왔다. 내가 이해한 바에 따르면, 그 이야기의 골자는 게이 남성이 바로 지옥의 사자라는 것이었다. 그간 TV 공익광고를 신뢰해온 나 같은 어린이에게 그 결론을 의심할 이유는 딱히 없었다.

잠깐! 정치 공부 시간!

맥락 파악을 위해 이 지역의 정치적 배경 몇가지를 더 알아보자. 이 부분에서 대필 작가를 고용하면 얼마나 편리하고 깔끔할까 싶다. 정치는 나를 열받아 미치게 하면서도 같은 정도로 지루해 미치게 하는 분야다. 나에게 이와 비슷한 영향력을 미치는 주제는 남성 인권 운동과 귀네스 팰트로밖에 없다. 물론 인간들의 동어반복과 뜨거운 스팀으로 질을 청소하라는 등의 이야기는 무시할 수가 있으나, 정치만큼은 피해 갈 수가 없다. 후아.

'지옥의 사자' 광고가 방송된 그해 태즈메이니아 주지사인 로빈 그레이가 본토 주민들의 태즈메이니아 이주를 권장하기 위해 뛰어다녔다. 확실히 우리의 정체된 유전자 풀이 '낯설고 새로운'

것이라면 뭐든 질색하며 쫓아내는 데 놀라운 성공을 거두고 있었고, 이는 태즈메이니아에 점점 자책골이 되어갔다. 그래서 우리 손으로 직접 뽑은 매력적인 지도자가 용감하게 적지로 건너가 사람들에게 태즈메이니아는 공기 좋고 집값도 싸고 '마약 문제'가 없다며, 태즈메이니아가 모든 사람을 환영할 거라고 선언한 것이다. 다만 여기서의 모든 사람은 동성애자는 뺀 모든 사람이라는 뜻이었다. 그는 직접 이렇게 말했다. "우리는 동성애자에게는 관심이 없습니다."

임기 중 로빈의 가장 뛰어난 업적이 환경주의자들의 살인을 독려하는 듯한 범퍼 스티커 시리즈 인쇄였음을 고려했을 때, 그가 주민들을 대신하여 하는 모든 말에 증오와 편견이 드러나 있었다고 해도 놀랄 일은 아니다.● 과연 그의 노력 덕분에 본토 주민들의 태즈메이니아 이주가 증가했는지 여부는 확인할 수 없다. 다만 그의 노골적인 동성애 혐오 전시는, 태즈메이니아엔 앞뒤 꽉꽉 막히고 근친혼을 하는데다 후진적이며 편협한 백인 무식쟁이들만 살고 있고 자기들끼리 그 점을 자랑스러워한다는 이미지를 성공적으로 전파했다. 짝짝짝. 로빈 G 참 잘했어요.

이전까지만 해도 태즈메이니아주의 동성애 혐오는 오스트레일리아 전역의 사람들에게 가벼운 농담거리 그 이상도 이하도 아

● 오스트레일리아에서 환경 정당은 녹색당(그린스Greens)으로 그들은 1988년에 태즈메이니아로 오라는 로빈 G의 초대를 받고 매우 신났을 것이다. 입에 착착 붙는 슬로건도 있었으니 말이다. "이번 겨울을 따뜻하게. 녹색이(greenie, 녹색당원)를 태워버리자." 대중에게 진정 매력적인 문구다.

니었다.●● 하지만 1988년에 사회 분위기가 급변하기 시작했고, 태즈메이니아의 호모포비아는 무식한 섬사람 운운하는 농담에서 전세계적으로 주목받는 정치적 핵심 논쟁이 되었다. 물론 무식한 섬사람들 농담이 어디 가지는 않았다. 그런데 왜 하필이면 1988년이 전환점이 되었을까? 글쎄, 간단하다. 그해 태즈메이니아주 형법의 어떤 조항이 의미있는 방식으로 많은 이에게 알려졌기 때문이다. 태즈메이니아주에서는 그저 동성애를 혐오하기만 한 것이 아니라 법적인 근거에 따라 범죄에 포함했으며, 다음의 법을 동시에 위반하는 사람은 최고 21년형을 받을 수 있었다.

태즈메이니아주 형법 122항 (a)와 (c) 그리고 123항을 보면, 동성애는 불법이며 서로 동의된 성인 간의 "자연의 법칙에 어긋나는" 성적 행위는 사적이건 공적이건 금지되고, 특히 두 남성 간 행위는 처벌을 받는다고 나온다. 사실 이건 태즈메이니아에서도 대체로 휴면 상태의 법이었다. 마지막 기소는 1984년에 이뤄졌고, 고발된 아흔네건 가운데 대부분이 1970년대 후반의 사건이었다. 그러나 이 법은 여전히 태즈메이니아의 정신을 대변하는 법이었다. 1988년 태즈메이니아 주민의 대략 70퍼센트가 반동성애법 개정에 반대했다.

●● 슬프게도 여러차례 반복된 직접경험을 통해 알게 된 것은, 본토의 많은 게이 역시 우리를 자신들보다 하급 인간으로 보고 잔인한 조롱에 동참한다는 것이었다.

잠깐! 알면 흥미로운 상식 타임!

알고 보면 로빈 그레이는 태즈메이니아 출신도 아니다. 그는 멜버른의 상류층 가정에서 자라 어쩌다 이 시골에 내려와 정치가가 된 사람이다. 휴, 그렇다. 이걸 알아서 어디에 쓰냐고? 별건 아니고 로빈 그레이가 개똥 같은 놈이라는 사실을 또다시 확인하자는 것이다. 우리가 그를 환영해주지 않았더라면 얼마나 좋았을지 생각 중이다.

잠깐! 역사 시간!

1988년 태즈메이니아대학교 법과대학 학생들이 '태즈메이니아 게이·레즈비언 인권 단체'Tasmanian Gay and Lesbian Right Group(TGLRG)를 조직했다. 그해 8월 그들은 평일 호바트의 살라만카 시장 한쪽에 가판을 설치하고 시민들에게 전단지를 나눠주면서 동성애 관련 법 개정 청원을 위한 서명을 받았다. 활동한 지 몇주가 채 되지도 않아 호바트 시청이 개입해 가족들이 나들이하는 이 전통시장은 동성애자들을 위한 장소가 아니라고 못 받았다. 하긴 이 시장에서 파는 수제 호밀빵, 달 무늬 컵, 숟가락으로 만든 벽 장식 같은 건 게이스러움과는 정반대일 것이다. 가판은 강제 철수되었고, 경찰이 출동해 학생들을 체포하겠다며 협박을 하기도 했다. 하지만 저들은 법학도들이었기 때문에 공권력 개입의 정당성을 따질 수 있었고(법적 근거가 허약했다), 다음날이면 또 시장에 나타나 가판을 설치했다. 시의회 측은 이전의 협박을 실천에 옮기기로 했고, 1988년 10월 22일 아홉명의 학생을 불법 무단침입이라는 항목으로 체포했다. 그다음 주에는 열세명이 체포되었다. 또 그다음 주에는 스물일곱명이나 체포되었다.

태즈메이니아에서는 일대 사건이었고, 열살짜리 나의 머릿속에서도 이에 관한 대화와 토론이 자주 펼쳐지곤 했다. 나는 대체 왜 130명이나 되는 대학생이 체포되었는지, 왜 경찰이 한발 물러나 학생들을 석방할 수밖에 없었는지 알지 못했다. 왜 이 시민 불복종 사건이 태즈메이니아 게이·레즈비언 커뮤니티의 많은 이를 뭉치게 했는지, 왜 많은 이가 벽장closet에서 나와 커밍아웃하게 되었는지도 전혀 이해하지 못했다. 당시 내가 아는 것이라곤 학교에서 잘 노는 애들이 찐따 애들에게 '남창'pooftah '똥꼬충'poojabber '호모 새끼' '에이즈 장사꾼' '지옥의 사자'라 부르며 놀렸다는 것뿐이다. 나는 절실하게 잘나가는 아이가 되고 싶었다. 액체가 분필에 스며들 듯 자연스럽게.

1989년

1989년에도 세계 각지에서 많은 일이 벌어졌다. 먼저 나의 아내가 태어났다. 스포일러 죄송하다. 베를린장벽이 영화의 한 장면처럼 무너지면서 10년 동안 진행된 소련의 몰락과 해체가 마무리되고 냉전체제가 종식되었다. 따라서 동독과 서독을 주제로 한나의 숙제는 쓸데없는 헛수고가 되고 말았다.• 국내 뉴스를 살펴보면, 오스트레일리아 국민들은 총리인 밥 호크가 1989년 천안문사건 때 의회에서 열린 추도식에서 눈물 흘리는 모습을 생방송으로 지켜보았다. 이후 그는 4만 2000명의 중국 학생에게 망명을 허가하기도 했다. 그리고 그해 나는 운동선수가 되었다. 아니, 그럴 리가 없다.

스미스턴에는 극장이 없었다. 영화관도 하나 없었고 갤러리도 없고 박물관도 없었다. 매케인 공장에 그려진 벽화가 아니었다면 스미스턴에서 예술 활동의 흔적은 어디에서도 찾아볼 수 없었을 것이다. 내가 그때 '교회 일'로 이해하고 있던 청소년 활동 외에 이 동네에서 청소년들이 할 수 있는 과외 활동은 딱 두가지였다. 운동하기, 아니면 비행 청소년 되기. 특별한 역량과 열성을 가진 이들만이 이 두가지 분야에서 자신의 재능을 확인해볼 수 있었다. 우리 부모님은 이 둘 사이에서 스포츠를 밀기로 했고, 우리 남매들을 적어도 한 종류 이상의 스포츠 클럽에는 가입시켰다. 제시카는 체조를 했다. 벤과 해미시는 축구를 했다. 저스틴과 나는 필드하키를 택했다.

나의 일순위 스포츠는 오스트레일리아 풋볼Australian Rules Football(대형 오벌 경기장에서 하는 풋볼과 비슷한 경기—옮긴이)이었다. 어릴 때부

• 전말을 밝히자면 사실 동독과 서독을 분리해 조사하는 숙제는 1992년에야 했다. 연구조사는 내 전문이 아닌 것 같다.

터 해미시 오빠와 매일 입에서 단내가 날 때까지 공을 찼을 정도로 풋볼을 사랑했다. 하지만 여학생은 이 운동을 할 수 없었기에 꿈은 그저 마음속으로만 간직했다. 이 꿈 근처에라도 가기 위해 내가 할 수 있는 일이라곤 부모님을 졸라 하키 할 때 오빠의 축구 반바지를 입는 것뿐이었다. 원래는 하키를 할 때도 치마를 입어야 했지만, 부모님에게 저 끔찍한 걸 일주일 내내 지겹게 입고 다녔으니 학교 밖에서라도 내가 원하는 걸 입게 해달라고 졸라보았다. 아빠는 그러라고 했다. 엄마는 안 된다고 했다.

엄마는 또래 애들의 괴롭힘이 어떤 방식으로 이루어지는지 알기에 나를 보호하고 싶었을 것이다. 하지만 어린이들 관계의 잔인한 일면을 전혀 이해하지 못하는 아빠는 내가 오빠 바지를 입는 것이 왜 문제인지도 몰랐다. 이제 와서 돌아보면 두분 다 옳았다. 하지만 엄마가 엄마다웠기에 내가 반바지를 입지 못하게 됐고, 세상이 세상다웠다면 나는 아직까지도 그때 받은 놀림과 괴롭힘을 기억하고 있을 것이다. 그렇게 내가 느끼는 나라는 사람과 남들이 되어야 한다고 말하는 나라는 사람 사이의 파열이 시작되었다. 이 파열에는 이름이 있다. 성별불쾌감dysporia. 여기엔 결과, 그러니까 고통이 따른다. 나는 너무도 남자아이가 되고 싶어서 고통스러웠다.•

하키를 해보니 나는 발이 느린데다 머리 회전이 느린 건 말할 것도 없고 게임을 읽는 능력까지 현저히 떨어지는 것으로 드러

• 그러니까 피노키오처럼 거짓말은 하지 않았지만 자체적으로 붕괴되긴 했다. 물론 나는 동화 속 인형이 아니다.

났다. 결국 팀에선 나를 골키퍼로 강등했다. 다행히 골키퍼는 나에게 안성맞춤이었다. 눈과 손의 협응성이 좋은 편이었고 집중만 잘하면 반응도 빨랐다. 그래서 초반부터 노스웨스트코스트 16세 이하 소녀 하키 팀 대표 선수로 선발되어 태즈메이니아 지역 챔피언십에 출전할 정도로 재능을 보이기 시작했다. 챔피언십에서 특별히 실력을 발휘하진 못했다. 어떤 경기에서는 열일곱번이나 공을 놓쳐 상대 팀에 점수를 허락했는데, 상대 팀의 내 맞수는 자기 쪽으로 오는 모든 공을 막았다. 고작 열한살 먹은 내가 다리엔 무거운 보호대를 차고 시야를 가리는 헬멧을 쓴 채, 나이가 내 두 배는 되는 언니들과 시합했으니 그럴 법도 했다.

토너먼트에선 최악의 골키퍼였지만 지역신문에 마리 피시와 함께 찍은 사진이 실린 건 나였다. 마리는 1988년 서울 올림픽에서 금메달을 따기도 한 오스트레일리아 국가대표 필드하키 선수였다. 그나마 이 유명 선수가 맥 빠진 행사를 구원해준 한줄기 빛이었다. 그 사진 속에서 나는 올림픽 영웅 바로 옆에 서서 그녀의 올림픽 금메달을 내 이빨 사이에 끼워넣고 있다. 사진작가가 대중을 위해 나를 완전히 머저리처럼 보이도록 꼬드긴 건 그때가 처음이었(는데 이걸로 끝은 아니었)다. 뛰어난 운동 실력을 보여줄 뻔 했던 이 토너먼트가 끝나고, 난 기분만큼은 우주 대스타였다. 선수와 코치 모두 나를 열광적으로 칭찬해주었고 나에게 진짜 재능이 있다고 착각할 만한 느낌을 주었다. 물론 모든 증거는 그 반대를 가리키고 있었다. 어쨌건 난 열한살이었고, 어렸던 탓에 그 말을 믿을 정도로 순진했다.

이빨 사이에 올림픽 금메달을 물고 있었던 일은 1989년 내게 일어난 사건 가운데 가장 중대한 일은 아니었다. 그 영광은 크리스마스에 선물받은 강아지에게 돌려야 한다. 우리 강아지 로니 바커 말이다.

로니는 페키니즈 코기종의 포기가 '농장'으로 떠난 뒤 우리 집에 왔는데, 물론 우린 알고 있었다. 포기가 목재 트럭에 치였다는 걸. 포기는 너무나 사랑스럽고 귀여운 나의 친구였지만 로니 바커는 포기가 떠나고 난 후 빈 공간을 훨씬 더 풍부하게 채워준 반려견이었다. 로니는 우리 가족과 15년을 살았고 내가 집에서 독립하기 전까지 한결같은 친구가 돼주었다. 말할 필요도 없이 로니는 나에게 어마어마하게 중요한 존재이지만 만약 이 책을 대필작가가 썼다면 아마 로니를 1989년 나에게 일어난 가장 중요한 일 1위로 꼽지는 않았을 것이다. 그해는 내가 처음으로 성추행을 당한 해이기도 하니까.

그 남자의 인상을 설명하고 싶지도 않지만 다음 네가지 사실은 알리고 넘어가려 한다. 그 남자는 이 책의 다른 어디에서도 언급되지 않는다. 나와 어떤 관계도 없다. 현재 생존해 있지 않다. 그리고 이 사실은 나와는 관련이 없다. 그는 살아 있을 때 그리고 나를 추행했을 때, 모범 가장이자 일등 시민으로 여겨졌다. 신실한 기독교 신자였다. 아내가 있었고, 아이들의 아빠였다.

그는 칭찬과 관심으로 나를 길들였으며 거짓말 안 보태고 그 과정에서 사탕과 초콜릿도 동반되었다. 그렇게 오래 걸리지도 않았다. 자폐 스펙트럼 장애를 가진 꼬마를 무리에서 골라내는 건

식은 죽 먹기처럼 쉽다. 우리 같은 애들은 혼자 구석에 숨어 있거나 어슬렁거리며, 사람을 매우 잘 믿는 경향이 있다. 만약 자폐 어린이가 얼마나 사람을 잘 믿고 따르는지 앞으로 더 많은 사람이 알게 된다면 더 나은 세상이 올 수도 있을 것 같다. 지금 이 순간 자폐 어린이들의 취약성과 순응성을 서로 연결 짓는 이들은 가까운 가족 말고 성추행범들뿐인 것 같아서다. 이건 전혀 안전하지 않다.

추행범은 나에게 키스하는 법을 꼭 가르쳐주고 싶다며 그건 배워야 하는 것이라고 주장했고, 안타깝게도 나는 그즈음 내 세상 경험이 주변 아이들보다 대체로 한껏 뒤처져 있다는 사실을 깨닫고 살짝 풀이 죽어 있던 참이었다. 그래서 내가 알고 있어야 할 것을 가르쳐준다고 하는 이 성인 남자를 믿었다. 우리 부모님은 둘 다 바빴고, 어린이의 논리로는 부모님이 원래 이 키스 사업에 대해 가르쳐줬어야 했는데 내가 막내라 아마 잊은 모양이라고, 아니면 최악의 경우 부모님이 가르쳐주긴 했는데 내가 놓친 모양이라고 생각하는 것이 완전히 가능했다. 그래서 누구도 귀찮게 하지 않고 나의 무지를 메꿀 수 있다면 바람직할 거라 생각하며, 성심성의껏 고개를 들고 입술을 내민 채 눈을 감았다.

내가 뭘 기대했는지는 모르겠으나 그때 내가 받았던 어마어마한 충격은 지금도 잊을 수가 없다. 몸을 움직일 수가 없었다. 그는 내게 몸을 밀어붙이면서 팔과 손으로 내 몸을 마구잡이로 쓰다듬었다. 입을 벌려 내 얼굴을 삼킬 듯이 빨아댔고 혀를 내 입에 강제로 넣었다. 지구가 뒤집어질 만큼 충격적으로 소름 끼치게 불쾌하고 역겨웠다. 하지만 나는 몇번 더 그에게 갔다. 그루밍grooming이라는 건 원래 이렇게 작동하기 때문이다. 액체가 분필에 스며들 듯 자연스럽게.

이 키스 수업이 끝나면 그는 언제나 "우리만의 작은 비밀"을 꼭 지켜달라고 부탁했다. 이상하게도 나는 이 비밀 강요가 물리적인 추행보다 더 화나고 억울했다. 지켜달라고 부탁받은 이 비밀이 더 구역질 날 정도로 싫고 끔찍했다. 그러나 이 성인 남성은 나를 완전히 무력하게 만들었는데, 애처럼 징징 짜면서 제발 아무한테도 말하지 말아달라고, 넌 착하니까 용서를 해달라고 호소하는 동시에 발설하면 내가 당할 불이익의 목록을 들며 협박을 했다. 이 기괴한 힘의 작동 방식을 나는 이해할 수가 없었다. 그게 뭐든 이 안에서 어떤 논리도 찾을 수 없었다. 하지만 그 남자를 위해 비밀을 지켰다. 어쨌든 그 남자는 많이 슬퍼 보였다.

잠깐! 맥락 파악 시간!

1989년 6월 북서부 도시 울버스톤에서 로드니 쿠퍼라는 "나라를 염려하는 시민"에 의해 반동성애 집회가 열렸다. 쿠퍼는 집회에 모인 대략 700명의 군중에게 다음과 같은 연설을 했다. "이 나라의 도덕적 일탈을 너무 오래 방치했고, 조용한 다수가 너무 오래 침묵했습니다!" 그와 다른 연사들이 동성애는 가정을 해체하고 이 사회의 윤리 기준을 "용납 불가" 수준으로 낮춘다고 했다.

태즈메이니아 게이·레즈비언 활동가들은 버스를 빌려 북부까지 가서 이 집회의 반대 시위를 했다. 그들은 반대의 목소리를 냈지만, 의도적으로 일탈과 상관없는 방식을 택했다. 촛불과 플래카드만 들고서 집회 바깥에 서 있었던 것이다. 플래카드에는 이렇게 쓰여 있었다. "우리에게 말하세요. 우리에 대해 말하지 말고." 하지만 바로 옆에서 모종의 도덕적 일탈 행위가 감지되었는데(라고 쓰고 '자행되었는데'라고 읽는다), 이 평화로운 촛불 감시대가 여럿이 크리켓 배트를 들고 있는 사람들과 대치하게 된 것이다. 그들은 한목소리로 외쳤다. "저것들을 죽여, 죽여, 죽여."

난 아무 생각이 없었다. 올림픽 금메달을 시식하느라 바빴고 강아지와 친구가 되느라 바빴으며, 만약 대필 작가가 썼다면 이 부분을 강조했겠지만 계속해서 그루밍과 성추행을 당하고 있었다.

1990년

1990년대가 닻을 올리며 오스트레일리아의 불황도 시작되었다. 오스트레일리아 재무부 장관이 우리를 '바나나 공화국'(외국 자본에 의지하는 농산물 국가—옮긴이)이라고 불렀다. 나는 이 말을 듣자마자 우리나라에 바나나가 그렇게 많다면 오스트레일리아가 '디저트dessert 섬'(desert island, 즉 무인도의 말장난—옮긴이)이 될 수도 있겠다고 생각했고 이는 내가 최초로 시도한 아재 개그라 할 수 있다. 1990년대의 좀더 낙관적인 면을 본다면 허블 망원경을 쏘아올렸고 인간 게놈 프로젝트도 시작되었다는 점을 들 수 있다.

MC 해머가 「유 캔트 터치 디스」U Can't Touch This를 발표했다(해머 타임!). 파푸아뉴기니에서 새로운 종의 유대류 동물이 발견되었고 황금망토나무캥거루라는 이름이 붙었다. 그건 모두에게 좋은 소식이 아니었을까 싶다.• 그리고 여러분이 묻지 않을 질문에 대답하자면 나는 1990년에 하키 팀에서 내 의사와 상관없이 은퇴를 해야 했다.

정형외과 의사가 통증을 말로 설명해보라고 했을 때 나는 그 의사가 바보 멍청이라고 생각했다. 아픈 게 아픈 거지 뭘 어떻게 더 설명을 하라는 건가? "괴롭다?" 일단 질러보았다. 지금과 달리 당시에는 통증을 묘사하는 세련된 어휘를 갖고 있지 못한 상태였고 내가 가진 건 증상뿐이었다. 의사 선생님이 '괴롭다'라는 표현에 만족하지 못하는 것 같아 '아프다'도 시도해보았다. 나의 통증 묘사 어휘에 '힘들다'를 추가하려는 찰나, 의사가 질문의 방향을 바꾸었다.

"무슨 일 있었는지 말해줄래?"

나는 엄마를 바라보았다.

그가 물었다. "그때 엄마가 계셨어?"

"아뇨."

"그러면 엄마 쪽을 쳐다봐도 답이 안 나오지. 무슨 일 있었는지 선생님한테 이야기해볼래?"

난데없이 이 어른에게 우리 엄마도 모르는 걸 말해야 한다니

• 정정하자. '모든 사람'이다. 황금망토나무캥거루에겐 좋은 소식이 아니었다. 사냥과 산림 파괴 때문에 현재 거의 멸종위기에 처했으니 말이다.

갑자기 엄청나게 집에 가고 싶어졌다. 이 의사가 어떤 사람인지 확신할 수 없었다. 내가 이 의사를 좋아하는 것 같지도 않았다.

"자전거 타다 넘어졌어요." 내가 말했다.

"어떻게 넘어졌는데?" 이 질문에 의사가 만족할 만한 대답을 하지 못한 모양이다. 그는 한숨을 푹 쉬고 고개를 젓더니 포기했다. 그러고는 내 무릎에 주사기를 꽂은 다음 무릎에 속해 있지 않은 듯한 무언가를 추출했다. 일주일 뒤 나는 무릎 인대 재건 수술을 받았다.

가끔 그 질문을 생각한다. 나는 자전거에서 어떻게 넘어졌을까? 내가 할 수 있는 최선의 대답은 이상하게 넘어졌다는 것이다. 내 무릎에서 마치 총 쏠 때 소리 같은, 기분 나쁜 딸깍 소리가 나긴 했지만 왜 이 낙상 사고가 그전의 다른 수많은 낙상과 다른지 알아낼 수가 없었다. 쓰러져 바닥에 누워 있었을 때조차, 내가 이번에는 완전히 새롭고 흥미진진한 방식으로 다쳤다는 것도 몰랐다. 인대라는 것의 존재조차 몰랐고 나의 뼈들이 소중한 생명을 지켜주기 위해 서로 붙어 있을 거라고만 예상했다. 하지만 일어나려고 하자 나의 오른쪽 무릎 관절이 분리되더니 180도 뒤로 돌아갔다. 그때 나는 무릎 인대의 기능이란 무엇인지 배울 수밖에 없었다.

수술하고 6개월 뒤 무릎에서 무시무시한 총소리를 다시 들었지만 아무한테도 말하지 않기로 했다. 일단 인내심 없는 의사에게 통증을 설명해줄 적확한 어휘를 찾아내 통나무를 어떻게 완벽히 뛰어넘으려고 했는지 구체적으로 묘사해야 하는 트라우마를 직면할 자신이 없었다.

1990년 중반 즈음 제시카 언니가 오스트레일리아 국립기술전문대(TAFE)에 진학하기 위해 데븐포트로 가게 되었다. 이전 해에 벤 오빠가 대학 진학으로 집을 떠났지만 나는 거의 변화를 눈치채지도 못했다. 오빠는 말이 없고 조용했으니까. 하지만 제시카 언니의 독립 소식은 그보다는 더 강한 충격으로 다가왔다. 생애 최초로 나만의 방을 갖는다는 사실에 사뭇 들떴던 것도 기억한다. 나만의 공간이 있으니 이제 고요히 혼자 있는 시간을 마련하기 위해 벽장에 숨지 않아도 되겠구나 싶어서. 제시카 언니와 나는 몇년 동안 같은 방을 썼고 언니가 방에 들어와 "뭐 하고 있었어?"라고 물으면 무엇을 하고 있었건 간에 괜히 찔리는 기분이 들던 차였다. 만약 독서 중이었다면 책을 내려놓고 말했다. "아무것도 안 했어." 정말 아무것도 안 하고 있었으면 갑자기 책을 들고 "책 읽고 있었어"라고 대답했다. 가끔 언니는 나를 깨워서 왜 자는 척하느냐고 묻기도 했다.

제시카는 독립하기 전에 우리가 같이 쓰던 화장대의 자기 물건들을 정리하면서 나에게 당부했다. "이제 우리 집에 딸은 너 하나뿐이야. 엄마는 오빠들하고 너를 다르게 대할 거야. 하지만 걱정 말고. 고민 있으면 아무 때나 언니한테 전화해."

언니한테 전화할 일이 있을 거라 생각하진 않았다. 실질적으로 나는 이 집에서 또 하나의 아들이었다. 아닌가? 어떤 면에서나 나는 제시카 언니보다는 해미시 오빠와 훨씬 더 비슷했다. 그래서 내 머릿속엔 이런 논리가 고정되어 있었다. 나는 해미시 오빠하고 똑같은 대우를 받아야 한다고.

언니가 내게 마지막 당부의 말을 하고 있는 동안 나는 텅 빈 화장대 서랍에 쌓인 먼지 위에 얼굴을 그렸다. 언니는 언제나 나보다 장신구가 훨씬 많았고 그것들이 그리울 리는 없었다. 나는 언니 액세서리 주변에 쌓이는 먼지들이 싫었다. 물론 제시카가 유난히 여성적인 스타일인 건 아니었다. 언니도 나처럼 남자 형제 세명과 자랐고 자신을 어떻게 지켜야 할지 알았다. 다만 우리는…… 많이 달랐다. 손가락으로 먼지 위에 동그라미를 그리면서 우리 자매의 다른 점을 세어보았다. 언니는 귀걸이를 한다. 언니는 액세서리를 좋아하고 어깨 패드를 한다. 언니는 내가 이해할 수 없는 것들을 좋아하고 신경 쓴다. 언니는 머리를 빗고 샤워를 자주 한다. 언니에게는 가슴이 있다. 자기 가슴을 좋아한다. 이론상으로는 그런 것 같다.

"나 어차피 귀걸이 안 하는데." 나의 사고과정을 최대한 잘 번역해 풀어보았다.

"언젠가 할 거야!" 언니는 내 손을 잡고 약간 불편할 정도로 나를 빤히 바라보았다. 안경 때문에 더 크게 보이는 언니 눈동자에 눈물이 맺혔고 나는 연유를 알 수 없었다.

지금은 이해한다. 언니는 어떤 특별한 순간, 막내 여동생과 연결되었다고 느끼는 순간을 의식적으로 만들어내려 하는 중이었다. 나는 늘 느리고 미숙했으며 나 하나도 제대로 챙기지 못했던 반면, 언니는 발달이 빠르고 성숙하여 모든 사람을 돌봤다. 언니는 내 큰언니가 되고 싶어 했고, 내 인생을 편하게 만들어주고 싶어 했으며, 중·고등학교를 다니는 동안 오빠들하고 또 우리 가족

중 가장 강적인 엄마하고 내가 무사히 지내길 바랐다. 하지만 언니는 몰랐다. 나도 내 눈으로 보아온 것이 있고 인생을 나름대로 배워왔으며 어떻게 살아야 하는지에 대한 엄청난 양의 목록을 머릿속에 쌓아두고 있었다는 걸. 난 언니가 너무 과하게 반응한다고 생각했고 그냥 알겠다고만 말했다. 언니는 짐을 마저 쌌다.

시간을 돌려 그때로 돌아갈 수 있다면 언니가 그 방을 나가기 전에 내가 할 수 있는 가장 열렬하고 따뜻한 포옹을 해주었을 것이다. 당시에는 열여섯살의 언니가 자기 나름의 생애 첫 독립 앞에서 얼마나 불안하고 긴장했을지를 이해하지 못했다. 내 입으로 말한 적이 없었기에 내가 언니를 얼마나 사랑하는지를 언니가 모를 수 있다는 것조차 몰랐다. 누군가를 사랑한다는 건 말하기나 보여주기가 아니라 행동하기인 줄만 알았다.

방을 독차지할 수 있다는 기대로 들떠, 언니가 떠난 날 저녁 잠자리에 들 시간이 왔을 때 어떤 상황을 맞게 될지 전혀 감을 잡지 못했다. 흥분이 가시자 침대에 올라가 익숙한 스프링 삐걱거림을 들으며 베개 두개를 끼고 있으니 참 아늑했다. 내가 꿈도 꾸지 못한 호사였다. 그러나 불을 끄는 순간, 모든 좋은 기분이 스르르 빠져나갔고 절망에 가까운 묘한 감정이 그 자리를 차지했다. 어차피 언니와 나는 취침 시간이 달랐다. 하지만 이번엔 언니가 나중에라도 침대에 들지 않는다는 차이가 있었고, 그 사실이 변하지 않으리라는 점을 한때 침대가 있던 텅 빈 공간만이 말해주고 있었다.

그날 아침 아빠가 언니 침대를 분해해 내놓았을 때 나는 새로운 공간 앞에서 군침을 삼켰다. 드디어! 내 방에서도 옆돌기를 할 수 있겠구나. 그전에는 내 방에서 옆돌기를 할 수 있다는 생각을 해본 적이 없었는데 아마 어떻게 하는지도 몰랐고 한번도 안 해봤기 때문이었을 것이다. 하지만 바닥에 아무것도 없는 공간을 마주하고 나니 가능성은 무궁무진해 보였다. 어쩌면 나는 서커스장에서 묘기를 펼치는 개가 될 수 있을지도 몰랐다.

하지만 깜깜한 방의 공연 무대는 너무도 낯설고 불편하게 느껴졌다. 나는 제시카가 있던 공간의 공백을 보지 않으려 등을 돌렸다. 수많은 질문이 머릿속으로 쏟아졌다. 나는 언제나 이렇게 혼자라고 느낄까? 내가 집을 나가면 어디로 가게 될까? 베개가 몇개 더해져야 불편하단 느낌이 들까?

옷장 문이 똑바로 잠겨 있지 않아서 옷장 안으로 들어갈 생각을 해보았다. 옷장에서 자기엔 이제 너무 커버렸지만 등을 돌리고 눈을 꼭 감아도 빈 공간과 그 빈 공간의 차갑고 외로운 공허가 나의 호흡을 곤란하게 하고 있었다. 엎드려 베개에 얼굴을 묻었다. 숨 쉬기에는 심하게 갑갑했지만 기분은 더 나아졌다.

제시카 언니와 이층 침대를 같이 쓴 적이 있었다. 그때 이층 침대 발치에서 언니의 발이 어떻게 달랑거리면서 나에게 말을 걸었는지 기억났다. 그 일이 처음 일어난 다음날 나는 언니에게 퀴즈를 냈고 내가 한밤중에 자기 발과 나눈 대화에 대해서 언니가 전혀 모르고 있다는 사실에 굉장히 만족했다. 그래서 다음번에 나는 발에게 혹시 네가 제시카 언니 맞느냐고 물었다. 발이 대답했다. "제시카가 누구야?" 정말 생전 처음 듣는 이야기라는 듯한 대답이 너무 그럴싸하고 흥미로웠다. 나는 그 발이 언니와는 분리

된 주체라는 점이 몹시 마음에 들었다. 그 발의 자율성을 의심하지 않았던 나는 그때부터 이 '발꾸러기'에게 말을 걸기 시작했고, 점차 그것이 언니에게서 떨어져나온 일부라는 사실을 알게 됐다. 나는 그녀에게 모든 걸 이야기했다. 이 세상 어떤 사람에게 한 것보다 더 많은 이야기를 이 발꾸러기에게 했다. 그래서 이 발이 더 이상 밤에 날 찾아오지 않게 되자 스스로도 이해할 수 없을 정도로 큰 상실감에 빠졌다.

언니가 떠난 그날 밤 나는 정말로 오랜만에 이 발꾸러기를 생각했고 그러다 문득 그 발은 원래 언니였다는 생각이 들었다. 나는 발도 언니도 모두 완전히 신뢰했기에, 이층 침대가 사라지고 나란히 놓인 두 침대가 들어선 일과 발꾸러기가 갑작스레 자취를 감춘 일을 서로 연관 짓지 못했던 거다. 방 안에 앉아 불확실한 미래를 떠올렸다. 불안이 엄습했다. 그 마법의 발이 내가 생각하던 친구가 아니라는 사실을 깨닫는 데 이리도 오래 걸렸다면 앞으로 어떤 희망을 갖고 세상을 살아갈 수 있으랴. 눈물은 안 났지만 숨을 헐떡였다. 가슴에 무거운 돌덩이가 얹힌 듯했다. 몸을 움직일 수도 없었다. 결국 호흡이 곤란해지는 지경까지 이르렀다.

시간을 거스를 수 있다면, 나의 존재가 나의 공포와 결합하지 않는다고 확신할 수 있다면 그날 밤으로 돌아가서 내 옆에 앉을 것이다. 그리고 아무 말도 하지 않을 것이다. 그때도 지금도 할 말은 없다. 그저 아빠가 1년 전에 했던 대로 나의 작은 등을 쓰다듬어줄 것이다. 무릎 재건 수술을 하고 퇴원해 집에 막 돌아왔을 때 다른 식구들은 다들 나가 크리켓을 하며 놀고 있었다. 너무너무

화가 나서 내 방에 들어가 원한 맺힌 귀신처럼 서럽게 울었다. 침대에 몸을 던지고 베개에 얼굴을 묻고 슬픔을 가눌 길이 없어 울부짖었다. 몇분 후에 아빠가 내 방으로 들어왔는데, 아마 엄마가 가보라고 했을 것이다. 아빠는 내 옆에, 내 작은 침대 위에 앉아서 내 등을 쓰다듬기 시작했다. 열살짜리의 나는 아빠가 무언가 기분이 좋아질 말을 해주길 절실하게 원했다. 그러나 아빠가 한 말은 이것뿐이었다. "걱정 마. 괜찮아. 갓즈." 아빠는 어색하게 계속 내 등을 쓰다듬었고 그러자 최악이었던 내 기분은 알아서 스르르 사라져버렸다.

아직까지 제시카 언니가 떠난 그날 밤으로 시간여행을 하지는 못했다. 우리 부모님 모두 내가 그날 위로를 받아야 할 거라고 생각 못 했을 것이다. 그래서 그런 일이 있었고, 나는 결국 내 침대에서 나와 옷장 속으로 들어가 죽기를 기다렸다. 굳이 말 안 해도 되겠지만 나는 죽지 않았다. 얼마 후 일어나 내 얼굴에서 신발을 치우고 다시 침대로 기어들어갔다. 괜찮았다. 나는 언제나 한참 있다보면 괜찮아진다. 변화에 적응하는 일이 남들보다 훨씬 더 어려웠을 뿐이다.

잠깐! 역사 속 호모포비아 시간!

1990년 12월 울버스톤 지방의회 위원회는 동성애 비범죄화에 반대하는 동의안을 통과시켰다. 공식적인 발표에 따르면 "의회는 게이나 레즈비언 주민에 대한 의무나 책임이 없다"고 했다. 울버스톤 의회의 결정은 태즈메이니아주 하원의 건강법 개정안에 영향을 받은 것으로, 건강법 개정안에는 동성애 법 개정이 HIV 예방 전략이 될 수 있다는 보고서가 포함되어 있었다.

발의된 'HIV/에이즈 예방 법안'은 게이 남성이 에이즈 발병률이 가장 높은 집단임에도 동성애를 범죄화하는 법 때문에 음지로 숨어들어 유행병 관리를 더 까다롭게 한다고 주장했다. 이 주장은 많은 반대 의견에 부딪혔고, 특히 모순이라는 지적이 있었다. 게이 남성이 에이즈 전파의 주원인인데 동성애 비범죄화가 어떻게 에이즈 해결책이 된단 말인가? 그리하여 이제껏 문맥 속에 잠재해 있던 동성애 혐오가 문자화된 혐오로 승격되었다. '만약 당신이 에이즈에 걸렸고 게이라면 처음부터 끝까지 당신 잘못이고 정부는 치료를 도와줄 의향이 없다.'

이 논쟁은 거의 모든 반동성애 이론을 공론장으로 신나게 끌어들이는 듯했다. 동성애는 죄다. 범죄다. 병이다. 청소년 비행이다. 사악한 음모다. 유전적 기형이다. 하지만 그사이 내 마음 어딘가에 철썩 붙어버린 건 동성애와 소아성애의 관련성이었다. 그때 나의 어린 머리로 얼마나 이해하고 있었는지는 확신할 수 없으나 이 점만큼은 분명 깨닫고 있었다. 바로 동성애자들이 어린이를 해친다는 것. 이런 주장을 하던 당시의 시대정신은 나의 이해력을 지배했기에 누가 설명해주지 않아도 어렴히 그 사항을 '알게' 된 것이다. 액체가 분필에 스며들 듯 자연스럽게.

반동성애 측의 극렬한 반대에도 법안은 하원에서 찬성 열일곱표, 반대 열일곱표를 얻으면서 의장chair이 결정 투표를 해야 했고, 의장은 논의를 상원으로 넘겼다. 당시에 신문 기사를 읽었다면 나는 분명 실제 의자chair가 일어나 표를 던지는 광경을 상상했을 것이다. 그러나 그때는 신문 기사를 읽을 시간이 없었다. 나는 바빴다. 언니가 떠난 빈자리에 적응하느라 바빴고, 심각한 무릎 재부상을 숨기느라 바빴고, 가상의 대필 작가라면 가장 우선 순위에 놓을 항목 때문에 바빴다. 나는 여전히 드문드문 성추행을 당하고 있었던 것이다.

잠깐! 통고 시간!

내가 가상의 대필 작가와 다른 이유, 그러니까 그때 그 시절을 이야기할 때 성추행을 주요 소재로 삼지 않으려고 하는 이유는 무엇일까? 그 일이 일어나던 당시에는 사건 자체를 숙고하거나 해석하는 건 사치였다. 오로지 생존을 위해서, 자신에게 정신적·육체적 외상을 일으킨 비밀을 지켜야만 하는 사람이라면 그 트라우마 사건을 공식적인 버전의 자기 자신과 통합하는 일을 적극적으로 회피하게 된다. 한순간도 잊어버릴 수는 없지만 거기에 언어를 갖다붙이려고 노력하지는 않는단 거다. 언어가 없으면 공유를 할 수가 없다. 공유할 수 없으면 다시 안전해질 방법을 찾지 못한다. 그러다보면 이 모든 건 밖으로 나가지 못하고 오직 자기만의 깊고 어두운 수치심에 묻혀버린다.

나는 2년이나 성적 학대를 당했다. 그리고 얼마 가지 않아 애초의 키스나 애무 등등은 설사 내가 합의할 수 있는 성인이었다 하더라도 태즈메이니아주 형법상 범죄가 될 정도로 심각한 수준에 이르렀다. 지나치게 순진했던 열두살의 나는 나에게 일어나는 일이 진짜 소아성애인지 아닌지 구별하지 못했고 다음의 사실에 숨겨진 함의도 이해하지 못했다. 즉 나는 법적으로건 아니건 내가 강제로 당하고 있던 성적 행위에 동의할 수 있는 시점이 절대 아니었다는 사실 말이다. 그런데도 이렇게 된 건 전부 내 잘못이라는 막연한 느낌에 꼼짝없이 사로잡혀 있었다. 수치심은 원래 그런 식으로 작동하는 법이니까.

1991년

공식적으로 냉전이 종식되고 걸프전이 공식 선포된 그해에 비로소 나는 공식적으로 십대가 되었다. 우연의 일치일까? 당연히 그렇다. 그러니 내 엉덩이가 급격히 커지기 시작했을 때 프레디 머큐리가 사망한 것도 완전한 우연이다. 위대한 프레디 머큐리. 고인의 명복을 빌고 싶다. 하지만 망할 사춘기, 너에게는 저주를 내리고 싶다. 사춘기는 나의 존재 자체에 경련을 일으켰다. 내 신체에 변화가 일어나자 더는 젠더를 거역하며 살아갈 수 없게 된 것이다. 특히 나의 사춘기는 어느날 갑자기 찾아와 임산부만 한 엉덩이, 심신을 너덜너덜하게 하는 월경통, 불규칙한 월경 주기,

롤러코스터급 감정 기복이라는 선물을 주고 갔다. 이제 누가 봐도 갱년기 여성 같고 그렇게 행동하는데 어떻게 남자아이가 될 수 있겠는가? 내 몸의 변화는 하나부터 열까지 끔찍한 고충이자 불편한 오류로 느껴졌고 이에 더해 얻은 건 여드름 생산 능력이요, 잃은 건 압박 상황에서의 발화 능력이었다. 한편으로 1991년은 골프라는 스포츠를 시작하고 처음으로 본토에 가본 해이기도 하며, 본토에서 마른하늘에 날벼락처럼 '더러운 레자('레즈비언'을 지칭하는 속어—옮긴이)'라는 별명이 붙기도 한 해다. 아, 잊어버릴 뻔했는데 그해 고등학교에 입학했다. 쓰고 보니 실로 중요한 해다.

초등학교에서 중·고등학교로의 진학은 수월해야 마땅했다. 고등학교 전경은 너무도 익숙하여 우리 집 뒷마당이나 마찬가지였기에 내 손금 보듯 훤하게 알았고, 온실과 여러차례 박치기한 끝에 온실의 구조 변화에 일조하기도 했다. 우리 아빠가 이 학교 수학 선생님이었고, 언니와 오빠들이 모두 이 학교에 다녔으니 주워들은 이야기는 넘쳐났다. 하지만 나는 입학 첫날 두번이나 울어야 했다. 아침에 학기 시작 직전의 두려움 때문에 짧게 울었다가, 점심시간에 혼자 안전하게 있게 되자 서럽게 통곡을 해버리고 말았다.

나의 최대 실수는 고등학교가 초등학교와 특별히 다르지 않을 거라고 내 마음대로 가정해버린 것이었다. 그냥 내가 심어진 장소만 바뀌는 줄 알았지 이 지역에 흩어져 있는 다른 농촌 지역 초등학교 출신 아이들의 유입은 고려하지 않았던 거다. 또다른 실수는 내가 저지른 건 아니었으나 피해는 고스란히 내가 입었다.

중·고등학교 교복은 초등학교 교복과 동일한 초록색 체크 원피스에 짙은 청록색 스웨터였다. 하지만 크리스마스 방학이 지나면서 교복 스웨터가 너무 작아지자 엄마가 다른 걸로 교체해주었다. 흰색 스웨터로 말이다. 나는 앞으로도 영원히 우리 엄마의 논리를 이해하지 못할 것이다. 모든 학생이 기성품 브이넥 니트를 입는데 나만 왜 집에서 만든 라운드넥 바람막이를 입어야 하나? 게다가 왜 초록색 대신에 굳이 흰색 원단을 사용하여 만든단 말인가? 나는 신입생인데도 강당에 모인 여학생들보다 머리 하나는 컸을 뿐만 아니라, 파릇파릇함이 심각하게 부족했다. 한마디로 브로콜리 밭에 낀 콜리플라워였다. 이러한 상황은 절대적으로 나와 맞지 않았다. 나는 어딜 가나 있는 듯 없는 듯 숨어 있고 싶은 사람이고, 나를 드러내기 전에 먼저 세심하게 분위기 파악을 하며 보통은 미리 어떻게 행동할지 철저히 준비를 한다. 하지만 이번에는 그런 마음의 준비를 할 시간도 없이 어느 모로 보나 눈에 확 띄어버렸다. 그러자 나의 불안과 초조함이 극에 달했다. 지정 교복에서 벗어난 빈티 나는 교복을 입은 애들은 찌질이일 가능성이 높고 나는 절대 찌질이 그룹에 속하고 싶지 않았다.

울타리에 기대서 들뜬 얼굴로 뭔가 끊임없이 종알대는 아이들을 지켜보았다. 내가 수천번은 걷고 뛰고 자전거를 타고 달렸던 고등학교가 갑자기 나를 환영하지 않는 듯 냉담하게만 느껴졌다. 첫 종이 울리기도 전에 남몰래 작게 훌쩍거렸다. 모르는 아이들 얼굴을 차례차례 바라보면서 도대체 여기가 어디인지, 예상치 못한 채 내던져진 것 같은 새로운 세계의 무질서에 나를 어떻게 맞춰가야 할지 도무지 알 수가 없는 기분이었다.

우리는 강당 겸 체육관으로 들어가 각 반 앞에 섰고 턱수염이 난 교사가 무대 단상 위로 올라갔다. 나는 이 체육관을 정말 사랑했다. 가끔 아빠가 데려와주면 나 혼자 농구를 하곤 했는데, 운동화가 매끄러운 실내 체육관 바닥에 닿는 소리와 공을 튕길 때의 리듬과 함께 따라오는 울림소리도 좋아했다. 무대에 올라가는 계단이 양쪽 끝에 있고, 무대 구석에서 사다리를 타고 올라가면 혼자 숨어서 놀 수 있는 먼지 낀 다락이 나온다는 것도 잘 알고 있었다. 남자 화장실에는 뒷문이 하나 더 있어 그 문으로 나가면 테니스 코트로 탈출할 수도 있었다. 무대 밑에 혼자만의 소풍을 즐길 수 있는 완벽한 비밀 장소가 있어 과자를 들고 와도 좋았고 과자가 없어도 좋았으며, 이 비밀 공간은 쓰레기통 뒤에 반쯤 숨겨진 작은 문을 통해 들어갈 수 있다는 것도 나는 알았다. 그만큼 이 체육관은 우리 집 앞마당이나 마찬가지였다. 이제까지는 그랬다. 그러나 더는 편안하지가 않았다. 꿈쩍 않고 서 있는데 처음 보는 턱수염 선생님이 내 이름을 부르더니 7-4반 아이들과 같이 서라고 했다. 그래도 바로 움직이지 않고 다른 애들 이름이 불릴 때까지 가만히 서 있었다. 그래야 흰색 스웨터의 당사자가 나라는 사실을 들키지 않을 수 있을 것 같았다.

여섯개의 반을 호명한 후에 턱수염 선생님이 우리 담임 선생님을 소개하더니 그 선생님을 따라가라고 했다. 같은 반 애들 뒤에서 우물쭈물하고 있는데 저 멀리 우리 아빠가 어떤 반 앞에 담임으로 서 있었다. 바로 몇시간 전에, 지금 내가 서 있는 이 자리에서 몇백미터도 떨어져 있지 않은 내 방 옆을 저 아저씨는 평소처럼 느릿느릿 지나갔고, 욕실 쪽으로 걸어가며 방귀를 뀌기도 했다. 한결같이 자상하고 인자한 나의 아버지이지만 이때만큼은 나를 한층 더 겁나고 두렵게 하는 침입자처럼 느껴졌다.

점심시간 종이 울릴 무렵, 방향 상실감은 정점에 달했다. 매 교시마다 다른 교실을 찾아 알아서 이동해야 하고, 각각의 과목을 모두 다른 선생님이 가르치는 상황은 변화를 거부하는 나의 두뇌에는 너무 버거운 일이었다. 나는 한군데의 교실과 한명의 선생님을 원했다. 아는 애들만 보고 싶었고 울고만 싶었다. 새 학기 점심시간은 아군을 형성할 수 있는 적기라는 걸 알았지만 얼른 집으로 달려가 잠시 나 혼자만의 시간을 가져야만 했다. 이 흰색 스웨터가 선사한 존재감과 먹구름 같은 우울과 고립감을 진하게 느끼며 운동장을 가로질러 갔다. 울타리를 넘어 장작더미 옆으로 뛰어가자마자 망측하게도 꺼이꺼이 울기 시작했다.

원래는 울타리 안의 작은 동굴을 좋아했는데 이제는 장작더미 옆이 가장 사랑하는 장소가 되었다. 장작 쌓아놓는 자리 위에는 물결 모양 지붕이 있었고 아래는 흙바닥이었다. 먼지가 날리고 비가 오면 축축하기도 했지만 아늑했다. 또 아빠가 작은 헛간 옆에 지은 터라 그에 가려 집에서는 보이지 않는다. 벽에 가지런히 쌓여 있는 장작더미에서 장작 몇개를 내려 쌓은 다음 그 사이에 앉아 팔을 걸치면 나만의 팔걸이의자도 만들어졌다. 여기에 숨어 나 자신과의 대화 즉 혼잣말을 하곤 했다. 물론 혼자 중얼거리고 놀기엔 나이가 많다는 걸 알고 있었다. 이제 큰 애답게 행동해야 한다는 생각을 하며 나의 유치한 상상의 나래를 펼칠 때면 부끄러움과 자의식이 올라오곤 했다. 나의 상상력과 성숙해져가는 내면의 목소리 사이에서 의지의 투쟁이 벌어진다고도 할 수 있었다. 방금 '내면의 목소리'라고는 했지만 정확히 말하면 여전히 외부에서도 청취 가능한 실제 목소리긴 했다. 이때부터 이 목소리는 앞으로 긴 시간 내 삶의 트레이드마크가 될 부정적인 태도를 취하기 시작했다. "너는 대체 뭐가 문제니?" 그날 장작더미 옆에서 나한테 할 수 있는 질문은 이뿐이었다. "너는 애가 왜 이 모양이냐고." 나는 물었다. 묻고 또 물었다.

그때로 돌아갈 수 있다면 좋겠다. 그 장작 사이에서 울 것 같은 표정으로 앉아 있던 어린 나에게 차 한잔을 타주면서 다정하게 말을 걸고 싶다. 무슨 이야기를 나눌 수 있을까. 하지만 내가 어른이 되어 비로소 알게 된 인생의 지혜 따위를 전수하지는 않을 것이다. 그냥 가벼운 이야기, 아무것도 아닌 이야기를 건넬 것이다. 어른이 된다 해도 혼잣말하는 습관은 절대 사라지지 않을 것이고 어린 내가 그 습관과 싸우기 위해 쓸데없는 에너지를 낭비하진 않아도 된다는 걸 알려주고 싶다.

학교생활 적응 시도는 그날 마지막 시간에 완전한 몰락으로 결론 났다. 정식 규범과 불문율이 겹겹이 겹친 상황이 나를 완전히 뒤흔들어버렸다. 그래도 나만의 방이 있다는 사실이 나를 다잡아주기도 한 것 같다. 집에 오자마자 내 방으로 들어가 긴장을 풀고 숨을 쉴 수 있었다. 여전히 아주 가끔씩 벽장에 들어가기는 했다. 언니의 사랑이라는 자원을 끌어내는 법을 알았다면 좋았을 거라 생각한다. 그때 나는 언니에게 한번도 전화하지 않았다.

고등학교 1학년은 사회적 불안이 집중 공격해오는 시기였을 뿐 아니라 십대의 성을 속성으로 배워야 하는 단기 특강 철이기도 했다. 부활절 주말이 지나고 우리 고등학교에서 가장 인기 많은 커플이 욕조 안에서 섹스했다는 걸 전교생 모두가 알게 되었다. 내가 1학년 때 같은 학년 애들 사이에선 욕조 섹스가 뜨거운 물 때문에 안전하다는 근거 없는 낭설이 퍼져 있었다. 그래서 그 여자애가 임신했을 때 모두 충격을 받았다. 또 같은 학년에 한번에 5달러씩 받고 '미스터 주이시'(오렌지 주스 상표) 병에 사정하는 걸 보여주는 남자애가 있었다. 그 아이는 상당히 많은 현금을 확보했을 뿐 아니라 전교생의 존경까지 얻었다고 했다. 나보다 한 학년 위에는 롤빵에다 자위를 하고 그걸 어떤 '패것'faggot('게이'를 지칭하는 속어—옮긴이)에게 먹였다는 소문이 나면서 일약 스타가 된 남자애도 있었다.

개인적으로 나 같은 경우 그해에 두차례 정도 십대의 성과 스치듯 접촉했다. 그중 한번은 명백히 성폭력이라는 단어를 붙여도 전혀 문제가 되지 않을 행위였다. 우리 학교에서 가장 잘 노는 남자애 한명이 체육 시간에 뒤에서 나를 꽉 끌어안았던 거다. 그애는 내 양팔을 내 몸에 붙여 고정시키고 탈의실 벽에 나를 밀어붙이더니 '유사 성행위'를 했다. 발기된 성기를 내 몸에 정신없이 문지르던 그 자식은 자기와 자기 성기 둘 다 만족한 것 같은 시점에 나를 놓아준 다음 내 등을 탁 때리고 "고마워, 챔프"라고 말했다. 그러곤 풋볼 운동장에서 서로의 머리에 공을 던지고 있던 다른 아이들에게 합류하러 뛰어갔다(지금은 성인이 된 그 남성의 이름은 밝히지 않을 것이다. 하지만 최근에 구글로 찾아보았고 그가 대법관이 되진 않았다는 사실에 안도했다).

두번째 성적 접촉은 울버스톤에서 열린 주니어 골프 토너먼트에서 일어났다. 내 또래 남학생 무리 옆을 지나가고 있는데 한 남자애가 나에게 '블로잡'blowjob을 해주면 20달러를 주겠다고 했다. 그 남자애는 내 얼떨떨한 표정을 보고 내가 못 알아들었다는 걸 알아챘다. 더 쉬운 표현인 '입으로 하는 거'gobby라고 정정했으나 이 또한 나의 이해에 전혀 도움이 되지 못하자 더 쉬운 말로 풀어주었다. "내 고추 빨라고." 20달러면 당시 나에게는 복권 당첨이나 다름없었으나, 심사숙고하고 말고 할 것도 없이 거절했다. 그때 나는 어느 부위가 되었건 남자애를 만진다는 생각만 해도 거부감이 올라왔다. 내 입으로 그네들의 꼬마 애들을 감쌀 생각은 추호도 없었다. 어쩌면 그것이 나의 섹슈얼리티를 이해하는 데 하나의 힌트가 될 수 있었는지도 모른다. 하지만 나와 나의 상황을 고려해보면 내가 두개의 점을 잇지 못했다는 것이 별로 놀라울 일도 아니다.

골프는 엄마의 권유로 시작했다. 내가 먼저 하겠다고 했을 리는 없고 엄마가 느린 하키라고 꼬드겨서 한번 해보기로 한 것이다. 내 무릎이 정기적으로 각종 사건·사고를 당하고 수술을 거친 후 워낙 성치 않다보니 모든 스포츠 경기에서 벤치 신세를 못 면하던 참이었다. 그런데 시작한 지 1년도 채 되지 않아 잭 뉴턴 주니어 골프 클래식 출전권을 따낼 수 있었다. 잭 뉴턴이라면 그전까지 방송에서 볼 때마다 나비넥타이를 즐겨 하는 외팔의 해설가인 줄로만 알았었다. 그가 한때 앞날이 창창한 프로 골퍼였으며 서른세살에 비행기 프로펠러에 너무 가까이 서 있다가 비극적인 사고를 당했다는 것, 프로 선수로서의 커리어는 정점에서 막을 내렸지만 이 스포츠에 자기 여생을 바치기로 했다는 것은 그 이름을 딴 토너먼트에 참가하고서야 알게 됐다.

토너먼트는 세스녹이라는 오스트레일리아 본토의 한 도시에서 열렸고 그 말은 곧 내가 비행기를 타고 가야 한다는 뜻이었다. 처음으로 비행기를 타보았고 그건 근사한 일이었다. 비행기가 이륙할 때 배가 간질간질하는 느낌이 좋았고 기내식이 나올 때는 꿈인지 생시인지 모를 만큼 가슴이 벅차올랐다. 이 높은 창공에서 오렌지 주스를 마신다는 건 나의 모든 경험을 통틀어 가장 짜릿한 일인 것만 같았다. 착륙할 때 또 배가 간질간질한 느낌이 찾아왔으나, 이때는 감각 과부하로 지쳐버리고 말았다. 이후 나는 몇 시간 동안 말을 하지 못했다.

세스녹을 대표하는 문구는 "와인Wines, 광산Mines, 사람People이 넘치는 도시"였다. 호시절이라는 게 있었다면 그때를 상기하기에 더없이 적절한 문구다. 나의 숙소는 이 행사가 지정해준 한 아주머니의 하숙집이었다. 아주머니는 말하는 건지 소리를 지르는 건지 분간할 수 없고, 도로가 파여서 그럴 수밖에 없다면서 반대 차선으로 다니고, 이 세상에 포크와 칼이 있음을 믿지 않으며, 매 끼니마다 곁들이로 베이컨을 내놓는 분이었다. 심지어 주요리가 베이컨일 때도 베이컨이 곁들이로 나왔다.

잭 뉴턴은 자신의 토너먼트에 출전한 청소년 선수들이 첫 홀에서 티샷을 할 때 반드시 직접 관람하는 것을 원칙으로 했다. 나로서는 한쪽 팔만 등 뒤로 두른 사람을 보는 것도 만만치 않았고, 그에게 좋은 인상을 남기고 싶다는 부담도 너무 컸다. 이렇게 결정적인 상황에서 숨은 잠재력을 발휘했다면 얼마나 좋았겠느냐만 하필 그날이 월경 직전이었다. 길지 않은 시간이지만 나의 활발한 자궁을 가까이에서 모셔본 결과 신뢰할 만한 결론을 도출했는데, 월경 전 호르몬 변동의 부작용은 감정 조절 능력뿐만 아니라 눈과 손의 협응력까지 상당히 저하시킨다는 사실이었다. 나와 같은 조에서 플레이하던 세 여학생은 이 긴장되는 상황에 존경스러울 정도로 침착하게 적응하여 동그랗고 예쁜 샷을 페어웨이 중앙에 안착시켰다. 그와 반대로 나는 첫 티샷부터 망쳤고, 내 공은 바닥을 데굴데굴 굴러갔다. 나의 첫 티샷은 스미스턴 골프 클럽에서 엿들은 한 표현력 좋은 할아버지에 따르면 '뱀샷'이었다.

그날 나의 골프는 엉망진창 난장판이었다. 같은 조 주니어 여자 선수들은 나에게 무척 친절했지만 동정심에서 우러나온 친절이라는 건 바로 파악했다. 그들은 앞으로 성공이 보장된 아이들이었다. 사실 그중 한명은 고교 자퇴 후 십대 후반에 프로 골퍼의 세계로 진출하기도 했다. 머리를 하나로 높이 올려 묶고 반의반만한 반바지 같은 것을 입고 실크처럼 매끄러운 다리를 가진 여자애들은 나와는 종이 다른 종족이었다.

무엇보다 나는 여자 선수들의 다리에서 눈을 뗄 수가 없었다. 어쩌면 저렇게 미끈하게 쭉쭉 뻗었을까, 내가 저 다리를 갖기엔 너무 늦은 걸까. 또한 내가 왜 이렇게 이 애들 다리에 집착하는지도 궁금해졌는데, 당시 벽장 너무 깊은 곳에 들어가 있어서 이 쉽고 간단한 수수께끼조차 풀 수가 없었다. 그래서 이미 망해가고 있던 골프에 대해서는 신경 쓰지 않는 척하면서 이 애들을 웃기는 데만 주력했다. 그렇게 같은 조 아이들에게는 어느정도 호감을 산 듯했는데 결국 그뿐이었던 것 같다. 내가 라운드를 모두 마친 다음 18번 홀 뒤에서 우리의 플레이를 보고 있던 주니어 그룹들 사이로 다가가자, 누군가 나에게 외쳤다. "더러운 레자!" 나머지 애들이 동의한다는 듯 웃었다. 다른 사람이 내 비밀을 세상에 공표하는 것만으로도 충분히 굴욕적이었지만 나 스스로 밝혀내기도 전에 그런 일이 일어나고 다른 사람들의 비웃음까지 들어야 하는 건 더 최악이었다. 나는 전혀 대꾸하지 않고 그들을 지나쳐 갔다. 품위있는 침묵이었다고 말하고 싶지만, 솔직히 고백하자면 그저 굴욕감 때문에 머리가 새하얘져서 어떤 단어나 문장도 생성되지 않았고 그래서 말을 안 했던 것뿐이다.

그날 밤 하숙집 아주머니가 라운드는 어땠느냐고 물어보기에, 나쁘지는 않았지만 집에 트로피를 가져갈 수는 없겠다고 답했다.

"그럴 줄 알았지." 아주머니는 한숨 쉬며 말했다. "될성부른 애들은 우리 집에 안 보내주더라고."

기가 막혀 입을 떡 벌리고 아주머니를 쳐다보았지만 그분은 눈치도 못 채고 입 주변의 강줄기처럼 흐르는 주름을 액화 돼지 지방으로 천천히 채우면서 베이컨을 길게 자르고 있었다. 난 아무 말도 하지 않았다. 할 수조차 없었다. 그냥 고개를 푹 숙이고 내

접시 위의 음식을 느릿느릿 집어올렸다. 내가 싫고 부끄러웠다. 나는 될 성싶은 선수가 될 리 없을 것이다. 늘씬한 다리도, 찰랑거리는 머리도, 심지어 포크가 있는 하숙집 주인도 내 차지가 될 일은 평생 없을 테지.

잠깐! 정치 공부 시간!

1991년 상원인 태즈메이니아주 입법 의회에서 HIV/에이즈 예방 법안 논쟁이 불붙었다. 반동성애법이 철폐되기 전의 마지막 단계였다. 스포일러 주의: 법 개정은 다른 많은 일과 마찬가지로 실패했다. 하지만 어떤 면에서 보나 생생하고 뜨거운 논쟁이었다. 동성애 비범죄화 찬성 운동가들이 투옥되거나 강제 추방되어야 한다는 주장에 사형제 재도입까지 거론되었다. 게이 남성에게 돌을 던지는 형벌을 내려야 한다는 '농담'이 오가기도 했다.

물론 잊을 만하면 다시 등장하는 소과 동물 비유도 올라왔다. 웨스트데본의 의원인 휴 히스커트는 이런 발언을 했다. "수소를 키운다 칩시다. 그런데 수소가 암소한테 접근도 안 하고 서비스도 안 하면 어떻게 되는지 알지 않습니까. 그 수소는 내일 당장 마트 정육점에 걸려 있는 8000개의 소시지가 되지 않겠습니까?"

'마트 정육점'에 8000개의 소시지가 걸려 있진 않을 거라는 구체적 오류는 가장 덜 충격적인 부분이었다. 그래도 여전히 어이가 없긴 했다.

소시지 이야기가 나왔으니 말인데 무소속 의원 딕 아처Dick Archer〔소시지와 비슷한 무언가를 연상시키는 이름—옮긴이〕는 말했다. "왕실 각료minister of Crown가 동성애 비범죄화를 언급할 때마다 속이 뒤집히고 구역질이 난다. 그 사람들이 인권 이야기하는 걸 들으면 피가 거꾸로 솟는다. 이 법안을 강화하기 위해 더 많은 예산이 투입되어야 한다. 중독자들을 싹 쓸어버려야 한다. 잡아들여야 한다. 살인자를 잡아들이듯 싹쓸이해야 한다. 이들을 추적해야 한다."

이 논쟁은 독자 투고란에도 흘러들어왔고 나는 당시 신문의 독자 투고란만 읽곤 했다. 너무 어릴 때라 내가 구체적으로 어떤 내용을 접했는지는 기억나지 않아서, 어른이 된 다음 당시 기사들을 검색하며 독자 투고도 같이 찾아보았는데 경악스러운 내용에도 놀라지 않았다. 반동성애 법안을 유지하기로 한 결정을 축하하는 분위기, 동성애자들에게 적용해야 한다던 온갖 잔인한 처벌의 내용을 읽고서도 놀라지 않았다. 『이그재미너』*The Examiner* 헤드라인도 다시 보았지만 여전히 놀라지 않았다. 여기서는 동성애 비범죄화 논쟁이 이대로 잘못 가다가는 푸프터 배싱poofter bashing〔1980~90년대 오스트레일리아의 호모포비아 청소년들이 게이 남성을 절벽에서 밀어 연쇄 살해한 사건—옮긴이〕의 시대가 다시 올지도 모른다고 선포하기도 했다.

1992년

1991년을 넘어서는 해가 될 수 있을까. 1991년은 회문回文(앞뒤로 해도 똑같은 글자—옮긴이)의 해이기도 하고 아무래도 강적이라 이 해를 넘는다는 건 만만치 않은 일이다. 넘어설 수 없다면 살짝 찔러라도 볼 순 있을 것이다. 확실히 1992년에는 세상 전체가 뭔가를 슬쩍 찔러보고 있었다. 조지 부시 시니어가 오스트레일리아를 방문했고 빌리 레이 사이러스가 「아치 브레이키 하트」Archy Breaky Heart로 차트를 석권했다. 이건 멋진 일이다. 또한 잠시 동안이긴 하지만 백인들이 자신들 작품인 이 서구 세계의 구조적 불평등과 싸워야 했으니, 로드니 킹 재판과 로스앤젤레스 폭동 이미지가 전세계에 퍼지고 보스니아 내전에서는 인종 청소라고도 불린 대규모 학살이 일어났기 때문이다. 그래도 희소식이 있었으니, 오스트레일리아 고등법원에서 마보 결정Mabo decision이라는 역사적 판결을 이끌어낸 것이다.• 라이트업 스니커즈가 발명되었고, 전세계적인 인기를 끌었다. 더 중대한 뉴스를 발표하자면, 나는 TV에서 처음으로 온전한 섹스 장면을 보았고 태즈메이니아 주니어 여성 골프단에 입단했다(이 두 사건은 상관관계가 없다). 그리고 마침

• 이 토지 분쟁 재판에서 오스트레일리아가 테라 눌리우스(terra nullius, 주인 없는 땅)였다는 이론은 기본적으로 영국 식민지 개척자들의 "우리가 여기 도착했을 때는 아무도 살지 않았기에 이 대륙은 이제 우리 것이다"라는 주장인데, 이 이론이 뒤집힌 것이다. 마보 결정은 사실상 많은 토착민 사회가 수천 수만년 동안 이 땅에서 살아왔음을 법적으로 인정한 판결로 토착민들의 토지 소유권 인정의 근거를 정식으로 마련하는 계기가 됐다. 진즉에 그랬어야지.

내, 나도 주얼리 하나를 샀다. 하지만 잠깐! 여기서 끝이 아니다. 공짜 스테이크 칼만큼이나 멋지고 쓸 만한 선물을 준비했다. 나는 나 스스로에게 커밍아웃을 했다. 대충 그렇게 되었다. 아, 그리고 담배를 피우기 시작했다.

방금 열거한 사실들 가운데 가장 고개를 갸우뚱하게 하는 일은 내가 주얼리를 샀다는 것일 테니 자연스럽게 그 이야기부터 시작하겠다. 이때까지 내가 장신구 따위를 몸에 걸치는 여자애가 아니었음을 앞의 이야기에서 충분히 인지시켰다고 생각한다. 하지만 그런 나에게도 보석상자라 불리는 물건이 하나 있었다. 그건 제시카 언니가 떠난 뒤에도 화장대 서랍에서 살고 있던 유일한 물건이기도 했다.

나는 이웃집 할아버지인 팝이 내 열살 생일에 준 이 선물을 사랑했다. 하지만 복잡한 이유로 사랑했고 그 이유는 그 물건 자체와는 아무 상관이 없다. 이 상자는 얼룩덜룩한 검은색 플라스틱에 베이지색과 갈색 무늬가 상감 기법으로 장식되어 있다. 뚜껑을 열면 거울 대잔치가 열린다. 어느 단면을 보나 내가 보인다. 뚜껑, 내부 양옆, 바닥은 물론 작은 서랍 바닥에도 거울이 붙어 있다. 뚜껑을 열기 전에 태엽을 돌려놓았다면, 귀여운 플라스틱 발레리나가 툭 튀어나와 바닥의 거울 위에서 차이콥스키 「백조의 호수」 불협화음에 맞춰 뱅글뱅글 도는 모습을 볼 수 있다. 개인적으로는 내가 들어가 있다면 분명 지옥이었을 것 같지만 좋아해야 할 것 같아서 좋아했다.

그 이전 해에는 할아버지가 바비 인형 복제품을 선물해주었다.

선물을 풀자마자 인형 머리를 홱 잡아당겨 빼버리고 팔다리도 분리했다. 물론 옷을 벗기는 것도 주저하지 않았다. 이 일로 낸한테 단단히 훈계를 듣기도 했다. 낸은 선물이 마음에 들지 않는다고 해도 그건 무례하고 잘못된 행동이라고 했다. 나도 깊이 뉘우쳤다. 그래도 바비 인형이 싫어서 분해한 것은 아님을 설명하고 싶었다. 물론 싫어한 건 맞지만 어쨌든. 인형을 갖고 놀 일이 없으니 필요도 없었다. 하지만 그보다 내가 이걸 해체한 이유는 이 인형의 결합 구조를 알고 싶어서였다.

그래서 보석상자를 받았을 때는 좋아하기로 마음을 먹었다. 받고 나서 뛸 듯이 기뻤던 것은 아니지만 최대한 기쁜 표정을 지어 보였고 집에 와서야 이것들을 분해하여 구조를 연구했다. 환상적이었다. 발레리나가 자석에 의해 움직인다는 걸 알아내자마자 그 발레리나를 모노폴리 개로 교체하기로 하고 그 밑에는 나선 클립을 붙였다. 발레리나는 이 보석상자 서랍 구석에 처박아두었다. 그다음엔 '음악'을 분리했다. 그래야 나의 귀여운 강아지가 평화롭게 빙글빙글 돌 수가 있었다. 마지막으로 이 거울에는 엄마의 재봉틀 밑에서 주워 모아두었던 천 조각들을 붙였다. 나의 리노베이션 솜씨에 감탄을 거듭했다. 물론 지금 묘사를 하다보니, 데이비드 린치풍의 작은 장례식 디오라마로 바꾼 것 같긴 하다.

은퇴한 발레리나 외에 내 보석상자에 넣어둔 딱 한가지는 과학 시간에 만든 황산구리 결정이었다. 맑고 청아한 청색의 결정이긴 했지만 특별히 예쁘게 보이지는 않았던 이유는, 만들면서 넣었던 실을 뺄 생각을 못 했기 때문에 보석이라기보다는 삐쭉삐쭉한 작은 탐폰처럼 보여서다. 하지만 그래도 내가 가진 물건 중에서는 보석류와 가장 가까운 물건이었다. 내가 목걸이를 사기 전까지는 그랬다.

무슨 바람이 들었는지 모르겠지만 생일에 받은 돈을 보아서 금색 로켓 펜던트를 하나 사기로 했다. 열셋에서 열넷이 되는 생일이 특별히 많은 현금을 모을 수 있는 기회는 아니었기에 내가 투자한 이 목걸이는 필연적으로 싸구려처럼 보일 수밖에 없었다. 이 목걸이를 구성하는 요소에 캐럿carat이 있었다면 철자가 다른 뿌리식물(당근carrot)의 한 종류였을 것이다. 하지만 나에게는 매우 특별한 물건이었고 앞에 내 이니셜도 새겨 넣었다. 그렇다. 다시 한번 말해줄 필요가 있다. 나는 싸구려 목걸이의 가장 잘 보이는 곳에 내 이니셜을 새겼다.

집에 오자마자 이 신상 자가 모노그램 목걸이 펜던트 안에 한쪽엔 낸 사진, 다른 쪽엔 팝 사진을 오려 붙였다. 이분들은 이제 하루 종일 내 목에서 달랑거리고 어두운 곳에서 바짝 붙어 마주보고 계실 것이다. 그렇다. 이 또한 한번 더 이야기해도 될 것이다. 하지만 나는 평생 우울하고 관심 못 받는 성격으로 사는 삶에 지치고 지쳤다. 차라리 여러분이 낮은 자존감에서 허우적거리고 있을 때 이 이야기를 한번 읽어보면 어떨까 싶다.

이 펜던트와 한 몸이 되어 계속 걸고 다닐 작정이었으나 여간 신경 쓰이는 게 아니긴 했다. 마치 하루 종일 가느다란 머리카락으로 미세하게 목을 졸리고 있는 기분이었다고 할까. 목에 거는 순간 계속 목에 무언가 걸려 있다는 사실이 의식되었다. 싸구려 목걸이를 걸고 다니지 않아도 문제가 생겼는데, 내 목을 목걸이의 걸이로 사용하는 걸 멈추고 협탁에 목걸이를 놔두면 고양이가 토해놓은 도금 헤어볼처럼 어느새 얽혀버린다는 것이었다. 그래서 딱 일주일 동안 걸었다 풀었다 하다가 이 애를 영원히 내 삶에서 방출하기로 하고 아무런 은퇴 행사 없이 보석상자 속에 작은 발레리나 시체랑 파란색 황산구리 탐폰과 함께 던져두었다.

이랬던 나를 보면 내 인생이 과연 흥미로워질 수 있을지 상상하기가 매우 어렵긴 하지만 나는 태즈메이니아 주니어 여성 골프팀에 합류했다. 처음 주 챔피언십에 출전한 뒤 바로 대표팀에 선발된 거다. 물론 내가 잭 뉴턴 클래식 이후로 어느날 갑자기 각성을 한 건 아니다. 찰랑거리는 머리와 쭉 뻗은 다리, 그것들과 함께 따라오는 골프 실력을 갖기 위해 노력한 적은 없다. 내 성공의 진실은, 당시에 태즈메이니아에서 골프를 하는 여학생이 워낙 드물어 골프를 하기만 하면 누구나 뽑힐 수 있었다는 것이다. 재능이 얼마나 상관없었느냐면 골프장 10마일 반경에 사는 18세 이하 여학생이 골프채만 들고 있으면 무조건 선발되었다. 어쩌면 들고 있는 막대기가 골프채가 아니었어도 상관없었을지 모른다.

팀에 선발된 이후 바링턴 선생님과 내 유니폼을 골랐다. 바링턴 선생님은 칠십대쯤 되는 인자한 여자 선생님으로 목에 감자 샐러드 한덩어리가 걸려 있는 것처럼 굵고 허스키한 목소리로 말하는 분이었다. 그 목소리는 이상하긴 했지만 내가 굉장히 중요한 사람으로 여겨지는 듯한 느낌이 싫진 않았다.

바링턴 선생님이 유니폼 사이즈를 물었을 때 나는 어깨만 으쓱

했다. 이제까지 내가 입은 옷들은 모두 엄마가 만들어주었기 때문에 내가 아는 옷 사이즈란 엄마가 지난번 마지막으로 옷을 만들어주면서 나의 급성장을 얼마나 불평했는지에 따라 짐작할 수 있을 뿐이었다. 그래서 바링턴 선생님이 사이즈를 물었을 때, 나는 예의바르게 있는 그대로 답했다. “아주 큰 사이즈입니다.”

바링턴 선생님은 나의 대답에 충분히 만족한 듯 보였고, 더 중요한 주제인 선수의 올바른 태도로 넘어갔다. 나는 태즈메이니아 여성 골프협회를 대표하는 사람이니 언제나 조신하고 여성스럽게 행동해야 한다는 조언이었다. 바로 이 지점에서 열정이 식어버렸는데 내가 조신하고 여성스러울 수 없다는 사실을 너무 잘 알았기 때문이다.

아동기의 성장과 발달은 자연스럽고 우아하게 이루어지다가 청소년기에서 성인기로 이행하는 시기에는 공포를 바탕으로 한 지도 편달이 따라온다. 십대가 되면서 모두가, 즉 우리 가족, 선생님들, 내 친구들, 나의 문화, 그리고 내 존재를 둘러싼 시대정신 전체가 나에게 강요하고 있었다. 더이상 사내 녀석처럼 행동하면 안 된다는 것이었다. 나에게도 소속감에 대한 본능적인 욕구가 있었기에 수년간 실생활과 TV 속 여성들을 관찰하며 ‘천상’ 여자가 되는 방법을 나름대로 연구해온 터이긴 했다.

하지만 기를 쓰고 노력해도 언제나 이 분야엔 빵점이었다. 앉을 때 다리를 얌전히 모을 수가 없었고 긴 생머리를 할 수도 없었고 화장은 고문처럼 느껴졌다. 장식 분야는, 앞서 길게 말했지만 내 분야가 아니다. 옷은 흥미로웠지만 다른 사람들과는 다른 이유에서, 대체로 보온 기능과 주머니 때문에 흥미로웠다.[•] 내가 왜 태닝 라인이 뭔지 신경 써야 하고 그것을 예쁘게 만들기 위해 노력까지 해야 한단 말인가. 대체로 여자애들은 신발 위로 아주 짧게 올라와 있거나 잘 보이지 않는 발목 양말을 신었지만 나는 다양한 길이의 양말을 아무렇게나 신었고 이 양말이 내 다리의 어디까지 올라가는지도 매일매일 달라졌다. 이 말인즉 매일 태양 아래서 운동을 하다보니 날마다 다른 태닝 라인이 생겼다는 뜻이다. 내 종아리는 지구의 퇴적물 실험 같았다.

여자다움이라는 자질 부족은 겉으로 보이는 것보다 더 깊게 나를 파고 들었다. 내 행동거지는 전혀 여자답지 못했다. 내 걸음걸이에는 머리에 책을 얹고 걷는 숙녀들에게 요구되는 우아함이 전혀 없었다. 또 하나의 문제는, 내가 남성 인류를 보고 웃을 때는 그들이 진짜로 배꼽 빠지게 웃길 때라는 흔치 않은 상황에 국한될 뿐 그들이 가까이에 존재한다는 사실만으론 '천상' 여자들이 남자들과 있을 때와는 달리 전혀 유쾌하지 않았다는 점이다.

게다가 어떤 종류의 지식을 습득할 때마다 공유하고 싶어 입이 근질근질했는데 천상 여자들은 무언가를 알아도 그렇게 큰 소리로 말하고 싶어 하지 않는 것 같았다. 그 여자들은 알고 보면 똑똑하고 매력적이고 웃기지만 집단에 속하거나 남자들과 같이 있을 때는 이내 자기만의 개성을 잃어버렸다. 나에겐 너무 이상하게만 보였다. 그래서 내가 만약 똑똑하거나 매력적이거나 웃기는 사람

• 손은 너무 무거워서 어딘가에 넣고 다녀야 한다.

이 된다면 절대 그 능력을 숨겨두지 않을 거라고 생각했다. 어떤 사람 앞에 있건 마찬가지다. 하지만 그때 나는 즉석에서 생각나는 대로 말을 하지 못하고 있었다. 당시 일상생활에서 내가 했던 거의 모든 말은 미리 준비해둔 말이었다.

그런데 내 관찰에 따르면 '여자들은 원래 성격을 숨겨야 한다'는 관습에서 예외가 되는 이들이 있었으니, 바로 결혼생활을 오래한 여성들이었다. 이들은 여러 사람이 모여 있는 데서 자기 남편이 알고 보면 얼마나 무식한지를 말할 수 있었다. 다만 그 여러 사람 가운데 남성, 특히 남편은 없어야 했다. 이렇게 행동하는 여성들은 나보다 연령대가 훨씬 높았는데, 그럼에도 남자 앞에서 자제하는 행동을 한다는 게 내 눈엔 솔직하지 않아 보였다. 왜 여성들이 남성 인류에게 중요한 정보를 숨기고 있는지 이해할 수 없었다. 남자들도 자기들이 멍청하다는 걸 알아야 스스로 수정이 가능하지 않을까. 나는 나를 알고 고쳐가며 살고 싶었다. 물론 이런 관찰이 이루어진 건 유해한 남성성과 남성의 취약성이라는 개념을 알기 이전이었고, 남성들이 오랫동안 휘둘러온 폭력의 위협을 알기 전이었다. 아마도 우리 아빠가 어떤 말싸움 앞에서건 낮잠을 자버릴 순하디순한 사람이고 엄마는 주변에 누가 있건 목소리를 줄이거나 주장을 굽히지 않는 사람이라 미처 알지 못했을 거라고 생각한다.

이는 어른이 된 내가 여러분의 즐거움을 위해 급조한 냉소적 태도로 보일 수도 있다. 그 생각에 일말의 진실이 없는 건 아니지만 내 청소년기의 관찰 스타일을 정확히 반영했음은 알아주었으면 좋겠다. 나는 평생 사람들을 관찰하고 연구했으며 그들의 행동에서 단서를 수집하려 했고 고등학교 이후 진심을 다해 이 주제와 관련된 목록을 편집해왔다. 주제는 두갈래로 나뉜다. 어떤 사람이 인기가 있고, 어떤 사람은 인기가 없는가. 내 이론상 만약 내가 전자의 성격을 취하고 싶다면 후자의 습관을 버려야 하고, 그렇게 되면 나는 어딘가에 속한 느낌이 들 것이며 절대적으로 혼자인 것처럼 느끼진 않을 터였다.

이 천상 여자들에 대한 초기 관찰 끝에 내린 결론에 의하면, 그들은 남자들에 대해 아주 풍부하고 다양한 감정을 갖고 있으며 남자 때문에 주책맞은 행동을 하거나 때로는 난리 블루스 수준까지 갈 수도 있었다. 자연스럽게 나 또한 남자애들에게 비슷한 감정을 품거나 그들 앞에서 그런 감정을 전시해야만 할 것 같은 의무감을 느꼈다. 그래서 내가 할 수 있는 유일한 행동을 했다. 다른 여자애들의 행동을 그대로 모방하는 것 말이다. 이것을 정상성 역설계reverse-engineering(완성된 제품을 분석해 원리를 파악하고 다시 직접 설계해보는 것—옮긴이)라고 부르기로 하자.

하지만 정상성 모방은 재빨리 포기하고 말았는데, 남자에 미친 십대 여자애가 된다는 것은 곧 남자애들과 시시덕거려야 한다는 걸 뜻했고 그건 나에게 세상에서 가장 쓸모없는 에너지 낭비처럼 느껴졌기 때문이다. 우리 가족이 아닌 남자들은 내가 옆에 있을 때 나를 인상적으로 웃긴 적이 한번도 없었다. 이들의 레퍼토리는 기본적으로 두 개념을 중심으로 돌아갔다. 못되게 굴기(여자애들과 선생님들과 서로를 괴롭히기) 그리고 그들의 고추! 고추를 찬양하거나 자랑하거나 드러내지 못해 못 견디기였다.

이것이 십대 소년 레퍼토리의 총합이라고 주장하는 것이 아니라 당시 내가 그렇게 목격했다는 것이며, 완전히 솔직해지자면 지금까지도 대체로 그렇게 생각한다. 한참 지나서야 이해하게 된 바 남자애들은 내가 옆에 있으면 평소와 행동이 달라지곤 했는데 그건 그들이 나를 성적인 대상으로 보지 않기 때문이었고, 그 사실이 그들에게도 혼란스러운 모양이었다. 솔직히 말하면 나도 그들과 같은 입장이었다. 여학생으로서 남자애들을 성적인 대상으로 보아야 한다는 걸 알았지만 그렇게 되질 않았다. 하지만 남성분들도 너무 기운 빠지지 않길 바란다. 나를 웃기는 데 성공한다면(많이들 그랬다), 그건 오로지 당신 실력일 테니까 말이다.

알고 보면 여자애들이 남자애들보다 훨씬 더 웃긴다는 걸 발견하게 된 건 아마도 내가 여자애들과의 교류를 훨씬 더 선호했기 때문일 것이다. 그리고 나는 여자애들을 향해서는 풍부하고 다양한 감정을 갖는다는 것도 깨달았다. 그 감정이 주책맞은 행동으로까지 이어지진 않았지만 굉장히 혼란스럽긴 했다. 어쩌면 내가 느끼는 감정이 여자애들이 남자애들 앞에서 느끼는 것과 비슷한 감정일지도 몰랐다. 내 사고과정은 이토록 단순했고, 이런 생각들을 벽돌처럼 쌓자 앞뒤가 딱딱 맞아 드디어 하나의 진실을 도출하게 되었다. 그렇다. 나는 동성애자였다. 이 사실은 있는 그대로의 사실로서 분명해졌다. 내가 그때 어디에 있었고 무엇을 하고 있었는지 기억나지는 않지만 이 결론에 다다른 사고과정은 확실히 기억한다. 그리고 나는 그 생각을 떠올리자마자 억누르려고 노력했다. 진심으로 소아성애자가 되고 싶지 않았기 때문이다. 소아성애자라니 이 단어를 듣기만 해도 흉악한 인간들이 생각났다. 다행히 나의 무지의 강은 상당히 깊게 흐르고 있었고 그다지 대단한 노력 없이도 나의 섹슈얼리티를 쉽게 억누를 수 있었다. 내가 할 수 있는 건 그저 내 인생에 너무 적극적으로 임하는 자세를 취하지 않는 것이었다.

고맙게도 나의 여성성 결여에도 불구하고 주니어 여성 골프 세계에서 '숙녀'의 의무사항은 그렇게 어렵거나 까다롭진 않았다. '날라리'만 되지 않으면 됐다. 게다가 나는 기본적으로 수줍음이 많고 벽장 속에 깊숙이 숨어 있었고 뚱뚱했고 선택적 함구증과 미진단 상태의 자폐가 있었기에 '적절한' 행동과 멀리 떨어져 있어도 눈에 띌 위험은 적었다.

잠재적으로 나를 '날라리' 범주에 넣을 수도 있는 딱 한가지 문제는 담배였다. 흡연의 세계에 입문한 건 어딘가에 속하고자 하는 마음 때문이었다. 내 주변 모두가 담배를 피웠기에 해미시와 내가 엄마의 주머니에서 담배를 하나 꺼내 한번 피워보는 건 시간문제였다. 담배가 그냥 똥 맛이라는 건 담배 첫 한개비 단 한모금만으로 충분했다는 걸 말할 수 있어 기쁘다. 정말 쓰고 기분도 나빴고 냄새도 역했고 어지럽고 속도 느글거렸다. 그런데도 그 자리에서 왜 거부하지 않았을까? 담배에 무관심하기엔 내 주변의 너무 많은 사람이 담배를 피우고 있었기에, 나도 꼼꼼한 조사와 이해를 위해 이후 몇달 동안 더 피워보기로 했던 것이다. 지금까지도 같은 결론에 도달한다. 담배는 개똥 같다. 안타깝게도 개똥 같다고 무시할 수 없는 건 담배의 강력한 중독성 때문이다. 그래서 그렇게 되었다. 나는 흡연자가 되었고 담배를 피우는 20년 동안 거의 매일 금연을 결심했다.

담배의 가장 나쁜 점은 내 주머니 사정으로는 감당하기 어려운 취미였다는 점이다. 특히 직업이 없는 청소년일 경우는 더 그랬다. 따라서 이 행위에 빠질 수 있는 유일한 방법은 엄마 담배를 훔치는 것이었고, 그때마다 스트레스는 가중되었다. 담배의 모든 면이 싫었지만 예상치 못한 장점이 있었으니 나의 후각과 미각을 완전히 마비시킨다는 점이었다. 이것은 어떤 사람들에겐 약점이겠지만 나처럼 너무 예민한 감각 민감성을 가진 사람에게는 선물과도 같았으며, 이는 자폐 경험이 있는 모든 이에게 해당되는 이야기다. 나는 후각이 너무 예민해서 미각의 영역으로 넘어가곤 했고, 그것은 평소에도 자주 발생하는 구역반사로 이어지곤 했다. 역한 음식 냄새가 역한 맛을 떠올리게 한다고 말할 때 이것은 과장이 절대 아니다. 냄새만으로 나는 한바탕 헛구역질을 해야 한다. 담배는 이 끔찍한 현상을 일시적으로 잠재워 에너지를 절약하게 해주었다. 이때 생긴 에너지로 고통스러운 감정을 유발하는 소리들을 다룰 수 있었다. 이에 대해선 나중에 더 자세히 이야기하겠다.

흡연은 나의 사회적 불안을 일부 잠재우는 데도 도움이 되었다. 사람들과 대화에 참여하는 척하면서 다른 데를 보며 연기를 내뿜고 있을 수 있기 때문이었다. 하지만 처음에는 절대 사교적 흡연가는 아니었다. 나에게 흡연은 철저히 반사회적 행위였다. 장작더미 옆에서 나 자신과의 대화를 위해 숨을 때에도 몰래 담배를 피운다는 명목이 있으니 괜찮았다.

잠깐! 통계 공부 시간!

1992년까지 태즈메이니아주는 오스트레일리아에서 남색이 범죄인 유일한 주였다. 사우스오스트레일리아주에서는 1975년 동성애 비범죄화가 통과되었고 그뒤를 이어 오스트레일리아캐피털테리토리는 1976년, 빅토리아주는 1980년, 노던테리토리는 1983년, 뉴사우스웨일스주는 1984년, 웨스턴오스트레일리아주와 퀸즐랜드주는 1990년에 법을 개정했다. 비범죄화가 본토에서도 여전했던 동성애 혐오를 근절해준 건 아니지만 태즈메이니아주가 명백하게 가시적으로 뒤처진 것은 사실이었다. 그래서 그 전년의 크리스마스에 인권이 위협받는다고 느끼는 오스트레일리아인의 직접 청원을 유엔인권이사회(UNHRC)가 허가했을 당시, 호바트 출신 게이 청년 닉 투넨은 즉시 청원서를 제출했다. 태즈메이니아주 형법 122조와 123조가 인권 침해라는 주장이었다. 1992년 11월 5일 유엔인권이사회는 투넨의 청원서를 접수했다. 태즈메이니아주의 동성애 법 개정은 장차 세계적으로 큰 논란이 될 예정이었다.

1993년

백인들마저 1993년부터는 인종차별을 실감하기 시작했다. 오스트레일리아의 '네이티브 타이틀 액트'(선주민 토지 보호법—옮긴이) 때문에 농부들은 자신의 토지를 정부가 앗아가 선주민 토지 소유권자들에게 줄 거라 확신했기 때문이다. 안타깝게도 본인의 인종주의를 자랑스레 떠들고 다니면 안 된다는 걸 아는 백인은 많지 않았다. 미국 또한 그들만의 자각 시간을 보내고 있었는데, 로레나 보빗 사건(성폭행을 하려던 남편의 성기를 식칼로 절단한 사건—옮긴이) 재판이 뉴스에 오르내리며 전세계적으로 비상한 관심을 끌었다. 사람들은 재치있는 성기 농담을 생산하느라 바빠 가정폭력에 관해 생산적인 토론을 할 시간은 내지 못했다. 한편 데이비드 코레시의 다윗파가 텍사스주 웨이코에서 포위됐고 끝이 좋지 않았다. 반면 드라마 「치어스」 마지막 방송은 끝이 아주 좋았는데, 마지막 편을 93만명이나 시청해 1990년대의 가장 높은 시청률을 기록한 것이다. 멋지다!

다시 나에게로 돌아와서, 1993년이 이 어린 청소년에게는 비교적 무탈한 해였다고 말하면 기뻐해주시겠지만 안타깝게도 여전히 이 사람은 길고 험한 고투의 시간을 보낸다. 나는 주니어 여성 챔피언십에서 태즈메이니아가 꼴찌를 하는 데 크게 일조하며 그 해를 시작했다. 학교 성적은 꾸준히 하락세에 접어들다가 가끔은 거의 낙제 수준까지 떨어졌고 내 몸으로 놀림받기는 두 단계 정도 상승했다. 그래도 내 성장 발달과 관련해 두가지 긍정적인 보고 사항이 있다. 나는 더 웃겨졌다. 그리고 나의 전공이자 평생 동안 열정을 갖게 된 분야에서 처음 기쁨을 찾았다. 그 분야가 바로 미술사였다. 또다른 좋은 소식—내 형편에 그나마 '좋은'이란 뜻이다—은 나 자신과 이 세상 앞에서 성적 지향을 감출 수 있었다는 점이다. 이 상황의 단점은 나를 꽁꽁 닫아두려고 갖은 노력을 다했음에도 동성애와 관련된 모든 일에 점차 더 민감해질 수밖에 없었다는 점이다. 매우 슬픈 뉴스도 있다. 1993년을 정의한 민감한 사회문제로 '동성애자'가 대두되었고 매우 유별나게, 부정적으로만 다뤄졌다.

태즈메이니아 주니어 골프 팀이 다음 내셔널 챔피언십의 성적 향상을 위해 스포츠 과학 전문가를 고용했고 나 또한 이 훈련 프로그램에 참가했으며, 아주 많은 바나나를 먹는 습관을 기르게 되었다. 이 훈련 프로그램에선 최대한 다양한 수단과 방법을 동원했는데 그 과정에서 나는 생애 최초의 '개인 트레이너'인 믹을 만났다. 믹은 스미스턴 교외에서 매우 창의적이고 상상력 풍부한 이름의 헬스클럽인 '믹의 헬스장'을 운영하는 남성이었다.

서머타임 전까지는 엄마가 매주 수요일 하교 후 헬스장에 데려다주었고 서머타임 후에는 혼자 자전거를 타고 갔다. 뒤쪽에 커다란 골판형 지붕의 창고가 있는 작은 단층 주택 앞에 차를 세웠을 땐 과연 제대로 찾아온 건지 의심스러웠다. 그러나 대들보에 '믹의 헬스장'이라는 글자가 새겨진 작은 나무 간판을 발견했기에 근방에 위치한 것으로 결론 내렸다. 엄마는 차에서 내려 그 창고가 헬스클럽이 맞는지 확인하지도 않고 말 그대로 나를 차에서 밀어낸 후에 가버렸다. 나는 믹과 그의 특별히 건강하지 않을 것 같은 환경에 남겨졌다. 이제 이런 종류의 시나리오는 통하지 않을 터였다. 열다섯살 난 여자애와 늙은 남자가 창고 건물에 들어가서 단둘이 신체 단련을 할 수 있으려면 어마어마한 신뢰가 깔려 있어야 할 것이다. 다행히 여긴 창고가 아니라 헬스클럽이 맞았고 믹은 좋은 어른이었다.

내가 멀뚱하니 있는 동안 믹은 훈련 프로그램을 들여다보고 있었다. 나는 그 참에 믹을 관찰했다. 믹은 말랐지만 강단있어 보이는 회색 머리의 중년 남자로, 주름살이 깊게 파이고 울퉁불퉁하고 비틀린 손을 가졌고 면으로 된 작업 바지와 모직 스웨터 차림이 피트니스 전문가라기보다는 농부처럼 보였다. 이 헬스클럽은 그다지 청결해 보이지 않았다. 갈색 카펫이 깔려 있고 금속 벽 한쪽에만 거울이 있었다. 하지만 헬스클럽은 맞아 보였다. 까만 벤치들이 있고 공기에는 썩은 양파와 다양한 종류의 발 냄새가 진하게 스며 있었다. 믹은 프로그램을 읽다가 쓰레기통에 던져버리고는 내 배를 툭툭 치면서 중얼댔다. "이거 없애면 되지?" 그후 한 시간은 믹이 나의 비루한 체력을 확인하는 시간이었다. 믹은 내가 웨이트를 들 수 있으면 더 무거운 웨이트를 주었다. 들 수 없으면 소리를 질렀다. 나는 그렇게 믹의 헬스장에서 나에 대한 중요한 세가지 사실을 발견했다. 첫째, 나는 누군가 나에게 소리를 지르면 그 사람 말대로 한다. 둘째, 나만의 양파 냄새를 배출할 수 있다. 셋째, 무거운 것을 들 때 윗입술이 일그러진다.

그다음 주에 믹의 헬스장에서 또다른 회원 몇명을 만났다. 그들은 처음에는 거울 앞에서 스트레칭을 하느라 나의 존재를 의식하지 않았다. 이들은 믹의 헬스장에서 아주 많은 웨이트를 들어본 모양이었다. 팔이 육중한 로트와일러 같았다. 물론 귀엽고 다정한 로트와일러는 아니었다. 그들은 거대한 가슴팍으로 거대한 팔을 몸에서 최대한 밀어내고 있었는데 마치 파트너 없는 포옹 상태에서 정지해버린 듯한 모습이었다. 내가 그들을 멍하니 쳐다보고 있자 믹이 저 아저씨들처럼 되고 싶으냐고 물었다. 나는 예의바르게 부인했고 아저씨들은 모두 껄껄껄 웃더니 나도 같은 일원이기라도 하다는 듯 등을 툭툭 쳐주었다. 물론 그럴 리가 없잖아요. 왜 그런 농담을 했고 뭐가 웃겼는지 지금도 모르겠다.

매일매일 더 힘이 늘어나고 근육도 생겼다. 2주 뒤에 두배 무게의 웨이트를 들었고 자신감도 두배로 늘었다. 3주째가 되자 누군가의 도움 없이, 혹은 '그게 뭐예요'라고 묻지 않고 크런치를 할 수 있게 되었다. 운동하면 바로 효과가 나타나던 내 열다섯살짜리 육체에 질투가 날 지경이다. 그리고 종종 궁금하다. 내가 어쩔 수 없이 그만두지 않고 계속 운동하러 갔다면 어떻게 되었을까? 믹이 소리 질러주었다면 이 지방 축적형 인생의 궤적이 달라졌을까?

이 질문에 대한 답은 결코 알 수가 없다. 서머타임이 시작되면서 헬스장까지는 자전거를 타고 시내를 가로질러 가야 했다. 자전거를 타고 다녀야 할 날이 기대된 건 전혀 아니었다. 수술 트라우마를 남긴 두차례의 심각한 자전거 사고 때문이기도 했지만, 더 심각한 문제가 있었으니, 바로 헬멧 문제였다.

1991년 즈음엔 어린이도 자전거를 탈 때 반드시 헬멧 착용을 해야 했는데 평소 의견이라고는 없는 아빠가 헬멧에 대해서만큼은 강한 의견을 표출했다. 헬멧을 쓴다고 해서 무릎을 다치지 않거나 온실에 충돌하지 않을 보장이 어디 있느냐는 거였다. 지금 생각해보면 아빠의 헬멧에 대한 강한 거부감 밑바탕엔 분명 재정적인 이유가 있었다. 어디서 구한 건지 알 수는 없지만, 우리 가족에게는 헬멧이 딱 하나 있었고 따라서 우리 남매에게 자전거 타기는 동시에 여러명이 즐길 수는 없는 활동이었다. 그런 우리 집안 유일의 헬멧은 1990년대에 유행하던 화려한 문양은 전혀 없는, 그야말로 아무런 무늬도 색상도 없는 순수 백색 스티로폼이었다. 덕분에 우리 남매들은 서로 헬멧을 쓰겠다고 다투지는 않았다. 믹의 헬스장으로 가기 위해 준비를 마치고 우리 집 앞 창문에 비친 내 모습을 보았다. 창문 안에는 엄마가 만든 분홍색과 파란색의 아가일 할리퀸 패턴 운동복을 입고 빈곤 시크한 스티로폼 뚜껑을 머리에 덮고 있는 뚱뚱한 여자애가 있었다. 내가 자전거 탄 뚱땡이로 찍히는 건 시간문제로 보였다. 게다가 몇달 전 학교에서 실시한 '체지방 검사'의 충격에서 아직 완전히 회복하지도 못했단 말이다.

체육 선생님은 반 아이들을 벽에 한줄로 죽 세우더니 한명씩 다가가 피부 몇군데를 금속 집게로 찌른 다음 반 전체가 듣는 데서 체지방률을 발표했다. 이건 청소년기 필수 검사인 듯했다. 감당이 안되는 급격한 신체 변화를 겪는 아이들에게 그들의 몸이 '정상'에서 얼마나 벗어났는지 지적하는 건 굉장히 중요한 교과

과정일 것이기 때문이었다. 그놈의 '정상'이란 게 대체 뭔지 모르겠다만.

선생님이 나에게 다가왔을 때 공포 수치는 하늘을 찔렀다. 내가 뚱뚱하다는 사실을 재확인해주기 위해 데이터까지 수집할 필요는 없었다. 그즈음 내가 과체중이고, 따라서 한심한 인간이라는 사실을 깊이 이해하고 있었다. 어떻게 모를 수가 있을까? 수년 동안 남녀노소에게 보디 셰이밍을 당했으니 말이다. 어른들은 '통통한' 혹은 '토실토실한' 같은 표현을 좋아했고, '집 한쪽 벽'처럼 듬직하다고 했다. 반면 애들은 언어유희를 선호하는 경향이 있어 '선더 벅지' '뚱뚱한 몰' '암소나 해나' 등을 사용했다. 간혹 사람들이 혹시 내가 청각장애인이라고 생각하는 건 아닌지 의심이 들 정도로 다들 내가 그 자리에 없기라도 한 것처럼 이런 별명을 크게 부르거나 내 몸을 평가했다.

결과적으로 나는 이 체지방 검사를 하지 못했다. 집게로 찌르기엔 내 지방이 너무 두꺼운 듯했다. 선생님이 어떤 말로 풀어 설명했는지 생각나진 않지만 반 아이들이 배꼽 잡고 웃어댔던 기억은 있다. 그날 밤 집에 가서 몸무게를 재보았다. 10스톤(1스톤은 약 6.34킬로그램이다 — 옮긴이)이었다. 사실 10스톤 정도야 지금 같으면 기뻐할 몸무게지만 당시에 나는 공포에 질렸다. 스톤(돌)이라는 단위가 무엇인지도 몰랐으나 아마 뚱뚱하다거나 못생겼다는 뜻일 터였다. 나는 못생김과 뚱뚱함 열개를 갖고 있었다.

믹 아저씨의 헬스장이 나를 이 살덩이 감옥에서 구출해줄 수 있을 거라 느꼈지만 남들 보는 공공장소에서 운동하는 건 들키고 싶지 않았다. 그러던 어느날 큰 도로에서 자전거를 타고 천천히 내려가는데 아이스크림 가게 앞에 여자애 몇몇이 서 있는 거였다. 나는 마음속으로 놀림받을 준비를 했다. 예상은 적중했다. 문화센터 옆에는 해미시와 같은 학년 언니와 오빠들이 있었다. 바로 옆을 지나갈 땐 나를 보지 못했지만 자전거를 타고 더 내려갔을 때 뒤에서 웃음소리가 들렸다. 나를 보며 웃는 건지 100퍼센트 확신할 순 없었으나 어쨌건 그렇다고 믿었다. 내가 어딜 가나 조롱거리가 된다는 생각에 마음이 쓰라렸다.

그때는 몰랐지만 마지막 세션이 되어버린 믹과의 시간은 정말 즐겁고 보람찼다. 훈련이 끝나자 아저씨는 내 등을 치면서 "아주 잘하고 있어"라며 칭찬해주었고 기분이 꽤 좋았다. 그 좋은 기분을 유지한 채 자전거를 타고 큰길로 나왔는데 앞에 학교 애들이 보였다. 집에 가는 길 내내 조마조마하긴 싫다는 생각이 들어 좌회전을 했고 집까지 약간 돌아가는 길을 택했다.

구글맵을 쓴 지 오래되었으니 이제 안다. 그때 나는 시내를 가로지르는 3킬로미터 거리의 길 대신 20킬로미터인 뒷길을 택하는 자살골을 넣은 셈이었다. 물론 당시에 거리 계산은 하지 못했고 길이 비포장도로로 변했을 때에야 잘못된 판단이었음을 직감했다. 벌써 한시간 전에 집에 도착했어야 하는데 아직 3분의 1밖에 못 왔다. 엄마는 걱정할 것이고 나는 걱정할 엄마가 걱정되었다. 하지만 계속 자전거를 타고 가는 것 말곤 다른 방법이 없었다. 한적한 시골길이었고 유일한 목격자는 들판의 소 떼뿐이었다. 감사하게도 소들은 뚱뚱한 여자애를 놀리지 않는다. 우리 암소들은 뭉치기 마련이다.

집에 왔을 때 집안이 발칵 뒤집어져 있었다. 모두 가시방석에 앉은 듯 불안해한 이유는 엄마가 나의 늦은 귀가를 걱정했기 때문이고 엄마의 걱정하는 방식은 나 말고 나머지 가족들에게 소리를 지르는 것이었다. 집에 무사히 도착해 기뻤지만 엄마가 무서웠다. 집 반경 1킬로미터 밖에서도 엄마의 용솟음치는 분노가 느껴질 정도였다. 이번에도 내 예상이 적중했다.

엄마는 빨랫줄 옆에 서서 빨래집게에 화를 내고 있었다. 내가 자전거에서 내리는 소리가 들리자 엄마는 뒤로 돌더니 그 즉시 분노의 샤우팅을 시작했다. 변명을 하고 싶었지만 목에 돌이 걸렸는지 말도 나오지 않았다. 엄마 말도 하나 틀린 것 없었다. 이렇게 늦게까지 집에 안 오고 쏘다니다니 내 잘못이다. 엄마 상상 속에서 나는 남자애들과 연애질을 하고 있거나 냇물에 빠져 죽었거나 가장 최악으로, 임신을 한 것이었다.

엄마에게 경위를 설명하려 했지만 입이 떨어지지 않았다. "그게 아니라…… 애들이…… 일부러……." 나는 숨을 몰아쉬었다.

이 정도 정보로는 만족하지 못했는지 엄마는 새롭게 샤우팅을 하며 화내기 시작했다. 내가 왜 굳이 엄마의 화에 기름을 붓는단 말인가? 왜 엄마에게 걱정을 끼친단 말인가? 이런 좋은 질문이 떠올랐던 나는 호흡을 가다듬은 후 쏟아지는 비난을 막기 위해 내 입장을 호소했다. "동네 애들이 나만 보면 웃고 놀린단 말이야. 이 촌발 날리는 옷 때문에. 이 트레이드마크 헬멧 때문에." 나도 소리 지르며 대들었다.

순간적으로 침묵이 흘렀고 해미시가 침묵을 깼다. “과연 애들이 웃고 놀리는 이유가 너의 헬멧 때문일까. 너의 ‘트레이드마크’ 엉덩이 때문이 아니고?” 예상치 못한 일격이었고 그 덕분에 한순간 분위기 전환이 된 것도 예상 밖의 일이었다. 해미시는 우리 가족 중에 누구도 하지 못한 불가능한 일을 해냈다. 화가 머리끝까지 난 엄마를 웃긴 것이다. 완벽 반전이 일어났다. 그때부터 우리집 뒷마당에는 유쾌함만이 가득했고 안심한 가족들 모두가 미친 듯이 웃기 시작했다. 나는 웃지 않았다. 내가 우리 가족 안에서도 조롱거리가 된다는 사실은 전혀 기쁘지 않았다. 학교 애들이 왜 나를 못 놀려먹어 안달인지도 알았고, 거리에서 만난 생판 모르는 사람들이 내 체형을 보고 피식거릴 수 있다는 사실도 눈치챘다. 하지만 우리 집만큼은 안전한 장소라고 생각했었다. 그때부터 다시는 믹의 헬스장에 다니지 못했다.

나의 근육 성장 잠재력이 한풀 꺾인 것도 속상했는데 곧이어 두뇌 성장 영역에서도 고꾸라지고 있었다. 사실 이 영역에서 해볼 수 있는 일이 없었는데 내가 학교 공부를 열심히 안 했기 때문이었다. 단순히 반항심이나 게으름 때문에 공부를 안 한 건 아니었다. 나는 피곤했다. 학업을 위한 진지한 노력이 낮은 성적이라는 결과로 나와 지쳤고, 나를 잘 모르는 선생님들의 가치평가도 피곤했다. 내 통지표에는 언제나 다음과 같은 소회가 가득 실려 있었다. **해나는 집중을 하지 않는다. 해나는 잠재력을 발휘하지 못한다.** 가끔은 이 평가가 더욱 직설적으로 전달되기도 했다. **해나는 나태하다. 수업 태도가 나쁘다.** 가끔은 진심으로 통찰력 있는 관찰을 포함하고 있기도 했고 흥미로운 언어로 포장되어 있기도 했다. 해나의 수업 참여는 간헐적이다. 해나는 학급 회의나 토론에서 있는 듯 없는 듯 여린 존재감을 드러낸다.

그러나 어떤 선생님도 내가 나름대로는 엄청나게 노력하며 살고 있다는 걸 알아채지 못했다. 그들은 하나같이 나의 나태함이 똑똑해 보이는 머리와 형편없는 성적 사이, 점점 벌어지는 간극의 원인이라고만 결론 냈다. 선생님들 중 어느 누구도 본인의 수업 준비가 미흡한 건 아닌지 고민해보려 하지 않았다. 작고 외지고 재정은 나쁘고 인력이 부족한 시골 학교가 대체로 그렇듯 이미 과로 중인 교사들이 수업의 질에 대해 스스로 분석·비판을 해본다는 것은 잘해야, 그야말로 간헐적일 수밖에 없었다.

우수한 학생이 되지 못한 가장 큰 이유는 수업 시간에 뭔가 배우는 것이 극단적으로 힘겨웠기 때문이다. 수업 시간이 반 정도 지나면 내 두뇌는 스위치가 꺼지듯 멈춰버린다. 이제 못 하겠어. 더는 하고 싶지도 않아. 여기에 드라마틱한 감정과잉 같은 건 없다. 어떤 한계점을 넘어버리면 두뇌가 일시 정지해버리고 새로운 정보를 받아들일 수 없는 무기력한 상태가 되며, 심하면 말도 나오지 않고 아무 생각도 나지 않는다. 학기 말로 갈수록 학습 가능 시간은 점점 짧아져 학기 말에는 1교시 쉬는 시간 이후에 두뇌가 닫혀버리고 말았다. 열리기라도 하면 다행이었다.

실은 나의 학교생활이란 언제나 이런 식이었지만 초등학교 때는 일상이 워낙에 단순하고 변함없어 학교 공부도 그럭저럭 따라잡을 수가 있었다. 반면 고등학교에 진학하자 환경의 변화는 극심하여 어느 하루도 똑같은 날이 없었으며, 이제까지 읽으면서 눈치챘을지 모르지만 변화라는 건 우리 반 애들만큼이나 내 친구가 아니었다. 나에게 고등학교란 소음과의 전쟁이었다. 꺄악 하는 비명소리, 웃음소리, 고함소리, 비닐 랩 벗기는 소리, 칠판 분필 소리, 껌 씹는 소리, 각종 펜 딸각거리는 소리, 콘크리트 위에서 의자 끄는 소리 등등이 매 순간 들려왔다. 이 모든 소음은 모두 동일한 시간, 동일한 강도로 내 귀를 공격했고 내 두뇌는 이 소리들을 무시하는 건 고사하고 중요도에 따라 걸러 듣는 노력조차 하지 않기로 작정한 듯했다.

소리는 언제나 나의 감정을 자극해 무언가 느끼게 하는 신기한 능력을 가진 듯했다. 씹는 소리는 분노를 자아냈고 시끄러운 소음은 순간적인 불안을 유발했고 째지는 고음은 거의 신체적인 고통에 버금가는 괴로움을 불러왔다. 소리에 민감하다는 게 나쁜 점만 있는 건 아니다. 노래를 듣다가 음조가 만족스럽게 바뀌면 공포만 사라진 롤러코스터를 타고 있는 것처럼 짜릿한 감각을 느끼게 된다. 굉장히 즐거운 기분이다. 그러나 하나하나가 천상의 소리라고 해도 여러 소리가 동시다발적으로 들려오면 나에게는 대대적인 총공격처럼 느껴진다. 그래서 고등학교라는 이 정신 사나운 불협화음의 세계는 참아내기 힘든 장소일 수밖에 없었다. 냄새 이야기는 꺼내지도 말자. 보디스프레이는 헤어스프레이와 경쟁하고, 헤어스프레이는 과도하게 발사된 데오도란트와 경쟁한다. 그런데 이 데오도란트란 녀석은 십대의 체취라는 퀴퀴한 냄새와의 전쟁에서 언제나 백전백패하는 것만 같다. 내가 담배라도 피워서 얼마나 다행인가. 안 그랬으면 진즉 냄새 때문에 세상을 하직했을지도 모른다.

고등학교가 던져준 또 하나의 높은 허들은 과제였다. 내가 특별한 교육철학이 있어 학생들의 과외 수업에 반대하는 건 아니다. 다만 나 개인은 공부할 시간이 없었다. 초등학교 때와 마찬가지로 저녁 시간은 내 두뇌가 낮에 놓쳐버린 무언가를 따라잡고 소화하기 위해 비워두어야 했다. 저녁은 험담과 평가가 판치는 십대들의 세계를 무탈하게 건너기 위해 이미 너덜너덜해진 심신을 회복하는 시간이기도 했다. 물론 이게 다가 아니었다. 내가 점점 성인 연령에 가까워지고 아기 나이에서 멀어질수록 내게 맡겨진 집안일도 늘어갔다. 어찌 보면 당연하다고도 할 수 있는 이런 수행 과제들 때문에 내 두뇌는 점점 더 빨리 작동 거부를 했고 두뇌 없이 학습은 불가능했다. 아, 나는 특히 새롭고 고문과도 같은, 교육 현장에서의 또다른 경험도 상대해야 했다. 바로 우리 아빠가 내가 다니는 고등학교 교사라는 것 말이다.

우리 아빠는 무서운 선생님으로 유명했고 떨떨이들을 봐주지 않는다는 소문이 있었다. 글쎄, 다른 사람들에게 그렇게 알려져 있었다는 얘기다. 학교의 개즈비 선생님은 내가 아는 사람과는 딴판이었다. 내가 아는 사람은 전혀 무섭지 않고 무덤덤했다. 확실한 것 하나는 그 사람이 떨떨이를 잘 봐준다는 점이었다. 어쨌든 우리 아빠가 나의 학교 선생님이기도 하다는 건 학교 다니는 내내 절대로 원치 않던 일이 벌어진다는 뜻이었다. 한마디로 나는 가시화되었다. 다른 아이들이 이 현실을 어떻게 받아들였을지는 정확히 모르겠다. 자기들 사이에 앉아 있는 여자애가 자기들이 정말 싫어하는 선생이자 근본적으로 증오하는 과목을 무섭게 가르치는 사람의 딸이라면? 이 상황이 나를 향한 긍정적인 감정을 불러일으키는 데 크게 도움이 되지는 않았으리라는 점은 충분히 짐작해볼 수 있겠다.

첫 수업 시간이 끝났을 즈음에 공포는 현실로 다가왔다. 다들 줄지어 교실에서 나오고 있을 때 어떤 애가 문 앞에 버티고 서 있었다. 그애를 캐런이라고 하자. 캐런은 이렇게 중얼거렸다. "야, 너희 아빠 뚱뚱해." 이 말은 군중심리를 자극할 수 있을 정도로 크게 들렸지만 더 큰 긴장을 불러일으킬 만큼 오래 남아 있진 못했다. 캐런의 공격이 발사되자마자 나도 곧바로 방어 공격을 펼쳤기 때문이다. "그래도 우리 아빠가 누군지는 아나봐?"

주변에 있던 아이들이 모두 웃었고 나는 고소했다. 쌤통이었다. 나는 등에 달갑지 않은 이름표를 붙이고 교실로 들어갔지만 영웅이 되어서 나온 것이다. 아무리 100분의 1초 정도였다 해도 그런 느낌이었다. 하지만 누구도 나의 재치있는 대꾸가 얼마나 긴 준비와 노력 끝에 나왔지는 모를 것이었다. 크리스마스 휴가 내내 나는 최악의 시나리오를 모두 상상해보고 세밀하게 구체적으로 대응 전략을 세워두었던 것이다.

이것이 내가 사회적 불안을 다루는 방식이었다. 어떤 종류든 새로운 상황에 진입하게 되면 상상할 수 있는 한 모든 시나리오를 다 돌려본 다음 각 시나리오에 맞는 대답을 준비해둔다. 나이가 들면서 경험치가 늘어날수록 복잡한 상황을 상상할 수 있게 되고 더 매끄럽게 대응하게 된다. 하지만 수면 밑에서 내 두뇌는 언제나 강도 높은 단순노동을 하고 있으며, 내 생각이라는 오리발이 내가 준비한 가능성이라는 롤로덱스(회전식 인덱스 카드—옮긴이) 안을 빠르게 구르고 있다고 보면 된다. 스트레스를 받을 뿐 아니라 피곤하고 진 빠지는 일이었다. 열다섯살에 벌써 번아웃이 온 것도 놀랍지는 않다.

학업 면에서 고전을 면치 못하고 있었다면 사교와 관련된 모든 면에서는 처참하게 패배하고 있었다. 그래도 초등학교 졸업 무렵에는 친근한 사람이 되는 법 정도는 파악했고 당분간 그 정도면 족했다. 그러나 십대가 되자 내 인간관계는 빠르게 어긋나기 시작했다. 학교에서의 관계 형성은 날이 갈수록 꼬이고 복잡해졌으며, 친절한 아이에서 친구로 넘어가는 건 거의 불가능한 미션처럼 보였다. 나에게는 풍부한 내면세계가 있었고, 할 수 있을 때마다 나는 내면을 헤엄치고 다녔다. 분명 내 주변 사람들에게도 각자 풍부한 내면세계가 있었을 테지만 나의 세계와 그들의 세계를 어떻게 연결해야 할지 알 수 없었다. 나도 다른 애들처럼 웃고 인사하고 해야 할 건 하고 있었지만 언제나 나만 나머지 세계와 동떨어진 이상한 아이처럼 느껴졌다. 그때 내가 보지 않은 건(보지 못한 건) 다른 사람들은 서로를 잇는 통로를 직감적으로 찾아낸다는 사실이었다.

점심시간과 쉬는 시간은 여전히 최악의 시간이었다. 초등학교 때도 어찌 할 바를 몰랐지만 그래도 놀고 있는 애들 근처에서 같이 노는 척 어슬렁거릴 수는 있었다. 그런데 고등학교에서도 애들 주변을 어슬렁거린다고? 내가 생각해도 소름 끼친다. 그래서 언제부터인가 점심시간에 당연한 듯 집으로 갔다. 나의 숨은 아지트인 장작더미 옆에서 숨겨둔 담배 한개비를 피우고 집에 가서 샌드위치를 만들어 먹은 뒤 TV 앞에서 빈둥거리며 내 마음을 밖으로 꺼내 자유롭게 놀게 한 다음에 전쟁터에 끌려가듯 천천히 발을 끌며 학교로 돌아가는 식이었다.

사정이 생겨 점심시간에 집에 못 가게 되면 도서관으로 직행했다. 내가 책벌레거나 모범생이라서 도서관을 집처럼 드나든 건 아니었다. 도서관이 차분하게 생각을 정리할 수 있는 장소였던 적은 없었다. 책과 나는 최적 온도의 차이가 많이 나는 것 같았고 형광등 불빛 아래 있으면 절망에 빠져드는 기분이었다. 그래도 도서관을 자주 찾은 건 그나마 고독이 보장되는 장소라는 이유 때문이었다. 그냥 모범생인 척한 것뿐이었는데 지금 와서 생각해 보니 내가 사람들에게 사기를 친 건 아닌가 싶다. 책 읽기를 굉장히 사랑한다고 생각했을 수 있지만 누가 작정하고 나를 관찰해본다면 내가 역사책 색인만 구경하고 있다는 걸 알아챘을 것이다. 이상하게도 책 뒤편에 붙은 색인을 쭉 내려다보고 있으면 마음이 평온해지곤 했다.

그러던 어느날 그 책을 만났다. 현대미술에 관한 손바닥만 한 책이었다. 그때도 책을 신중히 고르는 척하면서 책장을 훑어보다가 표지가 마음에 드는 아무 책이나 꺼냈다. 당시에는 인정하기 싫었지만 지금은 아주 당당하게 인정하려고 한다. 나는 표지로 책을 판단한다. 오늘날까지도 나는 사진이나 그림이 들어간 책이 좋다. 그때 난 이 작은 미술사 책이 나에게 불러일으킨 기묘한 감동과 강렬한 인상이 이상했다. 작품 해설에 들어 있는 용어들은 당연히 이해 불가였다. '병치'라든가 '곡선적'이라든가 '강요된 관점' 등이 무슨 뜻인지 전혀 몰랐다. 하지만 책을 넘기는 순간부터 완전히 몰입했다. 그 세계 안에서 자아 감각을 잃어버릴 정도였다. 부분적으로 호기심이 커진 이유는 이 책 중간중간에 등장하는 헐벗은 여성 신체 때문이라 확신하지만 의식적인 수준에서 나는 그림뿐만 아니라 글에도 매혹되었다고 맹세할 수 있다.

사실 나는 도서관에서 몇년째 책을 빌리지 못하고 있었다. 반납 기한을 너무 어겨 거의 영원히 대출 정지 상태였기 때문이다. 그래서 어떻게 했느냐면 책을 훔쳤다. 집에 가져왔다. 비밀로 했다. 책은 머리로 전부 흡수했다. 1년도 채 되지 않아 도서관 안에 있는 모든 미술사 책이 내 품에 들어왔다. 총 세권이었다. 책은 모두 작고 얇았고 글은 난해했고 실린 사진 대부분이 흑백이었는데, 사실 현대미술에 관한 책이라면서 흑백사진이 실렸다는 건 아예 안 실리는 것보다 약간 나은 수준이란 이야기다. 그래도 상관없었다. 나에게 직접 말을 건 것은 예술 자체가 아니었다. 나는 이미지와 글의 관계에 매료된 것 같았다.

어떤 작품에 대한 설명을 읽은 뒤에는 그 이미지와 들어맞는 의미를 유추해보려고 했다. 책에서 어떤 화가의 화법이 "맥 빠진 색감도 생기 넘치는 대화로 변모시킨다"라고 했는데 그 뜻은 정확히 무엇일까? 물론 흑백 복사품을 보면서 답을 찾아내기란 여간 어려운 일이 아니었다. 어쩌면 내 질문에 대한 답을 대체로 찾지 못했기 때문에 미술사의 세계에 끌렸는지도 모르겠다. 여하간 나는 단어와 이미지 사이의 거리를 좁힐 수만 있다면, 타인들의 사고방식을 이해할 열쇠를 찾을 수 있을 것만 같았다.

나에게도 사람과 세상을 열심히 관찰하여 나름대로의 맥락을 추론해내는 능력이 있기는 했다. 그래도 잃어버린 퍼즐 한조각이 있는 것 같았고, 그걸 꼭 찾고 싶었다. 책은 만물박사 아닌가. 잃어버린 조각이 책 어딘가에 있을지도 몰랐다. 그때부터 도서관에 몇시간씩 눌러앉아 필요한 지식을 수집하기 시작했고, 더는 형광등 불빛도 거슬리지 않았다. 친구 문제도, 내 외모도 고민하지 않았으며 내가 누구인가라는 실존적 고민까지 멈추었다. 할 수 있을 때까지 하는 척하라는 말이 있지만 난 책벌레인 척하다가 진짜 책벌레가 되고 말았다. 천국에 온 줄 알았다. 1993년 이후로 경험한, 환희와 가장 근접한 감정이었다.

미술사에 대한 호기심과 열정이 성적 향상으로까지 연결되지는 않았다. 사실 두뇌는 학교 수업 시간이 예술에 대해 생각할 시간을 빼앗아가서 화를 냈고, 통지표에 실린 부정적인 어조는 더욱 심해졌다. 하지만 신경 쓰지 않았다. 내 뇌는 살아 숨 쉬고 있었다. 사람들을 웃기는 것이 나의 구명밧줄이라면, 예술을 생각하는 건 쾌락이었고 다른 그 무엇도 할 수 없는 방식으로 정신을 안정시켜주었다. 예술이 던지는 모든 퍼즐과 질문을 받아들이고 그 위로 내 사고의 손가락을 굴려서 가능한 해답과 해결책을 찾아보았다. 못 찾는다 해도 상관없었다. 생각만으로도 순전한 기쁨이 피어올랐다. 미술사에 대한 생각이 날 안전하게 감싼다고 느꼈다.

미술사는 진짜 세계와는 달리 내가 풀 수 있는 퍼즐일지도 몰랐다. 나를 겁주고 혼란스럽게 하는 이 세상에 나 있는 하나의 창문이었고, 덫에 갇힌 듯한 나라는 존재에 작은 바람을 불어넣어 주었다. 아닌 게 아니라 나는 실제로 덫에 걸려 있었다. 내 몸에 갇혀 있었고 작은 마을에 갇혀 있었다. 너무 꽁꽁 갇혀 있어서 나의 고통이 중력 정도 되는 자연의 법칙인 줄로만 알았다.

잠깐! 편협함의 시간!

스미스턴에서 유명한 농담은, 부모는 물론 조부모가 전부 스미스턴에서 나고 자라지 않았으면 '진짜 현지인'이라고 할 자격이 없다는 것이었다. 그리고 스미스턴 밖에는 이런 농담이 있었다. 부모와 조부모가 스미스턴에서 근친혼으로 태어난 사람이 아니라면 '진짜 현지인'이라 말할 자격이 없다는 농담. 그런데 우습게도 스미스턴을 빼고 태즈메이니아로 바꾸어도 농담이 성립한다. 이걸 알고 있으면 1990년대 오스트레일리아에서 유행한 농담 두 가지는 마스터한 셈이 된다.

태즈메이니아에는 외부인들이 태즈메이니아의 정체성을 파괴하고 있다는 음모론이 퍼져 있었고, 이것이 동성애 혐오 정서를 드높이는 데 적지 않은 역할을 했다. 동성애자들이 정부 요직에 침투해 타락하고 비윤리적인 '게이 안건'을 통과시켜 정상가족을 해체하고 태즈메이니아 정체성을 오염시킬 거라는 여론이 파다

했던 것이다. 나의 고향과 가까운 북부 지역 정치인 중에는 '남부 태즈메이니아는 이미 타락했기 때문에 진정한 태즈메이니아가 아니'라고 주장하는 이들도 있었다.

이와 관련하여 더 상식적인 논의는 이루어지지 않았고 폭력적인 어휘를 사용하는 소수의 극단주의자가 더 많은 플랫폼과 마이크를 부여받았다. 오스트레일리아 전역 대부분의 시골 마을에도 동성애에 관한 맹목적 공포가 이면에 잠재해 있었지만 태즈메이니아에서는 동성애 혐오가 너무도 쉽게 정치화되거나 무기가 되었다. 다른 작은 마을에서는 다들 쉬쉬하면서 동성애 혐오를 용납하는 정도였다면 태즈메이니아에서는 그 혐오가 얼마든지 큰소리로 떠들어도 되는, 마치 신이 주신 권리처럼 변해버렸다.

한편 유엔인권이사회는 청년 닉 투넨을 대신해 인권 침해 조사에 들어갔다. '투넨 대 오스트레일리아' 재판이 열리자 태즈메이니아주 정부는 반동성애법을 수호하기 위해 다음과 같은 반론을 내놓았다. 당시 정부가 제시한 주장을 살펴보는 것이 중요할 듯한데, 편협함을 법적으로 정당화하려는 노력을 보는 건 언제나 흥미 만점이라서다.

1. 이 법 조항은 이제까지 민주적인 방식으로 적용되었기에 투넨의 인권은 침해되지 않았다. 따라서 이 법 조항은 '불법적인' 사생활 침해에 해당하지 않는다. 이것은 유엔이라는 국제기구에 대항하기에는 너무나 대담한 주장이 아닐 수 없다. 유엔은 제2차 세계대전에서 발생한 대규모로 인간을 말살하는, 재앙적 인권 유린이 반복되지 않도록

하기 위해 설립된 기관이다. 그리고 히틀러는 독일에서 민주적으로 창당된 당에 소속되어 민주적으로 당선된 지도자였다.

2. 이 법은 투넨의 소송이 접수되기 이전에 몇년 동안 실제로 적용된 적이 없다. 법적 용어로 설명은 잘 못하겠지만, 왜 법적으로 인권이 훼손될 수도 있는 법률상의 허점을 수정하지 않으려 하는지 이해가 안 된다. 물론 누군가 이 허점을 부당하게 이용할 권리를 지키고 싶어 한다면 경우가 다르겠다.

태즈메이니아주 정부가 제시한 세번째 이유는 왜 법률상의 허점을 현 상태로 유지하려고 하는지를 명확히 설명해주고 있다.

3. 모든 법은 공공 보건과 윤리적 근거 아래 정당화된다.

이 주장에서는 윤리·도덕을 끌어와 '동성애'와 '동성애 행위'를 (법이 후자만 포함한다고 가정하고) 구별하려고 했다. 하지만 이는 태즈메이니아주 정부가 동성애 범죄화에 얼마나 필사적이었는지도 보여준다. 이 주장이 사생활 침해와 어떤 관련이 있는지는 모르겠지만 그들이 이 형편없는 주장을 적극적으로 지키고 싶어 한다는 건 확실했다. 1993년에는 이런 주장이 더욱 활개를 쳤고 특히 태즈메이니아 북서부 해안 지역에서 심했다.

북서부 해안의 버니라는 마을에서 스스로를 '당당한' 동성애 혐오자로 표방한 리처드 깁스는 동성애와 양성애 반대자들을 위한 지지 그룹을 창설했다. 이름하여 '동성애 혐오 활동가 해방 조직'Homophobic Activist Libeation Organization(HALO, 이하 '할로')이었다. 참 대단하다. 그렇죠. 깁스는 언론과의 인터뷰에서 동성애에 "거부감을 갖는 건 자연스러운 일"이며 이제 "동성애 혐오자들도 벽장에서 나와야 할 때"for homephobics to come out of the closet라고 선언했다. 이렇게 사회적 약자나 소수자의 인권 억압을 적극적으로 수호하는 자들이 피해자들의 언어를 가져와 사용하는 건 너무나 뻔뻔스러운 행태다. 하지만 이런 전략의 사악함이 도를 넘을 때는, 합법적이건 불법적이건 자신들이 당당하게 미워하고 억압하는 집단이 처음 사용한 대표적인 문구나 용어를 끌어다쓰는 일이 흔하다. 과연 그토록 이렇게 사람들이 끔찍한 짓거리를 계속하는 세상에서 어떻게 "모든 생명"이 "중요하다"는 주장이 통할 수 있을까?

이처럼 사회갈등이 심화되던 1993년에 나는 어느 쪽이었을까. 글쎄다. 거칠게 말하자면 나는 동성애 혐오 쪽이었다. 내가 뭘 알았겠는가? 동성애자를 한번도 만나본 적은 없었지만(팩트 체크: 사실 게이는 만난 적 있었다. 하지만 벽장 게이는 벽장 게이로 남겨주자), 동성애자들이 무섭고 두려웠다. 골프 클럽에서 노인네들은 이런 식으로 말하곤 했다. "에이즈는 호모 놈들의 암이야. 걸려 죽어도 싸지." 그 말을 듣고도 거슬렸던 것 딱 한가지는 암이 감염성 질병인 바이러스는 아니라는 사실이었다.

당시에는 아무데서나 과격한 동성애 혐오 표현이 후렴구처럼 흘러나왔다. 나는 이 말들을 수집해서 기억하고 있다가 다시 떠올리는 걸 좋아했다. 물론 그것들을 소리 내어 말해본 적은 없었다. 그냥 머릿속으로 굴려보면서 사람들이 갖는 증오의 본질을 궁금해하고 그들을 감싸고 있는 공포의 실마리를 풀어보려고 했다. 마치 매혹되기라도 한 양 자주 생각했고, 나와 직접적인 관련은 없으니 단순히 호기심이라고 믿었다. 그 용어들을 몇년 동안 곰곰이 생각하고 곱씹고 난 뒤에야 그 말뜻을 이해할 수 있었다. 나와 무관한 것 같은 말들을 수집했던 이유가 그것들이 나에 관련된 모든 것이었기 때문이라는 점은 그보다 몇년이 더 흘러서야 알게 되었다. 나는 아마 이해는 하지 못했을지언정 그때도 알고는 있었을 것이다.

1994년

1994년은 처음으로 '오스트레일리아의 날'(1788년 1월 26일 영국 제1함대 선원들과 영국계 이주민들이 오스트레일리아의 록스 지역에 최초로 상륙하여 오늘날의 시드니를 개척한 것을 기념하기 위한 날로, 오스트레일리아 최대의 국경일—옮긴이)이 국경일로 지정되면서 각종 기념행사가 벌어진 해다. 짚고 넘어가자면 토착민 문화의 획일적인 말소가 취향인 사람이라면 몰라도 이날은 기념할 일이 없는 날이다. 미국에서는 비스티 보이즈가 1994년의 노래 「뮬렛 헤드」Mullet Head로 당시 대유행이던 헤어스타일에 붙일 수 있는 새로운 단어를 선사했고 앞으로 이 헤어스타일은 영원히 '뮬렛'(앞과 옆은 커트 머리처럼 짧지만 뒷머리는 길게 늘인 헤어스타일—옮긴이)이라 불리게 된다. 오스트레일리아 영화계는 「뮤리엘의 웨딩」「프리실라, 사막의 여왕」 같은 세계적 흥행작을 내놓았다. 넬슨 만델라는 남아프리카공화국의 대통령으로 선출되었다. 이 마지막 문장은 영화 제목도 아니고 앞의 내용과 아무 관련도 없는 역사적 사실이지만 내 형편없는 문단의 마무리 문장으로 넣기로 결정했는데, 이는 그해의 형편없는 성적표에 바치는 헌사라고 할 수 있겠다.

다른 뉴스를 꼽아보자면 내가 열여섯이 되었다. '달콤한 열여섯'이란 말은 누가 지어냈는지 내게 달콤한 건 하나도 없었다. 학교는 여전히 하루하루 전쟁터였고 내 몸을 하루하루 더 싫어하게 됐고 그러다가 자살을 시도하려고까지 했다. 이건 더 나중에 자세히 이야기하겠다. 그리고 또 무슨 사건이 있었을까? 오스트레일리아의 국영방송국인 ABC가 시드니 게이·레즈비언 마디그라〔시드니에서 열리는 세계 최대 규모의 성소수자 축제 — 옮긴이〕를 전국적으로 방송해주었다. 나는 야단스러운 무지개색 게이 라이프 전시를 직접 시청하진 못했는데 하필 그날 담낭 제거 수술을 하기 위해 병원에 입원 중이었던 탓이다. 이 또한 나중에 더 자세히 풀어보도록 하겠다. 1994년이 기록적으로 힘겨웠던 이유는 큰오빠 저스틴마저 집을 나가게 되어서다(퀸즐랜드주의 버스 운전사가 되기 위해서였다). 그리고 해미시 또한 랜스턴으로 떠났다(슈퍼마켓 보조 점원으로 취직했다). 이 둘에게는 기쁜 일이었겠지만 엄마와 아빠, 토크백 라디오와 함께 집에 혼자 남겨진 내게는 나쁜 일이었다.

1994년의 유일하게 안전한 피난처는 예술에 대해 생각하기와 옆집의 낸과 팝을 방문하는 일이었다. 여전히 나는 학교 끝나고 이틀에 한번 꼴로 옆집에 들러 차를 마시면서 매우 정교한 큐레이팅 실력을 발휘해 내가 경험하고 싶은 학교생활 요약본을 전달해드렸고, 엿들은 대화 내용을 참고하여 창작한 짝사랑 남자애 이야기를 해드렸고, 나의 성적을 약간 부풀려 말하곤 했다. 성적을 부풀릴 땐 정도를 조절했는데, 스미스턴 같은 작은 마을에서 너무 똑똑한 건 멍청한 것보다 더 나쁠 수 있기 때문이었다. 그래서 낸과 팝에게 알려드리는 내 가짜 성적표의 성적 역시 1등도 꼴찌도 아닌 중간으로 설정했다.

옆집 할머니·할아버지인 낸과 팝의 집은 다각도로 나를 위협해오던 모든 변화에서 유일하게 안전한 곳으로 느껴지는 장소였다. 내가 기억하는 한 매년 낸은 니트 스웨터를 풀어서 다시 떴다. 왜인지 모르겠지만 스웨터 풀었다가 다시 뜨기는 나에게 평온함과 만족감을 주었다. 할머니를 도와 스웨터 실을 풀고, 히터 앞에서 실을 살살 돌려 보송보송하게 살리고 판판하게 편 다음 다시 돌돌 말아서 드리면 할머니는 새로운 스웨터를 뜨기 시작했다. 이렇게 그해의 새 스웨터가 완성되었는데, 뜨개질에 문외한인 나의 눈에는 작년 것과 완전히 똑같아 보였다.

집에서의 삶은 살얼음판이었다. 남매들이라는 방어막이 없으니 나는 엄마 눈에 너무 자주 띄었다. 난 그저 말썽 부리지 않는 자식으로 살고 싶을 뿐이었다. 십대라서 더 반항을 해야 한다는 생각은 하지도 않았다. 인생은 이미 매일이 고난이도의 행군이었기에 난리법석을 떨어봤자 소용없다고 보았다. 하지만 나의 좋은 의도를 엄마에게 전달하는 데는 실패했던 것 같다. 나를 향한 엄마의 태도는 내가 도무지 이해할 수 없는, 나중에 생각해도 이해할 수 없는 이유로 의심·분노·짜증·애정 사이를 수시로 오갔다.

우리 엄마 딸로 산다는 건 약간의 긴장을 수반한다. 그것이 엄마식 사랑의 언어다. 그러나 사춘기가 되면서 그 방식이 나를 조여왔는데 하필 나의 호르몬 분출 곡선과 엄마의 호르몬 하강 곡선이 일치했기 때문이리라. 나는 엄마에게 원수 같은 존재인 모양이었다. 뚱하고 속을 알 수 없고 행동거지는 느리고 답답하고 숫기 없었다. 내 체형 또한 엄마의 내면 깊이 자리하고 있는 어떤 열등감을 건드렸는지 대부분의 부모들처럼 엄마 또한 본인의 문제를 딸에게 전가했다.

지금도 그렇지만 엄마는 나보다 훨씬 더 활달하고 정력적인 사람이었기에 엄마 눈에는 십대의 내가 지나치게 침울하고 시무룩해 보였을 수도 있다. 그러나 개인적으로 보아 내 인생은 깨어 있는 모든 순간 혼돈과 춤을 추고 있는 모양새였고, 나는 적당하게 느림보로 살 뿐이었다. 그러나 대부분의 액션은 내 머릿속에서 이루어졌으며 밖에서 관찰할 수 있는 방식으로 표현되는 일은 극히 드물었기 때문에 나도 인정하는바 외부 세계에서 볼 때 나는 비활성 상태였을 것이다.

내가 담석증을 진단받았을 때 우리 엄마가 의료적 개입을 거부했던 것도 그 때문일까? 내가 쥐어짜낼 수 있는 변명은 이뿐이다. 열여섯살짜리가 보통은 중년 연령대에 자주 나타나는 증상으로 고생하다니 믿기 어려웠을 수도 있다. 그런 만큼 더욱 신중하게 살펴야 했을 것 같은데 엄마는 현실을 부정하고 싶었는지 강경한 반대 입장을 택했다. 병을 진단한 의사에게 내가 담석증이 아니라 "아무것도 하기 싫어서" 꾀병을 부리고 있다고 주장한 것이다.

담석증의 문제는 통증이 공격하기 전에는 대체로 괜찮다는 점이다. 담석증은 보통 소화 불량이나 명치 통증 같은 증상으로 온다. 그래서 아침에는 괜찮던 내 몸이 1교시와 2교시 사이에 소화 작용을 격렬하게 거부하기 시작했고, 그 즉시 선생님들은 나를 도서관으로 보냈다. 도서관이라니, 환자를 보내기에는 비위생적인 장소임은 물론 이곳이 양호실이 될 논리적 이유도 없다. 나는 반납 도서 수레 뒤에 자리를 잡고 몸을 앞뒤로 흔들었다. 그러다 눈앞이 하얘질 만큼 아프기 시작하면 내가 애써 지킨 투명인간 상태를 지킬 수도 없었다. 나는 발작 같은 통증이 지나가고서야 조퇴해 엄마가 있는 집으로 갔고 어떤 종류든 질병의 증거를 보지 못한 엄마는 나를 다시 학교로 돌려보냈다.

반복적 통증과 고의적 방치의 사이클이 깨진 건 엄마가 이 통증 공격을 직접 목격했을 때였다. 드디어 동네 병원으로 실려 가긴 했으나 거기까지 가는 것도 쉽지 않았다. 엄마는 자신이 노련한 의료 전문가라는 사실을 스스로에게 증명해 보이기 위한 최후의 필사적인 시도로 나에게 셰리주 한잔을 마시라고 했다. 그러곤 우리 집 전통 처방법인 진통제와 젤리를 주면서 조금만 있으면 괜찮아질 거라고 말했다. 급기야 담석 하나가 담낭에서 나와 간까지 가는 통로를 막은 뒤 비로소 나는 곧장 론서스턴의 병원으로 실려 갔다. 어떻게 갔는지도 기억나지 않을 정도로 통증은 극심했으며 내 몸 전체가 누런빛이었다는 걸 기억한다.

병원에서는 먼저 관장을 한 다음 담낭 절제술을 해야 한다고 했다. 담낭 절제술이란 나의 담낭(쓸개)을 제거하는 비교적 흔한 수술이라고 설명해주었다. 관장에 관한 설명은 듣지 못했다. 하지만 내 엉덩이가 양쪽으로 벌어지는 순간 속에서 좋은 게 나올 리 없다는 사실을 알았기에 엉덩이를 최대한 조였다. 그 단계에서 나는 여러 간호사에게 둘러싸여 있었다. 두 사람이 침대 아래쪽에서 엉덩이 한쪽당 한명씩 맡고 있었고 나의 시야 밖이었다. 그들은 나를 잡고 누르지는 않았으나 나는 움직일 수가 없었다(간호사는 진정 기적을 일으키는 사람들이다). 세번째 간호사는 내 머리를 쓰다듬으며 조금만 있으면 괜찮아질 거라고 말해주었다. 나는 그 말에 전혀 수긍하지 못했고, 그분의 지시대로 몸에 힘을 빼지도 못 했다. 그래서 압박 아래 내가 할 수 있는 유일한 일을 했다. 엉덩이를 최대한 조이면서 뭔가 웃긴 말을 하는 것 말이다.

“그런데 이거 불법 아니에요?”

아니, 솔직히 말해 간호사들이 일제히 웃음을 터뜨리기 전엔 내가 웃긴 말을 한 줄도 몰랐다. 그냥 사실을 있는 그대로 말했을 뿐이었다. 웃음은 절대로 만병통치약이 아니지만 미끌거리는 액체를 엉덩이에 주입하는 데는 도움이 되었다. 간호사가 나에게 화장실로 달려가기 전까지 가능한 한 오래 참으라고 했다. 나는 도전을 좋아하는 사람이기에 다시 엉덩이를 조였고, 이번에는 공포심이 아니라 성취욕 때문이었다. 간호사들이 나가자 의사가 들어와 수술에 대해 설명해주었다. 그는 키홀 절개를 해야 한다면서 내 몸의 다섯 지점을 짚어주었다. 의사는 손도 대지 않았건만 나는 그의 손가락이 다가오기만 해도 몸을 움찔했다. "그럴 거예요. 환자분 많이 아프죠?" 의사는 나에게 긴장을 풀라고, 걱정할 건 전혀 없다고 말한 다음 병실을 나갔다. 하지만 나는 긴장을 풀 수 없었다. 이번에는 통증이나 공포 때문이 아니라 내 몸에 주입된 미끌미끌한 액체가 언제라도 곧 분출할 준비를 하고 있어서였다.

다리를 천천히 침대 한쪽에서 내린 다음 화장실 문 앞까지 가는 건 가까스로 성공했다. 이 모든 일은 바짝 죈 엉덩이와 단단히 닫은 괄약근으로 가능했다. 하지만 화장실 문 열기는 가능하지 않았다. 아, 바위보다 무거운 병원 화장실 문이여. 힘을 약간만 주어 한번 더 시도했다. 그러나 이때 준 약간의 힘이 대형 사건의 시작이었다. 영화 「샤이닝」The Shining에서 엘리베이터 문이 열리자마자 핏물이 호텔 복도를 가득 채우는 장면을 기억하는가? 대충 그와 비슷했다고 상상하면 되겠다.

아마 이 시점에서 여러분은 궁금할 것이다. 해나, 집이 가난하다고 했잖아요. 그런데 왜 개인 병실에 입원했어요? 그렇지 않다. 개인 병실이 아니었다. 따라서 목격자가 있었다. 아주 많았다. 그리고 목격자 중 누구도 관장약을 넣고 15분을 참는 것이 위대한 성취라고 인정해주지 않는 듯했다. 단 한명도 해주지 않았다. 나중에 생각해보니 얼굴이 달아오를 정도로 부끄럽고도 확실한 건 가능한 한 참으라는 간호사의 말이 내게 던져준 도전 과제는 아니었다는 사실이었다. 나의 순진함과 단어 그대로 사고하는 습관 때문에 이런 굴욕적인 일이 일어났다는 사실은 인정하기 어렵지만 인정할 수밖에 없다. 하지만 한가지만 말하고 싶다. 난 어린애였단 말이다. 내가 이 복잡한 의료 절차를 이해하리라고 기대해서도 안 되고 관장이 다 끝나기 전에 혼자 내버려둬선 안 된다. 마지막으로, 병원 화장실 문이 돌덩이처럼 무거워서는 안 된다.●

수술이 끝나고 일어나보니 회복실엔 나 혼자였다. 여러 사람이 나의 주요 장기를 주물럭주물럭거렸을 경우 대체로 그렇듯 몸을 움직일 수가 없었다. 상황 파악을 하기 위해서 눈동자만 굴리며 두리번거리고 있는데 한 간호사가 뛰어들어와 내 주변에 있는 온갖 선이며 기계들 소리를 확인했다. 그 간호사는 노래를 흥얼거렸고, 자기만의 생각에 빠져 있었기에 말을 붙여야 할지 말아야 할지 알 수가 없었다. 그래서 간호사를 쳐다보며 기다렸다. 이제는 무슨 말이든 꺼내야 할 것 같았는데, 간호사는 몸을 돌려 자신을 쳐다보고 있는 나를 보는 순간 기절초풍할 듯 놀랐다. 나 또한 나의 평소 습관인 놀람 반사로 복수해주었고 어마어마한 통증의 세계와 조우했다. 그다음 바로 쇼크 상태로 들어갔다.

나는 그 쇼크가 마취제 그리고 방금 마친 큰 수술과 아주 큰 관련이 있다고 확신한다. 하지만 몸을 덜덜 떨며 뼈까지 시린 추위와 살이 타는 듯한 열기를 동시에 느끼고 있을 때 내가 생각한 건 간호사의 얼굴에 서린 충격과 공포뿐이었다. 간호사는 나를 나무라지 않고 그 즉시 담요로 나를 둘둘 말더니 매우 인자하게 따스한 말을 건넸다. 이어서 다른 사람들이 나타났다. 내 얼음장 같은

● 이건 정말 심각함.

뜨거운 몸 주변에는 매우 진지한 표정의, 매우 사려 깊은, 매우 걱정스러워하는 어른들이 둘러 서서 나의 안녕을 위해 적극적으로 신경 쓰고 있었다. 이를 딱딱 부딪쳐가며 죄송하다고 말했으나 다정다감한 말투의 젊은 남성이 몸을 굽히더니 내 손을 부드럽게 잡고 내 잘못이 절대 아니라고, 그럴 리는 절대 없다고 말해주었다. 전에는 이런 황송한 대접을 받아본 적이 없는 것만 같았다. 그는 계속 내 손을 잡고 있었고 그때 의식을 잃었다.

담낭 제거 수술은 관장보다 살짝 더 나은 수준이었다. 담낭은 원래 엄지손가락 크기인데 내 담낭은 배 한알만큼 컸고 터지기 일보 직전이었다. 키홀 수술 대신 10센티미터 절개 수술을 해야 했으며, 절개 부위에서 나의 담낭과 담낭 안에 살던 열여덟마리 아가 담석이 나왔다. 그 수술 이후 나의 소화 능력은 예전만 못해서 대체로 약간의 통증이 뒤따르곤 한다. 하지만 1994년에는 그 수술이 평생의 부작용으로 남을진 알지 못했다. 그래서 수술 결과에 꽤나 만족했다. 왜 안 그랬겠는가? 커다란 수술 자국과 담석 열여덟개를 넣어둔 단지가 생겼는데. 게다가 웃음 버튼이 될 이야기, 즉 병원에서 똥 싼 이야기도 하나 탄생했다.

엄마는 왜 그렇게 의사를 신뢰하지 않고 아프다는 말에 의심부터 하거나 화를 냈을까? 이에 관한 엄마만의 사정이 있을 것이고 내가 엄마를 대신해 말할 수는 없을 것이다. 이 정도만 이야기하고 싶은데, 엄마는 엄마 나름대로 헤치고 가야 할 인생사가 많았으며 나는 당시로서는 엄마도 최선을 다했다고 진심으로 믿는다. 엄마의 최선이 충분했다는 의미는 아니지만 그래도 최선은 최선이고, 우리가 요구할 수 있는 건 그뿐일 때도 있다. 1994년에 나는 이 정도로 이해심이 깊지 못했기에 엄마 속을 후벼팠다. 엄마가 나를 혼낼 때마다 엄마 때문에 죽을 뻔한 사실을 잽싸게 상기시켜주었다. 사실 요즘도 나는 "날 죽일 뻔한 담낭 방치 사건" 카드를 내밀어 엄마를 그 즉시 죄책감에 빠지게 하기도 한다. 아직까지도 엄마에게 상처가 된다는 사실은 엄마가 정말로 최선을 다했다는 증거가 될 것이다. 그 최선이 충분하지 않았다는 건 엄마 또한 너무나 잘 알고 있다. 따라서 그것 자체로 충분하다.

1994년 엄마의 작은 마을 폐소공포증은 더이상 참을 수 없는 단계까지 향하고 있었다. 엄마는 스미스턴과는 이제 그만 작별하고 싶어 했다. 엄마 같은 사람이 살기에 스미스턴은 물리적인 크기 면에서도, 주민들의 도량 면에서도 좁디좁은 곳이었다. 스미스턴에서 음주 다음으로 인기 있는 여가 생활 두가지는 험담과 여성혐오였다. 음주, 험담, 여성혐오, 이 세가지가 결합되어버리면 그때부터는 가벼운 장난으로 취급할 수 없게 된다. 엄마는 술 한두잔은 아무런 문제 취급도 안 했다. 다만 여성혐오는 절대 용납 못 했다. 험담에 관해서라면 엄마가 전혀 하지 않았다고 할 수는 없다(엄마는 다른 사람들에 대해 할 말이 많았다). 다만 엄마는 그 사람 면전에 대고 제대로 한방 먹이는 걸 선호했고, 그건 '현지인' 아닌 사람이 스미스턴에서 받아들여지기에 최선의 기술은 아니었다.

이 글을 쓰는 시점에서 (물론 가정일 뿐인데) 선하고 착실한 많은 사람이 행복하게 살고 있을 그 고장에 대해 이러쿵저러쿵하고 싶진 않지만, 나 또한 한명의 성인이 된 지금 더이상 그곳에서 살아갈 자신은 없다. 1994년에는 청소년으로 살면서도 나와는 맞지 않는 곳이라고 느꼈는데, 이 무렵이면 어린 시절의 축복과 같던 무지라는 버블이 이미 한참 전에 터져버린 뒤였다. 그래서 이유는 달랐을지언정 우리 엄마와 마찬가지로 나도 이 동네가 답답해서 숨이 막힐 지경이었다.

내 섹슈얼리티를 의식적인 수준에서 이해하고 있진 않았지만 내가 뭔가 잘못되었다는 것만큼은 이해했다. 나는 대대로 같은 지역에서 살아가는 스미스턴 사람들 사이에서 루머가 어떻게 작동하는지 여러차례 목격했고, 이곳이 실수를 저지르기에 안전한 장소일 리 없다는 건 다양한 사례를 통해 증명된 바 있었다. 용서는 드물었고 망각은 희귀했다. 이런 작은 마을에서 인간 존재 자체가 실수가 '되는' 건 돌이킬 수 없는 참사였다.

우리만 이 동네를 답답해하는 건 아니었다. 어린 내 눈에도 스미스턴에서 날개를 마음껏 펼치지 못한 사람들이 보였다. 스미스턴에서 사는 동안 엄마는 우리 마을의 외톨이들에게 인생 상담을 해주곤 했었다. 보통은 언니와 오빠의 친구들로 우리 엄마가 친절하고 개방적이며 믿을 만한 어른임을 알게 되어 마음을 터놓게 된 청년들이었다. 엄마는 이 젊은 친구들에게 수치심을 극복하고 자신을 있는 그대로 받아들이며 사랑하도록 독려했다. 사실은 그 자기다운 면들이야말로 그들이 소속되지 못하고 방황하는 이유이기도 했다. 하지만 이러한 마음을 연 멘토링이 엄마의 육아 방침은 아니라는 건 우리 자식들 모두 잘 알고 있기도 했다.

아주 어렸을 때, 엄마가 나이 많은 여성 한분을 돌봐준 적이 있는데 이제부터 이분을 '데이지'라고 부르겠다. 물론 본명이 아니지만 굉장히 잘 어울리는 이름이다. 내가 그 아줌마를 아주 많이 좋아했다는 사실 말고는 데이지에 대해서 기억나는 건 별로 없다. 나만 아직 학교에 입학하지 않았을 때였고, 엄마는 월요일마다 데이지에게 집 청소와 나를 맡기고 일당을 준 다음 골프 클럽에 청소를 하러 갔다. 동정과 연민에서 우러난 노력에 으레 그렇듯 재정적으로 현명한 계약은 아니었다. 데이지는 날짜가 지난 축축한 칩을 한봉지 가져다주었고(나는 무척 좋아했다), 나는 데이지를 졸졸 쫓아다니며 하루 종일 종알종알하곤 했다. 데이지가 오는 날만 목을 빼고 기다렸다. 그런데 어느날부터 갑자기 데이지가 안 오기 시작했다. 마음이 아팠다. 그리고 이상하기도 했다. 하지만 엄마는 절대 이유를 가르쳐주지 않았다. 사실 그날 이후 데이지를 언급하지도 않았고 나는 내가 한 말실수 때문에 오지 않는가보다 생각했다. 나는 아무 말이나 막 했기 때문이다.

몇년 뒤에야 데이지가 그때 병으로 세상을 떠났다는 말을 듣고서 엄마에게 따졌다. "왜 나한테 말 안 했어?"

"글쎄. 너 그때 겨우 네살이었잖아. 죽음이나 질병 같은 인생의 비극적인 일을 감당할 수 있었을까?"

지금까지도 엄마의 논리를 이해하지 못하겠다. 죽음이나 질병은 인생의 필연적 사실이기에 설명을 해야 하는 부분이고 어린이에게도 말해줘야 한다. 아니면 거짓말이라도 해야 한다. 애들한테 거짓말이 얼마나 잘 먹히는데! 친구가 갑자기 사라져버렸는데 아무 설명도 안 해준다고? 어떤 어린이가 불안과 실망 없이 마음을 정리할 수 있겠는가?

꼬마 애들이 으레 그렇듯 나는 데이지에 관한 사실을 제대로 수집하지 않았다. 먼저 데이지는 그렇게 나이 든 사람이 아니었다. 지금의 나보다 젊었다. 그리고 찢어지게 가난했으며 알코올 의존자였다. 변성 알코올을 마셨고 자기 부친의 아이를 낳아 길렀다. 그러나 매우 따스하고 자상한 분이었고, 나는 그분을 사랑했다. 또 내가 앞으로도 데이지라 부를 이 여성에게 인간적인 배려를 해줄 만큼 품격이 있었던 엄마를 사랑한다.

1994년 엄마는 내 생각에 큰오빠 저스틴과 비슷한 나이였던 한 젊은 여성을 지원해주고 있었다. 이제부터 그 여성을 '릴리'라고 하자. 나처럼 멋모르는 눈으로 봐도 릴리에게 문제가 있다는 건, 아주 심각한 인생 고민이 있다는 건 알아챌 수 있었고 엄마는 릴리를 힘이 닿는 한 도와주었다. 매주 금요일 밤마다 엄마와 릴리는 몇시간 동안 와인과 셰리를 마시며 오래오래 이야기를 나누곤 했다. 그날은 저녁 대신 치즈와 카바나(오스트레일리아 살라미 —옮긴이)가 나왔고 아빠는 두 사람에게 안주를 열심히 날랐다.

나는 릴리를 정말 좋아했으나 할머니 친구 전문인 내가 말 붙이고 친해지기에는 너무 젊은 세대이긴 했다. 엄마와 릴리가 무엇에 관해 저렇게 심각하게 이야기하고 있는지도 몰랐고, 내가 가까이 다가가면 두 사람은 갑자기 화제를 바꾸거나 엄마가 나에게 저리 가라고 했기에 내가 환영받는다는 느낌을 못 받기도 했다.

나는 릴리에게 집착하고 있었으므로 속상할 뿐이었다. 나는 릴리에게 무작정 끌렸고 릴리가 올 때마다 뚫어져라 쳐다보며 관찰하곤 했다. 얼마 뒤엔 모든 면에서 릴리를 닮고 싶다고 생각하게 되었다. 릴리는 청바지를 입고 벨트를 맸으며, 항상 체크무늬 셔츠를 바지 안에 넣어 입었다. 머리는 깔끔하게 넘겨 하나로 묶고 알이 커다란 시계를 찼다. 당시 엄마가 나의 옷과 머리 스타일을 통제하고 있었으므로 릴리 언니 패션을 따라 할 희망은 별로 없었다. 잠깐 동안 엄마를 성가시게 했으나 엄마가 대놓고 비웃어서 바로 포기하기도 했다. 그냥 셔츠만 바지 안에 넣어 입으려고 해도 엄마의 놀림을 받았고, 나도 예민한 십대였으므로 때로는 거칠게 반항을 하기 직전까지 가기도 했다. 그런데다 머리를 하나로 묶을 수 없었다. 나의 뮬렛 헤어는 묶기엔 너무 짧았다.

내가 할 수 있는 건 릴리의 행동과 태도를 그대로 모방하는 것이었다. 릴리는 앉은 자세가 멋있었다. 릴리의 다리 꼬기는 무릎을 겹치지 않고, 마치 사내들처럼 한쪽 발목을 다른 다리 무릎 위에 척 얹는 식이었다. 나도 방과 후에 낸과 팝의 집에 갈 때마다 릴리처럼 앉곤 했다. 또 릴리처럼 말을 할 때 손을 많이 쓰고, 웃을 때면 자리에서 벌떡 일어나 온몸으로 웃기도 했다. 하지만 아무리 애써도 절대 그 근처에도 갈 수 없었다. 사내처럼 앉을 수는 있었을지는 몰라도 릴리의 에너지까지 따라 할 수는 없어서였다. 릴리 특유의 남다른 활기와 열정은 당시 나의 몸을 움직여주던 느림보 포스와는 어울리지 않았다.

몇십년이 지난 뒤에야 릴리와 내가 왜 완전히 정반대의 에너지를 갖고 있었는지 힌트를 얻을 수 있었다. 유전자와 연령대도 중요한 요소이긴 했겠지만 그 이상의 뭔가가 있었다. 릴리는 벽장에서 나와 커밍아웃을 한 상태였고 나는 내가 의식적으로 결정했는지는 모르겠지만 벽장 문을 꽁꽁 닫고 안에서 세번을 잠근 상태였던 것이다. 릴리는 분명 좌절과 불안과 슬픔 등 가족과 사회의 반대에 뒤따르는 온갖 감정을 경험하고 있었을 것이다. 나도 그 감정들을 잘 안다. 7년 뒤 우리 가족에게 커밍아웃했을 때 나도 그 스리 콤보 칵테일을 마셔야 했다. 하지만 릴리와는 달리 나에게는 그 고통을 헤치고 나갈 수 있도록 도와줄 엄마 같은 조력자가 곁에 없었다.

잠깐! 시민 불복종 시간!

1994년 5월, 넬슨 만델라가 대통령 취임 선서를 했던 그달에 태즈메이니아 게이 남성들은 자수하겠다며 경찰서에 가서 자신들의 불법적인 성행위를 아주 자세히 묘사했다. 원래 이 방식은 1980년대 시드니 게이 활동가들이 게이 섹스 클럽 급습에 저항하면서 처음으로 시도했던 전략인데, 이번에는 반동성애법의 위선을 밝히고 주 정부와 연방 정부를 당황시켜 이 법을 강제로 적용하지 못하고 폐지하게 하려는 의도를 품고 있었다.

풍기문란 범죄는 잠재적으로는 21년형을 받을 수 있다고 형법 조항에 명백히 명시되어 있었다. 하지만 태즈메이니아 동성애 법 개정 활동가들이 영웅적이었던 건 수감 기간의 위험을 무릅썼기 때문만은 아니었다. 그들의 행동은 자신들이 나고 자란 그 지역 사회에서의 사랑과 안전을 노골적이고 적대적으로 빼앗기는 위험을 감수한 것이었다. 실제로 커밍아웃을 한 이들은 가족에게 냉담한 거부를 당하거나 때로는 혹독한 최후통첩을 듣기도 했다. 가족들은 이들에게 반드시 비밀을 지키라고 할 수도, 상담을 강요할 수도 있었다. 그나마 가장 나은 반응이, 본토로 가는 비행기 편도 티켓을 끊어주는 것이었다. 상처를 전혀 받지 않고 조건 없이 가족의 지지를 얻는 건 거의 기적과도 같은 일이었고 때로는 가족 전체가 지역사회의 손가락질을 받을 수도 있었다.

다행히 이 활동가들의 지치지 않는 용기와 지지자들의 노력이 조금씩 빛을 발하면서 1994년에는 태즈메이니아의 여론이 동성애 법 개정 쪽으로 옮겨가기 시작했다. 하지만 나의 세계에서 이 개정 운동을 지지하는 사람이 있었다 해도 내 귀에는 지지 의견이 들린 적이 없었다. 한번도 없었다. 릴리나 엄마의 입에서 들은 적도 없었다.

학교에서는 '남색 거부'Say No to Sodomy 캠페인 팸플릿을 나누어주기 시작했는데, 전반적으로 '그걸 꼭 대답까지 해야 하나?'라는 반응이었다. 동급생들 사이에서는 반동성애 정서가 이미 대세였기에 이 팸플릿이 충격을 준 건 아니었다. 다만 자유로운 동성애 혐오 의견 표출을 더욱 부추긴 건 사실인 듯하다. 그저 '재미 삼아' 말장난으로 놀리는 걸 넘어 잔인하거나 과격한 언사들이 튀어나왔기 때문이다. 나는 그때 어떠했느냐면, 내가 경험한 관장 이야기를 떠들고 다니면서 그 분위기에 일조했다고도 할 수 있다. 그 이야기의 중점을 나의 수치심이 아니라 엉덩이와 관련된 모든 지저분한 상황으로 옮기고 있었으니 말이다. 나도 내가 뭘 하고 있는 줄은 알았다.

6월에 버니 시민회관에서 '남색 거부' 집회가 열렸다. 내가 그에 대해 알고 있었다 해도 기억은 안 나는데 대략 700명 정도가 모였다고 한다. 오스트레일리아 지방을 구석구석 여행해본 지방 전문가로서 한마디 보태자면, 700명 정도면 굉장히 거대한 규모였다는 뜻이고 특히 이 집회의 연사들이 조지 브룩스나 크리스 마일스 같은 특별히 카리스마 없는 동성애 혐오자들이라면 더더욱 그랬을 것이다. 이들과 다른 연사들이 그 시위에서 "남색에 반대해야" 하는 이유로 든 것은 팸플릿에 기재된 내용과 비슷했다. 진정한 게이들의 속셈은 법에 명시된 성관계 동의 연령을 없애는 것이라는 주장인데, 이건 매우 익숙한 전략이기도 했다. 요컨대 동성애 혐오를 소아성애와 연결하려는 책략이었던 것이다.

따라서 태즈메이니아 TV에 시드니 마디그라가 방송되었을 때 그 방송은 축제를 기념한다기보다는 파괴적 분열을 조장하는 사건으로 떠올랐다. 내가 본 짧은 퍼레이드 동영상은 나의 억압된 섹슈얼리티를 깨우는 역할은 하지 못했고 외국에서 벌어지는 낯선 광경 같았다. 하지만 동성애 논란이 오스트레일리아 전역을 뜨겁게 달구는 걸 보며 나 또한 혼란스러울 수밖에 없었다. 이전까지만 해도 본토 주민들은 모두 게이 뭐시기를 쿨하게 인정하는 편이고 태즈메이니아만 무식하고 멍청한 동성애 혐오자들의 마지막 피난처인 줄 알았던 것이다.

하지만 당시 마디그라를 TV으로 본 많은 이들은 아주 여러가지 감정을 느꼈던 것 같다. ABC 라디오 방송에도 청취자 의견이 끊임없이 올라왔다. 아빠는 그때 토크백 라디오를 듣고 있었는데, 왜냐하면 늘 그랬기 때문이고 나도 그랬다. 1994년의 나는 절대로 깨인 미디어 소비자가 아니었음에도 토크백 라디오가 매우 흉한 세상이라는 사실은 이해하고 있었다. 물론 이 매체는 고립된 목소리를 더 넓은 세상과 소통하게 했다는 면에서 지금의 트위터 비슷한 기능을 했다고도 할 수 있다. 그러나 트위터와 비슷했기에 악의적이고 증오로 가득한 사상 전파에 앞장서기도 했다. 우리 인류는 원래 진화상의 후퇴라고밖에는 설명할 수 없는 이상한 짓거리를 한다. 그저 재미있고 오락적이라는 이유로 체면 따위 내던지고 자기 똥을 먹는 일을 사랑하고 사랑하고 또 사랑한다.

아마 이 시기에 전통적인 동성애 혐오 캐치프레이즈가 내가 쉽게 알아듣는 용어로 확장되기 시작한 듯싶다. 동성애를 혐오해야 하는 이유는 "동성애자들이 자기들 생활 방식을 과시"하기 때문이고 "〔가장 심한 욕을 넣고〕 게이 어젠다"를 심으려고 하기 때문이다. 그중에서도 가장 흔하고, 적어도 내 생각에는 영어라는 언어 역사상 가장 잔인한 동성애 혐오 발언은 이것이다. "우리 아이들을 생각해라."

이 부정적인 '토크백'의 세례에는 연방 장관 윌슨 터키의 명언도 들어 있었다. 그는 ABC 라디오의 AM 프로그램에서 태즈메이니아 형법 조항을 강조하며 이렇게 말했다. "ABC가 마디그라를 방송에 편성한 것은 미숙한 처사입니다. 기본적으로 자연에 어긋

나는 행위를 지지한 것과 같다고 생각합니다. 혹시라도 우리 어린이들이 TV에 나와 유명해지는 방법이 동성애자가 되는 것이라고 생각하면 어떡합니까?"

잠깐! 망할 자식 터키 타임!

오스트레일리아 정치인 찰리 윌슨 '쇠막대기' 터키는 적도 많고 대놓고 미움받는 인물이다. 이 터키란 남자의 행보를 보면 어떤 인간인지 각이 딱 나온다. 그가 정치에 입문하기 전인 1967년, 서른두살의 호텔리어였던 윌슨 터키는 폭행을 하고도 50달러의 벌금을 내고 풀려났다. 오스트레일리아라는 나라 또한 각이 딱 나온다. 윌슨 터키는 그때 전깃줄—원한다면 '쇠막내기'라 불러도 된다—로 애버리지니 남성을 폭행했다. 그의 전과와 그가 받은 시시한 벌금보다 더 놀라운 건 이후 30년 동안 그가 오스트레일리아 연방 장관으로 재선되었다는 점이다. 나는 왜 수많은 이 땅의 멀쩡한 성인들이 적어도 정상적인 인간에게 나랏일을 맡기는 걸 원치 않는 건지 잘 모르겠다. 어쩌면 우린 똥 먹는 것을 워낙 좋아하기 때문에 정치 리더십을 '오락'과 마구 섞어버리는 데에도 재미를 느끼고 있는 것 아닐까 싶다.

잠깐! 마디그라 타임!

나의 고향 근처 이야기로 돌아와보자. 마디그라 방송 이후 급물살을 탄 토크백 라디오의 동성애 혐오 넋두리 축제는 태즈메이니아 북서부의 격렬하고 뿌리 깊은 백래시와 결탁했다. 유엔인권이사회 표결에서 태즈메이니아주 반동성애법이 인권에 대한 국제적 협약을 위반했다는 의견에 만장일치가 나왔고, 그뒤로 백래시는 활화산같이 일어났다. 토크백의 강력한 경쟁 상대로는 정치인들도 있었다. 당시 태즈메이니아주 법무부 장관이었던 론 코니시는 그 판결에 대해 자기만의 고고한 의견을 전달했다.

이 반동성애법은 사람들을 성적으로 순수하게 만들 수는 없지만 변태성욕자를 제한할 수는 있다. 물론 우리가 인간의 변태성욕을 제한하진 못하겠지만 적어도 노력은 해볼 수 있다. 이 법이 아무것도 하지 못한다 해도 악이 무엇인지 밝힐 수는 있다.

『머큐리』 신문 사설에서 종교 단체인 할로HALO는 물었다. “유엔이 바빌론을 다시 일으키려는 자들을 향한 신의 분노까지 막을 수 있는가?” 좋은 질문이다. 하지만 지역신문의 논설란이 이 질문에 100퍼센트 정확한 답변을 할 수 있는지 아무래도 의문이 생긴

다. 유엔 판결은 중요한 국제적 선례의 바탕을 마련한다. 하지만 끝이 아니었다. 우리는 지금 유엔 이야기를 하고 있다. 유엔은 항상 실제로는 변화를 일으키지 못하는 제안을 한다.

유엔의 판결에 따르면 태즈메이니아주가 항소를 하거나 오스트레일리아 연방 정부가 이 법을 폐기해야 했다. 스포일러 주의: 태즈메이니아주 반동성애법은 결국 사라졌다. 하지만 거기까지 가는 과정이 참으로 지난했다(3년 이상 걸렸다). 품위도 없고 존중도 없었다. 대도시와 지방에서 똑같이 극심한 증오와 편견이 대량 생산되었다. 슬프게도 이 악의적인 논란이 한창일 때 북서부 해안의 젊은 게이 남성의 자살률이 유례없이 증가하기도 했다.

10월에 태즈메이니아주 법무부 장관은 자수하는 게이 남성들을 기소하는 건 공익이 아니라는 결정을 내렸다. 이 판단은 반동성애법이 감염된 담낭 수준으로만 실효성이 있다는 관점을 시사한 것이라 할 수 있다. 이즈음 엄마는 수년 동안의 로비 끝에 아빠를 설득해 스미스턴 밖의 다른 학교로 전근을 신청하게 했다.

익숙한 곳을 떠나 낯선 곳에 처음 적응할 때 얼마나 힘겨울지는 나도 알고 있었지만 이사가 결정되자 솔직히 슬픔이라 부를 만한 감정은 남아 있지 않았다. 우리 반려견 로니 바커를 할머니댁에 잠시 보내고 이삿짐을 쌀 때도 어떤 감정도 몰아치지 않았다. 우리는 이곳에서 몇시간이나 떨어진, 태즈메이니아에서 두번째로 큰 도시 론서스턴으로 갈 예정이었다. 우리의 미래가 사라지고 우리 삶의 중심이 걷힌 집은 다른 별의 풍경처럼 낯설게만 보였다. 내 텅 빈 방은 다른 사람이 벗어놓은 껍데기 같았으며, 그 안에 나의 삶이 있었음을 보여주는 증거는 옷장 뒤에서 발견한 부패한 샌드위치뿐이었다. 내가 나름대로 거금을 투자한 펜던트 목걸이도 파란색 보석과 함께 아무렇게나 버려져 있었다.

드디어 이곳을 떠난다는 사실에 살짝 기분이 들뜨려는 찰나, 낸과 팝의 마당 문 빗장을 걸 때 나던 익숙한 소리가 났다. 그제야 내가 이분들과 다시는 차를 마시지 못할 수도 있다는 생각이 스쳤다. 늘 이들과 함께 편안한 시간을 보낼 줄로만 알았었다. 마치 삽으로 영혼을 한대 맞은 것처럼 슬픔이 나를 강타했고 그 충격 때문에 나도 모르게 의도하지 않았던 날카로운, 딸꾹질 같은 소리를 냈다. 아마도 그건 울음이었던 것 같다. 하지만 딱 한번이었다. 작은 울음, 짧은 울음. 그게 전부였다.

마지막으로 낸과 팝의 집에 들렀다가 돌아가기 전 잠깐 고개를 돌려 그 집을 바라보았다. 언제라도 필요하면 떠올릴 수 있도록 익숙한 모든 풍경을 사진을 찍듯이 눈에 하나씩 담았다. 바로 그때 세탁실 옆 작은 마름모꼴 창문의 흰색 창틀 안에 있는 낸을 보았다. 나는 손을 흔들었고 낸도 한 손으로 손을 흔들었다. 낸은 다른 손으로 입을 가리고 있었다. 그 손바닥 안쪽이 보였고, 그 속에 숨겨진 티슈도 보였다. 우리가 이웃으로서 나누게 될 마지막 차를 천천히 마시면서, 앞으로 펼쳐질 멋진 인생에 대해 내가 기대에 들떠 말할 때 낸이 조용히 눈물을 훔치던 그 티슈였다. 그 마지막 티타임의 소소한 기억들을 내 추억 창고에 담아두었지만 그중에서도 가장 소중한 기억은 낸의 찻잔이 찻잔 받침 안의 홈을 '딸깍' 하고 찾아들어가는 소리였다.

1995년

1995년이 되자, 그동안 진행되어온 오존층 파괴는 더이상 무시할 수 없는 중대하고 시급한 문제가 되었다. 오스트레일리아가 그 구멍 바로 아래 있었기 때문이다. 우리가 아무리 부지런히 바르고 뿌리고 칠했어도 햇빛 화상을 피할 수 없을 터였다. 유례없는 여론의 일치 속에서 오스트레일리아 환경부는 프레온가스 사용을 금지했다. 지정학적인 뉴스를 말하자면, 전세계의 유권자들은 M&M에 추가할 색을 파란색으로 정했다(M&M은 1995년 일반 소비자 대상으로 초콜릿의 새로운 색깔을 무엇으로 할지 결정하는 투표를 진행했는데, 1000만명 미국인 가운데 절반이 넘는 54퍼센트가 파란색을 골랐다—옮긴이). 한편 소련은 아프가니스탄에서 철수하고 빈라덴은 알카에다를 결성했다. 태즈메이니아에서는 토지 12구획이 원래 이 땅의 주인이던 선주민에게 돌아갔다. 노던테리토리는 오스트레일리아는 물론 전세계에서 뜨겁게 불붙은 안락사 논쟁의 중심이 되었고, 그와 관련이 아주 없지는 않다고 생각하는데 나는 론서스턴에서 새로운 차원의 절망 속으로 빠져들고 있었다.

1995년에 내가 불행했던 이유로는 다음 세가지를 꼽을 수 있다. 첫째, 학교에서 딱 한 과목만 빼놓고 기본적으로 낙제를 했다. 둘째, 처음으로 아주 심각하게 레즈비언으로서 징조가 나타났다. 물론 1992년부터 심심한 징조들이 보이긴 했지만 그럴 때마다 언제나 부인denial의 망치를 휘둘러 두더지 잡기를 했다. 하지만 이번에는 성적 지향이 내 의식에 완전히 침투하여 더이상 부인할 수가 없었다. 이 생각이 몰고 온 명백한 공포 또한 부인할 수 없었다. 내 불행의 세번째 이유는 새로운 도시, 새로운 집, 새로운 학교로의 이주 후 나를 짓누른 관계 불안의 쓰나미였다. 이제까지 변화가 나의 친구였던 적은 없었다. 그러나 이 새로운 세계의 질서에도 나를 기쁘게 하는 일면이 있었는데, 전교생 아무도 나를 모른다는 점이었다.

이전에는 익명의 독립체였던 적이 한번도 없었다. 스미스턴의 모든 사람이 나에 대해 모든 것을, 아마도 태어나기 전부터 알았다. 최대한 자제해서 말하자면 이건 숨 막히는 일이었다. 따라서 론서스턴에 도착하자마자 갈망하고 있는 줄도 몰랐던 갈망이 충족되며 안도감이 들었다. 너무 기분이 좋은 나머지 이유 없이 거짓말을 하기도 했다. 상상력이 없어서 대단한 거짓말은 못 했다. 그냥 아침으로 베지마이트를 바른 토스트를 먹은 날, 이 세상에 대고 위트빅스 시리얼을 먹었다고 말하는 것이 그렇게까지 짜릿할 줄은 꿈에도 몰랐던 거다.

거짓부렁이 채집이라는 재밌고 새로운 취미 생활이 있긴 했지만 론서스턴에서 학교 다니기는 또 하나의 고역이었다. 학교가 너무 큰데다 아는 얼굴은 하나도 없고, 다들 쿨함과 자신감과 친구와 개성의 소유자들로 보였다. 새 환경에 적응하는 기술은 여전히 빵점이었고 여전히 집에서 만든 스웨터를 입고 다녔으며, 이전보다 더 초조했던 나는 새로운 세상과 타협하는 법을 알아내기까지는 당분간 화장실에서 점심을 먹기로 결정했다. 그래도 변명을 하자면 화장실 안에서 샌드위치를 우걱우걱 씹은 적은 별로 없고, 화장실 문을 잠근 채 변기 끝에 앉아 샌드위치를 손에 들고 여학생들의 화장실 세계를 귀동냥하면서 대체 어떻게 저기에 끼어들 수 있을까 고민하고 있었다.

학교 여자애들은 화장법, 이별, 짝사랑 등 나와 하등 상관이 없는 화제에만 열을 올렸다. 하지만 그때 진심으로 두려웠던 건 애들이 끝없이 그 자리에 없는 친구를 험담한다는 사실이었다. 그 학교에서 아는 사람이 단 한명도 없었기 때문에 이 애들이 누구이고 누굴 이야기하는지 전혀 몰랐다. 하지만 내가 듣고 이해한 바에 따르면, 이 애들은 아는 아이들, 혹은 현재도 친한 친구들 이야기를 하고 있었다. 그때 생각했다. 나는 절대로 저 무리에 낄 수는 없겠구나. 그전까지만 해도 사람들이 내게 한 말이 곧 그들의 생각이자 의도라고 믿었는데 짐심시간 대화를 엿듣다보니 내가 듣지 못하는 곳에는 별별 일이 다 일어나는 다른 세상이 있는 모양이었다. 사람들이 '동아리'라는 말을 할 때 나는 동아줄을 상상하곤 했었다. 어떤 모임의 사람들을 서로서로 이어주는 감정적 연결 고리가 있나보다 여겼던 것이다. 그런데 샌드위치를 손에 든 채 화장실에 앉아 있으면서 친구 관계란 견고한 하나의 줄이 아니라 여러가닥의 실이 꼬이고 엉킨 미로이며, 분쟁을 일으킬 만한 사람은 언제나 추방될 수 있는 위험한 집단이란 사실을 처음으로 직감했다. 정말 복잡한 건 그날의 화제가 아니라 날마다 다르게 펼쳐지는 화장실 외교였다. 너무나 정교하고 복잡했다. 농담이 아니다. 사실 그중 반의반도 파악하지 못했다. 여자 화장실에서의 역학관계와 남자 라커룸에서 이루어지는 단순 대화를 비교해본다면 왜 여성들이 그토록 오랫동안 권력에서 밀려났는지 이해가 안 갈 것이다.•

전학 온 지 몇주 지나자 아무도 날 모르고 나에게 관심도 없고 참견도 안 하기 때문에, 그냥 기본 친절만 장착해도 충분한 시절이 다시 도래했음을 알았다. 아무도 내가 외톨이인 줄은 모르니까 '화장실 칸에서 점심 먹기'는 이제 집어치워도 될 것 같았다. 그리고 뭔가 이유가 있는 것처럼 학교 밖으로 나가기로 했다. 관심 없는 타인 눈에는 내가 학교 밖에서 약속이 있는 것처럼 보였을 것이다. 내가 얼마나 외롭고 고독한지, 어디에도 갈 데가 없고 얼마나 막막한지 들키고 싶지 않았다.

담배가 도움이 되었다. 담배 때문에라도 학교에서 나오면 나에게 더 관심 없는 사람들로 가득한 세상이 있었다. 아침이면 버스비를 아끼기 위해 학교까지 걸어갔고 그 돈으로 담배를 샀다. 점심 흡연 시간에 매일 조금씩 더 멀리 나가 낯선 거리와 학교 주변 골목길을 탐색하며 시간을 죽였다. 어정쩡하게 서 있지는 않았다. 무엇을 하고 어딜 갈지 아는 사람처럼 보여야 했다. 카페에는 사교 생활이든 뭐든 내가 못 하고 있는 걸 하고 있는 애들이 앉아 있었기 때문이다. 그러던 어느날, 론서스턴 미술 갤러리를 발견했다. 처음 며칠은 들어가도 되는지 몰라서 곁눈질로 보고 지나쳤

• 그저 남자들이 '형·동생'의 망언을 감싸주기 위해 사용하는 '라커룸 대화'를 말하는 거다. 아직도 이해 못 하겠다면 남자들의 싱거운 헛소리와 전세계 중·고교 여자 화장실에서 이뤄지는 차원 높은 외교술을 비교해보길 바란다.

다. 그러다 며칠 더 주변을 걸어다녀보았고, 들어가도 된다 한들 어떻게 들어가야 하는지 여전히 알 수 없었다. 마침내 용기를 끌어모아 미술관에 처음 발을 들여놨을 때 나는 상상 속 천국에 가장 근접한 장소를 만난 것 같았다.

미술관은 도서관처럼 고요했지만 책과는 달리 그림은 체질에 맞는 환경에서 생활해야 하는 나와 동류인 듯했다. 공기는 순환되고 조명은 은은했으며, 나는 혼자 앉아서 무언가 하는 척하지 않아도 되었다. 내가 제일 잘하는 일을 해도 된다는, 즉 혼자 조용히 앉아서 관찰해도 된다는 허락을 받은 듯했다. 전시 작품들은 대부분이 식민지 시대 예술로 마음에 꼭 들었다. 이는 곧 (내가 상식이 없음을 깨닫게 된) 태즈메이니아 역사에 대한 호기심을 불러일으키기도 했다. 미술관에 갈 때마다 궁금한 것을 적어와 도서관에 가서 답을 찾아보기도 했다.•

그 이전 해엔 나름대로 공부를 해보려고 했지만 성적은 여전히 바닥이었다. 물론 불안이 가장 큰 역할을 했겠으나, 과목 선택에서도 헛발질을 했다. 12학년에 '스포츠 활동' 과목을 택한 건 큰 실수였다. 하지만 굳이 변명해보자면 스미스턴에서 빠져나왔다는 사실에만 정신이 팔려 있을 때, 론서스턴 칼리지의 입시 상담 교사가 나의 "뛰어난 골프 실력"을 언급하며 그 과목을 강력하게 추천하자 나도 동의했던 것이다. 그 입시 상담 교사 입장에서 변명하자면 그래도 그분은 스미스턴의 상담 교사보다는 훨씬 정성

• 1995년에 스마트폰이 있었다면 나는 어떤 종류의 인간이 되었을까?

어린 맞춤 조언을 했다. 스미스턴의 교사는 나에게 전기 기술자는 절대 되지 말라고 했고 그걸로 끝이었다.

그리하여 고등학교 졸업 학년엔 스포츠 활동을 위해 일주일에 세시간씩 골프 연습에 매진했다. 내 골프 스코어는 전혀 향상되지 않았고 그저 골프라는 게임이 얼마나 끔찍한지만을 끔찍이도 많이 알게 되었다. 1990년대 중반 십대 여자애한테는 특히나 끔찍했다. 만약 당신의 딸이 주제 파악을 하게 만들고 싶다면 이 멋진 게임의 세계에 입성시키기를 강력 추천한다. 기본만 압축해서 말하자면 골프는 독보적 기술, 엘리트주의, 백인우월주의와 성차별주의가 고상한 걸음걸이에 요약되어 있는 스포츠로, 나 역시 초년에 인생의 쓰디쓴 교훈을 배울 수 있었다는 점을 감사하게 생각한다. 이 세계에서 얻은 교훈은 그럭저럭 준수한 능력만 있는 여자라면 인생이 좆 같다는 것, 더욱이 뚱뚱하고 가난한 여자애라면 완전 좆 같다는 거였다.•

사실 나는 이 교훈을 정식으로 배울 필요는 없었고 골프가 교차성intersectionality을 존중하지 않는 스포츠라는 건 이미 충분한 직접경험을 통해 알고 있었다. 스미스턴 골프 클럽에서 여성은 정회원 가입이 되지 않았다. 우리는 '준회원'으로 주중에만, 아니면 아침 일찍, 남자들의 대회를 방해하지 않는 선에서 티오프를 할 수 있었다. 해미시가 게임에서 이기면 새 골프공이라든가 푹신한 상어 모양의 우드 커버처럼 앞으로 더 골프를 치고 싶게 해줄 선

• 아직은 백인이라는 점이 얼마나 특권인지 몰랐던 때였다.

물과 상을 받았고, 내가 이기면 미래의 혼수용품만 받을 수 있었다. 내가 받은 매우 특별한 홈메이커 가정용품 컬렉션은 아직도 부모님 집에서 먼지만 쌓여가고 있다. 나는 상으로 오븐용 그릇, 소나무 소재의 태즈메이니아 땅 모양 시계 등을 받았다. 우승 선물로 받은 것 중 그나마 쓸모가 있었던 건 화병인데 너무 못생겨서 엄마는 아직까지 변기 솔 넣는 통으로 사용하고 있다.

스포츠 활동에서 좋은 평가를 받으려면 나를 위한 스폰서십을 구할 수 있어야 했다. 가령 지역에 소재한 회사에 가서 나에게 트레이닝복을 사준다면 그 회사 로고를 원하는 만큼 크게 넣을 거라 말하고 다녀야 하는 것이다. 사촌이 일하는 회계법인에 가서 한번 퇴짜 맞은 뒤 나는 바로 포기했고 이 모든 사업의 성격이 우습게 느껴졌다. 골퍼들은 세련된 캐주얼을 입어야 하는데 트랙슈트는 완전히 부적절한 착장이다. 나의 게으름 때문인지 나에게 적대적인 이 세계의 논리 때문인지 모르겠지만 결과적으로 나는 스포츠 활동 분야에서 대실패했다.

그래도 태즈메이니아 주니어 골프 팀 내에서는 최고 기량의 선수가 될 수 있었을 나에게 트랙 슈트 한벌 사줄 만한 사업체를 구하지 못해서 골프를 못 한다는 것이 어이없게 느껴지긴 했다. 지금 와서 생각해보면 예견된 실패나 마찬가지였다. 스포츠 업계에서 성공하려면 스폰서십을 끌어올 수 있어야 한다. 그리고 여성이라면 스폰서십을 끌 정도의 매력이 있어야 한다.

론서스턴 칼리지를 다닐 때 유일하게 잘했던 과목은 미술이었다. 그런데 우리 솔직히 터놓고 말해보자. 병적인 성향이 있는 우울한 십대들은 원래 미술을 잘한다. 게다가 미술 수업이라고는 했지만 정식 미술 교육은 이루어지지 않았다. 그냥 수업 시간에 나와 그때그때 머릿속에 떠다니는 아이디어로 아무거나 만들어 내면 그만이었다. 토론 시간도 있었지만 인스턴트커피를 들고 느슨하게 둘러앉아, 내 머리 위를 떠돌기는 하지만 정확하게 무엇인지 전혀 알 수 없는 아이디어에 대해 이러쿵저러쿵 떠들다오는 것이 전부였다. 그래도 인상적이었던 건 교사가 일방적으로 지식을 전달하는 게 아니라 평등한 입장에서 의견 교환을 하고, 토론 시간이면 의자에 등을 편안히 기댄 채 학생과 서로 이름을 부르며 대화한다는 것이었다. 나에게는 뜻밖의 상하 관계였고 그동안 연습하거나 기대한 시나리오가 아니었다. 그래서 자연스럽게 나는 뒤로 빠져 커피잔을 손에 들고 모든 사람을 뚫어지게 바라보며 관찰하고 있었다. 모임 속 소름 끼치는 1인이 나였다.

'수업' 시간에 이뤄진 인류학적인 고찰의 결과, 예술에 끌리는 인간들은 대체로 두 부류로 나뉜다는 걸 발견했다. 내성적이면서 진지하고 살짝 또라이 같은 부류가 있는가 하면, 활달하고 과시적이며 자기애 강한 유형이 있다. 나는 당연히 전자에 속하지만 후자에게 매료되었다. 자기 인생을 드라마로 만들어 모든 행동이 과장되고 요란스러운 그들에게 자꾸만 눈길이 갔는데, 살짝 틱이 있는 것처럼 보였기 때문이기도 하다.

그때 일정 기간 아주 집중해서 관찰한 남학생이 한명 있었다. 아마 잘 모르는 사람 눈에는 그 남자애에게 호감이라도 있는 것처럼 비쳤겠지만 내가 그애에게 유난히 집중한 이유는 혐오에 가까운 감정 때문이었다. 이제부터 그를 '그레그'라고 부르기로 하자. 그레그는 목소리 크고 변덕이 죽 끓듯 하고 자기주장만 앞세우는 애였다. 앞머리를 길게 길러 얼굴을 반쯤 가렸는데, 내가 볼 때는 그래야 앞머리를 넘기면서 극적인 효과를 낼 수 있어서인 듯했다. 또한 그애는 깜짝 놀랄 정도로 감성적이고 예민했다. '꽃이 너무 아름다워 눈물이 날 것 같아'식 예민함이 아니라 '오늘은 수요일'Today is Wednesday 느낌의 예민함 말이다(서구 문화권에는 오늘을 뜻깊게 살아야 한다는 「오늘은 수요일」이라는 동요도 있고, '평범한 수요일인 오늘을 사랑하라' 등의 감상적인 문구나 기도문이 많은 편이다—옮긴이). 일반적인 사실을 말해도 마치 개인적인 모욕처럼 까칠하게 반응하는 건 내 머리로는 이해할 수 없는 영역이었다.

그레그에 대한 나의 집착은 내가 말한 어떤 사실 앞에서 그가 감정을 폭발하며 막을 내렸다. 평소처럼 인스턴트커피 토론 시간이 열리고 있었고, 학생 몇명이 자기들도 감당 안 되는 어려운 이야기를 하고 있어 나머지 애들은 말 없는 목격자거나 나처럼 무슨 소리인지 전혀 이해하지 못해 딴생각하는 방관자로서 앉아 있었다. 그때 갑자기 대화의 주제가 동성애로 바뀌었고, 나도 모르게 귀를 쫑긋 세웠다.

상식도 지식도 없는 주제에 사회주의 사상을 취미로 삼기 시작한 십대들의 관점을 자세히 옮기면서 여러분의 시간을 낭비할 생각은 없으니, 대략적인 줄거리만 이야기하겠다. 당시 태즈메이니아주 정부는 얼마 전 영화제에서 게이·레즈비언 영화 상영을 금지하는 조치를 내렸고, 이는 반동성애법을 근거로 노골적으로 검열을 정당화한 사례였다. 내가 보기엔 투넨이 오스트레일리아를 상대로 건 소송에 유엔이 등판하면서 온 나라에 퍼진, 과열된 백래시만 아니었어도 이 작은 영화제 따위가 레이더에 잡혔을 리 없었다. 아마 그때 내가 이런 주장을 했더라면 누군가 귀 기울였을지도 모르겠다.

그 토론 시간에 태즈메이니아주 정부의 치사한 검열 복수에 관한 발언은 사실 조금밖에 나오지 않았다. 하지만 내가 입을 열게 된 건 바로 그 부분에서 어쩌다 한마디를 거들게 되어서다. 이야기는 주로 북서부 해안 사람들이 얼마나 멍청하고 무식한지를 주제로 이어졌다. 나와 내 사람들에 대한 평가에 반박할 수는 없었다. 그저 부끄럽고 창피했다. 뭔가 반응하거나 따지고 싶은 창피함이 아니라 내가 아닌 다른 사람인 척하고 싶은 창피함이었다. 다행히 그 분야에서는 훈련이 잘되어 있었기에 큰 문제는 없었다.

하지만 내 안의 또다른 나는 대화에 참여해 내가 그애들이 한심해하는 그런 촌사람이 아니라는 걸 증명하고 싶어 했다. 하지만 뭔가 관련이 있는 말을 해야겠다고 생각하는 순간 대화 내용은 벌써 두 단계를 건너뛰어 다른 주제로 바뀌어 있었다. 마치 시멘트로 만든 부츠를 신고 줄넘기에 끼어들어야 하는 듯한 기분이었다. 그래서 당연하지만 내가 아는 유일한 방식으로 끼어들기로 했다. 뭔가 웃긴 이야기를 하는 것 말이다. 그 시점에서는 이 사람들의 특성과 관계를 충분히 파악하고 있었으므로 언제쯤 이야기를 하면 웃길 수 있을지 알았다. 그래서 대화의 첫 소강상태를 기다렸는데, 그때가 바로 정부의 영화제 검열에 대한 이야기로 건

너가는 순간이었고 나는 이 문제와 유일하게 관련있는 사실을 공유하기로 했다. "나는 평생 극장에 딱 두번 가봤는데." 그리고 진지한 얼굴로 건조하게 말했다. "내가 본 영화는 「밀로와 오티스」하고 「크로코다일 던디」야." 사실 온전한 진실은 아닌데 「마법의 빗자루」도 보았기 때문이다. 그러나 내 인생의 희비극을 곧이곧대로 옮겨 사람들을 놀라게 하고 싶지 않았다. 내가 영화 선별을 잘했는지 모두가 웃어주었고 나도 기분이 좋았다.

나는 어떤 말이 웃기면 그 말이 전하는 팩트가 웃기기 때문이라고 생각했었다. 아직 다양한 상황에서 다양한 맥락을 읽는 법을 몰랐기 때문이기도 하다. 이제 팩트 자체가 개그의 전부가 아니라는 건 아주 잘 안다. 그때 수업 시간에 웃음이 터진 이유는 그 방에 있는 줄도 몰랐던 사람이 갑자기 툭 튀어나와서 주제와 상관있을까 말까 한 이야기를 무심히 던졌을 때 일어나는 부조화 때문이었다. 효과가 확실한 기술이니 개그 욕심이 있는 사람에게는 강력 추천한다.

문제는 내가 말한 내용이 아니라 말한 타이밍이었다. 이 대화를 집중해서 관찰 중이었던 것치고는 여전히 분위기 파악을 못하고 있었는데, 내가 이 대화에서 소강상태라고 생각했던 순간은 알고 보니 그레그가 감정이 실린 연설을 하던 중간에 극적인 효과를 위해 잠시 말을 멈춘 때였던 것이다. 그가 그렇게 좋아하는 수요일을 얼굴에 던져주는 편이 더 나았을 것이다.

"너는 지금 이게 웃긴다고 생각하니?" 잠시 터졌던 웃음이 잦아들기도 전에 그가 화난 말투로 물었다. 이제 모든 시선이 나에게 쏠렸고 당연히 나는 말문을 잃었다. 내가 할 수 있는 건 그저 고개를 젓고 바닥을 내려다보는 것뿐이었으며, 그건 그레그가 기대한 대답은 아니었지만 상관은 없었다. 그는 내가 마치 '그래, 내가 최근 들었던 것 중에 제일 웃겨'라고 대답하기라도 한 양 준비해둔 반론을 펼쳤다. 사실 난 정말 웃겼다고 생각했지만, 그가 게이들을 비웃는 게 얼마나 잘못인지 일장 연설을 하고 있을 때 내 눈은 바닥만 내려다보고 있었다. 그레그는 격분하며 말했다. 자기 형이 게이이며 형의 인생은 지옥과도 같다고, 형의 권리가 짓밟혀왔다고도 했다. 이 말을 하면서 그레그는 울었다. 그는 마치 2020년도의 백인 여성 같았다. 제발 내게 소리만 지르지 않았으면 했다. 몸 전체가 시뻘개졌고 귀에서는 드럼 소리가 났다. 의자에서 몸을 앞뒤로 흔들고 싶었지만 그러지 못했다. 수치심의 바다에 빠지기 직전이었다. 그레그의 독백이 지겹게 계속되고 있었지만 그 소음은 의미로 바뀌지 않았다. 내 머릿속에는 내가 믿고 싶지 않았고 말을 할 수 있어도 하고 싶지 않았던 사실만 가득했다. 나도 게이야. 나도 게이야. 나도 게이야. 나도 게이란 말이야.

교실을 나와, 그다음 수업에 들어가지 않고 집까지 걸었다. 내게 적당한 평소 운동 속도보다 훨씬 빠르게, 이 타오르는 수치심보다 더 빨리 걸어갔으면 좋겠다는 희망 아닌 희망을 품고 뛰듯이 걸어갔다. 이 수치심을 집에 가져갈 수는 없었다. 엄마와 아빠는 이미 론서스턴에 적응하느라 고생하는 중이었고 어떤 시나리오를 쥐어짜도 내가 이 정체성 고민 이야기를 꺼냈다가는 부모님의 스트레스만 가중할 터였다. 아무리 웃기게 말한다 해도 마찬가지였다. 내가 아는 건 그저 나는 게이이고, 나도 그 사실을 알고 싶진 않았지만 내 머릿속에서 사라지게 할 수가 없다는 것이었다. 이제 그만해야겠다고 결심했지만 그 생각은 마치 뜨거운 감자처럼 내 머리를 휘젓고 다녔다. 뜨거운 감자라니, 끔찍한 감정에 대한 끔찍한 비유가 아닐 수 없다.

첫 학기가 반쯤 지났을 때 나에게 화실 한 자리가 주어졌고 사람들에게서 벗어나 숨을 장소가 생겨서 무척 기뻤다. 그래서 마지막 학년에는 어두컴컴한 화실에 앉아 고문받는 인물들을 빚어 조소 작품을 만들었다. 나에겐 창작의 재능이라곤 없었지만 기술적으로 부족한 작품에 뭔가 그럴듯한 설명을 덧붙이는 재주는 있었다. 다시 말해서 나는 헛소리 비평이 넘치는 개념예술계의 새싹이었다. 예술가라는 꿈을 희미하게 품고 있을 때도 내 마음을 유심히 들여다보면 내가 좋아하는 건 예술의 이론과 역사이지 창작은 아니라는 사실이 분명했다. 그래서 그 학기에 미술을 주제로 한 보고서 제출 과제가 주어지자 창작은 집어치우고 보고서에만 전념하기로 했다.

미술사에 관련된 건 무엇이든 주제로 택해 보고서를 쓸 수 있었다. 일반적으로 '자유 주제'가 더 막막한 법이지만 선생님이 과제를 내주자마자 나는 바로 떠오르는 주제가 있었다. 다른 친구들은 이 자유 주제 보고서는 신경도 쓰지 않고 각자 하고 있는 작품 창작 즉 '예술'에 더 주력했다. 반면 나는 나만의 '마그눔 오푸스'〔걸작품—옮긴이〕로 돌진하기로 했다. 서양미술사에서 인간 신체 묘사가 어떻게 진화했는지를 주제로 훌륭한 논문을 쓸 참이었다. 정말이지 야심만만한 프로젝트가 아닌가? 그렇다. 맞는다. 미친한 인생 경험과 형편없는 자료조사 기술을 갖고 있던 열일곱살의 내가 얼마나 자신만만했는지 생각하면 지금도 코웃음이 나지만 어쨌건 나는 서양미술사에 나타난 인간 자화상의 역사를 정리할 수 있을 거라 믿었다.

스미스턴고등학교에서 훔친 세권의 작은 책을 시작점으로 삼았다. 한권은 현대미술의 개념을 설명하는 책이었고, 다른 한권은 큐비즘만 다룬 책이었으며, 세번째 책은 이 프로젝트에는 별로 쓸모가 없는 포비즘에 관한 책이었다. 내가 '포비즘'(야수파) 같은 걸 말할 때 혹시 무슨 말을 하는지 모르겠다 하더라도 걱정 마시길. 미술사는 원래 머리 꼭대기에서 놀면서 대중을 조종하려고 드는 법이다. 미술사란 할 일 없는 엘리트들이 자기들의 우월감 증후군을 무언가 측정할 수 있는 것, 더 바란다면 (그들에게만) 상품성이 있는 무언가로 바꾸어놓기 위해 기획한 것이다. 그래도 대략적으로 설명하자면, 포비즘이란 후기인상주의를 가져와 표현주의 주사를 한방 놓은 다음 테크니컬러 렌즈에 통과시킨 것이라 할 수 있다. 이런 문장만 알고 있으면 우아하게 참여하기엔 부족해도 허세꾼들 사이에서 어슬렁거리기엔 충분하다.

내가 이해한바 현대미술이란 '현실적인' 묘사를 부수고 작은 파편으로 만들어 도무지 인간의 신체라고는 볼 수 없을 정도가 될 때까지 수만가지 방법으로 왜곡하는 것이었다. 나는 현대미술에 관심이 가장 많았지만 그래도 그 이전의 역사를 공부할 필요가 있다고 생각했다. 그래서 20세기 미술사부터 역순으로 사조를 조사해 고대 그리스까지 탐구했다. 고대 그리스는 그나마 나의 짧은 식견을 바탕으로 자료를 이해해 정리할 수 있는 분야였던 거다.

나는 이보다 열렬하게 더 매달린 일이 없을 정도로 열심히 자료조사를 하여 보고서를 제출했지만 겨우 낙제만 면할 정도의 점수를 받았다. 선생님에게 받아본 나의 마그눔 오푸스에는 이상하게도 분노의 빨간 줄이 죽죽 그어져 있었다. 살펴보니 '구상미술'이라는 단어에 빨간 줄이 그어진 것이었고 안타깝게도 구상미술은 보고서 주제였다. 이 단어에 빨간 줄이 죽죽 그어진 이유는 내가 '구상figurative미술'을 매번 '구성figural미술'이라고 적었기 때문이었다. 어쩌면 내가 완전히 새로운 용어를 만들어낸 것처럼 보였고 나 또한 그 실수에 당황했으나, 그래도 내 과제 점수가 C+라는 사실은 이해할 수가 없었다. 그래서 내가 가진 용기를 그러모으고, 미래의 용기까지 빌려와서 선생님에게 찾아가 어떤 점이 잘못되었는지 물었다. 새로운 용어 만들기가 미술사에 없던 일은 아니었기 때문이다(포비즘을 보라).

선생님은 나를 무시하지는 않았지만 철자 오류는 이 주제에 대해 그만큼 제대로 이해하지 못했다는 의미라고 확고하게 말했다. 나는 절대 그렇지 않다고 읍소해보았다. 선생님은 사실 철자 오류가 중요한 건 아니었다고, 내 보고서가 사실만을 나열한 점이 문제라고 했다. 어떤 주제에 대해 백과사전적 지식을 갖기보다 중요한 건 그 주제에 자기만의 창의적인 사고를 결합하는 것이라고도 했다. 선생님은 예술이 나에게 무엇을 느끼게 하는지가 훨씬 더 궁금하고 듣고 싶다고 했다. 한데 나는 사실 나열을 할 때 그 어느 때보다 즐거웠고, 선생님도 그렇게 말했다. 그러나 선생님은 이 생각만큼은 철저히 무시하여 그나마 남아 있던 나의 확신까지도 무너뜨리고 말았다.

선생님이 나에게 무엇을 기대했는지 전혀 이해 못 한 내가 부끄러웠고 예술 자체로는 내가 무언가를 '느끼지' 않는다는 사실이 한번 더 부끄러웠다. 나는 예술이 다른 사람에게 무언가를 느끼게 한다는 것을 이해했고, 무엇이 그 감정을 일으키는지 이해할 수만 있다면 나 또한 그 감정을 가질 수 있을 거라 생각했다. 그렇다면 나도 일반 사람의 감정에 합류할 수 있을지 몰랐다. 나는 계속 점심시간에 미술관에 갔지만 평범한 질문은 하지 않기로 했다. 그림들을 더 넓은 역사와 연결해 맥락을 이해하는 일은 그만두고 그냥 그림들을 바라보면서, 무언가 느껴지기를 기다리면서 내 안에 어떤 감정이 공명하기만을 바랐다. 그러나 내가 여기서 느낀 감정은 감정 결여로 인한 짜증 섞인 감정이었다.

다음 과제는 한편의 작품에 관한 글쓰기였다. 원하는 건 어떤 작품이라도 상관없었다. 다시 말하지만 원래 자유 주제가 막막한 법인데, 나는 망설이지 않았다. 나는 큐비즘 책 표지를 장식한 그림을 골랐다. 그 책을 훔친 직후부터 계속해서 나의 호기심을 자극한 그림이기도 했다. 어쩌면 그 책에서 유일하게 컬러로 실린 작품이라서 그랬을지도 모른다. 해당 작품은 파블로 피카소의 「아비뇽의 여인들」이었다. 긍정적인 면도 부정적인 면도 있는 작품 선택이었다. 부정적인 면은 내가 일관성 있게 철자를 틀리지 않을 자신이 있는 작품 제목이 아니라는 점이었고, 긍정적인 면은 도서관에 피카소에 관한 책이 많다는 점이었다. 이 작품이 지금 당장 떠오르지 않는다고 해도 걱정 마시라. 대충 핵심만 소개한다면, 이 작품은 옷을 입지 않은 다섯명의 여성이 다양하게 왜곡된 앵글 속에서, 먹기 위험해 보이는 성난 과일 앞에 서 있는 그림이다. 1906년 즈음 제작된 이 작품은 당시 미와 회화의 관습을 깬, 현대미술의 시초로도 일컬어지는 작품이다. 그래도 이 개념이 이해가 가지 않는다면 이렇게 생각해보자. 우리 아이가 그린 것처럼 보이지만, 우리 아이가 그릴 수도 없고 그리지도 않은 그림이라 생각하면 된다. 따라서 클리셰를 모두 버리고 그저 이 그림을 보며 무엇을 느끼는지만 생각하는 편이 가장 좋다.

나에게 적절한 인간적 반응 매커니즘이 결여되어 있음은 명백했는데, 이에 대항하기 위해 나는 피카소의 '시대를 바꾼 명작'에 대한 다른 사람들의 감상을 끌어들이기로 했다. 이 작품에 대해 쓴 모든 글을 찾은 다음 수집한 정보를 사실과 느낌, 두 부분으로 나누었다. 그리고 후자인 느낌과 감정을 모아 종합해보았다. 그중에는 서로 반대되는 것도 있었고 모순되거나 과하거나 나에겐 무의미해 보이는 감정들도 있었는데, 나는 이것들을 정리했다. 그다음 나에게 와닿는 몇가지 감정, 적어도 상상할 수 있을 만한 감정을 추렸다. 에로틱한 내용이나 남근에 관련된 내용은 징그럽게 많았지만 다 빼버렸다. 그래서 이 회화에 대해 내가 채택한 감정들인 '역동적이고, 강렬하고' 등등의 말을 내 언어로 다시 풀어 '에너지가 있고 열정적이고' 등등의 표현으로 바꾸었고, 그러고 나니 나도 이해가 되는 느낌이었다. 그리고 이 감정 언어와 내가 생각하기에 「아비뇽의 여인들」을 가장 잘 풀어 설명한 사실들을 엮었다. 이 과제는 A를 받았다. 그러나 나는 이 그림을 거의 보지도 않고 과제를 했다. 다행이었다. 이 작품에 대한 나의 진솔한 감정을 공유하자면 나는 이 그림을 진심으로, 내 마음을 다 바쳐 역겨워한다. 이에 대해서는 나중에 더 이야기하기로 하자.

내가 받은 유일한 A는 그해 평균 성적에는 큰 영향을 주지 못했다. 마지막 학년에 성적 미달인데도 가까스로 졸업할 수 있었던 건 병원 진단서 덕분이었다. 의사에게 이상할 정도로 매일 피곤하다고 말했고, 그 여성 의사는 그 말을 있는 그대로 받아들여서 졸업 학기 기말고사를 보지 않아도 되는 서류를 작성해주었다. 최악의 결과가 나온다 해도 마지막까지 최선의 노력을 다해야 하는데, 나는 그 과정을 회피한 사기꾼처럼 느껴졌다.

내 인생 대부분의 괴로움과 고통을 설명해준 자폐 진단을 받은 건 그로부터 20년 후다. 이 진단은 나의 수치심의 상당량을 눈 녹듯 사라지게 해주었다. 당시에는 (지금도 여전히 그렇지만) 여학생들이 자폐 진단을 받는 일이 희귀했고 전문의도 하지 못한 일을 동네 일반의가 해낼 수 있을 거란 건 너무 큰 기대이긴 하다. 그래도 그 의사가 나에게 몇가지 질문만 해주었더라면 나는 얼마나 매 순간이 고되며 고립감과 소외감을 느끼는지 말했을 테고, 그러면 우울증 진단 혹은 불안장애 진단을 받았을지도 모른다. 그 정도만 해도 내가 게으르거나 고집이 세거나 열등하기만 한 사람이 아니었다는 사실을 이해하기에 큰 도움이 되었을 거다.

하지만 의사는 바이러스가 있는 것 같다며 푹 쉬고 나면 '정상적인' 생활로 돌아올 수 있을 거라고 했다. 성적은 실망스러웠지만 마지막 학년에 중요한 교훈을 배웠다. 나 같은 여자아이가 제도의 관심이나 도움을 받지 않고 존재하지 않는 듯이 지내는 건 너무나 쉽다는 점이었다. 하지만 나는 나였기에 좋지도 않고 나쁘지도 않았다. 그건 그냥 사실이었다.

잠깐! 고등법원 시간!

태즈메이니아 최초의 '퀴어 영화·영상 페스티벌'에서 상영이 금지된 열두편의 영화는 대부분 레즈비언 관련 다큐멘터리나 영화였다. 엄밀히 말하면 형법 122조와 123조엔 레즈비언의 성행위가 포함되지 않았지만 태즈메이니아주 법무부 장관인 로이 코니시는 이 검열을 어떤 식으로든 정당화하려 애썼다. "태즈메이니아주에서 특정 행동은 용납할 수 없다. 이 영화는 모두 동성애자 및 레즈비언의 생활 방식과 관련이 있기에 신중한 검토 결과 이 영화에도 예외를 두지 않기로 결정했다."

이 열두편의 영화가 태즈메이니아를 제외하곤 오스트레일리아 전지역 영화제에서 모두 상영되었다는 점은 코니시에게 유리하게 작용하지 않았다. 사실 그의 주장은 법에 강제성이 없다면 위협이 되지 않는다는 정부 입장을 약화하는 주장이기도 했다. 1995년 11월에는 이 검열 조치를 그냥 두고 보지 않았던 인권 운동가 닉 투넨('투넨 대 오스트레일리아'의 그 투넨이다)과 로드니 크룸이 오스트레일리아 고등법원에 태즈메이니아주 정부를 상대로 새로운 소송을 걸었다. 소송 근거는 태즈메이니아주 형법 122조와 123조 조항이 1944년에 제정된 오스트레일리아 연방 인권(성행위)법과 일치하지 않으며 따라서 태즈메이니아주에서도 실효성이 없다는 것이었다.

오스트레일리아 연방 대법원은 이 두 조항에 강제력이 없다 해도 해당 조항이 위협으로 존재하며 태즈메이니아 게이 남성들의 삶에 피해를 줄 것이라는 사실을 인정했다. 이 결정은 이제 태즈메이니아주 법이 고등법인 연방법에 의해 무효화될 수도 있음을 의미했다. 길고 긴 싸움의 끝이 보이고 있었다.

1996년

1996년 나의 고등학교 생활이 끝났고 찰스와 다이애나의 결혼 생활도 끝났다. 스파이스 걸스는 세상에 '지가 지가'zigga, zig, ah(스파이스 걸스의 노래 「워너비」 마지막 가사로 외계어 같은 말—옮긴이)를 선보였고, 전세계 어린이들은 키우던 다마고치를 돌보는 걸 잊었다가 저 세상으로 보내면 애도의 눈물을 흘렸으며, 애틀랜타 올림픽에서는 반낙태·반동성애를 지지한 미국 내 테러리스트의 폭탄 테러가 일어났다. 또한 그해 모친과 살고 있던 결백한 경비 요원이 용의자로 지목되어 억울한 누명을 쓰기도 했다. 모친과 함께 사는 결백한 사람 이야기가 나왔으니 말인데, 역시 엄마와 살던 나를 위해 해미시 오빠가 동네 슈퍼마켓에 취직자리를 알아봐주었고 그렇게 해서 나 또한 불완전고용의 세계로 대망의 입성을 하게 되었다. 1996년은 노동자의 산업재해 보상에 대해, 그리고 웃기지만 실업에 대해 배운 해이기도 하다.

나는 초록색과 파란색 줄무늬가 있는 고무줄 바지에 하늘색 셔츠를 넣어 입고 취업 면접을 보러 갔다. 여전히 엄마가 만들어준 옷을 입고 있었으나 그래도 세로줄 무늬 옷이었다는 점에 감사해야 했다. 하지만 당장 침대로 들어가야 할 차림으로 면접을 보게 되니 의식하지 않을 수 없었다.

명찰에 따르면 이름이 '데이비드'였던 점장은 나를 그 자리에서 취직시켜주었다. 내 첫인상이 워낙 좋아서라고 말하고 싶지만, 데이비드가 영리하고 빈틈없는 인사 관리자가 아니었기 때문이라고 하는 편이 진실에 가까울 것이다.

데이비드가 물었다. "본인 업무 태도가 어떻다고 생각해요?"

"좋다고요." 나는 중얼거렸고 더이상 설명을 보태지 않았다.

그래도 잘 보이려는 시도쯤은 해야 했는지도 모르겠으나, 내가 그걸 알았다고 해도 잘 보일 수 있었을지는 미지수다. 론서스턴으로 이사한 후 새로운 상황을 너무 많이 겪어서 단어를 이어붙여 온전한 문장으로 완성하는 능력을 상실한 상태였고, 무엇보다 드물게 말을 할 수 있는 경우에도 입을 크게 벌려 말하는 것이 거의 불가능하다는 걸 스스로 깨닫는 중이었다. 다행히 데이비드는 저 한 단어를 믿고 나를 육가공품 코너로 보냈다.

슈퍼마켓의 육가공품 코너는 비위가 안 좋고 소리와 조명 밝기에 예민한 뚱뚱한 톰보이에게 최적의 일자리는 아니었다. 흰 원피스에 몸뚱이를 구겨넣은 채 냉동고기를 만져야 했으며, 반사된 소리와 빛이 사방으로 튀는 것을 감내해야 했다. 그래도 노력했다. 제시간에 출근했고 맡은 일은 군말 없이 해냈다. 손님들이 카운터로 다가오면 응대했고 누가 봐도 더러운 곳이 있으면 치웠다. 그날 마지막에 생선 저장고를 청소할 때는 행복하기까지 했다. 물론 여기서 '행복'의 의미는 토하지 않았고 참을 만했다는 뜻이다. 하지만 같은 이유로 나는 지시받지 않은 일에는 먼저 접근하지 않았으며, 햄이 싱싱한지 아닌지, 코울슬로가 상하기 직전인지 아닌지도 알아차리지 못했다.• 그러나 내 무능력의 절정은 직장에서 가끔은 빠릿빠릿하게 움직여야 한다는 사실을 전혀 몰랐다는 점이었다.

육가공품 부서 팀장인 조디는 나를 보자마자 탐탁지 않게 여기는 느낌이었다. 충분히 이해한다. 직원 및 예산 관리, 콜드 컷 관리만 해도 몸이 모자란데, 일을 찾아서 한다는 건 상상도 못 하는 느림보에 사실상 언어지체장애인을 챙겨주며 하나하나 가르쳐줄 시간은 없었을 것이다. 그래서 나는 조디에게 눈엣가시가 되었다. 무슨 일을 해야 할지 모르면 누군가 나에게 설명을 해줄 때까지 멍때리고 있다보니 조디는 나만 보면 답답해 미칠 지경이 되었다. 한번은 조디가 대놓고 화풀이를 해서 당황스러운 적도 있었

• 프로의 팁: 코울슬로는 언제나 상할 것처럼 생겼다. 토한 애벌레일 뿐이기 때문이다.

다. 나는 생각했다. 상사니까 나한테 일을 시키면 되는 것 아닐까. 조디는 점점 줄어드는 햄의 양을 눈치채고 알아서 채워넣는 이 두 가지 일을 내가 할 수 있을 거라 생각했던 것 같다. 조디의 불만도 이해한다. 정말이다. 육가공품 부서는 조디의 인생이자 자부심의 원천이었을 것이다. 하지만 나에게는 큰 구멍 중에 큰 구멍일 뿐이었는데, 학교 졸업과 동시에 내 인생이 잠시 멈추었고 아무도 나에게 다음으로 무슨 일을 하라고 알려주지 않았기 때문이다.

넘어질 때 품위있는 경우는 거의 없고 특히 이번의 넘어짐을 멋지게 포장할 방법은 절대로 없다. 나는 흰 원피스를 입고 종이 모자를 쓰고 코울슬로 쟁반을 운반 중이었다. 육가공품 코너에서 일한 지 2주째였다. 방금 전에 손님들 앞에서 조디에게 느려터졌다며 혼쭐이 난 참이었고 뒤쪽으로 빠르게 후퇴하고 있을 때 뜨겁고 미끌미끌한 닭기름 웅덩이를 밟았다. 내 발은 표면 물리학의 법칙에 즉시 반응하여 옆쪽으로 튕겨나갔고, 나의 나머지 부분은 중력의 법칙에 충실히 복종하며 가장 빠른 길로 나아갔다. 결국 서로 충돌하는 가속도 때문에 내 오른쪽 무릎이 삐끗했다.

이러한 품위 상실의 넘어짐에서 회복되는 유일한 방법은 재빨리 일어나 하던 일을 하는 것이었다. 슬프게도 일어나는 건 내가 우아하게 해낼 수 있는 동작이 아니었으나 대충은 서 있는 것 비슷한 자세를 취할 수는 있었다. 그때 코울슬로 쟁반의 철커덕 하는 소리에 동료들이 코너를 돌아 나타났다. 나는 자리를 이탈한 샐러드와 함께 적당히 품위있는 장면을 그들에게 제공하려고 했다. 어떻게든 걸으려고 했으나 점점 부어오르던 무릎이 부자연스럽게 꺾이고 찌그러졌다. 새로운 과적에 대한 부담으로 나는 다시 빠르게 바닥으로 넘어졌고, 그때부터 품위든 뭐든 의식하지 못했다.

그 사고가 일어난 뒤 누가 더 안도했는지 모르겠다. 조디일까, 나일까. 조디는 나의 책임과 의무를 계속해서 안내해줄 필요가 없어졌으며 나는 몇년 동안 바라고 기다리던 휴식을 취할 수 있게 되었다. 휴식기였다고 말하기는 아리송한데, 나는 또다시 무릎 인대 수술을 받고 몇달간 회복기를 거쳐야 했기 때문이다. 게다가 막내를 둥지에서 쫓아낼 수 없어 수년 동안 바라고 기다리던 휴식을 취할 수 없게 된 엄마와 집에 붙어 있어야 했다.

내가 우리 집안 짐덩이란 건 잘 알았지만 나라는 짐을 가볍게 하기 위해 무엇을 해야 할지는 알 수 없었다. 나는 운전도 할 줄 모르고 버스 노선과 시간도 헷갈려서 버스 정류장이 바로 코앞인데도 제시간에 버스 정류장에 가 있지 못했다. 그렇다고 부모님에게 도움을 구하긴 싫었다. 그래서 목발로 걸을 수 있게 되자마자 물리치료실까지 5킬로미터를 걸어가기 시작했다. 당연히 피곤해 죽기 직전이었고 목발 때문에 생긴 물집과 피부 쓸림이 더해졌지만 걸을 때만큼은 평화로웠다. 어디로 가는지 알았고 왜 가는 줄 알았고 내 걸음과 목발로 만들어내는 리듬이 나를 명상의 세계로 인도하는 듯했다. 물리치료는 아프긴 했어도 그 시간 자체는 충분히 괜찮았다. 열심히 하고 있다고 칭찬받았으며 나의 노력에 따라 일정하고 꾸준한 결과가 나왔다. 학교생활의 그 무엇보다 나은 경험이었다.

돌아오는 길에는 시간에 구애받지 않았으므로 집까지 걸어올 필요는 없었다. 가장 가까운 버스 정류장에 걸어가 다음 버스가 오기를 기다렸다. 버스 도착 시간에 신경 쓰지 않고 내가 탈 버스 번호만 기억하면 됐다. 내가 의지한 대중교통 시스템이 뉴욕이나 런던의 서비스와 동급은 아니었기에 때로는 버스 정류장에서 한 시간을 기다릴 때도 있었다. 하지만 이 시간을 낭비라고 여기지도 않았고 지루하지도 않았다. 나는 밖에 나와 가까스로이긴 해도 할 수 있는 일을 하고 있었으며, (노인들과 임신부들에게 의지해서) 그냥 아무것도 하지 않고 앉아 주변 세상을 구경하면서 내 인생이 시작되기를 기다릴 수 있었다.

무엇을 하고 싶은지 아무리 생각해도 바로 떠오르는 그림이 없었다. 느낌이 온다 한들 그걸 위해 뭘 어떻게 해야 할지도 몰랐다. 주위 사람들이 나만 보면 물었다. 앞으로 뭐 하고 싶니? 어떤 인생을 살고 싶어? 앞으로 계획은 있어? 가끔은 이 질문이 빠지고 바로 조언과 응원 단계로 들어갔다. 힘내! 기운 내! 네 인생은 네가 개척해야지. 인생이 그대로 흘러가게 두지 마. 글쎄. 1996년의 나에겐 인생을 그대로 흘러가게 두는 일이 적성에 가장 잘 맞는 일이라는 걸 알았더라면 얼마나 좋았을까.

언니가 당시 사귀던 남자친구가 꿈도 미래도 없는 나를 보다 못해 어느날 자기계발계의 스승인 토니 로빈스 카세트테이프 콜렉션을 빌려주고 갔다. 아마도 내가 인생 상담 코치에게 감명받아 누가 봐도 숨어 있는 게 확실한 내 안의 거인을 깨울 거라고 확신한 모양이었다. 물론 나는 회의적이었다. 언니의 남자친구는 나와 극단적으로 반대편에 있는 사람이었다. 그는 사립학교를 다닌 성인 남성으로 자동차와 운전면허가 있고, 국제적 대기업에 다니고, 이성애자이고, 연애를 하고 있었다. 그 남자와 나에게 공통적으로 적용될 만한 인생의 조언이 '제시카 말을 잘 듣자' 말고 뭐가 더 있을 수 있을까? 하지만 나는 의심을 잠시 바닥에 내려놓고 그가 주는 테이프를 고맙게 받아든 후 내 방으로 와서 내가 원하는 게 뭐고 어떻게 그걸 얻어내야 하는지, 아니 그게 어렵다면 이 세상이 내가 원했으면 하고 바라는 것을 어떻게 원할 수 있을지만이라도 알아내기 위한 작업에 들어갔다.

지금까지 이 책을 읽으며 나에 대한 정보를 두어가지 수집했다면 내가 단순 유쾌한 사람이 아니라는 사실은 눈치챘을 것이다. 그렇기 때문에 이 동기부여의 왕이요 긍정의 신인 토니 로빈스에 대한 나의 반응은 사뭇 의외라고도 할 수 있다. 나는 처음부터 끝까지 웃으면서 들었다. 한번 더 들으면서 이번엔 더 크게 웃었다. 그러다가 어느 부분은 외울 정도가 되었다. 사실 듣자마자 내 머리를 강타한 어떤 이미지 때문에 웃음을 멈출 수가 없었다. 자꾸만 상상이 됐다. 만약 이 테이프를 들은 모든 사람이 이 남자처럼 제트 헬리콥터를 운전하고 싶어 했더라면 어땠을까? 그리고 10년 뒤, 젊었을 적 제 모습 같은 사람들로 가득한 강당에서 토니 로빈스처럼 연설을 하는 것이다. 상상은 꼬리를 물고 이어졌고, 이 상상의 논리적 결말도 떠올랐다. 먼저 강당에는 아무도 없을 것이다. 다들 동기부여 전문가가 되었거나 헬리콥터 안 시체가 되어 있을 테니까. 너도 나도 제트 헬리콥터를 타는 바람에 하늘이 헬리콥터로 가득 차서 충돌 사고가 일어나고 헬리콥터는 연기를 내며 빙글빙글 돌며 추락한다. 이 거대한 헬리콥터 공동묘지는 탈피 중인 거미게 무덤처럼 보인다.

물론 비웃기만 했던 건 아니다. 나도 이 자기계발계의 스승 토니가 던진 첫번째 질문을 진지하게 생각해보았다. 하지만 답을 구할 수가 없었다. 내 미래 상상하기라니. 쉽고 단순해 보이는 일이거늘 아무리 해봐도 내 앞엔 캄캄한 공동空洞만이 나타났다. 특별히 암울했다기보다는 그냥 텅 비어 있었다. 나는 역사에 대해 생각하는 걸 좋아했지만 그때껏 경험을 통해 배운 바는 인생이란 어떤 식으로도 풀 수 있는 문제가 아니라는 것이었고, 어떤 종류든 믿을 만한 미래를 상상할 수 있다고 가정하는 것 자체가 말이 되지 않는다는 점이었다. 그래도 시도는 했다. 하지만 아무리 애써도 무엇으로도 빈 공간을 채울 수가 없었다. 거기엔 희망도 꿈도 제트 헬리콥터도 없었다. 그래도 그 와중에 토니 로빈스가 말한 모든 것을 말 그대로 해석해 우스꽝스러운 재난으로 만들면서 생각을 돌렸다는 점이 약간 놀라울 뿐이다.

토니 로빈스 비웃기가 그해 나의 유일한 소일거리는 아니었다. 서양미술사에서의 '구상'미술 탐구 조사 또한 계속하고 있었다. 처음에는 고대부터 현대까지 나만의 타임라인을 만들어보았다. 길고 지난한 과정이었고 독립 연구자가 된 기분이었으나 근본적으로 내 작업이란 곰브리치의 『서양미술사』를 표절해 그림 포스터로 바꾸는 일이었다. 누군가 나의 빽빽한 손글씨와 속기체와 나만의 상형문자로 가득한 타임라인을 직접 목격했다면, 이 대형 포스터는 서양미술사라기보다는 대규모 살인을 저지른 자의 낙서장으로 보였을지도 모른다. 하지만 이건 내 머릿속에 있는 것을 외적으로 구현한 최초의 실제적 시도였다. 그렇기 때문에 실패할 운명이었다.

1996년 초에 우리 가족은 살던 집에서 나와 지금도 엄마와 아빠가 살고 있는 새집으로 이사했다. 나에게는 또 한번의 버거운 변화였지만 그래도 이사하면서 우리의 반려견 로니 바커가 내 인생에 다시 들어와서 기뻤다. 밤이면 내 발에 느껴지는 녀석의 무게가 늘 그리웠는데, 새집에는 로니의 온기가 있어서 방음이 잘 안 되는 내 방도 견딜 만했다. 작은 욕실이 딸린 내 작은 방에 들어오면 내가 느낄 권리가 없는 독립과 자유의 감각이 찾아오기도 했다. 내 방에 혼자 있을 때만큼은 전혀 외롭지 않았기에 독립적이라고 느끼기로 했다.

이 집에서 찾아낸 나만의 평화와 고독은 방 바로 위 부엌에서 나는 엄마의 발소리 때문에 산산조각 나곤 했다. 이 발소리에는 분명한 언어적 메시지가 실려 있었다. 아침에 몇번 가볍게 울리는 발소리는 내가 일어날 시간이라는 뜻이기도, 나와 차를 마시거나 수다를 떨고 싶다는 뜻이기도 했다. 발소리에 고함이 동반될 때는 엄마가 화가 났다는, 이 세상에 혹은 아빠에게, 아니면 나에게 화가 났다는 뜻이었다. 엄마가 이 셋 모두에게 동시에 화가 날 때면 내 위에서 일어나는 탭댄스는 천둥소리처럼 커지곤 했다. 그럴 땐 밖으로 나가거나 내 생각에서 빠져나와 이 폭풍을 가라앉히기 위해 뭐든 해야 했다.

어느날은 특별히 강력한 발 구르기 세션이 있은 뒤에 내가 뒷문으로 고개를 빠끔히 내밀고 어떤 종류의 분노 퍼레이드가 펼쳐질지 준비하며 내다보고 있는데, 엄마가 TV 앞에 입을 벌리고 서 있었다. 엄마는 나를 보자 손짓해 가까이 오라고 하더니 나를 팔로 끌어당겨 안아주었다. "저거 봤니?" 엄마가 TV를 가리키며 말했다. 엄마가 어제의 것과 똑같은 복제품으로 TV를 교체한 것이 아니라는 가정 아래, 나는 보지도 않고 '응'이라고 답할 뻔했다. 그러나 내 눈과 머리에 '포트 아서 대학살'(1996년 태즈메이니아주 포트 아서에서 발생한 총기 난사 사건. 이를 계기로 오스트레일리아 정부는 총기 규제법을 도입했다—옮긴이)로 입력된 그 사건의 속보가 들어왔다.

혹시 이 사건의 전말과 세부 사항이 궁금하다면 검색해보길 바란다. 그 사건의 잔인함을 세세하게 묘사하고 싶진 않다. 솔직히 다시 생각하는 것만으로 몸서리쳐지기도 한다. 1996년에는 그 일에 대해 많은 생각을 했고 거기에 사로잡혀 있었지만 마음이 그렇게까지 고통스럽지는 않았다. 나는 이 젊은 금발의 총잡이 마틴 브라이언트와 서른다섯명의 사망자와 스물세명의 부상자에 대해 생각했다. 이틀간의 비극적인 사건의 전말을 순서대로 내 머릿속에 떠올려보았고 포트 아서가 죄수 유배지였다가 기이하고도 소름끼치는 관광지가 되었다는 사실을 알게 됐다. 이 학살에 대해 속속들이 알고자 매달리지 않았더라도 뉴스 보도를 완전히 피하기란 불가능했을 것이다. 거의 1년 동안 오스트레일리아 TV와 라디오에선 이 사건만 집중적으로 보도했고 게이 인권 논란은 이제 대중의 의식에서 사라지고 없었다.

오스트레일리아 국민 모두 깊이 애도했다. 나는 사실 이해가 되지 않아서, 내가 어딘가 잘못된 인간은 아닌지 걱정이 되기도 했다. 뉴스에선 언제나 이유 없이 안타깝고 끔찍하게 사망한 사람들 소식을 보도하지만 내 세계에 있는 어느 누구도 그 사람들에 대해 굳이 자주 이야기를 꺼내진 않는 것 같았고, 왜 이 사건만 다른지 이해할 수 없었다. 물론 피해자와 직접 관련이 있는 사람이라면 매우 슬퍼할 것이고 나도 그들이 안타깝다. 하지만 세상 모든 사람이 마치 자신에게 총기가 겨눠진 양 이 사건에 사로잡혀 있는 것 같았다. 나 빼고 모든 사람이 그런 듯했다. 그래서 엄마, 아빠와 뉴스를 보던 중에 나의 공감력 부족을 어떤 식으로든 드러냈던 모양이다. 엄마가 나에게 고개를 돌려 말했다. "너, 애가 착한 줄 알았더니 아니구나. 엄마하고 아빠가 저렇게 갑자기 죽어도 아무렇지 않겠어?" 그 말에 나는 매우 건조하게 사실적으로 대답했다. "근데 엄마랑 아빠 안 죽었잖아." 엄마는 믿을 수 없다는 듯 고개를 흔들더니 다시 뉴스로 돌아갔다. 자리에서 일어난 나는 내 방으로 건너가 나만의 생각에 빠져들었다.

학살이 일어난 지 2주도 되지 않아 오스트레일리아 정부는 총기 규제법을 바꾸어 반자동식 기계소총과 자동식 소총 구입을 엄격하게 규제했다. 미치지 않은 미국인이라면 미치게 부러운 일이 아닐 수 없겠다.• 오스트레일리아 총기협회에서는 자진신고

• 불필요하게 과열되고 연방 정부의 정치 게임으로 장기화된 악의적인 동성애 관련 법 개정 논란의 부수적 피해를 치유해야 했던 나 같은 사람은, 이 정부가 원하기만 하면 법을 얼마나 신속히 바꿀 수 있는지를 보고 미치게 부러웠다.

기간을 두고 1996년 10월부터 1997년 9월까지 총기 매입을 했고 65만개의 총을 수거했다. 당시 뉴스에서 트럭에 가득 실은 총을 폐기하는 장면이 매일 나왔고, 나는 그 이미지에 매혹되기도 했다. 자연스럽게 동기부여계의 1인 밴드 토니 로빈스를 들으면서 상상했던 헬리콥터 추락과 뒤섞인 잔해 장면들이 떠오르기도 했다.

나는 상상 속에서 불쌍한 사람들의 헬리콥터가 서로 충돌하는 이미지를 떠올리며 혼자 얼마나 웃었는지 생각했다. 나는 마구잡이로 섞인 총 무덤 이미지를 눈으로 훑으면서 앞의 이미지와 이어붙이고는 이 총들을 막대 인간, 막대기 같은 로봇으로 만들었다. 얼마 후 내 마음의 눈에 이 총 무덤 위에 넘어져 있는 서른다섯명의 시체가 보였고 부상당한 채 공포에 질려 있는 스물세명의 사람들이 보였다. 마음속에서 이들 사망자와 부상자가 내가 아는 사람으로 보이기 시작했다. 그들의 피부가 꺾이고 훼손되고, 생명이 모두 빠져나간 몸으로 바뀌면서 이들도 내 인생에서 사라져버리는 상상을 했다. 결국 나도 모두가 자연스럽게 받아들이는 이치를 배운 것이다. 나와 비슷하게 생긴 사람만 아껴도 된다. 속이 메스꺼웠다. 내 머릿속에서는 어떻게 떨쳐버릴 방법이 없는 호러쇼였다. 그래서 생각을 하지 않으려고 애썼다. 그뒤로 나는 폭력 영상을 견디지 못한다. 모두가, 그들이 어떻게 생겼건 간에 나처럼 고통을 느끼는 사람이라는 생각을 꺼버릴 수가 없다.

엄마의 트집과 잔소리는 점점 더 심해지기 시작했다. 물론 나도 화가 났지만 대들기 싫어서 엄마의 잔소리가 그칠 때까지 숨어 있는 쪽을 택했다. 그럴수록 엄마는 나와 정면 대결을 하고 싶어 했다. 나를 향한 잔소리와 비난은 이전에 했던 것들과 다르지 않았다. 게으르다, 인생을 개척할 줄 모른다, 친구 좀 만들어라, 말 좀 해라, 방 좀 치우고 깨끗하게 살아라 등등. 다른 점은 나의 모든 단점이 일으키는 짜증의 강도가 점점 올라간다는 점이었다. 그날은 정점에 다다랐다. 2층에 올라갔더니 엄마가 신경질을 팍팍 내며 청소기로 카펫의 똑같은 부분을 밀고 있었는데, 막내딸이 왜 저 모양 저 꼴인지, 왜 개선의 의지가 없는지 곱씹고 있었던 것 같았다. 나는 눈에 안 띄게 조용히 거실을 가로지르려 했지만 실패했다.

엄마가 고개도 들지 않은 채, 방에 있던 컵을 가지고 올라왔느냐고 물었다. 아니라고 대답했다. 엄마가 나에 대한 온갖 짜증과 불만을 터뜨리기에 적합한 대답이었다. 엄마는 내가 질문에 대답도 하기 전에 먼저 나서서 대답을 하곤 했다. "당연히 안 가져왔겠지." 엄마는 여전히 청소기로 카펫의 같은 부분만 앞뒤로 밀면서 그 말을 내뱉었다. 청소기 소리는 점차 듣기 괴로워졌고, 그와 함께 수치감 또한 급상승했으며, 분노로 몸이 떨려 그 자리에서 나오지도 못했다. 그때 나는 청소기를 발로 차고 충격받은 엄마 얼굴을 똑바로 노려보면서, 양 주먹을 쥐고 내 몸에서 낼 수 있는 가장 큰 목소리로 소리를 지르기 시작했다. "그만해, 그만해, 제발 좀 그만하라고!" 목소리가 나오지 않을 때까지 소리를 질렀다. 그런 다음 뒷문으로 달려 나왔다. 다시 목소리가 나오게 되자 골목 앞에서 소리 지르기 시작했다. "뭐 저런 거지 같은 엄마가 다 있어. 완전 미친 여자 아냐? 진짜 싫어!"

그러다가 갑자기 차분해졌다. 지친 것이다. 그래도 차분했다. 물론 그 즉시 내가 한 짓을 깨닫고 기겁을 했다. 지금 무슨 짓을 한 거지. 뒤돌아 집 쪽을 바라보니 엄마는 베란다에 나와 있었고 입이 귀에 걸려 있었다. 박수까지 치면서 환호하기 시작했다. "잘했다. 우리 딸! 우리 딸이 그렇게 화라도 내주길 바랐다고." 어이가 없어 그 자리에 그대로 서 있었다. 엄마는 거지 같은 엄마가 아니었다. 그저 이상하게 골 때리는 엄마였다. 기운이 쭉 빠졌다. 어떤 말을 해야 할지도 몰라 나도 그냥 손을 흔들었고, 내 허벅지를 때려 강아지 로니를 부른 다음 방으로 들어가 문을 닫았다. 화가 나지는 않았다. 그 순간 무언가 느꼈다면, 나도 감정을 느낄 수 있는 사람이라 다행이라는 안도감이었다.

잠깐! 선거 시간!

태즈메이니아가 동성애 법 개정을 향해 한발 더 다가가면서 극우 보수단체들의 시위가 계속되었다. 이들은 미국의 종교 기반 캠페인을 차용하여 동성애가 어린이들의 안전과 이른바 '정상'가족을 위협한다는 억지 주장을 펴면서 공포를 조성하려 했다. 비범죄화 운동에 붙은 가속도를 유의미하게 줄이기에는 부족했으나 몇십년 뒤에 같은 논조의 주장이 동성혼 합법화 논쟁에서 반대파들의 근거로 쓰이게 된다.

1996년 선거 전에 태즈메이니아 주지사 레이 그룸은 자신의 당이 전체 의석의 과반수를 차지하지 못하면 사퇴하겠다고 발표했다. 진보 녹색당이 충분한 의석을 확보해 그룸의 당은 과반석을 잃었고 그룸은 사퇴를 하면서 원칙에 따른 행동이라고 말했지만 나는 경박한 언동의 표본이라 부르고 싶다. 그뒤를 이은 토니 런들 주지사는 녹색당 대표인 크리스틴 밀른(동성애 관련 법 개정을 위해 노력해온 정치가였다)에게 이 한마디만 날렸다고 한다. "우리 애들 더이상 부끄럽게 하지 말고 빨리 처리합시다." 멋지다.

1997년

1997년에는 다이애나 왕세자비가 사망했고 엘튼 존이 1위 히트곡 「캔들 인 더 윈드」Candle in the Wind를 발표했고 핸슨은 중독성 있는 멜로디의 팝송 「음밥」MMMBop을 우리에게 선물해주었다. 1997년은 또 한명의 핸슨, 오스트레일리아의 보수당 정치인 폴린 핸슨이 정계에서 은퇴한 해이기도 했는데 본인 빼고는 아무도 신경 안 쓰는 일이었으니 '음놉'MMM nope이라 할 수 있겠다. 나는 그 시절이 그립다. 영국은 홍콩을 중국에 반환했다면 반환했다고 할 수 있었고 오스트레일리아 총리는 진실화해위원회에서 도둑맞은 세대의 토착민 자녀들이 요구한 공식적인 '사과'를 거절하며 오늘날까지 오스트레일리아를 (그리고 전세계를) 역병처럼 괴롭히는 '과거사 논쟁'을 개시했다. 우리 집 상황으로 돌아와보면, 나는 예술을 사랑하는 바첼러bachelor이기 때문에 호바트의 태즈메이니아대학교 바첼러 오브 아트(인문예술학부)에 지원했다〔bachelor는 학사학위를 나타내기도 하지만 총각, 독신남이라는 뜻도 있어서, 여기서는 저자가 이성애자 여성이 아님을 나타내는 중의적인 의미로 쓰였다 — 옮긴이〕. 1997년 4월 13일 엘런 디제너러스가 매우 상상력이 풍부한 제목의 TV쇼 「엘런」에서 레즈비언이라고 커밍아웃했다. 방송 업계에서는 중대한 획을 그은 사건이었고 레즈비언 세계에서도 기념비적인 사건이었다. 하지만 두 세계를 뒤흔든 충격파는 태즈메이니아 북부 지역까진 전달되지 못했고 언제나 그랬듯 내 인생에는 잔물결도 일으키지 못했다. 사실 태즈메이니아에서 「엘런」이 방송을 했는지 여부도 알 수 없다. 방송되었다고 해도 보지 못했을 텐데 우리 집 대장인 엄마가 TV에서 미국 코미디 보기를 거부해서였다. 가끔은 미국식 억양을 못 들어주겠다고 했고 보통은 미국식 유머에 불만이 많았으나 제일 질색하는 건 웃음소리 효과음이었다. "아니, 왜 나한테 언제 웃어야 되는지 말해주고 난리야? 내가 바보 천치냐고." 개인적으로 1997년의 나는 바보 천치였기에 누군가 나에게 언제 웃어야 할지 알려주면 무척 고마워했을 것이다.

엄마의 TV 프로그램에 대한 호불호는 다른 분야에서만큼 강했고, 따라서 시청 금지 프로그램 목록 또한 길었다. 미국 코미디 말고 우리 집에서 금지된 건 야한 장면이었다. 엄마는 성적인 장면을 절대로 못 보게 했다. 만약 TV를 보다가 성적인 분위기를 풍길까 말까 하는 것과 거리가 먼 장면이 나와도 의자에서 벌떡 일어나 리모컨 펜치를 들어 누군가 '가짜로 하는 척'이라고 말하기도 전에 채널을 바꾸었다. 검열 면에서는 효과 만점이었는데 나는 십대가 된 다음에도 한참이 지나서야 TV에서 여자 가슴을 봤다. 하지만 엄마의 목표가 자식들의 성적 호기심을 억누르는 것이었다고 해도, 우리 집 형제들 침대 밑에서 각기 발견된 포르노 잡지를 보면 그 목표가 크게 성공하진 못했음을 알 수 있다.

처음으로 TV에서 섹스 장면을 제대로 본 건 열네살 때 낸과 팝의 집에서였다. 이건 정말 자랑할 만한 이야기다. 어느날 밤 저녁을 먹고 우리 집 맞은편으로 건너갔다. 원래 가끔 그러기도 했지만 여름휴가 시즌 우리 집에 손님들이 들이닥쳐 집이 포화상태가 되었을 때 특히 자주 건너가곤 했다. 언제 가도 항상 따뜻한 환영과 함께 차 한잔과 토피를 대접받았고, 그럴 때면 보통 거실에 있는 큼지막한 패브릭 소파에 앉아서 이분들이 보고 있는 프로그램을 같이 보곤 했다.

그날 밤에는 「매트록」Matlock(1980~90년대에 방영한 미국 법정 드라마—옮긴이)이 나오고 있었다. 처음 보는 드라마였지만 앞부분만 봐도 「제시카의 추리극장」 남자 버전이라는 것을 알 수 있었다. 나는 범죄 스릴러나 탐정물을 좋아했는데, 현실과는 달리 나도 다른 사람과 똑같은 정보를 가질 수 있어 열심히만 보면 드라마 곳곳에 뿌려진 단서를 찾아 사건의 범인을 찾아낼 수도 있었기 때문이다. 그래서 TV에서 「매트록」 같은 드라마를 하면 눈에 불을 켜고 집중해서 보곤 했다.

평소처럼 나는 낸과 팝 사이에 앉아 팔걸이에 차를 놓고 토피를 씹으면서 매트록 변호사 아저씨보다 먼저 사건을 해결하기 위해 열심히 단서를 찾고 있었다. 사건의 전말이 이제 막 드러나려는 찰나 갑자기 장면이 법정에서 호텔 방으로 바뀌었다. 대낮이었고 (알고 보니 범인은 아니었던) 중요한 용의자가 여성과 섹스를 하고 있었다. 여자를 비춰주었는데 아내는 아니다. 놀라운 반전! 남자는 의자에 앉아 있고 여자는 그의 허벅지 위에 다리를 벌리고 앉아 그를 마주 보면서 위로 올라갔다 내려갔다 하며 기분 좋은 신음 소리를 냈다. 상상력을 발동해본다면 불필요한 섹스 장면은 아니었지만 나는 상상력 발동이 느렸기에 몇초 지나서야 지금 무슨 일이 일어나고 있는지를 알게 되었다. 그러자마자 내 눈은 찻잔 받침만큼 커졌고 장면이 끝나기 전에 그중 대부분을 빠짐없이 본 상태였다.

그 장면이 벌어지리란 것이 확실해질 즈음 나는 팝을 힐끗 쳐다보았는데, 팝은 아무렇지도 않게 셔츠에 떨어진 과자 부스러기를 털어내고 있었다. 낸을 향해 고개를 돌려보니 낸은 아주 열심히 시청하면서 평소처럼 발도 까닥거리고 있는 것이었다. 문제의 장면이 끝나자 낸이 한숨 쉬며 말했다. "뻔하지. 그런 거였군." 할아버지가 놀란 표정으로 고개를 들었다. "뭐가?" 낸은 대답했다. "그랬다고."

1997년 집에서의 TV 시청에는 난관이 많았다. 내 취업 전망이 점점 더 불투명해지고 있는 와중에 엄마는 짭짤한 수익이 보장되는 일자리를 찾으라고 닦달했다. 그런데 TV를 보려면 꼭 엄마와 봐야 했고, 엄마는 광고 시간도 아닌 방송 중간에 내가 매우 게으르다는 오늘의 뉴스를 전하기 시작했다. 하지만 엄마의 닦달에는 내게 절실히 필요한 실질적인 취업 전략이 포함되어 있지 않았다. 사실 나말고 다른 형제자매는 취직을 하건 공부를 하건 모두 알아서 자기 앞가림을 해왔다. 하지만 나에게는 사업장에 들어가 "안녕하세요! 제 이력서 있습니다. 취직시켜주세요!"라고 외칠 수 있는 배짱이 빠져 있는 것 같았다. 나도 가방에 이력서 몇 장을 넣고 번화가를 돌아다니다 온 적도 있지만 그게 내 취업 활동의 전부였다. 시도는 해봤으나 몇주 동안 말 그대로 문 두드릴 곳 하나 없는 구직자 신세가 되었고 이력서는 한장도 줄어들지 않았다.

그 고교 졸업 후 실업의 시기에 아빠와 마주 앉아 호바트의 태즈메이니아대학교 인문예술학부 입학원서를 쓴 것이다. 엄마의 눈총을 피하기 위해서였지 확실한 전망이 있어서는 아니었다고 지금도 장담할 수 있다. 만약 전망이라는 게 있었다면 지원을 하지 않았을 텐데, 새로운 도시로의 이사는 하루빨리 죽고 싶은 마음이 드는 일일 뿐임을 기억해냈을 것이기 때문이다. 나는 힘 있는 사람들이 내 미래의 괴로움을 결정해주길 기다리면서 그래도 짭짤한 수익거리를 찾기 위해 약간의 노력을 하고 있었다.

지역신문 구인 광고를 훑으면서 나 같은 사람을 찾는 일자리는 많지 않다는 걸 즉시 깨달았다. 대부분은 경력이나 기술을 원했고 그런 것이 필요 없는 경우엔 '열의' '미소' '자신감' 같은 자질을 갖춘 지원자를 원한다고 했다. 그리고 그 자질은 내게 베풀어진 축복은 아니었다. 물론 거짓말을 할 수도 있었지만 면접을 보기라도 하면 거짓말은 바로 들통나고 말 것이었다. 그래서 내 선택지를 줄여 나의 성격과 역량에 맞는 두가지 일자리를 찾았다.

굴착기 운전 훈련공과 과일 수확 인부였다. 그러다 기본 개념을 알고 있는 직업으로 선택지를 더 줄이기로 했고, 그렇게 해서 과일 수확 아르바이트를 찾아다녔다. 이 일의 장점은 필요한 자질이 개인 안전에 대한 느슨한 태도라는 점과 최저임금 이하의 일이기 때문에 면접을 생략하는 경우가 많다는 점이었다. 그래서 엘런 디제너러스가 벽장 밖으로 나왔던 그해에 나는 사과를 천천히 따면서 최저 생활비도 모으지 못하고 있었다.

고된 육체노동이었고 일주일에 엿새, 하루 열시간씩 일했다. 매일 아침 새벽 5시에 일어나 배낭여행객이 많은 시내 호스텔 앞까지 가서 다른 뜨내기 노동자들과 함께 차를 타고 그날 우리의 노동이 필요한 농장으로 갔다. 일 자체는 단조로웠지만 나는 정말 좋았다. 무슨 일을 해야 할지 알았고 생각과 대화 없이 일을 할 수 있었다. 신선한 공기는 꿀처럼 달콤했으며 내 몸은 과노한 사용에 감사한 듯했다. 저녁이면 적당히 노곤하고 평화로운 기분으로 먼지를 뒤집어쓴 채 집에 도착했다. 하지만 무엇보다 좋았던 건 내가 드디어 엄마의 기준에 맞게 부지런히 살고 있으니 엄마도 기분 좋게 엄마 돈으로 날 먹이고 재울 수 있었다는 점과 우리 가족 모두 내가 임금생활자인 척할 수 있었다는 점이었다.

농장에서 일하는 사람들은 대체로 두 부류, 즉 떠돌이와 여행자로 나뉘었다. 여행자들은 전세계에서 온 젊은이들이었다. 떠돌이들은 그보다 나이가 많고, 근방에 살고, 산전수전 겪은 사람들, 가령 싱글맘, 전직 사기꾼, 장기 실업자 등이었다. 매일 아침 어떤 사람들과 같이 버스에 실려 갈지 모른다는 점에서 무슨 음식이

나올지 모르는 포트락 파티 같기도 했다.

배낭여행자들은 모두 준비된 이야기를 했다. 그래서 이들에게는 직설적인 질문도 할 수 있었고, 이들의 유창하지 않은 영어 때문인지 그렇게 해도 안전했다. 아마 이 젊은이들은 나도 자기들 부류라고 생각했을 것이다. 나이도 비슷한데다 영어 말하기에 어려움을 겪고 있는 듯 보였을 테니. 이들은 내가 그 근처에 사는 주민이며, 이 일을 임시직으로 여기고 있지 않다고 말해도 믿지 않았다. 앞으로도 영원히 일용직 노동자로 살며 동네 밖 몇킬로미터 이상은 절대 벗어나지 않을 거라 생각하는 사람은 나밖에 없었다.

사과 수확을 하며 알게 된 사람 가운데 가장 내 눈에 들어왔던 사람은 미아였다. 아니, 짐작했겠지만 최대한 절제해서 말한 것이다. 미아 옆에 있으면 왜 사랑을 교통사고에 비유하는지 알 수 있을 만큼 폐가 짓눌린 듯 숨이 고르게 쉬어지지 않았다. 좋아하는 사람만 보면 피어오르는 이 감정을 남들은 어떻게 처리하는지 알 수가 없었지만 나는 무언가를 이해하지 못했을 때 늘 해왔던 그 일을 했다. 정보를 수집하는 것 말이다. 미아의 키는 163센티미터 정도였다. 미아는 마치 관절에 방금 윤활유를 바른 것처럼 사지를 유연하게 움직였다. 몸 깊숙한 데서 나오는 깊고 낮은 소리로 웃었고 웃을 때면 온몸이 흔들렸다. 사람들에게 말할 때는 스스럼없이 팔에 손을 살짝 얹는 식으로 가볍게 신체 접촉을 하기도 했다. 피부는 내가 아는 모든 사람 가운데 가장 매끄럽고 윤이 났으며 피부색은 건강하게 그을린 올리브색으로 인공적인 오렌지색 태닝이 아니라 젊은 사람이 햇살 아래 오래 있었을 때만 얻을 수 있는 짙고 풍부한 색이었다. 물론 나도 햇살 속에 오래 있는 젊은 사람이긴 했으나 여전히 부지런히 선크림을 바르고 뭉개고 치대고 있었으므로 내 피부는 주근깨와 설화석 같은 흰 피부의 얼룩덜룩한 조합이었다. 미아는 코 위에만 작은 깃털처럼 주근깨가 펼쳐져 있었고 뒷목에는 점이 두개 있었다. 어깨까지 오는 짧은 곱슬머리이고 머리띠를 이용해 앞머리를 이마 뒤로 넘겼다. 머리띠는 초록색, 파란색 혹은 페이즐리 패턴을 번갈아 했고 이틀 내내 똑같은 걸 하고 온 적은 없었다. 카키색 반바지를 입고 하이킹부츠를 신고 탱크톱 위에 단추를 푼 셔츠를 걸쳤다. 옷은 머리띠처럼 매일 바꾸어 입진 않았다. 하지만 상관없었다. 그녀에게선 크리스마스 같은 향기가 났다.

나는 미아 곁에 있을 때는 이 모든 세부 사항을 수집한 후 미아가 없을 때 이 머릿속 목록을 꺼내서 하나씩 되새기며 내 마음속 사진을 그린 다음 무엇이 빠져 있는지 기억했다가 다음에 같이 일하게 되는 날 빠뜨린 정보를 수집하곤 했다. 내가 관찰만 하지 않고 상상을 할 줄 알았다면, 혹은 미아에 대해 성적인 환상을 품을 줄 알았다면 당연히 그렇게 했을 것이다. 하지만 내가 그렇게 할 수 있는지도 몰랐고 알았더라도 못했을 텐데 내게는 성적인 환상을 구축할 언어가 없었던 탓이다. 확실히 낸하고 팝과 같이 본 내 생애 첫 섹스 장면이 어지간히 트라우마로 남았는지, 미아를 떠올리는 순수한 기쁨 안에 「매트록」의 한 장면이 끼어들게 하지 않으려고 사력을 다했다.

유난히 길고 피곤했던 날이었다. 일을 마친 후 우리를 시내로 데려다줄 버스를 기다리고 있었다. 나는 주차장 가장자리에 있는 커다란 상수리나무 아래 뒤집어놓은 양동이에 앉아서 평소처럼 사과를 먹고 있었다. 그때 저 멀리서 미아가 나를 향해 다가왔지만 내가 그녀의 목적지라고 믿을 이유가 없었다. 말을 섞어본 적도 몇번 없었고 그때마다 대화에 언제나 단답형으로 참여했으므로 내가 긍정적인 인상을 남겼을 거라고 믿기는 어려웠다. 미아가 내 옆에 앉은 후에야 비로소 나는 그녀가 날 찾아온 것이라 믿을 수 있었고 그러자마자 두뇌회로 안에 있는, 내가 아는 모든 스몰토크 옵션을 굴려보기 시작했다. 미아는 내가 먹고 있던 사과를 보며 고개를 끄덕이더니 자기 사과를 들어 보였다. “사과 먹는 사람이 나밖에 없는 줄 알았더니 아니네. 그런데 왜들 사과 안 먹는 거야?” 그러곤 사과를 한입 베어 물었다. 무슨 말이든 해야 할 순간이라는 걸 알았기에 내가 할 수 있는 유일한 걸 했다. 사실을 말한 다음 ‘농담’을 살짝 곁들이는 것. “사과를 안 먹을 수 있을 정도로 돈을 벌고 있지 않잖아. 나한테 이 사과는 돈의 맛인데.” 미아는 내 말에 웃었고 그래서 아마도 내가 문장을 덧붙일 용기를 냈나보다. 실은 불필요한 정보였다. “문제가 있다면 화장실 자주 가는 거?” 나의 이 쓸데없는 고백에 미아는 사과 씹기를 멈추고 내 쪽으로 고개를 돌렸다. 방금 내가 던진 말을 어떻게 해석할지 몰라 내 표정을 살피는 듯했고 내 얼굴이 뭘 했는진 모르겠지만 농담이라는 걸 보여줬던 모양이었다. 미아는 또 웃었고 나도 미아를 따라 조용히 웃었다. 버스가 오자 우리는 일어나 그쪽으로 갔다. 내가 짐을 챙기자 미아가 나를 기다리면서 사과를 한입 더 베어 먹더니 말했다. “근데 가끔 난 네 말이 농담인지 진담인지 모르겠더라.” 나 역시 어깨를 으쓱하고 진실을 말했다. “나도 그래.” 그녀는 또 웃더니 팔을 내 허리에 둘렀고, 그 팔은 우리가 같이 버스를 탈 때까지 거기 머물렀다.

사과 수확기가 끝나면서 내 짝사랑의 고통도 막을 내렸다. 상실감에 빠졌지만 동시에 안도감도 찾아왔다. 엄마는 일정 기간이 지나면 백수 상태를 봐주지 않을 터였고 나 또한 평소답지 않게 재빨리 다음 일자리를 알아보았다. 놀랍게도 처음 연락한 곳에서 연락이 왔다. 하지만 안타깝게도 시작하기도 전에 끝이 나버린 일이기도 했다. 사실 지원을 하지 않는 편이 맞았는데, 영업에 소질이 있고 확신과 열정이 있는 주체적 판매 사원을 모집하고 있어서였다. 정확히 그 반대의 특징을 소유한 사람이 나라는 걸 모르지 않았지만 그래도 한번 보내봤고 연락이 왔다. 어쩌면 전봇대에 붙어 있는 광고지를 보고 연락해보는 사람이 드물기 때문일지도 몰랐다.

나를 아는 사람들, 아니 나를 잘 모르는 대부분의 사람들도 내가 부엌칼 파는 일을 한다는 사실에 우려를 표했다. 당연지사였다. 나처럼 덤벙대는 사람이 칼 하나도 아니고 잘 드는 칼 한세트를 들고 다녀야 한다니 위험천만한 일이었다. 그때의 나에게 우리 엄마가 처음부터 알고 있던 그 사실을 말해주었더라면 얼마나 좋았을까. 실은 내가 다단계 판매업, 즉 피라미드에 걸려든 것이란 사실을. 하지만 그때는 위대한 토니 로빈스 님이 강조하신●

● 이쪽도 사이비에 가까운 건…….

'기회를 붙잡아라'를 실천하기로 마음먹은 차였다. 그래서 회사에서 나눠준 소개 책자를 받자마자 전에는 한번도 보인 적 없던 열성적인 모습으로 필요한 준비를 하나씩 해나가기로 했다. 먼저 예금한 돈을 헐어 기본 칼 세트를 샀고 언젠가 명품 디럭스 세트로 업그레이드를 하고 말겠다고 결심했다. 이 세상을 호령하는 승자란 그런 사람이니까. 그리고 통장에 있던 나머지 돈을 갖고 시내에 가서 생애 처음으로 옷 쇼핑을 해보기로 했다.

언제나 내 옷을 직접 사는 자유를 꿈꾸었으나 마이어백화점에 들어서는 순간, 내 꿈은 실제 소비자 체험을 좀더 종합적으로 혹은 현실적으로 투사하지 못하고 있었음을 깨달았다. 짜릿한 흥분과 기대로 시작되었던 이 첫 쇼핑 모험은 얼마 안 가 공황발작에 가까워졌고, 나는 사방에 거울밖에 없는데다 향수를 네이팜탄처럼 발사해대는 이곳, 백화점 1층이라는 호러쇼 한가운데에서 길을 잃고 말았다. 내가 어리숙해 보이긴 했는지 직원들은 내 얼굴에 가끔씩 독성 화학 미스트를 뿌려주는 것 말고는 어떤 도움을 주지도, 호객 행위를 하지도 않았다.

겨우 출구를 찾았을 때는 혼이 반쯤 나간 상태였기에 인간의 품위를 지키면서 문 앞에 가만히 서 있는 것만으로도 내가 가진 힘을 모아야 했고, 그대로 서서 문이 열리길 기다렸다. 얼마나 오래 백화점에 갇혀 있었는지, 문이 열리기를 얼마나 오래 기다렸는지 모르겠지만 한 할아버지가 말을 걸었을 때 내가 화들짝 놀란 것으로 보아 상당히 오랜 시간 내 영혼이 지상의 몸을 떠나 있었던 것 같긴 하다. 이탈했던 영혼이 다시 몸에 돌아왔을 때 내 팔

꿈치를 잡고 있던 할아버지를 보았다. 나는 그가 아군인지 적군인지 확인하기 위해 재빨리 눈과 머리를 굴렸으나 결론을 내리기도 전에 그는 나를 천천히 문 쪽으로 밀었고, 옆에 있던 또다른 할아버지가 문을 열었다. 뭐라 따질 틈도 없었다. 어차피 나가려던 참이었기 때문에 문 밖으로 밀리는데도 크게 저항하지는 않았다. 그런데 그 할아버지가 주차장까지 나를 데려다주고 몸을 숙여 내 얼굴을 보면서 손을 잡더니, 옆에 있던 친구에게 내가 "모자란 애" 같다고 말하는 거였다. 그제야 상황이 이해되었다. 나는 그 문을 자동문으로 오해했고, 그는 내가 보호자를 잃고 헤매고 있다고 오해한 것이었다. 나는 그에게서 손을 빼고 억지로 웃어 보인 다음 내 갈 길을 갔다. 그날 생전 처음으로, 남들이 내가 경험한 방식대로 날 보지 않을 수도 있다는 걸 깨달았는데, 그건 상당한 충격이었다.

토니 로빈스가 가르쳐준 것이 있다고 해도 그 교훈이 무엇이었는지 지금은 말할 수 없다. 하지만 1997년에는 목표를 위해 고난을 헤치고 나아가야만 한다고, 그것이 사람의 힘을 나타낸다고, 그러니까 뜨거운 석탄 위를 걸어가야 한다고 어쩌고 하는 헛소리도 믿어야 한다고 생각했다. 그래서 다음날 백화점에 다시 가서 회사 출근용 의상을 한벌 샀다. 아무래도 내가 보기엔 사과 딸 때 입던 옷에서 한 단계 다운 그레이드된 옷이자 육가공품 코너에서 입던 옷보다는 한 단계 업그레이드된 옷이었다. 그 안내 책자에 여자들은 스커트를 착용해야 한다는 항목만 없었어도, 혹은 남성복 코너 직원이 너무 호들갑스럽게 나에게 한층 더 올라가라고

등을 떠밀지만 않았어도 양복에 남자 구두를 신었을 것이다.

적은 예산으로는 최선을 다했으나 내가 산 옷은 어딘가 애처로워 보이기도 하고 매우 불편하기도 했다. 나에게 A라인 스커트는 전혀 어울리지 않았다. 기분은 더 나빴다. 나는 원래 바지가 아닌 옷은 철저히 거부했는데, 합성섬유가 시도 때도 없이 정전기를 유도해 카펫을 쳐다만 봐도 정전기가 올라오는 것만 같아서였다. 흰 블라우스는 핏자국을 너무 선명하게 드러냈고, 앞코 있는 샌들은 굽이 별로 높지 않았음에도 평상시와 다른 시점 변화를 일으켜 바닥 무늬가 조금만 바뀌면 현기증이 났다.

샌들을 신고 칼 판매 회사의 문을 열고 들어가느라 저금해둔 쌈짓돈을 모두 써버렸다. 하지만 무급 수습 기간 중에도 그 회사 직원들은 지구상 모든 사람에게는 새 칼이 필요하기 때문에 미래를 걱정하지 말라고 했다. 나는 회의적이었다. 나는 사람들 인생에 칼 모양 구멍이 나 있다 해도, 내가 팔아야 하는 이 칼로 그 구멍을 메울 정도의 능력이 있는 사람은 많지 않을 것 같았다. '페팃 카버'petit carver 같은 작은 고기칼은 쓸모가 많았지만 자그마치 300달러였다. 나는 그 가격의 칼을 척척 살 정도로 고수입이 보장된 부유층 사이에서 살지 않았다. 그래도 나 자신에게 세개의 리벳이 박히고 칼자루 끝까지 칼날이 이어진 풀 탱full tang 식도를 소유하는 일은 우리 인생을 구원해줄 투자가 될 수 있다고 열심히 세뇌시켰다. 회사에 나의 유일한 사무복을 입고 나가 일주일 동안 땀을 흘리고 나자, 상사는 내게 실전에 나갈 준비가 되었다며 주변 지인이나 친구 스무명에게 영업 연습을 해보라고 했다.

나는 말 그대로 친구가 없었으므로 부모님부터 공략하기로 했고 엄마는 일언지하에 거절했다. “그 헛소리를 내가 왜 듣냐?” 엄마는 내 기분을 맞춰주려는 마음이 전혀 없어 보였다. 하지만 나에게는 아빠가 있었다. 프레젠테이션을 준비하며 아빠에게 내가 테이블에 배열한 것과 똑같은 상품이지만 조명이 더 그럴싸한 사진이 있는 팸플릿을 주었다. 아빠는 팸플릿을 넘겨보며 멋지다는 듯이 휘파람을 불었다. 나의 프레젠테이션 키트 안에는 다섯벌의 칼과 가위 하나와 도마 하나, 가죽 조각, 토마토 하나, 5센트 동전이 있었는데 총 가격은 300달러 5센트였고 앞으로 사야 할 토마토 비용이 들어 있었다. 투자금을 회수하기 위해서는 이 다섯개가 들어 있는 기본 세트를 팔아야 했다. 아빠가 단 하나도 살 여력이 안 된다는 것을 알지만 반드시 팔아넘겨야 했다.

아빠는 나의 높낮이 없이 중얼중얼하는 상품 소개에 진심으로 감명받은 듯 보였다. 내 판매 발표가 끝난 다음에는 분명 칼에 욕심을 내고 있었다. 특히 본인의 토마토즙과 나의 피가 아직 묻어 있던 페팃 셰프petit chef에 큰 관심을 보였다. 아빠가 엄마 쪽을 쳐다보며 말했다. “여보, 물건이 썩 괜찮네. 토마토가 버터처럼 썰려.” 아빠가 나의 용어를 그대로 따라하며 말했다. 엄마는 다림질하면서 고개도 안 들고 대답했다. “그건 내 이빨로도 할 수 있거든.”

나는 두번째 프레젠테이션에서 판매 개시를 했다. 델피 도드는 슈퍼마켓 계산대에서 일할 때 만난 귀여운 연금 생활자 할머니였다.• 델피와는 자주 만난 건 아니었으나 알게 된 지 얼마 되지 않아 내가 점점 수를 불려간 고령자 친구 중 한명이 되었다. 할머니는 아무리 줄이 길어도 꼭 내 계산대만 이용했고 실은 연금의 날마다 내 계산대 줄이 유난히 길었다. 왜냐하면 노인들만 서 있었기 때문이다.

몇달 만에 만난 델피 할머니는 나를 반기며 같이 자기 집에 가서 칼을 보여달라고 했다. 그 집 카펫 때문에 또다시 현기증이 유발되긴 했지만 아늑한 집에 초대되어 찻주전자에서 따른 차와 다양한 비스킷까지 먹으니 기분은 느긋해졌다. 그러나 할머니 집의 노후한 인테리어와 살림 상태를 보며 할머니가 내가 판매하려는 이 상품의 타깃 고객은 아님을 알았다. 다만 연습도, 현금도 필요했기에 어쨌거나 해보기로 했고, 이 연금 생활자에게 평생 애프터서비스 보장 부분을 말할 때는 본능적인 공포를 숨겨야 했다. 프레젠테이션 마지막에 평소처럼 가위로 5센트짜리 동전을 반으로 잘랐다. 이 부분이야말로 죽여주는 대목이었다. 물론 통화 수단을 파괴하는 것이 불법이라는 말을 듣기는 했으나 그래도 동전을 반으로 갈라버렸는데, 하나라도 팔기 위해서는 대본에 충실하라고 했기 때문이었다. 실은 동전을 자를 때마다 온몸에 힘이 잔뜩 들어가서 인상을 썼는데도 델피는 가위의 성능에 감탄하는 것 같았다. 델피는 그 가위를 당장 갖고 싶다고 했다.

● 여러분은 '해나가 여러 일자리를 전전하다'의 마지막 에피소드에서 내가 무릎 수술에서 회복 중이었으며 산재 보상을 받았다는 부분을 기억할 것이다. 무릎이 회복된 후 직장으로 복귀했으나 육가공품 부서에서 일할 수가 없다며 계산대로 보냈다. 옳은 결정이다. 그러나 6개월 뒤 내가 너무 굼뜨고 실수가 많아 어떤 부서에서도 일할 수 없다고 했다. 아마도 내 생각에 해고를 당한 것 같다. 이 또한 옳은 결정이라 할 수 있다.

“정말요?” 거래 성사를 앞둔 영업 사원의 확신 가득한 장광설 따위 던져버리고 진심으로 깜짝 놀라 물었다. “이거 되게 비싸요!” 무려 25년이 흘러 내 통장에 먹고사는 데 지장 없는 충분한 돈이 들어 있는 지금도 역시 그렇게 생각한다. 가위 하나에 250달러라니. 아무리 가죽을 자르는 가위라고 해도 너무하지 않은가. 하지만 황당무계한 금액과 상관없이 델피는 이미 홀라당 넘어가 있었다. 그 가위를 꼭 사야만 한다고 결심했는지 신나서 일어나더니 수표책을 찾으러 갔다.

델피가 부자 할머니가 아니라는 건 잘 알았다. 나라에서 주는 연금에 전적으로 의지하여 살아가고 있었고 내가 슈퍼마켓 계산대 직원이었을 때 계산대 앞에서 동전을 하나하나 세다가 예산에 맞지 않아 몇가지 식료품을 빼기도 했던 분이었다. 이 할머니가 가위 하나에 250달러를 주고 살 여유가 없다는 증거는 쌔고 쌨다. 하지만 나의 의혹과 불안감은 할머니가 흔들리는 노인 글씨체로 이 금액을 써넣은 수표를 건네주었을 때 모두 씻겨나가고 있었다. 나는 할머니가 한푼 두푼 아껴 목돈을 모은, 알고 보면 돈 많은 구두쇠 할머니가 틀림없다며 나 자신을 설득했고, 성공의 기쁨에 빠진 채 정전기를 몰고 그 집에서 나왔다.

나의 세번째 희생자는 우리 부모님 친구인 매릴린이었다. 아주머니 역시 ‘페팃 카버’에 첫눈에 반해버렸고 내 생각에도 아주머니는 그 칼을 유용하게 잘 쓸 것 같았다. “근데 비싸다. 가격이 딱 반만 되면 좋겠는데.” 매릴린은 칼을 쓰다듬으며 애석한 듯 말했다. 나는 매릴린 아주머니를 좋아했고, 그 자리에서 나의 커미션을 덜어 그 칼을 사주기로 했다. "저기요. 아줌마. 저는 50퍼센트 할인을 받을 수 있어요. 그러니까 내가 이 칼을 사고 아줌마가 나에게 돈을 주면 돼요." 매릴린은 너무나 고마워하여 내가 대신 살 수 있도록 150달러를 주었다.

이론적으로는 아주 훌륭한 계획이었으나 이 50퍼센트 직원 할인의 실체를 알고 나자 기가 막혔다. 엄밀하게 말하면 전혀 할인이 아니었다. 내가 300달러짜리 칼을 사면 그 가격 그대로 내고 150달러만큼을 상품으로 받는다는 이야기였다. 손해 보는 짓을 했다는 걸 알기 위해 수학을 할 필요까진 없었으나 매릴린에게 한 약속은 지켜야 할 것 같았다. 그 말인즉 대출을 받아야 한다는 뜻이었고 금융기관의 대출과정에 대한 상식과 이해가 부족한 나라도, 이 세상에 나 같은 사람에게 대출을 해줄 은행은 없다는 건 알았다. 그래서 아빠에게 사정을 설명했고 아빠는 엄마에게 비밀로 하는 조건에서라면 기꺼이 도와주겠다고 했다. 얼마 후 델피 할머니가 주문 취소 전화를 했고 나는 손해를 보고서라도 이쯤에서 그만둬야 한다는 걸 알았다. "울 아들이 나 그 가위 못 사게 하네." 할머니의 부끄러움이 전화기 너머에서도 전해졌다. 나는 괜찮다고 했고 그렇게 내가 이 식도 영업 분야에서 마지막으로 한 일은 할머니가 건네준, 진짜 판매로 받은 나의 유일한 수표를 북북 찢는 일이었다.

일주일 뒤에 겨우 용기를 끌어모아 아빠에게 빌린 돈을 갚을 수 없겠다고 말했다. 아빠는 화가 났을지도 모르지만 내색은 하지 않았다. 내가 아빠에게 작은 도마와 스테이크 칼(150달러로 살 수 있는 가장 좋은 물건이었다)을 주겠다고 하자 아빠는 나중에 독립해서 살게 되면 필요할지도 모르니 갖고 있으라고 했다. "나중에 네가 번 네 돈으로 칼 하나 더 사라." 아빠가 농담했다. 하지만 나는 알아듣지 못했다. 스테이크를 먹는데 왜 칼 두자루가 필요하지? 하지만 아빠가 웃어서 나도 따라 웃었다. 그 칼들을 나의 쓸모없는 골프 트로피들과 함께 우리 집 지하실 창고에 처박아두러 갔을 때에야 비로소 난 그 농담을 이해했다(스테이크를 먹는다는 건 누군가와 같이 해야 하는 일이므로 나이프도 두 개 필요한 것이다). 그 말뜻을 이해하긴 했지만 그래도 아빠 생각만큼 웃기진 않았다. 그렇게 나의 1997년이 끝났다. 다양한 혼수품과 A라인 스커트를 소유한, 직업이 없는 처녀고 부모님 집 아래층에 사는 아가씨. 서류상으로는 시집가기에 딱 적당해 보이기는 했으나, 내 미래에 싹을 반날 희망은 보이지 않았다. 돈이 있건 없건 앞으로 나에게 스테이크 칼이 하나 더 필요한 날이 올 거라는 희망은 더더욱 보이지 않았다.

잠깐! 기쁜 뉴스 시간!

동성애를 범죄화하는 태즈메이니아주의 법을 폐지해야 한다는 여론은 지역에서, 전국에서, 전세계에서 점차 확산되고 있었다. 태즈메이니아주 내를 보면 법 개정 지지자의 비율은 1988년의 33퍼센트에서 1997년에는 66퍼센트로 증가했다. 오스트레일리아의 다른 어떤 주보다 법 개정 찬성률이 높았다.

녹색당 대표 크리스틴 밀른은 법 개정을 위해 다시 한번 의회에서 표결을 실시해야 했다. 이 법안은 하원을 바로 통과했고 아직 강경 보수파가 많은 상원으로 넘어가 최종 표결을 앞두고 있었다. 호바트의 의회 의사당 주변에서 시위가 열렸고 개정 지지자들이 한줌의 반대파보다 수적으로도 에너지로도 우세했다. 결국 단 한표 차로 이 법안은 통과되었다.

5월 13일, 형법령 개정법Criminal Code Amendment Act(1997)이 정식 법이 되어 영국 여왕의 동의를 받아 그다음 날부터 실효성을 갖게 되었다. 섬 전체에서 축하 행사가 열렸고 많은 이가 안도의 한숨을 쉬었다. 밀른은 선언했다. "이제 태즈메이니아인으로서 우리를 다시 정의해야 합니다. 우리 사회는 이 국가 안에서, 전세계 안에서, 관대하고 포괄적인 사회로 우뚝 섰습니다."

시간이 흐르면서 상원의 강경 보수파의 관점은 태즈메이니아 시민 다수의 관점과 점점 더 멀어졌다. 태즈메이니아의 시민 다수는 태즈메이니아를 불필요하게 휩쓸었던 지속적인 증오 이후 완전히 관점이 변해버리기도 했다. 그리하여 태즈메이니아는 섹스와 젠더 기반 법에 관해서는 오스트레일리아에서 가장 진보적인 주가 되었다. 1997년 당시에는 그저 게이라는 이유로 범죄자가 되지 않는 것만으로도 충분했다.

1998년

1998년은 모순으로 가득한 해였다. 내게 어떤 잠재력이 있다는 증거를 전혀 제출하지 않았음에도 호바트 태즈메이니아대학교 인문예술학부에 입학할 수 있었다. 빌 클린턴은 청문회에서 '있다'is라는 단어의 뜻이 무엇인지 설명하느라 애를 먹어야 했다(모니카 르윈스키 스캔들 청문회에서 "성관계가 없었다는 말은 잘못된 증언"이라는 말에 빌 클린턴은 "'있다'라는 단어를 어떻게 정의하느냐에 달렸다"는 식으로 애매모호한 답변을 했다—옮긴이). 앤드루 웨이크필드는 예방접종이 자폐와 관련이 있다는, 완전히 날조되고 공격적인 혐오가 섞인 논문을 발표해 안티 백신의 시작을 알리기도 했다. 이에 대해선 나중에 더 자세히 이야기하자. 영화 「타이타닉」Titanic이 아카데미 작품상을 받았다. 그런데 아직까지 이 영화를 보지 못했다. 미안해요, 레오. 조만간 꼭 보겠습니다! 1998년은 나쁘지만은 않은 해였다. 텔레토비가 오스트레일리아에서 첫 방영되었고 나는 모든 에피소드를 시청했다. 나는 펠트 세계의 왕이기 때문이다. 그해 연말엔 나에게 기쁜 소식도 있었는데 내가 오스트레일리아국립대학교의 예술사와 큐레이터 과정에 합격한 것이다. 그 말은 곧 내가 본토로 가게 된다는 뜻이었다. 봤나, 자식들. 나는 간다.

호바트의 대학에 진학하기 전에 나는 나이 지긋한 노년층만이 나와 친해지고 싶어 하는 유일한 부류인 줄로 알았고, 그나마도 그분들이 외로움을 달래기에 내가 의자보다는 낫기 때문일까봐 걱정했다. 하지만 대학에 가서 내가 또래에게도 호감을 줄 수 있다는 걸 알게 되었다. 오래 관계를 유지한 사람이 아주 많진 않았지만 1학기 말 정도에는 친구도 몇명 사귀게 됐고 간헐적으로나마 사교 모임이라 할 만한 자리에도 나가게 되었다. 물론 내가 사교계의 나비로 탈바꿈할 리는 없었지만, 내 안에 잠복해 있던 음주 재능을 발견하기도 했다.

처음으로 술을 마신 건 열두살 때였다. 담배를 배운 직후였고, 맥락상 크게 상관없는 얘기긴 한데 처음 섹스 장면을 보기 2년 전이었다. 어느날 오후 팝의 찬장에서 갈리아노 한병을 발견했다. 길고 우아한 병에 노란 액체가 10센티미터 정도 차 있었는데 아직 컵에 오줌을 눠본 적이 없어서인지 이 오줌 비슷한 색깔이 마음에 들었다. 마시기 전 내 상상 속의 갈리아노는 젤리처럼 찐득하지도 죽은 남자 엉덩이 맛이 나지도 않았다. 그러나 실제로는 그런 맛이 났다. 그래서 나는 열여덟 생일까지 입에 술을 한방울도 대지 않았다.

술을 늦게 배웠지만 대학에 다닐 즈음에는 주량이 꽤 늘어서 내 타고난 재능을 조금 더 계발해보기로 했다. 술 마시는 것이 너무 재미있어서 마신 건 아니었다. 술의 장점은 알코올이 나의 감각을 둔하게 하는 담요가 되어준다는 것이었고, 보너스로는 내가 인생에 적극 참여하고 있다며 나 자신을 속일 수 있다는 점도 있었다. 진짜 친목을 위한 자리와는 다른 술자리의 목적과 동기—마시고 취하기—를 이해하면서는 술을 마시면 내가 지금 좋은 시간을 보내고 있다는 환상을 갖게 될 수도 있었다.

그렇다고 술자리를 일부러 찾아다니며 하루 걸러 과음을 한 건 아니었다. 술을 마실 때는 약속이 있을 때뿐이었다. 그리고 약속이 있을 때는 누가 불렀을 때뿐이었다. 그때도 술 자체가 목적이었다기보다는 사람들과 자연스럽게 어울리고 싶어서 자리에 나간 거였다. 동기들이 밴드 공연을 보러 가자고 할 때도 있었고 하우스 메이트가 예술학교 행사에 초대하기도 했다. 때로는 해미시 오빠의 유명한 '맥주 마라톤'slap-a-thons에 참가하러 가기도 했다(기본적으로 스물네캔짜리 맥주 한 상자slap를 사서 오빠 집에서 마시는 것이다. 한 상자를 먼저 다 마시는 사람이 승자다! 상은 없지만 명예는 있다). 그리고 페일에일 챌린지가 있었다.

맥주 마라톤과 달리 페일에일 챌린지는 기본적으로 술집의 마케팅 사기이기 때문에 여기서 이기는 건 불가능했다. 이런 식이다. 입장료를 내면 언제나 내가 말한 사이즈보다 한 사이즈 작은 저렴한 흰색 페일에일 챌린지 티셔츠를 받는다. 그 티셔츠를 입고 바에 가서 페일에일을 시킨다. 술값을 내면 바텐더가 티셔츠 앞에 프린트 된 스물다섯개의 네모난 칸 안에 웃는 얼굴 스탬프를 찍어준다. 페일에일 스무잔을 마시면 나머지 다섯잔을 공짜로 마실 수 있다! 정말 머리를 잘 쓰지 않았나. 스무잔이나 마시고 나면 아무리 공짜라도 한모금도 마시고 싶어지지 않는다.

내가 그 운명적인 밤 이후 페일에일 근처엔 가지도 않게 되었다는 점을 고려하면, 홍보 측면에서 페일에일 챌린지는 장기적으로 성공한 이벤트는 아닌 듯하다. 하지만 스탬프를 찍어주는 남자 직원의 입장에서는, 젊은 여성이 맥주를 들고 올 때마다 그들의 가슴을 슬쩍 만질 수 있는 기회를 갖게 된다는 면에서 페일에일 챌린지는 천재적인 기획이라 할 만하다.

그날 밤의 페일에일 챌린지가 열린 펍에는 내가 골프 치던 시절부터 알던 한 여자애와 그 친구 여럿이 있었다. 언제나 그렇듯 나는 술을 마시면서도 안 마실 때와 똑같은 행동을 했다. 사람들 모임 가장자리에 서서 대화를 엿듣고 관찰하고 살펴보고, 나에게 먼저 말 걸어주면 그 모든 말에 동의하고 이해하는 척하면서 아무 말도 알아듣지 못하는 것 말이다. 하지만 충분히 취했을 때는 나도 옆 사람과 같은 세상을 경험한다고 믿을 수 있게 되는데, 이는 멀쩡한 정신일 때는 잘 느끼지 못하는 감정이었다.

맥주를 열다섯잔째 마셨을 때, 어느 취한 남자가 내 어깨를 툭툭 치더니 왜 티셔츠를 반대로 입었느냐고 물었다. "맥주 마실 때마다 누가 내 가슴에 손대는 게 싫어서." 내가 말했다. 그는 하긴, 그렇겠네라는 듯한 표정으로 고개를 끄덕인 다음 단도직입적으로 내 가슴을 만져도 되느냐고 물었다. 나는 그 얼굴에 대고 웃음을 터뜨렸고 그것은 모든 면에서 '노'의 의미였으나 그는 어떤 이유에서인지 '예스'로 알아들은 듯했는데, 채 5분도 되지 않아 또다시 내 가슴을 만져도 되느냐고 물은 것이다. 반쯤은 장난으로 조르고 있는 것 같았다. 강요를 하는 것도, 나를 구석으로 몬 것도 아니었다. 하지만 그는 이 문제에 굉장히 집요하게 굴었고 그 집요함에 박수를 보낼 수밖에 없었는데, 열여덟번째 잔을 마실 즈음 내가 그냥 "그러시든가"라고 말하기 무섭게 그의 손이 5초라는 짧은 시간 동안 미친 듯이 내 양쪽 가슴을 잡고 주물럭거렸기 때문이다.

그 주물럭거림을 내가 즐겼다고 말할 수는 없겠지만 나도 아주 싫지만은 않았는지, 그가 다시 한번 만져도 되느냐고 물었을 땐 내 브라를 밑으로 내려 상대가 더 수월하게 잡을 수 있도록 해주었다. 그가 가슴을 만질 때마다 이전보다는 나은 기분이었지만 좋아한다고 말하기에는 역부족이었다. 그러나 내가 첫 공짜 맥주를 받아 다 마실 때까지도 그의 손은 내 브라 안에서 가슴을 움켜잡고 있었고, 내게는 그것으로 충분했다.

얼마 가지 않아 우리는 키스하기 시작했고 얼마 가지 않아 나는 더이상 페일에일을 못 마시겠다는 걸 알게 되어 스물네번째 잔은 건드리지도 않고 밀어두었다. 바로 그때, 이름도 모르는 그 남자가 아주 오랜 시간 동안 내 브라 안에 머물던 자기 손을 빼냈다. 그래야 허공에 주먹질을 하며 이 소리를 지를 수 있어서였다. "테킬라!" 1998년의 나는 너무 순진해서 누군가 테킬라를 외치면 그날 밤은 이미 끝난 것임을 몰랐다.

사람들을 헤치고 바까지 걸어가는 그 남자의 뒷모습을 보면서 저 남자가 잘생겼는지 아닌지를 판단해보려고 했다. 그나마 최대한 노력해 떠올릴 수 있는 말은 '나쁘지 않다'였다. 그 말이 곧 내가 그에게 끌렸다는 건지 아니라는 건지도 확신이 안 갔지만 그가 다시 테이블에 왔을 때 그건 더이상 중요하지 않았다. 나쁘지 않은 거면 나에겐 충분히 좋은 것이고, 그렇다면 이 남자와 섹스를 해도 될 것 같았다. 얼마 후 나의 영혼을 테킬라에게 바쳤고 우리는 같이 그의 집으로 갔다.

사실 그 집에 갈 때까지도 무섭거나 위협적이진 않았으나 그가 방문을 닫으면서 한밤중에 남자와 둘만 있게 되자 덜컥 겁이 났다. 이 방에는 나와 그 남자, 그리고 좁고 창문 없는 방구석에 놓여서 지옥을 최대한 예쁘게 비춰주려고 노력하는 180센티미터짜리 붉은색 용암 램프뿐이었다. 우리는 키스를 했고 눈 뜨고 못 봐줄 정도로 어설프게 옷을 벗었다. 셔츠를 벗자 오늘 처음 만난 이 나쁘지 않은 남자는 갑자기 약간 거칠어지더니 나를 자기 침대 쪽으로 밀었다. 아마 그의 의도는 내 위로 올라오려는 것이었겠지만 나는 영원히 그 의도를 모를 것이다. 왜냐하면 내가 침대 다른 쪽으로 즉시 몸을 옮겨버렸기 때문이다. 그가 힘으로 밀어서는 아니었고, 그보다는 검은색 새틴인 척하는 합성섬유 시트와 이 천의 마찰력 부족 때문에 내 몸이 미끄러진 것이었다. 우리는 같이 웃음을 터뜨리고는 다시 시도했다. 이번에도 그가 나를 밀진 않았다. 그냥 나 혼자 침대에서 떨어졌다.

그가 너무 취해서였는지, 나의 우아하지 못한 침대 추락 때문이었는지, 나의 엎치락뒤치락이 일으킨 정전기 탓에 머리카락 한 올 한올이 전부 직각으로 솟았기 때문이었는지 모르겠다. 이유야 무엇이 되었건 그는 발기하지 못했고, 둘 다 동시에 흥이 떨어져 이쯤에서 헤어지기로 한 게 다행일 따름이었다.

그 남자나 나나 인생에서 잘못된 선택을 꽤 많이 해온 것이 분명했다. 내가 저지른 최악의 실수는 그의 집으로 가기로 한 것이고, 그가 저지른 최악의 실수는 박싱데이〔12월 26일로 쇼핑하기 가장 좋은 날—옮긴이〕에 해리 스카프〔생활용품점—옮긴이〕에 가서 검은색 침대 시트를 보며 "와, 이거 내가 찾던 거네"라고 말한 뒤 집에 모셔온 것이 아닐까. 지금 이날 이때까지도 '지옥'이라는 단어를 들으면 그날 그 방의 풍경이 바로 떠오르곤 한다. 나는 어디인지 모르는 셰어하우스의 컴컴하고 눅눅하고 창문 없는 방에서 잔뜩 취한데다 벌거벗은 채로 바닥을 헤치며 주섬주섬 내 옷을 찾고 있다. 내 머리카락은 정전기 때문에 사방으로 뻗쳐 있고, 그날 저녁 내내 과한 애무를 당한 내 가슴은 방에 붉은빛을 뿌리고 있던 그 길쭉한 용암 램프보다 더 빨개져 있으며, 이 나쁘지 않은 조그만 남자가 자신의 검은색 새틴 시트 위에 우울한 얼굴로 앉아 있는 바로 그 장면.

그날 밤 일어난 일련의 사건들이 끔찍하다면 끔찍하기도 하지만 나에게는 이 기억조차 소중한데, 실은 이건 이십대 초반 청춘남녀가 한번쯤 겪을 수 있는 경험이기 때문이다. 나는 이 또한 하나의 통과의례라 생각하지만 안타깝게도 이런 경험이 많지는 않다. 물론 나의 젊은 시절은 끝났고 나는 절대로, 절대로 고대 종교의례를 치를 때 사용될 것 같은 검은색 시트를 침대에 깔지는 않을 것이다. 하지만 이 나쁘지 않은 블랙 새틴 맨과의 만남이 나쁘지 않았고, 그 또한 우리의 만남에서 뭔가 얻은 게 있었다면 기쁠 것 같다. 내가 바닥에 던져두고 온 스물네개의 스탬프가 찍힌 더러운 흰 셔츠는 제외하고 싶지만.

그곳과 비교하면 그래도 편안하고 깔끔한 나의 집으로 돌아와 보자. 엄밀히 말해 집이라기보다는 당시 집에 가장 가까웠던 나의 주거지는 허름한 셰어하우스였다. 그 집을 같이 쓴 하우스메이트와는 매우 친한 사이가 되었는데, 그는 미국 유타주 솔트레이크시티에서 온 교환학생이었다. 유타주 출신이라 해도 모르몬교 신자는 아니었지만 그는 내가 만난 사람들 중 가장 이국적인 사람이었으니,• 이름은 웨스턴 노이스다. 웨스턴은 나의 일반적인 친구 분포에 속하는 사람은 아니었다. 그러기에는 너무도 쿨하고 자신감 넘쳤으며, 말 그대로 눈부신 청춘이었다.

어느날 밤 웨스턴이 자기가 태즈메이니아로 오기 직전에 한 게이 친구와 어디서도 나누지 못해본 강한 친밀감을 나누었다고 고백했다. 육체적이지는 않았지만 서로에 대한 감정이 너무 강렬해서 그와 모든 면에서 닮기 위해 자신이 게이가 되길 기도하기도 했다고 말했다. "그런데 안 되는 건 안 되더라." 그가 약간 슬퍼하며 말했다. "내가 아닌 사람이 될 순 없더라고." 게이가 되고 싶다는 말을 남의 입을 통해 난생처음 들어서인지, 처음엔 그 문장이 머리에 입력되질 않았다. 대체 누가 스스로 그런 선택을 하고 싶어 한단 말인가?

이 고백에 대한 보답으로, 나도 웨스턴에게 거의 섹스할 뻔한 이야기를 들려주었다. 하지만 그 블랙 새틴 맨과 자려 했던 이유가 내가 이성애자일지도 모른다는 희망을 갖기 위해서라는 부분은 뺐다. "나쁘지 않은" 부분도 빼고 대신 그 남자가 몸매가 죽여주는 몸짱 핫보디 근육남이었다고 말했다. 물론 정확하게 이 단어들을 써가며 말한 건 아니지만 블랙 새틴 맨을 그런 느낌으로

• 미국의 백인 이성애자 시스 남성이 가장 신비로운 존재였다는 사실은 당시 내 세계가 얼마나 협소했는지를 보여주는 증거다.

묘사한 건 맞는다. 또한 그 처량한 엔딩 장면은 쏙 빼고 이런 문장을 덧붙이기도 했다. "동전 투입구에 마시멜로를 넣는 것 같더라니까?" 고백하건대 이건 내가 발명한 문장은 아니다. 누가 말했는진 모르겠지만 누가 되었건 나는 영원히 그 사람에게 빚을 졌다.

한번은 웨스턴의 아버지가 아들을 만나러 솔트레이크시티에서 태즈메이니아까지 온 적이 있다. 우리 아빠는 차로 두시간 걸리는 론서스턴에서도 한번을 안 오는데. 그렇기 때문에 내가 더 강자라는 생각이 들었다. 웨스턴은 자기 아빠에게 관광을 시켜주다가 불쑥 극장에 한번 가보자고 했는데, 나는 미국에도 극장이 있다고 알고 있어서 매우 의외였다. 어쨌든 나도 이 부자를 따라갔으니, 앞으로 온갖 관계에서 내가 맡게 된 '믿음직한 세번째 바퀴' 역할을 시작한 날이라고 할 수 있겠다. 이 이상한 삼총사가 본 영화는 「부기나이트」Boogie Nights였다.

웨스턴과 웨스턴 아빠가 영화 보는 도중에 내 쪽을 흘끔거리며 계속 눈치를 본다는 걸 알았으나, 사실은 유일하게 제대로 보지 않은 격렬한 섹스 장면이 나올 때 자세를 고정하며 아무렇지도 않은 척하기 위해 애썼다. 하지만 덤덤한 척을 잘한 것 같진 않다. 대략 10분 정도는 눈을 한번도 깜빡이지 않았고 20분가량은 너무 당황해서 몸살이 났을 때처럼 식은땀을 흘려댔으며, 그 땀은 이후 며칠 동안 마르지 않을 정도로 많은 양이었다. 영화 속 한 인물이 입에 총을 넣고 방아쇠를 당기는 장면에서 웨스턴 아빠는 내 쪽으로 몸을 숙여 괜찮은지 물었다. 나는 고개를 끄덕이면서 아무렇지 않은 척 미소를 지어 보였다. 한편 또다른 인물이 강간을 당하는 장면에서는 웨스턴이 나를 돌아보며 괜찮은지 물었다. 나는 손을 저으면서 내가 얼마나 목석과도 같은지를 보여주었다. 두 사람은 나의 차분함에 만족했는지 그때부터 나를 살피지 않았고, 그래서 덕 디글러가 주차장에서 동성애 혐오자들에게 폭행을 당할 때 내가 눈을 감아버리는 걸 보지 못했다.

집에 오는 길에 이 부자는 웨스턴의 부적절한 영화 선택을 놓고 티격태격했다. 그의 아버지는 나와 함께, 그러니까 착하고 귀엽고 '순진무구한' 아가씨와 함께 이런 자극적인 영화를 보게 되어 미안하고 민망했다고 말했다. 웨스턴은 영감 같은 소리 그만하라며 내가 부디 자기 편을 들어주길 바랐다. 사실 나는 그때까지 충격에서 깨어나지 못한 터라 진실을 말할 수 없었다. 솔직히 웨스턴 아빠의 의견에 동의했지만 제발 아니길 바라기도 했다. 그래서 압박감을 느낄 때마다 할 수 있는 유일한 걸 했다. 어깨를 으쓱하면서 전에 준비해두었던 말을 하는 것. "저야 뭐, 이제까지 극장에서 본 영화가 딱 세편이라서 잘 모르겠어요. 「밀로와 오티스」「크로커다일 던디」, 또 디즈니 「마법의 빗자루」요." 둘 다 박장대소했고, 나는 그제야 안심하고는 의자에 등을 기댔다. 내가 순진무구하긴 하지만, 적어도 웃음이 필요할 땐 언제든 웃음의 '빗자루'로 쓸어버릴 수 있을 만큼 세련된 사람이라는 데 살짝 자부심을 느끼며.

1998년 커밍아웃은 나의 연간 계획에는 없었다. 아니, 절대 할 생각이 없었다. 그래서 어느날 웨스턴이 아무렇지 않게 '너는 레즈비언'이라고 말하면서 나 대신 커밍아웃을 해버렸을 때 놀란 건 물론이고 곤란하기까지 했다. 웨스턴이 그 폭탄을 떨어뜨린 건 같이 그애 방에 있을 때였다. 웨스턴은 양반 다리를 한 채 바닥에 앉아 그림을 그리면서 자기 이야기를 하고 있었고, 나는 그의 침대 끄트머리에 어색하게 앉아 혼자 생각에 빠져 있었으니 평소와 다를 것이 하나도 없는 풍경이었다. 그때 불쑥 웨스턴이 나한테 '너는 레즈비언'이라고 말했다.

나는 확고하고 단호하게 부정했지만 웨스턴은 주장했다. "내 말 믿어! 난 안 다니까. 우리 엄마가 레즈비언이었다고." 그때 나의 혼란스러움이 얼굴에 고스란히 드러났던 것 같다. 웨스턴은 내 얼굴을 보더니 자기 엄마는 아빠와 결혼을 했다고 설명했다. "우리 아빠는 완전 「프렌즈」에 나오는 현실판 로스라니까." 무슨 말인지 알아듣지 못하고 멍하니 바라만 보았다. 웨스턴이 웃었고 나는 그로부터 15년이 지나고서야 맥락을 이해하게 된다.•

나는 혼자 「부기나이트」를 보러 다시 극장을 찾았다. 한번 더 보려고 한 것이다. 그 영화에 끌린 이유는 섹스나 폭력 때문이 아니었다. 이야기가 펼쳐지는 리듬과 색감, 의상, 세트, 음악이 결합되어 전에는 몰랐던 새로운 세계로 나를 인도해주었기 때문이다. 처음 보는 세계였지만 나는 그 영화에 완전히 몰입했고 인물에 공감했으며 그들과 똑같은 감정을 느꼈다. 그들이 사는 삶도 섹스도 폭력도 파티도 마약도 몰랐으나 그 인물들의 가슴속 깊이 박힌 절박함이나 좌절감을 이해했다. 그들이 왜 그런 판단을 내

• 다음에 제니퍼 애니스턴을 만나면 「프렌즈」를 정말 즐겁게 감상했다고 말하련다.

렸으며 그들이 헤쳐가는 세상은 왜 그 모양인지까지 이해하진 못했지만 상관없었다. 이 세상에 닻을 내리지 못하는 사람들에게 삶은 언제 닥칠지 모르는 큰 파도처럼 느껴진다는 걸 이해했다.

특히 더 공감했던 캐릭터는 필립 시모어 호프먼이 연기한 '스코티'였다. 비중이 작은 조연이었지만 상관없었다. 그가 나오는 장면은 무조건 집중해서 보았다. 그가 잠깐 틈을 주는 희극적 캐릭터라는 걸 알았고 스코티가 어떤 행동이나 대사를 할 때마다 극장은 웃음소리로 채워졌다. 하지만 나는 웃을 수 없었다. 스코티를 볼 때 내 마음은 비애와 절망, 고독으로, 또 나의 이 소소하고 주목받지 않는 삶에서 느끼지 못했던 다른 감정으로 채워져 웃음이 들어올 틈이 없었다. 스코티가 (마크 월버그가 연기한) 덕 디글러를 얼빠진 눈빛으로 바라볼 때마다 미아를 바라보던 나를 보았다. 미아가 나를 바라봐주길 얼마나 간절히 바랐는지, 그녀가 날 알아주었을 때 해야 할 말과 행동을 얼마나 간절히 알고 싶었는지를 떠올렸다. 스코티가 자신이 경외하는 사람들의 스타일을 따라하려다 처참하게 실패하는 걸 볼 때마다 당시에는 몰랐지만 내가 만난 최초의 레즈비언이었던 릴리를 따라해보려 한 안쓰러운 시도들을 떠올렸다. 작은 티셔츠 밖으로 삐져나온 스코티의 배, 그리고 뭘 해도 어설픈 자기 몸을 조금이라도 편안하게 만들기 위해 꼼지락대는 그의 모습에서는, 골반이 커진 다음에도 오빠의 축구복 반바지에 몸을 끼워넣으려 했던 내가 보였다. 덕 디글러가 던진 부스러기 관심을 감격해하며 주워 먹는 스코티를 볼 때마다 미아와 나누었던 그 짧디짧은 순간을 원래보다 중요한 무언가로 부풀리고 사소한 장면에 열정과 광명을 부여하면서 미아 또한 그럴 거라 믿었던 나를 떠올렸다. 스코티가 덕에게 키스하려고 했을 때는 어떻게 미아에게 내 감정을 거의 털어놓을 뻔했는지, 커밍아웃을 했다가 그 순간 거절당했을 때의 고통에 미리 몸서리치며 괴로워했는지를 생각했다. 결국 나는 미아에게 고백 같은 건 하지 않았지만 딕이 스코티를 거절했을 때 스코티가 느낀 수치심을 나도 느꼈고, 그가 불쌍해서 그리고 내가 불쌍해서 울었다.

나는 웨스턴의 레즈비언 시나리오가 굉장히 불편했고 처음에는 내 마음속 벽장으로 굴을 파고 들어가려고 어지간히도 노력했다. 하지만 이 가벼운 대화가 일으킨 먼지는 머릿속을 계속 떠돌았고, 언젠가부터 이성애자가 되길 간절히 기도하기보다는 커밍아웃에 대해 생각하고 있는 나를 발견했다. 이러한 사고의 전환은 매우 중대하고 훌륭한 것이었지만 이 생각의 소리에는 무시무시한 질문이 따라왔고 나는 그 질문에 언제나 최악의 답변만을 내놓곤 했다. 이걸 말해도 괜찮은 사람은 누굴까? 없음. 우리 가족이 날 버리겠지? 당연히. 레즈비언은 어떤 사람이야? 구역질 나는 사람. 레즈비언을 만나면 어떻게 해? 모두가 거부하지. 여기서 빠져나가고 싶어. 방법이 없을까? 자살하기. 지금 해라.

물론 웨스턴의 말이 100퍼센트 맞는다는 걸 알았다. 당연했다. 그즈음에는 나도 스스로의 성적 지향을 받아들인 상태였다. 하지만 이 안에 무언가 하나라도 좋은 것이 들어 있다는 생각은 도저히 할 수가 없었다. '자긍심' 같은 거창한 개념을 이야기하는 것이 아니라, 그저 판단을 내리지 않고 중립적으로 내 정체성을 볼 수가 없었다는 뜻이다. 이 사실을 바깥세상에 말하고 인정하면 과연 앞으로 안전할지도 자신할 수 없었다. 그 이전 해에 동성애가 비범죄화되었다지만 아직 어린 내가 봐도 법이 바뀌었다고 해서 사람들 마음까지 마법처럼 바뀔 리는 없을 것 같았다.

지금 생각하면 부끄럽고 미안한데 웨스턴은 실은 나에게 안전한 장소에서, 70세 이하의 첫 성인 친구에게 커밍아웃할 수 있는 기회를 선물했던 것이다. 하지만 내가 그 선물을 받지 않았다.

웨스턴의 교환학생 프로그램은 2학기 말에 끝났고 그는 유타로 돌아가게 되었다. 나는 절망했다. 그는 호바트에서 의미있는 방식으로 내가 애착을 갖고 삶을 공유한 유일한 사람이었다. 그의 생활 리듬을 읽는 법만큼은 기꺼이 배우고 싶었다. 그래서 친구가 떠났을 때 심장이 조이듯 아파왔다. 그래도 한가지 사실 때문에 괜찮았는데 웨스턴 역시 나와의 이별을 슬퍼한다는 거였다. 이는 분명 내가 원했던 아름다운 통과의례였지만 당시에는 깨닫지 못했으니, 그때는 평범한 사람들이 겪은 평범한 상황도 이렇게 아플 수 있다는 사실을 몰랐기 때문이다.

그가 공항으로 떠난 후 내 방으로 들어와 문을 닫고 커튼을 내리고 어둠 속에서 침대에 누워 내 안에서 일어나는 모든 감정을 받아들였다. 몇시간 뒤에, 내 생각이 몽상의 언저리를 헤매기 시작할 때 갑자기 노크 소리 때문에 깜짝 놀라 일어났다. 웨스턴이었다. 비행기를 놓쳐 다시 돌아왔고 며칠 더 머물러야 한다는 거였다. 나는 "그래" 하고 말하곤 그대로 문을 닫아버렸다. 내 입장에서는 이미 작별 인사를 했고 이별을 둘러싼 감정을 대부분 소화했으니, 이제 다음 장으로 넘어가야 했다. 그래서 나는 웨스턴을 알아서 하라고 두고 내 생각으로 돌아왔다. 우리가 다시 만나기까지 20년이 걸린다는 걸 그때 알았다고 해도 특별히 다르게 행동하진 않았을 것 같다.

웨스턴이 떠난 후에 편입 신청을 했고 어디든 나를 받아주는 본토의 대학에서 학위를 마치기로 했다.

내가 두려워하며 첫발을 내딛던 모든 인생의 단계마다 해미시는 내 곁을 든든하게 지켜주었다. 내가 먼저 해미시에게 도움을 요청한 적은 내 기억에는 없고 늘 해미시가 먼저 나서주었다. 초등학교 때는 학교생활에 적응하지 못하던 나를 크리켓 게임에 초대해주었다. 고등학교 때는 자기 친구들을 소개해주었는데 그들은 언제나 나에게 친절했다. 졸업 후에는 슈퍼마켓 일자리를 연결해준 다음 마치 내가 알아서 얻은 것인 양 자연스럽게 빠져주기도 했다. 대학 입학 신청서를 넣을 때도 도와주었고 나 혼자는 하지 못했을 모든 서류 작업을 할 수 있게 옆에서 용기를 북돋아주었다. 대학을 졸업할 때까지 필요한 용돈을 벌 수 있는 일자리를 소개해주기도 했다.

호바트로 갔을 때도 내가 먼저 전화하지는 않았다. 해미시가 나를 불러다 저녁을 먹이고 이 친구 저 친구의 맥주 마라톤에 초대했다. 해미시는 언제 어떻게 나를 도와야 할지 알았고 그사이에 내가 한 실수들은 스스로 해결하도록 거리를 두고 지켜봐주기도 했다.

주말에 해미시가 본토의 여러 대학 입학 신청서를 한다발 갖고 와서 지원서 작성을 도왔다. 우리 둘 다 나 혼자서는 못할 거라는 걸 알아서였다. 예술사를 공부하기로 했다. 물론 수익을 보장하는 일자리로 인도할 전공은 아니라는 걸 잘 알았지만, 내가 이제까지 해온 모든 것 가운데 그래도 가장 야망에 가까운 분야였기에 계속 공부하는 게 맞는 것 같았다. 지원할 수 있는 예술사 전공 학부 과정은 몇개 되지 않아 일요일 점심 즈음에는 대략 몇군데로 추릴 수 있었다. 기분이 좋아서 같이 맥주 몇잔을 마셨고 얼마나 크게 웃었던지 나는 하마터면 커밍아웃을 할 뻔했다. 아마 해미시야말로 내가 처음 커밍아웃을 하기에 가장 적합한 사람이었을 것이다. 우리는 어렸을 때부터 각별한 사이였고 모든 일에 이심전심이라 서로 질문을 할 필요도 없었다. 하지만 나는 커밍아웃을 하지 않았다. 왜 그랬을까? 그래도 최선을 다해 추측해본다면, 내가 나 자신을 너무 싫어한 나머지 어떤 종류의 친절이나 도움도 받을 가치가 없다고 생각했던 것 같다.

기말시험 이틀 전, 캔버라의 오스트레일리아국립대학교 편입이 허가되었다는 걸 알았다. 해미시에게 바로 전화해 이 기쁜 소식을 알렸다. 행복한 순간이었고 내게는 매우 중요한 해의 완벽한 마무리이기도 했다. 나는 집에서 나와 독립했다. 낙제하지 않고 대학 1학년을 무사히 마쳤다. 친구들을 사귀었다. 약간은 여물었다. 또 나름대로 마지막까지 최선을 다했건만 검은색 새틴 시트에서 처녀성을 잃지도 않았다. 아마 그해는 그때까지 내 인생에서 최고의 해였다고 해도 무방할 것이다. 다만 그 시간 내내 자살 사고가 늘 깔려 있었다는 점이 옥에 티였다고 할까?

그해 말 나는 일이나 수업 때문에 외출해야 할 때가 아니면 방 안에서 나갈 수가 없었다. 다른 일정은 모두 취소하고 연락을 끊고 혼자 방에 틀어 박혀 인류 역사에 담긴 모든 일을 걱정하는 시간을 가졌다. 물론 세상 살아가는 일이 고역이었던 건 이번이 처음은 아니었으나 그래도 언제나 내 안에서 안식처를 찾곤 했다. 최악의 상황에서도, 최고의 스트레스가 내 영혼을 밟아 뭉개어 누더기로 만들었을 때도, 조용하고 어두운 곳에서 나 혼자 고요히 몇시간만 있을 수 있다면, 뭐든 내 두뇌가 원하는 것에 대해 가만히 생각할 수만 있다면 나는 놀랍게 회복되어 다시 마음에 긍정적인 생각을 심을 수 있었다. 하지만 1998년의 어느 시점에서 그 구명보트를 잃어버렸다. 더는 어떤 것도 생각할 수가 없었다. 그저 침대에 누워, 멋대로 찾아와 내 마음을 지옥으로 만드는 우울한 생각의 늪에 점점 빠져들어갈 뿐이었다.

그래도 본토에서 새 인생을 시작할 기회가 손에 잡히자 동굴 끝에 약간 희망의 빛이 보였고, 나의 생각 사이클에서 최악의 생각은 걷어낼 수 있었다. 그래서 기말시험 마지막 날 내가 아는 친구들과 모두 모여 축하 파티를 했고 조금씩 회복의 기미가 보이기도 했다. 오후에는 한 친구와 맥주를 마시고 있었다. 원래는 그날 영화를 보기로 했는데 한잔이 두잔으로 늘어났고 아쉬워서 자리를 뜰 수 없었다. 어느 시점부터 나는 친구가 이야기할 때 친구 얼굴을 바라보고 있었고, 내가 지금 친구를 다르게 보고 있다는 걸 깨달았다. 황금빛 오후 햇살이 식당 안으로 들어왔다. 주변은 적당히 조용했으며 나는 친구 말을 듣기보다 친구의 얼굴을 자세히 관찰하기 시작했다. 그 친구의 턱선 때문이었을까? 어떤 생각이 불쑥 떠올랐고, 그러자마자 온갖 불길한 예측이 내 앞으로 정렬하기도 전에 용기를 내버리고 말았다. "있잖아. 나 아무래도 양성애자 같아. 약간. 그런 거 같아."

실은 더 용기를 내어 '동성애자'라고 말하고 싶기도 했지만, 혹은 '양성애자'라고 보다 당당히 선포했더라면 좋았겠지만● 그렇게 자신 없어 보이는 고백을 한 순간도 내게는 너무나 멋진 순간이었다. 친구는 활짝 웃더니 멋지다면서 자기 사촌 중에도 레즈비언이 있다고 했는데 눈치 없는 나도 그것이 이성애자만이 할 수 있는 말이라는 건 알았다. 내가 그 말을 한 이유는 그 순간 그녀와 키스를 하고 싶어서였다. 나는 공을 친구의 코트에 보냈고, 그녀는 그 공을 우아하게 받아 손에 조심스럽게 쥐어보았지만 나에게 도로 넘기지는 않았다. 그렇다고 졸라서 키스를 얻어낼 생각은 추호도 없었다. 내 머릿속의 내가 역겨운 사람이었을진 몰라도 친구에게 역겨운 사람이라는 말을 들을 정도의 위험은 자초하지 않을 터였다. 하지만 그렇다고 해도 친구가 딱히 거절했다고 할 수도 없었다. 그래서 그 말을 주고받는 1분가량 세상이 전부 아름답게 느껴졌다. 몇년 만에 내 안에 전에 없던 생명력이 꿈틀거리는 기분이었다.

나의 과거 가운데 크게 바꾸고 싶은 부분은 없다. 여기까지 와서 다행이라 생각하며 지난 일은 지난 일이다. 하지만 딱 한가지

● 양성애자들은 최고로 멋진 사람들이죠. 잘 알고 있습니다.

만 바꿀 수 있다면 그날 밤을 바꾸고 싶다. 그날은 누가 뭐래도 그 때까지 내 인생의 하이라이트라고 할 수 있었다. 벽장에서 나와 살짝 얼굴을 내밀었지만 나쁜 일은 생기지 않았고 다 편안했고 괜찮았다. 아니, 아주 좋았다. 그러나 그날 밤의 기억을 떠올릴 때마다 일절 좋은 감정이라고는 느낄 수 없게 되어버렸다. 그냥 전부 나쁘고 끔찍하기만 할 뿐이다. 이 기분을 묘사할 단어조차 이 세상에는 없다. 그냥 싫고 나쁘고 괴롭다. 오직 고통뿐이며 지금도 고통을 느끼며 공포 속으로 엉금엉금 기어가고 있는 것만 같다.

그날 집에 가다가 길을 잃었다. 깊이 생각에 빠져 있다가 내려야 할 정류장을 지나쳤고 고개를 들어보니 버스를 10분이나 더 타고 있었다. 다음 정류장에서 내려 길을 건너 반대편으로 가는 버스를 타면 된다고 생각했다. 하지만 반대편 도로에서 탄 버스는 내가 생각한 노선이 아니었고 그 사실을 알았을 때는 더 먼 반대 방향으로 가버린 뒤였다. 그래서 처음보다 집에서 갑절이나 더 멀어져버렸다.

내린 곳은 그리 안전해 보이는 동네는 아니었다. 정류장에서 버스를 기다리는데, 근처에 그날 밤 시내로 놀러 나가려는 듯한 젊은이들이 몇명 있었다. 이미 꽤 취해 있었고 남자 셋, 여자 둘이었다. 나보다 나이가 좀 많아 보였지만 학생 같지는 않았고 말투나 행동이 거칠어 내가 스미스턴에서 알던 동네 남자애들이 떠올랐다. 안절부절못하는 애들, 언제나 건수를 찾거나 사고를 일으키던 애들, 알고 보면 착하긴 하지만 가슴에 분노가 끓고 있어 언제라도 그 분노를 표출할 수 있는 시한폭탄 같던 애들. 이 남녀들은 자기들끼리 신나서 놀고 있었는데 갑자기 그중 한 여자애가 나에게 걸어오더니 “안녕” 하고 인사를 했다.

내가 무슨 말을 했는지 모르겠지만 그 여자는 웃었다. 그녀는 다시 한번 듣고 싶게 만드는, 낮게 시작되어 점점 커지는 웃음소리를 갖고 있었다. 나는 두어번 더 그 웃음소리를 들을 수 있었고 그때부터 모든 것이 엉망이 되었다. 우리가 무슨 대화를 나누었는지 모르겠지만 내가 수작을 걸고 있었다고는 생각지 않는다. 아니, 어쩌면 그랬을지도 모른다. 어쩌면 그날 내가 이제 막 벽장에서 걸어나오려 했기에 잠깐 대담해졌는지도 모른다. 누가 알겠나? 하지만 그날의 내 생각은 중요하지 않다. 그 여자의 남자친구는 내가 자기 여자를 유혹하고 있다고 단정했고, 내 앞을 가로막더니 손으로 내 가슴을 힘껏 밀쳤다. 내가 비틀거리며 뒷걸음질을 치자 그는 나에게 달려들어 더 세게 몸을 밀쳤다. “내 여자친구 건드리지 마. 게이 새끼가.” 같이 몸싸움에 얽힐 의도는 절대 없었다. 항복의 의미로 양손을 들었다. 나를 때릴 핑계를 만들어주고 싶지 않아서였다. 그때 그의 여자친구가 소리쳤다. “왜 그래? 이 사람 여잔데.” 그러면서 그 사랑스러운 웃음소리를 내며 다시 웃었고 이 황당한 일은 시작했을 때처럼 어이없게 끝나버렸다. 남자가 굵고 짧고 빠르게 “미안합니다”를 연발했고 그는 아직까지도 내가 들은 말 중에 가장 황당무계한 소리로 남아 있는 그 말을 했다. “난 게이 자식인 줄 알았지.” 아니, 누구도 생각해내지 못할 이 참신한 헛소리는 무엇이란 말인가! 진심으로 게이 남자인 내가 자기 여자친구에게 끼를 부린다고 생각했단 말인가? 지금까지도 그의 멍청함에 헛웃음이 나온다.

그는 계속 미안하다며 용서해달라고 하더니 아까 자기가 구겨버린 내 셔츠를 펴주려고 했다. "미안해. 내가 원래 여자는 안 때리는데." 그는 그 말을 반복하다가 내 셔츠를 매만지는 척하며 내 가슴을 만지려고 들었다. 하지만 그를 믿을 수는 없었다. 분명 이전에도 두 남녀 사이에 이와 비슷한 상황이 일어났을 것이다. 그 여자는 자기 소유다. 자기 소유물을 지키기 위한 폭력은 인정된다. 내 직감은 옳은 것으로 판명되었다. 이 사람은 여자를 때리고도 남을뿐더러 때릴 수밖에 없어서 때렸다고 정당화까지 하는 남자였다.

그는 몇미터 정도 걸어가다가 갑자기 뒤를 홱 돌아보았다. 고개를 갸우뚱하더니 눈동자를 내게 고정하고 눈빛으로 나를 뚫어버릴 듯이 쏘아보았다. 마침내 알아차린 것이다. 이번에 그가 내게 다가올 때는 여자친구가 한발 물러났다. 나는 그 기이한 1분을 절대 잊지 못할 것이다. 시간은 제멋대로 작동하여 갑자기 빠르게 흘렀다가 한없이 느리게 흘러가기도 했다. 그는 내가 어떤 사람인지 정확히 보았고 그 사실이 그에게 맹렬한 분노를 일으킨 게 분명했다. 그의 눈에서 활활 타는 분노가 보였다. 몇분 전, 집중력 부족이 자아낸 코미디 같았던 상황극은 일순간 나를 향해 꽂힌 격렬한 분노로 변했다. 그리고 그 분노가 나를 수치심의 감옥에 가두었다.

나의 수치심 또한 그의 분노만큼이나 뜨겁고 생생했기에 내 목으로 날아오는 주먹을 피하지도 않았고 그 주먹질이 앗아간 호흡을 되찾으려 하지도 않았다. 그냥 바닥에 엎드려서 버스가 오기 전까지, 그가 했던 세번의 발길질을 온몸으로 받아내고 있었다. 발길질이 멈춘 뒤에도 나는 움직이려고도 일어나려고도 하지 않았다. 최대한 숨을 죽이고 누워 있었다. 그가 나에게 침을 뱉고 '여자 게이'라 부르면서 떠났을 때도 손가락 하나 까딱하지 않았다. 그 남자와 그 여자친구와 씨발 이 좆 같은 세상이 그 버스를 타고 떠날 때까지 숨소리도 내지 않고 죽은 사람처럼 누워 있었다.

인터미션

내가 태즈메이니아를 떠난 시기와 스탠드업 코미디언으로 데뷔한 해 사이 7년이 조금 안되는 시간이 있다. 7년이란 세월은 그 시간을 직접 살고 있을 때는 절대로 짧게 느껴지지 않는다. 이 시기 젊었던 나는 성장하기는커녕 뒤로 넘어져도 코가 깨지는 상황을 무한 반복하고 있었고 지금 거리를 두고 봐도 그렇다. 내가 '방랑의 세월'이라 부를 이 시기에 대한 기억은 부옇게만 남아 있어 시간순이나 사건순으로 정리할 수가 없다.

내 삶에서 가장 위태로운 나날이었고, 굳이 되살려서 펼쳐 보이지는 않아도 될 것 같다. 독자들도 이해해주리라 믿는다.

또한 내 이야기를 밑바닥 인생에서 시작해 성공한 유명인이 되었다는 감동 포르노 서사로 읽어주지 않길 바란다. 사실이 그렇지 않아서다. 나는 어떤 한 사람이 겪은 불행을 세세하게 들추어내야만 연민과 공감을 보내는 세상이 아니었으면 좋겠다. 재미와 이해를 상호 교환하지 않았으면 좋겠다. 하지만 나는 이 세상을 주관하고 있지 않고, 내 이야기도 주관하고 있지 못하다. 그래서 이렇게 말하곤 한다. 트라우마를 관통하는 일직선 따위는 없다고.

앞서 말했던 주의사항을 다시 짚어보고자 한다. 혹시라도 내 이야기를 읽다가 '진실 탐정' 놀이를 하고 싶다 해도 참으시기를. 그래도 참을 수가 없다면, 맥락과 알리바이 사냥이 독서의 즐거움이라면 행운을 빌겠지만 내가 여러분이 제작한 미스터리 사건 파일류의 팟캐스트를 듣고 싶지는 않을 것 같다. 그래도 나름대로는 최선을 다해서 이 시기를 그려보려 한다. 다만 시간 순서와 장소가 헷갈린다면…… 잘된 일이다. 이 글을 읽는 여러분 모두, 이 시기엔 내 것이 아니었던 안정과 평화를 갖길 소망한다.

4장

방랑의 세월

코미디를 시작하다

신데렐라 불사조

관중의 함성은 마치 거대한 장벽처럼 나를 가로막았다. 사람들 환호가 너무 크고 요란해서인지 내 입이 떨어지지 않았다. 발화 능력 상실이 난생 처음 겪는 고난은 아니었고 이전에도 무대로 나가기 직전의 긴장은 나의 음소거 버튼을 껐다 켰다 했지만 이번에는 달랐다. 대중 앞에서 말하기의 공포 때문이 아니라 대중의 소리 자체 때문에 말문이 막혀버린 것이다. 이론상으로는 이럴 때 어떻게 해야 할지 알았지만, 이론은 관객 1500명이 동시에 박수하고 환호할 때 유난히 감각에 예민한 내 몸이 그 현실을 감당하는 방법까지 대비해주지는 못한다. 무대에 올라 첫번째 걸음을 떼고 두번째 걸음을 내딛는 사이 관객의 소리가 파도처럼 덮쳤고, 그 순간 나의 두뇌와 입을 연결하는 선이 끊어져 다시는 살아나지 않을 것만 같았다.

내가 기억하는 한 사회적 긴장과 압박은 언제나 내 두뇌를 마구잡이로 흐트러뜨려놓곤 했다. 그래서 이십대 후반 즈음에는 사람들이 눈치채기 전에 내 입에 기어를 넣기 위한 다양한 장치를 개발해둔 상태였다. 핵심은 준비였다. 내가 하고 싶었던 말의 첫 부분만 잘 시작하면, 바로 수다쟁이 기어를 넣어 더듬거리지 않고 말을 할 수 있었다. 말의 '내용'만 준비하는 것으로는 충분치 않다. 문단 자체를 달달 외워 몸이 저절로 기억하도록 만들어야 한다. 즉 수백번 반복해 이미 의미는 사라지고 내 입에서 나오는 말이 한번 배우면 잊어버리지 않는 자전거 타기가 되어야 한다. 그렇게 다년간의 훈련 끝에 여러 문장을 축적해두어 말로 실내 자전거를 타는 수준이 되었고, 그 얘기는 곧 어릴 때처럼, 즉 인생이 늘 새로운 상황의 연속일 때만큼 강도 높은 훈련을 하진 않아도 된다는 뜻이었다. 아마도 평생 해왔던 이 스피치 훈련 덕분에 내가 무대 체질이라는 인상을 수게 된 것 같다.

처음으로 공연을 하고 무대에서 내려오는 순간부터 코미디에 타고난 '재능'이 있다는 말은 수없이 들었다. 정말 놀라운 건 나도 그 말을 부정하지 않았다는 점이다. 코미디언 취임식 전에는 27년을 살면서 내 능력에 그 어떤 자신감도 가져본 적이 없었다. 나는 언제 어떤 분야에서든 잘해야 중간 정도 갈까 말까 한 사람이었다. 하지만 처음으로 사람들에게서 웃음을 끌어낸 순간 대부분의 사람들보다 잘해내는 한가지 일을 만났다는 생각이 들었다. 내가 코미디의 장인쯤 되어서가 아니다. 웃음이 나에게 불러일으키는 효과가 남달랐기 때문이다. 정말 기분이 끝장나게 좋았다. 사실 웃음의 의미를 해석하지도 않았고 그냥 웃음을 일종의 검증이나 인정이라 여기며 끝까지 들이켰다. 웃음이 나를 어떻게 느끼게 하느냐가 가장 중요했다. 이제껏 다른 사람들이 그토록 진지하고 확실하게 나에게 집중해준 적은 없었다.

내 생애 최초 공연은 멜버른 국제 코미디 페스티벌이 주최한 신인 코미디언 발굴 대회인 '로'Raw 코미디 대회에서 이루어졌다. 매년 한번씩 오스트레일리아 전역에서 뜨거운 코미디 열기가 펼쳐진다. 전국의 신인 코미디언들이 주 결선에 참가하고 각 주의 1위가 멜버른 코미디 페스티벌의 최종 결선에 진출하며 이 무대는 TV로 전국에 방송된다. 내가 특별히 전략이 있어서라거나 혹은 전부터 코미디언이 되고자 하는 야심이 있어서 이 대회에 나가게 된 건 아니다. 반은 농담으로 친구에게 심심한데 거기나 나가볼까 했던 것이 시초였다. 몇주 정도 라디오에서 이 대회 홍보 광고를 두세번 들었고 맥주와 권태로 채워진 멍청한 이 몸은 그 순간 그것이 갑자기 세상에서 제일 쉬운 일처럼 느껴져서, 친구에게 한번 가볍게 던져본 것이다.

대학 졸업 후 거의 소식이 끊겼던 친구와 3년 만에 만나 맥주잔을 기울이면서 서로의 근황을 묻던 중이었다. 그의 삶은 썩 괜찮았고 나는 아니었다. 그의 인생은 안정적인 경로를 착실히 따라가는 중이었고 나는 아니었다. 그래서 나는 내 삶을 여러가지 삽화로 나눠 그중 재미있는 에피소드만 선별해 들려주어 그를 웃기는 중이었다. 친구가 어떻게 지내느냐고 물었을 때 나는 남부에서 북부까지 전국의 나무를 다 심고 다니느라 팔목이 망가져서 이제 시드니에 의사를 만나러 가는 참이라고 했다. 내가 땡전 한

푼 없이 오갈 데 없는 신세라는 말은 하지 않았다. 그런 고백 대신 예전에 마약팔이가 운전하던 사륜 오토바이에 치인 사건을 이야기해주었다. 알고 보면 안쓰럽고 슬픈 이야기이기도 한데 친구에게 말한 부분은 모두 웃겼고, 아마 그래서 친구가 '로' 코미디 대회에 꼭 나가보라고 응원해준 것 같기도 하다.

태즈메이니아를 떠난 후 예술사 학위만 있으면 내가 원하는 미술관에 재깍 취직이 되어 안정적인 수입을 얻으리라는 희망을 품었었다. 물론 내 생각은 처음부터 끝까지 완전히 틀렸다. 3년 만에 끝내야 할 학위를 5년 걸려 받았고, 졸업 후에는 너무나 지쳐서 아르바이트를 하던 서점 근무 시간을 늘리며 앞으로의 인생 전반에 대한 계획을 세울 생각이었다. 내 존재를 지탱해줄 학교나 회사라는 방패막이 없고, 앞으로 나아갈 목표나 꿈도 사라진 나는 심삭하게 허우적대기 시삭하여 연날아 최악의 선택을 했다. 졸업 2년 만에 다시 뜨내기 농장 노동자가 되었으며, 집도 절도 없이 떠돌았고 철저히 혼자였다.

코미디를 한번 해보겠다는 생각이 그 시점까지 해온 수많은 한심한 결정과는 다른 결과를 보장할 거라 기대한 사람도 없고 그럴 이유도 없었다. 나 또한 당시 내 인생이 어지간히 안 풀린다는 걸, 시도하는 일마다 실패한다는 걸 인지하고 있었으며 생각도 망하는 방향으로만 향하고 있는 듯했다. 지금 돌아보면 그때의 나는 너무나 외롭고 나약하여 툭 건드리면 쓰러져버릴 것만 같은 상태였다. 그 구렁텅이에서 내가 나 스스로를 구출한 건 아니었다. 운이 좋았다. 너무나 많은 사람이 평생 열심히 일하지만 본인 잘못 없이도 점점 지리멸렬해지고 빈곤해지는 삶을 산다. 많은 사람이 나보다 더한 악순환에 갇혀 있기도 하다. 따라서 내 안에 어떤 우월한 정신이 있어 고난을 헤쳐나왔다고 주장하고 싶지는 않다. 내가 한 일은 어쩌다 코미디 대회에 나갔던 거고, 그때 딱 한번 운이 좋았던 것뿐이다.

마이크에 가까이 가기 전에 곁눈으로 보니 크레인 같은 기계에 달린 카메라가 서서히 움직이며 무대로 올라가는 나를 따라오고 있었다. 그날 오전 리허설을 하며 카메라 이야기를 듣긴 했지만 무대 공포 때문에 잠시 잊고 있던 차였다. 놀랄 때마다 화들짝하는 나의 통제 불가능한 습관처럼 그날도 사람들 앞에서 화들짝 놀라고 말았다. 확실히 내가 사람들 눈에 확 띄게 우습게 놀랐는지 내가 무대에 오르는 순간 관중의 환영 박수는 곧 웃음으로 바뀌었다. 그 웃음이야말로 내가 들어야 했던 소리였고 내 몸을 떠났던 영혼은 다시 돌아와 목소리를 찾았다.

그뒤로 내가 마이크를 잡기도 전에 이미 우승은 따놓은 당상이었다는 말을 가끔 들었다. 물론 듣기 좋은 칭찬이긴 하지만 진짜로 그랬을 리는 없고 그 말이 그 순간의 내 경험과 일치하지도 않는다. 그 경험의 내 버전에서 나는 우승을 할 자신도, 내가 우승할 이유도 없어 보였고 한없이 길게만 느껴지던 심사 시간 20분은 난 어차피 안 될 거라는 생각과 어쩌면 될지도 모른다는 생각이 싸우는 피 말리는 1분 1초였다.

기도하고 있었다고는 말 못하겠다. 하지만 간절히 이기고는 싶었는데 진짜로 간절했기 때문이었다. 초짜의 멋모르는 야심은 이

날 대외적인 인정을 받는 일 하나에 집중되어 있었다. 이 상을 못 받으면 절대 코미디계에 데뷔할 수 없을 거라 믿어서는 아니었다. 어쩌면 나는 이 상을 받지 않았어도 코미디언으로 '성공'했을지 모른다. 하지만 그 대회에서 상을 받지 못했다면 그뒤로 내 인생이 어떻게 흘러갔을지 장담할 수 없다. 어쨌건 나는 우승했고 그 사실만으로 충분하다. 전국 대회에서 수상을 하며 신인 코미디언으로서 출발선에 서게 된 것이었다. 그러나 출발은 시작과 다르다. 이 세상은 출발을 지켜봐주고 출발이 역사가 되기도 하지만 제대로 된 이야기는 보이지 않는 데서 시작하며, 이야기의 가닥은 내가 선택할 수 있는 것이고 나중에 다시 이야기할 때도 그 맥락을 따르게 된다. 하지만 이 코미디언 데뷔에 관한 이야기만큼은 정말로 어디서부터 시작해야 할지 모르겠다.

이날 이때까지, 어떻게 코미디언을 하게 되었느냐는 질문을 받으면 적절하면서도 그럴듯한 답을 내놓을 수가 없다. 아이러니하게도 내 인생은 홍보 면에서는 황금알이었을 텐데, 모두가 언더도그 이야기를 좋아하는 걸 보면 그런 생각이 든다. 하지만 그때는 내 인생이 이야깃감이 될 거라 생각 못 했고 그저 부끄러워 감추고만 싶었다. 더 부끄러웠던 건 나 자신에게도 내가 그동안 얼마나 처참하게 실패했는지 설명할 수가 없다는 점이었다. 나의 성공 스토리는 연이은 실패로 방점이 찍혀 있었기에 누가 들으면 거짓말이라고 했을 것이다.

꼭 대답해야만 하는 상황이라면, 친구가 내 이야기를 듣고 웃다가 관객 수를 늘려야 한다고 했던 말이 로 코미디 출전 계기가 되었다고 말한다. 가끔은 조금 더 덧붙여 그때 수술에서 회복하고 무직 상태라 할 일을 찾고 있었던 참이라고도 한다. 아주 가끔은 농장에서 일하다가 부상을 당했고 손목 관절 부분 유합 수술을 했다는 식으로 조금 더 자세히 설명하기도 한다. 이 중에 거짓말은 하나도 없지만 단순화한 건 맞는다. 이런 얘기는 당시 나의 현실을 전혀 반영하지 못한다. 떠돌이 생활과 방황과 고독과 노숙과 강간과 임신중지를 담아내지 못한다. 하지만 어떻게 그걸 말할 수 있겠는가? 트라우마로 저지된 인생을 관통하는 단 하나의 직선은 없다.

엄마의 마스터 클래스

엄마 앞에서 첫 코미디 공연을 하는 일이 한번은 거쳐야 할 관문이라는 건 이미 알고 있었다. 하지만 엄마가 공연장에 직접 왔을 때에야 비로소 그게 얼마나 보통 일이 아닌지 이해했다. 데뷔하고 무대에 선 지 1년이 넘은 시점이었고 약간은 프로가 되어가는 느낌이긴 했지만, 엄마를 내 손안에서 주무를 수 있는 경지에는 절대 이르지 못한 때였다.

호바트 코미디 페스티벌은 규모는 작아도 지원이 잘되고 있는 행사였고 그날 밤에는 공연장 만석에 관객 분위기가 유난히 좋았다. 나는 그날 공연자 여섯명 중의 한명으로, 내게 배당된 시간은 10분 정도였다. 엄마가 그날 저녁의 왁자지껄한 분위기에 기가 죽을 수도 있다고 생각했지만. 글쎄, 착각은 내 자유겠다. 그래도 좋게 끝날 수도 있다는 희망을 가진 건 엄마의 가장 친한 친구가 동행했기 때문이었다. 나는 원래부터 매릴린 아줌마를 무척 좋아했고 특히 이날 저녁에는 침착한 아줌마의 존재가 큰 도움이 될 거라 믿었다. 그럴 수만 있다면 아줌마에게 나의 신장 두개와 간 한조각을 줄 의향도 있었으니 수년 전 우리 둘 다 장만할 형편이 안됐던 그 '페팃 카버'로 잘라서 주면 될 터였다. 하지만 두 사람을 입구에서 만나자마자 참을 만한 시련이 될 거라는 희망은 피시식 꺼지고 그 자리에 공포의 연기가 피어올랐다. 엄마는 나한테 인사도 없이 곧바로 와인 한잔이 터무니없이 비싸다는 불평을 시작했다. 나의 장기를 나무 주걱으로 퍼내는 편이 내가 앞으로 견뎌야 할 시련보다는 나을 것임을 직감했다.

엄마 말이 옳았고 나도 기본적으로 동의했다. 음룟값이 비싼 편인 건 사실이었다. 문제는 엄마가 목소리를 제발 낮춰달라는 내 말을 무시하고 뒤돌아서서 사람들에게 '방금 1층에서 와인 두 잔을 사 마신 돈으로 와인이 들어 있는 오크 통 하나를 살 수 있겠다'며 쩌렁쩌렁 울리게 말한 것이었다. 사람들이 반응해주자 엄마는 자제를 못 하고 더 크게 떠들어댔고 주변 사람들은 엄마의 독무대를 즐기고 있었다. 하지만 그래도 엄마를 제자리에 착석시킬 수는 있었는데 물론 그전에 또다른 목적지인 바에 들러야 했다. 엄마를 앉히자마자 엄마가 요청한 술 한잔을 더 가져다준 다음 바로 무대 뒤 대기실로 가서 다른 코미디언들과 대기하며 이제부터 내 앞에 펼쳐질 지옥을 기다렸다. 엄마가 나보다 더 긴장했음을 알 수 있었는데, 엄마가 긴장할 때 나오는 버릇인 와인 원샷하기를 하고 있어서였다. 하지만 무대 뒤에 가서 다시 보니 엄마는 생각보다 아주 잘 적응하고 있는 듯했고 굉장히 좋아 보였다. 사실 엄마 주변의 사람들이 엄마가 제공하는 사전 오락 프로그램을 즐기고 있는 걸 보고 걱정이 되긴 했다. 엄마는 사람들을 웃길수록 더 대담해지며, 대담해질수록 점점 더 자기가 어디 있는지 잊는 사람이니까.

첫번째 무대는 코미디언 조시 얼의 무대로, 그도 나와 같은 태즈메이니아 북부 해안가 출신이지만 나와는 달리 첫눈에 출신을 알아보기 어려운 인물이다. 그날 밤 그는 기타를 연주하며 자기 가족과 자기 직업인 도서관 사서에 관한 노래를 불렀다. 나는 조시가 좋았다. 지금도 좋아한다. 하지만 엄마는 크게 감명받지 못한 듯했는데, 사람들이 당신 앞에서 음악 연주하는 걸 무척 싫어하는 편이기 때문이었다. 조시가 더욱 걱정이 된 이유는 엄마가 특히 혐오하는 두가지 특징을 모두 보유하고 있어서였다. 그는 '샤우팅' 창법을 구사하는 '숏다리' 남자였다. 살짝 보니 엄마는 자리에서 들썩거리면서 매릴린 아줌마에게 무슨 말인가 했고, 아줌마는 웃으면서 엄마에게 쉬쉬 조용히 하라고 말했다. 그때 엄마가 몸을 펴더니 의자에 등을 기대고 앉아 크고 당당한 목소리로 자신이 관찰한 사실을 있는 그대로 이야기하는 게 아닌가. "저 사람은 앉은키가 더 크겠는데." 나는 기겁했다.

엄마 주변으로 웃음이 잔잔한 물결처럼 퍼졌다. 조시가 엄마 말을 들었는지 안 들었는지는 모르겠지만 분위기가 산만해진 건 알아챈 것 같았다. 다행히 그는 이성적으로 잘 무시하고 자신의 공연을 계속 이어갔다. 하지만 대기실에 있던 다른 코미디언들이 갑자기 이 상황에 주의를 기울이기 시작했다. 원래 코미디언들이란 동료 코미디언이 무대에서 당황하는 걸 보는 게 세상에서 가장 즐거운 사람들이다. 그때는 몰랐다. 나는 스탠드업계의 신참이었으니까. 하지만 코미디언들은 이른바 '방송 사고'를 우라지게 좋아한다.

조시의 첫번째 노래는 도서관 사서의 일상에 관한 노래로, 사서가 자주 하는 말인 "쉬쉬"가 가사에 다수 들어 있었다. 웃어줄 준비가 된 선의의 관객들 사이에서 웃음이 새어 나왔지만 엄마는 더 부스럭거렸다. 엄마는 조용히 하란 소리를 듣는 걸 제일 싫어하는 사람이었고 조시가 계속 "쉬쉬" 하자 엄마는 공개적으로 저항의 목소리를 내기로 한 모양이었다. "나한테 '쉬쉬' 좀 작작해요!" 나는 놀라지 않았다.

나는 그저 엄마가 가장 잘하는 걸 하면서 그 공간을 장악하는 모습을 공포에 질려 지켜보는 수밖에 없었다. 나라면 마이크가 내 손에 들려 있고, 얌전히 앉아 내가 무슨 말을 해주길 기다리는 관중이 있는 경우에만 그 공간을 장악할 수 있다. 조금만 상황이 달라져도 힘을 전혀 못 쓴다. 하지만 엄마는 자신이 발 딛는 모든 공간을 장악한다. 왜 내가 이 공간은 다를 거라 기대했는지 도무지 알 수가 없었다.

조시의 무대가 반 정도 지났을 즈음 내 안에는 진득한 두려움이 피어올랐으나 그가 무대를 마치고 내려왔을 때 나는 바로 괜찮아졌고 가슴이 부풀어 오르기도 했다. 솔직히 말하자면 불편한 기분 사이에 약간의 자부심도 섞여 있었다. 분위기가 뜨겁게 달아올랐고 무대 뒤 대기 중인 코미디언들은 신나서 덩실덩실 춤이라도 출 기세였는데, 이 모든 걸 우리 어머니가 해낸 것이다. 엄마는 저 코미디언 동료가 해내지 못한 일을 했다. 관객들은 모두 목을 길게 빼고 눈을 빛내며 엄마가 다음에는 또 어떤 돌발행동을 할지 지켜보고 있었다.

다음 무대에 올라간 코미디언은 생머리를 허리까지 기른 너드 같은 남자로, 분명 엄마가 이에 대해 한마디 할 거라 예상했고 내 예상은 적중했다.

"우아, 늙고 고생한 라푼젤 같아."

이 '라푼젤'은 믹 로웬스톤이라는 다정하고 착한 남자 코미디언으로, 풍부한 상상력을 가지고 약간은 초현실적인 세계를 창조하는 독특한 코미디를 했다. 엄마는 그의 의식의 흐름 스타일을 따라가는 데 어려움을 겪고 있는 듯했고 그 혼란 덕분에 잠시 침묵의 시간을 갖게 되어 다행이었다. 하지만 엄마가 다시 나서는 건 시간문제임을 나는 알았다. 관객들이 무대에 적응하면서 자기들 사이에 돌발행동을 멈추지 않는 사람이 있다는 사실을 잊어버리는 동안, 나는 더 바짝 긴장했다.

엄마의 참견에 심술궂은 의도가 있거나 머릿속 계산이 있는 건 전혀 아니다. 엄마는 그저 매 순간에 충실한 사람이다. 그러다 가끔은 너무도 충실한 나머지 자신이 말로 평가를 내리는 대상이 사람인지 사물인지도 잊어버린다. 한번은 엄마가 실제 집을 보며 이렇게 말한 적도 있다. "어머, 너 그 색깔 입으니까 뚱뚱해 보인다." 믹이 카약을 타는 연기를 마임으로 하다가 스타벅스 이야기를 잠깐 한 뒤에 엄마의 참견 타임이 찾아왔고, 그는 대번에 말문이 막히고 말았다. 여기서 약간의 맥락 설명을 하자면, 스타벅스는 아직 태즈메이니아를 침공하기 전이었고 태즈메이니아 시민들은 이 점을 꽤 자랑스러워하고 있었으며, 따라서 이 카페계의 대형 프랜차이즈 괴수가 촉수를 뻗기 시작하자 태즈메이니아 시민들은 격렬하게 저항하고 있었다. 그래서 믹이 '스타벅스'라는 단어를 꺼내기만 했을 뿐인데도 객석은 대번에 술렁거렸다. 말랑말랑했던 분위기는 일순간 딱딱한 적대로 변했고 스타벅스라면 기겁하는 사람들이 중얼거리기 시작했다. 태즈메이니아 출신인 믹은 이 반응을 예상했어야 하는데 그러지 못한 것이 확실했다. 믹은 순간적으로 당황해서 균형을 잃은 것 같았다. 바로 그때 엄마가 나섰다. 화난 사람들 사이에서 이제는 관중에게도 익숙해진 목소리로 믹이 간신히 붙잡고 있던 이 공간의 주인공 자리를 빼앗았다. "근데 스타벅스가 뭐유?"

짧은 순간이지만 시간이 멈춘 듯했고 믹은 천천히 정신을 차리더니 자신의 노 젓는 마임 연기를 다시 시작했는데, 방해를 받긴 했지만 제 할 일을 해야 한다고 생각한 것 같았다. 그러나 그는 매우 어리석은 두가지 가정 아래 행동했다. 첫째, 그는 엄마가 농담하는 줄 알았다. 둘째, 엄마를 무시해도 된다고 여겼다. 나는 왜 그가 농담이라고 생각했을지도 이해한다. 아니, 스타벅스 모르는 사람이 어디 있겠는가. 뉴스에 온통 그 이야기뿐이었다. 하지만 엄마는 정말로 그 스타벅스 뭐시기가 뭔지 알고 싶어서 질문을 한 거였다. 엄마가 무시당하는 걸 참고 있을 사람이 아니라는 건 말할 필요도 없다.

“아니, 넘어가지 말고. 대답을 해줘야지.” 엄마가 재촉했다.

이번에는 믹도 그 상황을 설명하고 넘어가야만 했고, 그는 입으로 노 젓는 척하기를 멈춘 뒤 머리를 굴려 본인이 생각하기에 가장 안전하고 상식적인 설명을 고안하고 있었다. 그의 엉뚱하고 기발한 무대 페르소나는 그즈음에는 다 사라져버렸으며 얼굴은 두려움, 그리고 약간은 재밌어하는 황당함으로 가득했다. 그가 눈에 띄게 흔들리는 모습에 대기실의 코미디언들은 하이에나가 먹이를 찾았을 때처럼 기쁨과 흥분으로 눈이 반짝였다.

“커피숍계의 맥도날드랄까요?” 그가 주춤거리며 대답했다.

“아하.” 엄마가 대답했다.

믹은 그제야 안심하며 다음 대사를 시작했지만 이제 그 상상 속 물 위에서 상상의 노를 젓기에는 너무 어색해져 있었다. 바로 그때 엄마가 또 한방을 먹였다. “난 또 영화 제목인 줄 알았지!”

타이밍이 이보다 더 완벽할 순 없었다. 사람들 웃음소리가 터졌고 믹은 이 폭풍이 지나가길 기다리는 수밖에 없었다. 얼마 후 그는 자신의 무대를 구조하려는 시도를 했으나 리듬을 다시 찾기는 이제 거의 불가능해졌다. 관중이 그를 거부한 건 아니지만 분위기가 정말로, 정말로 산만해졌다. 사람들은 이제 이 돌발행동자에게서 뭔가 더 나오기를 기다렸다. 얼마 후 관객들의 관심이 다시 한번 믹과 보이지 않는 카누로 돌아갔다. 하지만 그가 겨우 다시 궤도에 오르려고 했을 때 엄마가 결정적 멘트를 날려 마지막 남아 있던 숨통마저 끊어버렸다.

"미안해요. 나는 또 「스타워즈」인 줄 알았지!"

믹은 마지막으로 노 젓기를 멈추고, 최대한 우아하고 품위 있게 무대를 빠져나갔다.

장담하는데, 지금까지도 이렇게 완벽한 타이밍의 코미디를 목격한 적이 없다. 하지만 그 일이 일어나고 있을 때 우리 엄마의 천재적인 코미디 재능에 감탄만 하고 있진 않았는데, 내가 그다음 차례였고 무시무시한 무대 공포에 사로잡혀 있었기 때문이다. 그래도 믿는 구석 딱 하나는 아직까지 아무도 이 돌발행동자가 우리 엄마라는 사실은 모른다는 것이었다. 물론 그 믿는 구석은 내 이름이 호명되자마자 엄마가 자리에서 벌떡 일어나 소리칠 때 깨지고 말았다. "우리 딸이유!" 이제 객석은 난리가 났다.

나는 10분 동안 공연을 하게 돼 있었고 그건 제한 시간을 넘겨 5분 정도는 원래 준비한 내용에 비해 더 길게 말할 수도 있다는 뜻이었다. 이건 더 문제였는데, 내 소재 대부분이 우리 엄마인데다 엄마가 이 주제에 대해 입 다물고 있을 리가 없었기 때문이다. 나는 극도로 겁에 질렸다. 나는 아직 신인이었고 관중의 야유를 받아본 적이 없었다.

먼저 모든 관객이 나에게 가질 의심을 확인해주는, 아주 신중하게 짜놓은 농담으로 시작했다. 그 모든 농담은 다음 한 문장으로 요약된다. 안녕하세요, 저는 태즈메이니아 출신의 뚱뚱하고 뭘 해도 어색한 레즈비언입니다. 태즈메이니아 사람들이 워낙 자기 동네 이야기를 좋아하기 때문인지 이 농담은 사람들의 웃음을 끌어낼 수 있었다. 나는 굉장히 전형적인 스타일의 덩치 큰 레즈비언이긴 하고, 관중 속 돌발행동자가 나를 자기 딸이라 주장한 다음에 내가 얼마나 어색해할 수 있는지도 확인되었다. 사실 가장 웃음소리가 컸던 쪽은 또 한차례의 방송 사고를 고대하며 목을 빼고 있을 무대 뒤 동료들이었다.

이제 본격적으로 농담에 들어갔다. "저는 다섯 남매 중에 막내입니다. 그런데 참 이상한 일이죠. 우리 엄마는 섹스를 아주 싫어하거든요."

여기서도 사람들은 크게 웃어주었다.

"섹스란 단어도 싫어하세요. 관련된 행동도 싫어하세요. 그리고 제 생각에 그 일이 유발하는 결과도 약간 싫어하는 듯한 느낌?"

사람들은 신나했다. 나도 신났다. 엄마는 신나지 않았다. 엄마는 자리에서 일어나 뒤를 돌아보더니 관중을 향해 소리쳤다. "아우, 쟤 말 다 듣지 말아요. 저 애 멍청이예요!"

나는 다음 소재인 어린 시절 드레스 코드로 넘어갔다. "대체로 엄마들은 딸을 공주처럼 입히고 싶어 하잖아요. 그런데 저희 엄마는 가구에 커버를 씌운다고 생각했던 것 같아요." 엄마는 처음의 가벼운 공격에는 가만히 있었지만 자기가 만들어준 못난이 트레이닝복에 대한 불만을 꺼내자 나에게 거짓말하지 말라고 했다. "그거 네 언니 주려고 만든 거였어. 그리고 나 너처럼 말 안 하거든?" 하지만 내가 엄마 성대모사를 꽤 잘한다는 걸 충분히 들어 알고 있던 관객들은 나에게 환호를 보내기 시작했다.

대담해진 나는 처음으로 대본에 없는 대사를 하기로 했고 엄마 목소리로 엄마에게 대항했다. “아니에요. 엄마 원래 이렇게 말해!” 나의 대담함은 성과를 얻었다. 엄마는 내가 친 덫에 걸려들었고 내가 지금 방금 한 것과 똑같은 목소리와 말투로 외쳤다. “안 그렇게 말해!”

몇번의 주거니 받거니가 이어지다보니 이제까지 무대에서 느껴본 적이 없는 용기와 자신감이 샘솟았다. 하지만 슬프게도 그때의 나는 용기란 현명한 판단이 더는 어려울 때 분출되는 감정이라는 사실을 깨닫지 못했다. 나는 그 무대를 위해 준비한 이야기 대신 즉석에서 다른 이야기를 시작했다. 시작하자마자 대참사임을 알았는데, 나는 엄마와 달리 임기응변과 순발력의 달인이 아니었기 때문이다.

그 이야기는 우리 가족 사이의 전설이었고 나는 그 전말을 잘 알고 있었으므로 결말의 마지막 한줄이 배꼽 잡게 웃긴다는 점에는 자신 있었다. 하지만 근본적인 문제가 있었으니, 그 결정적 한 방을 먹이기 전에 굉장히 긴데다 농담 따위는 끼어들 틈이 없는 배경 설명을 해주어야 한다는 것이었다. 몇마디 뱉고 난 뒤 관객도 나도, 내가 타고난 재담꾼은 아니라는 사실을 파악했다. 하지만 이제 다른 방도는 없었다. 그냥 하던 이야기를 계속 밀고 나가는 수밖에 없었는데, 바로 이것을 방송 사고라 한다.

평소라면 집중 못 했을 관객들을 그나마 오래 붙잡아둘 수 있었던 건 이 이야기가 엄마 이야기였기 때문이다. 나는 관객들에게 과분한 인내심을 요구하며 다음 부분을 너무 밋밋하게 묘사했다.

어느날 엄마가 집에 와서 가슴 통증을 호소하며 이렇게 말한 적이 있었다. "나 갈비뼈 부러진 것 같아." 극적인 엄마 성대모사는 약간의 웃음을 자아내긴 했지만 내가 관련된 세부 사항을 늘어지게 설명하자 또다시 웃음은 사라졌다. 그 대목은 곧 엄마가 부러진 갈비뼈의 증거라며 우리에게 20센트 동전 크기의 멍을 보여줬다는 이야기였다. "여기 봐. 내가 여길 손가락으로 찔렀거든."

단 하나의 손가락으로 갈비뼈를 부러뜨릴 순 없다는 사실은 우리 가족에게는 언제나 웃겼지만 이번엔 나의 어색하고 지루한 이야기 때문에 몇번의 키득거림밖에 나오지 않았다.

어떻게 보면 가장 웃기기 쉬운 관객을 놓치고 있었다. 처음 농담을 시작할 때 관중은 내가 무슨 말을 해도 웃을 준비가 돼 있었고, 내가 혼란스러운 표정을 지으면 응원의 박수를 보내기도 했다. 하지만 크리켓처럼 지루한 내 공연은 그들의 웃음을 거둬가 버렸으며, 객석이 두렵게 느껴질 때쯤 내 얼굴은 창피함으로 벌겋게 달아올랐다.

나는 내가 가장 기본적인 실수를 하고 있다는 걸 알았다. 어떤 이야기의 디테일을 기억하고 있다고 해서 다시 이야기할 때 그 디테일을 꼭 끼워넣어야 하는 건 아니다. 주제와 가장 관련 깊은 부분만 선별해야 한다. 불필요한 정보를 삭제하지 않으면 이야기를 하는 것이 아니라 그냥 기억하는 일을 죽 나열하는 것에 불과하고, 그건 지루한 사람이 되는 지름길이다.

나는 타인과 대화하면서 시행착오를 겪는 경험을 통해 이 기술을 연마하지 못한 대신 다른 사람들이 이야기하는 방식을 관찰하며 어떻게 해야 하는지 배웠다. 그리고 가장 중요한 교훈은 언제나 가장 서투른 이야기꾼에게서 나오는 법이다. 나는 어떤 식으로 이야기를 하면 안 되는지를 주제로 책을 쓸 수도 있지만 정작 무대 위의 나는 실시간으로 가장 지루한 사람을 대표하는 교과서가 되고 있는 중이었다.

귀중한 시간을 이미 낭비해버렸고, 엄마가 의사에게도 안 가고 엑스레이도 찍지 않았다는 대목을 말할 때 관객의 인내심을 또 한번 시험하게 됐다. 또 나는 엄마가 어떻게 다쳤느냐고 물었던 사람들 이야기를 전부 다 하고 있었다. 모두 사실이었지만 꼭 덧붙이진 않아도 되었다. 그때 불필요한 정보가 코미디에서 얼마나 치명적인지를 배웠다. 관객들에게 절실히 필요했던 결정적인 펀치라인에 다가갔을 때, 나는 그 문장이 아무리 재미있어도 이제는 피해 복구 가능성이 없다는 걸 깨닫고 있었다.

"사람들이 사고가 어떻게 일어났느냐고 물어볼 때마다 엄마는 이렇게 대답했답니다." 나는 힘이 빠진 목소리로 엄마 성대모사를 시작했다. "내가 손으로 그거finger myself(자위를 한다는 의미도 됨 — 옮긴이) 하다가 갈비뼈 부러뜨렸지."

엉망으로 쌓아올린 농담이었지만 그래도 큰 웃음이 터졌다. 이제 그 이야기의 결정적 한방을 날리려고 준비하는 순간 웃음은 박수로 변했고, 그때 나는 안타깝지만 박수를 받는 지금 그만두기로 했다. 하지만 끝내는 인삿말을 하기 직전에 왜 이 이야기가 웃긴지를 완전히 이해 못 해 분개한 엄마가 박수가 끝날 즈음 소리를 쳤다. "내가 그렇게 말한 거 맞는데?" 나는 내 행운을 믿을 수가 없었다. 갑자기 마무리할 방법이 떠올랐으니, 엄마에게 공을 넘기면 되는 거였다.

"그런데 엄마 갈비뼈 어떻게 부러뜨리셨다고?" 내가 물었다.

"손으로 그거 하다가!"

무대를 떠날 때 어마어마한 안심이 찾아왔다. 잘못된 판단으로 초래한 재앙을 간신히 피해서가 아니라 엄마의 완전한 응원과 지지를 받고 있다는 걸 알아서였다.

뉴 게이 코믹 101

아빠는 2년 뒤인 2008년 내 코미디 공연을 처음 보러왔다. 엄마와 아빠가 태즈메이니아에서 비행기를 타고 멜버른 국제 코미디 페스티벌에서 열리는 나의 첫 단독 스탠드업 쇼를 관람하러 온 것이었다. 내 공연에서 아빠는 시종일관 조용히 앉아 있었고 쇼가 끝난 후에도 최대한 칭찬을 자제하며 신중하게 말을 골랐다. 하지만 아빠가 나의 1호 팬이 되었다는 건 확실했고 지금까지도 그 지위를 유지 중이다. 물론 대부분의 팬과 달리 아빠는 자랑을 하지 않는다. 대신 자료 수집을 한다. 나에 대해 쓰인 것 가운데 아빠가 읽고 자르고 붙여놓지 않은 건 단 한 글자도 없다고 보면 되고, 마지막으로 확인했을 때는 다른 사람들의 호들갑을 묶은 스프링 스크랩북 세권이 생겨나 있었다. 안타깝지만 이 작업에 헌신했다는 건 곧 나에 대한 달콤한 칭찬뿐 아니라 혹독한 평가, 때로는 흉한 말까지 다 모아두었다는 뜻이기도 하다.

대부분의 단독 데뷔 무대와 마찬가지로 나의 첫 페스티벌 쇼에서 내가 말한 이야기들은 웃기기는커녕 전혀 알아듣기도 힘든 한 시간짜리 '살려줘요, 제발'이었다. 첫 공연 이후로 열두편 가까이 되는 단독 스탠드업 쇼를 쓰고 공연을 해봤지만 한번에 60분짜리 단독 공연을 준비하는 일이 얼마나 말 그대로 불가능한지 지금도 체감 중이다. 당연하지만 두려움과 절박함으로 인해 첫 공연에서 초보자다운 실수를 대량 양산했다.

나의 첫 판단 착오는 황당무계한 제목이었다. '빨리 키스해줘요, 주브스(큐브 형태의 젤리 과자—옮긴이) 물고 있어요'라는 문장을 들어본 적 없는 사람이라면 당연히 당혹스러울 수밖에 없다. 확실히 있을지 없을지 모를 해외 관객을 고려하진 못했던 것이니, 주브스는 오스트레일리아 사람들만 아는 간식이기 때문이다. 미국 진출을 염두에 두었더라면 '빨리 키스해줘요, 구미 물고 있어요'라는 제목으로 갔을 텐데 이 제목이 재밌긴 해도 여전히 신경이 거슬린다.

슬프게도 이 문장을 들어본 유일한 사람들은 우리 가족뿐이었다. 그래서 나는 '빨리 키스해줘요, 주브스 물고 있어요'가 엄마가 특별히 여성스러운 게이 남성을 묘사할 때 사용하던 암호 같은 문장이었다는 걸 설명하면서 시작해야만 했다. 이 문장을 설명하는 것만으로도 앞부분에서 꽤 많은 시간이 소요된다는 건 문제가 아니었다. 솔직히 말하면 설명이 시간을 잡아먹어줘서 좋기도 했다. 나의 결정적 실수는 이 제목이 왜 나에게 복잡한 의미를 갖는지 나조차도 이해하지 못한다는 데 있었다.

기본적으로 이 제목을 택한 이유는 우리 엄마의 캐릭터와 유머 감각을 빠르고 재미있게 전달하는 방법이라 생각했기 때문이었다. 그러나 나는 상당히 오랜 기간 이 문장만 들으면 불편하고 괴로웠다는 사실을 잊고 있었다. 엄마가 누군가를 '빨리 키스해줘요, 주브스 물고 있어요'라고 지칭한 건 가벼운 장난일 뿐이었음을 잘 안다. 하지만 공연에 나의 커밍아웃 이야기를 넣으면서야 비로소 이 문장이 벽장 속에 10년 이상 숨어 있던 나 자신에게는 아픈 곳을 콕콕 찌르는 문장이었다는 사실을 재발견했다. 타인의 다름을 지적하고자 하는 충동에 악의가 있는지 선의가 있는지에 상관없이 이 문장은 언제나, 내가 아는 유일한 세상에 나는 속하지 못했다는 상처를 상기시켜주었다.

마침내 우리 가족에게 커밍아웃을 하기 시작했을 때 나는 벽장에 너무 오래 숨어 있어서 내가 굳이 꼭 나가야 하는지조차도 확신이 가지 않았다. 이미 가족들과는 거리가 생긴 느낌이었고 다시 가족 안으로 들어갈 수 있을 거란 기대도 없었다.

모두에게 커밍아웃하는 데는 총 2년여의 시간이 걸렸는데 한 번에 한명씩 하기로 해서였다. 특별히 마음에 둔 순서는 없었고 엄마를 제외하고는 무작위였다. 엄마를 가장 마지막으로 미룬 것만은 확실했고 사실 다른 식구들 앞에서 한 커밍아웃은 모두 연습이라 할 수 있었다. 가족에게 한 커밍아웃은 아빠가 강조한 당근 껍질 까기 방식과 비교적 비슷했다고 할 수 있겠다. 뚱뚱한 부분부터 먼저 깎아라!

오빠들에게 커밍아웃했을 때 오빠 셋이 궁금해한 건 오로지 엄마에게 고백했는지 여부였다. 커밍아웃은 마치 나쁜 소식을 우리끼리만 알고 발설하지 않기로 하던 그때 그 시절 우리 형제자매의 비밀 협약과도 같았다. 나도 이 비밀 협약을 지키고 싶었고 아마도 언니가 아니었다면 엄마에게 커밍아웃하지 않았을 수도 있다. 제시카 언니는 그건 옳지 않은 결정 같다고, 왜냐하면 이건 결정하고 말고의 문제가 아니기 때문이라고 말했고, 나 또한 언니의 지적이 옳다는 걸 알았다. 엄마에게 말하지 않는 건 그저 내 두려움을 연장하고 내 삶을 지연시킬 뿐이었다.

제시카는 언제나 우리 가족을 나보다 더 잘 이해하고 있었다. 나는 당연히 우리 가족을 하나의 유닛으로 여겼지만 언니는 가족 또한 여러 관계의 묶음이며 하나로 뭉치기 위해서는 개개인이 서로의 관계를 위해 노력해야만 한다는 걸 알았다. 그 비틀거리던 시간 동안 언니가 나와의 관계에 물과 거름을 주면서 정성껏 키우지 않았다면 내가 지금처럼 그나마 온전한 인간에 가까운 인간으로 살아갈 수 있었을지 진정 의문이다.

엄마에게 고백을 앞당기게 된 계기는 사실 건강했다. 나에게는 당시 사귀고 있던 여자친구가 있었다. 에이미는 사랑스럽기 그지없는 사람으로 우리는 잘 어울리는 커플이었고 나는 에이미를 우리 가족에게 소개하고 싶었다. 에이미는 벌써 자기 가족에게는 커밍아웃을 한 상태였는데, 그 과정에서 모두가 더할 나위 없이 완벽했으며 나는 지금까지도 에이미의 엄마와 좋은 친구로 지낼 정도다. 그래서 나의 커밍아웃도 생각보다 괜찮을 수 있다는 희망을 품기 시작했고, 이후 내가 얻게 될 마음의 평화와 안정에 대한 환상 또한 무럭무럭 키웠다.

어쩌다보니 나는 엄마에게 전화로 커밍아웃을 하게 되었다. 그 전화를 걸 때만 해도 커밍아웃 생각은 없었다. 우리 둘은 사이좋게 대화를 나누고 있었고, 이쯤 해서 이 얘기를 꺼내도 될 것 같았다. 지금의 이 정다운 분위기가 커밍아웃의 충격을 줄여줄 거라 기대한 모양이다. 하지만 내 기대는 어긋났으며 우리 사이는 그 즉시 틀어졌다. 커밍아웃을 끝마치기도 전에 엄마는 내 입을 막았다. “엄마는 알고 싶지 않아. 왜 엄마한테 그런 이야기를 하니? 나랑 상관없는 이야기야.” 엄마의 목소리는 원한이라도 품은 듯 점점 독하게 변했다. “나는 그런 데 흥미 없어. 엄마한테 왜 그렇게 끔찍한 이야기를 하니? 아니, 만약에 너한테 엄마가…… 살인자라고 하면 기분이 어떻겠니?!”

이 전화 통화는 나의 희망 회로와는 많이 달랐지만, 그뒤 상황이 내가 두려워한 만큼 최악으로 흘러간 것도 아니었다. 나의 성적 지향에 대한 엄마의 수용 능력은 상승과 하강을 반복했다. 가끔은 그럭저럭 받아들이기도 했으나 괴로워할 때가 더 많았다.

“나는 꿈에도 몰랐다.” 엄마는 몇달간 전화로 상담을 해주던 언니에게 이렇게 말했다고 한다. “엄마! 모르긴 뭘 몰라! 이게 그렇게 놀랄 일이에요? 막내 한번 보라고요. 딱 봐도 레즈비언처럼 생겼잖아. 무슨 우주 탐사하는 거 아니에요.”

“그래도 그렇지.” 엄마는 방어적으로 나왔다. “내가 뭐 우주비행사라니?”

엄마가 내 세계를 어떻게 이해할 수 있었을까? 우리는 같은 행성에 거주하고 있지도 않았다.

엄마한테 커밍아웃하고 6개월 뒤 오빠 한명이 결혼했고 나는 내 짝으로 에이미를 데려갔다. 크나큰 실수였다. 우리 가족은 자신들의 벽장에서 나올 준비가 되어 있지 않았고, 결혼식 후 리셉션 파티에는 에이미를 데리고 오지 말아달라고 했다. 여러가지 이유를 들었다. 그 모든 이유가 하나의 의견으로 수렴되었는데 내가 내 입장만 생각한다는 것이었다. 그래, 입장이 다르지. 그렇게 생각했던 것으로 기억한다. 혼자 주차장으로 걸어가는 에이미의 뒷모습을 보면서 벽장 안보다 벽장 밖이 훨씬 더 외로운 곳이라고 느꼈다. 커밍아웃은 일생일대의 실수였으니, 다시 되돌릴 수만 있다면 뭐든 할 수 있을 것 같았다.

5장

롤러코스터를 타다

자기비하의 늪

업up?

돈벌이에 관하여

스탠드업 코미디언이 되기 전에 내가 해본 일이라곤 시간당 최저임금을 받는 직종뿐이었고, 하나같이 나중에 경력에 보탬이 될 만한 기술을 요하지 않는 일들이었다. 그래서 나는 엑셀도 다루지 못하고 소프트웨어도 사용하지 못했는데 단 하나, 상자 사이를 피하며 돌아다니는 건 기가 막히게 잘했다. 코미디는 나의 이력서에서 뻥 뚫려 있는 이 공백기에 대해 설명하라고 요구하지 않는 유일한 직업이었다. 그저 무대까지만 잘 찾아올라가, 만나는 모든 관객에게 내가 이 일을 배울 자격이 있다고 설득하기만 하면 되었다.

'로' 코미디 대회에서 상을 받은 뒤에도 한동안 떠돌다가 아델레이드에 살게 되었는데, 한가지 이유는 프린지 페스티벌에서 공연을 한 다음 어디론가 가야 한다는 걸 잊어버려서고, 또다른 이유는 거기 살고 있던 제시카 언니가 거처를 알아봐주어서였다. 2009년에는 나에게 가장 잘 맞는 코미디 신이 있는 멜버른으로 이사했다. 이번에 나를 도와준 형제는 해미시로, 친구와 함께 개업한 청과물 마트 2층에 있던 작은 아파트 방 하나를 빌려주었다. 이제 집도 절도 없는 신세까지는 아니었으나 그래도 정신을 차렸다고까지 볼 수는 없을 것이다.

나는 경력의 사다리를 비교적 순조롭게 올라가고 있었지만 원래 문화 · 예술 분야에서 일하며 첫 몇년간 안정적인 생활비를 벌기란 어려운 법이다. 아니, 처음 몇년간이 아니라 내내 그럴 수 있다. 해미시는 다시 한번 나를 구원해 계산대에서 일하게 해주었다. 나에게는 지난 10년간 직업 분야의 기술 향상이 정확히 0퍼센트라는 사실을 깨닫게 된 매우 자랑스러운 순간이었다. 하시반 상자 사이를 뛰어넘는 기술이 얼마나 뛰어난지를 보여줄 수 있어 행복했고 해미시 또한 노인 언어 통역가를 직원으로 둘 수 있어 행복했다. 내가 공연 투어를 하고 경력을 쌓느라 자리를 비울 때마다 일자리를 남겨두었다가 돌아왔을 때 다시 일하게 해줄 사람이 누가 또 있었을까? 해미시가 마련해준 집과 일자리가 없었다면 코미디언으로 활동하지 못했을 테고 지금도 어떻게 됐을지 모른다.

처음에 청과물 마트 2층에선 매일매일 시트콤 같은 상황이 펼쳐졌다. 연애 사업과 청과물 사업을 성공시키기 위해 고군분투하는 두 커플과 이제 막 코미디언이 된 싱글에 불운한 떠돌이 여동생이 복작거리며 작은 아파트에서 살았다. 결국 나만 빼고 모두가 이 작은 아파트를 떠나 주택을 사고 결혼하고 아이를 낳았다. 나만 그 자리에 머물렀는데, 그들이 순서에 맞게 정렬된 인생 과업 목록의 네모 칸에 체크 표시를 하는 동안 나는 무대 밖 인생이 나에게 요구한 모든 일에서 실패하고 흔들리고 있었기 때문이다. 당시에는 몰랐지만, 내 생활 기능이 떨어지는 근본 원인에는 정확한 이름이 붙어 있었다. 하지만 상자들 사이를 걸레질하며 뛰어다니고 공과금을 미납하느라 '실행 기능'을 배우기엔 너무 바빴다. 그래서 내게 '실행 기능'이 없는 줄도 몰랐다. 실행 기능이 뭔지 몰라도 걱정하지 마시라. 내가 설명하면 여러분도 알게 되리라.

외부 비계

우리는 콜링우드의 스미스 스트리트에 있는 카페에서 커피를 마시며 서로를 탐색 중이었다. 케빈이 나에 대해 어떻게 생각했을지는 감을 잡지 못하겠지만 나의 경우 그가 웜뱃을 많이 닮았다는 점에 깊은 인상을 받았다. 그가 어떤 코미디언이 되고 싶은지 물었을 때 특별히 생각해본 적 없다는 사실을 숨기느라 갖은 노력을 해야 했다. 나는 여전히 핀볼처럼 떠밀려 살고 있었다. 여기저기서 한대씩 맞으며 그저 저 아래 컴컴한 구멍에만 떨어지지 않길 바랄 뿐이었다. 하지만 케빈이 '내 매니저만 되어주신다면 자율성 같은 건 쓰레기통에 버릴 준비가 되어 있습니다'라고 다짐하는 능력 이상을 원한다는 것쯤은 알았다. 그래서 라이브 무대 관객을 늘리는 데 주력하겠다고 대답했다. 그는 TV 방송 출연에도 관심있는지 물었고 나는 바로 코웃음이 나오긴 했으나 그래도 처음 떠오르는 대답을 했다. "네. 공연 티켓 사러 오는 팬이 늘어날 수만 있다면요."

알고 보니 훌륭한 정답이었다. 케빈은 자기가 관리하는 예능인들을 TV 방송에 출연시키는 능력이 뛰어났지만 그에게 궁극적인 꿈의 무대는 언제나 라이브 스탠드업 코미디였다. 그의 수첩에 유명 연예인들 이름이 가득하다는 건 알았기 때문에 나를 영입한다는 것이 그다지 현명한 판단이라는 생각이 들진 않았다. 그의 양심을 살짝 의심하긴 했으나 그 느낌도 나 혼자서만 간직했다.

오스트레일리아에서 가장 영향력 있는 코미디언 매니저 눈에 띈 건 내 재능이 뛰어나서가 절대 아니었다. 나는 그저 멜버른 국제 코미디 페스티벌이 뻗어놓은 신인 발굴이라는 촉수에 어쩌다 걸려들었을 뿐이다. 2006년 나를 이 업계에 들여놓은 그 코미디 대회인 '로' 코미디는 MICF 주최 행사였다. 그 이듬해에는 이 축제의 신인 쇼케이스인 '코미디 존'이라는 무대에 다른 세명의 신인과 같이 올라갔다. 같이 무대에 선 두 사람, 마이클 윌리엄스와 셀리아 파쿠올라 또한 나와 같이 대회에 출전한 동기들이었다. 우리는 관객으로 가득 찬 무대에서 각각 15분 동안 공연할 수 있었는데, 대부분의 신인 코미디언들은 그저 표 몇장 팔기 위해 갖은 고생을 하거나 돈을 날리고 있을 때였다.

또 MICF가 주최하고 넉넉한 출연료를 보장하는 로드쇼 투어를 다닌 적도 있다. 멜버른 페스티벌에서 공연했던 다섯명의 코미디언이 미니밴을 타고 오스트레일리아 전국을 다니며 소규모 지방 극장에서 공연을 하는 일이었다. 신인들에게는 더없이 좋은 기회가 분명했는데 오스트레일리아를 대표하는 코미디언이나 전 세계의 전도유망한 공연예술가와 같이 공연할 수 있었기 때문이다. 이 전국 투어의 또 하나 이점은, 가족 같은 지역사회의 시민들이 도시의 사촌들과는 달리 자기 동네에 와준 우리에게 무조건 뜨거운 박수를 보낼 준비가 되어 있다는 점이었다. 그야말로 세상에서 가장 품이 넓은 관객들이 아닐 수 없었다.

처음 나만의 단독 공연을 준비할 때도 코미디 페스티벌이 제공해준 공연장을 제안받았다. 이곳은 다른 코미디언은 없어서 못 얻는, 오스트레일리아 코미디 업계의 알짜 부동산이라고도 할 수 있었다. 내 첫번째 공연은 60석 소규모의 아담한 멜버른 타운 홀에서 열렸고 표를 전부 팔지도 못했다. 하지만 이듬해에는 짐 보관소가 있는 90석 공연장으로 업그레이드되었고 표는 매진되었다. 입소문이 나면서 서서히 매년 관객이 늘었는데, 90석은 150석이 되었고 그러다가 200석이 되고 나중에는 400석 규모까지 커졌다.

다시 말하지만 내 성공이 내가 특별해서 얻은 게 아니라는 점을 또다시 짚고 넘어가야 할 것 같다. 물론 나는 그 자리에 있었고, 열심히 노력했고, 약간의 말재주가 있었다고도 할 수 있다. 하지만 코미디 페스티벌이라는 제도적 지원이 없었더라면, 내 옆에 불쑥 나타난 진지하고 열정적인 전문가들이 없었더라면 제아무리 내가 재주를 넘는다 해도 아무런 일도 일어나지 않았을 것이다. 2009년 케빈과 계약서에 사인할 때 이러한 능력자가 내 매니저가 되어 다행이라는 생각 정도는 했었다. 하지만 내가 그날 노다지가 나오는 금광으로 들어갔다는 건 절대 몰랐다. 웜뱃의 특징은 겉으로 볼 땐 귀엽고 안아주고 싶게 생겼지만 실은 강력한 무기를 보유하고 있으며 자기 구역으로 얼굴을 내미는 멍청한 놈들의 두개골을 부숴버릴 정도로 독한 구석이 있다는 점이었다. 케빈이 바로 그런 사람이었다. 그는 한번 목표를 물면 절대 놓지 않는 정신력으로 나의 경력을 처음부터 끝까지 만들어주었다. 케빈과 나의 에이전트 에린은 지금까지도 가족 이외에 가장 오랫동안 인연을 유지하고 있는 이들이다.

그날 우리의 악수에는 언젠가 내 라이브 쇼를 제작한다는 내용이 포함되어 있었고, 이것은 곧 홍보 담당자와 제작자와 뛰어난 관리 직원들이 포함된 나만의 팀이 꾸려진다는 의미였다. 완전히 별세계에 온 것 같았다. 이렇게 수준 높은 지원을 받는다는 것, 나에게 투자하는 사람들이 있다는 것, 모든 외적 절차는 남들이 책임져주고 가장 잘하는 일만 하면 된다는 것이 어떤 느낌일지도 몰랐다. 내가 가장 잘하는 분야에서 더욱 실력을 갈고닦기 위해 최선을 다할 수 있었던 건 코미디에 대한 남다른 사랑 덕분이기도 했지만 이 빚을 갚아야 한다는 생각도 있어서였다. 나에 대한 투자가 계속 가치있게 이어지도록 하기 위해서라면 무슨 일이든 할 각오가 되어 있었다.

페스티벌 전문 공연가

여러 도시에서 열리는 연례 코미디 페스티벌에서 공연하기 위해 매년 새로운 주제로 한시간 분량의 코미디 대본을 썼다. 정기적인 공연지는 애들레이드와 퍼스 프린지 페스티벌, 브리즈번과 시드니 코미디 페스티벌이었다. 그래도 한해 중 가장 중요한 일정은 멜버른 국제 코미디 페스티벌과 에든버러 프린지였다. 보통은 멜버른에서 돈을 벌고 자신감을 쌓은 다음 에든버러에서 그동안 번 돈과 자신감, 그밖의 것까지 잃는 식이었다.

에든버러 프린지를 선택한 이유는 논리적으로 영국의 페스티벌이 다음 진출지로 적합해 보였고 내 경력을 한 단계 끌어올리기에는 가장 나은 패 같아서였다. 그렇다면 내 경력의 다음 단계는 무엇이었을까? 예능 프로그램 고정 패널로 들어가는 것? BBC 라디오4 시리즈에 출연하는 것? 아니면 잇몸병이었을까? 영국의 밤 공연 무대에 약간은 발을 담가보긴 했지만, 고된 야간 이동에 치이고 언제나 술에 절어 있던 관객들 사이를 오가며 이건 내가 할 일이 못된다는 걸 깨달았다. 심야 생활의 낭만에 전혀 흔들리지도 않았다. 수많은 영화에서 아무리 멋들어지게 포장해도 한밤중에 기차역에서 기차를 기다리는 건 전혀 낭만적이지 않다. 나는 논리를 따르는 사람이고, 페스티벌 무대는 파벌이 눈에 뻔히 보이는 오픈 마이크 공연장이나 남성 위주 클럽 무대보다는 훨씬 더 나은 직업 경험을 제공했다. 페스티벌에서는 상당히 많은 시간을 보장받았기에 내 팬을 늘릴 수 있는 기회와 고정 수입을 얻을 기회도 생겼다. 낯선 장소에서 5분 정도 무대에 서보겠다고 고생을 자처할 필요는 없을 것 같았다.

남자들 클럽

"여자들은 원래 안 웃긴데…… 오늘은 정말 많이 웃었네요!"

내가 아는 모든 여성 코미디언은 이런 식의 밑도 끝도 없이 말문 막히게 하는 말을 듣고 또 들어왔다. 여자들은 안 웃겨, 하지만 당신은 예외야! 당신은 웃겨, 그러니까 당신은 괴짜야. 인간들이 원래 표지로 책을 판단하는 종족들이란 사실을 두고 불평해봤자 소용이 없겠지만, 내가 기분 나쁜 건 표지와 내용이 일치하지 않는다고 책을 비난하기 전에 한번쯤 멈춰 서서 다음과 같이 반성해보지 않는다는 점이다. 어쩌면 나의 성급한 일반화가 문제 아닐까.

내가 처음 코미디를 시작했을 때 이 공연예술 형식에 몸담은 사람들의 인구 분포가 특별히 다양하진 않았다. 그래서 포스터에 나와 다른 여성이 같이 올라가는 일은 거의 없었다. 지금은 변하고 있으니 다행이고, 이 업계가 계속해서 다양한 종류의 '비주류' 공연가를 발굴하고 양성하길 바란다. 하지만 내가 일을 시작할 때는 대부분의 사람들이 '의사' 하면 흰 가운을 입은 백인 남자를 떠올리듯 '코미디언' 하면 청바지와 티셔츠를 입은 남자를 가장 먼저 떠올렸다. 나 또한 이 편견에서 완전히 벗어나지 못했기에

'의사와 코미디언은 모두 백인 남자'라는 게 나의 상식이기도 했다. 나 자신이 여성 코미디언이고 내 주치의는 뭄바이 출신 여성 의사인데도 그랬다.

내가 일을 시작하던 초반에 유머와 젠더를 둘러싼 여러 논의와 주장이 나왔고, 당시 코미디 업계에서는 생물학적으로 여성은 남성보다 유머 능력이 떨어진다는 의견이 대세였다. 『배니티 페어』에 크리스토퍼 히친스(1949~2011, 영국 정치학자이자 언론인 — 옮긴이)가 쓴, 거만함이 뚝뚝 흐르는 기사가 이 근거 없는 주장을 처음 퍼뜨렸는데, 낙수 효과로 내가 있던 코미디 업계 밑바닥까지 흘러내려온 것이다. 물론 히친스의 주장을 열렬히 신봉하는 코미디언들은 많은 사람이 '코미디언' 하면 떠올린다는 그 사람들처럼 생겼다. 그들의 수호성인인 히친스도 마찬가지다.

"여성은 생물학적으로 남성을 보고 웃게 되어 있다"는 환상을 지지하는, 매우 공격적인 유사과학의 논리가 있긴 하다. 자세히 풀면 지루할 테니 엉망으로 요약하자면 다음과 같다. 원시인 남자들은 커다란 동물을 죽였고, 그때마다 여자들은 몸이 달았다. 단백질이 필요했기 때문에.• 그래서 여자들이 남자를 보고 웃어줬고, 이를 보고 남성 인류는 여자들이 성행위를 해줄 준비가 되었다는 걸 알았다는 논리다.

• 나는 사람들의 비아냥을 알아보거나 얼굴 표정을 직관적으로 이해하는 능력이 부족한 편이다. 그러나 '단백질'이란 단어로 다시 돌아가 눈을 굴려보자. 그러니까 정말로 눈동자를 굴려보란 이야기다. 그러다보면 눈동자가 머리 뒤로 넘어가 당신의 두뇌를 보게 될 것이고 두뇌는 말해줄 것이다. "진정해, 진정해. 이거 빈정대는 거 맞아."

사실 이 요약도 내 방식대로 윤색한 것이다. 하지만 인류의 반을 거의 삭제하는 수준까지 왜곡하는 남자들의 개념을 나도 한번쯤 왜곡해보는 것도 때론 괜찮다고 생각한다. 이 모든 남성 코미디언의 타고난 우월성 이론은 이제까지 코미디 무대가 모두에게 평등하고 공정한 플랫폼이라는 가정을 기반으로 하며, 따라서 이것은 이론이라기보다는 맹목적 편견으로 절여진 덜 익은 고추 절임이라 할 수 있다. 하지만 사실 나 같은 경우 그렇게까지 흥분하지도 않았는데, 한두번 들은 소리가 아니었던 탓이다. 현대미술을 공부하다보면 고추 자랑하기와 여성혐오와 인종주의를 정당화하는 유사과학이 20세기 '위대한' 예술을 든든히 떠받치고 있음을 모르기가 더 어렵다.

내가 가장 흥미를 느낀 건 따로 있었는데, (생물학과 관련이 있는지는 모르겠고 나의 입장에서만 본 단편적인 관찰이긴 하지만) 누군가 자기 말을 들어주지 않는다는 건 여성이 남성보다 훨씬 더 잘 감지하며 그에 따라 대화 기술을 수정하는 능력도 우수하다는 점이다. 그리고 나는 이런 종류의 기술이 누군가를 '타고난' 코미디언으로 완성하는 데 상당히 중요한 역할을 한다고 믿는 편이다.

결정적 기회

신인이었을 때 부끄러운 실수와 형편없는 공연을 할 만큼 했지만 그래도 전반적으로는 꾸준하게 긍정적인 평가를 얻었고 인지도도 계속 상승했다. 2010년 즈음에는 수입도 충분해져 해미시의 마트 계산대에서 일할 필요가 없어졌다. 그러다 애덤 힐의 TV쇼 「고든 스트리트 투나잇」에 고정 출연하면서 경제적으로 자립했다고 느끼기 시작했다. 애덤과 내가 호바트 코미디 페스티벌에서 처음 만났을 때 나는 아마추어였고 그는 오스트레일리아에서 가장 유명한 코미디언 중 한명이었다. 그는 어디에서도 보기 힘든 나의 기묘한 스타일에 흥미를 느꼈는지 2008년 나의 첫 단독 쇼 제작을 제안하기도 했다. 애덤 또한 나를 여기까지 오게 한 뜬금없이 관대한 사람들 목록에 넣어도 될 것이다.

애덤이 오스트레일리아 공영방송국에서 주간 예능 인터뷰 버라이어티 쇼를 기획할 때 나는 그의 보조 진행자 역할에 지원을 해보았다. 내 기억에 남은 건 오디션 자체보다 그날이 혼돈의 도가니였고, 케이크가 있었고, 오디션 내내 내가 애담을 욕보였다는 점이다. 고의적인 게 아니라 스트레스 상황에서 나오는 전형적인 행동이었다. 애담과 나의, 이른바 코미디에 대한 접근 방식은 서로 닮았다고 할 수는 없다. 그는 솔직하고 거침없고 활달한 스타일로 관객들과의 적극적인 소통 및 즉흥 연기에 강점이 있다. 반면 나는 그와 정반대로 혼자 칙칙한 존재감을 풍기면서 '나한테 말 시키지 마시오, 미리 준비한 것만 합니다' 학파의 코미디를 한다. 그럼에도 우리 사이에는 설명하기 어려운 묘한 화학반응이 있었다. 왜 설명하기 어려운가 하면 내가 화학을 몰라서다. 특히 다른 사람이 엮인 화학에는 더 꽝이다.

이 의외의 조합도 조합이지만, 내가 그 자리에 캐스팅된 건 아무리 생각해도 놀라웠고 아마 나보다 더 충격받은 사람도 없을 것이다. 나름대로 내가 왜 뽑혔는지 분석을 해봤다. 나처럼 생긴 여성, 퀴어이며 명랑함이나 발랄함과는 거리가 먼 사람은 황금시간대 TV 예능 프로그램에 섭외되지 않는다. 게다가 실제 여성 코미디언은 장르 불문의, 어떤 웃기는 프로그램에서든지 '여자' 역할을 맡는 일이 드물다. 프로듀서 몇몇이 첫 방송 나가기 전에 나를 앉혀두고는 나의 두드러지는 존재감에 악성 댓글이 따라올지도 모른다고 말해주었다. 여성 출연자에게는 종종 일어나는 일이라고도 했다. 하지만 그 경고가 반드시 필요하진 않았는데, 나는 평생을 노골적인 적대감에 노출되어 이미 어느정도 단련되어 있었기 때문이다.

수치심에 대한 수치심

나의 몸과 이 몸이 당한 셰이밍에 관한 이야기를 쓰자면 당장 책 50권도 쓸 수가 있지만 그런 시리즈는 쓰기에도 읽기에도 재미없을 것이다. 어쩌면 내가 점차 성공하고 무대 자신감도 생기면서 내 자존감도 향상되었을 거라 짐작하는 분도 있겠지만, 대중의 예리한 관찰과 잔인한 평가에 노출되어버린다는 것은 기존 상황을 악화시킬 수도 있는 일이다. 오랫동안 내 머릿속에서만 맴돌던 나의 뚱뚱함과 못생김에 대한 가설들은 소셜미디어를 통해 가장 지독하고 불쾌한 방식으로 확증되었다.

나는 뚱뚱하고 못생겨서 아무도 나를 건드리지 않기 때문에 레즈비언이 된 거라는 소리를 들었다. 너무 뚱뚱하고 못생겨서 자살하는 게 낫겠다는 소리도 들었다. 너무 뚱뚱하고 못생겨서 안 웃긴다는 얘기도 들었다. 너무 뚱뚱하고 못생겨서 남자 감방에 간들 강간당하지 않을 거란 댓글도 봤다. 예상했겠지만, 상황이 이러하니 가끔은 내 성공에 흡족한 기분을 느끼기 어려울 때도 있다.

사람들이 나를 알아보면 무척 불편한데, 대중은 나를 코미디언으로 알고 있지만 평소의 나는 정확히 나무토막 정도로만 웃기기 때문이다. 그래서 지하철역에서 나한테 "그 코미디언" 맞느냐는 흥분한 목소리를 들으면, 뒤를 돌아보며 제발 내가 '그 코미디언'이 아니기만을 간절히 기도한다. 속상하게도 항상 맞긴 하지만.

한번은 내 팬이라는 십대 소년이 나를 알아보기에 인사를 건네자 그가 손뼉을 치면서 기뻐했다. "우리 아빠랑 저랑 누나 팬이에요!" 그가 활짝 웃으면서 말하는데 나는 깜짝 놀랄 수밖에 없었다. 이제껏 중년 아버지와 청소년 아들 조합은 나의 일반적인 팬 분포에 속하지 않았으니까. 그래서 저녁 시간대 예능 프로그램 출연이 팬층을 넓혔나보다 정도로 생각했다. "아, 그래." 내가 할 수 있는 대답은 그뿐이었지만 그 친구는 내 팬이었기에 이 짧은 대꾸에도 웃었다.

누구나 예상할 수 있듯이 십대 소년과 나 같은 사람의 접촉은 짧고 어색했다. 그렇게 몇분간의 대화가 끝나간다고 생각할 무렵 그 친구가 이 말을 꺼냈다. "저, 기분 나빠하지 않으셨으면 좋겠는데요. 저 누나 엉덩이 때문에 알아봤어요."

“아, 그래!” 겨우 그 말만 중얼거리고 있는데 소년이 설명을 덧붙였다. “진짜 짱이에요. 왜냐면 아빠랑 나랑 내기했거든요. 아빠가 자꾸 누나 바지에 패딩이나 뭘 넣었을 거라고 하는 거예요. 나는 진짜라고 했는데 내 말이 맞았잖아요!” 이번에도 역시 “아, 그래” 말고는 아무 생각이 나지 않았다. 하지만 그 말도 그 소년이 사라진 다음에야 겨우 할 수 있었다. 그래도 그애는 내 팬이니까 웃어주었겠지.

이 패딩 삽입 바지 이론을 들은 게 이번 한번뿐이었다면 얼마나 좋았을까? 하지만 그 부자 말고도 수많은 사람이 내 엉덩이 크기 진실 논란을 벌였다. 자연산이라는 대답을 듣고 그들이 나를 어떻게 생각했을지 가끔은 궁금하기도 하다. 나를 더 좋아하게 됐을까, 싫어하게 됐을까? 하지만 대체로, 웃기려고 일부러 뭔가 넣었다는 생각이 들게 할 만큼 만화 같은 체형을 갖고 있다는 사실은 종종 날 비참하게 한다. 나 자신 또한 이 상황에 도움이 되지 않았다. 무대에 올라갈 때마다 일단 외모 비하부터 시작하는 마당이니까. 나는 이 분야의 달인이다. 장담하건대 나는 뚱보 농담으로 웃길 자신이 있다는 사람들보다 100배는 더 웃길 수 있다.

“내 허벅지는 원래 이렇게 튼튼했어요. 등 짚고 뛰어넘기 알죠? 그거 하다 내 허벅지에 낀 애의 머리가 벗겨진 적이 있죠.”

어떤가? 뚱보 농담은 나의 주식이었다. 부끄러운 일이다. 이런 종류의 주식이란 기본적으로 수치심을 잔뜩 넣은 샌드위치이며, 수치심은 그다지 영양가 높고 조화로운 식재료가 아니다.

모멘텀

지금까지도 「고든 스트리트 투나잇」에서 내 역할이 뭐였는지 모르겠다. 내가 한 일이라곤 애덤 옆에 서서 애덤이 초대 손님을 인터뷰할 때 엉뚱한 소리를 툭툭 던지거나 아니면 나는 누구고 여기가 어딘지 모르겠다는 표정을 짓고 있는 것뿐이었다. 물론 내가 그 분야에는 일가견이 있으니 안성맞춤이었다고도 할 수 있다. 그 프로그램을 하면서 참 많은 것을 알게 됐는데, 그중 첫번째는 내가 화장을 극도로 혐오한다는 점이었다. 메이크업 아티스트들은 내가 아무리 메이크업을 싫어한다고 말해도 들은 척도 안 했다. 여자 출연자라면 무조건 분장실 의자에 최소 한시간은 앉아 있어야 했다.

"그냥 나도 애덤이라고 생각하고 해주시면 안 돼요?" 시즌2 때 물어봤으나 대략 100가지 뉘앙스가 담긴 두 단어의 대답만이 돌아왔다. "자기야, 왜에." 또 하나 알게 된 건 내가 한 팀으로 일하는 걸 무척 좋아한다는 사실이었고, 세상에는 나 같은 천하의 멍청이도 본모습보다 훨씬 더 괜찮아 보이게 해주는 방송계 전문가가 많다는 사실 또한 알게 되었다. 내가 생방송에 적합한 인간이 아니라는 사실도 배웠으며 점점 더 피곤이 쌓여가기도 했다. 그래서 우리 팀 사람들을 그리워할 것 같긴 했지만, 시즌3이 끝나고 종방이 결정되자 내심 기쁘기도 했다.

어른의 쇼핑

애덤의 예능 프로그램 시즌1을 마친 뒤 나를 위한 선물로 체스터필드 소파를 샀다. 그러나 시즌3이 끝날 때까지 이 소파는 도착하지 않았는데 아마도 저렴한 가격에 혹해 인터넷으로 주문한 것이 화근인 듯싶었다. 마지막으로 접한 소식에 따르면 이 소파는 싱가포르의 한 창고에 억류되어 있었고, 나는 파격 할인하는 3인용 소파가 어쩌면 마약 운반책일지도 모른다는 의구심을 가지면서 소파를 떠나보내기 위한 마음의 준비를 했다. 나를 외면한 이 소파를 구매한 날에 서류 캐비닛과 책상도 샀다. 생활에 꼭 필요한 용품들이었으나 충동구매를 한 것은 후회했는데 이렇게 덩치 큰 가구를 실어올 방법이 없어서였다. 당시 내 자전거는 멋진 바구니를 자랑하는 녀석이었지만 가구 운반 작업을 수행할 능력까지 겸비하진 못했다.

성인이 된 후 15년 동안 자전거는 나의 주요 교통수단이었고 그사이 총 다섯대의 차에 치였다. 다행히 그중 세대의 차량만 움직이고 있었으나 제한 속도로 달리고 있었던 건 단 한대뿐이었다. 나는 발목 골절부터 복부 둔상 후 간 손상 등 다양한 사고를 겪었지만 최악의 사고는 이동 중에 벌어진 것이 아니라 주차된 차량의 문이 열릴 때 난 사고였다. 쇄골 골절로 몇년에 걸쳐 여러 차례 수술을 받은 끝에 현재 활동에는 별다른 제약이 없으나 통증이 완전히 사라진 적은 없다.

이렇게 트라우마가 될 법한 큰 사고를 당하면서 왜 운전면허를 따지 않고 자전거를 타고 다녔는지 궁금해하는 분이 있을지도 모르겠다. 하지만 내 차례가 오기 전 우리 부모님은 이미 자식들에게 운전을 가르치는 일에 상당히 강한 반감을 갖고 있었다. 안타깝게도 우리 부모님뿐만 아니라 다른 사람들도 나에게 운전을 가르치는 걸 매우 꺼려한다는 사실을 알게 되었다. 그래서 기사를 고용할 정도로 부자가 되기 전까지는 기다리는 것 외에 다른 방도가 없었다. 나는 버스 시간표는 읽을 줄 몰랐지만 자전거 타기는 무척 사랑했으며 기본 생활비를 못 버는 생활에 지나치게 익숙해지기도 했던지라, 땀에 젖지 않은 채 약속 장소에 도착하는 능력을 얻으려고 서두르지는 않았다.

어느날 해미시가 매장 봉고차로 책상과 캐비닛을 싣고 오는 길에 나에게 이제 면허를 딸 때가 되지 않았느냐고 말했다. 그 즉시 거부하려고 했으나 생각해보니 이제 가난하지도 않았고 집도 있었다. 그래서 애덤 프로그램의 마지막 시즌이 마무리될 무렵 나는 드디어 운전면허증도 따고 자동차도 마련했다. 게다가 싱가포르의 물류창고에 보관되어 있는 아리따운 체스터필드 소파도 있었으니 진정 내 인생이 괜찮게 느껴졌으며, 마침내 정상적인 어른의 삶에 도달한 기분까지 들었다. 실제로 당시 사귀던 사람과 건강한 이별을 하기도 했다. 조애나와 헤어졌을 때 당연히 슬프긴 했지만 그건 보통 수준의 외로움과 울적함이었지 그동안 종종 빠졌던, 캐릭터 붕괴로 치닫는 기념비적인 자학은 아니었다. 우리는 지금까지도 친구로 지낸다. 이 정도면 정상 중의 정상이 아니겠는가? 또 모든 걸 장거리 연애 탓으로 돌릴 수 있어 다행이기도 했다. 조애나는 주로 런던에 거주했다. 그래서 내가 삼십대 중반인데도 누군가와 처음의 설레는 감정을 넘어 안정적인 관계로 발전한 적이 한번도 없다는 사실을 모른 척할 수 있었다.

성공의 화룡점정은 내가 좋아하던 TV 드라마인 조시 토마스의 「플리즈 라이크 미」Please Like Me에 캐스팅되는 영광을 얻은 것이었다. 이 일은 그때까지 내 경력의 정점이었다고 할 수 있는데, 출연만 한 게 아니라 작가로 참여해 내 캐릭터를 직접 집필할 수 있었기 때문이다. 내가 사랑하는 TV 드라마에 내가 직접 쓴 대본으로 연기할 수 있다니. 스탠드업 코미디언으로서는 최고의 기회가 아닐 수 없었다. 나는 날아갈 듯이 행복했다. 비록 내 캐릭터는 해나라는 이름의 뚱뚱하고 우울한 레즈비언이었지만 말이다.

더 놀라운 소식이 있으니, 겸손 떨며 잘난 척하고 싶진 않지만 내가 그제야 밀린 세금을 정산할 수가 있게 된 것이다. 나는 당시 7년간의 모든 세금 납부 영수증을 쓰레기봉투에 쑤셔놓았고, 그 쓰레기봉투는 내 방의 미사용 벽난로에 쑤셔박아 두곤 했다. 서류 캐비닛은 여전히 비어 있었지만 이제 사용이 임박했다. 하지만 바야흐로 '어른 클럽'에 진입하기 전 모은 물건 가운데 가장 중요한 건 침대 옆에 놓아둔 협탁이었다.

내 협탁은 어떤 면에서 보나 고급 라인의 가구는 아니었다. 실은 재활용품 창고에서 가져온 것이다.• 이 협탁이 나의 가장 소중

• 실제 쓰레기장에서 쇼핑하는 것보다는 살짝 나은 단계로 진입했다. 어쩔 수 있겠는가? 어릴 적 습관은 오래가는 법이다.

한 재산 목록 1호가 된 이유는 이 물건이 상징하는 바 때문이다. 이 작은 협탁을 침대 옆에 놓은 순간, 이 소박한 물건 하나를 갖기까지 이렇게 오랜 세월이 걸렸다는 사실을 믿을 수가 없었다. 드디어 안경을 놓을 안전한 자리가 생긴 것이며, 이는 내게 잠잘 곳이 있을 뿐만 아니라 내가 안전하다는 의미였다. 아주 오래오래 안전함은 내 것이 아니었다.

정상에서 훔쳐보기

2012년 나의 실질적인 성인기 진입을 축하하는 뜻에서 '행복은 침대 옆 협탁'Happiness is a Bedside Table이란 제목의 쇼 대본을 썼다. 운전면허증, 협탁, 그리고 눈을 가늘게 뜨고 보면 살짝 행복처럼 보이는 것들에 관한 이야기였다. 이 쇼는 내 몸을 이제까지와는 다르게 보기 위한 시도이기도 했다. 지금까지도 가장 정성을 기울여 쓴 원고이며 당시로선 가장 성공한 작품이기도 했다. 이 쇼는 전석 매진되었고 감당하기 힘들 정도로 열광적인 기립 박수를 받았다.

이 쇼 안에는 내가 이제까지 쓴 스탠드업 대본에 담긴 에피소드 중에서도 개인적으로 가장 사랑하는 이야기가 담겨 있다. 그 이야기를 자세하게 풀자니 너무 융숭한 대접이 될까 싶어 자제하기로 하고, 대략 줄거리만 말하면 내가 열다섯살 때 어린이 풀장 미끄럼틀에 몸이 끼어 창피해서 죽을 뻔한 순간의 이야기라고 할 수 있겠다. 엄마가 이 쇼를 보자마자 내가 십대에도 이 이야기를 똑같이 한 적이 있다고 말했다. 아마 그럴 것이다. 기본적으로 줄거리는 같다. 다만 이후 공연용으로 완성하기 위해 여러겹의 농담을 추가하긴 했다. 우리 가족실 벽난로 앞에 서서 이 이야기를 했을 때 나의 익숙한 관객들이 배꼽 잡고 웃었던 날을 아직도 기억한다. 사실 그 전에도 다른 사람들에게 열번은 더 말했었고 그 일이 일어난 바로 그날 밤에도 말했다. 어떤 사람들은 코미디란 상처에 시간을 더하면 완성되는 것이라고 한다. 하지만 나에겐 시간은 필요 없었다. 나는 수치심이 자존감을 짓밟아 가루로 만들어놓은 바로 그때 남을 웃기는 글을 쓰곤 했다. 신들린 재주가 아닐 수 없다.

그간의 몸에 관한 농담은 내 몸에 대한 사람들 생각을 흩뜨려놓기 위해 쓴 것이었지만 이 이야기는 그와 다르게 건강하고 건설적으로 느껴졌다. 사람들이 이 이야기에 반응하는 방식에서 그 느낌이 전해졌다. 아무도 나를 보고 웃지 않고 나와 함께 웃었으며, 청소년기의 신체 이미지에 대한 자신들의 기억과 내 농담을 연결시켰다. 그때 나는 내가 늘 속해 있다고 생각한 뚱뚱하고 못생긴 사람이 사는 세상이 아니라 수많은 사람이 살고 있는, 알고 보면 비슷한 세상에 들어가 있는 느낌이었다.

「행복은 침대 옆 협탁」은 본격적으로 성공 가도에 오르기 시작할 때 쓴 쇼이기도 했다. 그러나 6개월 뒤 나의 즐거움은 날아가고 말았다. 쇼가 끝난 후 한 여성이 다가와 나의 잘못된 점을 조목조목 지적하기 시작한 것이다. 지금 만나도 총을 쏴버리고 싶은 이 진실 전도자는 굉장히 마르고 여린 여성으로 나에게 병을 진단 내려야 한다는 역사적 사명을 띤 것 같았다. 나는 공연하는 내

내 크고 명확한 목소리로 '난 괜찮아'를 외치고 있었는데도 이 여성은 내 몸이 '살려줘요'라고 외치고 있다고 말했다.

그래도 그 여성 말을 끝까지 듣긴 들었다. 마른 사람들의 어쭙잖은 조언이 얼마나 상처가 되는지 알면서도 언제나 그래왔으니까. 내가 충분히 '뚱뚱하지' 않기에 무대에서 신체 이미지에 대해서 이야기할 자격이 없다고 말하는 사람들 이야기도 들었었으니까. 내 몸은 그냥 잘못된 몸이었다. 평생 그런 말을 들어왔기에 그 순간도 그냥 아무 대꾸 없이 듣는 것 외에 다른 도리가 없었다.

나에게 림프 부종이라는 진단을 내린 그녀는 내가 정신 차려 대답을 하기도 전에 느끼한 동정심이 뚝뚝 흐르는 비웃음을 흘리더니 또다시 자기 문제를 다른 사람에게 전가하기 위해 재빨리 사라져버렸다. 그 여자는 내가 그 말을 듣고 뭘 할 거라고 생각한 걸까? 전문가와 상담하여 자기가 말한 망할 게 뭔지 알아내기라도 하라는 건가?

그 여성이 내 시야에서 사라지기 전에, 급하게 오타를 내가며 구글 검색을 했다. 그리고 이미지 검색을 누르던 바로 그 순간, 열다섯살부터 지금까지 느리고 힘겹게 하나하나 쌓아올린 내 자신감의 벽돌이 와르르 무너져버리는 걸 느꼈다. 휴대폰 화면 속은 끔찍한 병원 형광등 조명 아래 종이 속옷만 입고 있는, 나와 같은 다리를 소유한 여성들 사진으로 가득했다. 내 인생 전부가 다시 나락으로 꺼지는 기분이었다.

나는 그냥 그렇게 몸서리치며 서 있었다. 나 자신에게 몸서리가 쳐졌다. 나도 이 불쌍한 여인들 사진을 보며 역겨움을 느꼈고,

그 말은 곧 내가 나를 여전히 역겨워한다는 뜻이었다. 하지만 내가 진심으로 역겨워해야 할 사람은 빌어먹을 오지랖 넓은 여성이 아니었을까. 내가 가장 좋아하는 이야기를 해서 모든 관객에게 웃음을 선사한 그 쇼를 본 다음 이딴 소리를 지껄인 그 주제넘은 인간 말이다. 게다가 관객들의 웃음은 놀림의 웃음이 아니라 십대의 분노를 이해하는 웃음이었다. 하지만 그 여성은 내 쇼를 보고도 고작 내가 옷을 벗으면 어떤지, 이 몸을 어떻게 수선해야 하는지, 내 몸의 문제를 어떻게 자기가 고칠 수 있는지를 생각했다. 하지만 앞서 말했듯 나에게는 남다른 재능이 있으니, 수치심을 코미디로 전환하는 데 시간이 걸리지 않는다는 것이다. 그래서 그 여성이 나가고 채 5분도 되지 않아 같이 공연하던 동료들에게 '내가 언제나 다리라고 생각했던 이 한짝은 진단 결과, 사실 세로로 세운 코티지치즈 두덩이로 판명되었다'고 말했다. 동료들은 눈물을 흘리며 웃어댔다. 아, 언제나 유머로 승화되는 나의 비옥한 몸이여.

다운down!

내 생각의 손가락

처음 발륨(신경안정제 — 옮긴이)을 처방받아 복용한 날 생애 최초로 내 몸이 거슬리지 않는 경험을 했다. 이 작은 알약이 선사하는 안정감이 몸 전체에 사랑스러운 작은 촉수를 뻗기 전까지는 내 몸이 얼마나 불편한지도 몰랐다. 이 불편함은 지속적인 통증이 아니라 내 몸에 대한 극단적이고 한시도 떠나지 않는 의식을 가리키는 것으로, 말하자면 나는 어디에도 맞지 않는 사람이라는 느낌, 내 몸은 영혼의 엉덩이 골에 영원히 끼어 있는 팬티와도 같다는 느낌이었다.

이 놀라운 발견에도 바로 다시 발륨을 처방받으러 달려가진 않았다. 중독되고 싶지 않았고, 내성이 생겨 약효가 사라지는 건 더 싫었기에 안전한 장소에 넣어둔 다음 위기 상황일 때만 복용하기로 결심했다. 깊은 잠을 못 자는 건 이 위기 상황 가운데 하나이기도 하다. 나는 숙면을 못 취한다. 내 평생 깊이 푹 잔 적이 거의 없다. 내 두뇌는 휴식 없이 움직인다. 불안이 각성의 근본 원인일 때도 있지만 불안이 유일한 범인은 아니다. 가끔은 문제를 푸느라 너무 재미나서 잠을 자지 않기도 한다. 진짜 문제가 아니라 창의적인 문제 말이다. 나는 언제나 이렇게 살아왔다. 어릴 때는 한밤중에 눈을 말똥말똥 뜨고 책가방을 효율적으로 싸는 법이나 침실 가구 배치를 바꾸는 법을 떠올렸다. 그보다 조금 더 커서는 십대 소녀들의 인맥 정치라는 풀 수 없는 매듭에 골몰했다. 하지만 나에겐 너무나 복잡하고 어려운 세계였고 그 관계들만 생각하면 불안의 소용돌이 안에서 무력하게 표류하는 잡동사니가 된 기분이었다. 물론 예술에 대한 생각이 정신의 기쁨이 돼주긴 했지만 내 생각을 가시적인 결과물로 완성하는 데 지속적으로 실패하면서 그 기쁨도 점차 사라져갔다.

생각하는 일이 기쁨으로 돌아온 건 스탠드업 코미디를 하면서부터였다. 사회적 상호작용과는 달리 관객들과의 관계에서는 나도 내가 어디에 서 있는지 알았다. 나에게서 뭘 기대하는지 이해했다. 무엇보다 농담은 외부와 단절된 상태에서도 풀 수 있는 문제였다. 공연을 끝내고 집에 돌아와 침대에 누우면, 몸은 간절히 휴식을 원할지언정 머리는 내 대본 설정의 문제가 모두 풀릴 때까지 잠에 들지 못했다.

불안의 소용돌이에 휩싸일 때처럼 어쩔 수 없거나 절박해서는 아니었다. 눈을 감으면 두뇌가 다시 살아나 활동을 하고, 생각의 손가락들이 내 대본의 톱니바퀴와 부품을 더듬거리기 시작한다. 내가 정답을 찾아내면, 그러니까 더 절묘한 펀치라인이나 더 맛깔난 표현 방식이 그 자리에 쏙 맞게 들어가면 스릴에 가까운 기분을 맛본다. 마치 날개를 달고 나는 꿈을 꾸는 것만 같다.

내가 쓰고 공연한 쇼들은 거친 짐승이었고 각각이 나름대로 훌륭한 퍼즐이었다. 하지만 2013년 쇼인 「노출주의자」The Exhibitionist 만큼 완성에 난항을 겪은 적은 없었다. 내가 이것 때문에 수많은 밤을 지새워서가 아니라 이 안의 수수께끼를 해독할 수가 없었기 때문이다. 그래도 실패작은 아니었으나 나만의 내적 논리는 찾을 수 없었다. 시계에 화면은 있는데 시계를 작동시키는 초침이 없었다고나 할까. 하지만 문제는 그 쇼가 아니었다. 나였다.

위스키와 발륨

철커덩하는 소리에 깊은 잠에서 끌려나왔다. 금속이 맞부딪치며 나는 끼이익거리는 소리도 났고 그 소리가 내 척추를 타고 올라오는 것만 같았다. 나는 숨을 헉 들이키며 깨서 배게 밑의 핸드폰을 꺼냈다. 시간을 보니 잠든 지 겨우 20분 만이었다. 억울했다. 자기 전에 발륨을 삼키고 위스키 두잔을 마셨으니 시체처럼 자야 마땅했다. 위스키에 발륨을 목으로 넘기면서 진정제를 두배 투여하는 위험을 감수하고 있다는 걸 알았고 그래서 잔에 커다란 얼음을 섞었다. 이것을 수분 섭취라고 한다.

이렇게 인위적으로 만들어낸 깊은 잠이 소음 때문에 깨어버리니 온몸이 바닥에 꺼진 듯 꼼짝할 수가 없었다. 정신이 오락가락할 뿐만 아니라 몸뚱이 구석구석이 아파왔다. 나사로가 죽었다가 살아날 때 이런 느낌 아니었을까? 그때 다시 소리가 났다. 이번에는 더 높고 날카롭게 들렸고 나는 양손으로 귀를 막은 채 머리를 무릎 사이에 넣고서는 그 소리가 다시 내 척추를 타고 올라오지 못하도록 했으나 소용없었다. 아이, 지금 이 상황은 뭐지? 무섭지는 않았다. 화가 났다. 높은 음조의 소리는 나에게 늘 이런 반응을 일으킨다. 나는 거의 분노에 가까울 만큼 화가 난다.

아직 비몽사몽일 때 그 목소리를 들었다. 남자 목소리였다. 1층 매장에서 들리는 건지 밖에서 들리는 건지 구별할 수가 없었다. 목소리가 또 들리자 분노 대신 침착함이 찾아왔다. 아드레날린이

분비되기 시작한 것이다. 감정이 몇 단계 가라앉으면서 차분하고 담담해졌다. 그러자 잠이 쏟아지려고도 했지만 이런 위기 상황에서 잘 수는 없었다. 인간은 생명의 위기가 닥쳤을 때 두가지 선택지를 갖는다고 한다. 싸우거나 도망가거나. 그리고 여기 세번째 방법도 있다. 갑자기 자버리기. 그 시점에서 내가 혹시 살해를 당한다고 해도 엄밀히 말하면 자다가 죽은 것이 될 거라 생각하고 있었다.

침대에서 기어나와 창문으로 다가갔다. 우리 가게 맞은편 통신사 창문에, 내 바로 아래층의 셔터가 60센티미터 정도 올라가 있었다. 핸드폰을 보았다. 아직 매장 문을 열기에는 너무 이른 시간이었다. 바깥을 내다보니 어떤 형체가 몸을 숙여 가게 안을 들여다보고 있었다. 바로 해미시에게 전화했다. 놀랍게도 오빠는 바로 전화를 받았다. "왜, 무슨 일이야. 갓즈?"

"가게에 도둑 들려고 해."

오빠가 침대에서 튀어올라 일어나는 소리가 들렸다. "지금 전화 끊자. 내가 경찰에 신고할게. 나는 바로 간다."

전화를 끊고 다시 창문을 내다보았다. 이제는 남자 두명이 보였다. 마뜩잖은 상황이었다. 나는 혼자 살고 있었다. 이 셔터는 나와 바깥 세계를 구분하는 유일한 문이다. 저것만 통과한다면 저들이 바로 2층으로 올라올 수 있고 2층에는 내가 있다. 그리고 분명 이들은 2층까지 올라올 것이다. 이곳에 금고가 있기 때문이다. 전화기가 울렸다. 해미시였다. "기다려. 경찰 출동했어." 어떻게 기다려야 하는 건지는 알 수 없었다. 옆방 사무실로 건너가 해미시의 골프 가방에서 골프채를 하나 꺼낸 다음 복도를 걸어가 계단 바로 위쪽에 자리를 잡았다.

두 손으로 골프채를 꽉 붙잡고 내 등 뒤로 넘긴 뒤 어두운 곳에서 '그들만의 리그'도 아닌 나만의 리그를 뛰는 야구선수처럼 기다렸다. 몸과는 달리 언제나 정지 상태를 못 견디는 내 두뇌는 앞으로 발생할 일의 결과를 펼쳐 보이기 시작했다. 어쩌면 내가 저지를지 모르는 폭력을 머리로 그려보니 갑자기 기분이 미친 듯이 좋아졌다. 나는 계단으로 올라오는 첫 놈을 골프채로 내리칠 것이다. 내리치고 또 내리칠 것이다. 크게 스윙을 해서 그 남자 사타구니를 아주 정확하게 가격할 것이다. 죽이고 싶지는 않다. 그러나 정 필요하다면 죽일 수도 있다. 우리 오빠의 금고를 지키고 싶어서가 아니다. 오빠는 보험을 들어두었다. 나는 강간당하고 싶지 않다. 또 당할 수는 없다.

계단 바로 위에서 얼마나 오래 기다리고 있었는지 모르겠지만 갑자기 주변이 밝아지며 경찰 사이렌이 울렸다. 그 순간이 몇시간 같기도 하고 몇초 같기도 했다. 가게 정면 쪽 내 방으로 달려갈 때 여러 고함 소리를 들었다. 내 방이 붉고 푸른 불빛으로 가득했다. 아래층에서 펼쳐지는 혼란의 현장을 짐작만 해보고 있는데 전화가 울렸다. 해미시였다. "잘했어, 갓즈. 경찰이 현행범으로 체포했어!"

너희들 운수 더럽게 좋은 줄 알아라. 그 생각을 했다. 안 그랬으면 내가 그 인간들을 거세했을 수도 있고 얼굴을 뭉개놓았을 수도 있고 죽이기 전까지 가는 어떤 일이 일어났을 수도 있다. 갑자기

뼛속까지 피로가 몰려왔고 나는 바로 침대에 가서 골프채를 내 옆에 두고 누웠다. 경찰차 불빛이 여전히 내 방에 번쩍이고 흥분된 목소리들이 아래층에서 들려오고 있었지만 상관없었다. 베개에 머리를 대기도 전에 잠이 들었다.

자명하게

그 일이 일어나기 넉달 전 집에 갔을 때 엄마는 매년 하던 대로 크리스마스 장식 만들기에 여념이 없었다. 각종 성탄절 색상의 원단 조각이 부엌과 식탁에 흩어져 있었다. 완성품은 하나도 없었지만 엄마는 촉박한 날짜에 상관없이 마냥 즐거워 보였다. 나는 차를 한잔 내리고 초록 의자에 풀썩 앉아서 엄마의 미완성 크리스마스 선물 설명회를 기다리고 있었는데, 엄마가 내 손에 비닐봉지 하나를 쥐어주는 거였다.

“내가 어느날 갑자기 죽을지도 모르니까 너한테 이것들 미리 주려고.”

봉지 속을 슬쩍 보니 부모님이 모아둔 내 사진이 뒤죽박죽 섞여 있었다. 솔직한 심정으론 이런 뜻을 전달하는 행동 같았다. ‘이게 내가 너를 낳고 키웠다는 증거다. 가져라. 난 이제 필요 없다.’ 엄마에게 서운해할 수도 없었다. 나는 특별히 사랑스럽거나 매력적인 피사체가 아니었고 그 사실이 이런 비닐봉지에 담긴 선물을 더욱 비극적으로 만들고 있었다.

"앨범 고마워요. 엄마, 예쁘게 정리해두셨네."

내가 기억하는 한 우리 집에는 카메라가 없었다. 그래서 내 사진은 학교 입학 및 졸업 사진이거나 친구네 가족이 찍은 것들이었다. 대부분의 사진 속에서 나는 당시 우리 집을 방문한 누군가의 옆에 자리하고 있었다. 특별히 행복해 보이는 얼굴은 아니고 잔뜩 뿔이 나 보일 때도 많다. 가끔은 웃고 있는데도 그렇다. 보통 시선은 정면이 아닌 엉뚱한 곳을 향해 있다. 어떤 사진에서 내 얼굴은 의심스러워하는 것 같기도 하고, 약간 안절부절못하는 듯 보이기도 하고, 깜짝 놀란 것 같기도 하다. 하지만 대체로 내 얼굴은 내 안에 텅 빈 공간이 있음을 나타내는 듯했다. 이 사진의 느낌은 내가 기억하는 어린 시절과 하나도 들어맞지 않았다. 사진 속 나는 어린애답지 않게 어딘가 공허해 보이지만 나는 내 어린 시절에 순수한 활력과 풍부한 상상력이 찰랑찰랑 넘쳤다고 기억하고 있다.

"넌 언제나 너만의 요정하고 놀고 있었지." 이 비닐봉지의 내용물을 같이 보던 엄마가 이렇게 말했다. 순간 발끈했다. 사람들은 언제나 나를 보며 그런 말을 했고, 그 말을 들을 때마다 언제나 열 받았다. 요정들이 어디 있다고 그래? 난 요정하고 놀 시간 없어.

엄마는 자식들의 존재 증거를 모두 내다버리지는 않았다. 우리 가족사진 액자를 엄마 아빠의 침실 방 벽에 걸어놓기도 했다. 우리 다섯 아이는 얼룩덜룩한 갈색 벽지 앞에 옹기종기 모여 있다. 내가 가장 가운데 앞에 있고, 최선을 다해 활짝 웃으려는 시도를 하며 정면을 바라보고 있다. 눈은 웃느라 반달눈이 되었고 볼은 장미꽃처럼 빨갛고 입술은 커다란 미소를 위해 양옆으로 늘어나 다닥다닥 붙은 유치가 거의 다 보인다. 이보다 더 행복한 찡그림은 본 적이 없을 정도다. 엄마의 기록 폐기에서 살아남은 내 유일한 독사진은 가족실의 여닫이 책상 안에 먼지와 함께 잠자고 있었다. 최근 사진은 아니고 벤 오빠 결혼식 때 사진이니 벌써 십수년 전에 찍은 것이었다. 나라는 걸 알긴 했지만 이론상의 나라고 할 수 있었다. 모든 걸 내려놓고 허심탄회하게 말하자면 나는 1974년경의 존 덴버와 완전 닮았다.

엄마가 내 물건이라고 던져둔 것들 안에서 내 학창 시절 성적표를 찾아 넘겨보고 있는데 사진 한뭉치가 바닥에 떨어졌고, 아기 사진 다섯장이 있었다. 사진을 들고 한장 한장 자세히 들여다보았지만 아무리 봐도 아기 때의 나를 알아볼 수가 없었다. 아이 넷이 있는 사진 중에 하나가 그나마 나 같았는데, 셋은 얼굴이 나왔지만 나만 얼굴이 잘려 있었다. "엄마, 이 사진 술 마시고 찍었나?" 내가 물었다. 엄마는 아기 침대에 통통한 두 다리를 뻗고 있는 머리 없는 아기 사진을 보더니 안경 너머로 나를 보면서 말했다. "어, 아마 그거 너 아닐 거야."

당신의 얼굴은 하나의 얼굴

비닐봉지 속 사진 뭉치에 담긴 내 성장기의 영광과 고난이 코미디의 화수분이 될 수 있다는 걸 알았고, 그래서 자연스럽게 그 안에 나의 여섯번째 스탠드업 쇼인 「노출주의자」의 씨가 뿌려졌다. 나만의 개인적인 비극 발굴을 시작하기에 앞서서는 그 사진 한봉지가 얼마나 케케묵은 구세기 유물같이 느껴지는지 깨닫고 놀라기도 했다. 그때 나는 아직 삼십대 중반이었지만, 나보다 10년 정도 어린 사람들에게는 너무도 생경한 방식으로 기록될 수도 있다니 얼마나 놀라운가.

2013년엔 이미 스마트폰과 소셜미디어가 어디에나 있고, 모든 곳에 스며들어 있었기에, 지구인들이 몇년 전까지만 해도 실제 눈으로 보고 손으로 만져볼 수 있는 사람만 알고 지내던 시절이 있었다는 건 믿기 어려워졌다. 거울이나 초상화 또한 몇백년 전만 해도 부유한 귀족의 전유물이었기에 근대에 들어와서야, 사실 최근에야 지구인들은 자신의 이미지를 볼 기회를 얻은 셈이다.

나에게 스탠드업이란 나의 초상화를 그리는 행위라 할 수 있다. 무대 위의 나는 세상이 나를 어떻게 볼지 조절하고 어떤 부분만 보여줄지 결정할 수 있다. 하지만 나는 나 역시 육체성 역시 무대 위의 자화상을 그리는 데 참여할 수 있다는 사실은 모르고 있었다. 처음에는 내가 선택한 언어만이 나의 이미지를 전달할 힘이 있는 줄 알았고 이보다 더 큰 착각은 없었다.

관객은 코미디언들이 마이크를 잡기 이전부터 이들에 대한 자기만의 수십, 수백가지 생각을 갖게 되어 있다. 당신이 얼마나 영리한지에 상관없이 언제나 당신의 몸이 곧 맥락이 된다. 당신의 언어, 당신의 농담, 당신의 소재는 몸을 그럴듯하게 제시하기 위한 도구일 뿐이다.

나는 초기에 내 공연을 인터넷으로 접한 이후에 나의 공연 영상을 보며 연구하지 않기로 결심했다. 내가 본 광경에 당황했던 것이다. 나는 내가 본 사람 때문에 당황했다. 나는 말을 너무 천천히 했다. 목소리는 정말 가늘고 작았다. 눈은 왜 이렇게 툭 튀어나온 거지? 내 영상을 보고 난 뒤 했던 그다음 몇차례 공연은 자의식 때문에 망치고 말았다. 공연하는 내내 안경 좀 그만 올려야겠다고 생각한다거나 끝없이 '이거 하면 안 돼, 저거 하면 안 돼'를 하느라 내 농담이 객석에 안착하지 못했다. 내가 어떻게 보일지 의식하지 않아야 나는 꾸준하게 웃길 수가 있었다.

데뷔 후 몇년 정도는 다들 한목소리로 내가 '무표정 진지'deadpan 유머를 구사한다고 말하곤 했다. 나는 절대 동의할 수가 없었다. 나도 무표정 유머의 달인이었으면 좋겠다. 이건 굉장히 효과적인 코미디 장치로서, 냉소나 풍자의 성격 좋고 마음 따스한 사촌이라고도 할 수 있다. 하지만 무표정 진지 유머가 통하려면 표정의 변화가 없이 담담해야 하며, 어쩌면 근엄하다고 할 수 있을 정도가 되어야 한다. 하지만 내 얼굴은 무표정과는 거리가 아주 멀다. 이 표정에서 저 표정으로, 쉴 새 없이 바뀐다. 너무 동적이라 표정들이 겹치기도 하고 파문처럼 일기도 한다. 내 짐작인데(짐작이긴 하지만 맞는다), 내 모노톤의 목소리와 정지 자세 때문에 내가 무표정 진지 유머를 한다는 잘못된 생각이 심어진 것 같다.

공연을 시작한 지 처음 몇년 동안은 마이크 뒤에서 전혀 움직이지 않고 가만히 서 있었다. 발은 바닥에 붙박여 있고 몸은 딱딱하게 긴장해 있었다. 시간이 흐르면서 나는 목소리의 강약을 조절하는 법을 익혔다. 이는 유기적인 진화였지 일부러 마음먹고 고친 건 아니었다. 무대에서 수백시간을 보내며 객석에서 웃음을 짜내는 다양한 방법을 실험하다보니 자연스럽게 나온 변화였던 거다. 다른 코미디언들 공연 모습도 수백시간 지켜보았고 이들도 똑같이 무대에서 움직이고 있었으니 이 방식을 무시할 수는 없었다. 농담의 힘은 대본에서 나오는 것이 아니라 농담을 어떻게 소리로 감싸는가에서 나온다.

내 목소리에 생기를 불어넣고 무대 위를 걸어다니기 시작하면서 나는 훨씬 더 나은 코미디언이 되어갔다. 이 상관관계는 부정할 수 없었다. 웃음은 더 커지고 더 길어졌다. 게다가 한번 터진 웃음이 끊이지 않고 다음 웃음으로 이어지게 하는 법도 알게 됐다. 한시간의 공연 동안 리듬을 다양하게 바꾸고 속도도 조절하면서 동력을 쌓아가는 방법도 배웠다. 때로는 얼굴을 찡그려, 때로는 의미있는 한숨을 넣어 침묵의 효과를 높일 수도 있었고 결정적인 대사를 던진 다음 당분간 아무 말도 하지 않는 식으로 관객들이 웃는 시간을 연장하기도 했다. 그렇게 하다보니 관중을 바이올린처럼 내 뜻대로 연주하는 듯한 느낌이 들기도 했다.

나는 이른바 '겸손형'low-status 코미디를 하는 사람이었다. 코미디를 쓰고 공연을 하면서 관객들에게 내가 그들보다 더 나은 사람이 아니라는 신호를 보내고 있었다. 이것이 농담의 형태로 전달되면 자기비하라 불리지만• 더 크고 넓은 세상에서는 '난 위협적

• 자기비하(self-defecation)와 자기배변(self-depreciation)을 헷갈리지 말자. 물론 나에게는 헷갈렸던 경험이…….

인 사람 아니에요. 때리지 말아요!'라는 뜻으로 통하기도 할 것이다. 일부러 작정하고 무대에서 이런 모습을 보인 건 아니다. 이 페르소나는 나라는 사람의 자연스러운 확장이었고 무대 안에서나 밖에서나 살아남기 위한 생존 전략이었다. 하지만 내가 전문 공연가로 실력을 키워갈수록 무대 위의 자신감이 무대 밖의 나라는 사람에게도 스며들기 시작했다. 단 거꾸로 나 개인의 성장을, 말하자면 (내가 점차 되기 시작한) 좀더 높은 수준의 나 자신을 무대에서 탐험할 여지는 없다고 느껴졌다. 관객은 마치 작은 시골 마을 같아서, 내가 그들이 이해하는 나라는 존재를 넘어서려고 했다가는 적대적인 반대와 노골적인 저항에 부딪힐 수도 있었다. 그렇기 때문에 시간이 지날수록 나는 진정성을 조금씩 잃어버리고 있는 듯한 기분이었다. 진정성이야말로 성공적인 코미디의 힘인데 말이다.

그래도 예외가 하나 있었으니 무대에서 미술 이야기를 할 때였다. 그때만큼은 갑자기 나도 이른바 '수준 높은' 코미디언이 되곤 했다. 나는 더 자신감이 생겼는데 애쓰지 않아도 자연스럽게 그렇게 되었다. 나는 그저 관객들과 내가 사랑하는 무언가를 같이 나누고 있었다. 하지만 그보다는 약간 복잡한 문제이긴 했다.

「노출주의자」는 스탠드업 코미디와 은폐된 미술사의 조합이었고, 이 두개의 결이 다른 무대 페르소나 사이에서 충돌이 빚어졌다. 나에 대한 두개의 다른 개념 사이에 자리 잡고 싶었다지만 그럴 수 없을 것 같아 보였고, 그렇게 하려고 노력하다가 자칫 고장이 나버릴 것 같았다. 그때 몰랐던 건 내가 찾아내 끼워넣고 싶었던 조각이 그저 내 쇼나 공연 스타일은 아니었다는 점이다. 그건 나라는 사람의 개념이었다. 몇날 밤을 뒤척이면서 고민을 거듭했지만 답은 없었다. 그리고 만약 내가 진실에 다가섰더라면 나라는 사람은 완전히 가짜가 되거나 수백만조각의 진실로 부서져버렸을 것이다.

불결한 생활

멜버른 시즌이 끝날 때까지도 내 쇼의 수수께끼를 풀지 못했지만 공연이 없는 밤이 되자 공허감이 밀려왔고 그 주변에선 불안이 끝없이 소용돌이쳤다. 다시 투어를 떠나기까지 2주가 남아 있었다. 페스티벌 중에 놓쳐버린 내 삶의 조각들을 다시 주워담고 싶었으나 몸과 마음도 추스를 수가 없었다. 그러면서 나는 더러움 속에서 살게 되었다. 이건 결코 나다운 생활 방식은 아니었다. 나는 불결함을 혐오한다. 정돈과 질서를 사랑하며 쾌적하고 단정한 공간에 있어야 잘 살고 있다고 느낀다. 하지만 내 안의 청결 본능과는 달리 나는 씻기 싫어하는 중학생 남자아이의 생활철학을 실천하고 있었다.

먼저 아주 작은 행동, "귀찮으면 굳이 지금 안 해도 돼"부터 시작한다. 저녁 식사를 마쳤고, 설거지를 해야 한다는 사실은 인정하지만 하지 않기로 한다. 다음날 밤에 똑같은 일이 일어난다. 그 다음 날도 똑같다. 페스티벌만 끝나면 밀린 설거지를 다 하고야 말겠다고 결심하지만 행동은 의도를 가볍게 무시한다. 더이상 공연 핑계를 댈 수 없어져도 여전히 산더미처럼 쌓인 접시들을 바라보다가 완전히 질려버려서 소파에 앉아 몸을 앞뒤로 흔든다.

당시 나는 오빠의 마트 2층에 거의 5년째 살고 있었다. 내가 그때 바닥을 치고 있다는 걸 몰랐던 것도 당연한데 그보다 최악이었던 시간이 워낙 길었기 때문이다. 처음 스탠드업 코미디를 시작했을 때만 해도 집 없는 실업자였고 나에겐 이 두가지가 불변의 조건처럼 느껴졌다. 그래서 내지 않은 주차위반 과태료와 옷을 입고 자는 습관 같은 건 과거와 비교하면 소소하게 거슬리는 일 정도였다. 코미디언이 되기 전에는 하루 벌어 하루 먹고살았고 이 일에서 실패하고 나면 다음 일에서 또 실패하는 식이었다. 미래를 생각할 때면 암담했고 꿈은 사치였다. 하지만 그때의 내 삶은 작고 사사로웠다. 코미디는 내 세계를 키웠다. 어쩌면 내 세계가 너무 커져버렸는지도 몰랐다. 코미디와 함께 대혼돈이 찾아왔다.

페스티벌이 끝나고 한주가 흐르자 부엌을 치우기 전에는 약속이 있어도 밖에 나가지 않겠다고 나와 협상을 했다. 참으로 덜 떨어진 협상이었는데 이미 꼭 필요한 일 아니면 외출을 전혀 하지 않고 있었기 때문이다. 이제 집에는 그릇이나 용기라고 부를 만한 것이 남아 있지 않아 어쩔 수 없이 창의력을 발휘해야 했다. 대체로 사람들이 '토스트'라고 부르는 것을 나는 '먹을 수 있는 접시'라고 불렀다. 그렇다고 캔을 따서 캔째로 먹을 지경은 아니었는데 나는 네발동물은 아니기 때문이다. 하지만 전자레인지 접시에 스파게티 캔을 부어 데우지도 않고 먹었다. 그런 행동이야말로 우울한 인생의 전조로 보아야 했지만 그때까지만 해도 내 불결함을 못 본 척할 수는 있었다. 드디어 정신이 번쩍 든 건 차를 블랙으로 마시기 시작할 때부터였다.

나는 차 마실 때만큼은 유난히 정석을 고집하고 절차를 챙겼다. 낸이랑 팝과 같이 차를 마실 때는 주전자에 찻잎을 띄운 차를, 입술 닿는 부분이 얇고 찻잔 받침이 있는 찻잔에 따라 마셨다. 하지만 크고 거친 세상에서 어른으로 독립해 살아가면서 내가 티백을 넣은 차도 고맙게 마실 수 있다는 점을 깨달았다. 그래도 결코 넘지 않은 선이 있었으니, 내가 마실 차는 반드시 진하게 우린 다음 크림 밀크를 듬뿍 넣어야 한다는 것이었다.

게으름 마라톤을 달리면서도 유일하게 설거지한 그릇이 차 마시는 머그잔이었다. 그래도 깨끗한 컵에 차를 마실 정도로는 몸을 움직이니 심각한 상황은 아니라고 스스로를 속일 수 있었다. 그러나 우유가 떨어지고 차를 블랙으로 마시는 순간, 내가 지금 상당히 난감한 상태에 이르렀다는 걸 알게 되었다. 도저히 우유를 사러 갈 수가 없었다. 그런데 그 사실을 다음과 같은 조건에 넣어보자. 나는 우유를 파는 마트 2층에 살고 있었다.

관계의 문제

페스티벌 뒤에 세상을 차단하고 동굴로 숨어버린 것이 이번이 처음은 아니었다. 몇년 전 에든버러 프린지 페스티벌이 끝난 후

노스런던의 작은 원룸 아파트에서 한달간 꼼짝하지 않은 적도 있었다. 한달가량의 페스티벌이 내게 남긴 건 바닥난 에너지와 바깥 세상에 나가는 능력 상실뿐이었다. 마트 2층의 불결한 집에서 게으름의 끝을 달리고 있을 때는 이 두번의 증상 발현을 하나로 잇는 연결고리가 있음을 전혀 눈치채지 못했다. 멜버른에서는 이 증상이 서서히 찾아왔고, 런던에서는 에인절역에서 잠깐 정신을 놓은 후 시작되었기에 둘 사이의 관련성을 깨닫지 못했던 것이다.

러시아워였고 나는 퇴근하는 사람들에게 떠밀려서 역으로 들어갔다. 교통카드를 충전하려고 했지만 군중 사이를 뚫고 카드 충전소까지 안전하게 갈 자신이 없었다. 그래서 카드에 돈이 남아 있기만을 바라며 개찰구에 들어갔다가 잔액 부족으로 통과하지 못했다. 앞으로 나가지 못하면서 나는 병목 현상의 원인이 되어버렸고, 다시 반대로 나가려 하자 줄 서 있던 사람들은 차례차례 하루 종일 쌓인 짜증과 불만을 내게 풀기 시작했다.

처음에는 약간 허둥지둥하는 정도였는데 한 남성이 어깨로 나를 세게 치고 가자 당혹스러움은 바로 공포감으로 변했다. 그는 단단한 근육질 남성이었고 그 어깨에 부딪히자마자 나는 중심을 잃고 비틀거렸다. "빌어먹을 관광객들." 그 남자는 마치 내가 먼저 이 충돌을 조작하기라도 한 것처럼 중얼거렸다. 하지만 그 말을 듣고 서러워서 눈물이 난 건 아니었다. 아팠기 때문이었다.

기차가 트랙을 지나가며 긁히는 소리가 역 전체에 울려퍼졌고 내 귀를 뚫고 들어와 척추를 타고 흘러내렸다. 그 소음이 유발한 고통 때문에 몸을 웅크렸고, 다시 중심을 잡으려고 안간힘을 쓰는 와중에 내가 울고 있음을 발견했다. 어찌어찌 카드를 충전하고 플랫폼으로 내려갔다. 퇴근하는 사람들이 약간 줄었지만 에스컬레이터는 여전히 빽빽하게 붐볐다. 나는 벽 쪽으로 붙어 나를 빠르게 스쳐지나가는 웨스트엔드 쇼 포스터를 바라보았다. 에인절역 에스컬레이터는 지하에서 가장 긴 에스컬레이터로 유명한데 중간쯤 왔을 때 현기증이 시작되었다. 눈을 감고 버텼다. 소리는 참을 수 없을 정도로 커졌다. 스트레스도 점점 올라가 에스컬레이터에서 내려올 때 발을 헛디뎌 쓰러질 뻔했다. 친절한 남성이 일으켜주었지만 그가 하는 말을 알아들을 수 없었다. 그는 나를 넓은 길로 빠져나오게 한 다음 벽 근처에 데려다주고 떠났다. 나는 바닥에 주저앉아 상태가 괜찮아질 때까지 기다렸다. 당시에는 내가 왜 이러는지도 몰랐다. 하지만 가장 심각한 구간을 지나갔다는 건 알았다. 공황발작이 지나가자 바로 아파트로 돌아와서 몇주 동안 밖으로 한발짝도 나가지 않았다.

그것이 런던에서 시작해 한달간 이어진 광장공포증의 발단이었지만 사실 이 증상 발현의 기저에는 쉽게 파악할 수 있는 근본적인 원인이 있었다. 나는 그때 항우울제 복용을 갑자기 중단한 상태였다. 자의적 결정은 아니었고, 에든버러 프린지로 가기 전 짐을 쌀 때 깜빡하고 약을 빼놓았던 것이다. 영국의 병원에 가서 진단받고 처방을 받는 등 번거로운 단계를 거치기보다는 그냥 약을 당분간 안 먹는 편을 택하기로 했다. 전문 의료인의 소견 없이 항우울제 복용을 중단하기에 이보다 완벽한 타이밍은 없었을 것이다. 나는 가족, 친구, 지인과 수천 킬로미터 떨어져 해외에 있었고 이제 에든버러 프린지 페스티벌에서 공연도 해야 했다.

하지만 이와 달리 멜버른에서 겪은 무기력증 삽화는 트라우마가 될 만한 공공장소에서의 공황발작으로 시작되지도 않았고, 그 전에 복용하던 약을 급작스럽게 중단한 적도 없었다. 그래서 내 안의 그 스트레스 강도는 런던에서와 거의 동일했는데도, 이전에 똑같은 느낌의 암흑을 겪었다는 사실을 기억해내지 못한 것이다. 내가 이 두가지 경우를 이을 수 있었다면 더 큰 그림을 볼 수 있었을 것이다. 그러니까 나는 한번씩 크게 우울 삽화가 발현된다는 것. 또 하나는 이 두가지 증상 발현에 공통으로 존재하는 두가지 요인이 있다는 것. 두번 다 유난히 소진되었던 페스티벌 뒤에 일어났고, 당시 사귀던 연인과의 관계가 나만 모른 채 끝나가고 있을 때였다.

무능력

페스티벌 폐막일 밤에 샘을 마지막으로 만났다. 우리는 문자로만 소통하고 가끔 전화 통화를 하는 식이었다. 샘은 충만하고 독립적인 삶을 살고 있었기에 싸우기 직전까지 가려면 2주 정도가 걸렸다. 샘은 내가 떠나기 전에 얼굴을 봐야 한다고 했고, 나 또한 블랙홀에서 나와야 한다는 걸 알았기에 우리는 카페에서 만나기로 했다.

처음부터 삐걱거릴 기미가 보였는데, 카페에 들어가자마자 미치도록 화가 났기 때문이다. 카페는 콘크리트로 된 정사각형 공간으로 정상적인 탁자와 의자 대신 우유 상자가 놓여 있고 쿠션은 네모난 인조 잔디였다. 2014년에 힙스터 조롱하기는 코미디언들 사이에서 유행하는 소재였으나 나는 '힙스터 미학'이 쿨한 것이 되기 훨씬 전부터 힙스터 스타일을 향한 적대감이 강했다. 하지만 너무 드러내놓고 싫어하는 내색도 안 했는데 힙스터 조롱 또한 힙스터스러웠기 때문이었다. 나는 경제적 약자들의 생존 전략을 훔쳐서 허무맹랑한 가격으로 팔아대는 힙스터 사업 방식이 싫었다. 이 카페 같은 경우에는 짝도 안 맞는 이 나간 그릇에 음식을 담고 양념 병에 뜨거운 음료를 부어주는 식이었다. 나는 어렸을 때 실제로 베지마이트 병에 물을 따라 마셔야 했던 사람이다. 우리 집은 애가 다섯이었고 집에 있는 유리컵이 깨지고 나면 바로 새것을 사들일 여유가 없었던 것이다.

카운터 뒤에서 아무것도 안 하면서 바쁜 척 춤추듯 돌아다니는 플레처를 보자마자 얄미워 미치는 줄 알았다. 그는 가필드 그림이 그려진 꼭 끼는 니트 스웨터를 입고 있었다. 어깨 부분 바느질은 뜯어져 있었다. 플레처는 허세와 오만이 하늘을 찌르는데 대체 뭐가 있어 저러는가 싶은 부류의 사람이었다. 왜 그렇게 사람 무시하는 얼굴이야? 왜 나를 별 볼 일 없는 사람처럼 느껴지게 만들어? 당신은 바리스타barista잖아. 바리스터barrister(영국의 상위 법원에서 변론할 수 있는 법정 변호사—옮긴이) 아니잖아.

집을 떠나 몇년간 이 숙소 저 숙소 옮겨다니며 방랑의 삶을 살 때 안전망이 있는 히피들을 지나치다 싶을 만큼 많이 만났다. 이유 모를 분노에 차 있는 부잣집 애들이 '스스로 선택해 이런 삶을 시도해보는 중'이라면서 자기 동기는 순전히 정신적인 것이고, 제 행동은 갈 때까지 가보고 싶어 하는 흔해 빠진 십대의 반항이 아니라고 주장했다. 그애들이 미웠다. 내가 보기에는 부모의 기대를 거부할 수 있다는 것 자체가 얼마나 특권인지 모르는 철부지들이었다. 나는 내 인생을 선택할 수 있다고 느낀 적이 없었다. 거절과 거부가 내 앞에 던져졌으니까. 1990년대 후반에 히피 천국에 갇혔던 것이 화나긴 했지만 그들에게 특권 가스라이팅을 당해서인지 언제라도 2000년대 힙스터가 나타나면 이렇듯 지나치게 의식하는 버릇이 생겼다.

우리는 카운터로 갔고 플레처가 응대했다. "안녕하세요. 플레처입니다. 주문 도와드리겠습니다." 지겨워하고 귀찮아하는 목소리였고, 그를 향한 나의 반감은 더욱 커졌다. 하지만 나의 부글부글 끓은 기분을 모르는 내 여자친구는 명랑한 말투로 주문했다. "스키니 라테 한잔 주실래요?"

그가 대답했다. "저희 매장에선 스킴 밀크〔무지방 우유—옮긴이〕는 취급하지 않습니다."

내가 뜨거운 음료에 풀 크림 우유 넣는 걸 강하게 지지하는 사람이긴 하다만 희석한 유제품을 고르는 사람을 함부로 판단하지는 않는다. 하지만 가짜 노스탤지어를 표방하는 플레처라는 느끼한 인간은 마치 내 여자친구가 얼굴의 반을 검게 칠하고 칵테일 나치 한잔을 주문한 양 말하는 것이었다. 샘은 미안하다는 듯 사과를 했다. 그 떨리기까지 한 목소리는 곧 모든 책임을 자신의 무지로 돌리겠다는 의도였겠으나 나는 유제품 선택의 자유를 제한

하는 플레처의 편협함을 그냥 넘어가줄 수가 없었다.

"신경 쓰지 마세요." 나는 차갑게 대꾸했다. "이제 막 코마 상태에서 깨어나 트렌드를 몰라요. 스킴 밀크가 아직 유행인 줄 알아요."

내가 최고의 인간애를 발휘하여 플레처를 대한 게 아니란 건 잘 의식하고 있었지만 나의 말이나 태도가 플레처에게 손톱만큼의 영향도 미치지 못했다는 사실 또한 인식하고 있었다. 그는 인간 코팅 프라이팬이라 할 수 있었다. 하지만 샘은 영향을 받았다. 샘은 가끔 튀어나오는 나의 비아냥거림이나 못되게 구는 면을 특히 좋아하지 않았다. 대신 나의 우울함이라든지 퉁명스러움, 변덕스러움은 별로 신경 쓰지 않았다. "나는 네가 이럴 때 싫어. 지킬 박사처럼 행동할 때는 네가 누군지도 모르겠어."

"지킬 박사는 착한 쪽이야." 나는 분위기를 더 나쁘게 만들고 싶지는 않았지만 결국 그리됐다. "너 또 그러는구나."

내가 뭘 또 그런다는 건지 알고 싶었으나 묻기 두려웠다. 상황을 더 악화시키고 싶진 않았기에 감정을 드러내지 않으려 최대한 노력했다. 나는 언제나 그래 왔다. 가끔은 할 수 있다. 하지만 상태가 아주 나쁘면 어쩔 수 없다. 그리고 그날은 상태가 안 좋았다.

우리는 각자의 우유 상자에 앉아 평화를 되찾으려고 노력했지만 쉽지는 않았다. 온통 콘크리트로 된 사각형 공간에 놓인 우유 상자에 앉아 있었으니. 그래도 플레처가 음료를 가져다줄 무렵에는 불편한 평화 정도는 유지할 수 있게 되었다. "이거 봐." 나는 최대한 매력적인 사람이 되기 위해 애쓰면서 말했다. "지금 5달러주고 내 티백을 내가 직접 넣어야 하는 차를 샀네. 그런데 마시지 도 못해. 왜냐면 컵이 너무 뜨거워서 잡지를 못하니까. 유리로 되어 있는데 손잡이가 없기 때문이지……. 왜 그런지 알아? 컵이 아니라 병이기 때문이지." 최대한 가볍게, 관찰 코미디처럼 들렸으면 했다. 요즘 핫한 힙스터 조롱이 아닌가. 하지만 티켓을 사서 들어오는 공연도 아니었고 그저 재미있는 사람이 되려다 어긋나버린 시도였다. 샘은 재미있어 하는 것 같아 보이지 않았다. 내 말투가 문제이거나 뭔가 잘못된 것 같았다. "너 대체 왜 그러는 거야?" 샘이 물었다.

내가 그 말의 의미를 물으려는 찰나 플레처가 갑자기 우리의 아침식사를 들고 나타났고, 굉장히 연극적인 몸짓으로 테이블을 세팅하기 시작했다. 플레처가 부서진 미니어처 와인 통으로 만든 테이블 한가운데 놓인 닥구채 위에 정체를 알 수 없는 재료를 씰어 만든 요리를 놓자 샘이 그 음식을 가리키며 물었다. "이게 뭐예요?"

"저희표 꽃사과 잼입니다……." 그가 웃으면서 허리를 폈다. 얼굴은 미소로 빛났다. "홈메이드예요."

기가 막혀. 플레처는 이게…… 자랑스럽나봐? 왜지? 그가 간 다음 샘은 비밀 이야기를 하려는 듯 나에게 몸을 기대며 말했다. "신기하지!"

신기하지 않았다. 지금 샘이 어떤 부분을 신기하다 말하고 있는지도 전혀 감을 못 잡고 있었다. 무언가 긍정적인 일이 방금 전에 일어났다는 투였지만 나는 너무 화가 나서 짐작하고 싶지도 않았다. "꽃사과 잼이라니!" 나는 진심으로 어이가 없었다. "세상에 누가 꽃사과로 잼을 만들어?"

"너 오늘따라 심하다!" 샘이 한숨을 쉬었다. 지친 표정이었다.

하지만 나는 샘이 지금 어떤 생각을 하고 있는지 듣고 공감하려 하지 않았다. 내 생각은 이미 멀리 가버렸다.

"썩은 사과 하나가 한상자 다 썩게 한다고 하잖아. 그때 그 사과는 꽃사과야. 진짜 쓰고 맛없어서 한입 물자마자 인상을 쓰게 돼. 대체로 사과 맛은 못해도 중간은 가잖아? 사과란 게 기절할 만큼 맛있진 않아도 크게 배신은 안 한다고. 하지만 꽃사과는 아니야. 근데 왜 이렇게 저주받은 사과로 잼을 만들어? 아마 이 사과 때문에 아담과 이브가 쫓겨났을걸. 진짜 맛대가리 없는 사과야. 완전 괘씸한 사과라고."

내 분노의 사과 평가가 끝나자 샘은 여기서 더 대화를 이어가지 않았다. 우리의 오랜만의 만남은 침묵 속에서 끝났다. 이 침묵은 샘이 차에 탈 때까지 이어졌고, 샘은 운전석 문을 열면서 한마디 했다. "해나, 너 정신적으로 문제 있어. 진지하게 생각해봐. 나도 더이상은 못 하겠다."

샘은 자기 할 말을 마치고 차에 올라타 문을 쾅 닫아버렸다. 아마 그건 우리 둘 모두에게 최선이었을 것이다. 내가 대답하기를 기다려주었다면 그걸 듣고 더 실망했을 것이 분명했다. 사실 한마디도 생각나지 않았고 내가 어떤 말을 했을 것 같지도 않다. 샘의 말에 너무 상처받아 말문이 막혀버린 것이다. 그래서 나는 그 자리에 못 박힌 듯 서서 기다렸다가 샘의 차가 눈에 보이지 않을 때까지 손을 흔들었다.

양말과 경이

커튼을 열었다. 건강한 사람들은 원래 커튼부터 활짝 여니까. 하지만 난 건강한 사람이 아니고 늦은 오후의 나른한 황금빛 햇살은 혐오스럽기 그지없었다. 커튼을 닫았다. 1층 마트 문을 닫기 위해 정리하는 소리가 났다. 조금 있으면 누군가 매출을 정산하러 2층으로 올라올 것이다. 그래서 나는 모두가 퇴근할 때까지 내 방에서 기다리기로 했다. 얼굴을 마주하고 잡담을 나눌 기분이 아니었다.

반나절도 안 남은 시간 동안 해야 할 일 목록을 머릿속으로 그려보았지만 너무 불안해서 우선순위를 정할 수가 없었다. 한달 동안 밀린 설거지. 6년 동안 밀린 세금. 무엇부터 처리해야 할까? 일단 샤워를 해야 했다. 주차 위반 벌금을 내야 했다. 짐을 싸야 했다. 집세를 내야 했다. 어느 항공사 비행기를 타고 갈지 알아내야 했다. 조카의 지난달 생일 선물을 사야 했다. 내일 아침 택시를 예약해야 했다. 다른 조카의 작년 생일 선물도 사야 했다. 내가 묵게 될 시드니의 호텔 주소를 알아내야 했다. 연인과의 관계를 개선해야 했다.

주위를 둘러보았다. 쓰레기장이 따로 없었다. 책상 위는 처리하지 않은 서류들로 빈틈이 보이지 않았고 의자도 마찬가지였다. 벽난로 안에는 대체 몇년 치인지 하느님만이 아실 영수증 무더기가 처박혀 있었다. 6주 동안 빨래를 하지 않았고 냄새나는 옷가지가 바닥 여기저기 샐러드처럼 수북하게 쌓여 있었다. 노트북과 공책은 한달 동안 나와 침대 위에서 동침했는데 이 난장판 사이에서 어떻게 잠잘 공간을 만들어낼 수 있었는지 궁금해질 지경이었다. 물론 나는 잠을 잘 못 잤다. 펜 잉크가 침대 시트에 흘러 있었다. 빨간색이었다. 끝내주네. 펜을 찾으면 해결이 되는 것인지, 아니면 지금도 계속 진행 중인 재앙인지 알 수가 없었다. 서류 캐비닛에 몸을 기댔다. 여전히 텅 비어 있었다.

누군가 가게에서 올라오는 소리가 들렸다. 화들짝 놀랐다. 나는 놀라는 게 세상에서 가장 싫은데 안타깝게도 시도 때도 없이 아무것도 아닌 일에 깜짝깜짝 놀란다. 특히 그 강도 미수 사건 이후 평소보다 더 자주 움찔했다. 도둑이 또 들 것 같아서는 아니었다. 셔터는 교체했고 보안은 강화했고 범인은 체포되었다. 나는 두렵지 않았다. 하지만 내 몸은 그렇게 반응했다.

사무실 문이 열리는 소리가 나자 공포가 엄습하고 심장이 쿵쿵 뛰었다. 마치 심장이 내가 이제까지 했던 모든 생각 주변을 헐레벌떡 달리면서 빙빙 도는 것 같았다. 마음을 다잡기 위해 내 방 옆의 사무실 문 쪽으로 고개를 돌렸고 내가 들은 소리와 내가 보는 장면을 연결하기 시작했다. 나는 이제까지 가게 문 닫는 소리를 수백번 들었다. 소리만 듣고도 사람들이 어떤 의자에 앉았는지 알았다. 동전들을 책상 위로 끌어서 책상 가장자리에 대어놓은 손바닥 위에 올려놓을 때, 나는 소리만으로도 얼마짜리 동전을 세고 있는지 알았다. 이 동전 쓸어담는 소리가 갑자기 빨라질 때 돈 세는 일이 거의 끝나간다는 것도 알았다.

내 눈은 침대 밑의 골프채로 향했다. 골프채를 들었다. 손에 쥐고 돌리면서 또다시 강도가 들면 어떻게 할지 생각했다. 머릿속으로 장면을 돌려보았다. 내가 며칠 전 계획한 공격을 기억했다. 계단을 올라오는 첫번째 놈의 거시기에 골프채를 휘두른 다음 무릎으로 얼굴을 강타하고 계단으로 밀어버릴 작정이었다. 직접 하지 않았는데도 그 장면이 얼마나 현실적이고 생생하게 그려지는지 나도 놀랄 지경이었다. 그 장면이 얼마나 폭력적인지, 그리고 그 폭력이 얼마나 위로가 되는지 깨닫고 또 놀랐다. 그건 환상이 아니었다. 실제로 그런 일이 일어나길 바라는 건 절대 아니었지만 그 상상 속의 폭력이 날 안전하게 느끼게 해주었다. 내가 무력하고 수동적인 피해자가 아니라고 믿게 해주었다. 적어도 이번엔 그날과 같진 않았다.

만약 내가 그들을 죽였더라면 감옥에 갔을 수도 있다. 실은 십대 시절부터 가끔 한번씩 감옥에 환상을 품었다. 그건 내가 자살사고에 빠질 때 문득 떠오르는 생각이기도 했다. 내 머릿속에서 이 두가지는 교환 가능한 개념이었다. 내가 생각하는 감옥의 개념이 너무 순진하고 일차원적이라는 건 잘 알았다. 실제일 리 없다는 것도 알았다. 그러나 내 상상 속 감옥은 매일이 똑같고 인생의 모든 결정을 다른 사람이 해주는 곳이었다. 세금도 없고 고지서도 없고 월세도 없고, 어른이니까 방에 포스터를 붙여두는 건 허락해주겠지. 특히 그 포스터 부분이 마음에 들었다. 물론 감옥에 가기는 싫었지만 가끔 다 벗어나버리고 싶었다. 이 복잡하고 힘겨운 세상살이에서 벗어나고 싶었다. 아무도 죽이고 싶지는 않았다.

나 자신도, 잠재적 강간범도. 그냥 모든 것이 멈춰버렸으면 했다.

옆방에서 프린터가 작동했다. 생각에서 빠져나오면서 할 일이 이렇게나 많은 와중에 쓸데없는 상상으로 시간을 끈 나에게 스스로도 놀랄 지경이었다. 의자가 바닥을 끄는 소리가 들렸다. 거의 다 정리한 모양이었다.

뒷문들을 잠그고 자물쇠 채우는 소리가 들릴 때까지 기다렸다가 일어났다. 오랫동안 한 자세로 쪼그려 있다가 움직이니 다리가 저릿저릿했다. 다리에 흐르는 전류 때문에 내 다리가 세로줄 무늬가 그려진 도리스식 기둥처럼 느껴졌다. 왜 그렇게 오래 앉아 있었을까? 복도를 걸으면서 내 다리에 혈액 순환이 돌아왔을 때 느낀 고통에는 욕을 하고, 거실에서 나를 기다리는 쓰레기들은 두려워하고 있었다. 내가 본 광경에 충격받았고 내가 맡은 냄새에 구역질이 났다. 어디에나 더러운 그릇들이 바닥에, 책 위에, 양쪽 소파 팔걸이에 균형을 유지하며 놓여 있었다. 방구석에는 젖은 스카프가 뭉쳐 있었다. 그걸로 깨진 유리컵을 모으고 안에 있던 우유를 닦으려고 했었다. 그러다가 발가락을 베였고 바닥엔 그 '치우기'를 끝내고 발을 끌고 오면서 생긴 핏자국이 남아 있었다.

내가 건강한 정신의 소유자고, 현장을 이렇게 만든 당사자가 아니었다면 이 모든 물건과 그 물건들이 던지는 질문에 완전히 넋이 나가버렸을 것이다. 더러운 도마 위엔 볼펜으로 쓴 쇼핑 목록이 적혀 있다. 정체불명의 까만 덩어리가 엉겨 붙은 티스푼이 모자 안에 들어가 있다. 오래전에 식물이 죽은 화분 흙 안에 뚜껑은 따고 먹지 않은 참치 캔이 놓여 있다. 내가 저질러놓은 상태 그대로였다. 하지만 어찌 된 일인지 더 심해 보였다. 이제 아파트에서 잠시 떠나 있어야 하다보니 내게 새로운 눈이 생겨서 내가 얼마나 끔찍하게 살았는지가 보였고 더 나아가 내가 얼마나 끔찍한 인간인지도 보였다. 나는 그 광경에 패배했다. 안 되겠다. 먼저 짐부터 싸자.

원래 여행 가방 싸기를 좋아한다. 짐 싸기를 하면 마음이 안정된다. 투어 중일 때도 하루에 몇번이나 짐을 쌌다가 풀었다가 하기도 한다. 작은 공간에 물건들이 테트리스처럼 각이 맞춰져 정리되어 있는 모습을 보면 즐겁다. 처음에 투어를 다닐 때는 짐 싸면서 꼭 한두가지, 지갑, 약, 양말 같은 것을 빠뜨리곤 했다. 세월이 흐르면서 이 문제를 해결할 시스템을 개발했는데 발부터 머리까지의 순서로 싸는 것이다. 신발, 양말, 바지, 속옷, 브라, 티셔츠, 겉옷 순서이고 마지막으로 여행에 맞는 모자를 고른다. 아직은 의류 외의 물건을 싸는 방법에 통달하지는 못해서 여전히 세면도구와 노트북 같은 건 깜박할 때도 있다. 하지만 내가 바지를 넣지 않고 집을 나선 건 몇년 전의 일이었다.

침대 밑에서 여행 가방을 질질 끌어 꺼냈다. 지난 여행에서 풀지 않은 짐이 아직 반은 차 있었다. 그 짐들을 바닥의 짐 무더기 위에 쏟아놓고선, 양말을 찾아보기 시작했다. 먼저 바닥의 빨래 무덤 밑을 들어올려봤지만 한켤레도 찾을 수가 없었다. 그래도 아까 거실의 광경을 목격했을 때처럼 당황하거나 짜증을 내기보다는 집중력을 총동원해서 양말 문제를 해결하기로 했다. 양말 찾기 대작전이었다.

먼저 빨래 무덤을 모두 들어올려 이번에는 조금 더 꼼꼼하게 살폈다. 그렇게 찾은 양말은 아무리 더럽더라도 나의 새로운 무더기에 던져두었다. 이것을 '양말 보관함'이라 부르기로 하자 기분이 좋아졌다. 빨래 무덤을 총 두번 들어올려보면서 최대한 많은 양말 짝을 찾아낸 다음, 방 한가운데를 치우고 양말들을 한줄로 늘어놓았다. 양말을 한줄로 정렬한 뒤엔 짝을 찾기 시작했다. 마치 어릴 때 하던 기억력 게임 같았다. 이 양말 전에 어디서 봤는데? 아, 저기 있구나. 아직 기억하고 있지. 이 작업에 나의 모든 정열을 쏟아붓자 그밖의 다른 생각은 모두 사라졌다. 나는 '양말만이 사는 세상' 속에서 최고의 삶을 살고 있었다. 내가 만들어낼 수 있는 나만의 감옥이었다.

나의 양말 짝 맞추기 대작전은 샘이 보낸 문자 메시지 소리에 중단되었다. 새로운 정보라도 있는지 궁금해 열어보았지만 자동차 앞에서 한 말을 되풀이하고 있었다. 세통의 문자 메시지였고, 같은 내용이었지만 각각 다른 단어가 쓰여 있었다. **정신 건강, 기분 변화, 분노.** 나는 딱 한번만 답신을 했는데 무슨 내용이었는지 기억나지는 않지만 분위기는 더 험악해졌던 것 같다. 샘에게 답장이 왔고 한 단어였다. **그만해.** 그래서 그만했다. 나는 평생 내 기분을 조절하기 위해 안 써본 방법이 없었고, 조절은 불가능하다는 걸 알았다. 기분이란 녀석을 어떻게 길들여야 할지 몰랐다. 성인기 내내 할 수 있는 모든 시도는 다 해보았다. 그리고 나의 노력이 낳은 건 오진단, 혹은 부적절하거나 위험할 수도 있었던 약 처방이었다. 월경전 불쾌기분 장애도 있었다. 정신증, 경계성 인격장애, 조울증, 과민성 대장 증후군, 지방 과다 등등도 있었다. 그나마 약간 수긍이 갔던 병명이라면 복합 외상후 스트레스 장애였다. 하지만 이 스트레스의 손아귀에서 빠져나갈 수 있게 도와줄 사람은 없었다. 샘은 심리 상담사를 만나보라고, 전문가의 도움을 받았으면 좋겠다고 했다. 그러나 나는 그래봤자 또 한번의 막다른 길 앞에 서게 될 거라 예상했다. 이제 끝이다. 그냥 영원히 혼자 있고 싶었다.

바깥은 어두웠다. 시계를 보았다. 벌써 10시 반이었다. 양말 짝 맞추기 미션에 집중하다 시간이 훌쩍 가버린 것이다. 몇시간 동안 양말만 찾았다. 시간이 그렇게 지난 줄도 몰랐다. 아직도 부엌에는 썩어가는 냄새가 진동하는데 새벽 6시 비행기를 타야 하고 지금까지 내 노력의 결과물은 수십켤레의 양말뿐이었다. 원래는 책상에 있어야 할 짐이 있는 침대 위에 휴대폰을 던져버렸다. 딱 세짝만 빼놓고 모든 양말의 짝을 찾았다. 표면적으로는 그 정도면 잘해냈다고도 할 수 있을 것이다. 하지만 당시에는 그런 결론을 낼 수가 없었고 표면적으로나마 그럴듯해 보이는 삶을 살고 있지도 못했다. 내 눈에는 내가 못한 것만 보였다. 짝짝이 양말 세개의 짝을 찾아주어야만 했다. 그밖에 다른 어떤 것도 생각할 수가 없었다. 우리 관계가 끝났다고 생각하고 싶지 않았고, 무슨 일 때문에 그렇게 되었는지 이해하고 싶지 않았다. 그냥 양말만 생각하고 싶었다. 방을 둘러보았다. 이 양말 세짝 어디 갔어? 어쩌면 거실에 있을지도 몰라. 거실까지 가야 한다니 생각만 해도 불행해졌다.

전에도 이런 식의 증상 발현이 더러 있었다. 그때마다 나는 공황발작이라고 이해했는데 그 시작은 확실히 공황이었다. 일단 머리에 너무 많은 생각이 한꺼번에 쏟아져 통제를 벗어나버린다. 그러면 주변 모든 소리가 귓가에 한꺼번에 울리기 시작하고 귀가 먹먹해진다. 작은 소리와 큰 소리와 겹쳐져서 가까운 데서 들리는 소리와 멀리서 들리는 소리를 구분 못 한다. 그러면 이 상황에 완전히, 철저하게 억눌려버려 발을 동동거리든지 고개를 흔들든지 조금이라도 더 기분이 나아지기 위해 무엇이든 해야만 한다. 아마 그때 내가 빨래 무덤 아니면 바닥의 무언가를 밟아 미끄러졌던 것 같다. 머리가 서류 캐비닛에 부딪혔고 마지막 기억은 그 텅텅 빈 캐비닛 안에서 울리던 메아리 소리였다.

진지하게 하는 말

내가 직접 운전을 해서 병원에 갔다. 바보 같은 선택이었지만 구급차 출동까지 보장되는 보험을 들지 못해서였다. 응급실이 붐비지는 않아 꽤 빨리 의사 앞에 앉을 수 있었다. 여러 질문을 받았고 두피에 나비 모양 상처 봉합 밴드가 두어개 붙었다. 상처 치료가 끝난 다음 몇가지 검사를 받았다. 의사는 왜 기절을 했는지 알고 싶다고 했다. 제발 나에게 심장 문제가 있길 남몰래 바랐다. 하지만 아니었다……. 그날에만 두번째로 정신 건강에 조금 더 신경 써야 할 것 같다는 말을 들었다. 나에게 그건 선택의 문제가 아니었다. 내 정신 건강을 진지하게 여길 수 없어요. 나는 우울함을 바탕으로 무대에서 페르소나를 쌓아온 사람이란 말입니다.

“정신 건강이 가장 중요합니다.” 의사가 말했다. “제발, 진지하게 여기세요.” 거의 간곡하게 당부했다.

“오늘은 제가 많이 바쁩니다. 새벽 6시에 비행기를 타야 합니다.” 나는 무표정 진지 유머를 구사해보았다. 의사는 웃지 않았다. 나는 웃었다. 그래도 의사는 안 웃었다. 나는 의사가 졌다고 생각했다.

“그건 어디서 생긴 거죠?” 이마에 있는 나의 오래된 흉터를 가리키며 의사가 물었다.

“하키를 했었거든요.” 거짓말은 아니었지만 흉터와는 상관없는 사실이었다. 그 순간 털어놓을 수 없는 복잡한 사정이 있었다. 강간당하지 않으려고 육탄전을 벌였던 그날을 떠올려가며 설명하고 싶은 기분이 아니었다.

병원에서 나와 집으로 오는 길에 슈퍼마켓에 들러 양말과 속옷, 사과를 샀다. 새벽 4시였고 나는 이상하리만치 차분했다. 생각의 안개가 걷혔고 생각과의 사투도 끝났으며 지난 몇달간 쌓인 불안이라는 악령도 물러갔다. 나라는 배관은 뻥 뚫렸다. 기록적인 시간 안에 여행 가방을 싸고 거실로 가서 더러운 그릇들을 부엌으로 가져가 세 종류로 분류했다. 가장 덜 더러운 설거짓거리는 싱크대에 넣고 수도꼭지를 틀어 헹궜다. 중간 정도 더러운 건 냉장고에 일단 넣어두었다. 가장 더러운 건 냉장고에 넣거나 쓰레기통에 버렸다. 그 작업이 끝나자 쓰레기봉투를 들고 10초 동안 집을 한바퀴 돌면서 가장 심하게 썩은 것만 가려 넣었다. 그다음 세수를 하고 여행 가방을 들고 내려가 쓰레기봉투를 수거함에 버리고 택시를 탔다. 나는 특정 상황에서는 매우 민첩할 수 있는 사람이다.

비행기를 놓치지는 않았다. 오히려 그 반대였다. 알고 보니 내가 예약한 시간은 새벽이 아니라 다음날 저녁 6시였다. 그래서 공항에 지나치게 빨리 온 셈이 되었다. 거의 법에 저촉될 수준이라 할 수 있었다. 동요하지 않고 항공사 카운터에 가서 더 빠른 항공편으로 바꿀 수 있는지 물어봤다. 명랑한 말투로 내가 처한 곤경을 차근차근 설명하자 남자 직원이 사정을 이해하고 새 비행기표로 바꿔주었다.

"그런데 머리는 왜 다치셨어요?" 그 직원이 내가 작성할 서류를 건네며 물었다.

"재채기하다가 중심을 잃고 넘어졌는데 그게 하필 서류 캐비닛 쪽이었어요."

그는 크게 웃었다. 사실 택시에서 미리 연습해둔 답변이었다. 분명 질문을 받을 줄 알았으니까. 나에게 정신 건강을 진지하게 대하는 유일한 방법은 이 안에서 농담을 생각해내는 것뿐이었다.

굉장히 스페셜한 스페셜

에든버러 프린지에서 처음 코카인과 짧고 파괴적인 우정을 나눌 때는 그 인연이 그해 말에 의외의 긍정적인 결과로 이어지리라고는 전혀 예상치 못했다. 약물의 영향력 아래 있는 동안 겪은 나의 모험을 구구절절 풀어놓고 싶지는 않다.● 그런 이야기는 이미 수백만명이 수백만번쯤 하지 않았나 싶고 어떤 식으로든 큰 흥미는 불러일으키진 않으리라 믿는다. 코카인이건, 코카인에 취한 사람이건 전혀 흥미롭지 않다. 아무리 속사포로 말해도 마찬가지다. 지루한 건 지루한 거다.

하지만 나의 짧았던 마약 복용 시절에 매우 흥미로운 사실 하나를 발견했다. 사실 코카인은 내 두뇌를 빨리 회전시키지 않았다. 오히려 느리게 돌아가게 했다. 물론 바보 같은 짓거리도 하긴 했다. 다만 그 바보 같은 짓들을 시간에 맞게 했다. 그러면 머릿속이 잘 정돈되는 느낌이었는데, 보통 회오리바람처럼 사정없이 몰아치던 생각이 서서히 흘러가면서 내가 내 두뇌의 주인이라는 어리석은 생각을 걷어낼 수 있었다. 기분이 묘하게 좋았다.

명료해진 머리가 준 또 하나의 사랑스러운 선물은 더 현명한 판단을 할 수 있게 됐다는 점이었다. 예컨대 나는 전문가의 도움을 받기로 했고, 이국에서 잠시 내 것이었던 A급 마약 복용 습관은 이제 끝내기로 했다. 그리하여 영국에서 돌아온 지 얼마 되지 않아 처음으로 정신 건강을 진지하게 살피려는 진정성 있는 시도에 착수했다. 그러고 얼마 뒤 ADHD 진단을 받았다. 내 인생을 180도 바꾼 사건이었다.

● 하지만 이 말은 하고 싶은데 코카인이 아편제제와 잘 섞이지 않던 시절에 손을 댄 건 그래도 잘한 일 같다.

먼지 털어내기

코카인과의 짧은 밀회 이후 약 처방에는 그다지 기대도 두려움도 없었다. 하지만 내 인생이 얼마나 극적으로 나아질 수 있을지까지는 예상치 못했다. 평생 물속에서 손발을 허우적대고 있었는데 처방받은 리탈린 한알을 먹고 20분이 채 지나지 않아 물이 얕은 강가로 와서 두 발로 설 수가 있었다. 태어나 처음으로 내 삶을 통제할 힘이 내 안에도 있다는 느낌이 들었다.

약물 치료를 받고 얼마 지나지 않아 레스토랑에 갔다. 웨이터가 다가와 오늘의 특별 메뉴를 말해주는데 그만 남들 보는 앞에서 울음이 터지고 말았다. 눈물이 난 이유는 그가 하는 말을 알아들을 수 있기 때문이었다. 그때까지만 해도 레스토랑에서 말로 읊어주는 오늘의 스페셜 메뉴를 제대로 듣고 이해한 적이 한번도 없었다. 그냥 웨이터 입 모양을 보고 알아들은 척했다. 눈물은 흘리고 있었으나 믿을 수 없을 정도로 행복했다. 그래서 그날의 스페셜이 별로였지만 그냥 주문했다. 상관없었다. 꽃사과 잼이었다고 해도 주문했을 것이다.

정신과 의사와 꼬박꼬박 만나 상담을 하면서 내 인생을 다시 궤도에 올려놓기 위해 노력했다. 언제나 나는 기분이 오락가락하는 사람이라고 가정했기에 문제를 감정적인 각도에서만 공략하곤 했었다. 이제는 환경에서 답을 찾는 법을 배웠다. 그래서 양말 문제도 해결할 수 있었는데 집에 있던 모든 양말을 버리고 똑같은 양말 스무켤레를 구입한 것이다. 이제 나는 양말을 한켤레씩 정리하지 않는다. 그냥 40개의 양말을 한 상자에 넣어두고 둘씩 골라 신는다. 어떤 걸 골라도 한켤레가 된다. 정신과 의사는 세금 정리 순서를 정해주기도 했다. 운전면허증을 따고 첫 2년 동안 받은 50건 정도의 주차 위반 과태료 삭제 신청을 도와주기도 했다. 인생을 낙관적으로 느끼기 시작했다. 술도 끊었다. 기분은 일정했다. 샘과의 관계는 순조로웠고 나는 마침내 정상인의 삶을 살기 위한 첫 출발선 앞에 나를 데려다놓았다고 믿었다. 그보다 더 큰 착각은 없었다.

너무 이른 시도

몇십년간 고정된 기대심리와 또 몇십년간 형성된 고정관념에 따르면, 레즈비언은 늦어도 두번째 데이트 뒤에는 동거를 시작하는 사람들로 알려져 있다. 샘 이전에 사귄 여자친구들 중에 같이 살아본 사람은 0명으로, 그들은 현명하게도 내가 동거하기에 적합한 연인은 아니라는 걸 정확히 간파했다. 내가 선호하는 표현은 나는 "더불어에 안 어울려"였다. 샘이 자기 집에 들어오라고 제안했을 때 덥석 받아들인 이유는 이러다가 나의 레즈비언 자격이 취소라도 될 것 같아서였다.

끔찍한 실수, 최악의 실수였다. 일단 한꺼번에 닥친 변화를 감당하기 버거웠다. 이제 막 받은 따끈따끈한 진단을 익히면서 새로운 치료와 약물 치료에 적응하는 와중에 TV쇼를 쓰고 투어까지 다녀야 했다. 그런 상황에서 '영원히 행복하게'를 꿈꾸었다니 다 내가 어리석은 탓이다. 밤잠을 편안히 자지 못했고 사랑하는 이와 살면서 지킬 박사의 삶을 유지할 수 없을까봐 노심초사했다. 나만의 공간이 없는데 나의 하이드를 어떻게 숨길 것인가?

샘의 집에 들어가고 얼마 되지 않아 나의 낙관주의는 곧장 실패와 좌절의 늪으로 빠져버렸다. 약물 치료는 내 머릿속 안개를 걷어내주었지만 오래되어 굳어버린 방식을 바꾸지는 못했다. 실수는 계속되었다. 가끔 지나치게 안절부절못했고 꾸준히 사람들을 실망시켰다. 나는 여전히 모두가 알던 그 사람이었다. 기분은 종잡을 수 없었고 얼마 안 가 우리는 서로에게 지쳐갔다.

샘과의 시기 상조였던 동거를 후회하긴 하지만, 그때 품었던 높은 이상과 희망은 후회하지 않는다. 미래에 대한 희망과 낙관주의는 내가 삶에서 자주 경험해본 특권이 아니었기에 비록 결말이 아쉬웠다 해도 중간에 희미한 빛을 보았던 나를 엄하게 꾸짖고 싶지 않다. 그러나 내가 다음 쇼에서 내 관계의 '성공'을 축하하며 새로이 받은 진단을 밝히기로 한 결정은 깊이 후회한다. 당시에 나는 내 팬이기도 한 관객들에게 신상을 업데이트해야 할 의무가 있다는 가정 아래 대본을 쓰고 있었는데 사실 전혀 그럴 필요는 없었다. 또 하나 내가 쌓고 있던 부실한 토대는 바로 ADHD 진단이 나라는 인간의 마지막 퍼즐 조각이라는 확신이었다. 그건 잘못된 생각일 뿐 아니라 위험한 사고였다. 내가 어떻게든 '완성되었다'고 결정해버리면 내 인생을 풀어내는 능력을 잃을 수도 있고 자멸하는 방향으로 갈 수도 있기 때문이다.

드디어 어른스러운 연애를 하게 되었습니다. 나는 관객들에게 말했다. 내가 받은 진단과 약물 치료가 나를 성숙한 인간으로 단단히 서게 해줄 거라고 믿습니다. 이 정도면 나 자신을 충분히 이해했다고 상정해버린 셈이다. 이전에는 무대에서 내 실제 연애에 대해 한번도 말해본 적이 없었다. 물론 성적 지향은 언제나 내 코미디의 주제였지만 고정관념 주변을 배회했을 뿐이고 나의 심장에서 일어나는 일에 대해 말한 적은 없었다. 대본상으로 나쁘지 않은 쇼였지만 내 인생이 조각나자 그 쇼 또한 무너지기 시작했다.

그때껏 샘과의 관계만큼 노력을 기울인 일이 없었건만 결국 실패로 끝나버렸다. 화룡점정은 멜버른 코미디 페스티벌이 절반쯤 흘렀을 때 샘에게 일방적으로 이별을 통보받은 일이었다. 그런데도 매일 밤 인생을 어떻게 살아야 하는지 알아낸 나를 축하하는 공연을 하고 있었다. 내 안에는 아무것도 남아 있지 않았다. 무너지고 있는 와중에 대본을 수정할 여력은 없었다. 불안과 스트레스가 너무 심해져서 리탈린을 잠시 끊고 항우울제를 복용했는데, 그 부작용 때문에 말을 더듬기까지 했다. 그래도 이겨냈다. 물론 그랬다. 안녕. 이번에도 살아남았어요. 하지만 내가 한 인간으로서 자신의 삶에 완전히 헌신하는 경험을 통해 자리에서 일어난 것은 아니었다.

하지만 다르게

더글러스를 입양한 건 샘과 법적으로 결혼을 하지 못해서였다. 아니, 이건 농담 삼아 하는 말이다. 우리 사이에서 진지하게 결혼 이야기가 나온 적은 없었다. 그보단 내가 생각해낸 가장 헌신적인 행동이 반려견 입양이기 때문이었다. 물론 저 바깥세상에는 인간의 헌신과 희생을 요구하는 더 나은 선택들이 있겠지만 그 무엇도 생각이 나질 않았고 나는 강아지만큼은 꼭 키우고 싶었다. 개를 키우고 싶다는 생각은 오래전부터 해왔으나 그러기엔 내 인생이 너무 불안정했고 나 자신을 돌보는 것조차도 제대로 못하고 있었기에 그 일을 미루고 있던 차였다. 더글러스를 보자마자 사랑에 빠졌지만 샘은 전혀 그렇지 않았다. 이렇게 귀여운 강아지를 거부하다니 너무한 것 같은데, 그래도 솔직히 말하면 더글러스는 이상할 정도로 인간과 닮은 눈으로 사람을 뚫어지게 쳐다보는 특이한 녀석이었고 간식으로 자기 똥을 먹는 버릇도 보유하고 있었다.

샘이 나를 떠났을 땐 더글러스도 버리고 간 것 같아 그 이별이 두배로 더 잔인하게 느껴졌다. 하지만 더글러스는 크면 클수록 순하고 듬직한 개가 돼갔고, 거절이 내게 트라우마를 주었다고 주장하기에도 무리가 있었다. 하지만 헤어진 후 내가 매우 힘든 시간을 보낸 건 사실이다. 나는 그 무엇보다 한 사람과의 특별한 관계를 원했다. 우리 가족은 모두 결혼지상주의자들이었고 내가 보고 자란 것도 그뿐이었기에 상대방에게 나도 최선을 다했었다. 하지만 강물에 '친밀한 관계라는 은혜로운 배'를 띄워 천천히 노를 젓는 건 내게 아직 무리였다.

우리가 헤어지면서 샘의 궤도에서 나만 튕겨져나왔다. 우리의 모든 지인 관계, 모든 대화, 모든 계획, 모든 저녁 약속, 모든 그룹 채팅방에서 나는 제외되었다. 어느덧 나의 일상을 구성하던 사회적 반경과 물리적 공간이 한순간 내 삶에서 증발해버렸던 거다. 사실 우리 둘의 삶은 서로가 서로에게 섞여들었다기보다는 내가 샘의 삶으로 흡수된 쪽에 더 가까웠다. 더욱이 그 삶은 내가 설계할 법한 삶이 아니기도 했다. 같이 어울리는 친구들 없이는 여행 가는 일이 없었고, 다이어리의 빈 곳이 용납되지 않았으며, 계획이 계획대로 흘러가는 법이 없는 삶이었으니까. 한마디로 샘에게 인생의 의미란 깜짝 생일 파티 같은 것이었다. 우리는 닮은 구석이 거의 없었다. 그런데도 어쩐 일인지 내 생활 리듬은 우리가 함께하는 시간에 고려되지 않았으며, 같이 살면서부터 내 시간은 온통 샘과 함께하는 시간으로 채워졌다. 내가 혼자만의 시간을 사수하는 방법을 몰라서 그랬던 건 아니다. 다만 나 역시 약속도 많고 어울릴 친구도 많은 사람이 한번은 되어보고 싶었던 거다. 그게 인사이더들이 사는 법 아닌가. 영화로 봐서 그쯤은 나도 안다.

나는 다시 청과물 마트 2층에 살게 되었다. 해미시는 잠깐 지내는 건 괜찮지만 조만간 살 집을 찾았으면 한다는 뜻을 전했다. 그런데 키우는 개가 있었기에 셋집 찾기가 쉽지 않았다. 몇군데 신청서를 넣었다가 거절당한 후에 보다 창의적인 해결책을 모색하기 시작했고 그러다 공터에 있는 컨테이너 박스 임대 광고를 발견했다. 넓고 깨끗했지만 수도와 전기 시설도 없었고, 건축 부지 사무실이라 침대도 없었다. 그래도 나이 든 주인 아저씨가 더글러스와 나에게 1년 임대를 해주기로 했다. 바로 그때 다행히 오빠 내외가 개입했다. 그들은 나에게 집을 구할 정도의 충분한 수입이 있으면 굳이 범죄 현장으로 이사 갈 필요는 없다는 사실을 상기시켜준 후 오빠네 집 근처에 임대할 수 있는 집을 찾아주었다.

블룸필드. 나의 작은 단독주택에 붙여준 이름이다. 그래도 그 집에는 커다란 뒷마당이 있었다. 집 뒷골목 쪽으로 두동짜리 아파트 단지가 있긴 했지만 높은 울타리로 가려져 있어 사생활이 철저히 보호되는 느낌을 주었다. 뒷문 계단 바로 앞의 땅 일부엔 콘크리트가 깔려 있어 눈을 일부러 흐리게 뜬 다음, 거짓말로 '데크'라 부를 수도 있었다. 콘크리트 바닥만 빼면 넓은 마당에 잔디가 듬성듬성 깔려 있었고 오른쪽 옆에는 낡아버린 아이들의 놀이용 집이 두그루 나무 옆에 서 있었다. 나무 한그루는 사과나무였고 한그루는 죽은 나무였다. 언제나 정원을 꿈꾸던 나였으나 그때까지만 해도 땅을 갈기 위해서는 땅을 소유해야 하는 줄로만 알았다. 낸 할머니가 자주 해주었던, 중요한 건 정원이 아니고 정원 가꾸기라는 말이 생각났다. 한번은 어떤 상담사가 우울증 치료를 위해 식물 키우기를 추천한 적이 있었고, 그후 나는 다양한 다육식물을 죽였다.• 나는 결국 정원을 잃을 수도 있다는 사실과

• 선인장을 죽이려면 헌신적인 방치가 필요하다. 이 친구들은 사막의 가뭄에서도 살아남는 애들이다.

타협을 한 후 블룸필드 뒷마당을 나만의 작은 오아시스로 변신시키기 시작했다. 나는 듬성듬성 나 있던 잔디를 푹신푹신한 카펫 잔디밭으로 바꾸어놓았다. 텃밭을 만들어 야채를 심었고, 다육이들을 살릴 수 있다는 걸 증명한 다음에는 달리아로 진도를 나가 스위트피와 덩굴장미도 성공시켰다.

내 집이었다. 스미스턴을 떠난 이후에는 알지 못했던 나만의 집이었다. 아니, 오히려 어린 시절 집보다 훨씬 더 아늑하고 사랑스러운 집이었다. 내 생애 처음으로 다른 사람과 공유할 필요가 없는 공간이 생긴 거였다. 문을 닫고 나면 나만의 고요하고 사적인 작은 버블 안으로 들어올 수 있다니, 나는 믿을 수 없을 정도로 행복했다. 블룸필드는 나의 작은 안전망이자 세상으로부터 숨을 수 있는 안식처였고, 드디어 내 인생의 퍼즐 조각을 맞추기 시작한 곳이기도 했다. 처음에는 아주 작은, 아주 사소한 승리에만 집중했다. 이를테면 식물을 죽이지 않는다거나 더글러스가 똥을 먹지 못하게 하는 훈련만 성공해도 나 자신을 칭찬했다. 그러다가 더 어렵고 중요한 문제를 공략하기 시작했다. 이를테면 나는 왜 이렇게 사는 데 천하의 바보 천치처럼 무능한가 같은 문제였다.

그러든가 말든가

상담사와의 첫 상담 시간에 내 문제의 실마리를 찾고 싶어 길고 긴 문제 목록을 뽑아 갔다. 먼저 연대순으로 내 인생을 요약해

보려고 했지만 심리 상담사는 계속 중간에 끼어들면서 내가 말을 꺼낼 때마다 질문을 던졌다. 내가 한마디를 하면 자기 양손을 모으고 이런 말을 하는 식이었다. “잠깐만요. 거기서 말이죠. 선생님이 ~하게 느낀 게 ~ 때문이었을까요?”

살짝 짜증이 나기 시작했다. 상담사는 말했다. “약간 적대적인 느낌이 있어요.”

의자에 기대서 한숨을 쉬었다. “선생님한테 중요한 요점, 뭐랄까 개요를 전달하고 싶어요. 먼저 전체 그림을 보시면 안 될까요? 그런데 질문을 자꾸 하시니까 말이 막히네요.”

침묵이 길게 흘렀다. 나는 대답을 기다렸다. 내가 아는 한 이제 상담사가 말할 차례였다. 침묵이 너무 길어지면서 나는 혹시 상담사가 나에게 질문을 한 것이 아닌가 싶어졌고, 어쨌건 내가 말해야 할 때이긴 한 것 같았다.

“괜찮으세요?” 내가 먼저 시작했다.

“그럼요.” 상담사가 차분하게 물었다. “괜찮으세요?”

“아니요, 아닌데요. 안 괜찮아요. 그래서 여기에 왔잖아요. 여기 온 이유가 그거 아닌가요?”

“이번에도 적대적이시네요.”

나는 사과했다. 까칠하게 굴려는 것이 아니라 그냥 헷갈릴 뿐이었다고. 또 한번의 긴 침묵이 흐르다가 아까 하다 만 이야기부터 다시 하기로 하고 내 연애 문제 이야기를 꺼냈다.

나는 전에 사귀었던 여자친구 넷이 나보고 무섭다고 말했다는 얘길 했다. 나에게 소시오패스라고 한 사람이 둘이었다. 그리하여 지난 10년간 나는 거의 매일 내가 소시오패스인지 걱정했고 소시오패스처럼 행동하지 않으려고 노력했다. 안 되면 그런 척이라도 해야 한다는 말도 있지 않나. 나는 항상 그 생각을 염두에 두고 사회생활을 하면서 부모님의 가정교육대로 공손한 태도라는 모자를 깊이 눌러 썼다. 언제나 사람들 안부를 묻고 인사를 하고 감사하다는 말을 잊지 않으려 했다. 하지만 나의 본모습이 드러나 사람들에게 실수로 상처를 주지 않을까 걱정하면서도 사람들에게 실수로 상처를 주고 말았다. 이런 고백을 하니 상담사가 웃었다. 기대 못 한 반응이었다. 상담사는 만약 내가 소시오패스라면 사람들에게 상처 주는 걸 그렇게까지 걱정하지 않을 거라고 했다. 소시오패스의 특징은 타인에 대한 극도의 무신경과 무배려라면서. 듣고 보니 수긍이 갔고 그 즉시 민망해졌다.

"그러면 저는 관계에 왜 이렇게 서툴까요?" 큰 기대는 없이 물었다. 그러나 상담사는 바로 해줄 수 있는 대답 자체가 없는 듯했고 남은 상담 시간에 이전에 들었던 이야기들과 크게 다르지 않은 말을 돌려서 했다. 공식적인 용어를 사용하진 않았으나 나를 보며 어떤 진단명을 생각하고 있는지가 보였고, 가슴이 무너져내렸다. 상담이 끝나자 감사하다고 말한 뒤 비용을 지불하고 다시는 그곳에 가지 않았다.

내가 경계성 인격장애 진단을 왜 그리 자주 받았는지는 쉽게 짐작할 수 있다. 그 진단명의 컴필레이션 앨범에 든 많은 곡들, 즉 불안정한 관계, 자해, 분노 폭발 등이 나에게 해당되기 때문이다. 몇몇 증상으로만 보면 조건에 잘 부합하기에 처음에 그 진단을 받았을 땐 나도 동의했다. 그뒤로 경계성 장애에 대해서 얼마나 들이팠는지 모른다. 내가 배울 수 있는 건 모조리 배웠다. 대학교 졸업 학년에는 괜찮은 정신 건강 서비스를 받을 수 있어서 상담을 빠지지 않고 다니기도 했다. 하지만 이 장애가 나에게 지우려고 하는 그 감정적 특징들을 스스로 인식할 수는 없었다.

그럼에도 경계성 인격장애라는 씨앗이 또다시 심어진 것이다. 그래서 몇주는 오직 이 문제만을 놓고 성찰에 들어갔다. 10년 전처럼 이른바 경계성 증상을 낱낱이 분해해 들여다보니 일부러 쥐어 짜내거나 왜곡해야만 나에게 들어맞는 부분이 많았다. 내가 자아 이미지 문제로 괴로워한 건 맞지만 꼭 그런 것만도 아니었다. 나는 다른 사람들과의 관계에서만 어려움을 느끼곤 했다. 나 혼자 있을 때면, 놀라울 정도로 강한 자아감, 단단한 자아감을 갖고 있었다. 여러 면에서 나 자신에 대한 느낌은 다섯살 이후로 크게 진화하지 않았다. 나는 그저 다른 사람들과 있을 때 어떤 사람이 되어야 하는지를 모를 뿐이었다. ‘유기 불안’ 또한 공감하기 어려운 감정이었다. 그보다 나는 편안하지 않은 사람들에게 묶일까봐 더 두려웠다. 나는 진짜, 정말로 내 사람들을 사랑한다. 사람들을 싫어하는 게 전혀 아니다. 그저 사람을 사귀거나 대하는 것이 정말 지치고 어렵고 아무리 노력해도 더 나아지는 것 같지 않다는 점이 문제다. 그리고 절대로 이해가 되지 않는 부분은 ‘만성적인 공허감’이었다. 가끔은 희망이 없이 느껴지긴 하지만 한번도 공허했던 적은 없었다. 실은 내 안에 너무 많은 것이 있어서 문제였다.

진단을 무시하고 싶었지만 이것은 계속해서 나를 조금씩 갉아먹었다. 한번은 정신과 의사에게 이 진단명을 이야기하자 그는 내가 소시오패스 운운했을 때 상담사가 웃었을 때처럼 웃었다. "아니, 아니, 아니에요." 의사가 인자하게 말했다. "경계성 성격장애 아닙니다. 신경학적 비전형이에요. 자폐 스펙트럼 장애 전문가를 만나 도움을 받아보는 게 좋겠습니다." 누군가 나에게 자폐 스펙트럼 장애를 이야기한 것이 이번이 처음은 아니었다. ADHD 진단을 말하면 알지도 못하는 사람들이 자폐 검사도 받아봐야 하는 것 아니냐며 주장하곤 했다. 원치 않는 조언이 쏟아졌지만 내가 자폐 스펙트럼일 가능성을 상상해본 적은 없었다. 단 한번도 없었다. 그 말을 들을 때마다 훠이 훠이 손을 내저어 쫓아냈다. 왜 내 안에서 자폐를 볼 수 없었는지 나도 모르겠다. 이미 ADHD 진단 경험을 해봤으니 다른 진단에 대한 편견을 내려놓고 마음을 열 수도 있었을 것이다. 하지만 그렇게 하지 못했다. 그랬다면 얼마나 좋았을까 생각한다. 샘과 더 잘 지낼 수 있었을 거라서가 아니다. 우리는 애초에 천생연분은 아니었다. 하지만 내가 자폐를 조금이라도 더 빨리 알아챘다면 관계에서 빠져나올 때 피해를 줄일 수는 있었을 것이다. 솔직히 말하면 자폐는 소시오패스나 경계성 인격장애처럼 자극적이고 흥미로운 분야도 아니라 열심히 자료조사를 해볼 마음이 들지 않기도 했었다. 그래서 일단은 나의 생식 시스템 문제부터 해결하기로 했다.

닥터 도그

나는 언제라도 자궁절제술을 할 의향이 있다고 말해왔는데 이때 자주 사용했던 나의 표현이 얼마나 고상하고 우아한지 보라. "이놈의 자궁단을 다 걷어내버리면 어떨까요?" 이 발랄한 언어 사용이 나의 천부적 유머 감각의 증거가 되지는 못한다면 이 표현은 어떨까. "요즘 미니멀리즘이 대세라면서요."

의사에게 일주일 전에 월경전 증후군의 고충에 대해 한참이나 불평한 끝에 의사가 검사를 했고, 그 결과를 의논하던 참이었다. 검진 자체는 안팎으로 괴로운 고문이었는데, 먼저 의사가 자궁 초음파의 구체적 특징을 미리 언급해주지 않았기 때문이다. 물론 질 내 삽입검사를 할 거란 사실을 미리 고지받았다고 해서 더 잘 대처했으리라는 보장은 없지만, 초음파 기사는 내가 관련 기관의 어디가 내부인지 외부인지도 전혀 인식 못 한다는 사실에 충격을 받은 듯했다. 내가 심리적 준비를 해 위엄을 갖출 수 있었다면 조금이라도 덜 수치스러웠을 것이다.

담당 의사의 의료적 책임 결여를 인정했는지 이 초음파 기사는 인간의 얼굴이 표현할 수 있는 최대한의 스트레스 축제를 보더니 검사 날짜를 다시 잡고 싶으냐고 내게 물어봤다. 나는 그 제안을 거절한 뒤 다시 정신을 수습하고 이 절차에 나를 굴복시키기로 했다. '정신 줄을 잡고'라는 표현은 잘못됐다. 그보다는 해당 상황과 나를 최대한 떨어뜨려놔야 하니 정신줄을 놓고 공포심을 작게 돌돌 굴려 내 두뇌 구석으로 몰아넣은 다음 인질로 가둬두는 편이 좋을 것이다.

삽입은 나에게는 너무나 고통스러운 행위다. 이 고통은 성적인 추구의 논리를 한참 벗어난다. 나는 탐폰도 시험 삼아 넣어볼 수 없다. 누군가에게 물으면 그건 심리적 이상 또는 신체적 이상 중 하나 때문이라는 답변이 돌아올 것이다. 하지만 나에게 묻는다면 두가지의 복잡한 조합 때문이라는 옳은 답변을 내놓을 것이다. 물론 아무도 묻진 않을 텐데, 그건 내가 여자이기 때문이다.

초음파 기사는 질의 내부 지역에 닿을 수 없게 되자 잠시 멈추더니 다시 추후에 재검진을 하자고 했다. 나는 거절하고 힘을 더 사용해도 된다고 허가해주었다. 그녀는 고개를 끄덕인 다음 미리 사과하고서는 일을 해치웠다.

나의 정신적 거리두기가 얼마나 위대했던지, 초음파를 찍을 때 완전히 트라우마에 휩싸였고 생각나는 건 오직 하나, 이미 나를 강간하고 있으면서도 자기와 섹스를 해보자던 남자뿐이었지만 그래도 겉으로는 평정심을 유지할 수 있었다. 질 경유 초음파 촬영의 고통 속에서 나는 아무 감정 없이, 내가 몸부림을 그친 뒤에도 내 안으로 들어올 수 없었던 남자를 생각했다. 그는 미안하다고 하더니 그래도 나를 아프게 할 거라고, “일을 해치우기 위해서” 그럴 거라고 말했다.

그렇게 그는 일을 해치웠다. 나에게서 몸을 떼어낸 그는 친구를 초대해 내 다리 사이에서 짭짤한 일거리를 찾아보도록 했다. 자기가 또 하나의 체리를 땄다며 자랑스럽게 떠든 직후였다. 사실 그때 나는 처녀가 아니었지만 내 경험이 그의 현실과는 상관없다는 사실을 이해했기에 굳이 그의 믿음을 수정하려 하진 않았다. 또 내 몸에 들어오기 어려운 이유가 자기의 커다란 성기 때문이라고 믿던 그 친구의 의견도 수정하지 않았다.

나의 거리두기의 힘은 매우 크고 유용하긴 하지만 제한 시간이 있다. 그래도 다행히 더 무너지기 전에 집에 돌아올 수는 있었다. 내 몸 깜짝 찌르기를 통해 밝혀진 결과를 듣기 위해 다음날 의사에게 갔을 때 여전히 나는 피부에 벌레가 기어 다니는 느낌이었다. 의사에게 질 초음파 검사에 대해 자세히 말해주셨으면 좋았을 거라고 하자 의사가 대답 없이 나를 빤히 바라봐 나도 모르게 움츠러들었다. 순간적으로 그날 어른답게 대꾸하고 처신한 뒤 집에 무사히 돌아갈 수 없을 거란 직감이 왔다.

의사는 결과지를 보면서도 한참이나 나를 무시하거나, 비난조의 콧소리를 내며 나를 불편하게 했다. 얼마 후 검사지를 내려놓고 자궁근종이 있다고 말하더니 자기 컴퓨터에 축하 편지라도 쓰듯 뭔가를 열심히 입력했다. 그는 진찰할 때처럼 타이핑했다. 공격적으로, 조심성이라고는 전혀 없이. 나는 예측이 어려운 상황과 그의 공격적인 키보드 소리가 듣기 싫어 내 머리 한쪽에 나만의 키보드 소리를 넣기 시작했다. 자궁근종이란 말은 들어봤지만 자궁근종을 내가 갖고 있다는 것의 의미는 기억나지 않았다. 핸드폰을 꺼내 의사가 세상에서 제일 중요한 업무인 환자 무시하기를 마칠 때까지 기다리며 내가 시한부 인생인지 찾아봤다. 내가 받은 진단의 정의와 속성을 이제 막 알아내려는 찰나 의사가 화를 내더니 집중하라고 말했고, 그 순간 깜짝 놀라 울음을 터뜨리고 말았다.

그가 휴대폰을 치우라고 소리 질러서도, 본인의 무심한 권위에 나의 모든 집중력을 바치라고 요구해서도 아니었다. 내가 그때 충격받은 건 그가 나를 '여자애'라고 말했기 때문이었다. 나 또한 미치도록 괴로운 건 스트레스 상황에서 놀람 반사가 행동으로 옮겨지면 나도 모르게 이상할 정도로 여자애처럼 반응하는 경향이 있다는 점이었다. 성인 여성이 자기 머리 한쪽을 때리며 울고 있다면 전문 의료인으로서 어떤 의학적 이유가 있을지도 모른다는 가능성을 고려해야 했지만, 그는 의사-환자 관계에서의 자기 역할을 거부하고 역겹다는 듯 고개를 돌려버렸다.

그가 결국 입을 열었고, 자궁근종에 관한 나의 위키피디아 검색과 별반 다르지 않은 설명을 한 다음 피임약 처방전을 건넸다.

나는 전에 그에게 피임약을 복용하면 자살 사고와 우울증이 온다고 말한 적이 있었건만 그 사실은 나의 연령이나 인간에 대한 연민 같은 사소한 세부 사항과 더불어 땅에 묻어버린 모양이었다. 겨우 입을 열어 이 약이 왜 내게 안 맞는지 설명하자 그는 손을 저으며 걱정을 날려버렸다. "다른 약입니다. 우울해진다 싶으면 약을 바꾸면 되죠."

의사의 권위에 얼마나 취해 있으면 우울증의 해악에 그토록 무지할 수가 있을까? 나 같은 철딱서니 없는 여자애도 우울해지면 어떤 기억에 다른 식으로 접근하는 법을 잊어버린다는 것을, 그냥 이 우울한 상태가 고정이고 영원불변이라 받아들이고 만다는 것을 안다. 물론 그때는 그런 생각을 하지도 않았다. 여자애처럼 질질 짜는 것만 안 하려고 미친 듯이 노력하고 있었으니까. 그래서 내가 아는 유일한 걸 했다. 농담 말이다. 바로 이때, 저속하게도 이 재생산 부동산에 있는 잡것들을 없애버리자는 말이 튀어나왔다.

의사가 처음으로 고개를 돌려 나를 보았고, 나는 큰 말실수를 했음을 알아차렸다. 그가 낮고 느리게 확실히, 내 몸에 대한 문제는 남편과 상의하지 않고 혼자 결정할 수는 없다고 말했다. 나는 그 자리에서 일어나 나갔다. 또 하나의 막다른 길을 만난 것이다.

몇주 뒤 다른 의사를 찾아가 초음파 검사를 하며 그동안의 일을 설명했다. 하지만 그 병원에서도 다른 병원에서 나온 결과를 정식으로 요청해야 한다고 했고, 사춘기 때부터 나를 못살게 굴던 이 문제를 해결하기 위한 적극적인 조치 취하기는 이쯤에서 내려놓기로 했다.

그러나 피임약 처방전은 갖고 나왔다. 이 약이 나에게 나쁜 건 알았지만 너무 절실해서 우울해질 거라는 사실도 기꺼이 잊고자 했다. 다행히 반년쯤 지나 내 우울함을 인지할 수 있을 정도로 정신이 명료해지는 경험을 짧게나마 했다. 아마 서른여덟번째 생일 저녁에 식은 죽을 냄비째 나무 수저로 떠먹기로 한 나의 결정을 남들이 적신호로 알아채진 못했을 거라 생각한다. 그때도 나는 자살할 방법을 궁리하고 있었다. 하지만 지금은 더 예민해진 우울증 표현을 예리하게 인식하고 있으니 얼마나 다행인가.

정말 솔직하게 말하면, 나의 잘못된 생각이라는 짙은 안개를 깨고 들어온 건 더글러스였다. 더글러스는 몇시간 동안 강렬한 눈빛으로 나를 빤히 쳐다보고 있었다. 보통 반려동물 키우기의 심리적 장점을 '심장을 뛰는 존재를 키워야 한다는 책임감'이라고 말한다. 하지만 그건 인간 경험을 벗어난 영역에 사는 존재의 가치를 깎아내리는 쓰레기 같은 소리라고 본다. 나의 개는 나와 같이 슬퍼하고 나와 같이 느꼈다.

비인간 동물이 인간과 똑같이 이 세상을 체험하진 않을 것이다. 하지만 개들은 자기와 같은 공간을 공유하는 사람에게서 느껴지는 고통의 기운을 좋아하지 않는다. 내가 불행이라는 고립된 감옥에서 빠져나올 수 있었던 이유는 내 스트레스가 우리 개에게도 전달되고 있다는 걸 느꼈기 때문이다. 나는 자기 똥을 좋아하는 개가 인간 의사보다 어떻게 더 인간애를 발휘하는지 곰곰이 생각했다. 그러곤 남은 죽을 더글러스에게 선물로 주고, 노트북을 열어 내 퍼즐의 마지막 조각이 될 세 단어를 구글 검색창에 차례차례 쳤다. 자폐. 여자. 증상.

6장

처음 만나는 자유

진단 이후

전문가가 아니더라도 자폐 당사자들이 자기 경험을 잘 이야기하지 않는 편이라는 건 알고 있을 것이다. 최근까지만 해도 자폐는 부모의 경험이라는 프리즘을 통해 이해되거나 신경학 의사들의 연구 자료를 바탕으로 그 의미가 부여되곤 했다. 또한 대중 사이에선 자폐가 앤드루 웨이크필드라고 불리는 병의 부작용으로 알려지기도 했다. 앤드루 웨이크필드가 누구냐면, 발아호두를 먹고 레프러콘(남자 모습의 초록색 요정 — 옮긴이)이 된 후에 백신을 자폐와 잘못 연관 지은 돌팔이 의사다.•

자폐 스펙트럼 장애(ASD)와 주의력결핍 과잉행동장애(ADHD)에 얽힌 신화 때문에 내 인생의 많은 시간을 충분히 낭비한 만큼, 그에 관해선 더이상 생각하기도 싫고 쓰기는 더더욱 싫다. 그래도 이 진단 덕분에 나 자신을 이해하는 길을 찾았고 난생처음 나는 나 자신이 될 수 있었다. 이 말로는 부족하다면, 내가 자폐가

• 내 편견을 주장하기 위해 입증 불가능하고 오류 가득한 리서치를 했다. 웨이크필드에게 배운 마술 같은 솜씨다.

맞는다고 더 확실히 설득해주기 바란다면, ADHD가 과연 존재하는지 증명해보라고 한다면, 그냥 조용히 꺼져주시면 고맙겠다.

나의 신경학적 상태는 내 사고의 중심에 있고 나라는 사람 한가운데에 자리 잡고 있기도 하다. 하지만 이것이 나를 정의하지는 않는다. 나 또한 다른 모든 사람과 마찬가지로 굉장히 복잡한 인간 칵테일인데, 왜 나의 이야기가 이 몇가지 재료의 총합으로만 설명되어야 하나? 자폐와 ADHD를 접어서 나라는 이 복잡하고 엉망인 사람 어딘가에 구겨넣어버리고 싶지만 이미 많은 잘못된 신화가 사람들의 이해 (혹은 오해) 안에 심어져버렸기에 이 부분을 생략하고 넘어갈 수는 없을 것 같다. 여러분에게 최신 정보를 제공하기 위해 내 시간을 낭비해야 하는 이 현실이 슬프다.●

이번 딱 한번을 위해 나의 두뇌 기능의 일부 사항을 맨 앞자리에 놓아보려고 한다. 그전에 이 과정이 나 개인에게 잠재적인 파국이 될 수 있다는 점을 이해해주길 바란다. 무대에서 우울증과의 길고 긴 전쟁에 대해 이야기할 때면 다른 사람들의 강한 분노가 서린 의견 때문에 침몰되곤 한다. 침몰된다는 건, 내가 더이상 갖고 있지 않다고 떠드는 이 우울증으로 다시 기어들어가게 되는 것을 의미한다. 나는 전문가가 아니다. 그래서 비전형적 두뇌라는 기차에 오른 모든 사람을 대신해 말할 수도 없다. 나는 고정된 개체도 아니고 진화할 권리가 있다. 무엇보다 신경생물학이라는 분야도 두뇌 변화에 대해 계속 생각을 바꾸고 있다. 그러니 그저 쿨

● 당신 잘못이 아니에요, 윌(영화 「굿 윌 헌팅」에서 어린 시절 겪은 아픔은 잘못이 아니라는 뜻으로 유명한 대사—옮긴이).

하게 들어주시길. 최선을 다해보겠다.

사람들은 우울증은 용인해도 ADHD는 쉽게 용인하지 않으려 한다. 아마 적어도 모두가 슬픔이 무엇인지는 이해하기 때문일 것이다. 하지만 내가 다소 호된 방식으로 배우게 된 건 ADHD라는 단어를 듣자마자 심하게 화를 내는 사람이 많다는 점이었다. 주의력결핍 과잉행동장애라니 딱히 설명하기 쉬운 용어와 개념은 아닐 것 같다. 그러나 이 병이 유난히 복잡하고 단어 수가 많아서 사람들이 이해를 거부하는 건 아니라고 본다. 그보다는 ADHD란 진단은 남발되지만 실제 발생 확률은 낮은 말장난 같은 질병이라고 믿는 이가 많기 때문일 것이다. 마약 장사는 하고 싶지만 깡패들과 손은 잡기 싫은 제약 회사들의 농간이다. 유행이다. 핑계다. 훈육은 하지 않고 설탕 범벅 음식만 준 한심한 부모가 에너지 넘치는 아들에게 붙이는 편리한 딱지다. 나 또한 이 모든 이야기를 얼마나 많이 들었겠는가.

ADHD가 존재하는 무언가라는 사실을 믿고 싶어 하지 않는 사람들 마음을 바꿀 자신은 없다.• 하지만 그렇게 하고 싶다. ADHD의 경험은 외상후 스트레스 장애의 경험과 공통점이 많다. 그리고 여기에는 우울증과 불안증 같은, 사람을 소진되게 하는 동반질환이 따라온다. 각각의 증상만으로도 그리 만만치 않은데 이 애들이 뭉치면 얼마나 강력해지겠는가. 일단 나는, 이것들을 내가 세트로 수집해왔다는 사실부터 알았어야 했다.

• 닫힌 마음은 최고 수준의 질병이다.

요즘 상황이 개선되고는 있으나, 특히 내 세대에서는 여자아이, 그리고 남자아이가 아닌 아이들이 적절한 시기에 ADHD 진단을 받는 일이 드물었다. 고정관념 때문에 우리가 간과된 탓이기도 하고 ADHD 여자아이들은 과잉행동보다는 주의력결핍 증상을 보여주기 때문이기도 하다. 우리는 몽상가이지 방해꾼이 아니다. ADHD 여자아이들은 학교에서 뒤처지곤 하지만, 내가 학교 다니던 시절 잠재력을 충분히 발휘하지 못하는 여학생들은 눈에 띌지라도 문제가 있다고 간주되지 않았다. 일찍 주목받는 건 언제나 목소리 큰 사람들인가보다.

사실 나는 주의력에 결핍이 있는 수준은 아니다. 오히려 모든 걸 흡수하며, 모든 일에 모조리 주의를 기울인다. 어쩌면 주의력 과다라고 할 수도 있을 것이다. 나의 단점은 중요한 일을 적절한 시간에 해내지 못한다는 데 있다. 우선순위 정하기, 통합하기, 받아들인 정보 분류하기를 담당하는 두뇌가 자기 일을 우라지게 못한다. 내 두뇌는 자전거 브레이크가 달린 페라리라서 기록 분류 체계가 없고 의사들이 '실행 기능'이라고 말하는 것이 심각하게 떨어진다. 실행 기능이 떨어지는 바쁜 두뇌는 이 세상을 살아가기에 그다지 효율적인 도구는 아니다. 지휘자가 없는 오케스트라와 같아서 즉흥 재즈 연주보다 더 무질서하다. 그런데 나는 그 점을 매우 싫어한다. 오케스트라 지휘대에서 팔을 움직일 수도 없고 악보를 볼 수도 없는데 최선을 다해 지휘를 해야 한다고 상상해보자. 오보에는 프렌치호른 소리를 막으며 애커 빌크〔영국의 클라리넷 연주자이자 작곡가—옮긴이〕 곡을 마음대로 연주하고, 현악 파트는 스무개의 다른 템포로 갈라지는 소리를 내고, 팀파니 파트는 애시드를 하고선 둘러앉아 타악기 파티를 열기 시작한다. 이런 일이 두뇌에서 일어나고 있는데, 나는 지금 치과 예약을 해야 하는 것이다.

나의 자폐 스펙트럼 장애는 직감에서 진단까지 가는 길이 그리 험난하진 않았다. 하지만 공식적인 자폐 진단을 받는 일이, 특히 성인기에 받는 것이 쉽다는 인상을 여러분에게 주고 싶진 않다. 내가 알기로 자폐 진단은 무진장 까다로운 것이 사실이며, 장년 여성, 논바이너리, 젠더퀴어가 이 진단을 받는 일은 드물다는 점을 여러분이 알아주었으면 한다. 나는 얼마간 유명인이기 때문에 제도 안에서 접근성과 견인력을 찾을 수 있었던 거다. 내가 일부러 무리해서 특별대우를 받으려고 한 적은 없지만 그렇다고 특별대우를 받았다는 사실 자체를 지울 수는 없다.

진단을 받는 쪽으로 마음이 기울었을 때 내 사전조사에서 초점이 된 부분은 어떤 식으로든 나 스스로 납득할 수 있는 내용인가 아닌가였다. 여기까진 그야말로 미스터리를 푸는 짜릿한 과정이 아닐 수 없었다. 하지만 막상 진단을 받자마자, 짜릿함은 모두 사라지고 너무도 큰 슬픔이 닥쳐와 그 슬픔을 빗댈 단어나 표현조차 찾을 수가 없었다. 언젠가는 정상적인 삶의 출발선에 서서 길을 찾아낼 거란 생각에 열심히 달려왔건만 자폐 스펙트럼 진단을 받음으로써 그 노력은 허사가 돼버렸고, 정말로 정상성이 무엇이건 내가 그에 관해 왜곡된 견해를 갖고 있었단 사실도 깨달을 수 있었다. 몇주 동안 마음이 어지럽고 아팠다.

오랜 기간 나는 진단 오류일지도 모른다고 생각했다. 내 인생이 그렇게 고통스러운 전쟁이었던 것이 내 탓만은 아니었음을 믿기 어려웠다. 그냥 내가 어딘가 모자란 사람이라고 가정하는 데 너무도 익숙해져 있었다. 내 진단을 공유할 정도로 용감해지는 데도 오랜 세월이 걸렸다. 내 경험은 자폐에 대한 일반적인 이해와 꼭 들어맞지는 않았고 자폐를 둘러싼 여러 신화의 미로를 파헤치기 위해서는 신경생물학 분야 전문가가 되어야 했다. 그저 이것이 내 정체성 중 하나임을 인정해달라고 구걸하기 위해서 말이다.

그래도 조심을 기한 건 옳았다. 마침내 세상에 나의 진단 결과를 말하기 시작하자 묵살과 일축이 신속 정확하게 내리꽂혔다. 자폐라고 하기엔 너무 사교적이다. 자폐라고 하기엔 공감력이 뛰어나다. 여자라서 자폐가 아니다. 자폐라기엔 충분히 자폐적이지 않다. 내 진단 결과에 반대하는 사람 중 어느 누구도 그동안 내가 어떻게 살아왔는지 고려하지 않았기에 나의 자폐 고백은 빠르게 지루해져버렸다.

기억하는 한 나는 약간은 만신창이라는 느낌에 사로잡혀 있었고 어딘가에 속한다는 건 나를 넘어서는 일 같았다. 이 느낌을 하나의 이야기로 만들기 위해선 내가 지구에 버려진 외계인이라 어떤 이유도, 사명도, 고향에 대한 기억도 없이 내 삶을 헤쳐나가야 하는 운명이란 이야기를 지어내야 할 것만 같다. 음모이론에 관심있는 사람이라면 아마 이 시점에서 내가 도마뱀이 아닐까 하는 의심을 품을지도 모르겠다. 그런데 아닙니다. 썩 물러가세요.

나는 시각적으로 사고하는 사람이다. 내 생각이 눈에 보인다. 하지만 나는 사진 기억력을 갖고 있진 않으며, 내 머리는 두뇌가 선별하여 분별있게 수집한 생각을 모아둔 고정된 갤러리가 아니다. 내 두뇌는 선형적으로 작동하지 않는다. 오히려 유동적이고 가변적인 위키피디아, 내가 지속적으로 수정하고 편집하는 개인 위키피디아에 가깝다. 하지만 말로 이루어진 위키피디아가 아니라, 관련이 있거나 곧잘 관련이 없는 생각들이 하이퍼링크로 연결된, 영원히 진화하는 상형문자식 필름으로 가득한 위키피디아다. 나는 내 생각을 개개의 조각으로 분류해 정리할 수 있는 합리적인 체계를 발전시키지 못했고, 그래서 한가지 생각을 하면 그에 따라오는 최소 100가지 생각을 동시에 해야만 한다.

문제를 더 복잡하게 만드는 건 내 두뇌가 추상의 영역에서는 작동하지 않는다는 점이다. 나는 눈으로 직접 본 적이 없는 이미지로는 생각을 할 수가 없다. 이 말은 곧 누가 나에게 어떤 이야기를 들려주면 나는 그 이야기를 일종의 필름으로, 그러니까 나만의 수집 창고에서 꺼낸 다른 필름들하고 모조리 같이 편집해야 할 필름으로 여길 거라는 뜻이다. 나는 이 지구에서 살아가며 매일같이 내 두뇌 도서관에 수많은 이미지를 저장한다. 말할 필요도 없이 내 머리는 매우 바쁘다. 누군가 내 생각이 소화되는 과정을 잠깐 엿볼 수 있다면 거기에서 어떤 의미를 찾아내는 데 애를 먹을 것이다. 머릿속에서 떠들썩한 축제와 GIF 그림파일이 폭풍처럼 몰아치는데, 알고 보면 그게 그저 헛소리의 나열일 수도 있다.

안타깝게도 내 두뇌의 시각적 기록 수집 열정은 정리와 검색에는 적용되지 않는다. 나는 내가 본 것을 외부와 소통할 수 있는 형식으로 빠르게 효과적으로 번역하지 못하기에, 내 머릿속에서는 아주 재미있는 모험을 하지만 바깥세상에서는 삶에 완전히, 끔찍하게, 불행하게 실패해버린 채 철저히 혼자라고 느낀다.

가끔씩 갑자기 입이 떨어지지 않는 이유도 내 두뇌 안의 이 폭풍 때문이라고 믿는다. 정확하게 말하자면 비언어적이게 된다기보다는 언어적 능력을 잃어버리는 쪽에 가까운데, 특히 감각 정보가 과도하게 쏟아지는 와중에 감정 스트레스를 분간하고 소화하고 자제하려고 할 때 더욱 그렇게 된다. 선택적 함구증이라고 하는 이것은 자폐 스펙트럼에 흔히 동반되는 질병이지만 자폐인들에게만 나타나는 증상은 아니다.

내 증상을 대중에게 알린 뒤에 비언어적 자폐 자녀를 키우는 부모님들이 찾아와 자기 아이처럼 '장애'가 아니면서도 자폐로 정체화한다며 나를 꾸짖곤 했다. 이분들에게 나도 말하고 싶다. 안다고. 여러분의 불안과 좌절을 이해한다고. 그동안 여러분이 지지를 많이 받지 못했다는 건 내가 장담하며, 나는 그 분통을 터뜨리기에 적당한 사람처럼 보일 수 있다고. 괜찮다. 받아들일 수 있다. 그러나 내게 자폐나 자폐인들의 경험을 빼앗을 의도는 전혀 없다는 점도 말하고 싶다. 나는 그저 또 하나의 창문을 만들어 독특하게 작동하는 두뇌의 내부 활동을 남들이 들여다보게 해주고 싶을 따름이다. 이른바 스펙트럼이라고 하는 선상에 두개의 같은 경험은 없다. 하지만 내적으로 얼마나 고통스럽고 사무치게 외로운지만큼은 나도 잘 안다. 결국 우리는 같은 팀이다.

엄마에게 '나한테 자폐가 있다'고 말했을 땐 이런 답변이 돌아왔다. "그렇구나. 이제야 이해가 되네. 나도 네 안에서 많은 게 돌아가고 있다는 건 알고 있었지. 그런데 너의 속으로 들어갈 수가 없었어. 너는 캔으로 된 콩 통조림인데 내가 가진 캔따개로는 열 수 없는 느낌이랄까." 굉장히 깔끔하고 선명한 비유가 아닐 수 없는 것이, 우리 엄마는 콩 통조림을 싫어한다.

우연하게도 내 어린 시절은 자폐가 최악으로 발현되는 것을 막아주는 완충제 역할을 톡톡히 했다. 일단 작은 마을에 살아 변화가 거의 없었다. 우리 가족은 내가 헤쳐나갈 필요 없이 그냥 그 일부가 되기만 하면 그만인 이미 단단하게 형성된 작은 사회였다. 가족은 나를 보살펴주었다. 하지만 대가족이어서 내가 몇시간 입을 다문다 해도 크게 알아차리는 사람이 없었다. 나는 막내라, 리더가 될 거라는 기대도 받지 않았다. 몇시간 동안 사라져도 아무도 눈치 못 챘고 옷장 속에 들어가 잠을 자는 버릇을 혼내는 사람도 없었다. 나는 이상한 애가 아니었다. 그냥 해나였다. 스무고개의 모든 질문과 대답을 외워도 내가 특별하다고 생각한 사람은 없었다. 왜냐면 나는 특별하지 않으니까. 모두 이렇게 저렇게 속임수를 쓰니까. 상황이 나빠진 건 내가 우리 가족이라는 버블에서 나왔을 때였다. 아, 정말 거지 같았다.

기억하기로 나는 기본적인 생활기술을 터득하는 게 죄다 힘들었다. 초등학교 1학년 때는 속옷 챙겨 입기를 잊어버려 가족들이 등교 전에 현관문 앞에서 매일 아침 확인을 해주곤 했다. 나이를 한살 한살 먹으면 나아질 거라 믿었지만 사정은 악화될 뿐이었다. 나이가 들수록 사람들이 웃어넘기지 않을 일만 늘었다.

청소년기에 들어서면서 나를 이해시키기는 점점 더 어려워졌고 그때부터 내가 주변 상황을 이해하지 못할 때마다 본능적으로 내 잘못이고 내 책임이라고 생각했다. 망할, 언제 어디서나. 이 과정에서 나는 나 자신이 원래 비호감이라고 생각해버렸고 나의 욕구라는 렌즈로 세상을 보기를 포기했다. 인간으로 태어나 아름다운 시절을 보내기 위한 레시피는 아니라 할 수 있다.

나는 학교생활에 적응할 수 없을까봐 늘 조마조마했다. 적응하고 싶어서가 아니라 적응해야만 한다는 걸 알았기 때문이다. 나는 혼자 있을 때 가장 행복했으며 그래서 나를 비정상이라 생각했다. 이 또한 적어도 나에게는 지극히 정상적인 행동일 수 있다는 생각은 전혀 하지 못했다. 나는 '여자애'였고 여자애들은 원래 친구 만들기의 달인들이어야 하며, 그래서 나는 정상적인 여자애가 되려고 노력했지만 헛고생일 뿐이었다. 나의 신경생물학적 상황 때문에, 더 전형적인 사고를 하는 사람들의 상호작용을 끌고 가는 물밑 네트워크를 '보지' 못했던 거다. 따라서 직관적으로 또래 그룹의 행동을 따라하는 건 너무도 어려운 일이었다. 내가 할 수 있었던 최선, 꾸준히 할 수 있었던 최선의 일은 관찰하기, 어림짐작하기, 모방하기로, 자폐인들 사이에서는 '마스킹'〔자폐 특성을 가리기 위해 평범한 사람들을 따라하는 행동. 가면 쓰기, 위장하기 ―옮긴이〕이라 불리는 행위다. 십대의 내가 가진 적응 메커니즘 중 마스킹은 그래도 가장 성공적인 전략이었다. 덕분에 학창 시절 어쩌다 가끔씩만 왕따를 당했다. 하지만 성장에 관해서는 거세당했다고 할 수 있을 정도로 근본적인 도움이 되진 않았다.

삼십대 중반쯤 되자 나는 더이상 내 인생을 살고 있지 않았다. 그저 가까스로 적응하며 살고 있을 뿐이었다. 누군가와 의미있는 시간을 함께 보내기에 난 언제나 짜증을 유발하거나 짐이 되는 사람일 뿐이라 느끼고 있었다. 하지만 어느 누구도 내가 2년에 한 번씩 심각한 우울증 증상 발현을 겪고 있으며 그 나머지 시간에는 불안으로 진이 빠져 있다는 사실을 알지 못했다. 나조차도 몰랐다. 아무도 내가 사람들과 눈을 잘 못 마주친다는 걸 알아채는 사람도 없었다. 수집한 구문들을 이어붙인 문장들로 말한다는 걸 눈치챈 사람도 없었다. 나 스스로도 내 행동에서 그 패턴을 알아보기까지 오랜 시간이 걸렸다. 어떻게든 잘못을 안 하려고 추측하고 가장하고 공황상태가 되고 그러다 세상을 차단하고 멜트다운meltdown(자폐 스펙트럼의 한 증상으로 감각 과부하, 극심한 스트레스에 따라 행동에 대한 통제력을 상실하는 경우를 뜻한다—옮긴이)되는 과정을 반복하느라 너무 바빴기 때문이다.

멜트다운은 나에게도 언제나 미스터리였기에, 마침내 자폐 진단을 받았을 땐 뜬금없이 터지는 짜증이나 분노를 다른 틀로 보고 생각할 수 있었다. 먼저 나 자신을 연민하게 되면서, 어떤 상황이 주는 스트레스가 절반은 경감되었다. 나는 격한 감정을 폭발하는 일은 많지 않았고, 오히려 자폐적으로 벽을 치고 입을 다물어버리는 일이 많았다. 겉으로 볼 때 이런 행동은 삐지고 화내는 것과 비슷해 보이지만 그런 종류의 감정은 아니다. 일단 나는 통제할 수가 없다. 내가 왜 이런 감정을 겪는지 가만히 살피거나 돌아보는 대신 곧장 '도망가거나 싸우거나'로 들어간다. 그런데 내 몸은 그것을 '도망가거나 싸우거나'로 번역하지 못한다. 나는 그냥 폭풍 한가운데에 있는 고전압 발전소처럼 셧다운 상태가 되고 만다.

멜트다운도 이와 똑같이 고통스럽지만, 이유는 다르다. 최악인 건 내가 통제 불능임을, 실수로 나 자신에게 또는 설상가상 다른 누군가에게 상처를 입힐 수도 있음을 안다는 거다. 멜트다운은 종종 공황발작과 혼동되기도 하는데 이 둘 역시 서로 같은 개념은 아니다. 공황발작이 마음속을 뱅글뱅글 도는 동요와 두려움이라면, 멜트다운은 몸에서 시작되는 소용돌이다. 또한 공황발작의 경우 일단 트리거가 당겨지면 결코 그 불안이 해소되지 못하는 반면, 멜트다운은 봄맞이 대청소와 같아서 일단 청소를 하고 나면 몸이 리셋된 것처럼 느껴지기도 한다.

어릴 때 내 자폐 스펙트럼에 대해 알았더라면 얼마나 좋았을까 싶을 때가 많다. 그랬다면 나는 고통이 정상이며 고통을 겪는 게 마땅하다고 여기는 나 자신의 고통을 돌보는 법을 배울 수 있었을 것이다. 이제 와서 탓할 사람은 없지만, 인간 퍼즐을 풀지 못했기 때문에 삶의 질이 나빴다는 점에서는 여전히 마음이 많이 아프다. 하지만 누군가 시간여행의 수수께끼를 풀 때까지 어린 나는 30년 동안 비틀거리고 넘어지면서 세상을 헤쳐나가야만 할 것이다.

내가 언제나 감정 조절에 어려움을 겪으리라는 사실을 인정하고 나자 걱정도 그치게 되었다. 괴로워질 때 내 기분은 통제할 수 없을지언정 환경은 통제할 수 있다. 이제 나는 적대적인 환경의 사이클과 패턴에서 나 자신을 끄집어내려고 노력하는데, 이를테면 세련된 척하는 콘크리트 바닥 카페 같은 곳은 가지 않는 것이다. 나는 나라는 사람이 드러나는 방식이 행동에만 있지 않다고 여기는 한편, 스트레스 상황을 이용해 내가 움직이는 환경과 조건의 지도를 나 스스로 만들려고 노력한다. 내 고통과 혼란을 부끄러워하지 않고 나만의 경험을 옹호하려고 한다. 해야 하는 일 걱정은 멈추고 스스로 안전하고 안정되려면 뭘 해야 할지 이해하기로 한다.

너무 괴로울 땐 TV 프로그램 촬영 중에도 잠깐 일시 정지 버튼을 누른다. 예상치 못한 반전에 놀라지 않기 위해 미리 스포일러 경고를 찾아보기도 한다. 혼잡한 공간에서 나온다. 불협화음이 자주 나오는 음악을 끈다. 식당에서 헤드폰을 착용한다. 색소폰과 일렉트릭 기타 솔로가 듣기 싫다고 공공연하게 말한다. 세련된 척하는 콘크리트 바닥 카페에서 연인과의 심각한 감정적 대화는 절대 하지 않으려 한다.

나는 집에서 혼자 내 장식품을 정리하며 몇시간씩 보내는 것이 너무나 재미있다. 파란색은 마음을 차분하게 해주기에 파란색 옷만 입는다. 같은 음악을 듣고, 같은 프로그램을 보고, 같은 음식을 아무렇지 않게 계속 먹는다. 그동안 나의 욕구를 우선하지 않고 '옳은' 일을 하느라 너무 바빠 찾을 수 없었던 삶의 기쁨을 찾는다. 무뚝뚝한 말로 사람들의 감정을 상하게 하지 않기 위해 최선을 다하지만, 이제 경계선은 확실히 긋기로 한다. 그러니 여러분도 말을 툭툭 내뱉는 나를 만나고 싶지 않다면 세련된 척하는 콘크리트 바닥 카페에서 나와 머리 아픈 대화를 하려고 하지 마시라.

나는 운이 좋다. 나 자신을 보호할 수 있는 특권이 있다……. 적어도 현재는 그렇다. 하지만 나 혼자 해낼 수는 없다. 도움이 필요하다. 내 인생에서 다른 사람의 돌봄을 받지 않았던 때는 없다고 할 수 있다. 때로는 팀 전체가 나를 챙겨주었고, 이 점이 바로 쇼 비즈니스에서 성공한 사람들이 누리는 축복이다. 다른 사람들이 나를 위해 온갖 일을 훌륭하게 처리해준다는 것. 기본적으로 나는 1950년대 중산층 백인 남성이라 할 수 있겠다. 하지만 내가 성공하지 못했다고 해도 인생을 헤쳐나가기 위해서는 주변의 많은 도움이 필요했을 것이다. 내가 도움을 받을 수 있었던 이유가 특별한 잠재력을 계발할 수 있었기 때문이라는 건 헛소리일 뿐이다. 나는 거의 서른이 될 때까지 나에게 재능이 있는 줄도 몰랐다. 제발, 자폐증이 있는 사람들이 특별하리라는 기대를 버리자. 평균적인 능력을 가질 권리도 인간의 기본권이다.

안정적인 일자리를 위해 고군분투하는 많은 사람이 세대 간 빈곤이라든지 외상, 학대, 정신 질환, 제도적 차별, 장애 또는 신경장애 같은 문제와 씨름하고 있다. 이런 사람들은 만성적인 스트레스에 트라우마를 겪을 뿐만 아니라 실행 기능도 급격히 손상된다. 전화 통화를 불안해하는 사람이나 날짜를 혼동하는 사람은 복지제도를 이용하는 것도 쉽지 않다. 복지제도는 시간을 못 지키거나 양식 작성에 서툰 사람, 지난 5년간의 은행, 주거 및 고용 정보에 쉽게 접근할 수 없는 사람을 위해 설계된 것이 아니다. 접근 가능성을 염두에 두고 구축되지 않았으며, 오로지 행정 절차의 신전으로만 건설돼왔다. 아마도 복지제도가 지도를 갖고 찾아야 하는 보물이기 때문인 것 같다. 누가 이 문제를 해결해줄 수 있을까? 나로 말하자면 활동가가 될 만큼 조직적인 사람은 아니다. 그러나 큰 그림과 작은 그림 사이 연결 고리를 찾는 것은 자폐 스펙트럼인 사람에게 어울리는 일 같다. 나는 나무와 숲을 상호 참조하며 보는 법을 알지 못한다. 그러다보니 일상생활에 참여하기가 쉽지 않지만 이런 나를 바꿀 생각은 없다. 우리 사회에는 나처럼 사고하는 사람도 필요하다고 생각하기 때문이다.

자폐인들은 마음의 장님이라 다른 사람들의 내부 세계를 이해할 수 없다고 하는 신경학 '전문가'들 견해에도 이의를 제기하고 싶다. 나는 우리 모두가 마음의 장님이라 생각한다. 인간이 왜 언어를 발명했겠는가? 문제는 그 의사소통 기술이 자폐인들 사이에서는 비전형적으로, 대부분의 경우 매우 느리게 발달한다는 점이다. 나는 욕구를 말로 표현하는 것이 항상 어려웠지만 나이가 들면서 언어 능력과 사회성도 상당히 좋아졌다. 그러나 감각에 대한 민감성을 조절하는 능력은 개선되지 못했다. 스트레스 요인은 언제나 나를 괴롭히고, 이런 나를 보는 다른 사람들은 내가 감정 기복이 심하며 일관성이 없다는 인상을 받는다. 사실 이걸 원한다고 했다가 몇분 뒤에 그 반대의 것이 필요하다고 말하는 건 나의 성격을 반영한다기보다는 나의 신경생물학적 기능을 반영하는 태도다. 나는 내가 왜 이렇게 느끼는지 직관적으로 이해할 수가 없고, 전형적 사고를 하는 사람보다 외부 환경의 영향을 소화하는 데 훨씬 오랜 시간이 걸린다. 이런 나에게 조바심을 내는 사람들이 있으면 나는 부담을 느끼며, 내 방식대로 세상을 소화할 충분한 시간을 갖기도 전에 나에게 지금 뭐가 필요한지 억지로 추측하려 들고 그러다 실수를 저지른다. 나는 춥지만 그걸 모를 수 있다. 배고픈데도 모를 수 있다. 화장실에 가야 하는데도 모를 수 있다. 슬프지만 모를 수 있다. 괴롭지만 모를 수 있다. 위험하지만 모를 수 있다. 여러분도 흐르는 물에 손을 갖다 댔는데 아주 잠시, 그게 뜨거운 물인지 차가운 물인지 모를 때가 있지 않나? 나에게는 인생의 모든 순간이 그렇다. 나는 바우하우스 건축이 아니다.

항상 잠재적으로 안전하지 않다면 불안에 이르는 직행열차를 탄 셈이다. 하지만 스포일러 주의! 불안은 나쁘다. 어린이의 불안이 치료되지 않을 때, 더 나쁘게는 방치될 때 불안은 커질 뿐만 아니라 불가피하게 트라우마로 악화된다. 하지만 디즈니랜드가 지구상 가장 행복한 장소로 만장일치를 얻은 세상에서 자폐인은 친구 생일 파티에 갔다가도 싸우거나 도망가거나, 아니면 반응이 찾아와 쩔쩔매기도 한다. 겉으로는 즐거운 시간을 보내고 있는 듯 보일지언정 자폐 어린이에게 그 생일 파티장은 전쟁터일 수 있다. 외상후 스트레스 장애 두스푼 먹을래? 망할 생일 축하해!

7장

수프를 끓이며 떠오른 생각들

수치심을 휘저으며

재료 준비

내 머릿속에서 생각이 일어나는 방식에 익숙지 않은 이들은 내가 테일러 스위프트에 관한 쇼를 썼다는 말을 들으면 그건 내 정신머리가 빠졌다는 하나의 증거라고 여길 것이다. 하지만 정말 정신머리가 빠져나가고 있었는지 모를 내가 보기에, 테일러 스위프트는 아무것도 아닌 일로 골몰하고 싶어 하는 사람 앞에 나타난 완벽한 뮤즈였다.

평생 나는 아무도 관심 없을 것 같은 특이한 주제에만 깊이 빠져들었고, 그건 매우 외로운 일이기도 했다. 그러던 차에 이 세상 모든 사람이 테일러 스위프트에 대해 이야기하는 것 같으니 나도 거기 합류하면 어떨까 생각했던 것이다. 궁금하지 않은 주제에 깊이 파고드는 일에는 위안과 안정을 주는 무언가가 있었다. 이다지도 많은 사람이 테일러 스위프트를 광적으로 사랑하는데 왜 나는 휘둘리지 않았던 걸까? 왜 영향받지 않았을까? 나는 태생적으로 호기심이 일지 않는 대상을 좋아할 수 있게끔 내 마음을 훈련할 수 있는지 알고 싶었다. 그런데 단도직입적으로 결론부터 말하자면, 그건 불가능했다. 그리고 내 안의 스위프티〔테일러 스위프트의 팬들을 지칭하는 말—옮긴이〕를 찾지 못한 게 놀랍진 않았건만 이렇게 부실한 상징을 이용했다가는 내 잠재적 분노만 끌어낼 수 있다는 것을 알게 되었다.

이 쇼의 제목은 '도그매틱'Dogmatic이라고 했다. 내 주장을 독단적으로 밀고 나가는 것이야말로 내가 십대 때부터 이루고 싶었던 꿈이자 목표였기 때문이다. 물론 헛소리다. 사실 왜 제목을 그렇게 붙였는진 기억이 잘 안 난다. 우리 개 더글러스 이야기가 많이 들어가긴 했고 아마 그 사실과 관련이 있는 것 같다. 어쨌든 「도그매틱」이 내 최고의 쇼는 아니었다. 물론 나만 이렇게 생각하는 것도 아니나.

내 쇼가 애들레이드에서 공연된 직후 진짜배기 스위프티와 처음으로 맞닥뜨리게 됐다. 그 사람은 트위터를 통해, 모름지기 페미니스트라면 다른 여성을 깎아내리지 않는다는 식의 미적지근한 논리를 갖다 붙이며 내가 페미니스트가 아님을 알려줬다. 나는 딱딱하게, 그러면 당신도 나를 비난해서는 안 된다고…… 나 또한 한명의 여성이기 때문에 그래선 안 된다고 답변했다. 이 점에서 그녀는 내가 스스로를 여성이라 칭할 권리가 있는지에 의문을 제기했는데 그러기엔 너무 남자처럼 생기지 않았느냐는 것이었다. 답 멘션은 쓰지 않았다. 아마 그녀는 테일러 스위프트의 가사 속 '비'에 관한 은유가 미묘하게 동성애 혐오를 동반하던 시절

'테이 테이'(테일러 스위프트의 별명—옮긴이) 컬트에 빠진 나이 많은 팬임이 틀림없을 터였다(테일러 스위프트는 활동 초기에 기독교계와 보수층에서 비교적 인기가 높았다—옮긴이). 여기서 분명히 밝히고 싶은 건 나는 테일러 스위프트를 깎아내리려 한 적도 없고 지금도 마찬가지라는 점이다. 나는 바보가 아니다. 나도 검색을 얼마나 많이 해봤겠나. 그녀는 원하기만 하면 나를 완전히 박살 낼 수도 있었다.•

'테이 테이'가 전세계적으로 폭발적이고 장기적인 인기를 끌고 있지만 그녀가 어떤 사악한 의제에 따라 그 위치에 올랐다고는 믿지 않는다. 그녀는 철저한 대중의 감시 속에서 성장하려고 노력한 젊은 여성이고, 특히 그 페르소나가 '공감'이라는 개념을 기반으로 만들어졌기에 더욱 험난한 길을 걸어왔을 것이다. 또한 본인을 둘러싼 모든 세계가 오직 이익만을 추구하는 팝음악 업계 남성 무리에게 관리되고 형성되고 있다면 페미니즘에 다가가는 일은 더욱 어려울 수 있다. 그래도 나는 카니예가 옳았다고 생각한다(2009년 MTV 뮤직어워드 시상식에서 여자 부문 뮤직비디오 최우수상을 받은 테일러 스위프트가 수상 소감을 말하던 도중, 카니예 웨스트가 무대에 난입해 비욘세가 이 상을 받아야 한다고 주장하며 행패를 부린 사건을 가리킨다—옮긴이). 그 점에선 정식으로 내 의견을 밝히고 싶다. 비욘세는 가장 독보적이고 탁월한 뮤직 비디오를 만들어냈지만 그만큼의 인정을 받지는 못했고 테일러 스위프트가 자신을 피해자로 내세우려 하는 건 약간 당황스럽다. 또한 비욘세는「홈커밍」이라는 독보

• 안녕, 테이 테이!

적이고 놀라운 예술 작품으로도 인정을 받지 못했으니, 내가 더 나서지 못해 미안할 뿐이다. 2019년 제임스 코든이 폴 매카트니 경과 차 안에서 함께 노래한 비디오가 비욘세를 제치고 에미상을 수상했다는 기가 찬 사실 앞에서도 그냥 가만히 있는 것 외에 무엇을 해야 할지 몰랐다.

2016년에는 에미상이 무엇인지도 몰랐는데, 이 점은 내가 미국인이 아님을 새삼 상기시켜준다. 오스트레일리아에도 최고의 방송 대상인 '로지스'Logies가 있으나 이에 대해서도 할 말은 크게 없다. 하지만 외부의 인정이라는 유혹에 내가 완전히 무심하고 둔감하다는 이야기는 절대 아니다. 페스티벌 시즌 시상식 열풍에 휩쓸리지 않는 건 불가능하며 올해 최고의 쇼 논쟁은 그 어떤 페스티벌 생태계에서도 가장 핵심적인 부분이다.

한편으로 권위 있는 상을 놓고 예술가들을 경쟁시키는 건 그 예술 형식에 대한 관심을 불러 모으고 업계 바깥 사람들에게도 이 분야의 진가를 알아보게 하는 방법이기도 하다. 그러나 어떤 예술 형식에서 '승자'를 가리는 건 편향된 주관적인 결정을 마치 객관적이며 측정 가능한 사실인 양 둔갑시키는 일이다. 내 작업을 좋아하지 않는 사람들이 나를 두고 '안 웃길 게 틀림없다'는 결론에 이르게 되는 데엔 그런 이유가 큰 부분을 차지한다. 하지만 그 결론의 실제 의미는 그 사람들이 내 작업을 좋아하지 않는다는 것이고, 나도 그들을 안 좋아한다. 각자의 의견 만세다.

페스티벌 어워드에 대한 나의 가장 큰 불만은 내가 원하든 원치 않든 그것이 항상 나를 끌어들인다는 데 있다. 멜버른 코미디 페스티벌에서 10년 정도 공연을 하며 나 또한 '베스트 코미디 쇼'Best Show의 단골 수상 후보가 되기도 했다. 최종 후보에 올랐던 몇년을 돌아보면, 후보에 오른 시점부터 (내 경우엔) 수상에 실패할 때까지 일주일간 절대적으로 불필요한 관심, 가짜 희망, 업계의 질투, 사기꾼 증후군만 나타났는데, 이건 내가 절대 의도한 결과가 아니며 그저 이 세계가 기획한 소란일 뿐이다.

나는 내 작품이 다른 수상자들 작품과 견주어 뒤처지지 않는다는 걸 알고 있었다. 내가 알기로 앤 에드먼즈 또한 오스트레일리아에서 가장 재미있고 흥미로운 스탠드업 코미디언이었으나 상복은 없었다. 주디스 루시 역시 수십년 동안 비할 데 없는 공연을 했지만 인정받지도, 상을 받지도 못했고 여느 평범한 남성 연예인처럼 예능 방송에 출연해 높은 출연료를 받을 기회도 얻지 못했다. 이 모두는 그동안 내가 속하고자 한 세상이, 내 목소리가 찬사를 받을 만큼 흥미롭지도 유의미하지도 중요하지도 않다는 것을 충분히 분명하게 알려주었음을 뜻한다. 나는 10년 동안 코미디 업계를 겪을 만큼 겪어본 다음에야 마침내 분위기 파악을 하고 고개를 숙였다. '고개를 숙였다'는 말은 내가 최선을 다하는 대신 테일러 스위프트에 관한 쇼를 쓰기로 했다는 의미다.

냄비에 모든 재료를 넣기

"올해 당신 쇼에 매우 실망했어요, 해나. 레즈비언 이야기가 충분히 들어가지 않았어요."

한 레즈비언의 이런 소소한 피드백을 「나네트」에 박제해버렸다. 「나네트」에서는 내가 세련되게 넘어간 것처럼 보였겠지만 실제로는 이 불평꾼에게 성마르게 대꾸했다. 무슨 말을 했는지 정확히 기억나진 않아도 그녀의 대답을 보면 내가 큰 매력을 발산하진 못했던 것 같다.

"방금 팬 한명 잃었네요. 진짜 팬이었는데." 그녀는 가지도 않고 서서 말했다. 내가 뭔가를 말하거나 용서를 구하길 기대한 모양인데 나는 그저 "알겠습니다"라고만 답했다. 그 여성이 사라져주길 간절히 바라면서. 그녀는 나에게 보답받길 바라는 감정이 아주 많았고, 나는 그에 대해 어떤 감정이 있는 척할 기분이 아니었다. 사실은 사실이다.

처음에는 내 팬을 그만두겠다는 그 사람 말에 안도했다. 여간 짜증 나는 사람이 아니었다. 그러나 속으로는, 때마침 안 좋은 타이밍에 내가 핵심 관중을 실망시켰다는 걸 알고 후회가 밀려왔다. 오스트레일리아에서 결혼 평등 논쟁은 이미 내 코미디언 경력보다도 오래 묵은 주제이긴 했지만, 내가 관심 없는 주제(테일러 스위프트)로 쇼를 쓰겠다고 마음먹은 그해 갈등이 더 첨예해졌기 때문이다.

1년 전인 2015년 아일랜드가 국민투표로 동성혼을 합법화한 첫번째 국가가 된 후, 오스트레일리아의 보수 정부는 생각했을 것이다. "오호라. 눈가리기용 정책 좋은데." 그러나 오스트레일리아 정부는 논쟁의 뉘앙스를 전혀 눈치채지 못했고, 아일랜드와 달리 오스트레일리아에서는 동성혼 법을 변경하기 위해 헌법 개정까지 필요하진 않다는 사실을 깊이 생각지 않았다. 2004년 존 하워드의 보수 정부가 어떠한 시민 참여도 없이 결혼의 정의를 '두 사람 사이'에서 '남녀 사이'로 변경해버리는 등 그냥 손쉽게 혼인법을 개정했다는 점을 감안해보면, 이는 심각한 정치적 기억 상실증이 분명했다.

퀴어 관계의 정당성을 공개 토론장에 올리는 일은 잠재적 피해가 예측되는 만큼, 정치권과 유권자 모두 신중하게 접근할 필요가 있는 문제였다. 그러나 결국 동성혼 권리는 국민투표, 즉 불가사의하고 예산 낭비인데다 비의무적이며 비구속적인 국민투표를 통해 결정할 것이라는 판단이 내려졌다.

잠깐! 플래시백 타임!

과거 동성애 혐오 논쟁의 유령이 다시 돌아왔다. 태즈메이니아주 동성애자 법 개정 논쟁의 반향은 두려운 메아리 정도가 아니었다. 그때 나섰던 사람들이 그때와 똑같은 혐오스러운 수사학을 들고 나와 창공에 외치기 시작했던 것이다. 여기서 '창공'이란 라디오, TV, 우체통, 눈, 귀, 마음, 머리, 전 오스트레일리아 국민의 소셜미디어를 의미한다. 닉 투넨이 사생활을 지킬 권리를 얻은 해에 태즈메이니아주 상원의원이 된 에릭 애버츠는, 방금 말한 사생활을 허용하면 근친상간이 합법화되고 집 안에서 하는 약물 남용을 묵인할 수도 있게 된다는 말도 안 되는 경고를 했었다. 그로부터 20년 뒤 애버츠는 유권자에게 다음과 같은 팸플릿을 보냈다. “동성애 반대에 투표해도 괜찮습니다.” 이 팸플릿에서 그는 결혼 평등의 “실질적 결과”가 곧 “친권” 거부와 “언론 자유의 제한”이 될 것이라는 괴상망측한 반론을 폈다.

한편 울버스톤에서 1994년 ‘남색 거부’ 집회를 열었던 크리스 마일스도 동성혼 논쟁 기간 중 팸플릿을 준비했다. 그는 일단 “유효한 경험적 데이터”가 없다는 사실을 인정한 뒤에 동성 부모 밑에서 자란 아이들은 불균형적으로 “실업” “성희롱” “성병” “마약 남용” “자살 사고”가 증가할 것이라고 주장했다. 이 팸플릿에서는 동성혼을 허용한다는 것이 곧 “남자아이에게 남자와 결혼할 수 있다는 가르침”을 주고 “여자아이에게 여자와 결혼할 수 있다는 가르침”을 주는 걸 의미한다고 경고했다. 사실상 그 부분은 결혼 평등에 깔린 이념의 전부라 할 수 있기에, 투표지의 ‘반대’ 칸에 표시하는 것은 가장 기본적인 동성애 혐오를 노골적으로 드러내는 행위일 뿐이라고 나는 확신한다. 동성애 혐오가 2016년 다시 컴백한 것이다.

어릴 때부터 내 두뇌는 공적 담론에서 동성애 혐오적인 서브텍스트가 나오면 경계 태세를 취하게끔 훈련을 받았다. 동성애 혐오적인 서브텍스트가 터져나와 공개적인 수사로 쏟아지기라도 하면 나도 모르게 공황상태로 전환할 준비가 되어버리는 것이다. 저 논쟁을 보면서 나는 내 안에 끓고 있는 이 거대하고 고통스럽고 파괴적이며 모든 것을 집어삼키는 폭풍을 무시하고 싶었다. 논쟁과 그에 따르는 생각을 차단하기 위해 최선을 다하고 싶었고, 어쩌면 그래서 테일러 스위프트에 대한 명상을 하기로 마음먹었는지도 모른다. 나는 분명 창조적 셧다운을 겪고 있었으며 괴로워했고, 내 두뇌는 논쟁에 대한 모든 생각을 차단하고 싶어 했다. 그러나 2016년이 시작되면서 내 마음은 상처를 억제하는 데 실패했고 나의 창조적 정체는 점차 완전한 붕괴로 변형되어 나타났다.

끓기 시작할 때

사실만 전달하는 그 어조로 보아 엄마가 나 말고도 우리 남매 모두에게 똑같은 내용의 전화를 차례로 하고 있다는 사실을 짐작할 수 있었다. 할머니의 병환이 깊어진 지는 오래되었기에 엄마가 전한 소식이 크게 놀랍진 않았다.

"할머니가 전화 끊을 때보다는 더 잘 돌아가셨으면 좋겠네."

나의 친할머니는 두가지로 유명한 양반이었다. 식사 시간마다 적어도 세가지 디저트 준비하기 그리고 제때 전화 끊지 못하기.

"그래, 안녕, 알았다. 그래, 안녕, 안녕, 아이고, 잘 지내라. 나중에 보자. 알았다. 잠깐만, 그래 그럼, 잘 지내야지. 또 보자. 안녕."

할머니와의 전화 통화는 항상 할머니의 작별 인사 도중 이쪽에서 먼저 전화를 끊어야만 끝났다. 그럴 수밖에 없었다. 때때로 할머니가 먼저 전화를 끊을 수 있는지 확인하기 위해 수화기를 붙잡고 있으면 결국 할머니가 나에게 '전화 너무 오래 붙잡고 있게 한다'며 야단치는 것으로 마무리되었다.

고정관념 깨는 데는 일가견이 있는 사람답게 엄마는 자연스레 시어머니와 둘도 없는 친구가 되었다. 이 고부 관계는 너무도 친밀하여 어떨 때 나는 할머니가 아빠 가계의 사람이라는 사실을 잊곤 했다. 공정하게 말하자면, 아빠의 존재감이 너무 미미하기 때문에 아빠가 존재한다는 사실까지 잊어버렸다고 해야 맞는다.

엄마는 할머니의 임종 앞에서 깊이 슬퍼했겠지만 나 같은 경우 머리로만 엄마의 슬픔을 이해할 수 있었는데, 엄마는 우리 대화 중에는 감정을 전혀 드러내지 않았고 이건 엄마 트레이드마크인 냉철한 실용주의에 부합하는 태도였다.

"올 테면 지금 와서 할머니한테 마지막 인사 해라. 돌아가신 다음에 와봤자 무슨 소용이니."

시즌 중간에 쇼를 취소한 건 또 처음이었다. 부분적으로는 내 쇼에 대한 환멸 때문에 결정이 쉬웠을 수도 있지만 할머니에 대한 나의 지극한 사랑 때문에 그랬다고 믿고 싶다. 아울러 브리즈번 공연을 줄이기로 한 데에는 어린 시절의 닻이었던 낸의 장례식에 가지 못했다는 죄책감도 일부 작용했다. 낸이 세상을 떠났을 때 나는 캔버라에 있는 대학에 재학 중이었고, 집에 돌아갈 경비나 여유가 없었다. 또 그즈음 나의 사랑하는 강아지 로니 바커도 무지개다리를 건넜기 때문에 두배로 마음이 미어졌다. 물론 고향에 간다 한들 내가 할 수 있는 일은 없었다. 빈털털이였고, 수술 후라 운신하기도 어려웠다. 그럼에도 낸의 마지막 모습을 보지 못한 건 아직도 통탄스럽다. 낸의 살날이 얼마 남지 않았다는 걸 알았을 때 아랫골목에 살던 나의 또다른 할머니 친구인 에이다에게 '낸이라는 특별한 할머니 친구가 있는데 비니를 떠서 선물하고 싶으니 도와줄 수 있는지' 물었다. 낸은 항상 모직이나 면으로 된 모자를 썼는데 '바람만 불면 머리가 휘날려서'brain whistle 그런다고 했다. 그리고 이 글을 쓰는 지금, 내가 그 말을 줄곧 문자 그대로 '두뇌가 휘파람을 불어서'라고 받아들였다는 사실을 깨달았다. 귀가 시렸던 건 아니었을까?

에이다는 그리 인내심 강한 뜨개질 선생님은 아니었다. 낸이었다면 적어도 여섯번은 실을 풀었다 뜨면서 방법을 가르쳐주었을 테고 코를 빼먹어도 그리 답답해하지 않았을 것이다. 에이다는 대략 20분 만에 나를 자신의 영역에서 밀어낸 뒤 바늘과 코가 줄줄이 빠진 뜨개질감을 내 손에서 빼앗더니 나보고 집에 가라고, 그냥 자기가 혼자 떠서 가져다주겠다고 말했다. 약속대로 에이다는 다음날 아침 티타임 전에 모자를 완성해 갖다주면서 그다지 신나지 않는 목소리로 실이 부족했다고 말했다. 어쨌든 감사를 표하고, 내 작별 카드와 함께 아기용 비니를 낸에게 보냈다. 낸은 답장에서 내 비니가 몹시 마음에 든다며 팝이 선물로 준 테디베어의 안대로 사용했다고 말했다. 낸은 집에 오지 못한 걸 아쉬워하지 말라면서 자기도 후회할 일이 많다고 상기해주었다. "하지만 이것도 다 수프의 일부야. 지금 양파를 건져내기엔 너무 늦었지."

친할머니 임종을 지키고 마지막 작별인사를 할 수 있어 운이 좋았다고도 할 수 있지만, 할머니는 자신만의 고치에 갇혀 있었기에 내 쪽에서 일방적인 애정 공세를 펼칠 수밖에 없었다. 그날 한시간 동안 할머니 곁에 앉아 있었다. 거의 알아볼 수가 없을 정도로 자그마해진 할머니는 얼굴이 무너져내리고 있었다. 할머니는 사랑 많은 대가족의 헌신적인 여성 가장이었고 그렇기에 인생의 마지막 날에 사람들에게 둘러싸여 떠날 수 있었다. 수많은 일가친척이 할머니 곁에 있었다.

그날 좋은 생각을 많이 했다. 오랫동안 생각하지 못했던 것들도 생각이 났다. 특히 처음 대학에 들어갔을 때 할머니에게 쓰던 편지가 떠올랐다. 할머니를 즐겁게 해주기 위해 사소하고 웃긴 일상 이야기로 편지를 채운 기억이었다. 또한 내가 그 편지에서 할머니에게 내 감정을 어떤 식으로도 표현할 수 없었다는 것, 내가 느낀 깊은 외로움, 연쇄적인 불안, 너무나 크게 나가온 세상에서 내가 조각하려 했던 작은 삶을 가득 채운 두려움에 대해선 한마디도 쓰지 못했다는 것이 떠올랐다. 그 편지를 쓸 때 나는 할머니를 생각하고 있었기에 편지 쓰는 행위 자체에서 위안을 얻곤 했었다. 그러다 세상이 점점 더 압도적으로 커지고 삶과 협상하는 능력이 나아지기는커녕 더 나빠지면서 결국 할머니에게 편지 쓰기를 그만두었다. 나는 할머니가 읽고 싶어 할 삶을 살고 있지 않다고 생각했기 때문에 더이상 편지를 쓰지 못했다. 너무 많은 고통으로 가득 차 있었고 그것을 나누는 방법을 몰랐다.

아주 엄밀한 의미에서 보면 할머니와 있을 땐 벽장에 숨어 있지 않았다. 그 문제가 우리 사이에서 불거진 적이 한번도 없었으니까. 적어도 할머니가 돌아가시기 1년 전까지는 그랬다. 어느날 할머니 집 거실에 앉아 함께 차를 마시던 도중 갑자기 할머니가 내게 남자친구 있느냐고 물었다. 침묵이 이어지는 몇초 동안 나는 커밍아웃하지 않기로 의식적으로 결정했다. 할머니가 살날이 얼마 남지 않았고 할머니와 함께할 시간은 유한했기에 우리의 다른 점보다는 닮은 점에 대해 이야기하는 편이 좋을 것 같았다. 그래서 단호하게 대답했다.

"남자친구 사귈 시간이 어디 있어요."

"그렇겠지." 할머니는 당황하지 않고 말했다. "그래도 모퉁이를 돌면 인연이 나타나기도 하는 거야. 너만의 왕자님이 말이지." 대화 주제는 내 희망대로 빠르게 바뀌었고 곧 우리는 우리가 아는 모든 위대한 개에 관해 수다를 떨었으며, 기억할 개가 다 떨어지자 각자의 안락의자를 몇 단계 뒤로 젖힌 채 오랜 시간 깊은 낮잠을 잤다.

당시에는 그게 옳은 일처럼 느껴졌다. 그러나 병원에 누워 인간의 필연적 운명을 맞이하는 할머니를 목격하면서 내 삶의 중요한 부분을 공유하지 않은 것이 어쩌면 실수일지도 모른다는 생각이 스쳤다. 오르락내리락하는 할머니 가슴을 보며 실수든 아니든 내가 기회를 놓쳤다는 것을 알았다. **이것도 다 수프의 일부야. 지금 양파를 건져내기엔 너무 늦었지.**

가족과 친척을 통틀어 내가 가장 닮았다고 생각하는 사람이 친할머니였다. 나는 할머니의 태도를, 어리숙함과 재기가 아무렇게나 뒤섞여 있는 면을 닮았다. 유머 감각도 닮았는데, 엉뚱하고 우스꽝스러운 일상 소재와 어둡고 냉소적인 생각을 모두 한 호흡에 이야기하곤 한다는 점에서 그렇다. 우리 둘 다 자신의 경솔함을 진지하게 반성하고도 별로 바로잡을 노력을 안 하는 재주가 있었다. 우리는 닮은 사람들이었다. 하지만 우리가 사는 세상은 천지차이였다. 할머니는 어머니이자 할머니이자 증조할머니이자 고조할머니였다. 나는 누굴까? 나는 한 가정의 여성 가장이 아니고 앞으로도 그렇게 될 리가 없다. 나는 우리 가계도에서 맨 끝에 붙은 가지다. 그 점 자체는 고통스럽지 않았다. 단지 나라는 가지가 나무에 붙어 있다는 걸 온전히 확신한 적이 없을 뿐이었다. 할머니와 달리 아마도 나는 혼자 살다 죽을 운명일 거라고 생각했다.

할머니는 내가 떠나고 몇시간 뒤에 돌아가셨다. 역시 우리 할머니답게 이번에도 내 쪽에서 먼저 전화를 끊게 한 것이다. 그날 저녁 부모님은 비공식적인 대가족 모임을 열었는데, 친가 쪽이라 상당히 조용한 분위기였지만 저녁 식사 후 위스키 한병이 나오면서 다들 좀 풀어지고 말도 많아졌다. 아빠는 여섯 남매 중 장남이고 막내인 데이비드 삼촌보다 열다섯살 정도 많았기에 아빠가 무슨 이야기만 꺼내면 이런 대답이 돌아오곤 했다. “그때 난 집에 없었어.” “난 아직 태어나지도 않았을 때 이야기잖아.” “아니, 피터를 말하는 건 줄 알았지!”

이들이 공유하는 대부분의 기억은 내가 알던 시대보다 훨씬 이전 시대의 이야기였기에 그냥 앉아서 어르신들의 토크쇼를 즐겼다. 처음에는 하나같이 익숙한 이야기뿐이었지만 잠시 후 오랫동안 잊고 있던 기억이 수면에 떠오르기 시작했고, 나는 마치 낯선 사람들의 대화에 끼어든 듯한 느낌이 조금 들었다. 슬픔이었을까, 취기가 오른 것이었을까? 그날 밤, 한번도 내 앞에 모습을 드러낸 적이 없는 벽장 속 해골이 나왔다.

친가 친척들 이야기 속에 가끔 등장하는 그분을 나는 만난 적이 없었다. 이름은 들어봤지만 내가 아는 거라곤 그가 알코올 의존자였으며 비극과 슬픔으로 얼룩진 삶을 살았다는 것뿐이었다. 그리고 그날 밤에야 알게 된 사실은 그가 게이였고 할머니와 각별히 가까운 사이였다는 것이었다. 대화는 처음 시작할 때와 마찬가지로 빠르게 다른 주제로 바뀌었고, 나는 너무 놀라 질문을 던질 수도 없었다. 왜 전에는 아무도 이 이야기를 해주지 않았지? 하지만 궁금증은 이내 마음속에서 사라졌는데, 그들 사이에서 자살했다고 알려져 있는 또다른 친척에 대한 언급이 내 귓가에 들렸기 때문이다. 분명 그분 또한 게이였다고 했다.

내가 전혀 알지 못하는 남자 친척 어른들을 향한 연민과 후회 섞인 감정이 방에 떠돌았다. 그러나 아무도 이 남자들의 섹슈얼리티와 그 비극적인 인생 사이에서 의미있는 연결 고리를 찾아으려 하지 않는다는 사실이 여전히 놀라웠다. 우리 가족들 사이에 큰 진보와 진전이 있었던 건 분명해 보였다. 나는 그때 이미 벽장에서 나와 있었으나 여전히 가족의 일원이었으며 아무것도 숨기지 않고 있었고, 할머니만이 무덤에 갈 때까지 나의 마지막 비밀을 몰랐다. 우리 가족과 친척은 더이상 이 주제를 금기시하지 않았지만 대화를 듣다보면 그들이 벽장 속 삶에 내재된 고통을 성찰하지 못했다는 사실이 훤히 보였다. 그때 갑자기, 나 자신 또한 벽장 속 삶에 내재된 고통을 통찰할 줄 몰랐다는 걸 깨달았다.

나는 사실 수치심 때문에 할머니에게 커밍아웃하지 않고 있었다. 할머니가 게이 아들에게 쏟았던 애정을 알았다면 할머니가 나를 있는 그대로 사랑할 기회를 결코 저버리지 않았을 것이다. 나는 술잔을 내려놓고 내가 얼마나 많은 양파를 다루어야 했는지, 그 많은 양파 중 얼마나 많은 양파가 내 수프의 일부가 되지 못했는지 생각하기 시작했다. 양파들은 아직 너무 날것이었으며 지독하게 매웠다. 그 생각과 함께 트라우마가 나를 덮치기 시작했다. 나에게 가해진 그 폭력, 학대, 강간…… 그리고 뒤죽박죽 섞인 이 어두운 기억들 속에서 아직도 내면화한 수치심의 덩굴에 꽁꽁 묶여 있는 내가 보였다.

약불로 줄이기

엄마는 공항에 언니를 데리러 갈 시간에 맞추기 위해 나를 비행기 출발 시간보다 훨씬 앞서 공항에 내려주었다. 적어도 비행기를 놓칠 일은 없었기에 상관없었다. 그렇게 터미널 계단을 내려오는데, 학생들이 길을 막고 있었다. 뭉쳐 있는 십대들을 떼어놓는 것보다 물을 갈라놓는 것이 더 쉽다는 걸 알고 있던 나는 방향을 틀어 벽에 붙어 걸었다. 솔직히 말하면 나는 아직도 십대가 무섭고 그건 충분히 그럴 만하다고 생각한다. 학교에서 조금이라도 따돌림을 받아본 사람이라면 중·고등학생들에게 두려움을 품을 수 있다. 어쨌건 그 아이들은 설령 나를 봤다 한들 내가 지나갈 수 있도록 길을 비켜줄 생각도 하지 않는 듯했다. 이건 문제가 되지 않았다. 나는 청소년을 판단하기에 앞서 이들의 안녕과 복지를 걱정하는 편이었다. 인생에서 가장 불안하고 두려운 시기를 헤쳐가고 있는 세대인데, 자리 좀 많이 차지하는 게 무슨 대수일까?

하지만 가급적 그애들과 멀리 떨어진 자리를 찾아다니며 누가 이 아이들에게 공공장소는 공유 공간이라는 사실을 가르쳐주어야 할지 궁금해졌다. 내 질문에 대한 해답은 곧 나타났다. 배가 나온 두명의 남자 회사원이 청소년들 한가운데를 뚫고 지나가는 것이었다. 이들은 보폭을 줄이지도, 본인들만 중요하다고 생각하는 대화를 중단하지도 않았다. 또한 자신들이 흩어놓은 집단의 약 4분의 3이 공개적으로 적대적인 눈길을 보내는데도 전혀 영향을 받지 않았다. 저 사람들 학교에서 괴롭힘당한 적이 한번도 없나보지. 혼자 생각했다.

"요즘 애들 무서워!" 둘 중 하나가 이렇게 툴툴거렸다. 둘은 내 맞은편에 털썩 앉은 다음 그들 사이 빈자리 세곳에 신문과 가방을 쌓아두었다. 그러고는 등받이에 몸을 기댄 채 다리를 어이없을 정도로 쩍 벌리고, 소리 지르기인지 대화인지 헷갈리는 의사소통을 재개했다.

이 사람들에게 공공장소가 공유 공간이라는 사실은 누가 가르쳐야 하는 걸까?

두 사람이 타깃층을 공략하고, 보너스를 받고, 분기별 보고서를 마무리했다는 등의 이야기를 하고 있을 때 나는 이 둘이 자기들 목소리가 들릴 만한 곳에 있는 사람들에게 주고 싶어 하는 인상보다 얼마나 덜 인상적인 사람들인지에 관한 목록을 만들기 시작했다. 우선 이 사람들은 큰 목소리로 이야기했다. 여기서 나는 그들이 별반 중요한 말을 하지 않고 있거나 중요한 정보를 가졌어도 신뢰할 수 없는 사람들이라 판단했으며, 둘 중 어느 쪽이 됐든 낮은 점수를 주었다. 다음으로 두 사람은 같은 녹색 깅엄 셔츠를 입고 있었는데, 이건 같은 회사에 다니는 이들의 유니폼이라는 의미로 받아들였다. 유니폼을 입는다는 것은 어른에게도 학생에게도 마찬가지 의미를 띤다. 한마디로 대단히 높은 지위의 사람은 아니라는 뜻이다. 여기서 하나 더 체크했다. 그러고 보니 두 남자 모두 만화 캐릭터 양말을 신고 있었던 거다. 아빠를 싫어하는 애들이 선물한 양말이구나. 모름지기 참신한 양말이란 개성만 빼고 다 갖춘 성인 남성에게 주는 선물이다. 그 시점에서 그들에게 약간의 연민이 생기기 시작했다. 세상에서 그토록 많은 공간을 차지하는 남자들에게 연민까지 느끼다니 신기한 일이었다.

이 두 남자에 대한 경멸을 다시금 끌어내려고 하는 찰나 누군가 내 이름을 불렀다. 누가 나를 알아본다는 것 자체는 그리 놀라운 일은 아니었다. 내가 호바트의 『머큐리』 신문에서 그림 십자말풀이의 힌트가 된 이후로 태즈메이니아에 오면 날 알아보고 아는 척하는 사람이 많아졌던 것이다. 하지만 이번엔 내 이름을 부르는 느낌과 방식이 좀 남달랐다. 내 성과 이름을 연결해 부르는 이 사람이 왠지 어린 시절 학교의 동창인 듯한 느낌이 들었다.

얼굴이 매우 낯익고, 분명 같이 학교를 다닌 것 같긴 했지만 누구인지는 기억나지 않았다. 가능한 한 친절하게 인사를 하려고 일어서는데 상대가 내 얼굴에 새겨진 혼란을 알아봤는지 바로 자신의 이름을 밝혔다. 안타깝게도 그의 이름은 스미스턴에서 세집 걸러 하나 있는 이름이었기에 여전히 누군지 기억이 나진 않았다. 그는 이름에 걸맞은 뮬렛 머리를 했고 옷은 최근에 세탁기를 방문한 적이 없어 보였으며 입에선 썩은 담배 냄새가 났고 내 생각엔 캔으로 된 버번 위스키 냄새도 함께 났다. 그러나 그 냄새가 정확히 무엇인지 즉각 알아챘다는 것은 나 또한 그를 판단할 수 있는 위치가 아니라는 걸 의미한다.

"네 오빠하고 같은 학년이었어." 내 얼굴에 떠오른 숨기지 못하는 혼란을 알아보고 그가 답했다. 하지만 내 세명의 오빠 중 누구 이야기인지 몰랐고 대화를 짧게 끝내고 싶었기 때문에, 나도 아는 척 미소를 지으면서 앞으로 나누게 될 100퍼센트 어색한 대화에 대비했다.

그가 말했다. "대단하다고 말하고 싶어서." 나는 고개를 끄덕이고 감사하다며 중얼거렸고, 그는 분명 몇분 전에 준비한 듯한 스피치를 했다. 칭찬을 듣는 데 익숙지는 않지만 그래도 공인이 된 뒤로 듣는 척하는 법까지는 배웠다. 그의 할 말이 거의 끝나가고 있는 것 같아 나는 다시 제자리로 돌아오려고 했다.

"아, 진짜 자랑스럽다. 너 되게 잘나가잖아. TV에도 나오고. 말이 되냐고, 우리 스미스턴 출신이? 응? 유명한 연예인도 되고 참 신기하네.” 이 말을 끝내자마자 그가 갑자기 돌아서서 걸어가버리는 바람에, 내가 오히려 어리둥절해져 그의 등을 보며 감사 인사를 중얼댔다. 내 맞은편 남자 한 사람이 우리의 짧은 대면을 지켜보더니 괜히 목에 더 힘을 주고 호기심 가득한 눈초리를 던졌다. 나는 그와 그의 표정을 모두 무시하고 자리에 앉았다.

이 회사원들이 자기들 짐을 들고 자리를 떠서 게이트로 향하자 안도감이 들었다. 그들의 비행기가 나보다 먼저 출발했기에, 나는 같은 자리에 계속 앉아 하나둘 자리를 뜨는 주변 사람들을 지켜보았다. 과거에서 온 그 친숙한 이방인이 줄의 맨 뒤에 서 있었다. 그는 한 남자, 여자와 함께 서 있었는데 세 사람 모두 우리 엄마가 ‘팔자 사나운 사람들’이라 부를 만한 이들이었다. 큰오빠와 같은 학년이었다 해도 그는 나와 열살 차이도 나지 않을 텐데 부모님만큼이나 늙어 보였다. 눈은 바닥으로 내리깔고 어깨는 마치 인간이 점할 수 있는 최소한의 공간을 차지하려는 듯 축 늘어져 있었다. 그와 같은 사람들에게 공공장소는 공유 공간이고 그들도 공간을 차지할 수 있다는 사실은 누가 가르쳐줘야 할까?

거의 다 완성

스미스턴은 항상 살기 팍팍한 곳이었지만, 내가 떠난 뒤 20여 년 동안 자원 박탈 후 이윤만 챙기고 다른 대안 없이 이 도시를 떠나버리는 기업의 횡포 때문에 더 황폐해졌다. 나 역시 가끔이라도 찾는 곳은 아니었던지라 그곳은 내게 일종의 타임캡슐로 남아 있었다. 가끔 학교 친구들이 페이스북으로 연락을 해오기도 했으나 내가 살던 동네는 어린 시절이라는 스노볼 안에 부유하는 추억 같은 느낌으로 존재했다.

마지막으로 스미스턴에 간 것은 2009년 고등학교 졸업 15주년 동창회 때문이었다. 공항에서 한번에 한줄씩 게이트를 통과하는 사람들을 보고 있노라니 문득 그 동창회 일이 떠올랐다. 7년은 그리 긴 시간이 아닌 것 같지만, 생각해보면 7년 전의 나는 아주 다른 사람이었다. 먼저 나는 특이한 양말에 그렇게까지 강한 의견을 갖는 사람은 아니었다.

동창회 초대장을 받았던 즈음 스미스턴은 한창 살인 사건 뉴스로 떠들썩했다. 두 남자가 자택에서 살해되었고 범인은 얼마간 도주하다가 검거되었다. 잔인한 사건이었는데도 약간은 재미있어하며 기사를 따라갔는데, 펭귄이라는 마을에서 일어난 일이기 때문에 기사 헤드라인이 이러했다. "살인 무기를 찾는 펭귄 경찰." 그러자 머릿속에서 이 사건은 더이상 끔찍한 범죄가 아닌 'CSI 남극'의 환상적인 에피소드가 되어버렸다.

그러나 살인자가 스미스턴 출신이고 토마호크를 사용하여 게이인 옛 연인과 그의 아버지, 두 남자를 살해했다는 사실을 알게 되자 내 즐거운 상상은 사라졌고 이내 나는 불안해져서 동창회 출석을 재고하기도 했다. 이 무렵 태즈메이니아 북서부 해안이 공식적으로 오스트레일리아에서 가장 동성애 혐오적인 지역으로 이름을 떨치고 있었다는 사실도 영 도움이 되지 않았다. 하지만 결국 동창회에 가긴 갔다. 나는 코미디언이고, 재료를 얻기 위해 삶을 채굴하는 것이 내가 하는 일이니까.

동창회는 엄청난 행사는 아니었지만 여기서 괜찮은 이야깃감을 건져왔으니, 그것이 2011년 내 스탠드업 쇼 「미시즈 처클스」Mrs. Chuckles의 주요 소재가 되기도 했다. 여기서 이 쇼의 내용을 자세하게 풀어놓지는 않을 셈인데, 그뒤로 나의 인지도는 완전히 달라졌기 때문에 지금 그때 했던 이야기를 하면 댓글 테러를 당할 수도 있을 것 같아서다. 그래도 스미스턴의 도끼 살인범에 관한 동창생들의 대화 일부는 공유하고 싶다. 우리 모두는 그 사건 앞에서 느낀 충격과 경악을 털어놓고 있었고, 우리가 살던 동네에서 일어난 사건이라 믿기 더 어렵다고 했다. 우리 가운데 범인을 직접 보거나 만났던 사람이 많진 않았지만 할아버지의 별명을 물려받는 마을에서 그건 중요하지 않았다. 처음에는 예상 가능한 반응이 나왔고, 당연히 나는 다들 토마호크로 사람을 살해했다는 사실에 충격을 받은 줄 알았다. 그러나 같이 이야기 나누던 동창 둘은 자기들이 "빌어먹을 진짜 호모"를 알고 지냈다는 사실이 더 무섭고 끔찍하다고 했다.

그 순간, 몇년 동안 고통스럽게 쌓아올린 보호막이 한번에 무너져버리는 느낌이었다. 그날 저녁 다른 일도 많았고 그건 한순간에 불과했다. 하지만 그 순간만이 내가 가질 수 있는 유일한 순간 같았는데, 예전 버스 정류장에서 벌어진 또다른 사건의 순간으로 나를 다시 밀어넣었기 때문이었다. 동창회 이야기는 더 할 말이 없다. 트리거에 눌려 공황상태에 빠졌고, 맥주를 퍼 마셨고, 밤이 깊어지도록 술을 마시고 토하고 필름도 끊겼다. 아마 나는 그날 저녁 꽤 잘 노는 사람처럼 보였을 것이다.

공항에서 스미스턴 출신의 친숙하고도 낯선 사람을 보니 이상하게 마음이 불안해졌는데 처음에는 그 이유를 이해할 수 없었다. 그 남자는 어쩌면 내가 어릴 때 무서워했을 만한 사람이었고, 그 시기 나를 구석에서 꼼짝 못 하게 만든 사람들의 특징을 대표하기도 했다. 나는 10년 동안 무대에 서고 자신감을 쌓은 뒤에야 마침내 세상에서 정당한 내 공간을 차지하는 것이 편안해졌다. 내가 같은 공간에 있는 사람들 사이에서 가시화되거나 존경을 받거나 심지어 안전하다고 느낀다는 말은 아니다. 다만 더이상 내가 보통 사람보다 못난 사람이니 구석에 찌그러져 있어야 한다는 가정 아래 살고 있지는 않다는 뜻이다. 아마도 더이상 수치심에 지배되진 않기 때문인 것 같다.

스미스턴 출신의 친숙한 낯선 사람이 마치 땅이 자기를 삼켜주길 바라는 듯 발밑을 내려다보는 모습에서 예전의 내가 생각났다. 그가 몸을 꼬고 어깨를 앞으로 굽혔다 뒤로 폈다 하는 모습이 눈에 들어온 건 내가 그랬었기 때문이었다. 그는 심드렁하게 말했고 각각의 단어를 분명히 발음하지 않았으며 문장 끝을 흐렸다. 나도 그랬다. 이 남자가 깊은 수치심 속에 살고 있다는 것을 나는 알 수 있었다.

그렇게 연결하고 나자 동성혼을 국민투표에 올리는 일이 얼마나 잔인한지 이해하게 되었다. 나는 다시 논쟁의 여지가 있는 시민으로 내몰렸고 어쩔 수 없이 스미스턴 출신의 친숙한 낯선 사람 같은 인류와는 대립적인 장소에 서 있게 될 것이 뻔했다. 하지만 우리 둘 다 세상에서는 중요하지 않은 사람이었고, 우리 둘 다 이해하지 못하는 과정의 총격전 속에 갇혀 있었다. 우리 둘의 차이점은 그래도 그는 한때 세상을 약속받은 적이 있었고 나는 그런 적이 한번도 없었다는 것이다. 따라서 그가 언더도그underdog였다면 나는 그냥 도그dog였다.

천천히 휘젓기

나의 친구들인 조이 쿰스 마르와 리스 니콜슨은 그해 멜버른 코미디 페스티벌 중에 무대에서 결혼식을 올릴 예정이었고 나에게 축사를 부탁했다. 나는 그 자리에서 동의했고 1분 뒤에 후회했다. 일종의 항위 시위 같은 이벤트였다. 사실 두 사람에게는 각각 오래된 동성 배우자가 있었고, 그 무대는 결혼 불평등이 얼마나 터무니없는지 보여주고 싶어서 기획한 무대였다. 그들은 무대에서 웃음을 선사하기 위해 결혼할 수는 있었지만 사랑하는 동반자와는 결혼할 수 없었다. 탁월한 공연가들의 탁월한 아이디어였다. 그해 페스티벌에서 두 사람의 단독 공연은 페스티벌의 주인공이기도 했다. 조이의 쇼인 「트리거 워닝」은 그해 '베스트 코미디 쇼' 상을 수상했는데, 이는 드디어 늦게나마 여성 코미디언이 인정을 받은 기념비적인 순간이었다(이에 대해선 나중에 더 이야기하자). 개인적으로 조이의 쇼는 내가 라이브로 본 공연 가운데 가장 훌륭한 작품이었다. 퀴어 여성이 코미디를 통해, 해로운 남성성이 가진 최악의 특징들을 명랑하고도 인정사정없이 공격하는 모습을 보면서 얼마나 카타르시스를 느꼈는지 모른다. 어지러울 정도로 복잡하면서도 발랄한 메타 공연이었다.

조이와 리스가 계획한 결혼식 '이벤트'는 왁자지껄한 코미디의 향연으로 내가 가장 좋아하는 동료인 제럴딘 히키, 에이드리엔 트러스콧, 주디스 루시, 데니즈 스콧도 참여할 예정이었다. 그러나 공연이 다가오면서 무대에서 취해야 할 내 입장을 심각하게 고민하기 시작했다. 관객들을 웃기고 싶은 충동이 내 안에 하나도 남아 있지 않았던 것이다.

어릴 적에 태즈메이니아가 동성애 혐오의 마스코트였다는 사실을 생각하면 점점 더 화가 치밀었다. 영 잘못 붙은 딱지는 아니었지만 마치 태즈메이니아 자체가 고립된 동성애 혐오의 고장인 양, 일반 오스트레일리아 국민과는 동떨어진 이질적인 사람들만 사는 곳이라는 인상이 굳어진 건 잘못이었다. 공적인 기록상으로 이러한 관점이 수정된 적도 없었다. 사실 유해한 논쟁을 조장한 정치인 중에는 본토 출신이 많았으며, 이들 중 다수가 결혼 평등 논쟁에서도 가장 억지스러운 주장을 펴고 있었지만 이 사실을 인정하는 사람이 한명도 없는 것 같았다.

내가 어렸을 때 시민들의 증오를 불붙이고 선동하던 '보수당' 정치인들이 이번에도 똑같은 전략을 들고 나왔다는 사실을 팸플릿에서 확인할 필요는 없었다. 이 정치인들은 무너져가는 지역사회의 좌절을 이용하여 주민들로 하여금 도시에서 멋진 삶을 살고 있는 것처럼 보이는 게이 커뮤니티에 불만을 터뜨리게 만든다. 낮은 교육 수준과 동성애 혐오 사이에 상관관계가 없는 건 아니다. 하지만 정치인들은 교육에 투자하는 대신 증오에 투자한다. 이런 호전적이고 살벌한 정치가들이 오스트레일리아 정치 판도를 좌우하고 있었고, 이런 지형 아래 여러 복잡다단한 변화를 겪고 있는 지역사회가 필요한 지원을 받지 못한다는 건 나도 잘 알고 있었다. 그 때문에 마음이 무너질 것 같았다.

내가 직설적이고 진지한 연설을 하면 어떻겠느냐는 제안을 하자 조이와 리스는 한없이 관대하고 너그럽게, 얼마든지 하고 싶은 대로 하라며 허락해주었다.

그들의 쇼는 대성공이었다. 비록 내가 중간에 진지함을 잔뜩 뿌리긴 했지만 전체적으로 너무나 웃기고 정치적이고 즐거운 잔치였다. 돌이켜보면 그날은 결혼 평등 논쟁이라는 이 난리통에서 내가 나 자신의 고통에 짓눌리지 않고 참여할 수 있었던 유일한 시간이기도 했다. 또한 코미디언이 된 이후 경쟁과 긴장은 하나도 찾아볼 수 없는 대기실을 경험한 것도 처음이었다. 그날 밤 무대에 오른 우리 모두는 공통된 목적의식을 가진 동지였고 이번만큼은 관객과 무대가 그야말로 하나가 되어야 한다는 걸 이해했다. 목소리만 크고 자아는 연약한 사람들에 의해 정의되지 않은, 내 이상 속 코미디 업계를 잠시나마 엿본 것 같았다.

나의 축사

우리는 오늘 리스 니컬슨과 조이 쿰스 마르의 결합을 축하하기 위해 이 자리에 모였습니다. 이 결혼식 이면의 콘셉트는 벽장에 익숙한 사람이라면 누구나 친숙할 겁니다. 정상적으로 살 수도 있는데 왜 행복해야 하니?(『오렌지만이 과일은 아니다』의 작가 재닛 윈터슨의 회고록 제목 'Why Be Happy When You Could Be Normal'로, 양어머니가 재닛 윈터슨이 레즈비언임을 고백하자 한 말—옮긴이) (재닛 윈터슨 작가님 감사합니다).

이게 진짜 결혼일까요? 나는 진짜 여자일까요? 많은 사람이 아니라고 말해왔습니다. 그러나 오늘은 설마 그렇게 말하지 못하겠죠. 적어도 이 공간에서는 안 할 겁니다. 여러분이 오늘 저녁 목격하고 있는 것은 항의가 아닙니다. 축하입니다.

우리 모두 알다시피, 결혼이란 오로지 남성과 여성의 배타적인 결합일 뿐이었습니다. 비록 리스와 조이의 결합에서 우리는 배제되었을지라도 이 자리에서 케이런과 케이트는 언급하고 싶습니다. 조이와 리스의 *장기적* 동반자인 그 두 사람에게는 이 배타적 관계가 더욱 특별할 거라 생각합니다.

그러나 퀴어라면 배제에 익숙합니다.

조이와 리스는 '시드니 게이·레즈비언 마디그라'에서 자신의 라이프스타일을 과시하다가 처음 만났다더군요. 왜냐하면 조이와 리스는 서로 만나기 전에도 게이였기 때문이죠. 그리고 그들 자신이나 다른 사람이 인정하든 안 하든 계속 게이일 겁니다. 원래 이렇거든요. 선택이 아닙니다.

그러나 동성애가 선택이 아니라고 해서 동성애자들이 선택을 좋아하지 않는다고 생각진 말아주세요. 눈먼 사람도 보고 싶어 합니다. 다리 없이 태어난 사람도 우주를 여행하고 싶어 합니다. 중성화한 개도 여전히 땅콩 주머니 만지는 걸 좋아하잖아요.

우리 동성애자들도 기술적으로는 사실상 동일한 권리에 접근할 수 있다는 것을 알고 있습니다. 결혼하지 않기로 한 이성애자 커플도 세상에 많으니까요. 그러나 다시 한번 선택이란 단어를 고려해주시길 바랍니다. 에어컨을 제공해주는 것과 추운 곳에 내버려두는 것은 다르잖아요.

배제는 단순한 행동이 아닙니다. 당신이 누군가에게 '아뇨. 이곳에 가입 못 합니다. 당신은 이 커뮤니티에 속하지 않아요'라고 말했다면 그 문장의 끝은 이야기의 끝이 아니지 않을까요? 개인에게 트라우마가 나타나는 결과를 가져오겠죠. 이건 동료 인간을 적극적으로 고립시키는 구조적 폭력입니다.

여러분은 리스와 조이의 친구·가족·지인이고 같은 사회의 시민이기에 오늘 저녁 여기에 있으며, 여러분이 이 자리에 함께했다는 건 이 두 사람에게 매우 중요합니다. 여러분이 돈을 내고 티켓을 사서 들어왔다는 점도 중요하겠죠. 두 사람은 이 결혼의 신성함을 유지하길 원하거든요. 결혼 제도란 근본적으로 사랑 어쩌고저쩌고만 빼면 언제나 훌륭한 금융거래 아니었습니까?

동성혼을 반대하는 사람들이 가장 흔하게 하는 주장이 뭘까요? '우리 자녀들을 생각하라'죠.

물론 사람들은 동성혼에 대해 교회에서 하는 말을 듣습니다. 교회가 결혼의 수호자라고 생각하는 사람도 많으니까요. 하지만 전혀 그렇지 않습니다. 그리고 교회가 아이들의 보호자가 되어서도 안 됩니다.

저 개인을 위해 동성혼 합법화를 주장하는 건 아닙니다. 사실 저는 결혼하긴 너무 늦었어요. 제 오랜 친구인 배제 덕분에 현재 제 안의 사랑은 죽었습니다. 리스와 조이는 삶의 전성기에 있습니다. 이 아름답고 재능 있고 밝고 불꽃같은 이들에게는 아직 희망이 있습니다. *그렇다 하더라도* 동성혼 합법화가 이 두 사람만을 위한 것도 아닙니다.

리스와 조이는 이 세상 아이들을 생각하며 이 결혼을 합니다. 그저 어리고 약한 퀴어 어린이들 때문만은 아닙니다. 물론 오늘 저녁의 수익은 LGBTQI 청소년 복지를 지원하는 단체에 기부됩니다.

리스와 조이는 이 세상 *모든* 아이를 위해 이 결혼을 합니다. 현재 이 나라에서는 소수를 배제해도 괜찮다고 *모든* 어린이에게 말하고 있습니다. *친구를 괴롭혀도* 괜찮다고 말하고 있습니다.

안팎으로 사랑과 존경으로 가득 찬 이들의 결합을 통해 모든 어린이에게 말하고 싶은 것은 포용하는 건 포용되는 것*만큼* 중요하다는 것입니다.

실은 이곳이 이 이벤트를 축하하는 친구와 가족으로 가득하다는 걸 알고 있어요. 마치 성가대에게 목사가 설교하듯 이미 다 알고 이해하는 사람들에게 뻔한 말을 하고 있는 거라 볼 수도 있겠죠?

하지만 우리 성가대도 존나 신나고 재밌는 시간을 보내야 하지 않겠습니까?

수치심이 끓어 넘치다

시차로 피곤한 상태에서 소셜미디어를 스크롤하는 실수를 저지르고야 말았다. 왜 내가 오스트레일리아가 아닌 런던에 있으니 내 존재 가치에 대한 의견이 나에게 도달하지 않을 거라 생각했는지 모르겠으나 어쨌든 내 SNS 피드를 가득 채운 동성혼에 관한 온갖 의견에 충격을 받았다. 기가 찼다. 왜 또 이런 일이 일어나고 있는 걸까? 어쩌면 지독하게 시차 적응이 안 되어서 그랬는지 이번에는 우아하게 처신하지 못하고 내 마음에 떠도는 생각의 일부만 옮겨보기로 했다. 글을 쓰고 페이스북 게시 버튼을 누르자마자 잠이 쏟아졌다. 나는 곧 깊은 잠에 빠져들었다.

일어났을 때는 후회로 몸서리쳤다. 굳이 잠이 들락 말락 할 시점에 세상과의 소통을 시도할 필요는 없었다. 더 최악인 건 나의 진심을 전혀 숨기지 않았다는 점이었다. 코미디언이 비난받고 거부당하는 대표적인 이유 하나는 진심이었다. 대체 무슨 짓을 저지른 거야? 다시 비몽사몽인 채로 로그인을 하며 피할 수 없는 조롱에 마음의 준비를 하는데, 이번엔 더 놀라운 일이 있었으니 내 게시물이 삽시간에 퍼졌다는 점이었다. 조회수가 폭발적이었다. 내 공연 관객보다 많은 사람이 그 게시물을 읽었다. 그런데 문제는 내가 올린 글이 하나도 웃기지 않는다는 거였다. 왜 나의 유일한 장기도 발휘하지 못했단 말인가? 이러면 나는 뭐가 되는 거지? 그런데 왜 욕설과 비난이 쏟아지지 않지? 다들 나한테 좋은 말만 해주고 있네? 이해가 안 돼서 그냥 다시 자버렸다.

그날의 페이스북 게시글

오랜만에 페북 포스팅을 한다. 그냥…… 이 국민투표가 한심해서 견딜 수가 없다. 결혼 평등을 둘러싸고 계속되는 논쟁을 보면 위가 뒤집어지는 것만 같다. 당연히 내 위가 예쁜 모양으로 뒤집어질 리는 없다.

솔직히 말하면, 나야 워낙 관계를 유지하는 데 소질이 없기 때문에 동성혼 합법화가 꼭 이뤄져야 하는 사람도 아니다.

내가 열받는 건 태즈메이니아가 동성애 비범죄화 여부를 논의하던 1990년대에 내가 강제로 들어야 했던 그 끔찍한 헛소리를 우리 어린 이들이 또 들어야 한다는 사실 때문이다. 많은 사람에게 그 논쟁은 그냥 연극일 뿐이었다.

나에게 그건 무엇이었을까? 그 논쟁에서 나오는 말들 때문에 나 스스로를 죽도록 미워하게 되었고, 그 덕분에 결국 관계 유지에 소질이 없는 사람으로 성장했다.

1990년대 중반의 나는 마음을 여는 법, 상처 난 가슴을 어루만지는 법, 거절에 대처하는 법을 배우고, 청춘의 사랑에 따르는 모든 어리석은 행동과 결과를 온몸으로 겪으며 성숙한 어른으로 한걸음씩 성장해가야 했다.

하지만 그 소중한 시기에 난 무얼 배웠는가. 마음을 닫고 자기혐오 속에서 조용히 곪아가는 법만 배웠다. 언론과 방송에서 재생되는 끔찍한 목소리와 생각을 보고 들으며 내가 하찮은 인간, 인간 이하의 존재라는 것만 배웠다.

이런 목소리는 다른 사람들에게 나를 그들보다 못한 사람으로 취급해도 된다고 허락한다. 말로 무시하고 시선으로 무시하고 때로는 폭력을 써도 된다고 말한다. 지금까지도 매일 그 시절 형성된 불안감과 낮은 자존감을 이겨내기 위해 애를 쓰며 살아야 한다. 물론 예전만큼 무너져내리지는 않지만 앞으로 완전히 여기에서 자유로워질 거라고 기대하지도 않는다.

내 인생의 취약한 시기에 그런 거지 같은 일이 안 일어났다면 내가 얼마나 더 훌륭한 사람이 되었겠는가.

이 국민투표 논쟁이 또 한번의 증오 경연대회가 될 것 같아 우려된다. 특히 긍정적인 목소리로부터 고립된 지역의 사람들이 걱정된다. 이 망할 국민투표를 꼭 해야 한다면 증오로 가득한 논평자들은 코빼기도 보이지 않게 하자. 따지고 보면 한줌밖에 안되는 사람들인데 오락과 자극을 위해 온 세상이 그들에게 마이크를 쥐여준다.

이런 종류의 오락과 자극은 어떤 젊은이들의 삶을 망친다……. 그 중 누군가의 삶을 끝장낼 수도 있다. 그런 대가를 치르면서까지 과연 표현의 자유가 있어야만 할까.

망할 국민투표. 꺼져줘 좀.

소금 한꼬집 추가

내가 기획한 다큐멘터리 「누드의 미술사」Nude in Art 제작 승인이 났을 때는 잠시 천국으로 이사한 줄 알았다. 내게 찾아온 행운을 믿을 수 없었다. 첫사랑이 직업으로 연결되다니 마냥 감격스러웠다. 나는 내 존재의 이유를 찾던 고통스러운 십대 시절부터 서양 누드의 역사를 탐구했고, 그뒤로 계속해서 이 주제에 몰두해왔다. 그러나 안타깝게도 이 프로젝트는 내 경력에서 최악의 경험으로 남고야 말았다. 나는 이상적인 미의 개념이나 카논canon이 깨졌음에도 오늘날까지 서양 누드 회화나 조각의 역사에 이어지는 백인 중심적이고 제한적인 서사를 깨뜨리고 싶었지만, 이 작업을 하면서 계속 벽에 부딪혔다. 아마도 한 예술가로서 이 주제가 나에게 얼마나 중요한지 제대로 설득해내지 못했다는 점이 가장 큰 문제요인 같았다.

한 인터뷰에서 만난 화가는 나를 똥멍청이로 보았고 자신의 첫인상을 끝까지 바꾸지 않으려 했다. 아주 웃기긴 했다. "지구상 모든 문화는 예술을 통해 인체를 숭상합니다." 그는 틀린 주장을 확고하게 내밀었다. 실은 그 작가 작품의 중심 모티프 하나가 고대 그리스적 이상의 분명한 메아리였기에 그가 '카논'에 얼마나 한결같은 존경을 보내는지를 듣고도 놀라지 말았어야 했다. 그러나 나는 놀랐다. 그래서 이슬람 예술이 '문화'의 자격을 충족하지 못한다고 생각하는 이유가 뭐냐 물었다. 내가 질문을 그다지 조리 있고 명확한 문장으로 만들지는 못했는지 그는 자신의 총체적 일반화 속 확연한 오류를 설명할 의무를 느끼지 않고 계속해서 자신의 '요점'만 전달했다. 내가 왜 당신은 한가지 체형만 반복해서 그리느냐고 묻자 그는 "이상적인 인간의 모습이 인간의 조건을 가장 잘 표현하기 때문"이라고 답했다. 그럼 이상적인 인간의 모습이 어떤 모습인지 어떻게 아느냐고 묻자, 그는 비웃고 나서 고대 그리스 예술의 지속적인 인기와 숭배는 이상적인 인간의 모습이라는 게 보편성을 띤다는 증거 아니겠느냐고 했다. 이에 나는 왜 어떤 문화는 서구에 의해 식민지가 된 뒤에야 이른바 이상적인 인간의 모습을 알게 되었는지 물었다. 내가 그의 논리를 흔들어놓았다는 건 알았지만 그는 더이상 나와 상대하고 싶지 않았는지 손을 흔들어 꺼지라는 신호를 보냈다.

또다른 인터뷰 상대였던 인체 드로잉 강사는 미의 개념에 대한 강의가 필요하다고 생각했는지 자리에서 일어나 「빌렌도르프의 비너스」 복제품을 꺼내 나에게 건네주었다. 셀룰라이트로 가득 찬 작은 몸은 내 몸매와 상당히 흡사했고, 내가 해체하고자 한 고대 그리스의 이상보다 전 시대의 작품이었으므로 본래 하려던 대화를 시작하기에는 완벽한 오브제라 할 수 있었다. 그러나 그 강사는 대화보다는 맨스플레인 전문가인 것 같았다. 나도 처음에는 적극적으로 참여하려고 했으나 그가 자신이 준비한 내용만 일방적으로 전달하자 마음이 식어버렸다. 인내심을 유지하려 애썼지만 그가 눈을 감고 환희에 젖은 표정으로 이 「빌렌도르프의 비너스」가 미녀의 상징이라고 하기에, 더이상 예의를 갖추지 못하고 그건 헛소리라고 말해버렸다.

나는 미에 대한 우리의 이해가 고대 그리스인들에게 물려받은 것이기 때문에 그 말이 옳지 않다고 설명했다. 평생 그러한 몸으로 살았던 사람으로서, 그가 옳다면 내 삶은 훨씬 더 수월했을 거라고 본다. 나는 '미'란 사회적 구성물이기도 하기 때문에 그가 옳지 않다고 말했다. 덧붙이고 싶었지만 하지 못한 말은, 나의 산 경험을 지배한 미라는 구성물은 나의 산 경험과 아무 상관이 없다는 것이었다. 내가 협상해야만 했던 미의 구성체는 서구 가부장제 아래 식민주의자들 눈에서 태어난 발명품이다. 여기서 '협상'이라는 말의 뜻은 그 기준에 부합하기 위해 문자 그대로 내 몸을 반쪽으로 만드는 것, 그게 아니라면 내 몸을 일종의 도덕적인 결함으로 여기며 평생 수치심을 느끼거나 거부당하는 것을 의미한다. 하지만 나는 어리석게도 그 아이디어의 일각에 관해서만 답변을 남겼다. 그러자 그때부터 그의 진짜 강의가 시작되었다. "아름다움은 보는 사람 눈에 담겨 있습니다!" 영상을 본다면 내 피가 언제 정확히 끓기 시작했는지 알 수 있을 것이다.

그러나 가장 괴로웠던 건 어느 큐레이터와의 인터뷰였다. 그가 큐레이팅한 전시를 비판하고 싶었지만 매번 방해를 받았는데, 그가 모든 전시실에 적어도 한명의 여성 예술가 작품이 있다며 뿌듯해하느라 바빠서였다. 나는 생각했다. 아니, 한 방에 여자 한명이라니 '은유적'으로든 아니든 여자에게 완전 위험한 상황 아니야?

어떤 시점에서 나는 피카소 그림 한점에 대해 날카로운 질문을 던졌다. 피카소의 어느 그림을 보면 페니스가 그의 '황금 같은 뮤즈' 마리 테레즈 발테르의 잠자는 얼굴 반쪽을 대신하고 있다. 나는 이것이 곧 '티배깅'teabagging〔구강성교의 은유—옮긴이〕 아니겠느냐고 했는데 큐레이터는 내 세속적 용어 사용에 깊은 인상을 받지 못했는지, 자기가 볼 때 그 그림은 사랑과 욕망의 표현일 뿐 다양한 성폭력 중 하나가 아니라며 열심히 설득했다. 가스라이팅이 끝나자 그는 은유가 무엇인지 설명하기 시작했다. 이십대 때 잠자고 있다가 강간을 당했던 사람으로서 나는 그 은유에 별로 관심이 없었다.

그에게 왜 파블로 피카소와 열일곱살 마리 테레즈 발테르의 관계를 낭만적으로 묘사해야 하느냐고 물었다. 누가 봐도 나이 많고 권력 있는 남성과 어린 여성 사이의 학대 관계 아닌가. 큐레이터는 합리적인 질문이라고 하면서 현대의 세계관을 과거에 적용하면 안 된다고 말했다. 나는 그렇다면 우리가 역사를 왜 배우는 거냐고 물었다. 과거와 현재가 아무 공통점이 없다면 갤러리와 박물관을 불태워버리면 되지 않나? 그는 대답하는 대신, 내가 농담이라도 한 듯 웃어넘기며 다음 전시실로 넘어갔다. 그는 무슨 생각을 한 걸까? 코미디언이 역사가와 똑같이 역사를 바라봐야 하나? 나는 예술가이고, 예술이 창조된 세계의 맥락이 아니라 지금 그것을 소비하고 있는 세계의 맥락에서 피카소라는 테마에 관여하고 있다.

그 다큐멘터리에 나와 이 백인 남자들 사이에 흐르던 미묘한 긴장을 모두 담고 싶었다. 그들이 나를 위에서 내려다보며 멍청하고 성차별적인 발언을 하는 장면 하나하나가 흥미 만점이라 생각했기 때문이다. 하지만 제작진은 반대했다. 내가 성난 듯 보이는 것이 내 이미지 관리상 좋을 것 없다는 얘기였다. 난 성나 보여도 상관없었다. 잔뜩 화난 모습으로 나와도 아무 불만이 없었다. 하지만 서양미술에 관한 다큐멘터리에서 내가 어떻게 보일지를 선택할 수 없다는 건 꽤나 그럴싸하고 전형적인 양상 아닌가 싶었다.

나는 현재 사우스오스트레일리아주로 알려진 지역의 코카타/누쿠누족 후손인 유리 공예가 요니 스캐스와의 담화로 다큐멘터리를 마무리하고 싶었다. 인터뷰 과정에서 우리는 식민지화가 오스트레일리아 토착민에게 미친 영향에 관해 풍부한 대화를 나눴지만 슬프게도 그 영상은 편집되고 말았다. 실망은 했으나 놀랍지는 않았는데, 그녀의 작품은 유리 공예가 주를 이루는 터라 인간 신체를 표현하는 작품이 많진 않았고 나는 사람들에게 내가 무슨 말을 하는지 알고 있다는 걸 이해시키는 데 빵점이기 때문이었다. 그러니 이 책에서라도 그때 느낀 나의 생각을 나누고 싶다. 나는 진정 인류의 보편적인 '몸'이란 우리의 호흡뿐이라고 믿는다. 왜냐하면 호흡은 모든 인간의 몸이 경험하는 유일한 것이고 우리 모두가 공유하고 있기도 하니까 말이다. 우리 인간들끼리만 공유하는 것도 아니고, 어떤 방식으로건 우리는 지구상의 모든 살아 있는 생명체와 호흡을 나누고 있다. 지금까지도 나는 서양미술의 기준이나 카논이라 불리는 것들이 우리에게 강요한 시각적 틀에서 벗어나는 데에 오스트레일리아 토착민 여성의 숨결보다 더 나은 매개체는 없을 것 같다고 생각한다.

아마도 내 이런 생각을 명확하게 이해시키지 못했던 것 같다. 다큐멘터리를 제작 지원한 이들이 더 무난하고 보기 편안한 화면과 구성을 원했는지도 모른다. 어쩌면 내가 너무 소수 지향적이었을 수도 있다. 아마도 코미디언이라 진지할 권리가 없었기 때문일지도 모른다. 이유가 뭐였건 간에 결론은 내가 만들고 싶었던 다큐멘터리를 만들지 못했다는 것이다. 그런데 꼭 내가 원하는 일을 해야만 할까? 피카소는 언제든 무엇이든 자기가 원하는 대로 해야만 했던 사람이다. 그리고 세상을 뜰 무렵에는 본인 것이라 할 만한 인간성이 한조각도 남아 있지 않았다.

결국 맛없는 수프를 끓인 걸까

다큐멘터리가 생각대로 안 풀려서 괴로워하는 도중에, 평소 좋아하던 예술가인 클로드 카엉과 나의 관계성에 관한 희곡을 쓰려고 노력하기도 했다. 다큐멘터리 제작보다는 훨씬 즐거운 경험이긴 했지만 내 창작 과정이 코미디가 아닌 다른 표현 수단과는 상충됨을 알게 된 계기이기도 했다. 연극에는 많은 규칙이 있고 나 같은 경우엔 그 규칙이 모두 이해가 되지는 않아서 피하며 일했더니, 다른 사람들이 날 이해하지 못했다. 익숙한 악순환이었지만 여전히 진이 빠졌다.

또다른 대안적 표현 수단은 나 자신의 재능 부족 때문에 멸망의 길로 가고 있었다. 내 페이스북 게시물이 입소문을 타자 『뉴욕타임즈』에서 내가 오스트레일리아의 결혼 평등 논쟁에 관한 칼럼을 쓸 수 있는지 알아보기 위해 접근했다. 가문의 영광이었고 두 번 원고를 제출했으며, 내가 적절한 의견을 개진할 능력이 없다는 사실을 증명할 무수한 증거만 나왔다. 아쉽지는 않았다. 페이스북에 그 문제에 대해 내가 하고 싶은 말은 다 했다고 느꼈고, 공적인 포럼에서 이 질문과 씨름하고 싶은 마음이 없기도 했다. 그러다 1990년대 태즈메이니아주 동성애 법 개정 운동의 핵심 활동가 중 한명인 로드니 크룸과의 만남이 성사되었다. 내가 『뉴욕타임즈』 기사를 쓰기 위해 당신의 두뇌를 빌리고 싶다고 하니 그는 기뻐했고, 우리가 나눈 알찬 대화를 칼럼에 담아 보았지만 『뉴욕타임즈』 편집자가 염두에 둔 논지와는 이번에도 거리가 멀었던 모양이다.

다큐멘터리에 대한 좌절감이 커지면서 나는 글쓰기의 소용돌이에 빠졌고, 어느새 이제 글쓰기를 다른 어떤 작업보다 앞에 두기에 이르렀다. 서양미술사와 현재 사회적·정치적 사건 사이에 흥미로운 연관성이 보이기 시작한 뒤엔 이와 관련한 글을 한편 써서 『뉴욕타임즈』 기자에게 보낸 적도 있다. 결혼 논쟁에 관한 칼럼이 아니라 피카소와 트럼프의 공통점이라는 주제로 쓴 글이었다. 하지만 나의 야심찬 문장인 "예술을 다시 위대하게 만들지 말자"를 제외하고는 아이디어가 엉망이었고, 편집자는 전화나 문자 없이 숨어버리는 애인처럼 나와의 연락을 말없이 끊었다.

상당히 불안 초조하고 우울한 상태였다. 앞서 로드니 크룸과의 대화가 내 문제의 정곡을 찔러놓은 면도 있었다. 그는 나와 같이

1990년대 태즈메이니아를 살았지만 나보다 훨씬 성숙한 인간으로 성장해 있었다. 그는 결혼 평등 논쟁에 적극적으로 참여하고 더욱 건설적인 지도자가 되기 위해 노력하고 있었지만, 나는 그저 혼자 화만 내고 두려워하고 있었다. 그래도 내 안에 바깥세상을 향해 말하고 싶은 뭔가 심오한 주제가 있다고는 느꼈으나 내 창의적 욕구를 배출할 포맷을 찾지 못했다. 다큐멘터리 제작에는 서툴렀다. 내 목소리로 극장을 휘어잡을 수는 없었다. 소셜미디어는 너무 해로운 논스톱 대화처럼 느껴졌고 내 신경생물학적인 체계는 소셜미디어에 참여할 수 있게끔 설정되어 있지 않았다. 내 논점을 논리적으로 개진하는 데엔 소질이 없으면서도 한편 코미디를 하기에는 너무 진지해져버린 것 같았다. 그럼에도 내 아이디어를 퍼뜨리고 싶다는 마음은 간절했다. 우리를 분노케 하지만 당장 말하지 않으면 안 될 것 같은 무언가를 만들어내고 싶었다. 머릿속에 너무 많은 아이디어가 떠돌고 있어서 그중 무엇만 뽑아내야 할지 알 수 없었다.

바로 그즈음 「나네트」를 만났다.

8장

가닥 모으기

새로운 농담을 발명해야 할 때

오늘의 바리스타

나는 작은 지방 소도시에 가면 잔뜩 긴장하고 움츠러드는 편이다. 아마도 그곳에 가면 내가 개 불알처럼 튀기 때문일 텐데, 사실 중성화하지 않은 개는 작은 시골 마을에서 환영받는 반면 개성 있는 안경을 쓰고 비싼 신발에 양복 차림인 부치 레즈비언은 그렇지 못하다. 전날 밤 '워가워가'Wagga Wagga에서 공연을 마치고 저녁 공연이 있는 멜버른으로 운전해서 가는 길이었다. 시간 절약을 위해 공연용 의상을 미리 입은 철저한 준비성에 나 혼자 감탄했지만 차에서 내려 작은 마을의 중심가 인도를 걷는 순간 나의 멋진 차림새는 흘끔흘끔 보기, 흠칫 놀라기, 빤히 보기 등 다양한 시선을 끌어모은다는 걸 알게 되었다.

그래도 그 카페에 들어서자마자 긴장이 스르륵 풀렸다. 나는 원래 할머니 인테리어를 한눈에 알아보는 편이고, 그곳은 할머니풍 인테리어의 성지나 마찬가지였기 때문이다. 테이블 위엔 레이스 인형이 놓여 있고 벽에는 “행복은 가정에서부터” 따위 문구의 십자수 액자가 걸려 있었으며, 계산대 옆에는 랩에 너무 빽빽하게 싸여 있어서 마담 투소가 구운 것 같은 수제 케이크들이 가득 쌓여 있었다. 모든 것이 지금 방금 손걸레질을 한 것처럼 반들반들했고 문 모서리에 붙어 있어 피해야 했던 파리 끈끈이 테이프조차도 방금 갈아둔 듯 깨끗했다. 공기에는 표백제 냄새와 진한 라벤더 향이 섞여 있었고 그 냄새를 맡자마자 마음이 차분해졌다. 내가 제일 좋아하는 인류가 있다면 바로 할머니들이었다.

카페에는 주인도 손님도 보이지 않았지만 바쁜 척하는 외지인처럼 행동하고 싶지 않아 그냥 계산대 앞에서 잠시 기다렸다. 계산대 옆엔 작은 칠판이 있었다. 그리고 칠판에는 분필로 멋지게 쓰려고 노력한 글씨가 있었는데 나이 때문에 힘이 빠진 손가락의 흔들림을 숨길 수 없는 글씨체라 할 수 있었다. 옛날식 전통 필기체로 모든 글자가 손을 잡고 있어 알아보기가 쉽지 않아 가까이 다가가 살펴보았다.

“오늘의 바리스타는 나네트입니다.”

‘낸(할머니)’nan도 귀여운데 ‘나네트’Nanette라면 두배나 사랑스러운 사람을 뜻하지 않을까 하는 생각이 막연히 들었다. 나는 꼬리를 흔드는 강아지에 버금가는 귀여운 누군가를 만날 기대에 혼자 부풀었다.

불시에 나네트가 내 앞에 나타났다. 방금까지 혼자 있었는데 짠! 내 앞에 한 여성이 있었다. 어떻게 내 앞까지 오게 됐는지 알 수가 없었다. 걸어오지도 않았고 미끄러져 들어오지도 않았고, 뭐랄까 착륙했다. 나네트는 계산대 뒤에서 나를 빤히 바라보고 있었다. 그녀는 정사각형 인간이었다. 귀부터 발까지 대체로 직선으로 떨어지는, 우리 할머니의 표현에 따르면 4×4 같은 사람이었다. 햇살 속에 서서 오래 일해야 했던 것 같은, 다소 거친 삶을 살아온 사람의 외모였으며 얼굴은 주름 농장 같았다. 아마 흡연자였을 거라 생각한다. 오른손 중지와 검지에 담배가 남긴 노란 유령이 묻어 있었다. 오늘의 바리스타는 내가 상상한 친절한 할머니가 아니었다. 앞치마를 맨 무서운 보스 같았고 무척 힘세 보이는 사람이었다.

나네트는 나로선 익숙하기 그지없는 찌푸린 시선을 나에게 고정했다. 내가 마치 이 세상의 모든 잘못된 것을 대표하는 사람이라는 듯이 나를 쏘아보았다. 나는 패션 좌파, 동정심 과한 진보주의자, 예술가 나부랭이, 도시의 세련된 게이였다. 나는 '모든 것을 안다고 착각하는' 배운 사람, '진짜 오스트레일리아'와 접촉하기 싫어하는 '해안가 엘리트'였다. 나는 사람들이 매번 나를 대도시에 사는 사람으로 무작정 추측하는 게 싫었다. 그게 싫었던 이유는, 사실이었기 때문이다(당시 멜버른에 살고 있었다). 하지만 나는 도시 출신이 아니고 도시 사람답지도 않다. 나는 도시에서 날개를 달고 살아가는 사람들처럼 빠르게 말하지도, 바쁘게 걷지도 못한다. 작은 시골 마을 출신이지만 시골 마을에 살지 않았던 건 바로 나네트 같은 사람들이 날 환영하지 않는다고 느꼈기 때문이다.

아마도 그 순간 나는 공포에 사로잡혔던 것 같다. 원래부터 거기 있어선 안 될 사람인 양 죄송하다며 얼버무리듯 사과하고 나왔고, 바로 차에 올라탄 다음 누가 나를 쫓아오기라도 하는 것처럼 서둘러 마을을 빠져나왔다. 쫓기지는 않았다. 단지 마음이 상했을 뿐이었다. 나네트와 내가 첫인상에서 받은 편견을 버리고 백지에서부터 시작할 기회가 있었다면, 우리는 친구처럼 대화를 나눌 수 있었을지도 모른다. 그 여성 또한 나처럼 삶에 지쳐 보였다. 열심히 살아온 분이라는 걸 알 수 있었고 그 휘날리는 칠판 글씨가 참으로 멋스럽다고 이야기해주고 싶었다. 하지만 나는 그 여성분에게 기회를 주지 않았다.

상어 얼굴에 주먹 날리기

2017년 페스티벌 시즌에 참가 등록을 할 때 두가지 제목, 그리고 언뜻 경합하는 듯한 두가지 아이디어를 놓고 고민했다.

이미 알겠지만 결국 제목은 '나네트'로 결정이 되었다. 하지만 또다른 강력 후보가 있었으니 '상어 얼굴에 주먹 날리기'라는 제목이었다. 내용상으로는 '나네트'보다 더 적절한 제목이었을지 모르지만 나는 상어를 좋아하기에 그 제목으로 가지 않아 다행이라 생각하고 있다.

그건 끔찍한 이야기를 들려준 끔찍한 청년에게 영감을 받아 지은 제목이었다. 이야기인즉, 그 청년이 프리다이빙을 하고 있을 때 상어가 계속해서 그의 은닉처에 있던 물고기를 훔쳐갔다고 한다. 그는 다음번에 상어가 물고기를 훔치려고 하면 본때를 보여줄 요량으로 매복하고 기다렸단다. 아니, 인간이 상어에게 무슨 본때를 보여준단 말인가? 상어 얼굴에 주먹을 날릴 생각을 하는 사람은 세상에 아마 없을 것이다. 하지만 이 사람은 그런 괴이한 일을 해냈고, 상어는 그의 손가락 두개를 수거하는 것으로 복수했다. 그가 손가락을 잃은 부분까지는 좋았다. 하지만 만약 그 멍청이가 모든 사람에게 상어의 공격이 온당치 못하다고 말하지 않았더라면, 그래서 상어가 결국 붙잡혀 죽임을 당하지 않았더라면 훨씬 더 훌륭한 이야기가 되었을 것이다. 아직도 그 인간이 싫다(그 사람의 성기 중앙에 주먹을 한대 날리고 싶다).

그러나 내가 상어 제목에 붙인 대부분의 소재들은 이 제목에서 보이는 공격성과는 거리가 멀었다. 사실 나는 색깔을 주제로 한 시간짜리 쇼를 쓸 생각을 하고 있었다. 오랫동안 파란색에 매료되었던 나에게는 매우 각별한 주제이기도 했다. 다만 매기 넬슨이 강렬하고 시적인 책 『블루엣』에서 이미 파란색에 대해 이보다 더 잘 쓸 수 없을 만큼 훌륭한 글을 썼기에 그보다 더 잘 쓸 자신이 없었다. 그래서 '나네트'로 가기로 했다.

2010년 에든버러 프린지 이후 파도바에 있는 조토 스크로베니 예배당을 방문했고 아마 그때부터 파란색의 아름다움과 힘에 집착하기 시작한 것 같다. 예배당을 가득 메운 프레스코화의 청금색에 완전히 압도되어 아무 생각도 할 수 없었다. 지금까지도 이 작품은 아무런 생각의 개입 없이 내가 본능적으로 이끌리는 몇 안되는 예술 작품 중 하나이기도 하다. 그저 경이롭다는 느낌만

이 나를 한참 동안 감쌌다. 하지만 퍼스에서 오스트레일리아 서부 해안을 따라 엑스머스까지 갔던 로드 트립에서 처음 파란색에 깃든 치유의 힘을 알게 되었다. 구름 한점 없는 푸른 하늘, 인도양의 짙푸른 바다와 청록빛의 닝갈루 리프가 겹쳐지던 수평선을 몇 시간이고 바라보면서 내 생애 가장 깊고 평화로운 호흡을 했다.

해미시는 마흔번째 생일에 고래상어와 수영할 수 있는 바다로 여행을 떠났고, 나도 해미시를 보러 그곳에 갔다. 스노클링 장비의 도움 없이 이 근사한 생명체와 수영을 했다면 훨씬 환상적이었을 것이다. 그래도 이 점잖은 신사 같은 커다란 동물이 천상의 빛을 내며 오직 파란색만 가득한 바닷속을 유유히 헤엄칠 때 나도 옆에서 함께 수영한 것은 내가 겪은 가장 천국과도 같은 경험이었다.

당시 나는 이 세상을 감각적으로 경험하는 일의 복합적인 면을 이제 막 이해하기 시작하고 있었다. 사실은 너무 많은 것이 고통스러웠는데 왜 이렇게 고통스러운지를 이해하지 못했다. 이전까지만 해도 단순히 '불쾌한' 정도였던 것, 이를테면 버섯의 식감, 후진하는 트럭이 내는 소리, 행복한 아이들의 노는 소리가 고통과 유사한 반응을 일으켰다. 나는 노란색을 그냥 싫어하는 정도가 아니다. 노란색을 보면 분노가 치민다. 하지만 나의 새로 사귄 친구인 고래상어 옆에서 수영을 하는 동안(물론 주먹으로 때리는 일 따위는 없었다), 어느 순간 나도 내 안의 감각으로 심오한 아름다움을 느낄 수 있음을 알게 되었다.

얼마 뒤 나는 소음 제거 헤드폰을 항상 몸에 지니고 슈퍼마켓에서도 선글라스를 끼는 등 환경에 나름의 방법으로 대처하기 시작했다. 그리고 그즈음부터 오직 푸른색 옷만 입기 시작했다. 단순한 예방 조치가 아니라, 긍정적인 자기자극에 참여하겠다는 적극적인 행동이었다. 어쩌면 그게 나의 자폐 정체성을 끌어안는 과정으로 가는 첫 단계였을지도 모른다.

핀으로 나비 고정하기

엄마 말소리가 들렸고, 더글러스에게 말 걸고 있는 줄 알았지만 가까이 가보니 더글러스는 차에 이미 타고 있었다. 대답을 듣기 약간 두려운 마음으로 물었다. "엄마 지금 누구랑 이야기하고 있었어?"

"어…… 나비하고." 엄마는 차에 오르기 전에 담배를 하나를 꺼내 물더니 말했다. "사람들은 대체 왜 나비를 수집할까? 이상하지 않니?"

"하긴 그렇지." 나도 그 점은 동감이었다.

엄마와 차를 타고 멜버른에서 애들레이드까지 가서 언니 가족과 크리스마스를 보낼 예정이었다. 실은 엄마와 아빠가 몇달 전에 크게 다퉜고 잠시 떨어져 있는 시간을 마련해주어야 해서 내가 엄마를 모시고 가고 있었던 거다. 엄마는 아빠가 매사 무뚝뚝하고 부루퉁해서 짜증이 난다고 말했다.

"내가 무슨 말을 하건 너희 아빠는 반응이 없어. 그냥 앉아서 대답도 안 하고 숨만 쉭쉭거린다니까."

아빠는 애들레이드까지 비행기로 가고 있었으며 왜 엄마에게 화났는지는 말하지 않고 있었다. 어쩌면 아빠가 정말 몸이 아파서 그랬던 건지도 모른다. 그때는 우리 중 아무도 몰랐지만 아빠는 얼마 뒤 흑색종 진단을 받게 될 터였다.

멜버른에서 애들레이드까지 가는 길은 동일한 종류의 농작물이 자라는 논밭만 끝없이 이어지는 일직선 도로라 꽤 지루한 드라이브가 될 수도 있었다. 그러나 나는 운전도 좋았고 특히 나만의 생각에 빠질 수 있어서 기뻤다. 하지만 엄마는 심심했는지 지나가며 눈에 보이는 모든 도로 표지판을 소리 내어 읽기 시작했다. 결국 엄마에게 조용히 해주었으면 좋겠다고 말했다. 그때 나는 새로운 쇼 「나네트」를 깊이 고민 중이었고 방해받고 싶지 않았다. 엄마는 알았다고 하더니 또 한숨 소리를 내며 내게 할 말이 있다는 표시를 냈다. 내가 먼저 물어봐주었으면 하는 눈치였으나 나는 그러지 않았다. 얼마 뒤 엄마의 한숨이 멈추고 우리 사이 침묵이 이어졌다. 약 1분 남짓이었을까.

"어머, 저 성당 좀 봐라. 너무 아름답다, 얘." 생각에 빠져 있다가 엄마 때문에 깜짝 놀라버렸다.

"엄마 나도 보고 싶어. 그런데 나 지금 최고 속도로 운전하고 있거든."

"성당 건물이야 예쁘지." 엄마는 감탄하더니 곧 살짝 악의를 덧붙여 말했다. "거기 사는 인간들이 영 아니라서 문제지." 엄마는 가톨릭 학교를 다녔는데, 그때 어떤 사연이 있었는지 전혀 알 수 없다. 엄마는 한번도 그에 대해 입을 연 적이 없다. 하지만 수녀가 주제로 등장할 때마다 분노와 증오로 타올랐던 걸 보면 좋은 기억은 아니었을 성싶다.

“너희를 종교 없이 키웠다는 게 정말 자랑스러워.” 엄마가 내 마음을 읽은 것처럼 갑자기 종교 이야기를 꺼냈다.

“잘하셨어.” 나는 약간 무시하듯 말했다.

“그러게 말이다.” 엄마는 더 큰 목소리로 말하면서 내가 나만의 의식의 흐름에서 하차하여 자신의 생각의 흐름에 승차해주길 바랐다. “진짜 엄마 대단하지 않니? 애들 다섯명을 모두 자기만의 철학이 있는 아이들로 키웠어.”

체질적으로 안 맞는 답답한 시골 촌구석의 쪼들리는 형편에 아이 다섯을 키우는 일은 결코 수월하지 않았을 것이다. 아이들을 교회 문화에 가까이 가지 않게 한 결정은 엄마를 더욱 고립시켰을 테고. 그러나 나는 엄마 기분을 맞춰주고 싶은 기분이 아니었다.

“엄마 육아 방식에서 자랑스럽지 않은 게 있나?” 나는 놀리듯 말했다.

엄마는 대답하지 않고 그냥 창문만 바라보았다. 기분이 안 좋아졌다. 그냥 장난 삼아 한 말이었고 엄마도 농담으로 대꾸할 줄 알았다. 가끔씩 엄마한테 어릴 때 엄마가 너무 무서웠다고 말하면 엄마는 무섭게 혼낼 만큼 나를 좋아하지도 않았다고 대답하곤 했었다. 그 재미로 엄마와 대화한다. 이게 우리만의 사랑의 언어다. 하지만 이번에는 대화가 그런 식으로 흘러가지 않았다.

“내가 제일 후회하는 게 뭔지 아니?” 엄마가 한참 만에 말했다.

"내가 널 이성애자처럼 키운 거야."

깜짝 놀랐다. 전혀 기대하지 않은 말이었다. 엄마가 가장 후회하는 건 나에게 강제로 입힌 엄마표 수제 옷일 거라 생각하고 있었다.

"네가 바뀌길 바란 거 같아. 세상은 바뀌지 않을 테니까. 엄마가 네 친구가 되어줬어야 했는데 못 했지. 나를 용서 못 할 것 같다."

사람들은 시간이 약이라고 말한다. 나도 시간이 빅스 베이퍼럽보다는 효과가 좋다는 걸 알고 있지만 시간 자체로는 충분하지 않다. 노력이 뒤따라야 한다. 엄마가 그 말을 하기 전까지 나는 지난 세월 엄마가 그다지 노력을 했다고는 생각하지 않았다. 운전하면서 오래전 엄마에게 커밍아웃했던 순간을 떠올렸고, 놀랍게도 아직까지 기억하면 마음이 아프다는 걸 알게 되었다.

"내가 살인자라고 말했으면 너 기분이 어떻겠니?"

이 커밍아웃 스토리와 엄마의 대답을 무대에서 하도 여러번 재생해서 실제 기억과 분리가 일어나기도 했다. 내가 개그 욕심 때문에 대본에 넣는 이 대사들은 나의 원 기억과 충돌했다. 실제로 그 순간은 전혀 웃기지 않았지만 유머로 각색되었을 뿐이다. 관객들을 불편하게 하지 않기 위해 내 칙칙한 트라우마 부분은 가지치기를 해버렸고 그러면서 내 모든 아픔도 고통 벽장 안에 쑤셔 넣어버렸다. 그 사건의 코미디 버전이 순전히 거짓말이라는 뜻은 아니지만 그래도 잘못된 건 잘못된 거였다. 웃긴 이야기로 만들어버렸으니까.

실은 전혀 웃기지 않았다. 엄마와 나의 실제 대화는 전혀 간결하거나 건조하지 않았다. 나는 너무 아팠고 서러웠다. 통곡을 하면서 엄마한테 소리 질렀다. "그러면 내가 범죄자야? 엄마는 왜 나를 범죄자하고 비교해?" 그다음에 전화는 끊겼고 먼저 전화를 끊은 건 나였다. 전화를 끊고 난 뒤 벽을 타고 미끄러져 내려와 서서히 바닥에 주저앉으며 절망에 몸부림쳤다. 가슴을 쥐어뜯었다. 지난 몇년 동안 내 안에서 쌓아온 모든 두려움이 현실에서 일어났다고, 이 세상에 나 혼자뿐이라고 확신했다. 내가 경험한 가장 잔인한 순간 같았다. 그 순간에도, 이후 몇년째 그걸 웃음의 소재로 활용하고 있는 지금도, 그 일은 여전히 생살에 난 상처다.

실은 커밍아웃 도중 전화를 먼저 끊은 사람이 나였다는 건 간단히 잊어버렸었다. 엄마가 날 거부한다는 생각을 견딜 수가 없었기 때문이다. 전화를 끊자마자 엄마가 바로 다시 전화했다는 사실도 간편하게 잊어버렸다. 독설과 분노는 이미 사라져버렸고 엄마는 바로 나에게 미안하다며 용서를 빌기 시작했다. "엄마가 시간이 필요해서 그래." 그리고 엄마는 울었다.

엄마도 약한 인간이라는 사실을 잊어버린 이유는 엄마에게 시간이 너무 많이 필요해서였다. 사실 수년이 필요했다. 거의 15년 만에야 엄마가 나를 완전히 받아들였다고 느꼈고 퀴어 자식을 온전히 받아들이는 데 그렇게까지 오랜 시간이 걸린 엄마를 용서할 수 없었다.

어쩌면 내 커밍아웃 서사의 가장 큰 잘못은 내 고통의 원인을 엄마에게 돌렸다는 점일지도 모른다. 내가 견뎌야 했던 슬픔에 가장 큰 책임이 있는 사람이 엄마라고 생각했다. 하지만 너무 나 자신에게만 몰입해 있어서 다른 사람도 상처받았다는 걸 알지 못했다. 물론 내 고통의 몫이 가장 컸겠지만 그렇다고 해서 우리 가족이 인생에서의 내 위치를 설계한 이들도 아니다. 이제야 이런 실패의 복잡한 속성을 진심으로 이해하기 시작했다. 어느 편에 있든 사람들은 여전히 상처받는다. 하지만 당시에는 너무 어려서 엄마가 나를 거부하지 않았다는 사실을 이해 못 했다. 엄마는 두려웠던 것이다. 나를 위해 세상을 바꾸어줄 수 없어 두려웠고, 그래서 겁이 났던 것이다. 그리고 그건 나를 겁나게 했다.

우리 가족은 부수적인 피해를 입었고, 우리는 우리 머리 위에서 펼쳐지던 유치하고 해로운 정체성 게임에 조종당하는 체스판 졸에 불과했다. 그것들이야말로 내 인생을 망친 주범이다. 그때까지도 보지 못했지만 한번 보고 나자 분노가 일었고 내 이야기를 하는 방식을 업데이트해야겠다는 강렬한 충동이 생겼다. 내가 그전까지 했던 농담을 싹 잊어버리고 싶단 이야기가 아니다. 나는 그 농담들을 정말 사랑한다. 진짜다. 오랜 기간 그 농담이 필요했고, 지난 수년에 걸쳐 나에게 제공해준 그 갑옷이 없었다면 내가 지금 누리고 있는 자기수용을 이루지 못했을지도 모른다. 하지만 그 이야기는 분명 틀렸고 불완전하다.

그후 몇시간 동안 우리는 차 안에서 매우 편안한 침묵에 잠겨 있었다. 그때 엄마가 갑자기 나를 다시 생각에서 끌어냈다.

“진짜 멍청하고 한심하지 않니?”

“뭐가?”

“아니, 왜 나비 날개에 굳이 핀을 꽂아서 보관하는 거냐, 이 말이야.”

엄마는 나를 쳐다보지도 않은 채 화내며 말했다. 나 또한 진심으로 동의했고 이제 나 자신의 이야기에 박혔던 핀을 뽑을 때가 되었다고 생각했다.

그때야말로 비로소 「나네트」를 만난 시간이었다고 말할 수 있겠다.

9장

여자의 일

젠더퀴어 자폐인의 코미디

한조각의 기적

새 쇼를 준비할 때 가장 먼저 전체적인 틀과 그 안에서 내가 전달하고 싶은 느낌이 무엇인지를 생각한다. 약간 난해하게 들리겠지만 내 머리에서는 그런 식의 프로세싱이 일어난다. 나도 짜증나긴 하나, 이제 와서 내가 정상적인 두뇌를 가진 척하기에는 늦은 것 같다. 어떤 면에서 이는 미켈란젤로가 조각 작품에 접근하는 방식과 닮았다고도 할 수 있다. 미켈란젤로는 대리석을 재료로 인물을 조각할 때 대리석을 자신의 의도에 맞추지 않았고 돌 안에서 무언가를 찾아가며 그것에 자기 의도를 맞추었다. 바꿔 말하면 그는 매체를 정복하려고 하지 않았다. 매체와 대화를 하려고 했다.

나에게 대리석 조각은 내 두뇌가 논쟁을 벌이고 싶어 하는 온갖 생각이다. 집착이나 몰두라고 할 수도 있을 것이다. 내가 사용하는 도구는 코미디의 모든 법칙이며 내 쇼의 형체는 설정이라는 끌과 펀치라인이라는 망치로 생각을 깎아내면서 비로소 나타난다. 이렇게 완성된 나의 작품이 르네상스 시대의 거장 미켈란젤로의 위대한 작품과 비견할 수 있다는 말을 하려는 건 아니다. 아니, 나를 뭘로 보는가? 남자의 자아를 가진 남자와 비교하신다고? 내가 그보다 훨씬 더 훌륭하다. 농담입니다. 넘어가주세요.

미켈란젤로의 가장 유명한 조각품인 다비드상은 피렌체의 아카데미아 미술관에 소장되어 있다. 기회가 되어 방문하게 된다면 다비드상까지 가는 복도에 놓인 미완성 조각품 「노예들」을 여유를 갖고 천천히 둘러보길 바란다. 왜 미켈란젤로가 이 조각품을 대리석 고치에서 부분적으로만 해방시켰는지 아직 밝혀지진 않았지만, 이 조각들을 볼 때 나는 선택이나 실패가 보이지 않는다. 대신 매우 복잡하고 어려운 대화에 끼어들고 있는 듯한 느낌이 든다. 외람되지만 이 작품들과 비교하자면 다비드상은 그저 잡담에 지나지 않는다고 생각한다.

물론 지극히 개인적인 의견이다. 다비드상의 독보적인 유명세와 인기는 트립어드바이저만 슬쩍 들여다봐도 알 수 있다. 나의 취향은 내가 과정에 유난히 매료되기 때문에 생긴 것으로, 나는 나의 창작 과정을 가볍고 주관적인 아이디어로. 일종의 아뮈즈부슈〔식사 전에 제공되는 한입 음식 ―옮긴이〕로 제공하려 한다. 내 경험상 예술을 그냥 뚝딱하면 나오는 마술이라 믿고 싶어 하는 사람이 많다는 사실을 알고 있다. 젠장, 미켈란젤로조차 자신이 지구에 내려온 신의 손이라고 생각했다. 내가 누구라고 이 의견에 반박을 하겠는가?

「나네트」 첫 연습이 끝나고 3주 뒤에도 내가 가진 건 제목과 100만개 정도의 뒤죽박죽 아이디어뿐이었다. 그러나 투어 마감 시간은 꼬박꼬박 다가오고 있었고, 내 머릿속 헛소리와의 싸움을 큰 목소리로 말할 수 있는 것으로 만들기 위해 반드시 필요한 공략을 하지 못한 것 같았다. 그렇다고 게으름을 피운 건 아니었다. 몇달간 내 머릿속에는 온통 「나네트」 생각뿐이었다. 하지만 시작을 하려 할 때마다 실타래처럼 꼬인 생각들이 점점 더 부풀어 오르며 뒷좌석 에어백처럼 나를 집어삼키려는 듯했다. 곁눈질만 해도 스트레스를 받았다. 그렇다고 위험 신호를 무시한 채 안 보이게 치워버리려고 하면 얼마 가지 않아 육체적 고통을 느끼기 시작했다. 어떤 시점에서는 이러다 미쳐가는 건 아닌가 싶었다. 생각이 내 두뇌를 파먹고 있는 느낌을 어떻게 설명해야 할까?

과정의 역학에 관해 평생 열정과 관심을 가져왔지만 내 작품에서 나는 언제나 과정의 흔적을 지우기 위해 주의를 기울였다. 이제까지 코미디언으로서 자료를 수집하고 원고를 집필할 때 가장 중요하게 여긴 제1원칙은 이것이었다. 코미디에 대한 코미디는 하지 말자. 대리석 조각으로 대리석 조각을 왜 만든단 말인가?

「나네트」 초고를 쓰는 몇주 동안 내가 몰랐던 건 그때 나의 제1원칙을 깨기 직전이었다는 점이다. 그런데 한번 깨고 나자 규칙 깨기의 수문을 열어버린 것처럼 와르르 규칙들이 무너졌다. 하지만 코미디의 법칙을 깨는 것이 처음의 의도는 아니었다. 그러기에는 나는 규칙을 너무도 사랑한다. 사실 「나네트」라는 수수께끼 해결의 실패가 나를 앞으로 끌고 나가는 동력이 된 셈이었다.

초반에는 새로운 쇼를 통해 전달하고자 하는 느낌을 명확히 알고 있었다. 나는 관중의 심장에, 물론 은유적으로 강력한 펀치를 날리고 싶었다. 하지만 그 명쾌한 의도에도 쇼의 전체 구성과 형태는 답답하고 애매하기만 했다. 내가 어떤 방식으로 생각을 조각하는지는 중요하지 않았다. 「나네트」의 모습을 잡아낼 수가 없었고 머리로 아무리 생각해도 답은 나오지 않아 슬픔과 괴로움만 점점 커져갔다. 원고 집필은 언제나 도전적인 과정이었지만 「나네트」만큼 혼란스럽고 상처가 잠재된 쇼를 창작해본 적은 없었다. 하지만 이제까지 내가 썼던 어떤 쇼도 「나네트」만큼 중요하고, 시급하고, 필요하게 느껴지진 않았었다.

솔직히 털어놓는다. 「나네트」 창작 과정에 들어간 여러겹의 프로세스를 하나씩 벗겨가면서 명확하게 설명을 하기는 어려울 것 같다. 부분적으로 나의 창작품은 언어 형태로 전달되는 서비스이지만, 창작 과정은 언어를 넘어서는 것이기 때문일 터다. 또한 그 과정 자체가 트라우마였기 때문이기도 하다. 나는 단순히 서로 경합하는 여러 아이디어를 쳐내는 일만 한 것이 아니라, 내 트라우마를 깊이 파 내려가고 있었다. 이미 앞서 말했지만 1000번이나 더 말할 수 있다. 트라우마를 통해 나를 발견하는 길에 직선은 없다. 그래서 창작 과정은 그냥 제쳐두고, 내가 한 일이 마법이었다는 믿음을 여러분에게 주고 싶은 마음도 있다. 하지만 내가 한 일이 무엇인지 세상에 알려주고 싶다는 마음이 더 크다. 「나네트」에 대해 강한 의견을 표출하는 사람은 많을지언정 그 쇼의 표면 아래로 깊숙이 들어간 사람은 개중에 별로 없는 것 같기 때문

~~NANA~~

NANETTE

THE PROBLEM WITH
COMEDY

I FEAR THAT IF I
PRIORITISE PUNCHLINES
I WON'T BE ABLE
TO CONTINUE MATURING
ENOUGH TO KEEP
AHEAD OF SUICIDE.

「나네트」 메모: 코미디의 문제
내가 펀치라인만 우선시할까봐 두렵다.
자살 생각을 하지 않을 정도로 계속해서 성숙하지 못할 것이다.

이다. 그러니 양해해주신다면, 「나네트」라는 빙산의 일각을 어려분이 조금 더 잘 감상할 수 있도록 나의 창작 과정 안에 있는 많은 것을 인공적인 선으로 연결해 설명해볼까 한다. 하지만 이 중 어느 것도 직선은 아니다.

나는 버스 정류장 구타 사건 이면에 동성애 혐오가 있다고 늘 생각해왔다. 당시 태즈메이니아에 만연한 분위기를 감안할 때 충분히 합리적인 가정이었다. 하지만 무슨 일이 일어났는지 다시 검토하면서 내가 그저 한가지, 나의 섹슈얼리티 때문에 폭행을 당했다고는 믿을 수 없게 됐다. 폭력을 부른 것은 내 젠더 표현이었다. 내가 여성에게 기대되는 평범한 여자의 모습이었다면 그런 일은 결코 일어나지 않았을 것이다. 그는 내가 여성이긴 여성이지만 잘못된 방식의 여성이었기에 처음 보는 나를 때렸다. 나를 자신의 남성성에 대한 위협으로 보았기 때문이다. 무엇보다도 그가 나를 폭행한 이유는 세상의 규칙을 자신이 이해한 대로 실천하는 것이 남자인 자기가 할 일이라고 생각했기 때문이었다. 그리고 나 또한 유해한 남성성이라는 동일한 학교에서 자라난 탓에 결국은 그에게 동의할 수밖에 없었다.

그 지옥 같은 기억에서 벗어나는 데 참으로 오랜 시간이 걸렸다. 예전에는 생각만 해도 그날이 어제처럼 기억나고 구역질이 나 당장 사라져버리고 싶었다. 시간이 지날수록 그 강도는 약해져 그저 위가 약간 뒤틀리고 심장이 조이는 정도가 되었고 나중에는 내 피부 어딘가에 벌레가 기어가는 느낌에 불과할 정도까지 잦아들었다. 몇년 동안 그 일만 생각하고 나면 한참 마음이 황폐해졌지만 결혼 평등 논쟁이 시작되면서 내 회복의 흐름이 바뀌는 것을 느꼈다.

「나네트」와 씨름하며 생애 처음으로 이 트라우마를 나의 스탠드업 코미디에 넣기로 하면서, 과연 어떤 방식으로 넣어야 할지 거듭 생각했다. 현실 곧 폭력을 얼마나 많이 편집해야 코미디라는 맥락 안에서 무리 없이 작동하게 할 수 있을까? 어두움을 웃음으로 바꾸는 건 매우 까다로운 일인데, 한때는 그걸 해낼 수 있는 나 자신이 자랑스러웠다. 그러나 웃음이 누군가 약속한 것처럼 최고의 명약은 아니었다. 내가 웃음을 명약으로 만들려는 시도를 다시 해야 하는 건지 또 「나네트」를 통해 그 사건의 풀 버전을 말할 필요가 있는 건지 궁금해졌다. 물론 나는 폭력과 트라우마의 대부분을 편집하지 않고도 재미있게 만들어본 경험이 있고 그만한 기술도 갖추고 있었다.

이 아이디어와 논쟁을 벌이는 동안 상상 속 질문에 시달렸다. 내 이야기를 공개적으로 털어놓을 필요가 있나? 정신과 상담이 있다는 거 몰라? 왜 사람들이 내 불행을 들어야 하지? 이제 와서 무슨 상관이람? 시대가 바뀌었잖아! 경제가 돌아가게 하는 게 우선이지, 지난 세기에 일어난 일을 이야기한다고 해서 뭐가 더 나아지지? 그러나 내 마음속에서 '지난 세기'는 지금 이 순간 고통스럽게 피를 흘리고 있었다. 나는 결혼 평등에 관한 모든 공개적 논쟁에 의연히 대처하지 못했다. 아프고 고통스러워서 피하고 싶었다. 정말 육체적으로 몸이 아파왔다. 평생 그 빌어먹을 개소리 안에서 침몰했고, 이 문제를 놓고 거르지 않은 생각을 마구잡이로 쏟아내는 사람들을 더는 참을 수 없었다. 나는 거지 같은 말 때문에 거지 같은 인생을 살았다. 사회의 편견에 압도되어 정신 차려 일어날 수가 없었다. 스스로를 너무도 미미하고 나약하다고 느꼈다. 말하자면 나는 지나치게 트라우마에 시달리고 있었다.

그럼에도 내 이야기에 진정한 가치가 있다는 점에는 의심의 여지가 없었다. 정치적 분열의 화약고를 터뜨리는 걸 넘어 건설적인 방향을 제안할 수 있을 것 같은 느낌도 들었다. 내 가족에 대한 이야기가 있었고, 우리 가족이 내가 퀴어라는 이유로 붕괴되지 않았던 이야기도 있었다. 외적인 힘이 계속 우리 가족에게 트라우마를 가하고 있었지만 우리 가족의 사랑은 살아남았을 뿐 아니라 더 강하게 성장했다. 내게는 남들에게 들려줄 치유의 이야기가 있었다. 하지만 논쟁에 안전하게 참여하는 방법을 몰랐다. 화가 났기 때문이었다. 나를 제대로 치유하지 못한 시간이 너무 길었기 때문에 화가 났다.

트라우마에서 벗어나는 길 가운데 하나는 일관되고 명확한 자기만의 서사를 만들어내는 것이라고들 한다. 내게는 일관된 서사가 있었다. 하지만 나는 여전히 트라우마라는 고통스러운 미로에 갇혀 있었다. 치유를 위해 힘닿는 한 할 수 있는 모든 일을 하고 나서도 언젠가부터 이 치유를 오롯이 내가 책임져야 하는 건지 의문이 들었다. 사람들이 듣고 싶어 하지 않는데 일관된 서사가 무슨 소용인가? 트라우마는 내가 안전하다고 느낄 때까지 나를 내버려두지 않고 공격할 텐데, 안전이란 한 개인이 온전히 불러낼 수 있는 것이 아니다. 안전은 내가 지니고 다니는 총이 아니다. 안전이란 내 주변 사람들이 날 위험으로부터 보호해줄 거라는 믿음이다. 하지만 내 주변 사람들이 '너는 우리와 같지 않다'고 생각하면서 내가 그들에게 야기하는 불편함에만 치중한다면 어떻게 될까? 그런 불편함이 있는 곳은 안전한 장소가 아니다.

「나네트」는 한번의 공격으로 무너뜨리기에는 너무 거친 야수였다. 주의를 요하는 아이디어가 너무도 많았고, 평소에 익숙했던 작업 과정이 이 도전에는 역부족임을 확인했다. 새로운 것을 시

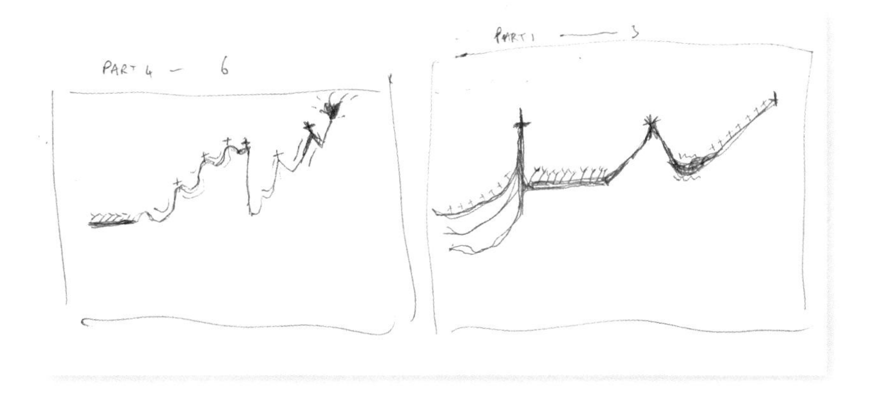

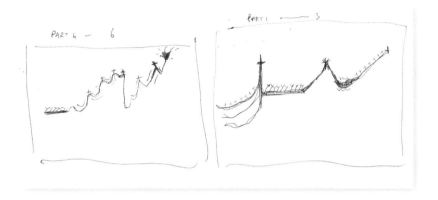

도해야 했다. 무언가 새로운 것을. 가장 먼저 한 일은, 한번에 모든 것을 해야 한다는 압박에서 벗어나 한발씩 걸음마를 내딛기로 한 것이다. 몇주 동안은 내 머리에 들어 있는 모든 생각을 꺼내어 빈 노트에 적어 내려갔다. 광적인 노력이었고, 그 시간에 누군가 침범하거나 방해했다면 나는 중재치료interventionist treatment를 받아야 했을지도 모른다.

보통은 두걸음 전진 후 한걸음 후퇴하는 과정이었다. 내 머릿속 감옥에서 아이디어가 느슨해져 풀려나올 때마다 내 안의 압박감도 조금씩 풀어지기 시작했다. 하지만 풀려난 아이디어 죄수가 너무 많아 어떤 걸 선택해 형태를 입혀야 할지 정할 수 없었다. 그렇게 이 모든 조각을 끼워 맞추는 건 불가능하다는 생각에 사로잡혀 질려버릴 때면, 한가지만 떠올렸다. 한번에 하나씩 하자. 미완성 아이디어는 옆에 잠시 치워두고 다른 아이디어와 대화를 시도하기로 했다. 이를테면 평소의 미켈란젤로처럼.

서양 미술사는 내가 세상을 생각하는 방식이다. 내 창작 과정을 설명하는 지금 여기서도 나의 가장 큰 관심 분야인 서양 미술사와 관련된 예만 떠오른다. 그러나 분명히 하자면 나는 예술에 대한 나의 관점을 입증하기 위해 예술의 역사를 언급하는 것이 아니다. 어떤 사실에 대한 내 주장의 옳고 그름을 증명하고자 예술을 이용하진 않는다는 얘기다. 내가 예술을 이용하는 건 역설이야말로 언제나 인간 조건의 핵심에서 살아 숨 쉬는 생명력이라는 사실을 상기시키기 위함이다. 그리고 바로 거기에 내 문제가 있다.

서구 문화는 '백인 남성'이 인간 피라미드의 꼭대기에 있다는 완전 짜증 나고 명백하게 잘못된 전제를 기반으로 구축되었다. 그렇기 때문에 역사란 백인 남성을 위한 미화된 감정 일기에 불과하다. 게다가 이 예술의 역사는 성차별적이고 인종차별적일 뿐만 아니라 퀴어 신체에 대한 서사를 완전히 다시 썼다. 여기서 다시 썼다는 말은 지웠다는 뜻이다. 우리는 항상 우리 자신을 보고 있지만, 우리 존재는 계속해서 가스라이팅당하고 지워져왔다. 그러나 역설적으로 예술의 역사에 대해 생각하는 일은 내가 분명히 존재한다는 점을 상기시켜준다. 역사가 잊어버린 모든 것 사이에 숨겨진 무언가야말로 지금 우리가 놓치고 있는 질문의 열쇠를 쥐고 있지 않을까?

내 마음속에서 서서히 「나네트」가 모양을 갖춰갔다. 문제는 그녀(해나 개즈비는 이 책에서 '나네트'를 계속 삼인칭 여성 단수 '그녀'라 칭한다—옮긴이)가 세가지 서로 다른 모순된 모양이었고, 어떤 방향으로 비틀고 다듬어도 세가지를 붙여놓으면 알아볼 수 있는 모양이 나오지 않았다는 거다. 만약 세시간짜리 무대라면 어떻게든 세가지 형태를 내 목적에 맞게 강제로 끼워맞출 수도 있었겠지만 내가 목표로 하는 '강력한 펀치라인'의 강도는 약해졌을 것이다. 그렇다고 이 세가지를 하나씩 따로 떼어놓자니 내가 전달하려는 주제를 지탱하기엔 너무 약하거나 피상적으로 보였다.

일단 「나네트」를 그리는 데 사용한 생각 팔레트에서 자폐증과 내 몸이라는, 이제까지 나에게 매우 중요했던 이 두개의 아이디어는 빼고 가기로 했다. 내 자폐는 쉽게 떨어져나갔다. 자폐를 대화에 가져오면 다른 주제에 대해 내가 하는 모든 말도 사람들 머릿속에 내장된 자폐에 대한 무수한 편견과 잘못된 정보를 기준으로 평가될 때가 많았다. 하지만 「나네트」가 자폐에 대해서 아무 할 말이 없다는 뜻은 아니다. 「나네트」는 나의 자폐적 사고 체계와 깊이 결부되어 내 비전형적 두뇌를 과시하는 중이다. 그리고 이 자폐적 두뇌는 지금 잠시 빙산의 아래쪽에만 살면서 나를 조용하게 떠받드는 역할을 하고 있다.

「나네트」에서 나의 자폐를 언급하지 않음으로써 신경생물학적인 편견을 사라지게 하는 일은 그래도 쉬운 편이었다. 하지만 나의 육체적 존재는 대체 무슨 수로 사라지게 한단 말인가. 내 입에서 나오는 모든 말은 다른 사람들 마음속에서 의미로 전환되기 전에, 먼저 내 몸이라는 렌즈와 이 몸이 낳은 왜곡이라는 필터를 통과해야만 했다. 이에 나는 내 몸을 설명하려는 노력, 그렇게 해서 나의 애매성을 줄이려는 노력은 하지 않기로 결심했다. 그냥

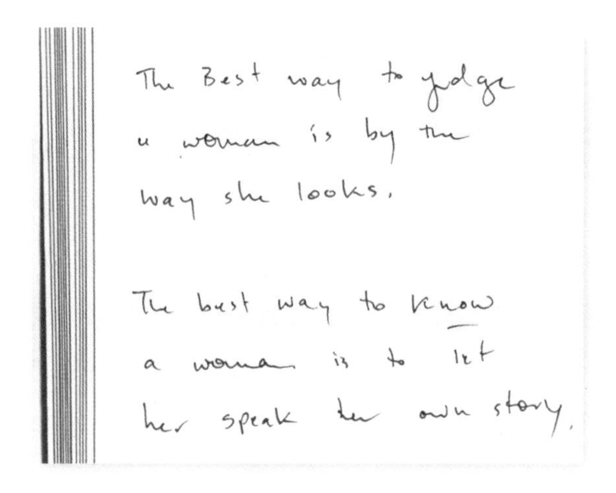

The Best way to judge
a woman is by the
way she looks.

The best way to know
a woman is to let
her speak her own story.

한 여성을 알 수 있는 최선의 근거는 그녀 자신의 이야기다.

사람들이 알아서 나를 분류하도록 내버려두었다. 결국 그건 그 사람들 문제일 테니까 말이다.

「나네트」 작업을 시작하기 얼마 전에 열두살 때의 내 사진을 우연히 발견했다. 물이 무릎 정도까지 올라오는 얕은 강에 두 오빠와 함께 서 있는 모습이었다. 뮬렛 머리와 커다란 앞니를 하고서도 몹시 사랑스러워 보였다. 수영복에 난 다리 구멍 사이로 모습을 드러낸 뽀얀 드럼스틱 두개가 장차 내 삶에서 그토록 잔인하고도 원치 않은 관심을 끌 줄은 꿈에도 모르는 듯했다. 확실한 건, 사진 속 내가 사랑스러운 까닭은 자기 몸에 전혀 신경 쓰고 있지 않기 때문이라는 점이었다. 내가 아는 가장 슬픈 일 중 하나는, 우연히 어릴 적 사진을 보게 될 거의 모든 사람이 내가 저 사진을 보며 느꼈던 슬픔과 동일한 슬픔을 경험하리라는 것이다. 우리는 자기 자신이 잃어버린 무언가에 슬퍼하는 것이 아니라, 자기 자신이 결코 알지 못했던 무언가에 슬퍼한다. '지금 보면 너무도 아름다웠던 어린 시절의 나'와 '못생겼다는 말을 듣고 정말 그런 줄로만 알았던 어린 시절의 나'를 화해시키는 일은 누구에게나 어렵다. 우리가 슬픈 것은 바로 그 때문이다.

나는 다른 사람들이 내 몸에 대해 어떤 말을 하는지 듣고 감시하느라 내 귀한 시간과 에너지를 낭비하지 않기로 했다. 그들이 내 몸이 인간으로서의 나의 가치를 반영한다고 믿는다 해도 애써 그 생각을 바꾸려는 노력도 하지 않기로 했다. 그뒤로 이 결정을 바꾼 적이 없다. 나의 몸이 여성으로 이해되는 한 내 몸은 언제나 이유 없는 적대와 잔인한 판단의 대상이 될 것이다. 앞으로도 내 외모에 관해 끔찍한 말을 듣게 될 것이고 계속해서 고통스러우리라는 데 나의 전 재산을 걸 수도 있다. 하지만 내 몸에 대해서 말하는 건 결단코 이번이 마지막이다. 나는 사람들이 나를 보는 방식으로 나를 정체화한 적이 없다. 내 안에는 거대한 우주가 있다. 그 우주에는 성별이 없다. 어디에도 성별이 붙어 있지 않다. 나는 나 자신을 있는 그대로 사랑한다. 아픔이 시작되는 건 언제나 내 피부 안이 아니라 바깥이다. 그리고 나는 더이상 양보하지 않으려 한다. 나는 퀴어임이 자랑스럽다.

나의 두뇌와 육체를 설명해야 한다는 이 무거운 짐을 내려놓자 몇가지 아이디어도 정리되었고, 이제 마음에 두고 있던 세가지 형태를 층층이 쌓는 것이 가능해졌다. 드디어 암호를 풀었다고도 할 수 있었다. 기분이 끝내줬다. 거짓말하고 싶지는 않다. 마치 뇌

~~Just for a brief~~
just for one breathe: I was the pinnacle of NORMAL.

딱 한번의 호흡: 나는 '정상'의 정점이었다.

크기만 한 생각 여드름을 터뜨린 것 같았고 순식간에 생각의 압박이 사라지면서 게임이 본격적으로 시작되었다.

한가지 형태는 겉으로 보이는 '재료'로 화제, 전달법, 태도를 말한다. 내 계획은 오만과 분노에 가득 차 이 세상 모든 것에 의견 내길 좋아하는 특정 유형의 남성 코미디언을 따라 하며 이른바 '남성적인' 행동을 미러링하는 것이었다. 캐리커처를 그리려는 것이 아니라 그저 '받아들여질 만한' 누군가로 '출현'하려는 것이다. 이미 마스킹 분야의 대가였기에 웃긴 남자라는 단상에 올라가보는 건 식은 죽 먹기였다.

두번째 층위는 내가 전달하고픈 모든 의미를 담기 위해 특별히 고안된 것으로, 다른 말로 하면 기능이었다. 그러나 이 기능은 단순한 서브텍스트가 아니었으며, 형식과 전쟁을 치를 수 있어야 했다. 내 의도는 수단과 방법이 상반되게끔 하는 것이었다. 이 단계에서 도교 사상에 대한 나의 얄팍한 지식에 기대기 시작했고 (진정한 도교 철학자들에게 사과하고 싶다), 나는 형태와 기능을

음과 양, 밀물과 썰물 또는 '남성'과 '여성'으로 생각하기 시작했다. 그렇게 나는 속삭임의 장점을 큰 소리로 외치기에 이르렀다.

세번째 형태는 이 두가지 상반되는 아이디어 사이에 필연적으로 생겨날 공간에 위치하는 것으로, 내 추측으로는 이 세번째 형태가 나를 나타낼 터였다. 나는 그것을 '나네트'라 불렀다.

겹겹의 아이디어는 직조에 가까운 과정을 통해 형태가 나타나기 시작했다. 그리하여 때때로 나는 어떤 숨겨진 함의를 표면으로 가져올 수가 있었는데, 가령 파란색이 여성적 힘을 나타낸다고 이야기할 때가 그랬다. 이러한 직조는 「나네트」를 내 마음속에서 끄집어내기에 완벽한 과정이었다. 이 쇼가 나를 붙잡아주었던 내 삶의 모든 여성에게 바치는 헌사이기도 하다는 점에 비춰보면 더더욱 그렇다. 엄마, 낸, 할머니, 언니를 비롯해 나의 멋진 친구들인 셰릴, 수즈, 캐즈, 애니, 그리고 이분들의 그 모든 뜨개질, 퀼팅, 바느질, 문제 해결, 돌봄, 치유. 「나네트」 전반에 걸쳐 짜여진 것은, 이 많은 사람이 나에게 베풀었던 모든 감정노동에 나의 비전형적 두뇌가 전하는 감사를 나름대로 최선을 다해 표현한 결과다. 나는 내 마음을 제대로 이해하고 표현하는 데 언제나 너무 늦다.

갓 구운 레이어 케이크를 통해 무언가 존재할 때까지 직조를 해나가면서 마침내 나는 코미디라는 형식이 내가 시도하려는 이 작품의 복잡성을 감당할 만큼 충분히 정교하지 못하다는 사실을 받아들여야만 했다. 내가 진실을 말하고 싶다면, 나를 위한 일관된 서사를 만들고 싶다면, 그 서사가 불쾌감을 주지 않아야 한다면, 내 트라우마의 애끓는 고통을 공유하고 싶다면 나는 완전히

새로운 것을 발명해야 했다.

그리하여 나는 코미디이긴 하나 재미없는 코미디를 쓰기 시작했다. 웃음을 목표로 하지 않았고, 흔히들 코미디언에게 기대하는 방식—한방을 아껴 간지럼으로 바꾸는 방식—은 버리기로 했다. 나는 내 관객의 (은유적으로 말하면) 내장 속으로 나의 펀치라인을 더 깊이 밀어 넣을 수 있는 쇼를 쓰기 시작했다. 코미디를 다른 무언가로 전환시키는 대신 코미디의 목적을 재설정하여, 내 분노의 열기와 트라우마의 고통을 표현하기에 적절한 장르로 바꿀 참이었다. 참으로 대담한 아이디어였다. 그리고 대담한 아이디어란 창의적 두뇌가 간절히 해결책을 모색하는 과정에서 나타날 때가 많다.

시험 공연 시작

손으로 쓴 메모지들을 당황스럽게 바라보며 혼돈스러운 두뇌 속을 미친 듯이 탐색해 내가 왜 평판에 그렇게까지 화가 났는지를 알아내려 했다. 내 생각의 덤불 어딘가에 이유가 있었지만 정확히 어디인지 찾지 못하고 있었다. 당장 무슨 말을 해야 할지 확신이 서지 않아 고개를 들어보니 첫번째와 두번째 줄에 앉은 관객들이 허리를 똑바로 펴고서는, 말도 못 하고 움직이지도 못한 채 괴로워하고 있었다. 그들 뒤에 있는 다른 60명의 관객은 어두워서 잘 보이지 않았지만 역시나 트라우마를 떠안은 듯했다. 그날 아침에 일어났을 때, 제시간에 쇼를 완성할 희망이 없다는 건 알고 있었다. 거의 잠을 자지 못했다. 생각이 최고 속도로 달려나가기로 작정했는지 내 두뇌는 잠시도 작동을 멈추려 하지 않았다. 그런데도 여전히 문제를 풀지 못했다. 내 모든 생각과 준비한 내용을 명료하게 이해하고 있었지만 외연을 입히지 못하고 있었다.

일주일 내내, 그리고 지금 이 순간까지 확장된 생각을 한입 크기 아이디어로 작게 만들었다. 이것은 무대 밖 과정 중 내가 가장 좋아하는 부분이었다. 관련 없는 언어를 선별하고, 아이디어를 표현하기에 가장 경제적인 방법을 찾고, 의미를 가장 잘 담아낼 완벽한 단어와 순서를 찾은 다음 이를 내 두뇌에서 입으로 확실히 전달할 수 있는 리듬과 소리로 빚어내는 일 말이다.

자랑하고 싶지는 않지만 그 한주 동안 열심히 다듬고 깎아내 마음에 드는 원고를 완성했다. 아니, 자랑할 만하다. 2017년 1월 말에 첫「나네트」공연을 위해 무대에 올랐을 때 내 손에 들어 있던 메모장에는 1년 반 뒤 몬트리올에서 마지막 라이브 무대에 올랐을 때와 거의 똑같은 구절이 다수 적혀 있었다.

모든 것이 완성된 형태는 아니었다는 점을 덧붙여야겠다. 실로 엄청난 양의 카드에는 그다지 필요해 보이지 않는 꼬인 실타래 같은 구절들이 있었고, 상당히 많은 양의 메모장이 첫번째「나네트」가 끝난 후에는 살아남지 못했다. 한시간짜리 쇼를 하기엔 자료가 너무 많다는 걸 알고 있었지만 의심의 여지 없이 내게 필요한 모든 게 이 엄청난 뭉치 어딘가에 있다는 것 또한 잘 알고 있었다.

친구 애니가 행사장까지 차로 데려다주겠다고 했다. 그 제안을 수락한 기억이 없는데 고맙게도 애니는 내가 현실 세계에 살고 있지 않다는 것을 이해하고는 어쨌든 나타나주었다. 애니를 안 지 수년이 되었지만 우리의 우정은「플리즈 라이크 미」작업을 함께하면서 더욱 굳건해졌다. 애니는 그 드라마 연출부 조감독이었고 우리 둘에게는 개를 멍하니 쳐다보는 것을 좋아한다는 공통점이 있었다. 애니는 내가「나네트」라는 깊은 심연으로 곤두박질치기 시작했을 때 무슨 일이 일어나고 있는지 바로 알아차렸다. 그래서 본인을 나의 영적 인명 구조원으로 포지셔닝했고, 내 경우 그녀가 사랑의 눈으로 바라볼 수 있는 하나의 개로 나를 포지셔닝했다.• 이 말을 다르게 하면 다음과 같다. 난 그녀 없이는 이 일을 해낼 수 없었을 것이다.

행사장에 도착했을 때 애니는 나와 50여장의 큐 카드 묶음을 가장 가까운 테이블에 소몰이하듯 앉혀놓고 내가 정신없이 카드를 뒤섞는 동안 차 한잔을 내주었다. 시작 2분 전쯤에야 나는 간신히 준비가 되었고 마침내 해답을 찾았다. 내가 마음에 둔 최고의 야수와 아주 근접하지는 않았지만 그날 내가 했던 다른 어떤 시도보다 완성작에 훨씬 더 가깝다는 건 알 수 있었다. 생각의 압박이 사라졌고 해방감도 느꼈다. 모든 카드를 새로운 순서대로 정리하면서, 마치 몇주 동안 머리에서 해온 작업의 책임을 이제는 내 손의 카드에 넘긴 것만 같았다. 그리고 얼마 뒤 나는 무대에서 그 카드를 모조리 떨어뜨리고 말았다.

관객들에게 방금 무슨 일이 있었는지 말하자 다들 웃기 시작했다. 당연하다. 그들은 내가 그 메모 뭉치에 얼마나 많은 노력을 쏟았는지 전혀 몰랐을 것이다. 카드를 떨어뜨림으로써 내가 모든 것을 떨어뜨렸다는 점도 몰랐을 테고 말이다. 관객들은 내 두뇌가 얼마나 뒤죽박죽이고 엉망인지 몰랐고, 내 모든 생각이 그 카드와 함께 흩어졌다는 것도 몰랐다. 그들이 알고 있는 것은 해나

• 「나네트」를 같이 만들고 공연하던 도중에 내가 사랑스럽고 불안에 가득 찬 작은 강아지 재스퍼를 입양할 때도 애니는 동행해주었다. 재스퍼와 애니도 굉장히 친해졌고 재스퍼는 종종 애니의 집에서 지내기도 한다. 즐거운 연쇄 반응이 일어났고 더글러스, 재스퍼, 나와 애니는 가족처럼 오면가면 잘 지낸다.

개즈비의 새로운 즉석 농담 시도를 볼 수 있는 무료 티켓을 얻었다는 사실뿐이었다. 나는 애니와 내가 상자에 버린 카드 중 하나를 꺼내서, 갈겨 쓴 낙서를 눈으로 훑었다.

빌어먹을 미술사 씨. 나도 잠자는 동안 강간을 당했고 그것을 '이상적인' 장면으로 부르지는 않을 테다.

그건 내가 찾던 실마리가 아니었고, 그래서 다시 바구니에 넣어버렸다.

"너무 빨리 나왔네!" 내가 중얼거렸더니 관객들이 웃었다. 물론 그들은 웃었다. 아직도 이걸 코미디 쇼라고 생각하고 있었던 거다. 망했다.

이런 상황에서 관객 앞에 선 것이, 다시 말해 쇼를 완성하지 않고 준비 과정에서 무대에 선 것이 처음 있는 일은 아니었다. 하지만 이번 건 다른 종류의 날것이었으니, 「나네트」는 다른 종류의 괴물이었기 때문이다. 가장 날것의 상태에서도 「나네트」는 코미디 쇼처럼 느껴지지 않았다. 뭔가 사람처럼, 나처럼, 그러니까 가족 모임에서 아무도 예상 못 했을 때 버럭 화를 내버리는 나처럼 느껴졌다. 바구니에 손을 넣어 더 나은 카드를 찾을 때 나는 떨고 있었다. 숨을 참고 있다는 걸 알았고 숨을 내쉬려고 했지만 내 폐는 이미 비어 있었다. 바로 이때, 지금껏 공연하면서 내게 일어난 최고로 두려운 상황을 경험하기 직전임을 깨달았다.

무대에서 셧다운을 겪는 일은 더러 있었다. 조명이 너무 눈부시게 밝다든지 관중이 유난히 소란스러울 때 그런 일이 일어났다. 그래서 힘겨운 하루를 보내게 되었을 때 혹은 강렬한 순간을 마주하게 되었을 때, 내 두뇌는 처리 능력을 아끼기 위해 감각 정보에서 기억창고로 가는 길을 끊어놓곤 한다. 한번은 런던의 로열 앨버트 홀에서 기립 박수를 받았는데 무대에서 걸어나오며 이렇게 생각했다. **와, 사람들 되게 조용하네.** 그때 거의 5000명의 관객이 일어나 박수를 보내며 입에서 낼 수 있는 모든 소리를 내고 있었지만 나는 그중 하나도 들은 기억이 없다. 이것은 분명 나의 자폐가 하는 기능이라 할 수 있다. 만약 내 두뇌가 좀더 전형적이었다면 코미디 무대처럼 다수의 대중 앞에 서는 극한의 상황에서, 조명과 소음이 끼어들기 훨씬 전에 '싸우거나 도망가거나' 반응을 이끌어냈을 것이다. 하지만 내 두뇌는 비전형적이고, 수천명의 사람이 나를 목격하고 있다는 개념 자체가 나를 그렇게까지 힘들게 하진 않았다.

그런데 셧다운은 성공적인 공연에서만 일어난다. 나쁜 공연은 그렇게까지 시끄러울 리도 없고 이번 시범 무대도 마찬가지였다. 하지만 이건 셧다운이 아니라 멜트다운이었다. 이제껏 한번도 무대에서 멜트다운을 겪은 적은 없었는데. 나는 쇼를 시작하고 싶지가 않았다. 멜트다운일 때는 내 두뇌가 자제력을 잃어버리기 때문에 감정적인 폭발이 일어날 수도 있었다. 더욱이 멜트다운에서 전기합선처럼 사고가 일어나면 발화 능력까지 잃어버릴 수 있었다. 말했듯 최악의 일이 일어날 수도 있는 상황이었다.

내가 어떻게 알아냈는지는 모르겠다. 멜트다운이 아니라는 걸 알자마자 다시 숨을 쉴 수가 있었다. 정신을 다시 챙겨 고개를 들어 관객을 향해 웃어 보였다. 관객들도 나를 보고 웃고 나도 관객들을 보고 웃었다. 우리가 같은 웃음을 공유한 것 같진 않았다. 관객들은 이 순간이 어색해서 웃었고 나는 그보다 훨씬 심각한 이유 때문에 웃고 있었다. 방금 전 나는 농담이라 할 수 없는 강간 농담을 통해 나의 상처를 헤집어놓은 참이었다. 나를 벼랑 끝에서 끌어낸 건 아마도 그 상황의 부조리함임이 틀림없었다. 하지만 간신히 붙들고 있는 줄을 놓고 싶지 않았던 나는 얼른 또 하나의 카드를 꺼내 큰 소리로 읽어버렸다. "피카소는 내 영웅이 아닙니다."

이번에는 관객들이 어떻게 반응해야 할지 몰라서 조용히 앉아 다음에 이어질 말을 인내심 있게 기다렸다. 나는 아무것도 하지 않았고 기분이 좋았다. 이 카드 뒷면에는 피카소가 한 말이 인용되어 있었고, 나는 카드를 뒤집어 크게 읽었다.

"Every time I change wives I should burn the last one. That way I'd be rid of them. They wouldn't be around to complicate my existence. Maybe, that would bring back my youth, too. You kill the woman and you wipe out the past she represents."
— Pablo Picasso

아내를 바꿀 때마다 나는 전 아내를 태워버려야 한다. 그러면 없애버릴 수 있으니까. 그래야 주변에서 내 존재를 복잡하게 하지 않으니까. 어쩌면 그렇게 하면 내 젊음을 되찾을 수 있을지도 모른다. 여자를 죽이고 그 여자가 대표하는 과거를 지워버리는 것이다.

—파블로 피카소

침묵이 흘렀다. 하지만 괜찮았다. 그 카드를 바닥에 던져버리고 다시 바구니에 손을 넣었다. 관객들은 그것도 웃긴다고 생각하는 모양이었다. 웃음이 잦아들 때까지 기다렸다가 다음 카드를 읽었다. 그렇게 하길 잘했다고 생각한다. 그 웃음은 그날 관객의 마지막 웃음이었다.

결국 나는 거친 이탈길에서 나를 꺼낼 수 있었고, 내 입은 내 생각의 기차에 올라탈 수 있었다. 나는 속도를 내기 시작했고 아이디어를 쏟아냈다. 각각의 카드에 나만의 말을 약간 더한 다음 던져버리고 새 카드를 집었다. 중간에 멈추지도 않았으며 나의 집중력과 전달력은 점점 고조되었다. 하지만 아직은 어디에도 당도하지 못했다. 쇼는 기차 사고의 현장이 되어버렸다. 표면상 관련 없는 아이디어들이 서로 부딪치며 내는 스카타토 소리 뒤에서, 나는 스트레스를 감추려 하고 있었다. 관객들은 충격받은 것 같았다. 그들의 침묵은 거의 한시간 동안 깨지지 않았다. 그건 농담이 실패했을 때 돌아오는 불안한 침묵이 아니라 일종의 긴장이었다. 내가 방금 무슨 짓을 한 건가 싶어 기분이 끔찍했다. 사람들을 편하게 만들어주는 것이 내 직업이었고 나도 이 분위기를 가볍게

망할 평판.

하기 위해 농담을 해주어야 한다는 걸 알고 있었다. 하지만 나는 다시 밑을 내려다보며 바구니에 있던 마지막 카드를 꺼냈다.

그렇게 첫 시범 공연을 마치고 집에 돌아오니, 기억나는 일이라곤 내 트리거가 당겨졌다는 것뿐이었다. 이날 처음으로 내가 하려는 시도가 상당히 위험하다는 점을, 내 관객만이 아니라 나에게도 위험하다는 점을 인정하게 되었다. 나는 부끄러웠다. 「나네트」가 나의 이야기를 넘어서는 목적을 달성해야 한다는 것을 알았고, 내 소재에 트리거가 당겨질 누군가에겐 일종의 서사적인 카타르시스를 제공할 책임이 있다는 것도 알았다. 그러나 한편으로 나는 내 이야기가 그저 거슬린다거나 불편하다고 느끼는 사람에게 동일한 카타르시스를 선물해주고 싶지 않았다. 하지만 첫 시범 공연 이후, 그 아슬아슬한 줄타기를 시도하기도 전에 내가 이해한 바는 우선 나 자신부터 안전해야 한다는 것이었다.

보통 나는 풀기 어려운 문제를 만날 때마다 시간을 갖고 소화

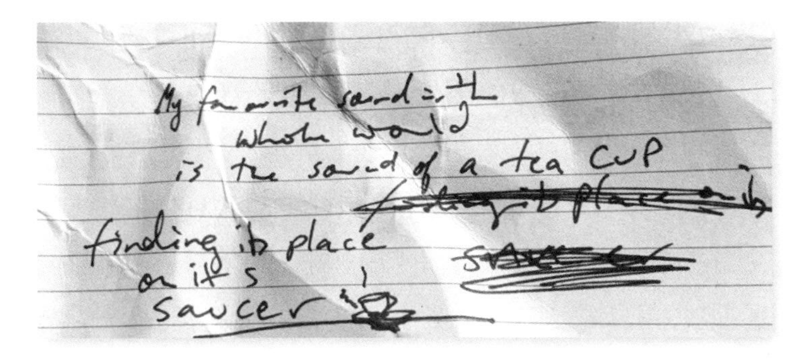

내가 세상에서 가장 좋아하는 소리는 찻잔이 찻잔 받침에 딸깍하고 들어맞는 소리다.

하고 연습을 한다. 하지만 이 경우에는 해답이 윤곽을 드러내기에 앞서 내 질문이 뭔지도 뚜렷하게 파악해내지 못한 상태였다. 힌트는 어떤 소리의 형태로, 내 찻잔이 찻잔 받침에 들어맞는 소리로 다가왔다. 카드 바구니 어딘가에 내가 그 소리를 적어놓았던 게 있었다.

소리가 나에게 신체적 고통을 일으킬 정도의 잠재력이 있다는 건 오래전부터 알고 있었지만 나에게 유쾌한 반응을 일으킬 소리를 적극적으로 찾기 시작한 지는 얼마 안 됐을 때였다. 기분 좋은 소리의 목록은 고통스러운 소리의 목록만큼 길진 않다. 그래도 그중 절묘하게 느껴지는 소리가 조금 있는데, 나한테 가장 중요한 소리는 찻잔이 찻잔 받침에 들어맞는 소리다. 그 소리는 단순히 아름다운 것을 넘어, 내가 사랑받는 존재임을 상기시켜주고 안전하다는 느낌을 가져다준다.

나는 생각 하나하나를 모조리 창의적인 과정에 쏟아붓고 있었으므로, 당시로선 최선의 의사결정을 하려는 마음가짐이 없었을 가능성도 충분히 있다. 다만 나는 할 일을 했다. 내가 순서대로 한 일은 이런 것이었다. 먼저 내 카드를 모두 훑어본 다음 정말로 좋은 느낌이 드는 카드 열장을 골랐다. 그러고 나서 나흘간 온갖 일을 완벽히 해치웠다. 부엌에 영양가 있는 음식을 채워두고, 현관문을 잠그고, 핸드폰을 껐다. 이후 사흘간은 미량의 환각제(MDMA)가 주는 효과를 어림짐작해보며 카드 열장에 적힌 구절을 외우고 또 외웠다.

여러분은 절대 나를 따라 하지 말라고 말하고 싶다. 내가 먼저 그렇게 하고 나서 하지 말라고 하는 건 치사하다고 할 수도 있겠다. 하지만 제발 여러분은 자기 트라우마를 쇼로 써서 전세계를 돌며 200회 공연하는 일 따위는 하지 않았으면 좋겠다. 그건 약간의 환각제molly를 시험해보는 것보다 수명을 단축시킬 가능성이 높다.

내가 시도한 건 신경가소성(뇌가 외부 환경에 따라 구조와 기능을 변화시키는 특징—옮긴이)의 지름길을 스스로 찾아내는 것이었고 이로써 구체적인 스티밍을 텍스트로 만들어내 위장할 수 있었다. 스티밍stimming이란 자기자극이나 자기위로를 하는 행동(머리를 치거나 손을 터는 것처럼 자기를 위로하는 행동—옮긴이)으로 자폐인들이 하면 부정적으로 여겨지는 표현이지만 우리는 이것이 무엇인지 잘 안다. 나는 언제나 스티밍을 감추거나 나중으로 미루려고 애를 써왔다. 관자놀이를 톡톡 두드리고 몸을 흔들어 기분을 나아지게 하는 일은 혼자 있을 때만 하는 걸 선호하기 때문이다. 이 또한 마스킹의 일부인데, 사실 그러고 나면 괴로움이 더 커질 따름이다.

내 틱을 「나네트」 공연 중에 오픈하면 무대에서의 권위가 사라져버릴 것임은 알고 있었다. 그와 동시에 자기보호 행동을 억압하거나 연기하려고 하면 내 감정을 조절할 수 없는 단계까지 갈 수도 있고, 트라우마가 나를 지배해버릴 수도 있다는 점 또한 알고 있었다. 나의 이론상으로는 환각제처럼 잠깐이라도 기분 좋게 하는 구절 몇개만 내 옆에 두면 「나네트」만의 특별 스티밍 순서를 만들 수 있을 것 같았다.

나의 모든 안전 구절이 「나네트」 마지막 공연까지 살아남은 건 아니다. 그래도 꽤 많이 살아남긴 했다. 저 찻잔 얘기는 나를 가장 잘 위로해주는 보석 같은 구절로 매우 효과적이었다. 하지만 실제 구명보트처럼 느껴졌던 두가지는 그 이상의 수행적 특질들을 갖고 있었고 내 몸의 기억으로 남아 늘 힘이 되었다. 나는 언제나 엄마 성대모사를 즐겨 했는데 이 행위가 나에게서 한발 떨어지는 휴식처럼 느껴졌기 때문이다. 아마도 사람들은 이것을 연기라고 부르는 듯하다. 그런데 주말마다 좋은 기분의 영향을 받으며 엄마의 사과를 반복해서 외고 또 외자, 새로운 층위의 보호막이 형성된다는 걸 알게 됐다. 나는 엄마가 전하려고 하는 고통이 내 안에서 사라짐을 느꼈다. 그뒤로 「나네트」 공연을 할 때마다 엄마의 목소리를 연기하는 대목에서 매번 카타르시르를 느꼈고, 내 괴로움은 아무것도 아닌 것이 되었다. 그냥 알아서 사라졌다. 나야 전문가가 아니지만, 전문가들이라면 이런 현상을 연구해봐야 한다고 생각한다.

또다른 구명보트는 "나는 지금 내 전성기다"라는 구절이었다. 그 주말에 이 구절을 반복해서 중얼거릴 때 은근하지만 굳은 확

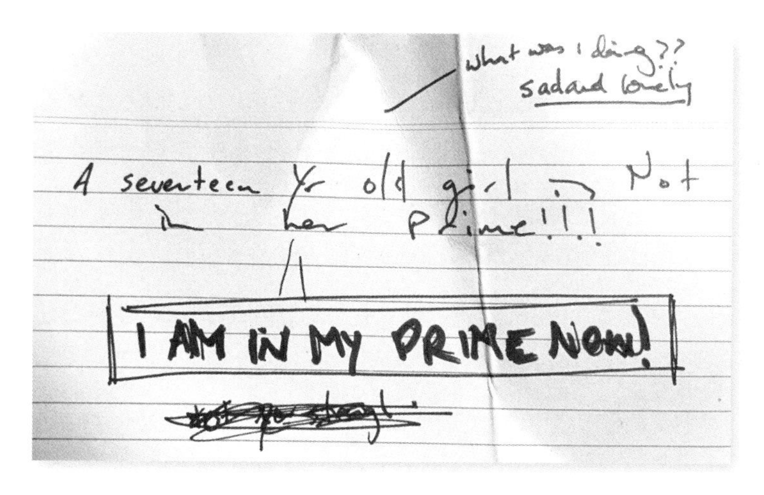

열일곱살이 여자의 전성기는 아닙니다!!
지금 내가 전성기입니다!

신을 갖고 이 구절을 대했다. 개인적으로 내게 해당되는 구절이라고 생각하진 않았다. 그저 일반적인 중년 여성을 생각하고 있었다. 하지만 가끔은 이 구절로 나를 토닥여주기로 했다. 그다음 몇달 동안 「나네트」를 더 다듬으면서 이 안전 구절은 진정한 자신감이 되기도 했다. 어쩌면 정말 내가 전성기라는 걸 언뜻 깨달았는지도 모르겠다.

전성기 아이디어를 낸 건 영국으로 떠나는 내 친구가 작별 선물로 내게 남기고 간 약간의 환각제 덕분이기도 했다. 받고서 기뻤는데, 좋은 기분을 느끼는 건 좋지만 굳이 법을 어기는 건 싫었기 때문이다. 그때까지 나는 몇년 동안 트라우마에 관해 배웠었고, 이러저러하게 마음을 바꿔주는 약물을 미량 복용하는 것에 상당히 호기심을 느끼고 있었다. 분명히 말하지만, 내가 나 자신을 이 방면의 전문가로 착각하고 있다는 뜻은 아니다. 나는 내가 어땠는지 정확하게 안다. 난 그저 절실했다. 내가 기억하는 한 나는 트라우마의 영향 아래서 오랫동안 허우적거리고 있었고, 첨단 의료와 획기적인 약물도 내 살아생전 그 트라우마를 끊어주진 못할 것임이 확실했다. 첨단 의료가 자폐 여성의 생물학적 특성에 관심이 있었던 적은 없기 때문이다. 아니, 이 문제에 관해선 모든 여성에게 관심이 없어 보인다. 그러니 내가 잃을 것이 뭐가 있겠는가?

미량의 약물을 섭취하면, 어쩔 수 없이 초대한 트라우마에 대해 생각하면서도 공황에 빠지는 일이 조금이나마 줄어들지 궁금했다. 하지만 첫 쇼에서 첫 몇분 동안 트리거가 당겨진 후 약물은 하지 않는 편이 낫겠다는 결론을 냈고 그보다는 나의 이 실험적인, 연꽃잎처럼 떠 있는 긍정적 스티밍을 계속해보기로 했다.

알다시피 나는 관객에게 책임을 느꼈다. 「나네트」에서 전달하려는 내용이 많은 사람의 나쁜 기억을 되살릴 수 있다는 걸 알면서도 특별한 경고 없이 하던 대로 하고 있었기 때문이다. 이것은 나에게 심각한 문제로 느껴졌고, 오늘날까지도 그 점을 생각하면 마음이 편치 않다. 궁극적으로 내 의도는 어떤 치유의 카타르시스를 만들어내는 것이었으나, 그 과정과 행동에 '선'을 심고자 최선을 다하지 않는다면 좋은 의도가 꼭 좋지만은 않다는 것이 내 개인적인 철학이다. 그리하여 나는 트라우마 급류에 떠내려가지 않도록 내 구명보트를 만들려는 시도는 하지 않았다. 그 공간에서 내 몸이 가장 생생히 살아 있고 가장 취약하길 바랐던 것인데,

결과적으로는 썩 괜찮은 선장이 되어 나만의 배를 타고 안전하게 물살을 탈 수 있었다.

돌이켜보면 아직 나의 쇼가 없었을 때조차 하나씩 하나씩 두터운 층을 쌓으며 공연을 준비해왔다는 생각이 든다. 설명할 순 없을지언정 내가 무엇을 하고 있는지는 정확히 알았다. 그리고 나는 마침내 그 일을 하게 되었다. 마침내 야수 같은 쇼를 한편 만들었고, 트라우마에 끌려다니는 관객들, 코미디라는 맥락에서 너무 쉽게 무시되곤 하는 관객들에게 조금은 더 안전한 장소를 제공해주었다. 나 또한 「나네트」를 계속 공연하며 내 트라우마 가운데 최악의 부분은 간신히 걷어낼 수 있었다. 어쩌면 우연히 타이밍이 맞아떨어졌던 건지도 모른다. 어쩌면 나에게 필요한 만큼의 시간이 흘러서, 「나네트」가 있었던 2년 동안 내 상처 역시 천천히 치유될 참이었는지도 모른다. 어느 쪽인지는 나도 모르겠다.

이 모든 일이 처음부터 순조롭게 흘러갔다는 인상을 줄까봐 첫 몇달이 얼마나 끔찍했는지 말하고 싶다. 진짜 끔찍했다. 이 말 외에 어떤 말이 더 필요할지도 모르겠다. 별의별 일이 다 있었다. 야유가 있었다. 언어 학대를 당했다. 관객이 환불을 요구했다. 구토했다. 자기 전에 울었다. 전부 초연 첫날 밤에 일어난 일이다. 어느정도 시간이 지나기까지는 쉬워지지도 않았다. 초반에는 힘들 줄 알면서도 투어를 떠났다. 「나네트」는 공연이 끝날 때까지 안전하지가 않기 때문에 언제나 진퇴양난의 상황이었다. 하지만 나의 이야기를 제대로 직조해 완성할 수 있는 장소는 하나뿐이었으니, 그곳은 바로 무대 위였다.

10장

나의 이야기

「나네트」의 탄생

「나네트」 데뷔 무대를 열기에 웨스턴오스트레일리아주 퍼스만큼 안 어울리는 도시는 없을 것이다. 나의 퍼스 친구들을 불쾌하게 하고 싶지는 않지만 여러분은 모든 일에 리틀 딕 에너지little dick energy(가진 기술이나 능력 없이 유해한 남성성이나 오만함을 과시하는 행동—옮긴이)를 발휘하는 편이지 않나. 하지만 이 말은 퍼스 공연이 「나네트」 초기의 운명을 결정짓는 매우 중요한 시즌이 되었다는 의미이기도 하다.

히스 레저 극장은 「나네트」를 평범한 코미디 공연이라기보다 호화로운 '행사'처럼 느껴지게 했고 그만큼 관객들이 공연을 존중하는 태도를 보여주기도 했지만, 한편으론 푹신한 벨벳 의자에 몸을 깊이 묻어버리는 관객들도 있었다. 나도 「나네트」가 '비싼 티켓값'을 해야 한다는 기준에 부합하기 위해선 갈 길이 험할 수 있다는 걸 알았다.

그즈음 '대본'은 점점 더 완성된 꼴을 갖추어가고 있었고 도입부와 결말만 빠져 있었다. 물론 좋은 상황은 아니었지만 들리는 것처럼 심각하게 나쁜 상황도 아니었다. 진짜 문제는 나였다. 컨디션도 엉망이었고 아직 내 재료에 대해 완벽하게 파악하지 못한 상태라 무대에서 이걸 자유자재로 전달할 수 있을지 확신이 서지 않았다. 평소 같으면 이런 상황에서도 어떻게든 허풍과 임기응변을 발휘해 새로운 쇼의 첫번째 무대를 무사히 마쳤을 것이다. 하지만 「나네트」는 평소 같은 상황이 아니었다. 가장 두려운 일은 초연 첫날 밤 새로운 쇼를 기억해야 한다는 스트레스 때문에 감정 조절이나 스트레스 억제에 실패하는 일이었다. 그러니까 스스로 트라우마를 견디지 못해 무대에서 멜트다운이 일어나는 것말이다. 그리고 정확히 그 일이 일어났다.

아마 한 10분 정도 괜찮았다가 그다음부터 자제력을 잃어버린 것 같다. 여과되지 않은 날것의 스트레스를 그것도 큰 소리로, 불쌍한 관중에게 전하고야 만 것이다. 내가 완전히 나락으로 떨어지지 않을 수 있었던 건 스탠드 마이크를 사용한 덕분이었다. 내 몸을 무대에 온전히 뿌리내리게 하고 나를 묶어두지 않았더라면 아마 나는 작은 바람에도 저 멀리 날아가버려서 「나네트」가 강력한 폭풍이 될 기회도 만들지 못했을 것이다.

퍼스에서 이 운명적인 쇼 중간에 일어난 두가지 일 때문에 「나네트」는 「나네트」가 되었다. 첫번째는 침묵이었다. 내가 흥분하여 고함치기도 했고 쇼 자체의 구조도 혼란스러웠지만 그래도 관중에게 두번의 강렬한 충격을 안겨줄 수 있었는데, 그것이야말로 정확히 내가 원하던 일이긴 했으나 그 일이 내 안에서 어떻게 해석될지는 전혀 알 수 없었다. 첫번째 침묵은 내가 트라우마 목록을 나열한 이후에 일어났다. 처음에는 관객의 침묵을 눈치 못 챘는데 내가 과열된 상태였던 탓이다. 하지만 다음에 무슨 말을 해야 할지 몰라 잠깐 멈추었을 때 바로 실감했다. 500명 정도 되는 사람들이 긴장으로 몸이 굳어 있었고 내 몸 안은 텅 비었다. 정말 이상한 기분이었고 시간이 멈추었다는 말 외에 달리 표현할 방법이 없다.

두번째 침묵은 약 5분 뒤 일어났다. 피카소에 대해 불평불만을 터뜨리고 있던 중에 두번째 줄에 있는 한 남자가 내게 필요한 것이 야유라고 판단한 모양이었다. 나는 말을 멈추고 그를 내려다보았고, 지금 내가 쏟아내려는 분노를 그 남자는 짐작도 못 한다는 걸 알 수 있었다. 그는 구부정하게 앉아 건방지게 팔짱을 끼고 다리는 어찌나 넓게 벌렸던지 어제 똥 싼 흔적이 보일 정도였다. 일반적으로 관객의 야유 때문에 쇼가 중단되면 관중은 공연자가 관객 반응에 대한 방향을 제시할 때까지 안절부절못하고 산만해진다. 하지만 이번에는 아니었다. 관객들 사이에 긴장이 되살아났고 나는 오히려 차분해졌다. 나는 그의 말을 확실히 들었지만 되풀이하게 하고 싶어 그에게 무슨 말을 했느냐고 물었다. 그는 어쩔 수 없이 응해준다는 듯 말했다. "뭐라 그랬냐고요? '몇년도 이야길 하고 있는 거야?'라고 했습니다."

그는 거들먹거리고 있었다. 나를 골탕 먹일 속셈이었다. 다만 그가 선택적으로 눈감고 있던 사실이 하나 있으니, 나는 내가 무슨 말을 하는지 알고 있었고 앞으로 적어도 10분 동안 공개적으로 그를 망신 줄 만큼의 재료를 가지고 있었다는 점이다.

"몇년도 이야길 하냐고요? 그건 왜요?"

침묵의 밀도는 점점 깊어갔고 그 침묵을 이용해 안정을 찾고자 애썼지만 점점 통제력을 상실하고 있었다.

"그냥 궁금해서?" 그가 너무 기분 나쁘게 굴어서 잠시 이성을 잃을 뻔했지만 그래도 평정심을 유지했다.

"궁금해서? 거짓말 말아요." 나는 차갑게 대꾸했다. "물론 궁금하시겠죠. 질문은 궁금해서 하는 거잖아요. 아저씨. 왜 그런 질문을 했냐고요?"

"아니, 지금 말하는 그 이야기는 옛날 옛적에 일어난 일이잖아요. 시대가 변했고, 요즘 세상과는 상관없지 않나? 하던 농담 계속하세요."

그때 내 분노의 수문이 열렸다.

"시대가 바뀌었다고요? 정말 그럴까요? 글쎄, 나는 의견이 다른데요. 아마 이 방에 있는 여성 세명 중 한명은 내 말을 입증해줄 직접적인 경험이 있지 않을까요? 당신이 왜 그 한심한 질문을 했는지 내가 대답해줄까요, 이 멍청한 아저씨? 당신은 궁금한 게 아니었죠. 말할 권리가 있다고 생각한 거죠. 근데 그 권리 없어요. 여기서는 없습니다. 이 긴 마이크는 내가 갖고 있고요. 당신 엿 먹이는 건 내가 합니다. 그럼 이제 한심한 질문에 대답해줄까요? 1932년이었습니다. 그러니까 이제 닥치고 다리 얌전히 모으고 내 말이나 들어요." 그런 다음 5분 정도 더 그에게 소리쳤던 것 같다. 뒤이은 나의 말엔 조리가 없는 듯했지만 상관없었다. 중요한 건 내가 그 사람을 완전히 깔아뭉개고 있으며 관객들은 침 넘기는 소리도 안 낸다는 사실이었다. 나는 생각했다. 젠장, 이 쇼가 많은 사람을 소외시킬 줄은 알고 있었잖아. 이것은 내가 만든 침대였기에 나는 그위에 누울 준비가 되어 있었다.

나의 반대파 불청객에게서 시선을 거두고 더 많은 관중에게 시선을 돌렸을 때 공연장이 폭발할 듯 우레와 같은 박수가 쏟아졌다. 나는 놀란 것 이상이었다. 무슨 말을 해야 할지 몰랐다. 이건 나의 계획은 아니었다. 박수가 그칠 때까지 생각을 정리하지 못한 나는 그냥 중단한 부분부터 다시 시작했다.

“저 그만둘 겁니다!!” 나는 소리쳤다. 원래는 계획된 영리한 농담이었지만 그날 밤에는 그렇게 전달되지 못했다. 마치 진심으로 그 순간 결심한 생각처럼 들렸고, 관중 또한 내 말을 어떻게 받아들여야 할지 몰라 침묵을 지키며 기다렸다. 내가 다시 시작했다. “이 일 그만둡니다. 농담이 아니에요. 코미디 그만두려고요. 그래야 되겠더라고요. 더이상 못 하겠더라고요.”

나도 내가 무슨 말을 하려는지 몰랐는데 일단 말을 내뱉자마자 내가 뭘 하고 있는지 정확히 알 수 있었다. 나는 작정하고 편도 여행을 하고 있었다. 내가 아는 진실을 말할 작정이었다. 이 진실을 말하기 위해서 관객과 생계와 명성도 잃을 각오가 되어 있었다. 충격받은 관중은 너무나 조용하고 또 조용했다. 그들이 내 손바닥 안에 있는 듯한 기분이었다. 이 세상에서 내가 가진 힘은 미약할지언정 무대에 섰을 때만큼은 그 공간을 지배할 수 있는 놀라운 힘이 나에게 있다는 것을 그때 처음으로 깨달았다. 이제 내가 그 힘을 휘두를 때가 온 것이다. 이 깨달음과 함께 긴급하고 근본적으로 낯선 느낌도 따라왔다. 그 순간의 내 느낌에 붙일 수 있는 만족스러운 이름은 아직 없지만 그 느낌은 무대를 떠날 때도 나에게 남았다. 사실 거의 2년 내내 나에게 남아 있었다.

나는 훨씬 더 시급한 문제가 있었기 때문에 오랫동안 이 느낌이 뭔지 숙고할 시간이 없었다. 내 쇼에 방탄복을 입혀야 했다. 하루라도 빨리. 다시는 야유할 여지를 남겨서는 안 됐다. 그런 일이 또 생긴다면 나뿐만이 아니라 내 관객들도 안전하지 못할 터였다. 그래서 그다음 주에는 쇼 전반부에 많은 농담을 쌓았다. 내 말투와 행동의 강렬함은 최대한 축소하고 부드러운 보자기 안에 나의 적의를 숨겼다.

그 농담은 내 농담이 아닙니다. 내가 안 썼어요. 고전입니다. '옛것이 좋은 것이여'(Oldie but Goldie)죠. 그 농담은 여성들이 웃기기 전부터 존재해왔습니다. 그 좋았던 시절에 '레즈비언'은 오늘과 다른 뜻이었어요. 옛날 옛적 레즈비언은 남자 앞에서 웃지 않는 여자를 말했습니다. 「나네트」 퍼스 버전

「나네트」가 들어온 비판 중에는 전반부가 후반부에 비해 약하다는, 아니 후반부에 비해서 강하지 않다는 지적도 있었다. 나에겐 전혀 와닿지 않는 말이다. 그 앞부분은 일부러 관객들을 편안하게 하려고 설계된 부분으로, 그게 목적이었다. 전반부에 '배꼽

잡는 웃음'이 다수 포함되어 있지 않았더라면 그뒤에 나올 '영혼에 한방'의 임팩트가 약했을 것이라 생각한다. 차가운 얼음물에 있다가 펄펄 끓는 듯한 뜨거운 물에 뛰어든다고 가정해보자. 양쪽 다 극단적이라, 어느 선까지는 신체가 나중의 감각을 먼젓번 감각과 구별되는 충격으로 인식하지 않는다. 반면 적당히 따뜻한 물에서 휴식을 취하고 있던 사람에게 다가가 용암 한바가지를 쏟는다면 그건 범죄일 것이다. 이제 내가 왜 그랬는지 알겠는가? 나는 내 입에서 진지한 얘기가 나올 거라고 여러분이 믿게 한 다음, 진지한 얘기 대신 아재 농담을 조금 했다. 이럴 수가!

전면에는 잔잔한 말장난 코미디를 내세우면서 나는 동시에 여러 일을 하고 있었다. 첫째, 나는 관중에게 잘못된 안정감을 심어주고 있었다. 둘째, 앞으로 어려운 재료를 책임감 있게 전달할 수 있도록 나를 위한 완충 장치를 만들고 있었다. 마지막으로, 내가 가장 좋아하는 자폐증 스타일의 대화 방식을 사용했다. 바로 말장난과 아재 농담 말이다. 「나네트」는 이렇게 전투적인 아이디어로 가득했다. 그러나 여러분에게 나의 아이디어를 모두 공유하지는 않을 것이고, 나의 비밀 병기는 밝히지 않을 생각이다. 왜냐하면 나는 코미디를 그만두지 않았기 때문이다. 하지만 여전히 나와 이 여행을 함께하고 싶은 사람들에게는 「나네트」가 서커스 줄에서 균형 잡는 일이었다고 말하고 싶다. 내가 관중에게 던진 감정은 직설적이었을지 몰라도 그 작품의 구조는 정교하고 세심하고 미묘하고 복잡했다.

이 쇼를 싫어하는 사람도 많다. 지금 내가 하는 약간의 변명을 정당화할 수 있을 정도로 충분히 많다. 이들은 아마도 내가 건네준 감정에만 반응하고 비판적인 관점으로 내 작품을 즐기거나 참여하지는 않았을 것 같다. 그래도 괜찮다. 내가 그렇게 반응하라고 직접 방아쇠를 당겼다. 나는 여성들이 공개적으로 미안해하지 않고 자기 이야기를 할 때 즉시 분노로 반응하기 시작하는, 세상의 커다란 일부를 혼란스럽게 하고 싶었다. 그들의 인지 능력을 차단한 다음에 무대에서 취약해지고 싶었다. 이성애자 백인 시스남성을 혹평하면 자기를 그렇게 정의하는 사람들 중 최악의 사람들은 끊어낼 수 있을 것임을, '코미디'를 혹평하면 동료들 가운데 가장 해로운 부류와 헤어지게 될 것임을 알고 있었다. 나는 그들이 부정적인 느낌을 강렬하게 경험하되, 가장 취약한 상태인 나와는 그 어떤 의미 있는 연결 고리도 찾을 수 없도록 하고 싶었다.

그밖의 사람들에게는 내가 생각해낼 수 있는 최대한 많은 안전망을 제공하고 싶었다. 무엇보다도 가장 굵은 안전 손잡이는 내가 힘있는 자들의 편안함을 우선시하는 사람이 아님을 분명히 밝히는 것이었다. 그래서 지금은 자기 목소리가 내 공간에서 환영받을 거라고 착각한 퍼스의 찌질이에게 감사 인사를 해야 할 것 같다. 그가 없었다면 나의 안전을 위해 꼭 필요한 열쇠를 제때 찾지 못했을지도 모른다.

퍼스는 「나네트」가 나아갈 방향을 올바르게 설정해주었지만 모양을 갖추기까지는 앞으로 더 많은 싸움이 남아 있었다. 힘겨웠던 그 첫 몇달 동안 나 자신을 위해 마련했던 모든 가드레일은 엄청난 도움이 되긴 했어도 충분치는 않았다. 내가 버틸 수 있었던 이유는 주변 사람들이 내가 어떤 일을 하는지 보고 나를 철저하게 보호해주었기 때문이다. 정말이지 철통 방어를 해주었다. 무대에서 내려오면 항상 제작팀의 캐스, 로언, 에린, 헬렌, 케브가 대기하다가 나와 함께했다. 그해에 같은 제작팀에 소속되어 있던 다른 코미디언들에게도 마음의 빚을 느낀다. 나는 우리 팀원들의 시간을 평소보다 훨씬 더 많이 잡아먹었을 것이다. 미안합니다!

케빈은 「나네트」의 성공 잠재력을 나보다 훨씬 먼저 인식했다. 재앙이었던 그 첫번째 쇼가 끝나고 내가 바닥에 흩어져 있는 카드를 모으고 있는데 케빈이 뛰어오더니 확신 가득한 목소리로 초대박이 날 거라고 말했다. 그리고 매니저만이 생각해낼 수 있는 종류의 기대를 덧붙였다. "두고 봐. 수요일 표도 매진될 테니까."

수년 동안 꾸준히 관중이 늘었고 기본적으로 내 쇼는 매진이라고 할 수 있었지만 수요일 티켓만큼은 판매가 부진할 때도 있었다. 케빈이 이 쇼가 히트하게 될 거라 말했을 때에도 진심으로 믿지는 않았다. 그러나 「나네트」가 멜버른에 상륙했을 때 그의 예상이 전적으로 옳았음을 알게 됐다. 첫주부터 입소문이 빠르게 퍼졌고, 수요일 표만 매진된 것이 아니라 시즌 전체 전석이 매진되었다. 대규모 공연장에서 여러차례 앵콜 공연을 했다. 인생에 한번 있을까 말까 한 일이 벌어지고 있었다.

'포럼'Forum에서의 공연을 시작으로 「나네트」는 대극장에 입성했다. 그때까지의 공연장이었던 소극장에 비해 포럼은 멜버른에서 가장 크고 전통 있는 대규모 공연장으로, 나의 쇼는 굉장히 중요한 이벤트로 여겨졌고 아마 그때 「나네트」가 드디어 괴물이 되지 않았나 싶다. 그즈음 마침내 쇼의 유동적인 대목들 사이에서 내가 진정으로, 그리고 일관적으로 균형을 잡을 수 있게 되었다는 점도 하나의 이유일 것이다. 나는 전달해야 할 모든 내용에 익숙해졌을 뿐 아니라, 그간 연습을 통해 내용을 훨씬 더 설득력 있게 전달할 줄도 알게 되었다. 포럼 공연은 그제껏 선보인 「나네트」 가운데 가장 정밀한 버전이었으며, 공연이 끝난 뒤엔 다시는 그런 편안함에 머물지 말아야겠다는 다짐이 들었다.

그 큰 극장을 장악했을 때 나는 나 자신이 관객의 긴장을 오케스트라의 지휘자처럼 자유자재로 통제할 수 있다는 것을 발견했다. 히틀러가 그 유명한 '연설' 중 하나를 했을 때 가졌을 느낌이 무엇인지 알 것 같았다고나 할까? 농담이 아니라 솔직히 말해서 내가 이 관객들에게 마피아 심부름꾼이 되라고 설득할 수도 있을 것만 같았다. 리더십에 대한 기대가 긴장을 뚫고 지나가는 게 느껴졌다. 나는 내가 그 순간을 통제하고 있을 뿐 아니라 사람들, 진짜 사람들도 통제하고 있음을 이해했지만, 그 느낌엔 전혀 신경 쓰지 않았다. 그런 종류의 힘은 이해하기에는 너무 거대하고 휘두르기에는 너무 위험한데, 특히 사람들의 트리거나 트라우마를 집중 공략하는 나 같은 이에겐 더더욱 그렇다. 내가 만들고 싶었던 건 나의 무기가 아니라 나의 도구가 되는 쇼였다.

왜 나를 무리 중에서 콕 찍어 그런 짓을 할 수 있었을까요? 내가 다른 것이 그렇게 죄라면 차라리 나를 헛간으로 데려가서 내 머리에 총알

을 박아 넣는 것이 인도적이었을 겁니다. 그런데도 왜 나를 학대하고, 강간하고, 구타한 사람들을 신고하지 않은 줄 아세요? 왜냐하면 나는 바보가 아니니까요. 남자에 비하면 나는 아무 가치도 없다는 것을 알고 있었으니까요. 그렇다고 진심으로 믿고 있었으니까요. 나 같은 건 안 중요하다고 말이에요. 「나네트」 멜버른 버전

여러 가능한 해결책을 생각해냈지만 머릿속에서 '판 뒤집기'라고 묘사한 다소 조잡하지만 효과적인 전략으로 정착했다. 쇼의 뒷부분에 배치했던 대략 25분에 해당하는 재료를 쇼의 맨 끝에 붙여 끝부분을 흘러넘치게 한 것이다. 보통은 이 내용을 머릿속으로 마구 섞은 다음 자연스러운 연결성에 집착하지 않고 샐러드처럼 뒤죽박죽으로 만들었다. 내 이론상으로는 쇼의 마지막 부분을 유동적으로 유지해 진짜 공황상태로 만들고 나면 그 공간 안에 나 자신을 억지로 잡아두게 될 터였다. 이는 가능한 한 진정성 있게, 내가 가진 취약성을 역설계하는 방식이었다. 넷플릭스 촬영 버전을 제외하고 그 이후의 단독 공연에서 「나네트」는 이런 방식으로 살아남았다. 그런 다음에는 변경할 수 없게, 물고기 똥구멍을 막듯 확실히 막아버렸다. 이에 대해선 나중에 더 이야기하자.

엄마 아빠는 호바트에서 열린 쇼를 보았다. 그건 다른 사람이 본 것과 같은 쇼가 아니었다. 나는 부모님이 온다는 걸 알고 가장 트라우마가 심한 부분은 편집한 다음, 충격적인 내 버스 정류장 폭행 이야기는 최대한 짧게 하고 지나갔다. 낯선 사람들로 가

득 찬 공간에 앉아 내 고통을 목격하는 것은 부모님에게 공평하지 않다고 생각했기 때문이다. 하지만 그럼에도 내 분노의 열기는 여전했고 공연 중 몇번이나 공연장에는 팽팽한 긴장이 감돌았다. 그때까지의 암묵적인 기준이 되어버렸던 것처럼 누구도 침묵을 깨지 않았다. 물론 우리 엄마는 예외다. 당연하다.

"하!"

엄마의 웃음소리가 틀림없었기에 관객들에게 방금 소리 낸 사람은 우리 엄마라고 말했다. 살짝 방해받았다고 느낀 관객은 계속해서 침묵을 지켰고 이번에는 엄마도 침묵을 지켰다. 그러나 나는 우리 엄마가 나를 비웃었던 게 아니라는 걸 알았다. 그건 기쁨, 조롱, 저항 또는 조소를 표현하는 웃음이 아니었다. 자신이 그곳에 있다는 것, 내가 하는 일을 알고 있다는 것, 나를 위해 두려워하고 있다는 것을 알려주고 싶은 소리였다.

보통「나네트」공연 후에는 조용하고 어둡고 안전한 곳으로 가서 압박감을 풀어야 했다. 하지만 호바트 쇼에는 트라우마가 없었기 때문에 부모님을 찾으러 나설 수 있었다. 아빠는 일찍 떠났지만 엄마는 들뜬 모습으로 가족과 친구들에게 둘러싸여서 사람들을 즐겁게 해주고 있었다.

"네가 했던 공연 중에 최고다!" 앉자마자 엄마가 말했다. 내심 어떤 말을 기대했었는진 알 수 없으나, 엄마가 그렇게 말할 줄은 꿈에도 몰랐다.

"정말?"

"그렇다니까. 너를 비하하지 않았잖아."

"엄마 비하하지 않아서는 아니고?" 내가 대답했다.

"그거나 그거나." 엄마는 어깨를 으쓱하며 와인을 한모금 마시고는 테이블 쪽 사람들에게로 돌아갔고 다들 조금은 차분해져 있었다. 잠시 후 한 여성이 우리에게 살짝 다가왔는데 우리 관계를 비밀로 할 생각이 없는 엄마의 말을 엿들은 것 같았다.

"어머나, 해나 어머니 맞으세요?" 그 여성은 흥분해서 물었다. 그 옆에 앉아 있던 나에게는 영 관심이 없는 것 같았다.

"음. 그런가." 엄마는 고개를 들어 어떤 여성인지 짐작하려고 했다. "잘 모르겠수. 맞나? 병원에서 건네준 애기가 커서 저 애가 된 건 맞는데." 그 여성은 억지웃음을 지은 다음 어색하게 서 있었다. "어머니, 해나가 정말 자랑스러우시겠어요." 겨우 이 말로 마무리 하고 황급히 자리를 떴다.

"근데 해나가 누구지?" 엄마는 그 여성에게 들릴 만큼 큰 소리로 물었다. 역시 엄마는 옳다. 엄마가 나보다 웃긴다.

내가 고개를 빳빳이 들고 자신감 있게 살면 내 코미디 경력이 끝날 수도 있겠죠. 그러라든가요. 코미디 안 하고 살면 되죠. 「나네트」 호바트 버전

다음날 만난 아빠는 별말이 없었다. 그냥 아무에게나 무슨 일로도 할 수 있는 막연하고 애매모호한 칭찬을 중얼거렸다.

“아빠는 남자니까 싫어하는 거야!” 엄마가 설명했다.

아빠는 반박하지 않았지만 그럴 필요도 없었다. 아빠가 남자인 것과는 아무 관련이 없다는 것을 나도 알고 있었다. 아빠는 흑색종 치료를 받고 있어 쇠약했고 피곤했고 두려워하고 있었다. 나는 그저 우리 아빠가 공연을 볼 수 있어서 기뻤다.

투어를 다니는 동안 내 직계가족은 모두 「나네트」를 보았고, 우리 가족은 이전에 몰랐던 나의 아픈 과거와 트라우마를 소화해야 했다. 가족끼리 이에 대해 약간의 대화를 나누긴 했지만 나는 무대에서 모든 할 말을 다 했고 우리 가족은 각자의 방식으로 확고한 내 편Team Me이라는 사실을 확인해주었다. 우리 사이 대화가 넘치지 않는다 해도 현재 나는 성인이 된 이후로 가족과 가장 가깝다고 느끼고 있다.

그중에서도 나는 저스틴 오빠의 반응을 가장 좋아했다. 너무 저스틴답게 어색하고 너무 웃겨서다.

“어허, 동생. 잘 봤다. 그런데 있잖아. 그게 말이야. 네가 위에서 한 말 나는 다 이해한다. 그렇다고.” 그러고 난 다음 정답고 푸근한 버스 운전사식 포옹을 해주었다.

저스틴은 애들레이드 프린지의 두번째 날 공연을 보았고, 그건 이 대화가 일어난 배우 대기실이 화물 컨테이너와 이동실 화장실 사이에 놓인 고무 매트였다는 뜻이다. 내가 공연한 ‘가든 오브 언어슬리 딜라이츠’Garden of Unearthly Delights는 런들 공원에 마련된 곳으로 페스티벌 기간 동안 평범한 공원이 텐트가 가득한 꿈나라 축제로 바뀌며, 애들레이드 프린지 참석자들에게는 으뜸의 공연장이기도 했다. 코미디 페스티벌의 특징은 공연과 공연 사이 시간이 너무 짧기 때문에 불가피한 혼돈이 일어난다는 점이다. 나는 이 점이 페스티벌 전문 코미디언으로 살면서 느끼는 가장 큰 즐거움인 것 같다. 또한 페스티벌에 오면 다른 코미디 클럽에서는 눈에 띄지 않고 과소평가되는 현장 스태프들의 능력과 기술을 가까이에서 목격할 수 있다. 절로 겸손해지는 장면이다.

「나네트」를 애들레이드에서 공연한 해, 내가 본 가장 흥미로운 장면전환이 일어났다. 10분 만에 충격과 감정적인 동요를 느꼈던 관중이 출구로 밀려나가고 화이트 와인에 취한 왁자지껄한 관중이 들어온 것이었다. 이들은 「페니스 인형 놀이」Puppetry of the Penis라는 공연을 찾은 관객들로, 이 공연은 제목 그대로의 공연이라고 보면 된다. 두명의 공연가인 리치 비닝와 배리 브리스코가 성기를 의인화해 공연한다. 페스티벌 내내 두 사람은 멋진 공연을 보여주었고 나에게 한결같이 응원을 보내주었으며 친절했고 존중해주었다. 한데 그들 또한 공연 직전 연습 시간이 필요했던지라, 저스틴이 감정을 말로 옮기려 하고 있을 때 내 옆에는 다른 옷 없이 망토와 부츠만 착용한 건장한 청년 두명이 이동식 화장실 옆에서 다소 민망한 누드 연기를 하고 있었다. 유머가 긴장을 푸는데 얼마나 도움이 될까 싶었는데, 이 정도일 줄은 몰랐다.

내가 왜 이성애자 백인 남성을 조롱하는지 아세요? 그 사람들은 들어도 화를 안 내니까요. 그냥 그런가보다 해요. 나에 관한 좋은 농담이

군, 하죠. 농담이 아니라 참신한 관점이긴 하지만요. 「나네트」 애들레이드 버전

나는 의도적으로 「나네트」의 중심 전제에 상당한 유연성을 부여했는데, 다양한 관객에게 맞춤 공연을 선보이고 싶어서였다. 내 관객 중에는 나의 고향에서 온 멜버른의 관객도 있었고, 언제든 적대적으로 돌변할 수 있는 런던의 냉소주의자들도 있었고, 약간의 여성혐오적인 성향으로 다양한 맛과 향기를 선사해주는 지방 관객들도 있었다. 하지만 흥미로웠던 건 나조차도 「나네트」 공연이 내 안의 풍경을 이렇게나 불규칙하고 불안정하게 만들 줄은 몰랐다는 점이다. 고맙게도 관중을 위해 설계한 유연성은 나에게도 적용되어, 필요할 때마다 「나네트」를 재구성해 그때그때 모양을 조금씩 바꿀 수 있었다. 그런 식으로 「나네트」는 그녀의 생애 단계마다 나에게 다른 모습으로 다가왔다. 내 인생의 골칫거리라서 즉시 비명을 지르며 떠나버리고 싶었던 때가 있는가 하면, 내 영혼에 강력한 스테로이드가 되어준 때도 있었다. 날 슬프게 할 때도 있었고 살짝 화나게 할 때도 있었으나, 대체로 나는 순수한 분노로 가득 차 부르르 떠는 거죽 상태였다. 구식 표현으로 '내면이 죽어 있던' 적도 있었다. 한가지 확실한 것은 「나네트」도 나도 정체되어 있지 않았다는 것이다. 우리는 살아 있는, 함께 호흡하는 한쌍이 되어, 장기간에 걸쳐 엄청나게 높은 스트레스 상황에 들이닥치기 마련인 밀물과 썰물을 함께 헤쳐나갔다.

정신 질환을 예술적 위대함에 이르는 길로 낭만화하지 맙시다. 정신 질환은 로맨스가 아니고 천재성으로 가는 티켓도 아니고 극도로 고립된 상태일 뿐이에요. 이 티켓을 갖고는, 젠장할 아무 데도 못 가요.

「나네트」 브리즈번 버전

내 요점을 전달하기 위해 잔인하고 직접적인 방식을 사용하기도 했지만 가끔은 의도적으로 무의미한 문장을 넣기도 했다. 보다 광범위한 관중이 상당히 특이한 내 삶에 공감할 수 있도록 충분한 여지를 제공하고 싶었기 때문이다.

“힘이 없어서 인간성이 파괴되는 것은 아닙니다. 당신의 회복탄력성이 당신의 인간성입니다.”

사실 말이 안 되는 문장이다. 회복탄력성은 이른바 인간성의 정확한 지표라기보다 생존을 위한 도구다. 그러나 회복탄력성을 한번쯤 거치는 수동적 상태가 아니라 능동적인 파워 포즈로 재구성하는 게 도움이 될 거라고 생각했다. 때로는 ‘견디고 버티기’가 ‘성공하고 피어나기’보다 훨씬 더 많은 노력과 에너지를 필요로 한다는 것을 누구보다 더 잘 알고 있었기 때문이다. 문제는 내가 회복탄력성을 찬양하고 싶지만 회복탄력성이 정확히 무엇인지 정말로 모른다는 점이었다. 여러가지가 섞인 복잡한 것임은 안다. 다시 말하지만, 그런 건 안 중요했다. 핵심은 뭔가 심오한 말을 던지는 것이었다. 그러고 나면 다른 사람들이 ‘내가 한 말’과 ‘내가 아직 만들어놓지 않은 의미' 사이 공간에서, 그 말을 자신들이 찾고 있던 어떤 것으로 변환해낼 수 있을지도 몰랐다. 내 어린 시절 만난 자기계발 스승 토니 로빈스한테 배운 작은 속임수라고나 할까? 나는 그의 메시아 콤플렉스와 피해자 책임전가 수사학은 빼버리고, 사람들이 각자 자기만의 의미를 찾아낼 수 있다는 신념을 대신 집어넣었다. 「나네트」 전반엔 딱히 깊이는 없는 지혜로운 문장이 뿌려져 있다. 그래도 내 문장들에서 많은 인터넷 명언 밈이 탄생한 걸 보니 효과는 있었던 것 같다. 「나네트」는 기본적으로 자폐 퀴어 여성을 위한 『먹고 기도하고 사랑하라』라고 할 수 있다.

무의미한 구절에서 의미를 찾는 건 잘못된 일이 아니다. 트라우마에 관해서는 똑같은 경험이란 있을 수 없는데, 내가 의미를 찾을 수 없었다고 해서 남들도 그럴 것이라고 어떻게 단정할 수 있을까? 방금 이 두 문장에서 의미를 찾은 분이 있다면 아주 훌륭한 일을 해냈다고 칭찬해주고 싶다. 우리끼리 하는 말인데, 「나네트」 공연을 하면서 내가 이 사이비 지혜의 의미를 온전히 이해하고 있다고 굳게 믿었던 때가 있었다. 스트레스 상태에서 이것이 그나마 의지할 수 있는 위안이 되기도 했다. 선택지가 싸우거나 도망가거나, 둘 중 하나밖에 없을 때 논리 따위는 사라진다. 그렇지 않은가? 그럴 것이다. 모두 당신이 어떻게 느끼느냐에 달렸다.

모든 「나네트」 공연은 그때그때 상황과 조건에 따라 조정하고 적응시켜야 했지만 에든버러 프린지는 가장 어려운 도전이었고 부담스럽기도 했다. 그래도 「나네트」를 에든버러에 데려가기로 한 이유는 「나네트」가 그 페스티벌을 날려버릴 종류의 쇼라는 걸 알았기 때문이다. 나는 또다른 '나' 모두가 「나네트」일 수 있길 바랐었고, 그녀는 이미 그런 쇼가 되어 있었다. 그래서 잃을 게 없다고 보았다. 에든버러 프린지에 다시 나갈 생각을 했다는 사실 자체만 봐도 내가 제정신이었다는 것을, 그러니까 진정 미쳐 있었다는 것을 알 수 있다.

2015년 「노출주의자」 이후 더이상 에든버러에서 공연을 하지 않았는데 아무리 생각해도 해야 할 이유가 없었다. 그해의 정점이라 생각했던 공연이 에든버러에서는 시간과 자원의 낭비가 되고 있으니 말이다. 초반에는 내가 영국 진출의 열쇠를 쥐고 있는 것 같았고, 오스트레일리아의 상대적으로 작은 인구를 감안할 때 에든버러 프린지는 경력 성장 측면에서 필요한 단계로 느껴졌었다. 모국인 영국을 향한 위대한 오스트레일리아인의 창조적 순례는 길고 찬란한 역사를 가지고 있다. 다시 식민지화하길 원한 듯한 많은 오스트레일리아 동문을 여기에 나열하진 않을 것이다. 다만 최근 몇년 동안 더 넓은 세계로 진출한 오스트레일리아인들이 약간 트랜스 혐오적으로, 혹은 대놓고 여성혐오적으로 변했거나 날카로운 지성을 잃고 말았음을 지적하고 싶다. 나는 오스트레일리아 창작자들에게 잘 닦인 길을 택했고, 그러다보니 언제나 잘 닦인 길만 찾게 되었고, 마침내 그냥 질러버렸다. 당장은 이 정도로만 얘기해도 족할 것이다.

저보다 똑똑한 남자들이 '상대가 미성년자일 때 만났지만 열여덟 생일이 될 때까지는 자지 않았다'는 것을 증명하기 위해 온갖 노력을 다 하죠. 제발 엿 먹길. 파블로 피카소를 열정적이고, 정력 넘치고, 고통받고, 참을성 있는 사람으로 포장해서 팔지 마세요. 아닙니다. 그냥 미성년자하고 잔 남자예요. 「나네트」 에든버러 버전

「나네트」는 오후의 소극장에서 자신의 장점을 극대화할 수 있는 공연은 아니었다. 첫 시범 공연을 하면서부터 그건 분명해졌었다. 그렇다면 이미 비참할 것이라 예상되는 에든버러 공연에서 60석의 소규모 공연장을 장소로 선택하는 것이 이상하게 보일 수 있지만, 나처럼 같은 곳에서 여러번 실패해본 사람이라면 이해할 것이다. 이상하게 이 페스티벌에만 오면 좋은 선택은 없고 나쁜 선택의 50가지 그림자만 있을 뿐이었다. 그래서 나는 대극장에서 공연하고 싶은 자아와 내가 가장 좋아하는 안전망—철저한 자기비하—을 놓고 무게를 재봤고 아무래도 실패해도 작게 실패해야 한다는 논리를 버릴 수가 없었다.

물론 그런 일은 일어나지 않았다. 「나네트」는 에든버러 프린지를 완전히 불태웠다. 첫주 만에 전 공연이 매진되었다. 훨씬 더 넓은 장소에서 추가 쇼를 했고 이 역시 매진되었다. 찬사를 보내는 리뷰나 기사가 끝도 없이 나왔다. 단연코 프린지의 화제였고 티켓을 구하기 가장 어려운 공연이었다. 유명 인사들이 공연을 찾

았고 매일 밤 기립 박수를 받았고 에든버러 프린지 코미디 대상을 수상했다. 그래도 이 작은 업계에서 성배를 받았다, 이 말이다. 그런 게 있다면 말이지만, 아무튼. 그럼에도 그 몇달은 내 평생 최악의 시기 중 하나였다.

작은 공연장은 「나네트」가 살기엔 최악의 장소였다. 긴장이 직접적으로 전해지니 나는 무대 위에서의 멜트다운을 간신히 피할 수 있었다. 두려운 얼굴의 관객들이 자기들 앞에 놓인 작은 책상 위에 손을 가지런히 올려놓은 우스꽝스러운 모습을 보고도 내 괴로움은 줄어들지 않았다. 그 페스티벌이 시작한 지 열흘 만에 사랑니가 다른 치아에 막히면서 그에 따른 잇몸 감염으로 스코틀랜드 치과 의사에게 가서 사랑니를 빼야 했다. 이게 얼마나 무시무시한 일인지 감을 못 잡겠다면 구글에 '스코틀랜드 치아'를 검색하고 다시 오길 바란다.

설상가상으로 아빠는 흑색종이 상당히 넓게 퍼져 얼굴 피부 일부를 제거하는 수술을 해야 했다. 일을 할 때는 바빠서 집이 그립지는 않지만, 혹시라도 아빠의 얼굴이 바뀌어 내가 아빠를 이해하는 방식이 변하지나 않을까 걱정이 되었고 이럴 때 지구 반대편에 있어야 한다는 사실에 화가 났으나 나 말고는 누구도 탓할 수 없었다. 엄마에게 전화해 수술 결과를 묻자 엄마는 더이상 아빠를 사랑할 수 없을 것 같다고 했다. 슬프다 못해 심장이 아파왔다.

"아빠를 왜 사랑할 수 없는데." 내가 기운 빠진 목소리로 물었다. 엄마가 담배 한모금 빠는 소리가 들렸다. "글쎄다. 왜냐고?" 엄마는 한참 뒤에 말했다. "너희 아빠 이제 피카소 그림에 나오는 사람처럼 생겼단 말이야." 하지만 아빠는 자신이 반 고흐를 더 닮았다고 말했다. "그야 붕대가 있으니까." 물론 불필요한 말이었다.

2017년 에든버러 프린지가 내가 견딘 최악의 달이라고 할 수 있었지만 공연이 끝난 후 9월에도 이전처럼 무너지지는 않았다. 당연히 피곤하긴 했으나, 한번도 내 눈을 찌르고 싶을 정도로 괴롭진 않았다. 이 작은 기적은 세가지로 요약할 수 있다. 첫번째는 「나네트」가 나에게 남아 있는 트라우마의 결과 중 최악을 제거해주었다는 것이다. 두번째는 내가 환경을 더 잘 관리하는 법을 배웠고, 지난 몇년 동안 나의 에너지를 고갈시켰던 자폐 스펙트럼의 함정을 피했다는 것이다. 예를 들어 사람들과 말하기, 말하는 사람들과 어울리기, 말하는 사람들과 말하기 등을 하지 않았다. 세번째가 진짜 극도의 압박에서 회복할 수 있게 해준 에든버러의 안전망이 되었는데, 아이러니하게도 내가 말을 안 하니 이제 사람들이 나에게 말을 걸었다는 것이다.

이전 몇년 동안 프로듀서 리베카 오스틴, 해나 노리스와 작업했지만 「나네트」의 해에 그들은 단순히 프로듀싱만 한 것이 아니라 나를 살아 있게 했다. 또한 다른 공연가 몇명도 나로 하여금 언제나 사람들과 같이 있고 지지받는다고 느끼게 해주었는데, 이들이 너무도 친절하고 배려심 깊게 나에게 필요했던 고요함과 고독을 이해해주었기에 나는 눈물이 날 정도로 고마웠다. 물론 실제로 울지는 않았고 개념적으로 울 정도였다는 뜻이다. 그들은 알 것이다. 또 그 기간에 내 마음이 충만했던 이유는 이 조용한 챔피언들이 존경할 정도로 멋진 작업을 해주고, 「나네트」에 영향을 준 사람들이었기 때문이다. 세라 켄들은 프린지에 은혜를 베풀어준 멋진 이야기꾼이다. 에이드리엔 트러스콧은 코미디에서의 강간 문화를 비판하는 놀라운 쇼를 몇편 제작했고 여기엔 「나네트」도 포함된다고 생각한다. 앞서 조이 쿰스 마르를 언급했지만 다시 하려 한다. 조이 쿰스 마르. 마지막으로 무대 위에 벽돌담을 쌓아 나를 고정시켜주었던 어설라 마르티네스에게 감사한다.

에든버러와 런던 버전 「나네트」에서 오스트레일리아의 결혼 평등 국민투표에 관한 부분은 뺐는데 오스트레일리아 국민이 아닌 관객을 고려했기 때문이었다. 그래도 8월에는 찬반 국민투표의 열기가 절정에 도달했기 때문에 피할 수 없었다. 2017년 9월부터 11월까지 투표가 시작되면서 분위기는 최고조에 달했다.

드디어 동성혼 찬성이라는 결과가 나왔을 때 큰 안도의 한숨을 쉬었다. 찬성이란 것은 곧 이 말이었다. '예, 동성애 혐오하지 말고 게이가 결혼하게 내버려둡시다.' 투표율은 거의 80퍼센트에 육박했고 거의 모든 주와 테리토리에서 60퍼센트 이상이라는 과반수가 찬성에 표를 던졌다. 얼마 후 혼인법 개정안은 의회에서 공식적으로 통과되었지만, 자기 선거구 주민들의 목소리를 대표한다며 '반대'에 투표한 의회 의원들이 없지는 않았다. 궁극적으로는 승리했으나 개인적으로 이로 인한 피해는 이미 입을 대로 입었다고 생각한다.

이 찬반 논쟁은 나를 어두운 동굴로 몰아넣었고, 나뿐만 아니라 많은 사람이 캄캄한 동굴로 들어갔을 것이다. 나는 이 논쟁이 어떤 이들에겐 자살 시도의 계기가 됐음을 알고 있다. 그중 한명은 살아남지 못했다. 그 사람들을 잘 알지 못하기에 내가 할 이야기는 아니다. 그러나 오늘날까지 그 찬반 논쟁을 생각할 때면 그들 생각부터 난다. 충분히 피할 수 있는 일이었다. 많은 사람이 경보를 울렸지만 무시당했다. 그리고 이 승리가 단순한 '승리'로 역사에 그려지면서 우리는 계속 무시당할 것이다. 승리는 그리 단순하지 않다. 취약한 소수자의 생명은, 유독한 논쟁의 인기로 권력을 얻어 행복해하는 언론 생태계 다수의 손에 달려 있어선 안된다. 그래서 모두가 승리에 취해 있는 동안 나는 슬퍼할 수밖에 없었다.

에든버러 프린지가 끝나고 얼마 지나지 않아 지진 같은 사건이 또 일어났다. 2006년 타라나 버크가 성폭력 생존자들에게 연대하자 처음 이 표현을 사용했을 때와 마찬가지로 나는 #미투의 순간을 완전히 놓쳤다. 트위터에서 알리사 제인 밀라노를 팔로우하지 않았기 때문이다. 사실 2017년 10월에는 트위터를 하지 않고 있었다.「나네트」가 불필요한 증오와 상처 공유를 낳았기에 모든 소셜미디어에서 탈퇴한 상태였다. 나 자신이 상처받지 않고 사람들의 증오와 상처를 소화할 수 있을 정도로 강건하지 못했다. 물론 #미투 관련 뉴스를 관심있게 따라가고 있었고 나의 경험도 쏟아지는 #미투 경험과 비슷한 선상에 있다는 것을 알게 되었다. 차이가 있다면 #미투는 충격, 슬픔 또는 분노를 유발하지 않았다는 것이다. 좀더 조용했고 안도감이 들었다. "마침내!"

남자도 성폭행을 당하고 여자도 성폭행 저지를 수 있다는 이야기는 꺼낼 수조차 없어요. 혹은 남자가 무고죄로 기소되는 것보다 남자가 성폭행을 당할 확률이 높다는 이야기도 못 하죠. 왜 이런 대화를 할 수 없을까요? 이건 남성성의 '평판'을 망칠 위험이 있으니까. 아니, 평판이 중요합니까. 그보다 그냥 내가 사는 세상에 더 나은 인간들이 살길 원한다고요! 「나네트」 런던 버전

흥미로운 점은 #미투가 하나의 작품으로서 「나네트」를 바꾸지는 않았다는 것이다. 이미 많은 유명인 포식자 목록에 이름 몇개를 더 추가하긴 했지만 「나네트」는 시대적 흐름을 타기 위해 특별히 또다른 걸 할 필요는 없었다. 그녀는 결국 같은 시대정신에서 창조된 작품이다. #미투의 순간이 「나네트」에게 전혀 영향을 미치지 않았을까? 당연히 그렇지 않다. 그해 10월은 유난히 나와 내 일에 대한 증오와 폭력적인 언어들이 내 DM을 가득 채운 달이기도 하다. 다행히 나는 온라인에서 분리되어 있어 영향받지 않을 수 있었다.

또다른 큰 차이점은 공연장에서만 감지할 수 있었다. 시드니 오페라하우스 공연과 하반기에 멜버른 해머 홀의 리턴 시즌 동안 처음 변화를 느꼈다. 이전에는 괴로움에 찬 침묵만을 유도했던 부분에서 흥분의 분위기가 감지되기 시작한 것이다. 물론 「나네트」에서 가장 트라우마를 주는 핵심 부분이 더이상 깜짝 반전이

되지 않았기 때문이기도 한데, 수많은 기사와 입소문이 돌고 있었기에 관객들도 언젠가는 복부 한가운데 충격을 받으리란 걸 알고서 들어오곤 했다. 그러나 스포일러 요인의 변화 때문이라고만 하기엔 관객들 사이의 전율과 집중력이 이전과는 확실히 달랐다. 내 생각에는 성폭력 피해자들이 더이상 고통의 동굴 속에서 고립되거나 침묵하지 않게 되었다는 사실이 가장 큰 이유 같다.

무대 위로 전해지는 안도감과 흥분은 손에 만져질 듯했다. 물론 어떤 남성들의 거친 분노 또한 마찬가지였는데, 순간적으로 그들은 자신들이 지나치게 희생양이 되었다고 느낀 나머지, 쇼 중간에 내가 나서서 자신들의 감정을 어루만져주어야 한다고 여기는 모양이었다. 다행히 그 무렵 나는 그런 무모한 이들 면전에 대고 재깍 야유를 퍼붓는 데 아무런 문제가 없었다. 하지만 말을 할 필요가 없을 때도 있었다. 한번은 내가 그저 말없이 기다렸더니, 남자의 아내가 씩씩대는 남편 팔을 붙잡고 일어나 2000명의 박수 소리에 맞춰 공연장을 나서기도 했다.

#미투 국면이 「나네트」에 끼친 또다른 큰 영향은, 이제 「나네트」가 #미투와는 완전히 별개의, 지극히 개인적인 충동에 따라 빚어진 무언가가 아니라, #미투에 대한 나의 반응으로서만 읽히게 되었다는 점이다. 정말 유감스러운 일이다. 왜냐하면 나는 이런 상황이 내가 감수한 위험을 깎아내리고, 내 독창성과 의도에 그림자를 드리우고, 창작 과정에서 경험한 나의 뼈저린 고립을 지워버린다고 느끼기 때문이다. 그해 10월이 되기 전까지만 해도 「나네트」와 내가 모종의 자매애를 구성한다고 느낀 적은 없었다.

그러나 결국엔 자매애를 갖게 되었고, 한편으론 좋았다. 내 쇼가 넷플릭스 스페셜에 진출할 수 있었던 것도 스트리밍 플랫폼에서 #미투 운동의 시대적 분위기를 이용해 수익을 내려고 했기 때문이라고 본다.

「나네트」를 영상으로 고정해놓으니 마치 내가 살아 있고 숨 쉬며 끊임없이 진화하는 존재를 잡아서 스노볼에 가둬놓았다는 생각이 들었다. 그러니까 나는 나비를 수집하는 꼴이었고 우리 모두 나비 수집이 얼마나 어리석은지 알고 있다. 「나네트」에서 라이브 공연만의 특징이 제거되면 잃을 것이 많다고 생각했다. 그러나 나도 순수주의자가 아니기에, 화면으로나마 무언가 경험할 기회가 주어진다는 걸 고맙게 여길 사람들이 충분히 있으리라고 믿었다.

「나네트」는 2018년 1월 27일 시드니 오페라하우스 콘서트홀에서 촬영되었다. 오스트레일리아를 대표하는 유명 콘서트홀이라면 나를 한번 믿고 귀 기울여보라고 해외 관객들을 설득해내는 데 도움이 될 거라 생각하기도 했다.● 탁월한 선택이었다. 게다가 녹화를 해보고 나니 오페라하우스는 음향적으로도 완벽한 공간이었다는 걸 뒤늦게 알게 됐다. 「나네트」 라이브 공연의 결정적인 특징은 신기하게도 「나네트」가 있는 공간의 침묵이 들린다는 것

● 시드니 오페라하우스의 웅장함과 균형을 이루기 위해 오프닝 시퀀스는 내 집, 나의 사랑하는 블룸필드에서 촬영하기로 했다. 으리으리한 콘서트홀이 나의 서식지는 아니라는 사실을 보여주고 싶었다. 시청자들이 보게 될 첫번째 장면에서는 (내가 과거 스미스턴 학교 도서관에서 훔친 책을 포함하여) 책들로 둘러싸여 있는 체스터필드 소파에 앉아 차 한잔을 하고 있는 나와 나의 절친한 친구 더글러스, 그리고 그의 새 친구 재스퍼가 화면에 들어온다.

이었는데, 이 침묵까지 녹음 기술로 담아낼 수 있을 거라곤 생각하지 못했었다. 그러나 오페라하우스는 우리가 틀렸음을 증명하며 「나네트」의 삶에서 가장 심오한 침묵 하나를 기어코 담아냈다. 숨막히는 긴장이 흘렀고, 그 침묵의 소리가 너무 커서 수천개의 핀이 떨어진다한들 완전히 묻혀버렸을 것이다.

라이브 투어 중 내 무대에 있던 소품은 스툴 의자와 마이크 스탠드뿐이었다. 나는 남자처럼 코미디를 하는 남자야라고 소리를 지르는 공연에서 스툴과 스탠드 마이크만큼 잘 어울리는 소품도 없을 것이었다. 그러나 오페라하우스 무대는 상당히 넓었기에 이번엔 화려한 세트를 설치하기로 했다. 내 이름으로 된 번쩍번쩍한 조명만큼이나 나는 남자처럼 코미디 스페셜을 촬영하는 남자야라고 소리소리 지르는 소품은 없을 것이었다. 하지만 나는 조명보다는 이 모든 남성 코미디 맥락 또는 단서와 대조되는 예술작품이 걸려 있었으면 했다.

그래서 시드니를 기반으로 활동하는 예술가 캐럴라인 로스웰에게 의뢰를 하기로 했는데, 전통적으로 남성적 재료인 조각과 전통적으로 폄하되었던 여성적 재료인 직물을 결합한 그녀의 작품에 흥미를 느끼고 있었기 때문이다. 로스웰에겐 내가 생각하는 구체적인 방향을 구구절절 설명하지 않았다. 나는 그녀가 직접 내 작품을 보고 거기에 응답해 결과물을 내어주길 바랐다. 물론 그녀의 아이디어가 마음에 들지 않았다면 생각이 바뀌었을 것이다. 하지만 너무나 마음에 들었다.

내 소박한 생각으로는 로스웰의 연금술이 「나네트」의 심장에 꽂힌 것 같았다. 로스웰은 두개의 이미지를 겹쳐 보여주었다. 하나는 박물관 기록보관소에서 찾은 식민지 풍경 흑백사진이고 다른 하나는 거대한 내 눈 사진이었다. (나는 눈을 마주치기 싫어하기 때문에 웃기고 재미있었다). 그런 다음 이 합성 이미지를 여러 장의 단단하면서도 부드러워 보이는 직물에 분할해 실었다. 이 소품은 무대를 완전히 장악하는 것 같으면서도 전혀 눈에 띄지 않는 것 같기도 했다. 「나네트」의 웃음과 매우 흡사하다고 할 수 있었다.

시드니 오페라하우스에서 녹화한다는 건 전년도 「나네트」 로드 투어에 투입되었던 스태프들과 다시 함께할 수 있다는 뜻이었다. 이번에 투어 팀은 촬영을 위해 TV 쪽 스태프들과 작업했다. 모두가 힘을 합쳤다. 로언이 제작팀과 캐럴라인의 배너를 펼쳐 무대 위로 끌어올리는 동안 TV 제작진은 카메라를 설치했고 캐스는 그 밖의 다른 모든 면을 관리했다. 콘서트홀 무대에 화려한 악센트를 주긴 했지만 마이크에 잡음이 들어가지 않게 하고 나의 예민한 감각을 보호하기 위해서는 딱딱한 바닥에 카펫을 깔아야 했다.

넷플릭스 스페셜에 같이 오래 일한 제작팀을 배치한 건 훌륭한 선택이었다. 하지만 우리는 신진들도 불러오고 싶었고, 특히 이 기회를 신인 여성 감독과 공유하고 싶었다. 매들린 패리는 다큐멘터리 제작자라 방송 연출과 생방송에는 익숙하지 않았지만, 우리는 그녀의 눈을 원했기 때문에 숙련된 방송 감독과 짝을 지어주어 그녀가 자신의 관점을 유지하면서도 자신감을 가질 수 있게 했다.

코미디 스페셜을 본 적이 있다면 대부분의 코미디 스페셜이 여러 카메라 앵글을 다양하게 사용한다는 사실을 알 것이다. 클로즈업이 있고, 중간 숏이 있고, 와이드 뷰가 있고(예산에 따라 미리 찍어둔 장면이나 자료 화면을 삽입하기도 한다), 움직이는 카메라도 한두대 있다. 분명 라이브 경험을 그대로 구현하려고 이런 장치를 쓰는 건 아닐 테다. 공연장에서 쇼를 다양한 각도로 보기 위해 몇초마다 자리를 바꿔 앉는 관객은 없기 때문이다. 그보다는 대규모 관중이 자연스럽게 일으키는 역동성을 인위적인 역동성으로 대체하는 것, 이게 핵심이다. 여기 보세요. 지금은 여기. 이쪽에서 보면 어때요. 지금은 이렇게 봐요. 뒷모습도 보여줄까요. 웃는 사람들 한번 보여줄 테니 여기서 웃어줘야죠. 그다음엔 여기, 지금은 여기! 이런 식이다. 직접 해보면 이런 방식에 냉소를 보낼 수는 없다. 편집이 없으면 사람들이 결국 화면을 보다 잠들 것이기 때문이다. 콘텐츠가 얼마나 재미있고 흥미진진한가도 중요하지만 이목을 집중시키는 것 또한 중요하다.

「나네트」를 촬영할 때에도 대체로 이 코미디 촬영의 기본 개념을 따라갔지만 몇가지 사항은 수정했다. 넷플릭스 스페셜을 보면 와이드 숏에서 관객들 뒤통수가 비칠 때를 제외하곤 관객 반응 장면이 하나도 없다. 내가 「나네트」에 구축한 핵심 전제는 관객들끼리 서로 영향받지 않아야 한다는 것이었다. 나는 관객들이 군중심리에 넘어가지 않고 스스로 생각하길 바랐다. 따라서 집에서 이 영상을 볼 시청자들에게도 공연장에 있는 사람들이 어떻게 반응하는지 보여주지 않는 것이 합리적으로 느껴졌다. 우리가 내린 또다른 대담한 결정은 마지막 10분 정도를 나의 상반신 숏 혹은 클로즈업으로만 고정한다는 것이었다. 여러분이 잠들지만 않는다면 대박 강렬한 똥(나)이 기다리고 있다. 아니, 그렇다고 들었다. 사실 넷플릭스 스페셜「나네트」를 따로 본 적은 없다. 별로 재미없다는 평이 많더라고요. 농담입니다. 하지만 정말로「나네트」를 본 적이 없고 조만간 볼 것 같지도 않다. 나와「나네트」는 우리만의 특별한 관계가 있으니 괜찮다.

촬영 날짜가 다가오면서 언제라도 무너질 것 같은 극도의 압박감을 느꼈다. 이보다 더 압박감을 느낄 순 없다고 생각할 무렵 엄마가 촬영장에 오고 싶다고 말했다. 아니, 우리 엄마가 중요한 일에 날 응원하고 싶어 하다니 이 얼마나 멋진 일인가. 아마 사람들은 이걸 모성애라고도 부를 것이다. 그런데 문제는, 엄마가 예전 공연장에서 봤던「나네트」는 내가 불후의 명성을 기대한 버전이 전혀 아니라는 점이었다. 엄마는 내가 겪은 최악의 트라우마들을 듣지 못했었고, 낯선 사람이 가득한 공간에서 내가 맞고 발로 차이고 성폭행과 성추행 당한 이야기를 하는 걸 본 적이 없었다. 물론 엄마가 어딘가에서 기사로 접했을 수도 있지만 그에 관해 함께 대화를 나눈 적은 없었다. 이 말은 곧 신경 쓸 일이 산더미 같은 이때 엄마와 솔직하게 과거를 털어놓는 대화까지 해야 한다는 의미였고, 나는 그것만큼은 피하고 싶었다.

고맙게도 해미시와 제시카가 함께 촬영장에 와주기로 했다. 우리는 엄마가 목격하게 될 진실을 최대한 충격 없이 전달하기 위해 작전을 세웠는데, 엄마에게 내가 겪은 일에 대해 생각할 시간을 주지 않는 편이 좋겠다는 의견이 모여 쇼 직전에 모든 것을 말하기로 했다. 대화가 무사히 끝날 때까지 나는 겁에 질려 있을 테지만 그래도 옳은 일을 해야만 했다. 내 트라우마에 관한 쇼를 촬영하기에 앞서 이상적인 상황은 아니었다.

엄마는 십대 이후로 시드니에 가본 적이 없었고 혼자 여행하는 것을 좋아하지도 않았다. 새로운 경험에 관해서라면 나와 비슷하게 반응하기 때문에 시드니에 혼자 왔다가는 불안감에 휩싸일지도 몰랐다. 나는 엄마가 안전하다고 느끼길 바랐다. 엄마가 안전하다고 느끼게 만들어야 했다. 그래서 애니와 함께 태즈메이니아 공항에 가서 엄마를 직접 모셔오기로 했다.

아빠와 벤은 공항에 나와 있었고 우리는 공항 카페에서 점심을 먹었다. 아빠는 건강상의 이유로 여행을 할 수는 없었지만, 점심을 먹다가 갑자기 기분이 좋아졌는지 애니에게 자신은 아침형 인간이고 엄마는 저녁형 인간이라는 뜬금없는 말을 했다. 아빠가 말했다. "우리는 올빼미와 짹짹이라고 할 수 있지." 벤과 나는 서로를 바라보며 같은 생각을 했다. 이 수다스러운 남자는 누구? 또한 아빠는 지난해에 내가 나왔던 기사와 리뷰를 모두 모으느라고 얼마나 힘들었는지 말했다. 애니는 나중에 아빠가 「나의 코미디 인생」My Comedy Career 3부를 시작해야겠다고 하더라며, 그게 대체 뭔지 나한테 묻기도 했다.

나는 애니에게 아빠가 나에 관해 쓰인 모든 자료를 보관하고 있다는 사실을 알려준 다음, 온라인에 떠도는 악담이 나에게 고통스러운 건 바로 그 때문이라고 털어놓았다. 나는 내 이름을 구글 알리미로 설정해놓지 않았지만, 아빠는 그렇게 했다. 나는 나를 강간할 거라 협박하는 댓글을 읽는 데 익숙했지만, 흑색종이 퍼진 나의 아버지까지 그런 악독한 글을 읽을 필요는 없었다. 내 말에 애니는 울음을 터뜨렸고, 나는 감정적으로 동요되지 않는단 사실에 아주 잠시 당황했다. 하지만 내가 자폐라는 사실을 떠올리고는 이내 먹던 간식을 마저 먹었다.

뉴욕에서 「나네트」의 연장 오프브로드웨이 공연을 하기 몇달 전, 부녀간의 흔치 않은 대화를 나눴다. 부모님이 울루루가 있는 앨리스스프링스를 관광하고 온 직후였고, 아빠는 할 이야기가 많았다. 사실 「나네트」 촬영 후 얼마 안 가 아빠의 흑색종이 재발했을 때 제시카가 아빠에게 꼭 하고 싶은 일이 있느냐고 물은 적이 있었다. 당시 아빠는 이렇게 말했었다. "아니야. 나는 아주 좋은 삶을 살았다. 이대로도 충분히 행복해." 제시카는 한번만 더 생각해보라고 했고, 우리 다섯 남매는 힘을 모아 아빠를 설득한 끝에 아빠의 버킷리스트에 황급히 던져진 유일한 소원을 이루어주기로 했다. 그게 바로 울루루 관광이었다. 그런데 솔직히 아빠가 오스트레일리아의 거대한 붉은 사막을 보고 뭘 느꼈는지는 모르겠다. 아빠는 기내식을 비롯해 여행 중 먹었던 음식 이야기만 했다.

아빠가 앨리스스프링스에서 먹은 핫칩에 대한 이야기를 마치자, 나는 아빠에게 그날 아침 자고 일어나는데 너무 슬펐다고, 점심을 먹고 나서야 아빠가 죽는 꿈을 꾸어 그랬다는 걸 알게 되었다고 말했다. "하." 아빠는 잠시 말을 멈췄다가 말했다. "점심으로 뭐 먹었는데?"

아빠에게 최근에 먹은 샌드위치를 간략하게 설명한 다음 『뉴욕타임즈』에 나온 내 기사를 봤느냐고 물었다. 아빠는 봤다고 하면서 내 기사가 점점 더 황당해진다며 매우 길게 불만을 터뜨렸다. "기사가 너무 길어져서 이제 한쪽에 다 안 들어가. 두줄로 했는데도. 이제 스크랩 그만해야 할까봐. 아빠가 토너로 만들어진 인간도 아니고. 안 그러냐." 아빠는 내가 자랑스럽다고 한번도 말한 적이 없었다. 오직 스크랩북으로만 그 마음을 표현했다. 나도 아빠가 돌아가실까봐 얼마나 무서운지, 아빠를 얼마나 사랑하는지 말할 기회가 없었다. 나는 그저 그날 우리의 대화를 우리의 마지막 대화로 소중히 간직하겠다고 결심하면서 내 마음을 대신하기로 했다.• 그리고 통화 중에 아빠가 스크랩북에 대해 이야기할 때도 전화를 끊지 않는 방식으로 내 사랑을 표현하기로 했다. 아빠와 나의 관계는 복잡하지 않다. 완벽하다.

그 남자와 그 작품을 분리하란 말을 하지 마세요. 그냥 그 남자를 그 작품에서 분리해버리면 어떨까요. 피카소 그림에서 피카소 이름을 떼고 경매에 내놓으면 얼마에 팔릴까요? 젠장. 누가 동글이 누드 레고를 사고 싶어 하나요? 피카소를 사고 싶은 거죠. 피카소는 폭력적이고 학대를 일삼는 여성혐오주의자였고 우리는 돈 때문에 그를 낭만화한 것 아닙니까? 「나네트」 뉴욕 버전

• 그렇게 되진 않았다. 때로 의학적 시도는 의학의 기적이다.

엄마는 시드니로 가는 비행 내내 너무나 귀엽게 흥분해 있었다. 엄마에게는 모든 것이 짜릿했다. 맛없는 커피, 건너편에 앉아 거칠게 숨을 들이마시는 남자, 심지어는 비행기 좌석 주머니에도 매혹된 것 같았다. 마치 난생처음 비행기를 타본, 그러나 담배를 매우 피우고 싶어 하는 어린아이 같았다. 엄마는 자꾸만 시드니에 담배 피울 수 있는 술집이 있느냐고 물었다. 시드니 하버의 고급 호텔을 예약해놓았던 나는 엄마가 비행기에서 또 그 질문을 하자, 우리는 이제 부자니까 엄마가 TV를 던져 펜트하우스 창문을 부순 다음 담배를 피우면 될 거라고 말해주었다. "야, 이 또라이야." 엄마는 나를 향해, 그리고 우리의 대화를 즐겁게 엿듣고 있던 소수의 승객을 향해 말했다.

엄마의 기뻐하는 모습에 나도 기뻐하고 싶고, 나중에라도 다시 꺼내볼 수 있도록 자세히 기억해두고 싶었지만 사실은 집중하기가 너무 힘들었다. 10년도 더 전에 부모님이 코미디 페스티벌에서 열린 나의 두번째 쇼를 보기 위해 멜버른으로 왔을 때 나는 공연이 끝나고 고급 레스토랑에 부모님을 모시고 갔었다. 그때 우리 세 식구가 얼마나 모든 순간에 감격하고 뿌듯해했는지 아직도 기억한다. 아니, 지금 우리가 본토에 있는 레스토랑의 흰색 식탁보에 놓인 피시앤칩스를 먹고 있잖아! 물론 돈은 내가 냈다. 이성적으로는 지금이 그때보다 더 대단한 순간임을 나도 알고 있었다. 하지만 내 뇌는 어떠한 감정도 처리할 여력이 없었다.

"우리 진짜 펜트하우스에서 자는 거니?" 엄마가 잠시 후 속삭였다. 나는 아닌 것 같다고, 생각해보니 펜트하우스가 무엇인지도 잘 모르겠다고 말했다. "그거 잡지 아닌가, 잡지?"

엄마는 안전벨트 알림등이 꺼지기가 무섭게 비행기에서 내려 출구로 달려나갔다. 엄마가 보도에 올라서면서 여행 가방이 잠깐 끼었을 때에야 겨우 애니와 내가 엄마를 따라잡을 수 있었다. 엄마가 동요하고 있다는 걸 알 수 있었기에, 나는 애니에게 엄마의 여행 가방을 가지고 앞장서라고 한 다음 엄마에겐 같이 걸어가자고 했다. "넌 걸음이 너무 느리단 말야!" 엄마가 불평했다. 맞는 얘기다. 나는 천천히 걷는다. 항상 그랬다. 넘어질 때 슬로모션으로 넘어진다는 말을 꽤 많이 들었다. 마치 나만의 찐득한 설탕 거품 속에 존재하는 듯한 모양새다. 엄마는 다르다. 아주 빨리 걷고, 그보다 더 빨리 넘어진다.

엄마의 무릎이 바닥에 부딪히는 소리는 앞으로도 잊을 수 없을 것 같다. 애니는 엄마가 따라오는지 확인하기 위해 잠깐 걸음을 멈추는 실수를 저질렀다. 사실 엄마는 그냥 따라가고 있던 것이 아니라 애니 뒤에 바짝 붙어 있었고, 자기 앞의 땅만 빼고 모든 것을 보며 두리번거리고 있었다. 그래서 코앞의 애니를 못 본 채 애니가 끌고 가던 여행 가방에 걸려 넘어지고 말았던 거다. 정말 장관이었다.

내 걸음으로 사고 현장을 따라잡아야 했던 몇분 동안 나는 병원 응급실을 찾는 데 남은 하루를 다 써야 할 거란 사실을 받아들였다. 그러고는 제시카가 이 참사에서 프로젝트 매니저 역할을 할 수 있도록, 제시카와 나눠야 할 대화의 초안을 작성하기 시작했다. 과연 내 두뇌는 어디서 그런 여력이 생겼던 걸까? 이윽고 애니에게 다가갔을 때, 애니는 내 팔을 꼭 잡고 속상해했다. "어떡해. 나 때문에 짹짹이 다리가 부러졌나봐." 애니가 울먹이며 말했다. "아니야. 엄마 올빼미였어." 나는 오류부터 수정해주고 애니의 어깨를 두드리며 미소를 지었다. 나는 대체 뭐가 문제지?

내가 엄마 등에 손을 얹자 엄마는 인상을 쓰면서 일어나려고 했다. "괜찮다!" 내가 묻지 않은 질문에 관한 대답이었다. 엄마는 너무 작아 보였다. 엄마는 지난 몇년 동안 체격이 점점 작아져, 나를 어른이 될 때까지 키운 그 강인한 여성이 맞나 싶을 정도였다. 그 생각과 함께 내 두뇌는 다시 활력을 잃었고, 소독솜이 내 생각을 대신했으며, 내가 할 수 있는 일이라곤 곧 품에서 내려놓을 개를 쓰다듬듯 엄마를 토닥이는 것뿐이었다. 이 이상한 순간은 감사하게도 공항 직원의 목소리로 깨졌다. "일어나지 마세요, 선생님! 움직이지 마세요." 항공사의 젊은 직원이 나를 밀어내며 이 상황을 책임지려 했고, 나는 그렇게 되어 매우 기뻤지만 일어나면서 그에게 주의를 주었다.

"조심하세요. 우리 엄마한테 이래라저래라 하면 큰일 나요." 그가 엄마에게 다가가려다 멈추고 나를 쳐다보았다. "제 말 믿으세요. 우리 엄마예요." 그는 어떻게 받아들여야 할지 모르는 것 같았다. 들짐승을 마주하기라도 한 양 조심스레 엄마 옆에 쪼그리고 앉는 그의 모습을 보며 나는 조용히 '엄마 무서워하기 클럽'에 가입한 것을 환영했다. "괜찮으세요, 선생님?" 그가 부드럽게 묻자, 엄마가 그를 올려다보았다. "나도 모르지." 엄마는 경멸이 가득 담긴 표정으로 그가 어떤 남자인지 살피며 말했다. "그러게 직원

양반은 어떻게 생각하시나? 나 예쁘게 넘어졌나 모르겠네."

다행히도 엄마는 침대에 누울 필요까진 없었다. 병원에 갈 필요도 없었고, 새롭고 특이하게 절뚝거리긴 했지만 여전히 나보다 빨리 걸었다.

호텔에 도착하자마자 해미시와 제시카가 급히 와서 엄마를 인계받았다. 「나네트」의 마지막 대목을 어떻게 할 것인지, 엄마와 무슨 대화를 나눌 것인지는 이제 오롯이 내 몫으로 남았다. 점점 두려움이 쌓여갔고, 점점 당황해서 안절부절못하기 시작했다. 엄마가 아무것도 모른 채로 공연을 보게 할 순 없었다. 그건 엄마에게 부당한 일이었다. 어느정도는 엄마에게 바치고 싶어 쓴 공연에서, 마지막으로 나에게 가슴팍 한방을 맞을 사람이 엄마가 되게 할 수는 없었다. 하지만 적절한 타이밍을 찾아낼 수가 없었다. 엄마는 껄끄러운 대화를 피하고 싶을 때 미꾸라지처럼 빠져나간다. 엄마는 결코 나에게 넘어가지 않을 것이고, 나는 아까 공항에서 엄마가 대자로 드러누워 있을 때 말하지 않은 걸 후회했다. 결국 케빈와 에린에게 털어놓고 상담을 요청하자 이들이 훌륭한 계획을 세워주었다.

엄마는 그날 첫회 공연에 올 예정이었고, 우리 계획은 이랬다. 먼저 에린과 애니가 공연 시작 30분 전에 엄마를 대기실에 데려와 나와 만나게 한다. 엄마와 나만 단둘이 남아 10분 동안 그 두려워하던 대화를 나눈다. 케빈이 노크를 하고 들어와 엄마를 객석으로 데려간다. 그때 케빈이 자신의 트레이드마크인 단도직입적이고 감정적이지 않은 말투로 엄마에게 잘 설명해주면 엄마가 괴로운 일을 자꾸 상기한다든지 공연장을 나가버리는 일은 없을 것이다. 그뒤엔 해미시와 제시카에게 공을 넘겨주면 공연 중에는 두 사람이 엄마를 달래준다. 계획대로만 되었다면 완벽했을 것이다. 하지만 그렇게 되진 못했다. 엄마는 정말 이번에도 미꾸라지처럼 빠져나갔다.

케빈이 나와 대기실에 있을 때 에린과 애니가 엄마를 데려왔다. 케빈은 나를 도와 「나네트」의 마지막 10분을 탄탄하게 마무리하기 위해 가장 바람직한 순서와 정확한 단어의 조합을 찾고 있었다. 점점 커지는 스트레스를 잠시 잊기에 효과적인 방법이었고 나는 평소와는 다른 집중력으로 그 작업에 몰두했다. 그 작업을 끝내고 몇분 뒤에 엄마가 우리가 만들어둔 덫으로 들어왔다. 난 어찌할 바를 몰랐다. 헤어와 메이크업도 마쳤으니, 이제 내가 할 일은 그저 공연을 머릿속에 안전하게 넣고 재킷을 입고 엄마에게 내가 성추행과 구타와 강간을 당한 적이 있다고 말한 다음 그 모든 내용이 담긴 넷플릭스 스페셜을 엄마 앞에서 찍는 것뿐이었다.

“트레버! 안녕!” 엄마가 방 안으로 질주하며 외쳤다. 엄마는 케빈을 정말 좋아했는데 이름이 마음에 들지 않는다며 트레버로 부르기로 했다. 케빈은 상관하지 않았지만 왜 트레버가 더 좋은 이름인지는 이해가 가지 않는다고 했다. “케빈하고 뭐가 다르지? 여전히 가운데 V 자가 들어간 흔한 남자 이름일 뿐인데.” 하지만 그 논리에 흔들릴 엄마는 아니었다. 다른 사람들이 모두 떠나고 우리 둘만 남자, 엄마는 우리에 갇힌 호랑이처럼 방 안을 빙글빙글 돌았고 나는 방 한가운데에 꽂힌 깃발처럼 가만히 서 있었다. 사실 이건 우리 두 사람의 일반적인 행동 패턴이긴 했다. 나는 엄마의 수다가 끝나기를 기다렸다. "어머, 이 피아노 좀 봐. 이 치즈 다 먹어도 되는 거니? 여기서 하버브리지가 보이네! 오늘 내가 어쩌다 여자 가슴 만졌잖니. 난 그냥 난간을 붙잡으려고 한 건데 여자가 그 사이에 끼어드는 거야. 그래서 내가 그 여자 가슴 움켜잡았지. 화난 것 같더라고. 그래서 내가 말했지. 아가씨 가슴 잡히기 싫으면 할머니가 난간 잡는 데 끼어들지 말았어야지. 핸드폰에서 눈 좀 떼고 앞을 봐요. 눈 어디 달고 다니는 거야. 근데 진짜가 아니더라? 가슴 말이야. 내 다리에 멍든 거 보여줄까? 어제 파나돌 세알 먹고 잤더니 오늘은 괜찮네."

엄마가 안 그래도 없는 시간을 잡아먹고 있었다. 어쩌면 나에게 중요한 할 말이 있다는 걸 알았던 걸까.

"엄마?"

"왜?"

"엄마가 미리 알아야 할 게 있어."

"아니야! 몰라도 돼."

"아니야. 알아야 해."

"아니라니까. 괜찮다. 몇시에 시작하니?" 엄마는 탈출구라도 찾는 것처럼 창문에 바짝 붙어 있었다.

"엄마, 잠깐만, 있잖아."

"트레버 어디 있니?" 그때, 엄마가 마치 불러내기라도 한 것처럼 트레버인지 케빈인지가 도착했다. 나는 그를 바라보며 허공에 손을 저었다. 그가 말했다. "걱정 마. 내가 알아서 할게. 당신은 공연에만 집중해." 나는 어떻게 해야 할지 몰라 고개를 끄덕였다. 둘이 나가고 문이 닫히고 이제 나와 내 생각만이 남았다.

피카소의 실수는 오만함이죠. 모든 관점을 대표할 힘이 있다고 생각했잖아요. 우리의 실수는 열일곱 여성의 관점은 무효화한 거죠. 어린 여성의 잠재력이 결코 피카소의 잠재력만 못할 거라고 믿었으니까요.

「나네트」 넷플릭스 버전: 대기실에서 엄마를 기다리며 쓴 부분

무대에 올라가는 순간까지 나는 아무 생각이 없었다. 하지만 「나네트」 모드로 들어가는 순간 나 자신으로 돌아왔다. 배너는 아름다웠고 객석은 활기가 넘쳤다. 무대를 가로질러 걸을 때마다 자신감이 생겼다. 강하다고 느꼈고 빌어먹을 마녀가 된 것 같다고 느꼈고 「나네트」가 나에게 돌아오는 것을 느꼈고 내 인생 최고의 쇼를 하기 직전이라는 걸 알았다. 천하무적이 된 것 같았다. 그리고 그때 맨 앞줄에서 아기가 울기 시작했다. 제기랄, 지금 이 상황 뭔데?

5분 뒤에 잠깐 공연을 중단하고 이것이 실제 상황인지 알아보기 위해 관객들에게 질문을 했다. "죄송한데, 혹기 아기 데려오신 분 있나요?"

있었다. 정말 신선하고 새로운 광경이었고 아기를 내 눈으로 똑똑히 보았다. 아기 엄마가 「라이온 킹」 속편이라도 찍는 것처럼 아기를 위로 번쩍 들고 있었다. 그런데 이 아기가 어떻게 안내원

들을 통과했을까? 여긴 유리컵도 반입 못 하는 곳인데 말이다.

미안하지만 그 아기와 아기 엄마를 쫓아내야 했다. 객석 위 천장에도 마이크가 걸려 있고 소리에 민감한 공연자가 무대에서 트라우마를 담은 내용을 공연할 때, 아기는 매우 위험한 존재일 수 있었다. 옳은 일이라는 확신이 있음에도 조심해야 했다. 「나네트」에서 진짜 나쁜 일이 일어나기 전에는 가능한 한 매력적이고 유쾌한 이미지를 유지해야 하는데, 엄마와 신생아를 쫓아내는 건 그 매력적이거나 선량한 이미지에 부합하지 않을 터였다. 그래서 나는 관객들에게 솔직히 사정을 말했고 객석에서는 다행히 그 솔직함을 매력과 선함으로 받아들였다. 결국 나는 엄마와 아기를 쫓아냈다.

신생아를 방출한 다음 중단한 부분부터 쇼를 다시 시작했고 관중이 이전보다 훨씬 더 내 편이라는 것을 알게 되었다. 이런 생각을 했던 것이 기억난다. **끝내주는 공연을 만들어내고야 말 거야.** 그 자신감은 20분 정도 지속되었다. 침묵 속에서, 수없이 많은 머리들 속에서, 촬영 때문에 평소보다 더 밝은 조명 속에서 나는 우리 엄마를 찾았다. 엄마는 정중앙에 앉아 있었다. 확인할 필요도 없었다. 헝클어진 은색 머리카락만 봐도 엄마의 실루엣임을 알 수 있었다. 이런 일이 일어나서는 안 됐다.

이제까지 이 공연이 쉬웠던 적은 한번도 없었다. 내 트라우마를 고백할 때마다 매번 고통을 느꼈다. 시간이 지나면서 약해지긴 했지만 완전히 적응이 될 수는 없었기에 매번 영향을 받았다. 우연히 객석에서 엄마를 찾은 후, 엄마를 내 시선에 다시 두지 않으려고 최선을 다했다. 그러나 피해는 이미 가해졌으며 쇼가 가장 어려운 절정으로 가는 순간 나 또한 고통스러운 감정에 휘말리기 시작했다. 하지만 견디는 수밖에 없었기에 「나네트」 열차가 궤도에서 떨어지지 않도록 최선을 다했다.

쇼의 트라우마가 절정에 달했을 때 엄마를 바라볼 생각은 없었지만, 그렇게 돼버렸다. 최악의 이야기를 할 때 엄마 어깨가 축 늘어지더니 머리가 툭 떨어졌다. 내 심장이 뭘 하고 있는 것 같긴 했는데 기분이 좋진 않았다. 엄마의 죄책감과 아픔을 끌어내고 싶지 않았으나 가장 공적인 방식으로 그렇게 하고 있었다. 잠시 눈을 돌렸고 몇분 뒤에 다시 엄마를 보니 해미시와 제시카가 엄마와 머리를 맞대고 있었다. 셋이 부둥켜안고 있는 모습이 보였다.

다른 건 잘 기억나지 않는다. 쇼는 무사히 마쳤다. 크나큰 기립박수를 받았다. 그리고 또 한번 받았는데 촬영을 위해 박수 소리가 한번 더 필요해서였다. 사람들은 성공적인 공연이라고 말했다. 하지만 딱히 그렇게 느껴지지 않았다. 모든 것에 너무 압도되고 지쳐서 아무 느낌도 생각도 없었다. 나는 대기실에 혼자 앉아 멜트다운이 되도록 스스로를 내버려두고 있을 뿐이었다.

“엄마가 어떻게 받아들였어?” 내 상태를 확인하러 대기실에 온 케빈인지 트레버인지에게 물었다. 바로 다음 공연에 들어가야 해서 엄마를 직접 만나 확인할 수는 없었다.

“말씀 못 드렸어!” 케빈은 진지한 대화에서 엄마처럼 귀신같이 빠져나가는 사람을 처음 봤다고 했다.

“미꾸라지 같지.” 내가 말했다.

"미꾸라지 맞으시더라고." 그가 동의했다. "다시 할 수 있겠어?"

나는 할 수 있었고 해냈다. 느리고 힘겹게 결국 해내는 사람들이 그렇듯이.

내가 그날 다시 무대에 올라가 공연하고 있을 때 해미시와 제시카는 가까운 술집에 가서 함께 독한 술을 마셨다고 한다. 해미시는 나중에 정말 아름다웠다고 말해주었고, 내가 고맙다고 하니 이렇게 대꾸했다. "아니, 공연 말고. 우리 대화가 그랬어. 물론 공연도 훌륭했지. 수고했다. 우리 동생." 제시카 언니는 그날의 감정을 훨씬 더 세련되게 전달하긴 했다. 물론 보답할 수는 없지만 지금까지도 언니의 말을 가슴에 새기고 있다.

그날의 두번째 공연이 진행되는 동안 애니가 엄마를 모시고 있었다. 엄마는 잠깐 밖에 나가 신선한 공기를 마시고 싶다고 했다. 상쾌한 여름날 저녁이었고 거리에 사람들이 많이 나와 있어, 둘은 약간 거닐다 한적한 구석에 자리를 잡았다. 내가 그날 저녁 두번째 「나네트」를 공연하고 있던 그 시드니 오페라하우스 계단에 앉아 엄마는 아기처럼 흐느껴 울었다. 이윽고 고개를 든 엄마가 담배에 불을 붙인 뒤 애니에게 부탁했다. 우리 남편한테 전화 좀 걸어달라고. 그렇게 엄마는 나에 관한 멋진 소식을 아빠에게 하나하나 들려줄 수 있었다.

프롤로그

드레스가 불편했던 시핀은……

시핀 소폰은 어떻게 용과 친구가 되었나: 1부

어느날 소폰 부인은 알을 낳았습니다. “또 알을 낳다니!” 소폰 씨가 말했습니다.

다음날 알이 부화하여 새끼가 태어났습니다. 소폰 부부는 아기의 이름을 고민했습니다. “키너윈 어때?” 소폰 씨가 말했습니다. “안 돼! 바보 같은 이름이야.” 소폰 부인이 말했습니다. 그들은 시핀이라는 이름이 마음에 들었습니다.

그날 밤 모두가 잠든 사이 시핀이 일어나 레모네이드를 전부 마시고 젤리도 몽땅 먹었습니다. 소폰 씨가 아침에 일어나보니 젤리와 레모네이드는 온데간데없었습니다.

“어쩔 수 없지. 오늘은 아침으로 피자랑 케이크를 먹어야겠군.”

소폰 가족은 더 넓은 집으로 이사하기로 했습니다. 주변을 모두 둘러보니 예쁜 정원이 있는 집이 딱 한채 있었지요.

그곳은 동굴이었습니다.

시핀 가족은 동굴 안쪽까지 들어가 탐험을 했습니다. 동굴 안에는 뱀이 우글우글 했습니다. 뱀들은 아빠인 소폰 씨를 잡아 밖으로 끌고 나갔고 단두대 앞에 세웠습니다. 뱀들은 소폰 씨를 단두대에 묶은 다음 머리를 댕강 잘랐습니다.

세월이 흘러 시핀은 덩치도 크고 힘도 세졌습니다. 어느날 뱀들이 이번에는 소폰 부인의 목을 매달려고 했습니다. 시핀은 창살을 부수고 나가 엄마를 단두대에 묶으려는 뱀을 막으려 했어요. 하지만 너무 늦었습니다. 시핀은 재빨리 도망쳤습니다.

시핀은 해안에서 배를 발견해 그것을 타고 바다로 나갔습니다. 그러나 상어가 배를 공격해 반으로 갈라놓고 말았지요. 시핀은 반쪽이 된 배의 끝을 잡은 다음 발로 상어를 차고 차고 또 찼습니다. 상어는 모두 죽었고 바다는 피바다가 되었습니다. 열심히 수영을 한 시핀은 어느새 중국 해안까지 닿았습니다. 중국인들은 시핀을 구해주었고 초대하여 함께 식사를 했습니다.

중국인들이 말했습니다. "당신은 내일 챔피언과 결투를 해야 합니다." 시핀은 겁이 났지만 음식은 맛있었습니다.

다음날 시핀은 중국의 챔피언 빅 반셰드와 결투를 해야 했습니다.

종이 울렸습니다. "시작!" 심판이 소리쳤습니다. 빅 반셰드는 시핀에게 달려들었지만 시핀은 그의 입을 발로 차버렸습니다. 빅 반셰드는 피를 쏟으며 쓰러졌고 결국 죽었습니다.

결투를 마치고 매우 피곤했던 시핀은 허니 치킨과 새우 크래커를 먹고 깊은 잠에 빠졌습니다. 시핀은 또 한번 개가 되는 꿈을 꾸었습니다.

「크래시 뱅 스플랫!」Crash Bang Splat!(오스트레일리아의 어린이 과학 TV 프로그램—옮긴이)도 봤습니다! 만리장성 위에 괴물이 앉아 있었습니다. 그 괴물은 시핀을 이상한 나라로 데려갔습니다. 가보니 시핀과 비슷한 생명체가 아주 많았어요. 조 삼촌도 있었고 사촌 앤드루도 있었고 할머니도 있었습니다!

할머니가 말했습니다. "후키푸키에 놀러 가자. 앤드루…… 시핀에게 옷 좀 입혀줄래."

앤드루는 시핀에게 옷을 입혀줬습니다. 그런데 옷이 너무 작았습니다. 시핀에게 딱 맞는 건 드레스뿐이었습니다! 하지만 시핀은 드레스가 불편했습니다.

다음날 후키푸키에 가다가 시핀이 버스에 치였습니다. 조 삼촌이 구급차를 불렀습니다. 구급요원이 말했습니다. "두발로 뛸 수 있겠어요?" 시핀은 시도했지만 정말 아팠습니다. "다리가 부러진 게 확실하군요." 구급요원이 말했습니다. 시핀의 무릎에 빅스 베이퍼럽 연고를 바르고 깁스를 해주었습니다. "다 됐습니다. 이제 휴가 가도 됩니다."

후키푸키에 가보니 용이 있었습니다. 용은 할머니, 조, 앤드루를 차례차례 잡아먹었습니다. 용이 시핀을 바라보았습니다.

"안녕." 시핀이 말했습니다.

"안녕." 용이 말했습니다.

둘은 악수했습니다.

용은 마술 주전자를 가져오더니 말했습니다. "시핀과 나를 아무도 살지 않는 곳으로 데려가주세요."

시핀과 용은 여름휴가섬에 상륙했습니다. 그 섬에는 음식이 아주아주 많았습니다. (끝)

내가 자랄 때 우리 집 모든 여자는 바늘을 사용했다. 나는 그 바늘에 매혹되곤 했다. 바늘은 마법을 만들어냈다. 바늘은 구멍이나 찢어진 곳을 수선할 때 사용했다. 잘못을 용서하겠다는 뜻 같았다. 그리고 절대 공격적이지 않다. 바늘이지 핀이 아니니까.

—루이즈 부르주아

감사의 말

이 책을 마무리하기까지 생각보다 너무나 오랜 시간이 걸렸다. 결과물에는 만족하는 편이지만, 이 책을 쓰는 과정이 내 영혼에 어마어마한 고통을 안겨주었다는 사실은 꼭 말하고 싶다. 처음 책의 마감을 어겼을 때 실은 마지막 다섯개 장은 시작도 하지 않은 상태였다는 얘길 하면 여러분이 놀랄지도 모르겠다. 하지만 나의 복잡한 인생을 책으로 풀어내는 데 계속 실패했고, 다른 표현 방식은 나에게 그만큼 어렵기 때문에, 그전에 「나네트」부터 탄생한 것 아닌가 하는 의심을 하고 있다. 핑계는 언제나 끝내준다. 어쨌건 이 「감사의 말」 맨 앞부분은 이 지지부진한 과정에서 초인적인 인내심과 지원과 전문가로서의 배려를 베풀어준 분들에게 바쳐야 할 것이다.

스털링 로드 리터리스틱의 로리 리스와 팀원들.

앨런 앤드 언윈 오스트레일리아의 켈리 페이건과 클레어 킹스턴과 팀원들.

밸런타인의 세라 와이스와 모든 훌륭한 분들.

애틀랜틱(영국)의 클레어 드라이스데일과 팀원들.

토큰의 에린 자마니와 헬렌 톤젠드에게 이 책 집필에 걸린 지나치게 오랜 시간에도 인내심을 갖고 기다려주어 감사하다고 말하고 싶다. 나는 항상 안전하다고 느꼈고 감사하다는 말로는 부족하다. PBJ의 재닛 린든의 보살핌과 헤어스타일에 감사한다. 물론 케빈 화이트에게도 감사한다.

이 책의 형태를 잡지 못하고 이야기가 진행되지 않을 때마다 "나 못 하겠다"의 진흙탕에 빠졌는데, 그럴 적엔 내가 가장 잘할 수 있는 일을 했다. 아무것도 안 하는 것 말이다. 하지만 몇번 정도는 내가 아는 작가들과 훌륭한 독자들에게 도움을 청해보았고 그때마다 그들은 진심을 다해 도와주었다. 그래서 지금은 내가 글을 쓸 수 있도록 시간, 관심, 자신감을 아낌없이 나누어준 멋진 분들에게 감사를 전하려고 한다.

로리 로버, 새디 해슬러, 스텔라 놀, 캐럴라인 화이트, 신사 맨셀(나의 무지가 너무 밝게 빛나지 않게 도와준 이들이다).

내가 감히 나를 작가라 할 수 있다면 이 책을 쓰는 과정에서 괴로워하며 잠시 작가라는 전문적인 영역에 들어가보았기 때문일 것이다. 하지만 나는 지금도 앞으로도 언제나 코미디언일 것이다. 만약 여러분이 나를 코미디언으로 부르는 영광을 허락하고 싶지 않다면 '말하는 사람'쯤은 되지 않을까 싶다. 전문적인 '말하는 사람'으로서 그때 배운 기술이 이 작업에 접근하는 데도 큰 도움이 되었다. 나는 다른 사람 앞에서 먼저 큰소리로 말해보지 않은 것은 어떤 것도 지면으로 옮길 수가 없었다. 몇년간 나와 가장 가까운 소중한 사람들 그리고 처음 보는 사람들에게 내가 쓴 어설픈 문단을 읽고 또 읽어주곤 했다. 그래서 지금부터는 이 관대한 귀를 가진 분들에게 감사를 표하고 싶다. 이들이 없었다면 이 책은 영원히 미완성인 채로 남았을 것이다.

애니 메이버, 벤 베넷, 수전 데이턴, 셰릴 크릴리, 캐럴라인 데이비스, 어밀리아 제인 헌터, 젠 브리스터, 로봇인 클로이, 데버라 프랜시스화이트, 제럴딘 히키, 디앤 스미스, 니콜 J 조지, 필리다 로, 에마 톰슨, 케이트 우드루프.

내 역량은 오직 무대에서만 제대로 발휘된다고 할 수 있기에 「나네트」가 존재할 수 있게 해준 모든 분에게도 감사를 전해야 할 것 같다.

오스트레일리아: 캐슬린 매카시, 로언 스미스, 토큰 이벤트 팀.

수전 프로반, 브라이트 밴틱, 클레어 해먼드, 숀 포드, MICF의 팀들.

에든버러와 런던: 리베카 오스틴, 해나 노리스! 스티브 록, 켈리 포가티, 런던의 소호시어터 직원들. 헤더 럭, 윌리엄 버뎃쿠츠, 어셈블리 직원들.

뉴욕과 로스앤젤레스: 아널드 엥글먼, 대런 리 콜, 리 로토키, 소호 플레이하우스 직원들. 물론 라르고의 플래니와 팀원들에게 감사한다.

또 「나네트」 녹화를 도와준 시드니 오페라하우스 팀에게 감사드린다. 아울러 캐럴라인 로스웰, 매들린 패리, 존 올브, 프랭크

브루지즈에게 감사한다. 넷플릭스와 로비 프로, 캐이틀린 호치키스, 신디 홀랜드에게도 큰 감사를 드린다.

그리고 또 누가 남았지? 그렇다. 다음은 「나네트」 이후 나의 챔피언들이다.

UTA의 내 팀원들—블레어, 닉, 루신다, 스키크니, 비요른, 래리, 조시.

ID의 전설들—켈리 부시노박, 몰리, 코트, 어맨다, 로리.

변호사들도 언급해야 할까? 그렇다. 칼과 미셸에게 감사한다.

다음! 내 팬들에게 아주 크고 깊고 겸손한 포옹을 해주고 싶다. 특히 내가 코미디를 '그만두기' 이전부터 나와 함께해준 이들에게 감사한다. 이들은 이 이야기의 가장 중요한 부분이기도 하다. 어떤 형태든 여러분이 사는 지역의 라이브 공연가들에게 따뜻한 지원을 보내주시길 부탁드린다. 팬 여러분 덕분에 우리 세계가 돌아갑니다.

태즈메이니아의 동성애법 개정을 위해 싸운 모든 인권 운동가에게 감사드린다. 로드니 크룸, 닉 투넨, 이퀄리티 태즈메이니아(전 TGLRG). 당신들의 개인적인 희생과 리더십에 고마움을 전한다. 오스트레일리아 결혼 평등법 통과를 위해 노력한 리더와 활동가들에게도 깊은 감사를 전한다. 페니 웡과 밥 브라운. 특별히 나의 정체성과 관련해 가장 내 뼛속 깊이 파고든 주제였던 이 문제에 대해 정치적 논쟁보다 더 수준 높은 목소리를 들려주어 감사한다. 마지막으로 팬티 블리스(드래그퀸이자 퀴어 인권 활동가—옮긴이)에게 작은 인사를 전한다. 당신이 어떤 일을 하는지 보았고 그로부터 용기를 얻었다. 궁극적으론 증오 넘치는 도덕주의적 광기 앞에서도 평등을 위해 싸웠던 모든 이에게 감사를 표하고 싶다.

이제 끝에서 두번째로 나의 특별한 배우자 여성 제니 샤마시에게 감사한다. 당신은 이 책을 현실화해주었을 뿐만 아니라(나 혼자였다면 절대 하지 못했을 기술적인 일을 처리해주었다), 「나네트」 이후의 세상을 살아갈 수 있도록 도움을 주었죠. 당신이 만들어준 일상의 기쁨, 나의 지나치게 예민한 눈을 위해 조절하면서 밝혀준 빛에 감사합니다.

그리고 마지막이지만 마지막이 되어선 안 될 사람들, 나의 가족에게 고마움을 전하고 싶다. 내 이야기와 분리될 수 없는 당신들의 이야기를 실을 수 있도록 나를 신뢰해주어 고맙습니다.

나의 형제자매 저스틴, 제시카, 벤, 해미시. 언제나 내 곁에 있어주고 나의 일을 지지해주어, 예나 지금이나 내 존재를 바로 설 수 있게 해주어 고마워.

마지막으로 우리 부모님 케이와 로저, AKA 엄마 아빠. 언제나 감사하고 사랑합니다.

차이에서 배워라

해나 개즈비의 코미디 여정

초판 1쇄 발행 / 2023년 3월 24일

지은이 / 해나 개즈비
옮긴이 / 노지양
펴낸이 / 강일우
책임편집 / 김새롬 김유경
조판 / 황숙화 박아경
펴낸곳 / (주)창비
등록 / 1986년 8월 5일 제85호
주소 / 10881 경기도 파주시 회동길 184
전화 / 031-955-3333
팩시밀리 / 영업 031-955-3399 편집 031-955-3400
홈페이지 / www.changbi.com
전자우편 / human@changbi.com

ISBN 978-89-364-7926-8 03840

* 책값은 뒤표지에 표시되어 있습니다.